Hanna Pauli: Ellen Key (Aquarell)

Rainer Maria Rilke
Ellen Key
Briefwechsel

Mit Briefen von und an
Clara Rilke-Westhoff

Herausgegeben von
Theodore Fiedler

Insel Verlag

Erste Auflage 1993

Satz und Druck: MZ-Verlagsdruckerei GmbH, Memmingen
Printed in Germany

INHALT

VORWORT

Als Rilke am 6. September 1902 seinen ersten Brief an die schwedische Frauenrechtlerin, Pädagogin, Literatur- und Kulturkritikerin Ellen Key richtete, war sie 52 Jahre alt und eine weithin bekannte Größe in Skandinavien wie in der deutschsprachigen Welt, er 26 und trotz seiner vielen Bücher bestenfalls ein Geheimtip. Einzelne Aufsätze Ellen Keys waren schon 1895 und 1897 in ›Die Frau‹ und der Wiener Wochenschrift ›Die Zeit‹ erschienen, der eigentliche Durchbruch in der deutschsprachigen Öffentlichkeit aber gelang ihr 1898 mit dem Essay ›Mißbrauchte Frauenkraft‹, einer Streitschrift, die sich im Namen einer um das Geschlechtliche, Soziale, Ökonomische und Kulturelle erweiterten Fragestellung gegen gewisse Tendenzen der damaligen liberalen Frauenbewegung wendete, eine lebhafte Kontroverse auslöste und nicht zuletzt Rilkes Konstruktion des Weiblichen im »Florenzer Tagebuch« (Frühjahr 1898) mitprägte.* Es folgten 1899 ›Essays‹, 1901 ›Die Wenigen und die Vielen‹ und 1902 ›Das Jahrhundert des Kindes‹, alle im prominenten S. Fischer Verlag Berlin, wobei die meisten der darin enthaltenen Essays ab 1898 bereits in der ›Neuen Deutschen Rundschau‹ und anderen deutschsprachigen Zeitschriften vorabgedruckt wurden. Was an diesen oft querdenkerischen Essays auch heute noch fasziniert, ist die Vielfalt und unerwartete Kombination der Perspektiven, unter denen Ellen Key ihre Themen betrachtet. Dabei be-

---

* Die Erstauflage der Streitschrift erschien bei Albert Langen, Paris München Leipzig. Zu Rilkes Rezeption, die Mitte 1902 erneut einsetzte, s. Th. Fiedler: Rilke, Ellen Key und die Frauenfrage um die Jahrhundertwende, in: Blätter der Rilke-Gesellschaft, H. 16/17, 1989/90, S. 141-153.

wegen sich ihre Gedanken letztlich im Rahmen eines evolutionistischen Monismus, der das Christentum für überholt hält und es durch einen neuen Glauben an das Leben in seiner ganzen Immanenz ersetzen will.

Die Konfiguration der etablierten Vordenkerin der Zukunft und des wenig bekannten jungen Dichters bestimmte in vielerlei Hinsicht den Charakter des Briefwechsels bis Mitte 1906. Rilkes erstem Brief vorausgegangen waren seine (und Clara Rilke-Westhoffs) Lektüre von ›Das Jahrhundert des Kindes‹ und die ausführliche Würdigung dieser Schrift in einer Bremer Zeitung (s. Anhang I).

Die dem Brief beigelegte Besprechung zeigt, daß Rilke nicht nur die Tragweite von Ellen Keys pragmatisch-utopischem Ansatz, der die Achtung vor der Individualität eines jeden Kindes in Familie, Schule und Gesellschaft zum Grundsatz der kulturellen Erneuerung erklärt, erkannte, sondern sich auch zutiefst angesprochen fühlte, als sähe er die verfehlte eigene Kindheit zum erstenmal durch die Augen dieser »seltsam reife‹n› und gerechte‹n› Frau«. Im Brief selbst kommt es in bezug auf das Buch zu einer Solidaritätserklärung, die Rilke und auch Clara als öffentliche und intime Verbündete im Kampf um die »erwünschte Zukunft« ausweist und zugleich das unmittelbar praktische Anliegen des Briefes motiviert. Aufgrund der gefühlten Nähe bittet Rilke um »Rath«, um die mögliche Zuwendung eines »hülfreichen Menschen«, der sich im Sinne Ellen Keys um die noch nicht einjährige Tochter Ruth kümmern könnte, während Clara ihrer Kunst nachginge.

Wie ernst Rilke dieses Anliegen wirklich war – die von Ellen Key prompt vermittelte Hilfe lehnte er wenig später ab –, läßt sich wohl nicht rekonstruieren. Auf jeden Fall bot ihm seine Anfrage Gelegenheit, vor Ellen Key die Bedrängnisse auszubreiten, denen er und Clara als junge, um ihre Eigenart ernsthaft ringende Künstler ausgesetzt waren und so ein Bild zu entwerfen, das er in den Briefen der nächsten anderthalb Jahre, von Ellen Key ermuntert, weiter ausführte. Schon in seinem zweiten Brief spricht er ihrer beider zugleich intellektuelles wie pragmatisches Interesse an allem Nordischen an, indem er als »Heimatloser« festhält, »wer weiß ob wir nicht einmal Ihren Norden um eine kleine Heimath bitten kommen«, eine indirekte Bitte, die Clara dann fünfzehn Monate später ganz direkt an Ellen Key richtete. Paula Modersohn-Beckers Urteil über dieses Zugehen Rilkes auf Ellen Key soll dabei nicht verschwiegen werden. Aus Paris schrieb sie am 3. März 1903 an ihren Mann, Rilke wolle seinen Glanz erhellen »durch Verbindung mit den Strahlen der großen Geister Europas«, darunter Tolstoi und Ellen Key, »seine innige Freundin«.*

Ellen Key reagierte auf Rilkes Briefe als Befürworterin der Mütterlichkeit im wörtlichen wie im übertragenen Sinne: Nach ihrer sofortigen Vermittlung eines »hülfreichen Menschen« ließ sie ihn in ihrem ersten erhaltenen Schreiben vom Anfang Februar 1903 wissen, er und seine Frau seien ihr »so ein Bischen als Kinder geworden seit Herbst«. Beide Teile hielten längere Zeit an dieser Rollenverteilung fest, ja, nach seiner ersten Begegnung mit Ellen Key in Schweden – der gemeinsame Aufenthalt auf dem Gut Borgeby bei Lund und in Göteborg/Jonsered dauerte vom 26. August bis 8. September 1904 – ging Rilke sogar eine Zeitlang dazu über, seine Briefe als ihr »Sohn« oder »Kind« abzuschließen, was er noch einmal Jahre später in seinem Brief vom 5. April 1913 schalkhaft nachklingen läßt.

Dieser gemeinsame Aufbau einer fast familiären Beziehung ging einher mit der wechselseitigen Rezeption ihrer Werke. An ›Menschen‹ (1903), Ellen Keys ›zwei Charakterstudien‹ zum schwedischen Dichter Carl Jonas Ludvig Alm-

---

* Paula Modersohn-Becker in Briefen und Tagebüchern. Hrsg. von Günter Busch und Liselotte von Reinken, Frankfurt a. M.: S. Fischer 1979, S. 350.

quist und zum englischen Dichterehepaar Elizabeth Barrett-Browning und Robert Browning, lobte Rilke neben der Einfachheit der Darstellung das Nachspüren der Größe, die aus einem Menschenschicksal aufstehe, »wo irgend ein Sieg geschieht oder wo das Wachstum eines Menschen eine ganze Welt mit in die Höhe hebt« (Brief 16). Von der Darstellung der Brownings, »diesen beiden Zeichen einer leidenschaftlichen und tieferen Menschlichkeit« (Brief 18), angetan, gingen er und Clara Ende August 1903 auf der Reise nach Rom deren Spuren in Venedig nach. Schließlich führte die Lektüre, durch Ellen Keys Besuch auf Capri im März 1907 aktualisiert, zu Rilkes Übertragung der »Sonnets from the Portugese« von Elizabeth Barrett-Browning. ›Über Liebe und Ehe‹ (1904), Ellen Keys Plädoyer für eine neue Ethik der Beziehungen zwischen Mann und Frau, dessen »einfache lebendige Worte« er »gerecht und unbeirrt und im wirklichen Wahrsagen gross« findet, zählte Rilke gar zu den Büchern mit einer imperativen Wirkung: »In diesem ruhigen und tiefklaren Aussprechen des Kommenden liegt eine Gewalt und eine Nothwendigkeit, der im Innersten und hinter seinen Worten keiner widerstehen kann! Mit diesen Büchern kommt die Zukunft näher« (Brief 41).

Ellen Keys Begeisterung (Brief 4) für das Gedicht »Ich war ein Kind und träumte viel«, das sie in einer Erzählung Lou Andreas-Salomés entdeckt hatte, und besonders für das ihr von Rilke zugesandte ›Vom lieben Gott und Anderes‹ – »o, was für ein Buch! Ein Andachtsbuch ist es« – erstreckte sich nahtlos auf weitere Werke, die Rilke ihr im Februar und März 1903 zukommen ließ, darunter ›Das tägliche Leben‹, ›Die Letzten‹, ›Das Buch der Bilder‹ und ›Worpswede‹. »Ich muß ihre *andere* Gedichte haben«, schrieb sie ihm am 23. März 1903, und einen Monat später, nach Erhalt von ›Auguste Rodin‹, teilte sie ihm ihre Absicht mit, einen Essay über ihn zu schreiben. Wie Rilke auf diese Mitteilung reagierte, die sicherlich, nach seinem ratlosen, über seine finan-

Man kann sich kaum vorstellen, daß Ellen Key viel Freude an Rilkes Darstellung ihres von ihrem »wahreste‹n› Wesen« her selbstverschuldeten Mißbrauchs durch die Zeit fand. Ja, es ist zu vermuten, daß sie nicht zuletzt wegen dieser Schrift die Veröffentlichung ihres um ein vorwiegend polemisches Kapitel erweiterten Essays über Rilke ohne Rücksicht auf dessen Einwände vornahm. Wahrscheinlich wird sie sich auch in der »warmen« Wjera Schulin wiedererkannt haben, die Maltes Drang nach dem Unheimlichen mißversteht und ihn vor sich her wieder »in die hellen Stuben« schiebt, denn an genau dieser Stelle im Schulin-Abschnitt schrieb sie »Oby« an den Rand ihres Exemplars der ›Aufzeichnungen‹, erkennend, daß Rilke seinen Besuch bei ihr auf dem Gut ihres Bruders verarbeitet hatte. Wie dem auch sei, auf Ellen Keys Polemik an mehreren Stellen ihrer Essaysammlung ›Seelen und Werke‹ (s. 2. Anm. zu Brief 132) reagierte Rilke am 17. Dezember 1911 mit einem ausführlichen Brief, in dem er sein Verständnis der ›Aufzeichnungen‹ erläutert und Ellen Keys Wunschdenken zurückweist. Ob und wie die Empfängerin Rilke gegenüber darauf reagierte, ist unbekannt. Erst sein Brief vom 10. Januar 1913 an die mit Ellen Key befreundete Malerin Hanna Pauli (s. Anhang V), in dem er auf die in dem großformatigen Gemälde ›Vänner‹ gelungene Darstellung der Persönlichkeit Ellen Keys »in der ganzen Entfaltung ihres großzügigen Geistes« eingeht und diese seinem Kunstwerkbegriff analog als ausströmendes Wesen auffaßt, erst dieser Brief, den Hanna Pauli wohl sofort an ihre Freundin weiterleitete, führte zu einer vorübergehenden Wiederbelebung des Briefwechsels bis in den Herbst 1913.

Erhalten sind darüberhinaus nur noch vereinzelte Briefe aus den Kriegsjahren und der abschließende, durch Ruths Verlobung ausgelöste Briefwechsel vom November 1921, der die ganze Misere der Nachkriegszeit stichwortartig festhält und Rilkes Einsicht in politische Prozesse überzeugend belegt.

Es liegt nahe, eher das Unterscheidende als das Gemeinsame in der Beziehung Rilkes und Ellen Keys zu sehen. Sie war eine pragmatisch orientierte Intellektuelle, die ihre utopischen Vorstellungen in der Öffentlichkeit wiederholt verkündete und sich für deren Verwirklichung auch einsetzte. Er dagegen gab sich vorwiegend öffentlichkeitsscheu und neigte zur Problematisierung des Überlieferten wie des vermeintlich Zukünftigen. Dennoch ist ihre gemeinsame Begeisterung für die »unimperativische« Samskola (s. Anhang II) kein Zufall, sondern setzt tieferliegende Gemeinsamkeiten voraus, die auch so scheinbar unverwandte Werke wie Ellen Keys ›Der Lebensglaube‹ und Rilkes »Brief des jungen Arbeiters« verbinden, auch wenn Rilkes »Lebensglaube« dunkler schattiert war als der Ellen Keys. Beide erlebten die Welt letztlich durch eine religiös geprägte Sensibilität, der die Vorstellung des »Ganzen« nicht fremd war. So verkündet Rilkes zeitkritisches »Sonett« (WA 3, 135 f.) den Freunden, darunter Ellen Key, der er wohl um Weihnachten 1923 eine Kopie schickte (s. letzte Anm. zu Brief 146), »das Neue« sei »nicht dies, / daß Maschinen uns die Hand verdrängen«.

> Denn das Ganze ist unendlich neuer
> als ein Kabel und ein hohes Haus.
> Seht, die Sterne sind ein altes Feuer
> und die neuern Feuer löschen aus.

Was das Ganze »unendlich neuer« macht, ist gerade die rätselhafte Verschmelzung des uralten äußeren mit dem jeweiligen inneren Kosmos. So lautet das Schlußterzett:

> Mehr, als wir erfuhren, ist geschehen.
> Und die Zukunft faßt das Allerfernste
> rein in eins mit unserm innern Ernste.

Ellen Key muß diese Gedanken geschätzt haben, denn sie verwahrte das Gedicht in ihrem Exemplar der 2. Auflage von Rilkes ›Buch der Bilder‹ auf dem Schreibtisch in ihrem Schlafzimmer bis zu ihrem Tod am 25. April 1926.

DIE BRIEFE

zielle Lage verzweifelten Brief vom 4. April auch als Ermutigung gemeint war, ist unbekannt, da sein Gegenbrief verschollen ist. Fast ein Jahr später, als Ellen Key inmitten ihrer Arbeit an ihrem weltanschaulichen Hauptwerk ›Der Lebensglaube. Betrachtungen über Gott, Welt und Seele‹ (deutsch 1906) tatsächlich begann, ihre Absicht zu verwirklichen, bemerkte Rilke bei aller Dankbarkeit und Bereitschaft, einen Fragebogen zu diesem Zweck auszufüllen, er fürchte sich fast davor, »weil ich noch nichts bin, so ganz *Anfänger* dessen was ich werden muss!«

Fortan bis Ende 1911 bleibt der Essay ein Hauptthema des Briefwechsels. Dabei wandelt sich Rilkes Urteil von anfänglich völliger Identifikation zu eindeutiger Abgrenzung. Am 4. Juli 1904, nachdem Ernst Norlind ihm in Borgeby die schwedische Fassung aus der Korrekturfahne der Zeitschrift ›Ord och Bild‹ mündlich übersetzt hatte, schreibt Rilke, der Essay solle so erscheinen, wie er ist: »Es ist ja alles darin wahr und alles, Wort für Wort, steht so fest und ist so liebevoll und gut gebaut.« Durch Ellen Keys Worte sehe er jetzt in seiner Arbeit »das Einheitliche und fühle, wie alle Bücher, die ich geschrieben habe, eines einzigen Weges Wendungen, Aufstiege, Fernsichten sind: meines Weges«. Am 17. Dezember 1911, nachdem der Essay (um ein Kapitel über Rilkes Bücher der Jahre 1905 bis 1910 erweitert; s. Anhang VII) durch Ellen Keys Essaysammlung ›Seelen und Werke‹ (1911) endlich einem breiteren deutschsprachigen Publikum zugänglich gemacht worden war, fällt er ein geradezu gegensätzliches Urteil: »Ich war gegen die Publikation Deines Aufsatzes, weil ich ihn nie richtig fand. [...] Du ‹hattest› aus meinen persönlichen Daten, aus meinen Briefstellen, aus meinen Büchern, ganz kurz und rasch, *Das* herausgeschlagen, was Dir sympathisch war, um es (das seiner Natur nach immens unanwendbar war) schnell handgreiflich und sozusagen im seelischen Sinne praktisch zu machen.«

Wie kommt es zu diesem schroffen Widerspruch? Eine

Rolle spielte dabei sicherlich, daß Rilke einerseits froh über Ellen Keys Engagement für ihn sein mußte und auch war, andererseits aber sehr bald das Einengende ihrer Interpretation empfand. Dies zeigt seine Reaktion auf ein Bruchstück aus dem Essay (s. Anhang VI), das Ellen Key ihm auf seine Bitte um ein Vorwort zur Neuausgabe der ›Geschichten vom lieben Gott‹ hin angeboten hatte. Er erkannte mit Recht in seinem Brief vom 27. April 1904, diese mit seinen Briefstellen aus letzter Zeit durchsetzten Worte »führen und deuten zu weit *über* das, vier Jahre früher entstandene Liebe=Gott=Buch hinaus, klären es zu sehr auf«, als daß sie als Vorwort dienen könnten, eine Entscheidung, mit der Ellen Key sofort einverstanden war. Zwei Wochen später, als er Lou Andreas-Salomé stolz und etwas übertreibend von Ellen Keys Vortragsreise und geplantem Essay berichtet, drückt er gleichzeitig seine Beunruhigung über das Gesagte und Geschriebene nicht zuletzt aufgrund des Bruchstückes aus. »Gleichwohl, ich sehe ja ein, daß ich alles annehmen muß, was mein Leben stützen und mir die Möglichkeit, bei meiner Arbeit zu bleiben, verlängern kann. Und dazu ist ein solches Genannt- und Ausgerufenwerden sicher gut. Auch ist ja alles das durch eines feinen und vorsichtigen Menschen Mund geschehen und kann (selbst wenn es viel zu früh geschah) keine schlechten Folgen haben« (13. Mai 1904, BLAS 170).

Anfang März 1905, nachdem er kurz zuvor Gelegenheit gehabt hatte, sich eingehend mit der deutschen Übersetzung des Essays zu beschäftigen (s. Brief 73), ist Rilke sich anläßlich der Vorträge Ellen Keys in Dresden nicht mehr sicher, daß ihr Eintreten für ihn keine schlechten Folgen haben könne. Nach seinem in der Nacht zum 2. März geschriebenen Brief war – so Ellen Keys Gefühl – ihr Vortrag über ihn am 27. Februar ohne »innige Theilnahme« des Publikums verlaufen. Als sie am Abend des 1. März in ihrem Vortrag »Der Wert der Liebe für die Gesellschaft« noch einmal auf ihn hinwies, habe nun er »Kälte, Widerstand, Ablehnung« gefühlt. Angesichts dieser Gefühle schildert er ihr seine Angst vor dieser Art von Öffentlichkeit bei einem deutschen Publikum, das »die Menge, die Neugierigen und Vielen« sei und nicht, wie im Norden, aus »weit entwickeltere‹n› Einzelmenschen« bestehe. Diesem Publikum dürfe sein wenig wirklich Geschaffnes, Gutes nicht aufgedrängt werden, wie wünschenswert dies wegen seiner Mittellosigkeit auch erscheine. Dabei weist er sie auf den grundsätzlichen Unterschied zwischen ihren Selbstverständnissen hin: auf die exoterische Wirkungsweise ihrer Liebe, die alle erreichen möchte, und die esoterische seiner Kunst, die dem Einzelnen, dem einen oder anderen Zukunftsvollen begegnet. Unangetastet bei dieser auf Nietzsche zurückgreifenden Abgrenzung bleibt der gemeinsame Grund: »Unser Lebensinhalt wächst zu so nahen Werten auf«, auch wenn er bittet, daß das »Geheimnis unserer Zusammengehörigkeit und Hoffnung« nicht mit allen geteilt wird, da sie es »doch nicht zu theilen verstehen?!«

Wie aus seinen Briefen an Clara (s. Anhang III) hervorgeht, findet Rilke genau diesen gemeinsamen Grund während Ellen Keys Besuch in Paris vom 27. Mai bis 16. Juni 1906 kaum noch. Die Familienromanze hat sich verflüchtigt, an Stelle der »grossmütig‹en› und herzlich‹en›« Mutter, wie er sie noch am 9. Januar 1906 apostrophierte, als er sie, ihrer Großzügigkeit gewiß, um Geld für Clara bat, erscheint ihm Ellen Key in Paris als eine geizige, von Erfahrung unberührte Frau, mit der man wegen ihrer Festtagsideale und ihres sentimentalen Gefühls kaum von Innerlichem reden könne, dann als eine sich wahllos ausgebende »Allerweltstante«, die »keinem den Hunger stillen kann«, und schließlich als ein »altes Mädchen« ohne eigenes Leben. Idealisierung ist in Ironisierung und Kritik umgeschlagen. Daß Ellen Keys Verhalten während ihres Pariser Besuches für diesen Umschlag Anlaß bot, ist nicht auszuschließen. Zu bedenken ist auf jeden Fall, daß die Entlassung durch Rodin Rilke kurz vor ihrem Besuch gezwungen hatte, sich gegenüber einem noch intensiver bewunderten Menschen, von dem er zudem finanziell direkt abhängig gewesen war, abzugrenzen. Diese Erfahrung zusammen mit der Tatsache, daß Karl von der Heydt ihm Anfang Mai 2000 Mk für ein amtfreies Jahr »zum innern Reifen und äusseren Durchringen« zugesagt (BEKH 313 f.), ihm also eine neue Unabhängigkeit gegeben hatte, mag die Härte seines Urteils über Ellen Key mitbestimmt haben.

Dabei ist nicht zu übersehen, daß Rilkes Distanzierung von Ellen Key während ihres Besuchs verschiedene Bezüge zu den damals noch größtenteils ungeschriebenen ›Aufzeichnungen des Malte Laurids Brigge‹ aufweist, ein Werk, mit dem er sich nun wieder intensiv beschäftigen konnte. Schon allein durch ihren polemischen Grundton, der für manchen Abschnitt der ›Aufzeichnungen‹ charakteristisch ist, wirkt Rilkes Darstellung von Ellen Key gerade in den zwei letzten Briefen an Clara wie eine Fingerübung zu seinem schwierigen Werk. Zu dem Vorwegnehmenden gehört nicht zuletzt die pathetisch gehaltene Reflexion im vorletzten Brief zu Ellen Keys Selbsttäuschung, allen beistehen zu können: »O alle diese lautlosen Verwandlungen des Lebens. Dieses nicht mehr das sein und nicht mehr jenes, während man glaubt, es zu werden.« Dazu gehört auch der plötzliche epistemologische Augenblick im letzten Brief, der ihn Ellen Key angeblich als »eines von den vielen alten Mädchen« (das Gegenteil einer »Liebenden« im Sinn der ›Aufzeichnungen‹!) erkennen läßt, »die in einem Zimmer Erinnerungen zusammenlegen [...] an jene Liebe, deren einstige, vage, aufsteigende Möglichkeit von ihrem Herzen schon so überschwenglich aufgenommen war, daß das Erlebnis gar nicht mehr zu kommen brauchte«. Diesem Schicksal zu entwachsen, helfe ihr auch nicht ihre ungewöhnliche Kraft, ihr Wille, ihr Mut. Denn »wie gut ist das Leben. Wie gerecht, wie unbestechlich, wie nicht zu betrügen. [...] Wie bleibt alles, was es ist«.

Rilkes wiederholte Beschwörung des »Lebens« als eines Korrektivs in seinem, hier keineswegs optimistischen Sinn läßt vermuten, daß eine versteckte Kritik an Ellen Keys Aufsatz über ihn in diesen Briefen mitschwingt. Soweit er sich eingestand, daß die Instrumentalisierung seiner bis 1904 geschriebenen Werke im Dienst des »Lebensglaubens« in Ellen Keys optimistischeren Sinn teilweise durchaus berechtigt war, übte er hier auch ein Stück Selbstkritik, die die ›Aufzeichnungen‹ erst möglich machte.

Es wundert kaum, daß die Pariser Begegnung eine Wende in der inneren Beziehung Rilkes und Ellen Keys markiert. Daß der Wandel einherging mit Rilkes zunehmender finanzieller Unabhängigkeit ist sicherlich kein Zufall, entscheidender aber war wohl die Entwicklung hin zu den ›Neuen Gedichten‹, dem ›Requiem‹ und den ›Aufzeichnungen‹, die Ellen Key anders als seine Bücher bis 1906 fremd bleiben sollten. Hinzu kamen außerdem neue persönliche Beziehungen, die Rilke im Lauf der nächsten Jahre einging. All dies bedeutet nicht, daß Rilke auf seinem Urteil vom Mai/Juni 1906 beharrte. Bei der nächsten Begegnung – auf Capri im März 1907, wohin er Ellen Key eingeladen hatte und wo er mit ihr im Gegensatz zu Paris vier Tage lang im Grunde genommen allein war – meint er, am 15. März an Clara schreibend, das »Gute, Ergreifende und zugleich Starke an ihr ist wieder fühlbarer und wir haben manche wirklich herzliche Stunde zusammen verbracht«. Ja, er gesteht ihr sogar zu, in »so vielem« recht zu haben, sie werde nur »ungerecht aus lauter Ehrlichkeit und Eifer«.

Rilkes Brief vom 6. November 1906, mit dem er den Briefwechsel nach fünfmonatiger Pause wieder aufnahm, scheint durch diese versöhnte Einstellung vorgeprägt zu sein, eine Einstellung, die bis zum Abschluß dieser Phase des Briefwechsels vorhält, bis zu Ellen Keys Brief vom 20. März

1909, der ihren Besuch in Paris zusammen mit Lou Andreas-Salomé ankündigt. Gelegentliche eindeutige Meinungskonflikte und Kritik waren dabei nicht ausgeschlossen. Als Ellen Key bedauerte, auf seinen Wunsch hin ihren Essay über ihn nicht als Buch bei S. Fischer veröffentlicht zu haben, drückte Rilke zum erstenmal seine Unzufriedenheit mit ihrer Darstellung direkt aus (Brief 116). Im Gegenbrief ließ Ellen Key ihn nicht im Zweifel über ihre Ablehnung von Claras Plänen, wegen der Samskola und in der Hoffnung auf Aufträge nach Göteborg zu ziehen. Und schließlich zögerte Rilke nicht, Anfang Dezember 1908, weniger als zwei Monate nach einem ihn insgeheim irritierenden Austausch über die ›Neuen Gedichte‹ und deren angeblich fehlenden Erlebnisgrund (Briefe 125-126), Ellen Key ein ironisches Denkmal im Schulin-Abschnitt der ›Aufzeichnungen‹ (WA 11, 836-842) zu setzen.*

Über Rilkes Interaktion mit Ellen Key während ihres Pariser Besuchs im Mai und Juni 1909 ist fast nichts bekannt (s. Anm. zu Brief 130). Der Briefwechsel wurde anscheinend von beiden erst wieder Anfang Dezember 1909 mit dem Austausch von Geburtstagsgrüßen aufgenommen. Daß er gleich wieder für längere Zeit verstummte (soweit unbekannte Briefe die jetzige Lücke der Jahre 1910 und 1911 nicht ausfüllen), lag sicherlich vor allem an Rilkes eigenartig distanzierter Würdigung zu Ellen Keys 60. Geburtstag in der schwedischen Zeitschrift ›Idun‹ (s. Anhang IV). Die rhetorisch aufgeladene Skizze aus dem polemischen Geist seiner damals intensiven Arbeit an den ›Aufzeichnungen‹ feiert zwar den »Anfang« und das nunmehr »unsichtbare innere Heldentum« Ellen Keys, bedauert aber im Grunde alles Dazwischenliegende.

---

* Die Datierung der Niederschrift des Schulin-Abschnitts geht aus unveröffentlichten Entstehungsdaten hervor, die Rilke im Berner Taschenbuch (SLA), das etwas mehr als die Hälfte der ›Malte‹-Handschrift enthält, notierte. Zur Ironisierung Ellen Keys in diesem Abschnitt s. Schoolfield 2.

Man kann sich kaum vorstellen, daß Ellen Key viel Freude an Rilkes Darstellung ihres von ihrem »wahreste‹n› Wesen« her selbstverschuldeten Mißbrauchs durch die Zeit fand. Ja, es ist zu vermuten, daß sie nicht zuletzt wegen dieser Schrift die Veröffentlichung ihres um ein vorwiegend polemisches Kapitel erweiterten Essays über Rilke ohne Rücksicht auf dessen Einwände vornahm. Wahrscheinlich wird sie sich auch in der »warmen« Wjera Schulin wiedererkannt haben, die Maltes Drang nach dem Unheimlichen mißversteht und ihn vor sich her wieder »in die hellen Stuben« schiebt, denn an genau dieser Stelle im Schulin-Abschnitt schrieb sie »Oby« an den Rand ihres Exemplars der ›Aufzeichnungen‹, erkennend, daß Rilke seinen Besuch bei ihr auf dem Gut ihres Bruders verarbeitet hatte. Wie dem auch sei, auf Ellen Keys Polemik an mehreren Stellen ihrer Essaysammlung ›Seelen und Werke‹ (s. 2. Anm. zu Brief 132) reagierte Rilke am 17. Dezember 1911 mit einem ausführlichen Brief, in dem er sein Verständnis der ›Aufzeichnungen‹ erläutert und Ellen Keys Wunschdenken zurückweist. Ob und wie die Empfängerin Rilke gegenüber darauf reagierte, ist unbekannt. Erst sein Brief vom 10. Januar 1913 an die mit Ellen Key befreundete Malerin Hanna Pauli (s. Anhang V), in dem er auf die in dem großformatigen Gemälde ›Vänner‹ gelungene Darstellung der Persönlichkeit Ellen Keys »in der ganzen Entfaltung ihres großzügigen Geistes« eingeht und diese seinem Kunstwerkbegriff analog als ausströmendes Wesen auffaßt, erst dieser Brief, den Hanna Pauli wohl sofort an ihre Freundin weiterleitete, führte zu einer vorübergehenden Wiederbelebung des Briefwechsels bis in den Herbst 1913.

Erhalten sind darüberhinaus nur noch vereinzelte Briefe aus den Kriegsjahren und der abschließende, durch Ruths Verlobung ausgelöste Briefwechsel vom November 1921, der die ganze Misere der Nachkriegszeit stichwortartig festhält und Rilkes Einsicht in politische Prozesse überzeugend belegt.

Es liegt nahe, eher das Unterscheidende als das Gemeinsame in der Beziehung Rilkes und Ellen Keys zu sehen. Sie war eine pragmatisch orientierte Intellektuelle, die ihre utopischen Vorstellungen in der Öffentlichkeit wiederholt verkündete und sich für deren Verwirklichung auch einsetzte. Er dagegen gab sich vorwiegend öffentlichkeitsscheu und neigte zur Problematisierung des Überlieferten wie des vermeintlich Zukünftigen. Dennoch ist ihre gemeinsame Begeisterung für die »unimperativische« Samskola (s. Anhang II) kein Zufall, sondern setzt tieferliegende Gemeinsamkeiten voraus, die auch so scheinbar unverwandte Werke wie Ellen Keys ›Der Lebensglaube‹ und Rilkes »Brief des jungen Arbeiters« verbinden, auch wenn Rilkes »Lebensglaube« dunkler schattiert war als der Ellen Keys. Beide erlebten die Welt letztlich durch eine religiös geprägte Sensibilität, der die Vorstellung des »Ganzen« nicht fremd war. So verkündet Rilkes zeitkritisches »Sonett« (WA 3, 135 f.) den Freunden, darunter Ellen Key, der er wohl um Weihnachten 1923 eine Kopie schickte (s. letzte Anm. zu Brief 146), »das Neue« sei »nicht dies, / daß Maschinen uns die Hand verdrängen«.

Denn das Ganze ist unendlich neuer
als ein Kabel und ein hohes Haus.
Seht, die Sterne sind ein altes Feuer
und die neuern Feuer löschen aus.

Was das Ganze »unendlich neuer« macht, ist gerade die rätselhafte Verschmelzung des uralten äußeren mit dem jeweiligen inneren Kosmos. So lautet das Schlußterzett:

Mehr, als wir erfuhren, ist geschehen.
Und die Zukunft faßt das Allerfernste
rein in eins mit unserm innern Ernste.

Ellen Key muß diese Gedanken geschätzt haben, denn sie verwahrte das Gedicht in ihrem Exemplar der 2. Auflage von Rilkes ›Buch der Bilder‹ auf dem Schreibtisch in ihrem Schlafzimmer bis zu ihrem Tod am 25. April 1926.

DIE BRIEFE

1. Rilke an Ellen Key

Paris
11 rue Toullier.
am 6 September 1902.

Verehrte Frau Ellen Key,
Sie werden in diesen Tagen einen Brief bekommen von meiner jungen Frau. Einen Brief, der Sie um Rath fragen kommt. Und ich will Ihnen gleichzeitig ein Wort schreiben. Ein Wort des Dankes zunächst für das »Jahrhundert des Kindes«, dieses liebe, schöne, menschlich-weite Buch.

Ich sende Ihnen heute was ich seinerzeit (übrigens in einer unbedeutenden Zeitung) darüber geschrieben habe: Sie können daraus sehen, was Ihr Buch mir ist. Aber die Besprechung ist auch sonst nützlich gewesen: eine Dame in Bremen, die ihre kleine Tochter schon in einer öffentlichen Schule hatte einschreiben lassen, meldete das Kind daraufhin wieder ab. Wegen dieser Wirkung besonders ist der Aufsatz mir lieb .... Ich bin überzeugt, dass Ihr Buch (wenn man die Leute nur dazu hinführt) an vielen Orten solche Wirkung thut. Es ist ein lebendiges Buch, das die Macht hat, die erwünschte Zukunft näher zu rufen ...

Wie haben wir, meine liebe Frau und ich, dieses Buch genossen und wie nahe haben wir uns Ihnen, verehrte Frau, gefühlt. – So kam es, dass meine Frau jetzt daran gedacht hat, Ihnen zu schreiben, weil Sie uns damals wie ein Freund erschienen sind, derer, die eines Freundes bedürfen.

Meine Frau wird Ihnen in ihrem Briefe erzählen, um was es sich handelt. Ich will nur einige Notizen hinzufügen:

Wir wohnen (d.h. wohnten, – ich bin um einer Arbeit willen in Paris) im Moor in der Nähe von Bremen in einem Bauernhause, in das wir uns bei unserer Verheiratung zu stiller Arbeit zurückgezogen hatten. Anfangs Dezember 1901 wurde uns eine liebe, liebe kleine Tochter geboren, und seither hat sich meine Frau ganz dem Kinde (das sie selbst nährt) gewidmet. Monate sind vergangen. Nun aber tritt die energische *innere* und *äußere* Nothwendigkeit an sie heran, sich wieder, mit – womöglich – ungetheilter Kraft, ihrem Berufe zuzuwenden, von dem sie ganz erfüllt ist und in dem sie schon sehr Gutes als ganz junger Mensch (sie ist jetzt erst 23) geleistet hat. Sie ist Bildhauer: ein ernster Künstler, still und streng gegen sich selbst, ein guter Erzieher ihrer jungen Kraft. Unsere Mooreinsamkeit, die den Malern so viele Farben bietet (wir wohnen nahe bei Worpswede, dem Orte wo die bekannte Malergruppe arbeitet) hilft ihr nicht weiter. Sie muss nach Paris, wo sie das Glück haben wird unter Rodins Rath zu arbeiten.

Natürlich wollte sie unsere liebe Ruth mitnehmen; ein Gedanke an Trennung von ihrem Kinde kam ihr nie. Aber allmählig, bei ruhiger Überlegung, stand eine Unmöglichkeit nach der anderen auf. Wir hatten ohnehin viele kleine Sorgen und Bangnisse, nun kam noch diese große Sorge hinzu. Meine Frau wird in Paris mit *sehr* wenig Geld leben müssen und wird sich selbst manche Entbehrung auferlegen, um die Modelle bezahlen zu können. Ich kann ihr nicht helfen; meine Bücher und meine Dramen tragen nichts ... Sie wird nur ein kleines Atelier miethen können, und wie soll es da mit dem Kinde sein? Es ginge ja, wenn sie wenigstens ein Dienstmädchen mitnehmen dürfte, das ihr ein wenig zur Hand wäre, aber das ist unmöglich. Und es wäre auch kein guter Ausweg, denn sie wüsste ihn nicht gerne in solchen Händen, den lieben kleinen Menschen ... Was thun? Andererseits ist es für ihre (wie für des Kindes) Zukunft so *dringend* wichtig, dass sie selbst in ihrer Arbeit weiterkommt. (Als wir zu einander traten, sagten wir uns: wir wollen jeder für die Einsamkeit und Arbeit des anderen der Wächter sein..! Und ihr wie mir ist die Ausübung und Entfaltung unserer Kunst das Leben selbst.) – Sie soll schon in der zweiten Hälfte des September hier sein ... Was thun? Nun will sie unsere Tochter zuerst zu ihrer Mutter geben; aber die Verhältnisse in ihrem Elternhause sind nicht so, dass sie es gerne und ohne

Sorgen thut. Sie hofft, sie wird Ruth bald nachkommen lassen können. Sollte man nicht jemanden finden können, der auf eigene Kosten oder für ein Geringes mit nach Paris geht? Irgend einen hülfreichen Menschen, der sich des Kindes (in *Ihrem* Sinne) liebevoll annehmen würde? Ich selbst werde vielleicht gar nicht in Paris bleiben können, so dass meine Frau dann ganz, ganz allein bleiben müsste, ohne ihr Kind, ohne mich. Und wir sind so muthig zusammengetreten ..... *Muss* das so sein? Können Sie sich einen Ausweg denken? Wissen Sie, der Sie so viele Menschen kennen, – einen, der meiner lieben Frau irgendwie nützen könnte ...? Bitte, rathen Sie ihr! Und verzeihen Sie unser unbescheidenes, tiefes Vertrauen, verehrte Frau Ellen Key! – In Verehrung Ihr:

Rainer Maria Rilke.

2. Rilke an Ellen Key

Paris, 3 rue de l'Abbé de l'Epée.
am 29. Januar 1903.

Verehrte Frau Ellen Key,
wie oft habe ich mir vorgenommen, Ihnen zu schreiben; danken wollte ich Ihnen für die große und liebe Bereitwilligkeit, mit der Sie damals im Herbst mir, dem Fremden, und meiner Frau geholfen haben: denn eine Hülfe war Ihr liebes Helfenwollen, wenn wir auch Frau Ljunggreen [!], (die so gütig schrieb und so sympathisch) nicht bitten konnten zu kommen, wenn wir auch mit dem Gedanken, unser liebes kleines Kind in Deutschland bei den Eltern meiner Frau zurücklassen zu müssen uns schwer und ernst vertraut machten, – eine Hülfe war es doch, Ihre lieben Worte zu empfangen, die in uns noch immer nicht verklungen sind. Längst, längst haben wir Ihnen das sagen wollen; aber da hatte jeder seine Arbeit, und wir hielten uns fester daran als je und dann war Paris da, dieses laute, bange, fremde Paris, das in die wenigen Stunden der Ruhe fremde beängstigende Worte

schreit. – Ich erfuhr erst später, als meine Frau hier in Paris eintraf, von ihr, dass sie Ihnen über aller Sorge und über der Arbeit des Abbruchs damals gar nicht geschrieben hatte, so dass mein Brief allein zu Ihnen für uns sprechen gekommen war.

Nun wollte sie es immer nachholen, – aber ich war es selbst, der sie davon abhielt über schwere Dinge zu schreiben, über die nur tägliche Arbeit ihr hinhelfen konnte; sie hat nun schon seit Monaten ein Atelier, wo sie alle ihre Tage verbringt bis zur Dämmerung, immer am Werke, das langsam aufwächst und von dem ihr als Ruhe wiederkehrt alles was sie als Bangheit und Beschwerde daran setzt und damit verflicht.

Die Nähe Rodin's, die sie nicht verwirrt, giebt ihrem Versuchen und Werden und Wachsen eine gewisse Sicherheit und Stille – und es erweist sich als gut für sie, in Paris zu sein; das Leben hat seine Form gefunden, es hat viele gleichmäßige Alltage und seine Feiertage sind bezeichnet durch die Briefe, die uns von unserem lieben Kinde erzählen, Briefe die oft kommen und oft wiedergelesen werden und immer Gutes, Liebes und Segnendes bringen. Da thut es uns oft so gut zu denken, dass unsere kleine Ruth auf dem Lande ist, wenn wir hier unter der Last der Stadt leiden und sehen wie traurig die Kinder hier leben, wie gedrückt von den beschäftigten Großen, dem Lärm und der engen Luft die über den Strassen liegt wie Qualm und Athem. –

Noch wissen wir nicht, wann wir zurückkehren können – und – wohin; wir vertrauen der Arbeit, dass sie uns weiter und auch wieder zu unserem lieben Kinde führt – wir erwarten es stillschweigend von ihr ...

Meine Frau (und ich auch) wir sind heimatlose Leute; aber wer weiß ob wir nicht einmal Ihren Norden um eine kleine Heimath bitten kommen. Der Kunst meiner Frau, dem Empfinden, von dem ihre Plastik ausgeht, liegen nordische Gestalten und Gesichter sehr nahe, und alles was aus

Ihren Ländern kommt, in Büchern und Bildern, berührt uns so über die Maßen ernst und gut, und es sind Stimmen darin, die uns rufen ...

Nun meine Frau schreibt Ihnen davon einmal selbst, schickt Ihnen auch wohl Photographieen von einigen Arbeiten.

Ich habe indessen ein kleines Buch vom Werke Rodin's geschrieben, das ich Ihnen senden werde, sobald es erscheint. Nehmen Sie indessen eines meiner älteren Bücher (das Buch vom lieben Gott) als bescheidenen Träger meiner Verehrung an. Das Buch sollte Ihnen eigentlich zugleich mit diesem Briefe zum Anbeginn des Jahres 1903 zugehen; Kränklichkeit hat mich einige Wochen davon abgehalten, aber nun soll dieser Brief (wenngleich verspätet) Ihnen, verehrte und liebe Frau Ellen Key, noch alle unsere Wünsche für das begonnene Jahr bringen und Ihnen sagen, dass wir nicht aufhören Sie zu lieben und Ihnen dankbar zu sein:

Rainer Maria Rilke und Frau Clara Rilke.

3. Ellen Key an Rilke

STOCKHOLM
VALHALLAVÄGEN 49
⟨zwischen 29. 1. und 5. 2. 1903⟩

Liebe Leute! Ich habe mir sehr nach ein Wort von Ihnen gesehnt! Sie und Ihre Frau sind Ellen Key so ein Bischen als Kinder geworden seit Herbst. Vor einigen Tagen habe ich bei Lou Salomé (meine Freundin) ein herrliches Gedicht von Ihnen gelesen (in Zwischenland) Nun bin ich froh mehr zu haben und schreibe wenn ich das in Ihrem Brief besprochenes Buch bekomme. Für Heüte nur diese Karte um meine Freünden, ein sehr begabter junger norwegischer Dichter Johan Bojer und seine liebenswürdige Frau Ihnen zu empfelen.

4. Ellen Key an Rilke

⟨Stockholm⟩ 49 Vallhallavägen
5/2 1903

Oft habe ich gedacht: Wie ist es Frau und Herr Rilke gegangen? Sind Sie mit oder ohne die Kleine in Paris?? So las ich im *Zwischenland* ein Gedicht von R. M. Rilke, bei welchem Alles in mir in Sympathische Aufregung vibrirte! Und ich dachte noch Mahl: »Ich möchte mehr von diese Menschenkinder wissen?« Und so kam Ihren Brief und der Tag nachher das Buch – o, was für ein Buch! Ein Andachtsbuch ist es – die Thränen sind mir oft in die Augen gekommen und Zeilen sind da, die ich küssen wollte!!

Ich danke Ihnen – nein das ist ein abgenutzes Wort! Man kann ja für Alles ***danken***! Aber ich bin tief ***dankbar*** Sie kennen gelernt zu haben und ich hoffe wir sehen uns Einmahl!

Ich habe Ihnen ein junges Norwegisches Paar geschickt ein Dichter und seine Frau, Bojer von Nahmen. Ich glaube Sie werden Freüd an Einander haben. Sind die Bojers zu schüchtern zu Ihnen zu kommen, so ist ihre Adresse: *47 Rue Boulard*

Es war gut das Nichts aus den Vorschlag mit Ellen Unonius-Ljunggren wurde; Sie stand in zu große Konflikte um für Ihnen die Rechte gewesen zu sein!

Sind Sie nicht auch ein Freund von Lou Salomé? Waren Sie nicht mit sie in Russland? Oder irre ich? Vielleicht *waren* Sie ein Freünd und ist es nicht mehr? Sie brauchen gar nicht zu antworten – ich frage wie die Kinder! *Ich bin dumm.* »Frau« bin ich leider nicht. Nur eine Junge-Alte – ich meine: meine Haaren sind grau und das Herz grün!

Ich habe ein Gefühl für Ihnen und Ihre Frau und Ihren Glück, nach dem ich *Vom lieben Gott* gelesen habe, als wie ich ganz zu Ihnen gehörte.

Ich liebe Ihnen – ja, ***das*** war das richtige Wort!

Ihre Ellen Key

(Ich schreibe Deutsch wie ein Esel, entschuldigen Sie!)

5. Rilke an Ellen Key

Paris, 3 rue de l'Abbé de l'Epée.
am 13. Febr. 1903.

Liebe, liebe Frau Ellen Key,
ich schreibe doch »Frau«. Ich kann nicht anders. Fräulein ist ein Verkleinerungs-Wort und ich mag es deshalb nicht neben Ihren lieben Namen setzen; und wen soll man mit Recht Frau nennen dürfen, wenn nicht Sie, die Sie eine so liebe, gute, grosse Frau sind. Also lassen Sie mich, bitte, dabei. – Am Sonntag lasen wir im Louvre Ihren lieben Brief. Lasen ihn mit tiefer Freude und Dankbarkeit. Lassen Sie mich Ihnen sagen, liebe Frau Ellen Key, dass er mich glücklich und stolz gemacht hat Ihr Brief. Dass mein Buch Vom lieben Gott, (das vor drei Jahren in glücklicher Zeit in sieben aufeinanderfolgenden Nächten geschrieben ward) mir noch einmal liebe und köstliche Menschen finden und werben wird, – das wusste ich innerlich; denn mir ist dieses Buch sehr herzlich lieb.

Aber nun hat sich schon lange, lange keine gute, zustimmende Zeile zu mir hergesucht, sehr allein und sehr verlassen geh ich meinen Weg; und das ist ja gut: ich habe es nie anders gewollt. Aber alle die Angst und Sorge die mit dem Glück und Geschenk des vergangenen Jahres kam und wuchs hat *das* in mir, was schafft, schwach und schwankend und bange gemacht: und darum war es gerade die Zeit, da ein solcher Brief wie der Ihre mit seiner grossen Liebe, Theilnahme und Anerkennung ein Wohlthun und eine Wärme ausströmte, die inmitten aller Ängstlichkeit mich ein wenig aufblühen macht. Oh ich danke Ihnen, liebe, liebe Frau, dafür dass Sie das Buch vom lieben Gott so gut zu empfangen, zu lesen und zu lieben wussten. Mir ist wenn ich Ihre herzliche Stimme höre als müsste ich noch viel so Gutes und Einfaches schaffen wie dieses Buch, mit dem ich mir Sie gewonnen habe. Ich bin aber ein sehr wehrloser Mensch (weil ich ein sehr banges, verlorenes, wehrloses Kind war) und wenn das Schicksal mich einmal anschreit, dann werde ich immer für lange ganz, ganz still und muss es bleiben, auch wenn ich unter dem Nicht-Mehr-Tönen namenlos leide Tag und Nacht. Liebe, liebe Frau Ellen Key, ich habe schon viele Bücher gemacht und seien Sie nicht ungeduldig oder halten Sie es nicht für aufdringlich, wenn ich Ihnen nun öfters etwas davon schicke, auch von den früheren. Die ganz alten sind leider nicht mehr zu haben (ich habe selbst keine Exemplare davon, und Sie verlieren auch nichts wenn Sie sie nicht kennen lernen!) aber gleichzeitig sende ich Ihnen ein kleines Drama »Das tägliche Leben«. Es ist auch schon 3 Jahre alt; voriges Jahr hat man es in Berlin aufgeführt und ein vielleicht zu ungeduldiges und eilfertiges Publikum hat es mit lautem Gelaechter erstickt; was mich nicht hindert die kleine Arbeit immer noch lieb zu halten. Dann folgen in den nächsten Wochen (sobald mein Verleger mir Exemplare schickt) die zwei Bücher nach, die nach dem Buch vom lieben Gott erschienen sind, ein kleiner Novellenband und ein Buch Gedichte. Und schliesslich gebe ich Ihnen sobald ich sie habe meine neuesten Arbeiten, die mit dem Frühling kommen sollen: eine Monographie der Worpsweder Maler-Gruppe, und dann das kleine Buch vom Werke Auguste Rodin's. Das alles, alles bittet um Ihre Liebe und Nachsicht und soll vor allem helfen uns Ihnen über alle fremde Ferne weg nahezubringen, damit wir auch wirklich ein wenig wie Ihre Kinder sein können, von denen Sie wissen, *mehr* wissen als alle anderen Menschen. –

Seltsam, schon zur Zeit als ich das Buch vom lieben Gott schrieb (ich wohnte damals im Schmargendorf bei Berlin) sehnte ich mich oft danach, Ihnen näher zu kommen; und ich wünschte es alle die Jahre, wenngleich es gerade jetzt da wir *keinen* gemeinsamen Freund mehr haben schwerer zu machen schien. Und nun ist es doch geworden ganz ohne Vermittelung und Mittler und es lässt sich nicht sagen, wie glücklich wir sind, dass Sie uns gut sind und von uns wissen.

Mit welcher Freude haben wir Ihren schönen »Madonnen«-Aufsatz gelesen und bejaht. Italienische Erinnerungen standen in mir auf und wenn wir nun im Louvre vor der »heiligen Anna selbstdritt« stehen, so haben wir von da aus nun auch eine Brücke an Sie zu denken. Wir thun es sehr, sehr oft!

Und Dank, dass Sie uns mit Bojer's verbunden haben: wir sehen und sprechen so gerne nordische Menschen und Bojers sind uns ganz besonders sÿmpatisch! Er besuchte mich etwa vor einer Woche und gestern waren wir beide in der rue Boulard, wo wir eine sehr liebe Stunde hatten. Könnte ich doch Ihre Sprache: es ist mir ein rechtes Herzeleid so ein schwedisches Buch in der Hand zu halten und doch nicht hineingehen zu können. »Theodora« muss sehr interessant und merkwürdig sein, ich hoffe nun bald die Übersetzung lesen zu können. Wie lieb ist Frau Bojer, wie schön und wie einfach in ihrer Schönheit. Und das Kind war so lieb, es ist beinahe ganz im Alter unserer kleinen Ruth. – Aber wie schade, dass die schwedischen Menschen auch aus ihrer schönen Heimath fortgehen und in der Fremde herumziehen, heimatsuchend. Bojer's waren nun schon drei Jahre in Italien und wollen nun wieder zwei Jahre in Paris bleiben! Wir denken immer, dass wir nicht fortgehen würden, wenn wir da in Ihrem Norden eine Heimat hätten.

Da sind alle Menschen ernst und gut, besonders die Frauen, und man kann sich gar nicht denken, was für Gründe es giebt für lange fortzugehen. Und Frau Ljunggren, die nun gar nach dem schrecklichen Amerika gehen muss. *Musste* das sein!? Wir haben gelitten, als wir ihren langen Brief neulich lasen, gelitten an ihrem grossen, grossen Leid; aber wir haben sie auch lieb um des grossen jungen Muthes willen, mit dem sie ihres Lebens Bau neu beginnt. In diesen Tagen hat sie wohl ihre schwere Fahrt in die Fremde (die ich mir immer als die fremdeste gedacht habe!) begonnen; unsere Gedanken suchen sie jetzt irgendwo auf den weiten Wassern und möchten sie begleiten und beschützen .... Aber wie ist das? Ist es denn möglich in dem amerikanischen Land mit einer Arbeit der Hände viel, viel Geld zu verdienen, so dass man für ein weiteres Leben sparen und zurücklegen kann? Vielleicht hätten wir dann auch so etwas thun müssen, um unserer ungewissen Zukunft die Noth zu nehmen und die tägliche Angst vor der Noth ... Aber, selbst wenn man das in Amerika kann, dienend Geld zusammensuchen und ersparen, – wir fühlen doch nicht mehr Jugend und blindvertrauenden Muth genug in uns zu solchem Thun. Wir können nicht die nächsten 2 oder 3 Jahre von unserem künstlerischen Thun und Streben absehen; denn wir stehen nun schon zu tief drin und müssen wohl darin leben und sterben. Ist das unrecht vielleicht? Sollte man vielleicht sich zu einem ruhigen Handwerk retten und nicht bange sein um das was an Frucht tief in einem reift, hinter allem Rühren und Regen. Manchmal denke ich es wäre ein Ausweg, weil ich immer mehr einsehe, dass für meine Art nichts schwerer ist und gefährlicher als mit dem Schreiben Geld verdienen wollen. Ich kann mich sogarnicht zum Schreiben zwingen; und allein schon das Bewusstsein, dass zwischen meinem Schreiben und des Tages Nahrung und Nothdurft eine Beziehung besteht, genügt, mir die Arbeit unmöglich zu machen. Ich muss auf das Klingen warten in der Stille und ich weiss wenn ich das Klingen *dränge*, dann kommt es erst recht nicht. (Es ist so selten gekommen in den letzten zwei Jahren.) Manchmal ist es da, dann bin ich der Herr meiner Tiefen, die sich aufthun strahlend und schön und schimmernd im Dunkel; aber ich habe nicht den Zauberspruch gethan, Gott thut ihn, wenn es Zeit ist, – und mir gebührt nur, geduldig zu sein und zu warten und meine Tiefen gläubig zu ertragen, die wenn sie verschlossen sind wie ein schwerer Stein sind viele Tage des Jahres. Aber das Leben kommt dann und will mich irgendwie benützen, mich und meinen Stein. Da werde ich immer ganz hülflos und bange und möchte ihn oft schon gerne verwenden wie er ist, ohne an seine Tiefen zu denken. Aber auch das kann ich nicht; denn ich habe in schlechten Tagen nur tote Worte und die sind so leichenschwer, dass ich mit ihnen nicht schreiben kann, nichtmal einen Brief. Ist das schlecht, schwach? Und doch will es Gott so bei mir.

Liebe, liebe Frau Ellen Key, es ist ein langer Brief geworden, in dem überflüssiges steht, (denn wann wären Klagen nicht überflüssig?) aber Sie nehmen es gut auf, nichtwahr? Nun schreibt auch meine Frau bald einmal. Sie liest diesen Brief und will, dass alles Liebe darin auch von ihr gälte. Und das thut es auch!

Wir denken an Sie voll Liebe und Dankbarkeit und sind und bleiben Ihnen so nahe als möglich!

Ihr Rainer Maria Rilke.

6. Ellen Key an Rilke

⟨Stockholm⟩
49 Valhallavägen
17/2 1903

Lieber Freund! Nur ein Wort um zu sagen: daß Buch und Brief gekommen sind und wenn Sie nächstes Mahl was senden brauchen Sie *nicht* einschreiben: unsere Post (wie ***Alles*** bei uns) ist sehr sicher. Ich freue mich über Bojers. Nun, nehmen Sie die Bojers mit und suchen Sie ein junges Künstlerpaar – *Bruder und Schwester*) Andersen-Milles 10b Boulevard de Montparnasse. Beide *Skulptöre* – er *sehr* begabt – Sie sehr lieb und auch begabt! Ich habe sie über Ihnen und Bojers geschrieben. Die Milles sind, stille, feine, junge Menschen zwischen 25-30 Jahre. Ich bin *glücklich* Ihnen und Ihre Frau lieben zu können!

Ihre Freundin Ellen Key

Wenn ich das Buch gelesen habe, schreibe ich.

7. Rilke an Ellen Key

Paris, 3 rue de l'Abbé de l'Epée.
am 9. März 1903.

Verzeihen Sie, liebe Frau Ellen Key, dass in der letzten Zeit so viel von mir zu Ihnen kam; das Worpswede-Buch und meine beiden anderen jüngsten Bücher, die durch Axel Juncker zu Ihnen gingen. Nun haben Sie alles, und es kommt nur noch das Rodin-Buch in acht oder zehn Tagen. Verzeihen Sie also, dass die Sendungen gar kein Ende nehmen und dass ich Ihnen lauter Dinge von mir in die Tage schütte; es ist nicht Aufdringlichkeit: Sie wissen und fühlen es; es ist eine neue Art Dankbarkeit die ich nun zu meinen Büchern habe, dafür, dass sie mich Ihnen näher bringen. Sie müssen auch nicht Alles lesen, was ich Ihnen geschickt habe; mir thut es schon wohl, diese Bücher bei Ihnen, in Ihrem Leben zu wissen.

Denken Sie: eben kam Bojer zu mir und sagte mir, dass seine Frau (mit seiner Hülfe) versuchen will, meine Geschichten »Vom lieben Gott« ins norwegische zu übertragen. Ich habe mich so über diese gute Nachricht gefreut, dass ich sie Ihnen gleich schreiben muss; wenn dieses Buch zu Ihren Landsleuten kommen könnte in einer guten und feinfühligen Übersetzung, – das ist mir ein liebes Gefühl, eine Freude, wie ein Weg zu vielen lieben Menschen, der sich unvermuthet aufthut.

Für Ihre liebe letzte Karte haben wir Ihnen noch gar nicht gedankt, und auch bei Miller's [!] sind wir noch nicht gewesen. Das kommt so: meine Frau hat eine grosse Arbeit, einen Auftrag, der sie sehr in Athem hält und sie Tag und Nacht innerlich beschäftigt, und mir geht es seit Wochen nicht gut und, ohne Übertreibung, fast schlecht. Ein trüber Influenza=hafter Zustand mit Fieber, wechselnden Schmerzen und grosser Unfrische und Unfrohheit will nicht von mir weichen, wie sehr gut meine Frau auch mich umsorgt und wie sehr ich selbst mich auch nach einem Ausgang zu Muth,

Gesundheit und Arbeit sehne. Vielleicht ist es Paris, das ich gar nicht mehr ertragen kann, besonders jetzt in seinem schwankenden, unsicheren Wetter, in dem die Sonne so heiß und der Schatten so kellerkalt und alles so unruhig ist.

Wenn es nun gar nicht anders werden will, so will ich sehen, dass ich für ein paar Wochen in irgend einen schon vollendeten und ruhigen Frühling flüchte und besonders an irgend ein grosses Meer; denn ich kenne des Meeres Macht und Wohlthun und habe es oft mit allen Sinnen wie eine Zukunft empfangen in mir; ich glaube es könnte mir auch diesmal helfen. Zu dem Meere und zu den Ebenen geht mein Vertrauen; darum war es auch gut in Westerwede zu wohnen, wo das Leben der Ebene, der weite Wind und die geräumige Nacht über dem liegenden Land hinter jeder Stunde und um jedes Tages kleinste Dinge war mit unvergesslicher Gegenwart.

Es thut uns so wohl zu denken, dass Sie nun (durch das Buch von Worpswede) auch etwas von dem Lande erfahren haben und wissen, wo wir einsam in einem der Strohdachhäuser wohnten, auf unser Kind wartend und es empfangend in einer zur lauschenden Feier gewordenen Einsamkeit.... Nun wissen Sie, wo unsere Ruth geboren worden ist, in was für einem seltsamen, weiten Land ...

Von ihr, von Ruth, hören wir liebes und gutes und denken in allen stillen Stunden an ihr kleines wachsendes Leben..

Von Clara Westhoff, meiner lieben Frau, soll ich Ihnen, liebe, verehrte Freundin, das Allerherzlichste sagen, ganz dasselbe was ich sage. – Wir lesen jetzt gerade Karl Larsen's »Was siehst Du aber den Splitter«* und haben alle Freude besonders an Thora's Mädchengestalt, die sich meisterhaft darstellt. –

Alles Liebe und Dankbare täglich von Ihrem

Rainer Maria Rilke.

---

* Ein ernstes und wichtiges Buch!

8. Ellen Key an Rilke

Sthm 49 Valhallavägen
12/3 1903

Lieber Mensch – wie glücklich bin ich daß *Sie leben* und in *mein* Leben getreten ist! Ich habe von Juncker *Die Letzten* und *Das Buch der Bilder* bekommen und nun *Worpswede* von Ihnen selbst! Die Gedichte habe ich noch nicht gelesen – aber die zwei andere Bücher und ich meine daß ich gar nicht sagen kann wie ich diese zwei liebe! Ich bin froh daß ich schon im Anfang (wenn sie wenig berühmt waren) die *Worpsweder* entdeckte (wie ich Thoma und Leistikow entdeckte) – ohne Etwas von ihnen zu wißen – Und Sie haben die Worpsweder *verstanden* so wie Kunst verstanden werden muß: »Lieben heißt tief verstehen« sagt ein schwedischer Dichter. Aber Sie finden immer neue Worte, neue unendlich zarte, feine Worte um Ihre Liebe zu *sagen*. (Ihre Frau muß die schönsten Liebes-Briefe der Gegenwart haben?!?) Sie sind ein Wunderkind – oder ein Königsohn mit eine Königsreif ums Haar: ich weiß ja nicht wie alt Sie sind und was Ihres Leben gewesen ist!? Es kommt mir vor Sie müßten eine sehr zarte, vornehme Mutter haben, welche immer traurigen und innigen Lieder über Ihre Wiege gesungen hat, eine Wiege in ein Zimmer mit alte Gobelins aber mit ein Fenster offen gegen ein großer Wald und mit frische Blumen auf den Boden gestreut.

Ihre Seele ist mir eine Freude, eine Gnade und ein wonniges Wunder. Ich möchte daß Sie nach London ginge, um da in das Print-Room vom British Museum alle *die Bücher* W. ***Blake's*** zu sehen. *Sie allein* könnte über dieses Wunder schreiben. Sie schreiben nicht – Sie knospen – glaube ich?

Ruth Anderson-Milles wohnt 127 Rue du Cherche Midi. Suchen Sie sie – Ihre Frau wird Vergnügen darin haben.

Wie sehne ich mir nach Ihren *Rodin*!

Wie lieb und reich Ihren Brief. Sehen wir uns?? Im Herbst gehe ich nach Italien für ein Jahr. Kennen Sie den junge Mahler E. *Wery* in Paris? 5 Rue Emil Allez. Gehe zu ihm und grüße von mir. Ein herrlicher Mensch und eine liebe Frau. Grüßen Sie die Bojers, Ruth –

Ihre Freundin Ellen Key

P. S. Wor vielen Jahren war ich sehr unglücklich und wollte nicht leben. Nachher, jedes Mahl wenn ich Jemanden helfen kann und jedes Mahl wenn ich was herrliches erlebe denke ich: es war doch gut daß ich den Muth hatte durchzukommen.

Und grade Heute ist mir der Gedanken gekommen: Vie gut daß ich lebe – sonst hätt ich auch nicht Rainer Maria Rilke erlebt.

Nun verstehen Sie wie ich es meine, daß ich Ihnen dankbar bin. Jede neue Seele, welche ich ganz freudisch entgegen kommen kann, ist mir im tiefsten Sinn

Lebensbejahung.

Diesen Herbst habe ich eine andere solche Seele eine kranke Finnländerinn gefunden. Und wie unerwartet. So waren Sie auch! Und Alles *Schönste* ist ja immer unerwartet: Gnade.

9. Ellen Key an Rilke

⟨Stockholm⟩ 49 Valhallavägen
⟨23. 3.⟩ 1903

März 23 (22 ist ein heiliger Tag – Goethes Sterbetag. Ich feierte den Tag durch eine Vorlesung über »Männer, Frauen und Kinder«______!!) So ziemlich das – Universum?!!?

Mein Freund!

Ihren lieben (9/3) Brief kam *nach* die Sendung von *mein* letzter! Und nun kam *Die Zeit* wodurch ich ein Antwort bekam: ob Sie nicht ein Kind aus ein *altes* Geschlecht war?! Ich selbst bin von meine Mutter Seite (eine Gräfin Posse) mit das beste Blut Schwedens, mit deutsche Kaiser und nordische Könige verwandt und zeit unser Gustav Adolph – meine schottische

Familie, ein Zweig aus der große Klan Mac Key – ist mir die meines Vaters d. h. zeit 1600 Jahrhundert gekannt: auch da nur Krieger, Gutsbesitzer Rechtsanwalte – nie ein Priester oder Kaufmann!

Vielleicht haben Sie die ähnliche Vorgeschichte – und wir beide so die Möglichkeit uns so zu lieben und zu verstehen?! Denn ich werde ganz *dankbar*, *fromm freudig* wenn ich Ihnen lese! Ich habe keine Worte dafür. Oder vielleicht doch: *Gottesgabe* – aber das schöne Wort ist verdorben!

Ich bin so froh daß Sie Bojers nahe kommen. Grüßen Sie die lieben Leute innigst von mir und sagen Sie Ellen Bojer, wie ich mir freue daß sie mein Gebetbuch – *Vom lieben Gott* – übersetze! Suchen Sie die kleine Ruth Milles – die wird Ihre Frau freüen; eine liebliche Kinderseele und eine tüchtige Sculptrise!

Sage Bojers daß ich nun nach Kristiania gehe um über *die Ehe* im *Studenten Verein* zu reden: so nach Göteborg, erst nach Ostern bin ich wieder in Stockholm.

Wie freue ich mir mit ihnen daß es die Kleine gut geht! Welche Freude Briefe zu bekommen – wie lieb wird Ihnen der Briefträger sein!

Sende mir Ihren und Frau Klaras Bild – wenn Sie eines *habe*? Wie *alt* sind Sie? Und *wo* geboren? Und *Vater* – und *Mutter*? Und *Religion* (=Tauf)*? Katholisch? Ich möchte Alles mögliche wißen. Weil ich Ihnen besser verstehen will daß heisst besser lieben.

Ihre Freundin
Ellen Key

Wie schöne Bilder in *Das Buch der Bilder*! »... Die Augen geh'n mir über«. ..... Ich danke Ihnen!

⟨auf dem Umschlag⟩ Vergesse die *Werys* nicht. Sie und Bojers werden Freüde dadurch haben. **Obs** Ich muß Ihre *andere* Gedichte haben?!?!

---

* Die wirkliche kenn ich: das Leben durch die Seele gesehen!

10. Rilke an Ellen Key

Viareggio bei Pisa (Italien)
Hotel Florence
am 3. April 1903.

Wie soll ich Ihnen, liebe Ellen Key, danken für Ihre beiden so unsäglich liebevollen Briefe? Ich möchte Ihnen am Liebsten einen langen, langen Brief schreiben, ein ganzes Buch, und Ihnen erzählen, wie alles war, wie meine Kindheit war, meine schwere schwere Kindheit. Aber ich *kann* es nun nicht! – Ich bin endlich doch mit schwerem Entschluss von Paris fortgegangen, wollte erst an der Riviera di Levante bleiben, die ich aber überfüllt fand, wie ein volles schwüles Zimmer. Da trieb ich denn noch weiter bis in diesen stillen Ort an einem bewegten, lebenden Meer, der zwischen Pisa und den Marmor-Bergen von Carrara liegt. Im Sommer ist es ein grosses, mondänes Seebad, – jetzt aber nichts weiter als eine kleine Stadt mit leeren Gassen, von Pinien-Wäldern eingeschlossen und weit aufgethan von einem mächtigen Meer. Hier war ich schon einmal vor 5 Jahren und es waren Tage voll Wohlthun, die mir damals hier gegeben wurden, Sonnen-Tage, die der Advent vieler Lieder waren. Darum habe ich Vertrauen zu diesem Ort und will versuchen eine Weile hier zu wohnen.

Sie sind indessen auch unterwegs, tragen Ihr liebes, ragendes und rufendes Wort zu Vielen, die danach Hunger haben. Meine Gedanken und Wünsche begleiten Sie auf dieser Fahrt; und ich sende Ihnen diesen Brief nach und: das Rodin-Buch, das nun endlich erschienen ist. Möchte es Ihnen Freude machen. Sie glauben nicht, wie glücklich ich Ihres Verstehens, Ihrer Zustimmung und Ihrer Liebe bin, und wie aus dem Tiefsten heraus ich Ihnen alles dies wiedergebe, verehrte Freundin. Mir ist, als hätten es meine Bücher nie, noch nie so gut gehabt, wie bei Ihnen. Sonst hat sie selten jemand so aufgenommen, so verwöhnt mit Wärme.

Ich *danke* Ihnen!

Ihr 2. Brief ist mir aus Paris her nachgeschickt worden. Ich war schon fort als er kam. Aber meine Frau hat ihn dort geöffnet und Bojers alles mitgetheilt, was Sie sie wissen lassen wollten. Sie sieht Bojer's oft, ist sehr beschäftigt, und ich habe gute Nachrichten von ihr.

Ja, liebe Frau Ellen Key, Sie sollen möglichst bald Bilder von uns haben; wir haben, glaub ich, noch ein paar Exemplare zu vergeben, und wir wollen auch, dass Sie uns bald kennen sollen! Es kommt natürlich auch Ruths kleines Bild mit. Sollten keine Abzüge von den letzten (westerweder) Aufnahmen mehr da sein, so lasse ich welche machen: Sie müssen sich dann noch einige Wochen gedulden.

Schwerer wird es mit den alten Büchern sein. Ich glaube, dass ich von den meisten selbst kein Exemplar mehr habe und die Verleger giebt es nicht mehr! Und was ich etwa von den alten Büchern besitze, liegt in Kisten noch in Worpswede, und ich kann nicht dazu gelangen. Aber Wilhelm Michel, der den Aufsatz in der »Zeit« geschrieben hat, hat noch einiges Material; und ich will sehen und sorgen, dass Sie mit der Zeit alles kennen lernen; ich bin ja *so froh* und *glücklich*, dass Sie es wollen.

Oh und Ihnen sonst zu sagen: wer ich bin, das ist schwer. Ich habe eine Hoffnung, dass wir uns bald einmal begegnen (und vielleicht wird es hier in Italien sein!): dann will ich Ihnen viel erzählen von mir, gleichsam um nachzuholen, was Sie doch eigentlich längst wissen müssten: denn es ist mir, als wären Sie mir immer nahe gewesen!

Ja, meine Familie ist alt. Schon 1376 gehörte sie dem Kärntner-Ur-Adel an, später wandert sie (wenigstens theilweise) nach Sachsen und Brandenburg aus, und im 17. und in den ersten Jahrzehnten des 18. Jh. blüht sie reich in drei mächtigen Zweigen. Dann kommt der Verfall, Prozesse, die das ganze Vermögen vernichten und Verlust aller Güter und Landschaften und: Armuth, fast Namenlosigkeit. Nach einem Jahrhundert fast, das in Dunkel vergeht, kommt mein

Urgrossvater wieder zu Macht. Er ist Herr auf Kamenitz an der Linde, (eines Schlosses in Böhmen, wohin die Familie in der bangen Übergangszeit ausgewandert war). Er sammelt die alten Traditionen, er rettet, was eben schon verklingen will, des Geschlechtes uralten Namen vor der Vergessenheit. Aber gleich hinter ihm schliesst sich die Tiefe wieder. Mein Grossvater, der noch auf Kamenitz seine Knabenzeit verbrachte, ist später Gutsverwalter auf einem fremden Gute. Mein Vater beginnt die Offizierslaufbahn (einer Familientradition folgend) geht aber dann zur Beamten-Carrière über. Er ist Bahn-Beamter, bekleidet bei einer Privat-Bahn einen ziemlich hohen Posten, zu dem er sich mit unendlicher Gewissenhaftigkeit hinaufgedient hat. Er lebt in Prag. *Dort* bin ich geboren. Vor siebenundzwanzig Jahren.* Von meiner Mutter Familie weiss ich nichts. Ihr Vater war ein reicher Handelsherr, dessen Vermögen an einem verlorenen Sohne zerbrach. Mein Kindheitsheim war eine enge Miethswohnung in Prag; es war sehr traurig. Die Ehe meiner Eltern war schon welk, als ich geboren wurde. Als ich neun Jahre war, brach die Zwietracht offen aus und meine Mutter verliess ihren Mann. Sie war eine sehr nervöse schlanke, schwarze Frau, die etwas unbestimmtes vom Leben wollte. Und so ist sie geblieben. Eigentlich hätten diese beiden Menschen sich besser verstehen müssen, denn sie geben beide unendlich viel auf Äusserlichkeiten; unser kleiner Hausstand, der in Wirklichkeit kleinbürgerlich war, sollte den Schein von Fülle haben, unsere Kleider sollten die Menschen täuschen und gewisse Lügen galten als selbstverständlich. Ich weiss nicht wie es mit mir war. Ich musste sehr schöne Kleider tragen und ging bis zur Schulzeit wie ein kleines Mädchen umher; ich glaube meine Mutter spielte mit mir wie mit einer grossen Puppe. Im Übrigen war sie immer stolz, wenn man sie »Fräulein« nannte. Sie wollte

* (In der kathol. Taufe erhielt ich die Namen: René Maria)

für jung gelten, für leidend und für unglücklich. Und unglücklich war sie ja wohl auch. Ich glaube wir waren es alle.

Bald nachdem sie das Haus verliess, wurde ich in eines unserer grossen Offiziers-Erziehungs-Häuser gesteckt. Ich war zehn Jahre. Nach der ärgsten Verzärtelung, kam ich (der nie Geschwister oder Gespielen gekannt hatte bisher) unter fünfzig Knaben, die mir alle mit der gleichen höhnischen Feindschaft begegneten. Unteroffiziere erzogen uns. Was ich in diesen fünf Jahren (denn solange blieb ich trotz Krankheit, trotz Widerstand in dieser Anstalt) erlitt, ist ein Leben für sich: ein langes, schweres Leben. Meine Eltern ahnen auch heute noch nichts davon. Sie könnten es nicht verstehen. Als ich austrat und die Uniform auszog, wusste ich, dass sie mir ganz fern waren. Und das zeigte sich nun immer wieder. Man steckte mich in eine Handelsschule, in Verhältnisse, die mir fast den Untergang brachten, bis ein Bruder meines Vaters mich (ich war damals schon 16 Jahre) privat das Gymnasium studieren liess. Mit Aufwand aller Kräfte überwand ich die 8 Classen in 3 Jahren und machte die Reifeprüfung. Dann war ich müde. Es kam eine Zeit, da ich meine Eltern hasste, besonders meine Mutter. Mit den Jahren streifte ich diesen Irrthum ab. Ich sehe meine Mutter manchmal und fühle über alle Fremde, dass sie sehr unglücklich ist und sehr allein. Und meinem Vater möchte ich viel, viel Liebe thun. Er ist von einer unsagbaren Güte, und mein Leben, das er nicht verstehen kann, ist ein Gegenstand rührender täglicher Sorge für ihn. Ich weiss, dass er sich unendlich danach sehnt, zu wissen, wer ich bin und was ich thue, aber, da wir arm sind, so sieht er über allem nur das Eine: dass ich mir mein Brot nicht verdienen kann, und deshalb fasst er kein Vertrauen zu meinem Können, oder muss es doch immer wieder aufgeben. Und ich leide, leide immer mehr darunter, dass ich immer noch aus seiner Hand leben muss, obwohl ich weiss, dass es ihm schwer fällt: aber ich finde keinen anderen Ausweg.

Für das Meine giebt mir niemand Brot, und ich weiß, dass ich nicht Kräfte genug habe um mich zu theilen, in einen, der verdient und einen, der schafft. Und selbst wenn ich alle Kräfte der Welt hätte, so müsste ich *alle* Kräfte dem Wichtigen in mir geben: es hat ein Recht darauf. Ist das nicht so?! Sagen Sie mir, meine Freundin! Die letzten, zwei Jahre, seit meiner Verheiratung, hab ich ja versucht, zu verdienen, immerfort, Tag um Tag: dabei ist nicht viel herausgekommen, einerseits, und andererseits hab ich dabei *so viel* eingebüßt. Wissen Sie, ich fürchte manchmal, dass ich alles dabei verloren habe! – Ich habe ja gewusst, dass ich *nur* aus innerster Nothwendigkeit schreiben kann, aber ich habe, als ich verdienen wollte mit meinem Schreiben, damit gerechnet, dass diese innerste Nothwendigkeit *oft* über mich kommt. Aber, wollen Sie es mir glauben, liebe und verehrte Ellen Key: seit ein äußerer Zwang bestand, kam diese Nothwendigkeit seltener und seltener und in der letzten Zeit hat sie fast ganz aufgehört. Sie können sich nicht vorstellen, *was* ich leide und alle die letzten Monate gelitten habe; ich weiß, dass ich nicht ausgegeben bin; aber die kleinen und fortwährenden Gedanken an den Alltag und seine unwichtigsten Dinge verwirren mich so, dass ich mich des meinen nicht mehr entsinnen kann. Wie soll ich Ihnen das sagen: früher vernahm ich alle meine Stimmen in mir; jetzt ist es, als hätte jemand die Fenster geschlossen nach dem Garten, in dem meine Lieder leben: fern, fern hör ich etwas, und horche und kann es nichtmehr unterscheiden. Mein Kopf ist voll lächerlicher Additionen. Und kaum ist ein Verdienst da und ich denke daran, dass ich mich nun sammeln darf zu dem Eigenen, – da ist es auch schon wieder Zeit, an den *nächsten* zu denken, und wo er zu finden sein wird, und wie ich ihn erringen könnte. Darüber geht meine Nervenkraft hin, meine Zeit, mein Muth und ich versäume mich, Tag für Tag und bin dort, wo ich nicht mehr hinreiche, voll überblühter Blumen, deren welkende Düfte mich mit Last erfüllen. – Es ist ja nicht so neu für mich dieses Gefühl. Meine ganze Kunst ist von ihrem ersten Tage an gegen Widerstände aufgewachsen: gegen das Gelächter und den Spott der Unteroffiziere an, gegen meinen Vater, gegen alle, die um mich waren; diesmal aber ist es gefährlicher als sonst. Denn mit dieser Idee und Nothwendigkeit des Verdienstes ist der Widerstand, der bislang immer von den Anderen, *von Außen* kam, *bei mir selbst* eingetreten, ich trage ihn mit mir überall hin, ich kann ihm nicht entgehen, und darum bin ich so bange um alles Wichtige in mir. Grenzenlos bange. Nun bin ich hier hergereist, um mich zu erholen und zu sammeln, um vielleicht an diesem lieben, von einer guten Vergangenheit beschützten Ort zu mir zurückzukommen; zwei Wochen sind nun schon hier vergangen, ich bin noch nicht gesund – und doch müsste ich eigentlich schon wieder anfangen an die Zukunft zu denken, zu sorgen ... Und der Gedanke an das Geld, der sonst für mich nicht so einzeln bestanden hat, hat andere Qualen mitheraufbeschworen: diese z. B., dass ich nun auf einmal weiss, dass meine Bildung zu gar keiner bestimmten Stellung ausreicht, kaum zu einer journalistischen Thätigkeit. Und vor *der* gerade habe ich ein namenloses Grauen! Ich fühle zu deutlich die Schein-Verwandtschaft zwischen Litteratur und Journalismus, von denen das eine eine Kunst ist und also die Ewigkeit meint und das andere ein Gewerbe mitten in der Zeit: mehr in der Zeit als irgend eines sonst. Und der Zeit bin ich so fern, allen ihren Wünschen und allen ihren Erfolgen; ich *kann* nicht an ihr theilnehmen. Ich habe nichts *in* ihr, nichteinmal ein Heim. Ich lebe nicht in Träumen, aber im Anschauen einer Wirklichkeit, die vielleicht die Zukunft ist. In Russland nur, auf meinen beiden weiten Reisen durch dieses Land, habe ich Heimat gefühlt, dort war ich irgendwie zuhause, vielleicht weil man dorten so wenig von der Zeit, von dem Zeitlichen, merkt, weil dort immer schon Zukunft ist und jede Stunde näher an der Ewigkeit vergeht. Ich dachte immer, dass ich einmal dort wohnen müsste ....

Aber nun hab' ich kaum Pläne mehr; nun scheint es mir ein unendlicher Übermuth, Pläne zu haben, da doch das Allernächste so bang, so dunkel und so voll kleinster Fragen ist. Es scheint mir, als wäre ich mitten in Netzen; ich fühle diese Netze an meinen Händen bei jeder Gebärde, die sich frei erheben will.

Einen Tag denke ich, ich müsste dieses thun um endlich leben zu können; den nächsten Tag glaube ich, ich müsste meine Studien irgendwie beenden; dann wieder suche ich nach irgend einem Menschen, der meine Noth versteht, ohne mich für einen Bettler zu halten: wovor ich am Meisten Furcht habe. Und schliesslich bleibt für nichts Zeit, und wenn ein Unwohlsein kommt, so hab ich kaum mehr Widerstand genug es abzuwehren in allen diesen jagenden Sorgen, und so zieht sich alles um mich zusammen und lehnt sich auf gegen die Blumen in mir ...

Wie soll das besser werden? Ich habe 11 oder 12 Bücher geschrieben und habe fast nichts dafür bekommen; nur 4 davon sind überhaupt bezahlt worden. Die übrigen Verleger (die Insel und auch Juncker z. B.) haben meine Bücher genommen *ohne* zu zahlen. Die Monographie Worpswede's war ein Auftrag, der gut honoriert worden ist, – aber das Rodin-Buch, in dem ich monatelang gelebt habe, hat nur 150 Mk gebracht! Und im Innersten ist dabei etwas in mir, was gar nicht will, dass diese Bücher bekannt werden sollen; eine Sehnsucht nach dem Namenlosbleiben füllt mich aus, und ich möchte gerne verlorengehen hinter meinen Liedern wie irgend ein vergangenes Volk ... Aber das ist wieder – »unklug« wie mein Vater sagen würde ....

Warum ich Ihnen das alles sage, liebe, liebe Frau Ellen Key. *Wem* soll ich es sagen? Meine liebe junge Frau weiß es und trägt es treu mit mir, und trägt ihr eigenes Los dazu, das ähnlich ist, und trägt die Trennung von unserem kleinen

Kinde um ihrer ernsten Arbeit willen. – Aber über mir ist die Last *so groß* geworden, und ich möchte so gerne zu einem nahen Menschen davon sprechen und diesen Menschen, der mich versteht und liebt, fragen: glaubst Du, dass es da einen Ausweg giebt? Muss ein Wunder geschehen, damit ich eine Weile Stille finde und das Meine wieder klingen höre; – und wenn ein Wunder dazu nöthig ist: soll ich leben und glauben, dass es kommen wird? Oder was soll ich thun? Habe ich unrecht, mich nach dem Wichtigen in mir Tag und Nacht wundzusehnen, da das Unwichtige, mit der Stimme des Lebens, mich ruft? Aber nein, ich glaube, das ist nicht die Stimme des Lebens. Denn *das* wollte ich Ihnen noch sagen, theurer Mensch: Ich liebe das Leben, und ich glaube daran! Alles in mir glaubt daran. Sie haben gefühlt, dass meine Briefe im Schatten irgendeines Grames liegen und deshalb steht in Ihrem letzten Schreiben dieses schöne, gute, glokkenreine Wort von der Lebensbejahung.

Als Kind, als alle immer schlecht zu mir waren, als ich mich so unendlich verlassen fühlte, so ganz ins Fremde verirrt, da mag es eine Zeit gegeben haben, wo ich mich fortsehnte. Aber dann, als die Menschen mir fremd blieben, zog es mich zu den Dingen und von ihnen athmete mich eine Freude an, eine Freude zu sein, die immer gleichmäßig ruhig und stark blieb und in der nie ein Zögern oder ein Zweifel war. In der Militärschule, nach bangen, langen Kämpfen gab ich meine heftige katholische Kinder-Frömmigkeit preis, machte mich von ihr frei, um noch mehr, noch trostloser allein zu sein; von den Dingen aber, von ihrem geduldigen Dulden und Dauern, kam mir später eine neue grössere und frommere Liebe, irgend ein Glaube, der keine Angst hat und keine Grenze. In diesem Glauben ist auch das Leben ein Theil. O wie ich daran glaube, an das Leben. Nicht das, das die Zeit ausmacht, jenes andere Leben, das Leben der kleinen Dinge, das Leben der Thiere und der grossen Ebenen. Dieses Leben, das durch die Jahrtausende dauert, scheinbar ohne Theilnahme, und doch im Gleichgewicht seiner Kräfte voll Bewegung und Wachsthum und Wärme. Darum lasten die Städte so auf mir. Darum liebe ich es, barfuss weite Wege zu thun, um kein Sandkorn zu versäumen und meinem Körper in vielen Formen die ganze Welt zu geben zum Gefühl, zum Ereignis, zur Verwandtschaft. Darum lebe ich, wo es geht, von Gemüse, um dem einfachen, durch nichts fremdes gesteigerten Lebensbewusstsein nahe zu sein; darum geht kein Wein in mich ein: weil ich will, dass nur meine Säfte reden und rauschen sollen und Seligkeit haben sollen, wie in Kindern und Thieren, tief aus sich selbst!..

Und darum will ich auch allen Hochmuth weit von mir abthun, mich nicht heben über das allergeringste Thier und mich nicht herrlicher halten als einen Stein. Aber sein was ich bin, leben, was mir zu leben gesetzt war, klingen wollen, was keiner sonst klingen kann, die Blüthen bringen, die meinem Herzen befohlen sind: das will ich – und das *kann* doch nicht Überhebung sein.

Theure Freundin, ich habe so schwere, so schwere Tage. Aber es kann auch nicht mehr schwerer werden, und vielleicht, wenn Sie alles das lesen, finden Sie irgend ein Wort, an dem ich mich ein klein wenig aufrichten kann. – Mein Vater hat mir, wenn es nicht mehr geht, in seiner lieben, immer bereiten Güte, die Aussicht gestellt, mir einen Beamten-Posten zu verschaffen in Prag. Er ahnt ja nicht, dass es für mich nur eine neue »Militär–Schule« wäre. Ich aber fürchte mich vor dieser Rettung wie vor dem Kerker. Ich weiss, dass ich sterbe, wenn ich mehr als 3/4 des Tages in kalten Bureau-Zimmern Zahlen schreiben soll; ich weiß, dass dann alles, alles zu Ende ist und für immer. Und ich fürchte mich namenlos davor!

Ich muss so oft an Ellen Ljunggren denken. Wird sie durchsetzen, was sie gewollt hat?* Müsste ich auch so etwas

---

* (Haben Sie Nachricht von ihr?)

thun? Zwei, drei Jahre lang *nur* verdienen und dann ..... aber mir ist, als wäre ich jetzt schon viel, viel zu lange fort von dem Meinen: es war so viel, was noch kommen wollte!...

Nun wissen Sie viel von mir, liebe Frau Ellen Key, mehr als Sie wissen wollten: verzeihen Sie das Unbescheidene, das in diesem Zutrauen liegt; ich wusste, da ich diesen Brief begann, nicht, dass ich Ihnen alles das sagen würde; es kam so über mich, es riss mich mit; wo hätte ich einhalten sollen?

Und Sie hätten ja dann doch auf jedem meiner Briefe immer wieder den Druck gefühlt, den Schatten irgend eines fremden Dinges, das Sie nicht kennen. Nun werden Sie alles verstehen und das sollen Sie.

Sie haben sich in einem Ihrer lieben Briefe meine Mutter vorgestellt, als eine schöne und vornehme Frau, deren Hände von den Blumen zu ihrem Kinde kamen; wie oft habe ich mich nach einer solchen Frau gesehnt; nach einer Mutter, die Grösse, Güte, Stille und Wohlthun ist .... In der Vergangenheit meines Geschlechtes muss es solche Frauen gegeben haben, denn manchmal fühle ich etwas von ihrer Gegenwart, wie das Licht eines fernen Sternes, wie einen dunklen Blick, auf mir ruhen. Ihnen aber habe ich geschrieben, wie ich so einer Mutter geschrieben haben würde, oder einer älteren Schwester, die mehr vom Leben weiss und von den Menschen als ich.

Nehmen Sie es in Ihre grosse, grosse Güte auf!

Und nehmen Sie zugleich das Rodin-Buch. Und dabei noch eine Bitte: Ich lege noch ein zweites Exemplar des Rodin-Buches bei; wollen Sie dieses, *wenn es Ihnen gar keine Umstände macht* in die Hände Georg Brandes' gelangen lassen? Ich kenne seine Adresse nicht, und ich möchte so gerne, dass er es *sicher* bekäme. (Meine letzten beiden Bücher hat ihm, glaub ich, Juncker geschickt, aber ich weiss nicht, ob er sie erhalten hat.) Aber *nur* wenn Sie keine Mühe damit haben. Und Dank!

Haben Sie nun noch Schnee und Winter? Und wie bricht dann der Ostermorgen an? Wann hebt Ihrer Heimat Frühling an? – Ich denke an Sie, voll Liebe, voll Dankbarkeit, voll Vertrauen:

Ihr:
Rainer Maria Rilke.

Adresse noch für drei Wochen etwa: Viareggio bei Pisa, (Italien).

11. Ellen Key an Rilke

Stockholm
49 Valhallavägen
18/4 ⟨1903⟩.

Weil Brief und Bücher *eingeschrieben* waren wurden sie *nicht* nachgeschickt! Ich bekam sie erst 15/4 beim Heimkehr! Ich habe G. Brandes (55 Havnegade Kopenhagen Dänemark) das Ex. geschickt und ihm auch gesagt er solle über Sie schreiben!! Ich werde ein Essay über R. M. Rilke schreiben und es auch für Deutschland anpassen! Ich schreibe wenn ich Ihre neue Adresse bekomme und das Rodin-Buch gelesen habe. Ihren Brief hat mir, o, so weh gethan. Aus Kvalen Perlen – daß weiß man ja. Aber jedes mahl, wie traurig es zu erfahren!

Ihre Freundin E. K.

12. Rilke an Ellen Key

Worpswede bei Bremen.
am 13. Julÿ 1903.

Liebe und verehrte Frau Ellen Key,
ich habe lange auf eine Nachricht von Ihnen gehofft und oft an Sie gedacht. Nun schickt mir auf einmal Herr Bojer drei

Fragen von Ihnen her nach, die ich sofort mit den nöthigen Aufklärungen beantworten will.

1. Ich habe in Viareggio nur eine Karte von Ihnen bekommen, die ich sofort (am 24. April) mit einem kurzen Briefe beantwortet habe; von einem Briefe weiß ich nichts und wenn ein solcher zu mir unterwegs war, so muss er verloren gegangen sein, was mich sehr traurig macht! Ich werde heute noch nach Viareggio an die Post schreiben und um genaue Nachforschung bitten, denn ich möchte ein Schreiben von Ihnen nicht so ohne Weiteres verloren geben.

2. Fotografieen habe ich immer noch nicht an Sie abschikken können, weil ich keine Abzüge hatte; aber im Laufe der nächsten Woche hoffe ich Ihnen zwei Bilder schicken zu können.

Und 3: Von einem Schweden Hjalmar Wijk weiß ich *nichts* und bedaure sehr, auch um die Grüsse gekommen zu sein, die auf diesem Wege von Ihnen, verehrte Freundin, zu mir kommen wollten.

Es ist mir unerklärlich, dass soviel Verfehlen und Versäumen möglich war; denn in Viareggio hatte ich bei meiner Abreise genaue und eindringliche Nachsendungs-Angaben zurückgelassen, und in Paris war ich bis vor einer Woche und war unter der alten Adresse ganz sicher zu finden, da ich immer dieselbe Wohnung hatte.

Übrigens hätte ich Ihnen, liebe Frau Ellen Key, auch schon wieder geschrieben, wenn meine Gesundheit nicht immer so schlecht gewesen wäre. Gleich nach meiner Rückkehr von Italien, ereilte mich ein neuer heftiger Influenza-Anfall, von dem ich auch jetzt noch nicht ganz erholt bin. Und Paris wurde so drückend in den heißen Tagen, dass wir uns rasch entschlossen, einem Freunde (dem Maler Heinrich Vogeler) zu folgen, der uns her in sein stilles Haus lud, nach Worpswede. Die Ruhe hier und die Weite ist unendliches Wohlthun nach Paris; hier wollen wir nun 6-8 Wochen wohnen und ausruhen, – und sobald ich ein wenig erholt bin, fahren wir unsere kleine Ruth besuchen, die nicht weit von hier ihr kleines Leben hat. Und im Herbst gehen wir zu neuer Arbeit nach Italien und haben die grosse Hoffnung Ihnen, liebe, verehrte Frau, dort zu begegnen, und das wird uns viel und eine frohe Erfüllung sein! – Möchten Sie nun einen guten Sommer haben in der Heimat! Wir denken viel zu Ihnen hin und ich bin voll Dankbarkeit gegen Sie jeden Tag. – Dass Georg Brandes sich für das Rodinbuch hat interessieren können (Bojer schreibt mir davon!) ist eine *grosse* Freude für mich. Und auch das danke ich Ihnen, dass er seine Aufmerksamkeit diesem kleinen Buch zugewandt hat.

Bei Bojers waren wir noch am Tage vor unserer Abreise aus Paris. Frau Ellen sah so schön und glücklich aus und hatte ganz leise, feierliche Hände. Und die neue Tochter lag still und nachdenklich in dem Bettchen und fing ihr Leben tief und ernsthaft an.

Wir freuten uns diesen lieben schlichten Menschen begegnet zu sein.

Leben Sie wohl für heute; ich lasse bald unsere Bilder folgen, längstens in acht Tagen. Und nun hoffe ich, auf irgend einem Wege doch noch den Brief zu erhalten, den Sie mir nach Viareggio gesandt haben und bin voll Erwartung, auch sonst wieder von Ihnen zu hören.

In herzlichster Ergebenheit Ihr: Rainer Maria Rilke.

13. Ellen Key an Rilke

Furuborg *Jonsered*
21/7 ⟨1903⟩

Gut daß ich von Ihnen hörte! Leider muß nicht nur mein Viareggio Brief sondern auch mein letztes Buch ***Menschen***, welches mein Verleger Ihnen geschickt hat (nach Pariseradresse) nicht angekommen sein? Laßen Sie mir wißen – so sende ich ein neues Exemplar.

Wie anders froh Sie sind in Worpswede! – Paris ist diese Zeit nicht gut! Und so ***Italien***! Vor Februar 1904 werde ich nicht da sein. Aber Sie bleiben doch und wir verlieren uns nicht? Auf Stockholm können Sie immer schreiben und ich bekomme es. Sagen Sie mir *wo in Italien* Sie bleiben werden! Die Bojers sind so froh Ihnen kennen gelernt zu haben. Brandes fand das Rodin Buch *sehr fein*!

Ihre E. K.

14. Rilke an Ellen Key

Z. Zt. Oberneuland bei Bremen.
am 25. July 1903.

Liebe Frau Ellen Key
wir sind von Worpswede für einige Tage herübergefahren nach Oberneuland zu dem Wiedersehen mit der kleinen Ruth. Und nun sind wir den Tag und die Nacht um sie und lernen sie kennen; und sie ist gut zu uns. Am Morgen, wenn sie aufwacht, erzählt sie uns von sich in ihrer selbstgebauten, ausdrucksvollen Sprache und weiht uns selber in ihr kleines Leben ein; und es ist als hülfen Erinnerungen in ihr alle Fremdheit überwinden, die zuerst zwischen uns war. Sie kam selbst zu uns, und auf einmal war es ihr natürlich »Mutter« zu sagen und mich nennt sie: Mann und manchmal: guter – Mann und freut sich jeden Morgen, dass ich immer noch da bin. Und der Garten um das stille Haus ist so schön, und wir wissen jetzt genau, dass sie es gut hat und holen uns eine grosse Ruhe und Kraft aus diesen Tagen.

Anfang nächster Woche kehren wir wieder nach Worpswede zurück und werden dort bis Anfang September bleiben; dann reisen wir voraussichtlich über Venedig-Florenz (mit kurzen Aufenthalten) nach Rom, wo meine Frau vermuthlich den ganzen Winter wohnen und arbeiten wird. Mich hat Paris gelehrt, dass ich die grossen Städte nur sehr schwer und mit grossem Schaden ertragen kann, und deshalb werde ich wahrscheinlich nur zwei oder drei Monate in Rom bleiben und dann irgend einen stilleren Ort suchen, wo der Winter gut vergeht, und mich bemühen, dort zu Arbeit und Andacht zu kommen! – Wo dieser Ort sein wird weiß ich noch nicht: ob es nahe bei Rom einen solchen giebt? Das wäre mir das Liebste. Wenn nahe keiner zu finden ist, suche ich ihn entweder im Toscanischen, oder (falls das Klima dort nicht südlich genug ist) in der Umgebung von Neapel; dort giebt es einen kleinen Ort, Ravello, der mir oft genannt worden ist. Kennen Sie ihn? Vielleicht wäre dort eine Zuflucht für mich? Ich suche etwas Stilles und Einsames, ein Gefäß, darin ich mich sammeln kann ...

Und wo werden Sie sein, verehrte Freundin, wenn Sie nach Italien kommen? Ich werde alles thun, Ihnen dort zu begegnen und habe viel Vertrauen zu unserer Berührung und freue mich darauf, wie auf ein liebes Wiedersehen! – Alles Ihre ist mir so sehr wert; und sehr traurig bin ich um den Brief, den ich nicht bekam; ich weiß heute schon, dass er wirklich verloren ist, denn ich erhielt Nachricht von der Post aus Viareggio: dort will niemand von einem Briefe wissen. – In Italien kommt das ja wohl bisweilen vor; aber dass auch Ihr neues Buch verloren gegangen sein soll, (das doch nach Paris gegangen ist, von wo ich alles ziemlich pünktlich nachgeschickt erhalte) wundert mich sehr. Wir freuen uns beide so sehr auf das Buch »Menschen«, mit dem gewiss viel Liebes von Ihnen zu uns kommt, und wir sind Ihnen, liebe Frau, so dankbar, dass Sie es uns geben wollen. Hoffentlich kommt es bald auf irgend einem sicheren Wege zu uns. –

Wir senden Ihnen heute endlich die schon längst versprochenen Bilder. Mein Bild ist aufgenommen Ostern 1902, das meiner Frau ganz kürzlich, in ihrem Atelier in Paris, und das Bildnis der kleinen Ruth stammt aus dem April dieses Jahres. Nehmen Sie uns drei gut bei sich auf: wir kommen sehr gerne in Ihre lieben Hände. Ihr:

Rainer Maria Rilke.

15. Ellen Key an Rilke

UTSIGT FRÅN FURUBORG *Jonsered*
7/8 ⟨1903⟩

Hier, wo ich seit 2 Maj bin, sollen Sie mir nun sagen ob sie *Menschen* bekommen habe? ***Die Bilder*** – alle 3 – ***mir sehr lieb***! Ich schreibe, wenn ich von Ihnen eine Karte bekommen habe (an diese Adresse!) In die Nähe von Rom die schönsten *kleinen* Plätzen!

Ihre E. K.

16. Rilke an Ellen Key

z. Zt.: Oberneuland bei Bremen,
am 11. August 1903.

Liebe, verehrte Freundin,
an demselben Tage noch, an welchem Ihr Buch »Menschen« zu uns kam, habe ich Ihnen eine Karte geschickt, die den Empfang bestätigen und für Ihr liebes Geben freudig danken sollte; sie war nach Stockholm adressiert; ist sie Ihnen in Ihren jetzigen Aufenthaltsort nicht nachgekommen? Dann sei dieses die Nachricht, dass wir Ihr schönes Buch haben und lieben und dass es täglich auf seine feine Art zu uns spricht; es weiss so wohl Menschenschicksal zu begleiten und der Größe nachzugehen, die aus ihm aufsteht da und dort, wo irgend ein Sieg geschieht oder wo das Wachsthum eines Menschen eine ganze Welt mit in die Höhe hebt; und mit so einfachem Verstehen formen Sie die Gestalten und geben ihnen aus Ihrem eigenen Leben eine Schönheit mit und ein Gleichgewicht, durch welches sie fast verklärt wirken in ihrer Menschlichkeit. Wir sind so froh, dass Sie uns dieses schoene Buch gegeben haben. Und dass unsere Bilder nun bei Ihnen sind, liebe Frau Ellen Key, – freut uns so sehr. So wissen wir über alle Weite weg schon viel voneinander. Wir wünschen Ihnen alle Gunst guter Sommertage

in Ihrer Heimath, deren ernste Wälder und Weiten wir sehr lieben würden!

Wir sind von Worpswede noch einmal her nach Oberneuland zurückgekehrt, um noch eine Weile bei Ruth zu sein und beschäftigen uns schon viel mit den Vorbereitungen für die Italienfahrt, die wir voraussichtlich schon in den letzten Augusttagen antreten werden. Ich freue mich zu hören, dass es bei Rom schoene kleine Orte giebt und bitte Sie, mir, wenn Sie wieder einmal schreiben, irgend einen zu nennen, an dem ich einsam arbeiten könnte. Das wird freilich erst spaeter sein; denn zuerst will ich Rom selbst sehen und meiner Frau helfen, sich dort gut und arbeitsam einzurichten. Dann erst will ich weitergehen und für meine Stille und Arbeit sorgen.

Wenn Sie im Februar hinunterkommen, dann muss ich schon etwas Gutes gemacht haben, womit ich mir die grosse Freude dieser Begegnung verdiene.

Von Herzen Ihr dankbarer:
Rainer Maria Rilke.
z. Zt: Oberneuland bei Bremen.

17. Ellen Key an Rilke

Furuborg *Jonsered*
16/8 1903

Mein Freund – ich habe Ihnen und Ihre Frau und Ruth schon lieb! Die Bilder sagen mir sehr viel und ich bin froh sie zu haben! Die Worpsweder Torfstecher und der liebe Brief sind nun beide hier und ich freüe mir daß wir im Winter viel von einander haben! Erst gegen Frühling komme ich nach Rom (März glaube ich) und da will ich auch einen Monat in eine von diesen kleinen Städten wohnen. Nun werde ich diesen Herbst verschiedene Adresse haben. Aber wenn Sie in Rom *eine feste Adresse haben* (oder in die Nähe von Rom) schreiben Sie es mir auf eine Karte nach *Stockholm* (wo ich meine Adresse in die Post aufgebe) und so bekomme ich es.

Ich arbeite und arbeite auf mein neues Buch *Lebenslinien* (über Mut, Gut, Liebe . . . . .!) und bin so einsam und so glücklich einsam in die Natur. Schweden ist so schön im Sommer – alle unsere Volkslieder singen den Lob des Sommers! Einmal sollten Sie unsere Tageshelle Sommernacht in Norden sehen – Von Bojers hatte ich gestern einen lieben Brief; sie sind in die Nähe von Fontainebleau Wald und haben es gut!

Wissen Sie – ihre Frau ist (wenn daß Bild gut ist?) eine energische und Sie eine melankolische Individualitet?! Und die kleine ist – bis jetzt – eine humoristische! Sie blickt so munter um sie als ob sie sagen wollte: »Dank schön, Vater und Mutter, das Leben ist gar keine ernste, sondern eine sehr gemüthliche Geschichte!«

Es thut mir so leid um Ihre Frau und Ihnen selbst daß die Kleine warscheinlich im Deutschland zurückgelaßen sein muß?

Ach – das Leben ist eine schwere Arbeit!

Ihre ergebene Freündin
Ellen Key

P. M.

In Rom die beste Gegend für Ateliers etc. ist *Via Sistina* und die Straßen in die Nähe (Cape le Case etc . . . .) Eine (oder 3/4 Stunde) Stunde von Rom: haben Sie die herrlichen kleinen Städten wo Natur, Alterthümer und alles zusammen zu finden ist: *Castel Gandolfo* (bei Albaner See) *Albano*⟨,⟩ *Frascati* (von beide kann man das Meer ***und*** die Campagna sehen!) Genzano (bei Nemisee) und *Tivoli* – vielleicht das schönste, mit Villa d Este (und 1/2 Stunde fort Hadriani Villa) Man kann von die eine Stelle nach die andere *gehen*. Sie müßen selbst sehen was das schönste nach Ihre Meinung ist – ich finde immer das schönste wo ich grade bin! Doch *glaube* ich das Castel Gandolfo (auf eine Höhe) vielleicht am ruhigsten und gesundesten ist. Mit Eisenbahn kommt man 3-4 Mahl des Tags zwischen Rom und diese kleine Städten. Ich kenne keine Wohnungen da – aber es gibt gute solche überall. Nur daß Sie ***Sonne*** bekommen: das ist die Hauptsache im Winter in Italien.

18. Rilke an Ellen Key

z. Zt.: Oberneuland bei Bremen,
am 18. August 1903.

Meine Freundin,
wir reisen Ende dieser Woche mit einigen kurzen Aufenthalten gerade auf Rom zu und werden dort am ersten September etwa eintreffen. Nun möchten wir Sie, ehe wir fortgehen, noch einmal grüssen von hier, von dem Orte, wo wir mit unserem lieben kleinen Kinde beisammen waren und wo wir Ihr schoenes Menschen=Buch in stiller Freude und Sammlung gelesen haben. Wenig belesen, unbeholfen unter Büchern wie unter Menschen und dem Englischen fremd, kannte ich von den Brownings fast nichts und wusste nur aus ihres Lebens Gedicht die und jene glückliche Strophe; nun aber, da Ihre lebenskundigen Haende die herrliche Stickerei dieser Zusammenhänge ausgebreitet haben vor mir, bin ich des Wunsches voll, von diesen beiden Zeichen einer leidenschaftlicheren und tieferen Menschlichkeit, viel zu erfahren; ich möchte Ihnen spaeter (jetzt unter Koffern und Aufbruchs=Mühsal finde ich keine Ruhe dazu –) noch manches schreiben, was das Buch in mir aufgeweckt hat. Aber heute, aus aller Eile heraus, die Frage: ist es möglich in Venedig (wir werden zwei Tage dort zubringen) den Palazzo Rezzonico zu betreten und was muss man thun, um diese Vergünstigung zu erreichen? Wollen Sie uns das sagen, liebe Frau Ellen Key, auf einer Karte, die Sie am besten

nach: *München, hauptpost lagernd* adressieren. Hier kann sie uns nichtmehr erreichen.

Die Freude wäre jetzt sehr bedeutungsvoll für mich und ich wäre vorbereitet, die Bildnisse der Brownings und die Dinge zu sehen, über denen ihr schoenes Leben eine Weile verweilte.

Wir werden also in München anfragen, ob vielleicht Ihre Nachricht da ist, und danken Ihnen, verehrte Freundin, herzlich, Sie grüssend mit allen unseren Grüssen:

Ihr:
Rainer Maria Rilke.

19. Ellen Key an Rilke

Furuborg *Jonsered*
20/8 ⟨1903⟩

Mein Freund! Ich hoffe Sie haben meinen Brief bekommen mit Adressen in die Nähe von Rom? Sie können versuchen bei dem Portier in *Rezzonico* nachzufragen; Sie können ihm sagen daß Sie Verehrer Brownings sind – ich glaube es geht gegen eine Lira in Trinkgeld! Ich kann später durch die Brownings Erlaubniss schaffen aber nun ist es nicht Zeit dazu. Wir sehen uns – hoffentlich – 1904. Das wird ein schöner Tag sein. Ich habe ein Gefühl als wären wir schon aus eine Preexistens Freunden!

Ihre ergebene, die liebe Frau grüßende, E. Key

20. Rilke an Ellen Key

Rom, Via del Campidoglio 5.
am 3. November 1903.

Meine Freundin,
Ihnen zu schreiben hab ich mich oft gesehnt, – aber ich hatte seit wir hier sind, so schlechte Tage, dass es nicht dazu kam.

Nicht dass ich krank gewesen wäre – (die Gesundheit steht besser als im letzten Frühjahr) aber alles in mir war gebunden von Unfähigkeit, beladen mit einer jener schweren seelischen Niederlagen, die ihren Grund darin haben, dass ich nur selten und stossweise arbeite und zwischen den guten Tagen Unzeiten überschreite und durchirre, die trostlos sind. Wie immer kamen auch diesmal äußere Schwierigkeiten hinzu; wir konnten nicht recht zu Ruhe kommen und erst vor einigen Wochen fand meine Frau sich ein stilles Atelier mitten in dem grossen Park der Villa Strohl=Fern vor Porta del Popolo. Und vielleicht werde ich in der Mitte dieses Monates in demselben Garten ein kleines, ganz entlegenes Haus beziehen; als Lusthaus vor Jahren gebaut, enthält es einen einzigen Raum, mit hohen Fenstern und von seinem flachen Dach, sieht man über Lorbeerbäume und Steineichen fort ins römische Land.

Ich wünsche nur (und mit welcher Sehnsucht,) dass ich wieder muthiger und dieser schönen Wohnung froh und – würdig werde.

Verzeihen Sie, liebe Frau Ellen Key, dass ich Ihnen klage; es kommt nur, weil ich Ihnen das lange, lange Schweigsamsein erklären wollte. –

Und Sie waren noch so gütig uns nach München jene liebe Karte zu schicken mit Ihrem Rath und Ihrem Reisesegen. Dank dafür. Man liess uns ohne weiters im Palazzo Rezzonico ein und wir ergingen uns darin voll guter Gedanken. Mit den Gestalten des Dichterpaares erfüllt (wie Ihr liebes Buch sie uns gegeben hat) fanden wir den Palast nicht leer und das Leben, das ihn durchzitterte kaum noch verhallt. Es war unser bester venezianischer Tag, der, als die Gondel uns an die Stufen dieses reichen Palastes trug. Ernst und erhaben lag er da und die rothen tausendfach aufgeblühten Azaleen winkten vor seinen hohen Fenstern und leuchteten über den marmornen Brüstungen wie Jugend und Ewigkeit ... Wir wussten dass wir Ihnen diesen Tag dankten und lebten ihn in Ihrer Nähe. In ruhiger Stunde wollten wir Ihnen davon erzählen und wussten nicht, wie fern diese Stunde noch war.

Auch hier war schon oft Anlass Ihrer zu gedenken –: In Tivoli, vor Allem in der herrlichen Villa d'Este, in Castel Gandolfo und an vielen Orten, von denen wir instinktiv fühlten, dass Sie sie kennen und lieben.

Wenn ich erst arbeitstüchtig bin, dann werde ich dankbarer sein, gegen alles Schöne hier; jetzt weiss ich mich kaum wert etwas anzunehmen ...

Ich will an die Bibliotheken gehen und lesen und manchmal einen Weg in die Campagnia machen, in den Abend hinein auf der alten Via Appia.

Und wenn ich erst draussen vor Porta del Popolo mein stilles Häuschen habe, dann will ich mit aller Kraft und Inbrunst, die Arbeit herbeirufen die ich so sehr brauche.

Ein Brief von Ihnen wird mich sehr glücklich machen, verehrte und liebe Freundin, und wird mir gerade jetzt wohlthun und helfen. Darf ich einen erwarten? Einen, der auch von Ihnen gute Nachricht bringt? Ihr:

Rainer Maria Rilke.

Adresse bis zum 15. November: Via del Campidoglio 5. Die spätere schreibe ich, wenn ich übersiedle; es ist noch nicht ganz bestimmt.

21. Ellen Key an Rilke

Oby *Alfvestad*
Schweden
9/11 ⟨1903⟩

Mein Freund!
So froh bin ich wieder Ihre schöne Schrift auf einen Brief zu sehen! Und auch froh Villa Strohlfern [!] als Ihre Einsiedelei zu wißen!

Gewiß liebe ich Alles was Sie lieben dort in Rom! Leider werde ich spät da eintreffen! Ich lebe auch in eine Einsiedelei, bei einem Bruder der ein Gut hat; ganz allein ist er und ich bin ganz allein in ein kleines Haus von das größere getrennt ⟨Zeichnung eines von Bäumen umgebenen Hauses⟩ – wo ich die alte Möbeln von unseren Elternhaus um mich habe – hier ist auch was wir »Vaterland« nennen: das große Ehebett wo wir alle geboren sind! Und hier bleibe ich bis Theil II von *Lebenslinien* fertig ist. Theil I wird bald deutsch erscheinen.

Das Rodin-Buch habe ich Freunde gegeben (d.h. neues Exemplar!) die *entzückt* darüber sind – »ich wollte jede Zeile küssen« schrieb die Eine (die Frau) und der Mann sagte: »ich habe es genoßen wie ein Kind einen Riesenbonbon: *langsam* und mit *tiefsten Genuß*!« Georg Brandes hat über Rodin geschrieben und dabei Ihnen citirt und *sehr gelobt* für das Rodin-Buch!!

Ich muss noch erzählen daß ich so eine Sehnsucht hatte was von Ihnen zu hören so ich habe bei Juncker nach Ihre Adresse gefragt! Aber ich hatte keine Antwort bekommen und so kam der Brief!

Wie gerne wäre ich im Rezzonico mit Ihnen gewesen! Und wie freue ich mich über Villa d'Este und Sixtinischer Kapell mit *Ihnen*!!!

Grüße die liebe Frau Klara und laßen Sie mir bald hören dass Sie im Strohlfern [!] (ein herrliches Eckchen von Rom ist es, ich war da!) es gut habe!?

Ihre treue Freundin
Ellen Key

22. Rilke an Ellen Key

Rom, Villa Strohl=Fern,
am 22. Dezember 1903.

Meine Freundin,
nach vielen langen Regentagen mit schweren, fallenden Himmeln hebt hier eine Art von Frühling an; Duft kommt aus den Büschen und die Lorbeerbäume, die der Mittag erwärmt, riechen nach ersten Sommertagen. Es giebt Sträucher, an denen die langen Kätzchen hängen, und andere Sträucher, die morgen blühen werden, wenn die Nacht so sanft ist wie diese letzten Nächte, die im wachsenden Monde langsam und milde vergangen sind. Und dabei ist Weihnacht nah; die Leute sagen es wenigstens, und kommt man abends in die überhellen Strassen der Stadt, so ist das Gedränge gross und Schaufenster schimmern. Hier aber in dem grossen Garten, in dem wir wohnen, wird nicht Weihnacht sein; ein Tag wird kommen, hell und strahlend, und wird vergehen und ein Frühlings=Abend wird sein, – ein Abend mit fern dämmernden Himmeln, aus denen plötzlich alle Sterne brechen, alle die vielen Sterne, die über südlichen Gärten leben.

Für uns aber wird dieser Abend nur eine stille Stunde sein, nichts mehr; wir werden in dem entlegenen kleinen Gartenhaus sitzen und an jene denken, die Weihnacht haben; an unsere kleine liebe Ruth und an uns, als ob wir selbst noch irgendwo die Kinder wären, die wir einmal waren, – die wartenden, frohbangen Weihnachtskinder, auf die die grossen Überraschungen zukommen wie Engel aus Innen und Außen; die Kinder, die das Dunkel jener Abende, die dem einen Abend vorangingen, fürchteten und liebten; die fühlten, wie klein in jenen Dezembertagen, die das Fest vorbereiteten, der Kreis der Lampe war und wie immer geheimnisvoller ringsum die Stube sich verlor, so dass man gar nicht sagen konnte, wo ihre Wände waren und ob man nicht an einem runden Tische mitten im Walde sass ... Bis dann alles Dunkel sich in Glanz verwandelte, so dass man auch die geringsten Dinge glänzen sah.

Aber damit alles dies geschehen konnte, mussten grosse Winde gewesen sein, lange Nächte, in denen der Sturm alles war, musste man überstanden haben, – Nächte und Tage, die verhangen waren, halbhell und schwach, wie ein Verzögern des Morgens nur, bis an den frühen Abend hin; alles, bis zu jenem grossen stillen Schneefall, der fiel und fiel und machte, dass die Welt sich leiser bewegte, der Tag geräuschloser lief und Nacht heimlicher kam – –

Aber da wir so nördlicher Dinge gedenken, die mit unserem Kindsein sehr verflochten sind, sind wir Ihnen, meine liebe Freundin mit dem Herzen nah: wir stellen uns das kleine Haus vor, in dem Sie jetzt wohnen und schreiben, bei der Lampe an einem schönen Buche schreiben, das wir einmal lesen werden; und stellen uns vor, dass es tief und allein im grossen Winter liegt ihr kleines Haus, in dem die lieben ererbten Möbel und die gewohnten Dinge freundlich stehen, und dass es eine echte, wirkliche Weihnacht haben wird. Und zu dieser Weihnacht senden wir viele, *viele* Wünsche hin!

Ich denke viel an Sie, meine Freundin, und komme bald mehr von mir erzählen. Dieses sollte nur ein Grüssen sein und ein Zeichen von Liebe und Nähe.

Ihr:
Rainer Maria Rilke.

23. Ellen Key an Rilke

Oby *Alfvestad*
28/12 1903

Lieber Freund!
Wie schön und gut Sie mir geschrieben haben! Und wie wemüthig es klingt. Ach, auch für mir ist Weinachten Erinnerung. Aber die zwei Kinder meines Bruders, der bald 15 jährige Ivar und die 12 jährige Ellen Key n:e II haben mit

ihre Freude den Abend Fröhlichkeit verliehen. Und ich sitze noch und schreibe in das kleine Haus und die Stürme gehen los über *Lebenslinien* I (wird im Februar deutsch erscheinen und Sie werden es bekommen) und arbeite an *Lebenslinien* II und weiß nicht ob ich im Mai nach Italien komme!

Nun habe ich gesehen daß Michels ein *Essaysamlung* bei Juncker herausgegeben mit weiteres über Ihnen. Sage Junkker daß Er mir es schickt. Ich glaube nähemlich daß ich Etwas schreiben will ehe ich von hier gehe. Und ich möchte von Ihre frühen Bücher das was Sie selbst wählen sehen. Sagen Sie der frühen Verleger daß Er es mir schickt?! Fur ein Essay das in Schweden (in der vornemhste Zeitschrift) und Deutschland erscheinen soll?!

Ich denke oft an Ihnen und bin froh, das ich Villa Strohl-Fern gesehen habe. Und ihre Schilderung von das Frühlingserwachen in Italien ist mir so sehnsuchtsvoll durchs Herz gegangen. Hier ist graue Luft und Schnee – nicht viel aber im Anfang Dec. halb-Meter hoch und ich wandelte in eine weiße Wunderwelt.

Wie müßen Sie die kleine Ruth vermißen, grade diesen Jahren, wenn die Seele wach wird! Mein innigster Wunsch für Ihnen ist daß Sie bald die Kleine mithaben können.

Bojer's geht es gut. Er hat ein sehr tüchtiges Buch geschrieben und wird natürlich beschimpft in Norwegen weil es ein Angriff ist!

Und nun: ein reiches neues Jahr – reich durch Arbeitsglück, Liebesglück und Hoffnung!

Grüße Rom mit eine tiefe Liebe von Ihre ergebene

Freundin
Ellen Key

Wollen Sie eine gute, mütterliche deutsche Freundin, welche Rom und Umgebung gut kennt (Sie wohnt da seit 25 Jahren); welche Einlaß zu *Villa Albani* verschaffen kann so gehen Sie zu diese Dame (eine treue Freündin von Malvida von Meysenbug) mit diese Karte!

24. Rilke an Ellen Key

Rom, Villa Strohl=Fern,
am 6. Februar 1904.

Meine Freundin,
endlich sind wir (nach so langer Einrichtungs= und Eingewöhnungszeit) in Arbeit, tief in Arbeit, und das ist der Grund weshalb ich Ihnen noch nicht geschrieben und Ihren so lieben Brief aus den letzten Tagen des vergangenen Jahres noch ohne Dank gelassen habe.

In Wirklichkeit war ich ihm so dankbar als er kam; der liebste Gruss war er mir am einsamen Eingang zu diesem Jahr und eine gute Vorbedeutung. Es scheint wirklich, als ob es jetzt etwas stiller würde um mich und wenn auch meine Nerven, die schreckhaft sind, die Störung von außen oder ein Schwanken der Gesundheit manchmal fürchten, so ist doch vieles in mir, was sich sammelt, und meine Sehnsucht, etwas Gutes, etwas wirklich Gutes, zu machen, war nie so gross wie jetzt. Mir ist ja als hätte ich jahrelang geschlafen oder hätte im untersten Raum eines Schiffes gelegen, das angefüllt mit schweren Dingen durch fremde Fernen fuhr – – –

O einmal wieder hinaufsteigen auf Deck und die Winde fühlen und die Vögel, und sehen wie die grossen, grossen Nächte kommen mit den glänzenden Sternen ...

Werde ich's können? –

Segen über Ihre Arbeitstage, liebe Ellen Key, in dem kleinen verschneiten Haus so weit von uns. Möchten Sie im Maÿ nach einer freudigen, guten Arbeitszeit von Ihrem Schreibtisch, von Ivar und Ellen Key II zu uns kommen und nach Rom, das Ihre Liebe irgendwie mit seinem Dasein erwidern wird. –

Es ist Februar. Und ich denke daran, dass die deutsche Ausgabe der »Lebenslinien« I diesen Monat kommen soll; das wird ein Vorbote sein Ihres Kommens!

Aber, meine Freundin, ich habe eine Bitte, und ich weiß

gar nichteinmal, ob ich sie nicht zu gering einschätze, wenn ich sie »gross« nenne.

Der Insel=Verlag will die alte, unhandliche und unschöne Ausgabe des »Lieben=Gott=Buches« (die mir immer unlieb war) einstampfen, und eine neue, schöne Ausgabe davon drucken; ganz plötzlich kam dieser Entschluss und mir zu grosser Freude! Er soll gleich ausgeführt werden, – ich weiß nicht welchem Umstande ich diese Energie des Verlages zu danken habe – und da dachte ich, dass dieses Buch Ihnen lieb ist, dass es Sie mir recht eigentlich gewonnen hat (und schon darum hänge ich an ihm mit mehr Dankbarkeit als an meinen anderen Büchern) – und es lässt mir nicht Ruhe, – ich muss Sie bitten oder bittend fragen: würden Sie für diese neue sorgfältige Ausgabe der »Geschichten vom lieben Gott« eine kleine *Vorrede*, einen Eingang schreiben wollen? Mir wäre damit ein so grosses Geschenk gegeben, wie ich kaum sagen kann; und ich bin nicht so unbescheiden, ein solch's Geschenk zu erbitten; nein, liebe Ellen Key, das soll nur eine Frage sein, eine leise und ganz vorsichtige Frage, auf die jedes Nein passt. Vielleicht ist Ihnen der Gedanke an sich unsympathisch, vielleicht stört es Sie jetzt während Ihrer Arbeitszeit. Ich könnte das alles verstehen, – und Sie müssen wissen, dass bei Ihrer Ablehnung auch nicht der Schatten eines Schattens über das klare Gefühl gehen würde, dessen ich für Sie voll bin. Das ist wie ein Spiegel, in dem Ihre ganze liebe, weite Welt sich wiederholt – und es giebt keinen Hauch, der diesen stillen Spiegel trüben könnte.

Ihr immer dankbarer:
Rainer Maria Rilke.

Hat Axel Juncker Ihnen Michels Essay=Buch geschickt? Ich schrieb ihm, er möchte es thun.

25. Ellen Key an Rilke

Oby *Alvesta.*
⟨zwischen 6. und 14. 2. 1904⟩

Mein Freund! Ich komme von Park wo Eichen und Fichten und Birken tief beschneit stehen und ein Schneesturm Alles in dicke Baumwolle wickelt! In mein Zimmer eine rothe *Hyacinthe*, ein Zweig *Mimosa*, Ihren *Brief* – eben so viele Zeügen daß irgendwo in der Welt wärmer ist! Es ist ganz wunderlich mit uns! Vor acht Tage las ich wieder *Vom lieben Gott* und *Buch d. Bilder* weil ich einen Vortrag halten will (und nachher ein Essay schreiben) Der Vortrag soll für den Frödingfond sein. Kennen Sie Gumpendorfs [!] Übersetzungen von schwedische Litteratur dann wißen Sie dass Fröding ein großer Lyriker ist? Aber nun geisteskrank und arm und wir sammeln Geld für ihm. Ich will über R. M. Rilke reden = »Ein deutscher Dichter und der Gottesbegriff«. Daß heisst: ich will zeigen daß unser Gottesbegriff *eins mit das Leben* und die Welt ist; daß »*Gott sein wird*« wenn wir das Leben recht leben können; daß das große »Sein« (wie Gumpendorf [!] es nennt) gar nicht begriffen werden kann und will; daß alle Theologi und Philosophie nur *Worte* nichts von *Wesen* waren – denn so meinen wir es ja beide?? Ich will es mit das *Buch vom lieben Gott* illustriren! Nun kann naturlich ein Stück von dieses (= »Aus ein Essay über R. M. Rilke«) als *Vorwort* für II Auflage gebraucht werden? Etwas anderes kann ich nicht geben denn ich will Alles in Essay haben (für Schweden und Deutschland) Darum habe ich Ein Fragebogen aufgestellt! Juncker (ist er mit eine dänische Sängerin verheirathet?) sandte mir Michels Buch (ist er Sohn des Finanzministers?) Es war gut. Kommt ein Schwede, Lennart Ribbing, mit Gruß von mir, werden Sie Freud an ihm haben; kommt eine Malerin Tyra Kleen ebenso, falls sie ruhig sein wird (ich habe sie das gesagt = T. K.) Bojers haben es gut.

Leider werde ich erst im Herbst fertig zu reisen – ich hatte mir so an *Rom* und *Sie* und ihre *Frau* gefreut! Wie innig hoffe ich daß Sie beide nun eine gute Zeit haben werden. Bald werden die Anemonen violett im Villa Borghese und die Mandelbäume weiß.

Ich kann nicht sagen wie tief ich alles Gute für Ihnen wünsche! Mir geht es gut; die Kinder sind zurück in die Schule und ich arbeite!

Ihre ergebene Ellen Key

26. Rilke an Ellen Key

Rom, Villa Strohl=Fern,
am 14. Febr. 1904.

Meine liebe Freundin,
wie danke ich Ihnen für Ihr liebes gutes Wollen und Handeln!

Ich fülle den »Frage=Bogen« aus, so gut ich es kann; ich hätte gern mehr geschrieben, aber die Sache ist die: ich bin in den schweren Anfängen einer grösseren Arbeit, und möchte gern ein paar Wochen lang *nichts* anderes thun und denken, wenigstens bis ich ganz fest darin bin.

Ich habe ja so lange *nichts* gemacht und sehne mich nach einem Aufstieg und Fortschritt. – Darum, weil ich mich jetzt nicht unterbrechen mag, schreibe ich nur das Nöthigste.

Oh, meine liebe Freundin, Sie wollen den Menschen, (Ihren lieben nordischen Menschen!) von mir sagen; fast fürchte ich mich davor. Fürchte mich, weil ich noch nichts bin, so ganz *Anfänger* dessen was ich werden muss!

Sie freilich, mit Ihrem hellen Sehen, wissen vieles von mir, erkennen mein Gutes, *fühlen mich*, meine Freundin!

Aber in meinen Büchern ist ja fast noch nichts von mir, – man wird es vergeblich darin suchen ....

Vielleicht, wenn es mir gelingt die nächsten Wochen gesund und ohne Störung zu arbeiten, wird im nächsten Buche etwas von meinem Wesen sein, etwas von meinen Wirklichkeiten!

Der Weg ist weit. Und ich brauche ein grosses Alter, wenn ich bis zu dem ersten Worte meines Werkes kommen soll. Es ist alles nur Vorbereitung. –

Wie schön, meine Freundin, *ja*: etwas aus dem Essaÿ soll dann als Eingang für die neue Ausgabe des Buches »vom lieben Gott« verwendet werden. Ich *danke* Ihnen. –

Da ist nur der Schmerz, dass Sie nicht kommen, um den Frühling mit uns zu sehen! – Aber ich hoffe immer, wir kommen bald einmal in *Ihr* Land, in dem wir Beide so gerne sein und arbeiten möchten. Vielleicht im nächsten Jahr!

Dank und Liebe.
Ihr
Rainer Maria Rilke

Axel Juncker ist mit einer Sängerin verheiratet, die (so viel ich weiß) am Hoftheater in Stuttgart wirkt. Ob sie Dänin ist, weiß ich nicht, glaube es aber. Ich kenne nur *ihn* persönlich von Berlin her.

Der Name des münchener Schriftstellers, der den Essay über R. M. Rilke geschrieben hat, ist auf dem Titelblatt verdruckt, er heißt nicht Michel*s*, sondern Michel und wird wohl mit dem Finanzminister nichts zu thun haben, der sich ja (wie ich glaube) anders schreibt. Ich kenne Wilhelm Michel *nicht* und weiß nichts von ihm.

Verzeihen Sie, bitte, die schlechte eilige Schrift; ich *kann* heute nicht anders.

(Die Rückgabe des kleinen Larenopfer=Buches *eilt* ***nicht***.)

⟨Beilage⟩

Frage-Bogen (um einzufüllen!)

Geburtsjahr, Tag, Ort?

geb. zu Prag, am 4. December 1875

Eltern? *

Vater: Josef R., begann, von Hause aus dazu bestimmt, die Offizierslaufbahn, wurde aber gleich nach dem ital. Feldzug, 1859, Beamter einer damals neugegründeten Bahn, auf welche sein Bruder, ein in Böhmen sehr bekannter Advokat, grossen Einfluss hatte. – Von der Familie meiner *Mutter* weiß ich fast nichts. Sie lebt seit Anfang des 19. Jahrh. in Prag, soll aber aus dem Elsass eingewandert sein (?). – *Wappendevise* hat *keine* Bedeutung, da das alte aus dem 14. Jahrh. stammende Wappenschild *ohne* Devise ist; die Umschrift wurde erst bei einer Adelserneuerung neuester Zeit, die aber nur einen Zweig der Familie betraf, hinzugefügt. –

Erziehung

Bange, schwere Kindheit, in kleinen ärmlichen Verhältnissen, die nach außen hin grösser erscheinen sollten, als sie waren. Mit zehn Jahren Eintritt in ein Offiziers-Erziehungshaus (Militär-Realschule.) Schmerzhafte Ausbildung der ersten Einsamkeit unter Vielen; religiöse Erlebnisse seltsamer Art, die Fähigkeit, kleine Wunder zu wirken, entwickelt durch eine künstliche, von den für den schwachen einsamen Knaben ungeeigneten Verhältnissen bedingte Zusammenfassung aller Kräfte, um das kleine, unbeschützte, von allen Seiten verhöhnte Werden. Viele Übergänge. Gehetztes in drei Jahren, vollzogenes Privat-

---

* **_Devise des Wappens – ein Siegel? Was für Blut von mütterliche Seite?_**

Studium des Gymnasiums; Enttäuschung an den Universitäten.*

Erstes Buch? Wann? Was?

»Larenopfer«, Gedichte, Prager Erinnerungen, Stimmungen. Weil dieses das *erste* Buch ist, sende ich es Ihnen ein; allerdings nur leihweise ein Exemplar meiner Frau, – es ist sonst kein anderes da .... Es ist kaum interessant, aber vielleicht ist doch ein oder der andere Aufklang darin und ein klein wenig Kindheit, von der ich übrigens fast noch nichts *wieder* weiss. Das muss alles noch erst kommen. (Kunst ist Kindheit.)

(Larenopfer ist 1894 u 95 geschrieben, erschien 1896.)

Weitere Bücher?

Es folgten dann 2 Gedichtbücher und 2 Bücher Novellen; 3 kleine Dramen (davon zwei ohne Erfolg gespielt worden sind.) Alles das ist wie nicht gewesen, ganz ohne Bedeutung.

Nennen könnte ich nur: *Gedichtbücher*:**

– Mir zur Feier 1900
– Buch der Bilder

Dramen

– Das tägliche Leben,
– Die weiße Fürstin (im allerletzten Pan-Heft.)

Prosa

...

---

* (Mir ist, als hätte über diesen Punkt der grössere Brief, den ich Ihnen am 4. April 1903 von Viareggio aus schrieb, allerhand Auskünfte enthalten! Vielleicht liegt er Ihnen zur Hand. Das nur nebenbei.)

** Ich vermuthe und hoffe, dass Sie alle diese Bücher haben, auch »Mir zur Feier«. Wenn nicht, bitte, eine Karte und ich beauftrage den Verleger, es Ihnen zu senden. Die weiße Fürstin ist nur im *Pan* (allerletztes Heft dieser Zeitschrift) erschienen, ich habe aber *kein* Exemplar!

– Die Letzten
– Das Buch vom lieben Gott
– Worpswede (Monographie)
– Das Rodin-Buch.

Aber auch in diesen Büchern steht von mir und meinem Weg, der weit ist, fast noch nichts. Ich fühle mich, mehr als ich sagen kann, *vor jedem Anfang*. Und ich glaube, ich brauche ein sehr grosses Leben um auch nur das erste Wort, das erste wirkliche Wort, sagen zu können.

Obs: Die 6 letzten habe ich – die Frage betrifft nur die ersteren
Obs. Titel und Form = Lyrik, Novelle etc.??

Reisen?
Die ersten grossen Reise=Eindrücke gab mir Italien, – Das Toscanische, Florenz, Fiesole ... Meine »Mädchen=Lieder« (aus »Mir zur Feier«) sind dort entstanden. – Aber später kam Russland, und damit war alles andere vergangen; Russland war die Wirklichkeit und zugleich die tiefe, tägliche Einsicht, dass die Wirklichkeit etwas Fernes, unendlich langsam zu denen Kommendes ist, die Geduld haben. Russland, das Land, wo die Menschen einsame Menschen sind, jeder mit einer Welt in sich, jeder voll Dunkelheit wie ein Berg, jeder tief in seiner Demuth, ohne Furcht, sich zu erniedrigen und deshalb fromm. Menschen voll Ferne, Ungewissheit und Hoffnung: Werdende. Und über allem ein nie festgestellter, ewig sich wandelnder, wachsender Gott. – Später Paris ein grosser Schmerz und eine schwere Prüfung. Die Stadt des Unwirklichen und der spielenden Spiegel. Und doch auch jener grossen gothischen Sehnsucht in den Cathedralen ...

Heirath?
Die Absicht als Einsamer bei einem Einsamen zu wachen, damit er wachse und schaffe: Die Ehe ist etwas schweres,

und die sie ernst nehmen sind Anfänger und leiden und lernen!

Worpswede Zeit?

Die Zeit, da ein Kind kam; da ein kleines Haus im Moor sehr still war und wartete. Die Zeit, da ich wohlthun konnte, – aber auch die Zeit, da ich einsah, dass das stille Haus nichts endgültiges war, nur eine Pause. Dass wir beide weiter mussten, dass Erfüllungen erst ganz am Ende sind – und dass das Ende weit ist. Grosser Einfluss der Stille, der weiten Himmel, des einsamen Hauses. – Hohe Nächte mit Hundegebell, nach dem es wunderbar still wird. Die Nachtigallen, welche rufen wie grosse Vögel: *das alles hat viel an mir gethan*, obwohl es eine unruhige Zeit war mit vielen Sorgen.

Welche Einflüsse?

Einflüsse von Einsamen, die ich nicht kenne. Einflüsse von Fernen, die einsam sind. Einflüsse von jungen Mädchen, welche nachts ihr Fenster öffnen. Einflüsse von Dingen, Thieren, Steinen und Sternen. –

Einflüsse von Bildern: Lionardo; Goya; (früher die primitiven Italiener.) Zuloaga.

Einflüsse von russischen Menschen, von Bauern, Frauen und Mädchen. Von Tolstoj, bei dem ich einmal in Jassnaja war, von Vorübergehenden und Fremden. Von Dostojewski, den ich (wie Tolstoj) russisch lese, von Garschin, Gogol und den russischen Malern Kramskoi und Iwanow.

Einflüsse von Jacobsen, Jens Peter Jacobsen, den die Leute vergessen, und der mir der Liebste, Nächste und Gebendste ist: der Unerschöpfliche, der sah und wusste. –

Und Einflüsse *vor allem* von Rodin, der mich alles, was ich noch nicht wusste gelehrt, und alles, was ich wusste mir geöffnet hat. Durch sein stilles, in unendlicher Tiefe vor sich gehendes Dasein, durch seine sichere, durch nichts erschütterte Einsamkeit, durch sein grosses *Versammeltsein um sich selbst* und sein wachsendes Altern, in dem alle Dinge zusammengekommen sind.

Philosophen habe ich fast keine gelesen, überhaupt wenig Bücher; Einiges von Nietzsche und Maeterlinck, die ich aber auch nur als Dichter verstehe, als Verwandler, nicht als Festsetzer und Gesetzgeber. –

Mit mir ist immer nur wenig: Das alte Testament, Baudelaire, Jacobsen und einige Verse von Hofmannsthal. Ein sehr schönes Gedicht von Beer-Hofmann. – Das ist alles was ich überall hin mit mir nehme.

Gottesreifheit?

Aus allen diesen langsamen und oft über meine Kraft schweren Erfahrungen (denn ich hatte aus Erziehung und Zeit hundert Rückwege zu gehen mit einem kränklichen Körper) wuchs mir der Glaube, dass *die* Recht haben, welche in einer gewissen Entwicklungszeit ihres Geistes meinen und sagen: es gäbe keinen Gott und habe nie einen geben können. Aber diese Erkenntnis ist etwas *unendlich bejahendes* für mich, denn nun ist alle Angst, er könnte verbraucht und vergangen sein, mir abgenommen, nun weiss ich, ***dass er sein wird***. Er wird sein und die, welche einsam* sind, und sich der Zeit entziehen, bauen Ihn, bauen Ihn mit dem Herzen, dem Hirne und den Händen, die welche einsame Schaffende sind und Kunst-Werke (d. h: zukünftige Dinge) machen, bauen Ihn, *fangen Ihn an*, Den, der einmal sein wird, wenn die Zeit erfüllt

---

* Mit *Einsamsein*, das unten oft vorkommt, meine ich: unbeirrt sein, aus sich selbst kommen – ein eigenes Leben haben und eine eigene Kraft. – . –

Weil mir der Weg dazu schwer war und *ist*, fällt diese innere Einsamkeit bei mir mit äußerer, mit Lebensunbeholfenheit und Menschenfernheit zusammen, – was aber nicht in allen Entwicklungen so ist. Wer mitten unter Vielen einsam sein und in sich wandeln kann, ist glücklicher, und weiter als ich ....

ist mit Ewigkeit. Aus denen, die einsam sind, geht keine Gebärde verloren und das Weh, das sie tragen wirkt in die Weite des Kommenden hinein. Jedes Geschehen, das ihnen geschieht ist ein Spiegelbild dessen Ding in der Zukunft steht. *Alles wird sein.* Wir aber sind die Vorläufer und Wahrsager.

Darum ist alles was in mir Vertrauen ist, Vertrauen auf Einsame, alles was Liebe ist in mir: Liebe zu ihnen. Von den Einsamen, die sich nicht verwirren lassen, von den Propheten, die nicht verkündigen, von denen die schwer sind von ihrem Schweigen und süss von ihrer unvergossenen Sehnsucht: wird das Heil ausgehen.

O was für ein Voreiliger war Christus. Und wie schnell findet ein solcher Voreiliger noch Voreiligere – und da geräth Gott denn gar rasch in die Vergangenheit, wie alles wovon gesprochen wird.

– *Aus einem Tagebuche*: *März 1901*.

»Oh, ihr Menschen, wenn sie euch Gott bringen, die braven gelehrigen Hunde, die ihn mit Lebensgefahr apportiert haben, dann nehmt ihn und schleudert ihn wieder hinaus in die Unermesslichkeit; denn Gott *soll* nicht ans Ufer gebracht werden von den braven, gelehrigen Hunden. Er ist nicht in Gefahr auf seinen wogenden Wassern, und eine grosse künftige Welle wird ihn an das Land heben, welches seiner würdig ist. «

27. Ellen Key an Rilke

Oby *Alvesta*
25/2 ⟨1904⟩

Lieber Freund! Brief und Buch bekommen. *Mir zur Freude* habe ich *nicht*. *Pan* kann ich bekommen! Ja, ich habe einen lieben *früheren* Brief über die Kindheit etc. aber leider wurde es zusammen gepackt (mit Ihren anderen Briefen) wenn ich von Sthm ging im Herbst und ist nun nicht zu erreichen. Den *Eindruck* habe ich im Herz, die *Daten* hatte ich nicht behalten. *Larenopfer* sende ich später zurück. Nun sollen Sie Ruhe haben – sende nur das Buch M. z. F.* an Ihre ergebene

Ellen Key

28. Rilke an Ellen Key

Rom, Villa Strohl=Fern,
am 3. März 1904.

Meine Freundin:
Dank für Ihre liebe Karte. Ich habe gleich an den Verleger des Gedichtbuches »Mir zur Feier« geschrieben und hoffe, dass Sie den Band in wenigen Tagen von Berlin empfangen werden. Zugleich sende ich Ihnen mein Exemplar des einen von den älteren Gedichtbüchern »Advent«, weil Sie sich etwas von diesem Vergessenen wünschen; ich habe nur dieses Exemplar und ich glaube kaum, dass noch andere existieren, weil der Verleger verschollen und verdorben ist und alle Bücher mit ihm. Wenigstens habe ich schon einmal vor zwei oder drei Jahren als ich Bücher von ihm haben wollte, alle Briefe als unbestellbar zurückbekommen.

Aber wirklich, meine liebe Freundin, Sie verlieren nichts wenn Sie diese Blätter nicht kennen lernen. Mein Können war damals so gering, mein Fühlen unreif und verängstigt, und es kommt noch dazu, dass ich für alle ersten Veröffentlichungen immer das schlechteste und unpersönlichste aus meinen Versuchen zusammenstellte, weil ich mich nicht entschliessen konnte das, was mir wirklich lieb war, preiszu-

---

* Aber ich möchte doch gerne auch die Anderen haben denn ich weiß ich werde *jedes Wort lieb haben* und ganz *unentbehrlich* finden!!?

geben; das wurden denn natürlich erbärmliche Bücher. »Mir zur Feier« ist die erste Auswahl, die nicht nach diesem Grundsatze gebildet worden ist, – und deshalb auch mein eigentlich erstes Buch.

Auch mit dem dramatischen ist es so. Da gilt nur »die Weiße Fürstin«, die Sie im »Pan« lesen werden und das kleine zweiaktige Drama »Das tägliche Leben« (Verlag Langen) das Sie ja besitzen.

Wann ist Ihr Vortrag, meine Freundin? Und *wann* dürfte der Insel=Verlag auf jenes Bruchstück aus dem Essay rechnen, das die neue Ausgabe des »Lieben-Gott-Buches« einleiten und schmücken soll?

Ich lese schon Correctur und glaube, dass man das Buch noch im Laufe dieses Frühlings erscheinen lassen will. –

Dieses Frühlings: er hebt jetzt an. Zwischen Regentagen, die wie szenische Verwandlungen auf offener Bühne sind, kommt es immer wieder dieses Leuchten, Freuen, Leichtsein und Lächeln. Und der ganze Garten ist erfüllt von der Gebärde, mit welcher die kleinen Wiesenblumen sich täglich aufthun und schliessen ...

Und ich will sehen, dass ich bei meiner Arbeit bleibe. Die letzte Woche war wieder eine, wo die Sorgen des Armseins mich aus allem Begonnenen herausgezerrt haben; schlaflose und von wirren, viel zu kleinen Zahlen durchzogene Nächte haben mich müde gemacht. O dass ich etwas mehr Kräfte hätte, Kräfte die sich theilen lassen in Erwerb und Werk.

Aber in mir giebt es nur *eine* Kraft und sie geht ganz in das ein was mich erfüllt und ist im Grossen groß und im Geringen klein und hülflos und arm ...

Aber genug davon meine liebe Freundin. Ich werde immer zu den Lebenslinkischen gehören: zu den Armen Gottes.

In Dank und Liebe
Ihr:
Rainer Maria Rilke.

29. Ellen Key an Rilke

Oby *Alvesta* 8/3 ⟨1904⟩

(Heute ist ein Tag des Freudes, denn mein Liebling Ivar, der Sohn meines Bruders wird 15 Jahre alt.)

Lieber Freund!

Sehr glücklich bin ich daß Sie mir auch *Advent* sandte! Immer finde ich etwas von Ihnen auch in diese, wie *Sie* sagen, »unpersönliche« Bücher. Und ich werde *jede Zeile* von Ihnen lesen, denn sonst ist es nicht ruhig in mir geworden – ich kann *kein einziges Wort* – voll von Ihre Eigenart – verlustig gehen!

Nun sende ich gleichzeitig die beide Bücher zurück. *10 April* werde ich in Göteborg (unsere 2te Stadt) den Vortrag halten und eine Woche später in *Copenhagen*. So wird es gedruckt und soll in *Ord och Bild* erscheinen und nachher in **Deutschland** – in *Die N. D. Rundschau* denke ich. Und auch in *Mercure* de France will ich es übersetzen laßen. So in *ein Monat* (Mitte April) kann Juncker die Seite für das Buch haben.*

Die weiße Fürstin hatte ich schon gelesen! Mein *Titel*=Gedächtniß ist schlecht aber nun habe ich wieder mein Gedächtniß erquickt – Ich bin seit einigen Tagen tief im Rilke-Essay hinein und sehr glücklich aber sehr bange. Mir ist als hatte ich einen Stern im Hand und sollte ihn über eine Haarschmale Brücke über einen Abgrund tragen – der Abgrund von Seelenlosigkeit. . . . . Ich habe eine tiefe Demuth für Ihre Seele!

Und bei Euch ist die Zeit der Anemonen! Aber hier ist es wie Sie in *Advent* sagen:

. . . draußen wächst in Flockenflittern
Der weiße Tag zur Ewigkeit.

---

* Er kann es ja selbst übersetzen? Er schreibt dänisch gut und schwedisch ist ja fast dasselbe! Kann ich es ihm direkt schicken? Oder ist es *Insel*-Verlag?

Wissen Sie: ihr Bild (Photographie) wurde sammt mit ihren Briefen in Stockholm verschloßen! Können Sie mir noch eine Kopie des Worpsweder Bildes geben (Für *Ord und Bild* = *Wort und Bild* welche immer illustrirt ist) Wer hat Ihre Büste in Juncker's Katalog gethan? Ihre Frau? Und ***wann*** haben Sie heirathet? (1900?) War ihre Frau früher verheirathet? Wie alt ist sie?

Ach, die Sorgen!? Die »allzu kleinen Zahlen« – wie gerne wollte ich Mutter sein können! Sie brauchen nur eine Karte als Antwort schreiben – nicht Ihre Arbeit stören! Und sage die liebe Frau Clara schönes von mir. War Grete (die Todte) ihre Schwester? Clara Westhoff ist ja ihre Frau?

Ihre Freundin Ellen Key

Mir zur Freude ist noch nicht (10/3) bekommen.

30. Rilke an Ellen Key

Rom, Villa Strohl=Fern
am 14. März 1904.

Wünsche für Ivar, Ihren Liebling!
Meine liebe Freundin,

Ihr Brief ist voll guter Botschaft und groß von Liebe. Was wollen Sie alles für mein Werk thun: es beschämt mich, weil von diesem Werke ja noch so wenig gethan ist und weil erst noch alles geschehen soll. Ein langes, langes Tagwerk liegt noch vor mir und ich brauche einen Sommertag mit vielen hellen Stunden, wenn ich es zu einem Ende und Abschluss – nein, zu seiner Reife nur bringen soll. –

Aber ich fühle, dass Ihr liebevolles und verstehendes Verkünden, das seine Stimme so weithin erheben will, dem ersten Anfang, in dem ich immer noch stehe, Stütze und Stärke ist Ermuthigung und Zuspruch wie nichts sonst. Und darum freue ich mich Ihrer Absicht, die mich gleichsam überholt: die Sehnsucht, *der* zu werden, den Sie hellsehend schon in der Tiefe meiner Bücher kommen fühlen, wächst an Ihrem Wahrsagen und Ihrer lauschenden Liebe auf und hat ihren ersten Sommer.

Also in Göteborg am 10. April! Und dann auch in Kopenhagen: dieser Gedanke ist mir ganz besonders lieb, dass Sie in Kopenhagen, in J. P. Jacobsens liebem Land, von mir reden werden.

Und dann hernach die verschiedenen Veröffentlichungen des Essays, die Sie planen; liebe, liebe Freundin, wie soll ich Ihnen das alles danken können? Sogar von der Möglichkeit eines Abdrucks im »Mercure de France« sprechen Sie. Wirklich? Wäre das denkbar? Der grosse Freund und liebe Meister, der durch die Sprache so sehr von dem abgetrennt ist was ich bin und werde: Rodin, – er sollte aus *Ihrer* lieben Auslegung von meinem Werke hören, das ich ihm so gerne irgendwie aufgethan hätte, als ich ihm nahe war? Alle meine ihm verschlossenen und fremden Bücher, die er angenommen und in Ehren gehalten hat ohne erfahren zu können was sie enthalten, – sollten aus einem Essaÿ in seiner Sprache zu ihm reden dürfen? Mir wäre diese Freude unbeschreiblich gross ...

Für die Veröffentlichung in Schweden wünschen Sie eine Photographie. Ich habe bisher immer von der Preisgabe eines Bildes abgesehen; die Veröffentlichung der kleinen Aufnahme der von meiner Frau gearbeiteten Büste im Juncker'schen Catalog war die erste derartige Reproduktion, (die ich eigentlich bereut habe.) Der in Deutschland in Gebrauch gekommene »Wochen«=Stÿl hat das Veröffentlichen von Porträts so gemein gemacht, dass ich mich, wo es irgend geht, dieser Sitte entziehen möchte. Doch in ihrem Land ist es gewiss anders und ich will *gerne* ein Bild für die schwedische Zeitschrift hergeben; nur wäre ich dafür, statt des zu intimen westerweder Intérieur=Bildes die einfache schlichte Porträt=Kopf=Aufnahme aus dem Jahr 1900, die gut und sachlich ist, zu reproduzieren, wenn Ihnen das so recht ist. In dem Buche, welches meine Frau Ihnen heute sendet, liegt ihr Exemplar dieses Bildes Ihnen zur Ansicht. Wenn Sie es für diesen Zweck geeignet und gut finden, so lasse ich Ihnen von dem Amateur, der die Aufnahme gemacht hat, direkt einen guten Abzug senden, nach dem die Reproduktion für »Wort und Bild« gemacht werden kann.

Bei demselben Buche liegt auch eine Anzahl von Zeitungs=Ausschnitten; Besprechungen, die ich von Westerwede aus für eine bremer Zeitung geschrieben habe; ich fand sie gestern und glaube, dass es vielleicht für Sie Interesse hat, hineinzusehen, weil meine Beziehung zu nordischen Büchern daraus erhellt und die Dankbarkeit die ich für diese Bücher habe.

Das Buch selbst ist das Exemplar von »Mir zur Feier«, welches meiner Frau gehört, schon in dem letzten Jahre ihrer Mädchenzeit gehört hat.

Sie sendet es Ihnen, für solange Zeit als Sie wollen, mit allen alten Blumen, die darin wohnen, so wie es im Laufe dieser Jahre beim Lesen und Wiederlesen geworden ist. Denn nun sie gemerkt hat, wie schlecht und karg ich selbst von ihr muss geschrieben haben, da Sie, liebe Freundin, noch kaum das Nächste von ihr wissen, schreibt sie Ihnen selbst einen Brief und klärt sich Ihnen auf und sagt Ihnen alles was sie weiss.

Und da der berliner Verleger zu zögern scheint, das Buch »Mir zur Feier«, das Sie doch kennen sollen, abzusenden, hatte sie selbst den Wunsch, Ihnen ihr eigenes Buch, wie es ist, anzuvertrauen, und thut es nun. Dieses Buch ist entstanden in früheren Aufenthalten in Florenz und am ligurischen Meer, ehe ich meine Frau kannte; aber als ich sie damals fand, da war es *ihr* zur Feier da und wurde Begleitung und Klang ihrer ausgehenden Mädchenzeit. –

Noch zwei Fragen Ihres Briefes sind zu beantworten. Die Neu=Ausgabe des »Lieben=Gott=Buches« erscheint im »Insel=Verlag«. *Dorthin* müsste also auch das Manuscript jenes Fragmentes aus dem Essay, das den Eingang bilden soll, geschickt werden. Vermuthlich hat der Verlag jemanden Zuverlässigen, der es übertragen kann; ich werde Herrn von Poellnitz deshalb schreiben. –

Und das andere war die Frage mit Björnson. Wie lieb Sie an alles denken! Aber nein, – ich möchte jetzt ganz, ganz still bei meiner Arbeit sein. Auch ist in Björnson (dem Menschen) vieles mir Fremde (vielleicht gar Feindliche, wie ich ahne) und ich denke es mir schwer und anstrengend, ihn zu sehen. Vielleicht irre ich mich in alledem; aber dann darf ich das jetzt versäumte vielleicht einmal nachholen, wenn geneigte Tage mich in Ihr Land geführt haben, in Ihr liebes, starkes langwinterliches Heimatland ...

Der Frühling ist hier noch ein wenig schwankend und unsicher: nur einzelne Tage und einige Stunden gegen Abend hin haben schon die Sicherheit alles Kommenden.

In Liebe und Dank
Ihr Rainer Maria Rilke.

31. Clara Rilke-Westhoff an Ellen Key

Rom, Villa Strohl-Fern
d. 22. März 1904.

Liebe Ellen Key,
es scheint fast so, als sei noch nicht die Zeit für mich gekommen, an Sie zu schreiben – trotz Ihrer lieben Frage nach mir – denn es kommt immer wieder irgend ein Hindernis, das mich von diesem lieben Vorhaben zurückhält.

So ist nun schon wieder mehr als eine Woche vergangen, seit dieser Brief geschrieben sein wollte.

Und doch wusste ich schon vor Jahren, damals als »das

Jahrhundert des Kindes« zum ersten mal in meine Hände kam, *dass* ich ihn einmal schreiben würde.

Damals schrieb ihn mein Mann und seitdem haben Sie ihn schon oft nach mir gefragt. Wenn das doch so einfach zu beantworten wäre. So einfach, wie es doch im Grunde ist und wie Sie es gesehen hätten, wenn Sie in diesem Frühjahr wirklich die lange Reise aus Ihrem schönen Land herüber nach Rom gemacht hätten.

Sie hätten mein Atelier gesehen, vier hohe graue Wände, mit einer grossen Schiebethür ins Freie, vier Wände welche ein ganzes Leben einschliessen, viele Geräthe aus Holz, darauf einige in graue Lappen gewickelte Dinge stehen, Ständer mit Zeichnungen, einem Tisch mit Schreib- und Zeichengeräth, einer Bort mit Büchern, ein Bett, eine Kleidergarderobe und noch ein Tisch mit Kochgeräthen in der Ecke. Ja, und ein Fahrrad und ein Reisekoffer.

Dies sind die Dinge, die dieses Leben braucht, ganz notwendig braucht. Mehr sind nicht da, wenn man nicht noch von einer kleinen Uhr sprechen will, welche fleissig in der Stille tickt und von einigen wenigen Fotografien, die an der Wand befestigt sind. Nach Werken von Rodin, nach einer Tanagra, nach Lionardo da Vinci, nach Hokusai. ———

Ich bin 25 Jahre alt (geboren in Bremen). Kam mit fast 17 Jahren nach München. Zeichnete und malte dort, kam mit 19 Jahren nach Worpswede bei Bremen. Zeichnete dort noch mehr und wurde Bildhauerin. War ganz kurz bei Klinger in Leipzig, dann in Paris. Nach Worpswede im Sommer 1900 zurückkehrend, fühlte ich mich schon sicher auf meinem einsamen Weg. In diesem Jahre traf ich dort mit Rainer Maria Rilke zusammen, der im Anfang des Jahres 1901 mein Mann wurde. Jeder fühlte im Anderen ein Leben, das eine Einsamkeit brauchte und Ungestörtheit, um zu einer langen und wichtigen Lebensarbeit fest zu werden. Die Gemeinsamkeit sollte diese Stille schaffen. So wie es für einen Hof einsamer ist, wenn er mit Feld und Wald und See wieder an Feld und Wald und See grenzt, als wenn seine Marksteine gleich hinter den vielen Häusern einer Stadt aufgestellt sind.

Da lernten wir beide die Sorge kennen, die in einer Zeit, da die Arbeit hinter dem Leben zurücktreten musste, eine ungeahnte Macht über uns bekommen musste.

Und jetzt? Jetzt ist wieder die Arbeit da und beginnt langsam das Einzige zu werden, das Grosse, Wichtige – und so sind wir zwei Anbeginne, die arbeiten lernen. Was kann man von solchen leisen Anfängen sagen. Man kann ihnen nur Stille wünschen und Ruhe und Einsamkeit, um aus Anfängen weiter zu werden, zu wachsen, zu arbeiten.

War es das, was Sie wissen wollten, verehrte und liebe Ellen Key? Sie waren so lieb nach mir zu fragen, ich danke Ihnen herzlich. Aber vielleicht war ich noch nicht fähig zu antworten. Was ist ein junger Mensch, das er von sich erzählen könnte. Er ist nichts, nur jung. Ein junger Baum spricht nicht, er wächst. So wollen auch wir thun. Ein alter Baum, – ja, der redet vielleicht. Aber nun dürfen Sie nicht denken, dass es nicht die Erfüllung eines herzlichen Wunsches war, an Sie schreiben zu dürfen. Sie sind uns schon lange ein guter Freund und nur zu wissen, dass Sie da sind allein, thut wohl. Wir fühlen, dass wir in Ihnen eine Beschützerin haben, eine Mutter, an die wir uns immer wenden können – und auch, wenn wir uns nicht an Sie wenden, so sind Sie da und thuen mit Ihren Gedanken allein gutes für uns. –

Ja, ich bin Clara Westhoff und das ist seine, Rainer Maria Rilkes Frau. Gretel war nicht eine Schwester, sondern eine kleine Gespielin von mir.

Und nun nehmen Sie alle meine herzlichen Grüsse, auch für Ihr nordisches Land. Ich habe oft mit Sehnsucht an seine beschneiten Tannen gedacht, seinen tiefen Winter, wenn Sie in Ihren Briefen davon sprachen! Die nordische Schönheit ist noch tiefer und noch geheimnisvoller als die südliche.

Auch noch unverratener. Grüssen Sie alles: von mir. Und nehmen Sie selbst herzliche und dankbare Grüsse von Ihrer

Clara Westhoff-Rilke

Rom, Villa Strohl-Fern
d. 23. März 1904

Nachschrift:
Liebe Ellen Key,
ich habe vergessen Ihnen zu beantworten: ja, die Büste, welche im Junckerschen Katalog sehr schlecht reproduziert ist, ist von mir: Porträt R. M. Rilkes. Ich habe seit dem Herbst 1898 zehn Porträtbüsten gemacht, einige nackte grössere und kleinere Menschen, ein Relief und vieles andere, ausser vielen Zeichnungen.

Ich lege Ihnen eine Fotografie meiner letzten in Paris gemachten Büste bei und das Pariser Atelierbild, das Sie schon haben (das jetzt aber wohl in Stockholm ist) weil auf diesem Bilde zwei andere frühere Arbeiten von mir sichtbar sind.

Vielleicht schicken Sie diese letzten beiden Sachen später mit dem Buch »Mir zur Feier« wieder zurück.

Leider besitze ich keine besseren und ausführlicheren Fotografien meiner Arbeiten.

Aber hoffentlich kommen Sie ja doch noch einmal zu uns, wenn wir auch noch nicht wissen, wann das sein kann.

Nochmals alle herzlichen Grüsse von Ihrer

Clara Westhoff-Rilke

32. Ellen Key an Clara Rilke-Westhoff

Oby *Alvesta*
27 Mars 1904

Liebe Clara Westhoff-Rilke!
Ja, grade so ein Brief wollte ich von Sie haben und nun küsse ich in Gedanken ganz mütterlich Ihren tiefen, ernsten Au-

gen und bin froh daß der eine Schweigsamme Wald den anderen zum Nachbar hat. Ich sende auch morgen *Mir zur Freude* sammt die Bilder zurück! Leider hatte die Photographie angeklebt und ein Klex (aber nur wo die Bücher stehen) bekommen! Freilich kann ich kein Urtheil von Ihre Kunst – nur von Ihre Kunst*richtung* durch diese kleine Schatten Ihrer Werken bekommen.

Nun besitze ich *Mir zur Feier* durch ein Mädchen in Berlin, Eva Sollmitz [!], welche dieses Buch so sehr liebt und es mir gegeben hat! Und auch ich *liebe es sehr*. Was sind *Rauten* für Steine? Wissen Sie – die vorige Woche fand ich in ein Notitzbuch aus 1900 (nach einen Gespräch mit eine Dänin Therèse Krüger) notirt als was »besonders schönes«: *Mir zur Feier* von ein junger Czeche Rainer Maria Rilke (Schmargendorf) und die Notirung bedeutete: ich soll es lesen. Aber erst nun kam es dazu. Aber so hat Rainer Maria Rilke (und Mir zur Feier) als eine *wartende Quelle* gewesen – und ich ahnte nicht daß ich das Buch erst als Anleihe von seine Liebe Frau haben sollte! Das Leben giebt bisweilen reicher als man hofft!

Nun will ich was erzählen. Eine junge Frau aus Prag wird Ihnen vielleicht schreiben. Vor 11 Monaten ist ihren Mann auf eine gemeinsamme Promenade todt geworden. Sie waren sehr glücklich und hat nun die Kraft nicht zu leben, auch nicht zu sterben. Und sie darf es nicht sie hat ein 2 jähriges Mädchen. Nun habe ich sie gesagt: sie sollte zu *Ihnen* schreiben und fragen, ob Sie wollten daß sie (Frau S.) die kleine Ruth mit sich nähme (denn sie ist vermögend) und nach Rom reiste (oder um mit Ihnen später in einen Sommeraufenthalt zu sein – und so sie (Frau S.) die Mühe und Kosten für die kleine Ruth haben sollte aber Sie und Ihren Mann *die Freude* die kleine zu sehen!? Frau Schwarz muß *etwas für andere thun um Leben zu können*! Vielleicht kann sie sich nicht entschliessen; vielleicht wollen Sie selbst nicht: ich habe nur dieses sagen wollen *falls einen Brief kommt*. Ich weiß von Baronin Ehrenfels in Prag daß Frau Schwartz [!] *sehr* sympathisch ist. Und ich wollte Ihnen so gerne diese Frühlingsfreude bringen. Wenn Blumen und Vögeln da sind, fehlt die Kleine so sehr.

Ihre in Liebe und Vertrauen Ellen Key

An *Rainer Maria Rilke.*
(Sie sollen von Briefen frei sein!)
Lieber Freund! Nur noch ein *Fragebogen*:
1) *Wann* haben Sie erst Jakobsen [!] gelesen?

2) Haben Sie nicht Karl Vinnen gekannt wenn Sie über Worpswede schrieb oder nahm Sie i⟨h⟩n nicht mit weil seine Kunst Ihnen nicht sympathisch war?

3) Ich möchte wißen ob Sie wie ich die Unsterblichkeit als einen *ewigen Kreislauf von Formen fasse* oder ob Sie eine ***persönliche*** Unsterblickeit (im gewöhnlichen Sinn) meine? Ich glaube *nein* – die schöne Worten für Gretel sagen *mir* nein! Aber *vielleicht* **doch**?

4) Was meinen Sie mit der schwarze Mönch in *die Weiße Fürstin*? Ich *glaube*: die Schatten und Formen der Vergangenheit, welche die Menschen hindern sich auszuleben in die Gegenwart? Aber? ....

5) Was sin Rauten für Steine? Nun müßen Sie so gut sein und auf ein Blatt (fertig zum Druck) *Titel und Jahreszahl* (und Verleger) alle Ihre Werke ***bis*** Mir zur Feier) aufschreiben. Ich habe ihre Besprechung von Ellen Olestjerne gelesen, mit großen Interesse. Herrman Bang ist *auch* Däne nicht Norweger (konnte fast nicht Anderes sein!)

6) Haben Sie *nur* in Bremer Tagblatt über *D. Jahr des Kindes* geschrieben?

7) Haben sie slawisches (=czechiches) Blut auch?

Ich liebe das kleine Worpsweder Bild aber natürlich wird das größere besser sein für *Wort und Bild* (die *vornehmste* Zeitschrift Nordens) Die Übersetzung für Vom lieben Gott werden besorge ich durch meine Übersetzerin, Mizi Franzos.

Ich bin froh daß Sie Runge und Rembrandt so tief verstehen. Ich liebe die Beiden sehr. *W. Pater* auch.

10 April rede ich in Göteborg, *16 in Kopenhagen*, über Ihnen!

33. Rilke an Ellen Key

Rom, Villa Strohl=Fern,
am Oster=Sonnabend 1904 (2 April).

Liebe Freundin,
ich beantworte unter einem Ihren lieben Brief an Clara Rilke und den Fragebogen; ich hätte es gerne noch früher, vor zwei Tagen schon gethan, aber der wechselvolle warmkalte Frühlingsanfang hat mir, trotz aller Vorsicht, wieder gesundheitliche Störungen, Erkältung und Schmerzen gebracht, so dass ich nicht schreiben konnte.

Zunächst davon, dass Ihr lieber Brief uns Beiden, Frau Clara und mir, eine grosse Freude war; wie Sie, immer und immer, lieb und gütig an uns denken, dessen war er in allem voll, Wohlthun Wort für Wort.

Lieb, so lieb haben Sie sich das mit unserer kleinen Ruth gedacht, meine liebe Freundin. Wir haben viel darüber nachgedacht und davon gesprochen, und wenn wir auch schliesslich einsehen mussten, dass die Durchführung eines solchen Planes für uns und unser Gefühl (selbst wenn, was ich kaum glaube, Frau S. es über sich brächte –) unmöglich wäre, – eine Freude war es doch, zu fühlen, dass Sie und Ihre Hülfe immer nahe ist und wach! *Dank*!

Unmöglich wäre es, einmal um unseretwillen, die wir jetzt *nur* Raum, Ruhe und Arbeit brauchen können und auch für eine Freude nicht weit genug sind, noch nicht. Aber auch um des kleinen Mädchens willen wäre dieser gewagte Wechsel nicht möglich. Schliesslich handelt es sich doch vor allem um sie, um Ruth, um ihres kleinen Lebens möglichst unverpflanztes ruhiges Wachsthum, und nicht um uns, um unsere Freude an ihr. Und da fühlen wir, dass sie in ihrem jetzigen Aufenthalt in dem stillen Landhaus und dem grossen Garten *alles* hat was sie braucht und was wir ihr geben würden, wenn wir könnten. Sie hat dort die gesundheitsmässige und vegetarische Lebensweise, die ihr gut bekommt, hat, wie die Verhältnisse sich nun gestaltet haben, über das Nöthtigste hinaus, den köstlichen Überfluss des stillen Landlebens, Sommer und Winter, hat den kleinen vierzehnjährigen Bruder meiner Frau als Freund und Gespielen und ist ja schliesslich bei meiner Schwiegermama (einer vernünftigen und energischen Frau, die sie über alles liebt) nicht in den fremdesten Händen. Wir glauben auch, dass ihr kleines Dasein in diesem Boden und in den Menschen, die um sie sind, schon Wurzeln geschlagen hat, dass man sie nicht umpflanzen darf, nicht, um sie in ungewissere Verhältnisse und zu Fremden zu bringen. Wäre Ruth hier, dann müsste sie auch ganz bei uns sein, – und da das für beide Theile unmöglich ist, so müssen wir an jene ferne Zeit glauben, da von selbst irgendwie geschieht, was uns jetzt übereilt und unvorsichtig erschiene, weil es zwar unserem Wunsch und unserer Sehnsucht Erfüllung wäre, nicht aber unserer Wirklichkeit und dem Nothwendigen entspräche, das jetzt gethan werden muss.

Wir dürfen jetzt (so fühlen wir Tag für Tag) *nur* an die Arbeit denken, nicht an Anderes, nicht an die Freude. Die Arbeit selbst muss der Weg sein, der uns drei einmal wieder still und natürlich zusammenbringt, durch sie muss alles geschehen, nach und nach und in langer Geduld. Vorläufig muss das Bewusstsein, dass unser liebes kleines Mädchen alles hat, was ihr Leben zum besten Wachsen braucht, uns froh und ruhig machen und so thut es auch bis zu einem gewissen Grade ... So denken und fühlen wir, liebe Ellen Key, über alles das und Sie werden verstehen, wie wir das leben und durchmachen müssen. – Aber wir danken Ihnen von Herzen für Ihres Denkens Sorgfalt und Liebe, das uns schon an sich wohlthut, durch sein bloßes Wirken.

Möchte für Frau S. irgend ein Ausweg gefunden werden, irgend ein neuer Tag, mit dem sie wieder alles beginnen könnte, irgend ein Lebens=Eingang und Arbeitsweg. Eine Reise z. B. kann viel sein in einem verstörten Leben, wenn sie zu den richtigen Dingen und Eindrücken führt, vergessene Wünsche erfüllend, leise und anspruchslos; aber fremder Schmerz ist noch viel ferner denn fremde Freude, scheint mir, und man kann nichts wissen davon, und alle Hülfe ist schwer.

Nun beantworte ich den Fragebogen:
zu 1: Ich habe Jacobsen zuerst 1896/97 in München gelesen; ich war damals sehr unreif und las, mehr ahnungsvoll als schauend, erst Niels Lÿhne, später Maria Grubbe. Seither sind diese Bücher, zu denen 1898 noch die »Sechs Novellen« und die Briefe kamen, in allen meinen Entwicklungen wirksam gewesen; und noch heute geht es mir mit ihnen so, dass ich, wo ich gerade stehe, immer, jedesmal, wenn ich weiter will, das Nächste, das Nächsthöhere, die kommende Stufe meines Werdens in ihnen vorgezeichnet und schon geschaffen finde. In diesen Büchern ist vieles von dem, wonach die Besten heute noch suchen, schon gefunden, wenigstens aus einem Leben herausgefunden. Jacobsen und Rodin, mir sind es die beiden Unerschöpflichen, die Meister. Die, welche machen können, was ich einmal können möchte. Beide haben dieses eindringliche, hingebungsvolle Schauen der

Natur, beide die Macht, das Geschaute in tausendmal gesteigerte Wirklichkeit umzubilden. Beide haben Dinge gemacht, Dinge mit lauter sicheren Grenzen und unzähligen Überschneidungen und Profilen: so fühle ich ihre Kunst und ihren Einfluss. –

---

zu 2: Carl Vinnen war es selbst, der sich von einer Erwähnung in der Monographie Worpswede's ausschloss. Er sagte, seine Kunst, sei gerade in Übergängen, und wenn er gegen das Schreiben über Kunst im Allgemeinen viel einzuwenden hätte, so fände er in diesem besonderen Fall, was seine Arbeiten beträfe, die Zeit über sie zu sprechen, sei nicht da; mit dieser Begründung bat er mich geradezu, von einer Betrachtung seiner Kunst abzusehen, was umso eher möglich war, als die »Worpsweder« als geschlossene Gruppe nicht mehr bestehen und als Carl Vinnen nicht in Worpswede selbst, sondern vier Stunden davon, auf seinem Gute Osterndorf in einer wesentlich anderen Landschaft lebt und arbeitet.

---

zu 3: Unsterblichkeit? Ich glaube, dass nichts *was wirklich ist, vergehen kann.* Aber ich glaube, dass viele Menschen nicht *wirklich* sind. Viele Menschen und viele Dinge. Aber das ist schwer zu sagen und ich möchte es vermeiden zu behaupten, dass ich diese oder jene Meinung theile, weil in jeder solchen fertigen Auffassung etwas Abschliessendes liegt, – ich aber nirgends mich abgeschlossen und fertig fühle, sondern lauter Verwandlung bin. Ich möchte für alles das einmal *meinen eigensten* Ausdruck haben und solange ich den noch nicht finden kann, mich keiner Meinung anschliessen, sondern einfach schweigen und sagen: ich weiß nicht.

---

zu 4: Ähnlich ist die Antwort, was den schwarzen Mönch in der »weißen Fürstin« betrifft: ich habe nichts Bestimmtes mit ihm gemeint, – ich wollte nur einen schwarzen Mönch machen, in der Landschaft, vor dem Meer; ich glaube, dass diejenigen Gestalten am besten sind, die absichtslos, einfach als Gestalt dem Schaffenden entstehen. Die Auslegung ist immer beim Leser und muss frei und durch keinen vorweggenommenen Namen begrenzt sein; mit Rodins Figuren z. B. ist es immer so. Er sagt: ich mache Männer und Frauen, und so muss es auch sein. Man muss, glaube ich, Männer und Frauen machen, ohne Sorge um ihre Bedeutung; je mehr Bedeutungen in ihnen Raum haben, desto weiter und wirklicher sind sie ... Ich kann nicht *mehr* sagen; ich fühlte, dass ich eine Gestalt haben musste für Unsagbares, – denn die Bühne braucht die Gestalt, wo sonst vielleicht Worte, Verse, Pausen sein dürften –: die Gestalt kam und war der schwarze Mönch, weil ich einmal vor Jahren in Viareggio durch das Erscheinen eines bettelnden schwarzen Mönches tief berührt worden war. Ich stand am Fenster und da er, mit dem Rücken gegen das Meer, in den Garten trat, befiel mich eine seltsame Angst; Mir war, dass ich mich nicht rühren dürfte, weil er, der mich bemerkt hatte, jede Bewegung als Wink, als Ruf deuten und kommen würde –.

---

zu 5: Rauten ist, für mein Gefühl, eine, dem so bezeichneten Blütenstand nachgeformte, etwa so gestellte  Anordnung von Steinen (gewöhnlich Brillanten oder Perlen), die einen grösseren Stein umgeben (etwa einen Rubin). Ich weiß nicht, ob meine Empfindung dem Sprachgebrauch nach richtig ist, doch war meine gefühlte Vorstellung von »Rauten« diese, dass es kleine blasse Brillanten sind, die in obiger Form um andere Steine angeordnet stehen.

---

zu 6: Ja, ich glaube, dass ich *nur* im Bremer Tageblatt über das »Jahrh. des Kindes« geschrieben habe. (Leider!)

---

zu 7: Es ist nicht unmöglich, dass in den Frauen meines Geschlechtes auch solche slawischen Blutes waren; wenngleich nicht in jüngerer Zeit. Seit die Familie in Böhmen angesiedelt ist, war sie betont deutsch, wie es dort die Verhältnisse, die zu klarer Entscheidung zwingen, mit sich brachten. Aber früher könnte (ich weiß davon noch nicht genug) immerhin manche Verschwägerung mit böhmischen Geschlechtern stattgefunden haben. Vieles in mir spricht ja dafür. Die Czechen freilich sind mir nicht nahe, auch die Polen nicht; (die Verbindung von Slawenthum mit dem katholischen Element hat etwas unerträgliches für mich.) Aber Sie wissen ja, was Russland mir ist; was war das für ein Ereignis, es zu finden! Und als ich zuerst nach Moskau kam, da war alles bekannt und altvertraut; um Ostern wars. Da rührte es mich an wie *mein* Ostern, mein Frühling, meine Glocken. Es war die Stadt meiner ältesten und tiefsten Erinnerungen, es war ein fortwährendes Wiedersehen und Winken: es war Heimath.

Das Bild, welches wir also zur Reproduktion in »Wort und Bild« verwenden wollen, wird Ihnen direkt von dem Amateur, dem ich darum schreibe, zugehen.

Es ist sehr lieb, dass Sie auch schon dafür gesorgt haben, dass das Essay=Fragment, das am Eingang des Buches vom lieben Gott stehen wird (ich freue mich so sehr darauf!) gleich eine Übersetzerin findet. Das ist gut; denn der Insel=Verlag erwartet das Manuscript, glaube ich, möglichst bald, weil ich nun mit dem Correkturlesen der neuen Ausgabe fast ganz fertig bin und das Buch nicht zu spät im Frühling erscheinen soll.

Am 10. April zunächst und dann am 16. werde ich immerfort in Gedanken bei Ihnen sein, meine liebe, liebe Freundin. Sie glauben nicht, wie es mich im Innersten ergreift, dass Sie von mir reden werden. Mein Herz klopft wenn ich daran denke, während alles in mir ganz still ist vor Erwartung und Freude.

Alles, alles Liebe auf Ihren lieben Weg, meine Freundin. Sagen Sie den Menschen, dass ich Nachsicht brauche und Geduld, dass ich aber ganz voll von Sehnsucht bin, etwas Gutes und Wichtiges zu thun, etwas im tiefsten Sinne Nothwendiges!

In Dankbarkeit
Ihr Rainer Maria Rilke.

Liebe und dankbare Grüsse von Clara Westhoff=Rilke. »Mir zur Feier« und Bilder sind gut zurückgekommen! (Anbei das Bücher=Verzeichnis.)

Gute oesterliche Feier=Tage!

34. Ellen Key an Rilke

Oby Alvesta
1904 5/4

Lieben Freunden! Alles war wie ich *glaubte* – Ich meine: die *tieferen Fragen*!! Auch der Mönch hatte ich erst *so* aufgefasst! Und auch daß Sie es mit die Kleine so haben wollte! Ich glaube wir müßen eine transmarine Leitung zwischen uns haben!!? Ich konnte fast *nichts* über das Buch v. lieben Gott *sagen* – es ist *zu schön*. Ich habe Ihnen selbst reden laßen –

Wollen Sie das Korrektur von Insel verlangen – und *streichen* falls Etwas Ihnen nicht recht ist?!

Ihre ergebene E. K.

Die kleinen Bücher sind wohl auch richtig gekommen? Frau S. habe ich geschrieben daß *Sie* nicht wollen.

Ellen Key (sonnenblind!) 1903

35. Rilke an Ellen Key

Rom, Villa Strohl Fern,
am 29. April 1904.

Meine Freundin
ist es sehr unbescheiden, dass es mich herzlich verlangt, von Ihnen wieder zu hören? Bitte, wenn eine stillere Stunde für Sie kommt, so schreiben Sie mir ein paar Worte wie es in Göteborg und Kopenhagen war, – wie es für Sie war und wie die Menschen es aufnahmen. Eine Zeitung haben Sie mir ja gesandt, aber erstens ist sie schwedisch und wir haben, trotz fleißigen Buchstabierens und Rathens, nicht viel aus ihrem Berichte begriffen, – und zweitens möchte ich nicht vom äußeren Verlauf Ihrer Vorträge wissen, vielmehr von dem inneren Leben, das in Ihnen, liebe Ellen Key, war und das Sie in jenen fühlten, zu denen Sie sprachen. Wie fühlten Sie es? Wie war es? Ist es unbescheiden, dass ich danach frage? –

Inzwischen habe ich durch den Verlag der Insel den Druckbogen jenes übersetzten Fragmentes aus Ihrem Vortrage erhalten, das vor das Buch vom lieben Gott gesetzt werden sollte. Lassen Sie mich Ihnen vor allem sagen, dass mich diese liebevollen Worte, die so leise meinem leisen Suchen nachgehen, unendlich lieb berührt haben; wenn ich dieses Bruchstück (in Übereinstimmung mit dem Verlage) nun doch *nicht* vor die Geschichten vom lieben Gott stellen möchte, so geschieht dies aus folgendem Gefühl:

Diese Worte, die über meinen Briefstellen aus der letzten Zeit, wie eine stille kleine Kirche aufgebaut sind, führen und deuten zu weit *über* das, vier Jahre früher entstandene Liebe=Gott=Buch hinaus, klären es zu sehr auf, sind Schlüssel zu allen seinen Thüren. Nun glaube ich, dass dieses Buch, in dem alles Vorgefühl (Vorfurcht und Vorfreude) ist, eine solche Auflösung nicht gut verträgt, dass es so, in all seiner Dunkelheit bleiben muss, dass es allein sein muss mit sich selbst. Das umsomehr, als mit jenen darüber hinaus weisenden Worten nicht allein das alte Geschichtenbuch vom lieben Gott in zu helle Beleuchtung gestellt wird (so dass man seine Risse und Mängel sieht), sondern auch ein neues Buch, an dem ich schreibe und mit dem ich vielleicht noch lange werde ringen müssen, zu früh verrathen und beredet erscheinen würde. Es scheint mir mit einem mal gefährlich, meine neueren Briefstellen neben den unbeholfeneren, scheueren Worten des »Buches vom lieben Gott« zu sehen; gerade weil sie aus einem so viel weiteren Entwicklungsstadium desselben Gedankenkreises stammen, sind sie den früheren Übergängen feindlich und sehen nicht gut neben ihnen aus, etwa wie es bei manchen Pflanzen wehe thut, Blüten und Früchte nebeneinander am selben Stamme zu sehen. – Vor allem also um *dieser* **meiner** Worte willen, werde ich jenes Fragment *nicht* als Eingang der neuen Ausgabe des Geschichten=Buches verwenden; – das Buch vom lieben Gott wird allein, *ohne* Vorwort herauskommen, wie es das erste Mal kam! – Sie werden meine Gründe nicht anders verstehen als ich sie meine und sage, liebe Ellen Key, und Sie haben mir ja auch das Recht gegeben, zu binden und zu lösen und Herr zu sein über die Worte, die für diesen Zweck bestimmt waren. –

Merkwürdig stark weisen die Worte jenes Fragmentes auf mein werdendes Buch hin, das ja auch ein »Lieben=Gott=Buch« sein wird; das kam theilweise durch die Briefe, die ich Ihnen aus der Arbeit heraus schrieb, aber auch Ihr liebes und tiefes Verstehen jener Stellen hat Sie nahe an die Wege herangeführt, die ich jetzt, mühsam und schwer, zu gehen versuche. – Wieder hatte ich schlechte Wochen, durch Unwohlsein, Abhaltung, Schreibereien aller Art und durch die plötzliche Hochsommerhitze die mit aller Wucht vor etwa zehn Tagen über uns hereinbrach, lähmend und zerstörend und wie Lava schwer.

Nun ist es wieder kühler geworden und ich hoffe, wieder arbeitsfähig und tüchtig zu werden: denn ich *sehne* mich mit meiner Arbeit, die mir über alles lieb ist, weiter zu kommen und wenigstens bis zu einem Abschnitt durchzudringen, ehe die grosse römische Hitze kommt und damit die Nothwendigkeit, von hier fortzugehen ...

Meine Frau sendet Ihnen, liebe, liebe Ellen Key, die allerherzlichsten Grüsse! Wir freuen uns auf gute Nachricht von Ihnen und denken Beide viel, dankbar und in Liebe an Sie!

Ihr Rainer Maria Rilke.

Nachschrift:

Meine Frau ist durch das Klima sehr gedrückt und ich glaube wir (auch ich) brauchen (trotzdem Italien sein Wohlthun hat) doch bald wieder Norden, Weite, Wind! Es ist für uns traurig, diesen schnellen, übervollen, jagenden Frühling zu sehen, der ein fortwährendes Verblühen und Verbrennen ist, – und unsere ganze Sehnsucht ist bei dem langsamen, zögernden Kommen nordischer Frühlingstage, bei den grossen und schweren Verwandlungen der nordischen Natur, in deren Dasein jede kleine Blume ein Leben ist, eine Welt, ein Anfang, ein Schicksal: sehr viel. Was ist hier, wo Millionen Blüthen sind, eine kleine Blume! –

Im Zusammenhang mit alledem und anderem, wollen wir Sie einmal fragen (eine Frage, deren Beantwortung warten kann und Zeit hat) fragen: könnten Sie sich denken, dass wir einmal eine Zeit lang in Schweden oder Dänemark (etwa auf dem Lande, in der Nähe einer Stadt) wohnen und arbeiten? Meine Frau möchte, um ruhig bei ihrer Arbeit sein zu können und weil sie sehr die Eignung dazu in sich fühlt, einmal eine Schule für Zeichnen und Modellieren (vielleicht auch Malen) aufthun, eine Schule für junge Menschen, die ernsthaft zur Kunst wollen, und das Zeug dazu haben; sie wollte das eines Tages in Bremen thun, – aber (mich sucht der Gedanke immer wieder heim,) sollte es nicht möglich sein, Ähnliches eines Tages z. B. in Kopenhagen zu versuchen? Es ist vielleicht ganz dumm, solche Sachen zu fragen. Aber ich thue es trotzdem und bitte Sie, liebe Freundin, mir nicht böse zu sein, wenn ich gefragt habe wie die Kinder fragen, so dass man gar nicht antworten kann.

36. Ellen Key an Rilke

Oby Alvesta
3 Maj 1904

Lieber Freund! Wir sind wirklich ganz für einander passend: der Eine bekommt grade der Gedanke des Andere! Weil ich eben *denselben Gefühl* hatte, wie Sie, wollte ich durchaus daß Sie selbst sehen und bestimmen sollte! Und ich bin Ihrer Entscheidung froh; ich komme lieber mit den Essay *ganz* und auch finde ich es ein wenig anspruchsvoll von mir die Vorrede einen *deutschen* Buches zu schreiben! Sie wißen ja daß Bard eine Serie *Litteratur* under die Redaktion G. Brandes geben will? Ich habe ihm meinen Essay über Ihnen geboten und nun kommt es darauf an ob Brandes Ihnen zu *jung* haltet um in eine Publikation zu behandeln wo die ersten Größen – Goethe, etc. – noch zu behandeln sind!! Kommt es *nicht* da, gebe ich es der *Neuen deutschen Rundschau*.

In Göteborg wie in Copenhagen war volles Haus und ein lebhaftes ***Interesse***. Einige feinen Menschen fangen nun an Ihre Bücher zu kaufen und in diese Woche wird noch ein Anderer – ein feiner Sprachgelerter – über Ihnen in Göteborg in ein geschlossener Kreis reden. In Copenhagen war im Studenten-Gesellschaft *kein Platz* zu haben!! Ich meine: der Saal war ganz voll, und sehr angeregt! Ich kann Ihnen herzlich von der kleine blaße, bartlose, rotblonde Dichter L. C. Nielsen grüßen; er hatte Sie bei Bojers gesehen und sprach so liebes über Ihnen! Und in *Lund** (in Skåne, unsere südlichste Provinz wo Natur und Temperament sehr mit Norddeutschland verwandt ist) traf ich einige junge Männer welche Ihre *ersten 3 Dichtsamlungen gelesen hatten*; ja auswendig Etwas davon wussten und der eine – welcher schon über Dehmel, George und Hoffmanstahl [!] geschrieben hatte – hat schon vor mir die Absicht gehabt über Ihnen zu schreiben! Und grade *der* von die jungen Schweden, mit welchen *ich* die grössten Ähnlichkeiten mit Ihnen *hervorgehoben hatte*, war der Vermittler gewesen: Vilhelm Ekelund ist sein Nahme!

Die Frage ob so Etwas in Schweden zu anfangen ist (wie Ihre Frau wollte) kann ich *neinend* Antworten. Aber schreibe (referirend an mir) zu Fräulein *Elna Erichsen* [!], 3 Rosenry *Köpenhamn*, und frage sie. Sie ist die Nichte ein großer Mahler (=Zarthmann) [!] und kann durch ihm Bescheid wißen.

Mit die Besten Grüße an die liebe Frau Clara

Ihre über *Unser* Erfolg sehr frohe Ellen Key

37. Rilke an Ellen Key

Rom, Villa Strohl=Fern,
am 9. Maÿ 1904.

Meine liebe Freundin, Sie sind wieder zuhause in Ihrem kleinen stillen Landhaus und ich habe Ihren Brief voll guter Nachrichten, von denen jede einzelne mich *innig* gefreut hat; dass die Menschen gerne hören würden, was

* Unsere 2te Universitetsstadt.

Sie ihnen zu sagen haben, das fühlte ich wohl, aber dass sie von meinen Büchern wirklich gerne erzählen gehört haben, das lasse ich mir doch noch gerne wie eine Überraschung sagen. – Nirgends so gern als in Ihrer Heimath und in Dänemark mag ich meiner Arbeit Freunde finden; – dass sogar einige junge Menschen und junge Dichter schon von mir gewusst haben, ist seltsam und schön. Sie haben, liebe Ellen Key, unabsehbar viel Gutes für meine Arbeit und für mich gethan auf Ihrem Wege; so einfach und lieb und menschlich=gut haben Sie das gethan als ob es das Natürlichste von der Welt wäre. Ich danke Ihnen, oder besser: ich möchte es, wenn es mir irgendwie möglich wäre.

Aber ich sitze hier in meinem kleinen Haus, in dem sich vieler Tage Hitze sammelt, und gehe, tagaus tagein, schwer und mit Kopfschmerz umher und bin zu nichts zu gebrauchen; es ist ja eigentlich wieder kühleres erträglicheres Wetter, aber die drückenden Tage, die wir im April schon vorausbekommen haben, liegen mir noch in den Nerven und im Blute: ihre ganze Last ist noch in mir. Und der Sommer, der alles noch viel ärger macht, ist so drohend nah und ich weiß, dass er mich zwingen will, dieses liebe stille Gartenhaus (darin so vieles gut für mich war) zu verlassen; der neue Abbruch ist mir umso schwerer, als ich eigentlich hoffte, auch den grössten Theil des Sommers hier auszuhalten und das Häuschen bis zum Herbst gemiethet habe. Aber meine Gesundheit leidet schon jetzt, da die Wärme kaum noch begonnen hat, und ich sehe, dass ich es nicht ertrotzen kann hier zu bleiben; wohin ich aber gehen soll, weiss ich noch nicht. Ich schreibe Ihnen wenn ich irgend einen guten Plan gefunden habe, (und das muss ja bald sein.)

Vielen, vielen Dank für Ihre Antwort auf meine Nachschrift. Ich schreibe vorläufig noch nicht an Fräulein Elna Erichsen [!] nach Kopenhagen, um nicht zu früh irgendjemanden mit Fragen zu belästigen. Meine Frau denkt, es wird für sie doch der einzige Ausweg sein, wenn sie von hier fortgeht, fürs Erste nah bei ihrer Vaterstadt Bremen zu bleiben, von wo sie doch am leichtesten Schülerinnen und Porträt=Aufträge bekommen kann. Von da aus kann dann leichter weiteres versucht und erfragt werden; vielleicht auch fährt sie dann selbst einmal nach Kopenhagen und sieht zu, ob sie dort arbeiten und leben möchte und könnte.

Vielleicht auch komme ich selbst schon früher einmal dorthin und in Ihre Heimath (die wir beide so gern aus grösserer Nähe lieben möchten) und sehe mich um.

Denn wenn mir der arge römische Sommer, den ich so früh nicht erwartet habe, schon jetzt mein kleines Gartenhaus verleidet, darin ich noch viele Tage zu arbeiten hoffte, so kann ich ja überall hin gehen, – heimatlos wie ich bin. (Nach Oberneuland, wo Ruth ist, kann und darf ich nicht aus vielen Gründen.) Wer weiss also zu welchem Entschluss ich komme. Ach, dass ich kein ländliches Elternhaus habe, nirgends auf der Welt eine Stube mit ein paar alten Dingen und einem Fenster, das in grosse Bäume sieht .... Aber verzeihen Sie, liebe Ellen Key, dieses klägliche ...; entschuldigen Sie es mit meinem Kopfschmerz und mit der Last der Luft die auf mir liegt. – Vielleicht wird es ja, um eine weite und theuere Reise zu vermeiden, das Vernüftigste sein, innerhalb Italiens vorläufig einen stillen kühleren gesunden Ort zu suchen und abzuwarten, ob es sich dort arbeiten lässt. An Assisi denke ich manchmal .... Ich möchte nur das Eine: wieder zu meiner unterbrochenen lieben Arbeit kommen und dazu gesund und frisch sein, ohne Kopfschmerz, ohne diese viele schwere Mattigkeit in den Nerven.

Heute kann ich nicht mehr schreiben; Sie sehen es kommt nichts Gutes dabei heraus.

Aber, wenn ich an all das Liebe denke, das Sie mir geschrieben haben, dann freue ich mich doch mitten in meiner

Bedrücktheit und Traurigkeit und hoffe, dass es trotz allem wieder weiter gehen wird.

Haben Sie Dank für *alles Wohlthun*. Ich denke viel an Sie.

Ihr Rainer Maria Rilke.

(Von Clara Rilke viele herzliche Grüsse und Dank für Ihren lieben bereiten Rath!)

38. Clara Rilke-Westhoff an Ellen Key

Rom, Villa Strohl-Fern
d. 10. Mai 1904.

Liebe Ellen Key,
ist es wohl recht, wenn ich an Sie schreibe, als wären Sie unsere leibliche Mutter, welcher man Sorgen und Gedanken und das, was einem schwer ist, anvertrauen kann? Sehen Sie, ich fühle immer, wie Sie es gut meinen mit Rainer Maria Rilke und einen herzlichen Anteil haben an ihm. Und deshalb glaube ich, dass ich ein wenig mit Ihnen sprechen darf über mancherlei, was ihn und mich angeht, besonders aber ihn und was mir Gedanken macht. Da muss ich Ihnen nun zuerst einige Worte über mich sagen, damit Sie alles besser verstehen können.

Ich, Clara Westhoff-Rilke bin in Italien und an der Arbeit durch eine Art Stipendium, das heisst durch die Güte eines Bremer Freundes, welcher mir seit zwei Jahren die Mittel zum leben und arbeiten verschafft, indem er einige Bremer Kunstfreunde veranlasst ein wenig für mich in den Beutel zu greifen. Dies und eine kleine Summe, welche mir mein Vater monatlich (nur sehr schweren Herzens) schickt, ermöglichte mir in den beiden letzten Jahren mein Studium im Ausland, dessen ich noch dringend bedurfte.

Jetzt wollen diese Mittel versiegen und es ist Zeit, dass ich mich sobald als möglich an einem Ort niederlasse, wo ich

Aussicht habe zu verdienen. Und dieser Ort wird nun doch wohl Bremen oder Bremens Nähe (Oberneuland) sein – da es in Bremen am ehesten Menschen giebt, die mir einen Auftrag geben können und da ich dort auch soweit bekannt bin, um Schülerinnen haben zu können.

Alles dieses zu unternehmen macht mir noch viel Sorge, da nicht alles so einfach ist, wie es so klingt und auch mein Elternhaus mir keine Stütze sondern eher noch eine Sorge mehr ist.

Trotzdem lässt sich das wohl alles machen und ich gehe mit Mut daran – nur kann ich, was Rainer Maria Rilke angeht, mich noch nicht ganz ohne Sorgen von ihm ab, und ganz meinen Plänen zuwenden.

Das Letztere müssen wir beide, nicht allein der Arbeit wegen, welche den ganzen ungetheilten Menschen will, sondern auch um eines jeden ganzen Lebensweges willen, der von jedem für sich allein mit allen ungeteilten Kräften geschaffen und gegangen sein will.

Nun ist es fast ein Widerspruch zu dem eben gesagten, wenn ich jetzt von meinen Gedanken für ihn und meinen Sorgen um ihn sprechen will. Aber gerade eben um diese Sorge zu verlieren, soll Folgendes gesagt sein – und Ihrem mütterlichen Herzen anvertraut.

Sehen Sie, es ist immer die Gesundheit, die Rainer Maria zu schaffen macht und die durch das arme Leben im Ausland ganz besonders leidet. In der Zeit, da wir ein Heim hatten und eine eigene Küche führten war seine Gesundheit die beste seit ich ihn kenne, und er und ich fühlen beide, dass ein solches Leben gerade das richtige für ihn wäre.

So müssen wir hoffen, dass sich das einmal wieder schaffen lässt – wo es auch sei –, augenblicklich es für ihn in Oberneuland und in meiner Nähe zu erhoffen ist unmöglich. Meine Einrichtung wird sehr primitif sein und gerade eben eine Arbeitsstätte für mich bieten.

Nun denke ich mir in meinem stillen Sinn ob nicht Sie in Ihrem schönen Norden einen ruhigen Winkel für ihn wüssten. Ja, hier hatte er ihn schon, fast ganz wie er ihn braucht und wenn er daran denkt, sich von dem kleinen Häuschen hinten im Strohl-Fern-Park zu trennen, so ist ihm das nicht leicht und es sind triftige Gründe, die ihn zwingen. Kennen Sie das römische Klima näher?

Wissen Sie, wie die Scirocco-Tage, dem Neu-angekommenen erträglich scheinen und dann immer gefährlicher für den werden, dessen Nerven unter diesem Einfluss leiden, anfangs kaum merklich, doch dann mehr und mehr, sodass der anfangs ganz Unbekümmerte mehr und mehr entkräftet und widerstandslos wird? So wirkte das römische Klima auf Rainer Maria und jetzt, da die grosse Hitze vor der Thür ist, bangt ihm sehr davor, denn eine kleine Probe dieser Hitze, die wir schon im April hatten warf ihn ganz um und machte ihn arbeitunfähig.

Nun muss er den Gedanken dieses kleine Haus, das sich in allem anderem so gut zu seiner Arbeitsweise geeignet hat, dieses kleine Haus für die nächsten Jahre als Arbeitsstätte zu haben, aufgeben –. Ausserdem kommt noch dazu, dass eine grosse liebe Arbeit an der er schreibt durch alles dieses jäh unterbrochen wurde.

Es handelt sich nun darum einen anderen stillen Fleck Erde zu finden.

Nach Norden zieht es ihn des Klimas wegen, der nördlichen Sympathieen wegen und auch um der Hoffnung willen, vielleicht im Winter oder auch später in Kopenhagen Studien nördlicher Litteratur zu machen und Jacobsens Sprache zu lernen.

Kann es sein, liebe Ellen Key, dass ich keine ganz unsinnige Frage thue, wenn ich Sie frage, Sie selbst, können Sie sich irgend eine Möglichkeit denken Rainer Maria Rilke zu sich einzuladen?

Könnte es dort – wo Sie inmitten der beschneiten Tannen

Ihren Winter verbrachten – könnte es dort eine stille Arbeitsstätte für Rainer Maria geben? Vielleicht für die letzten Sommermonate oder den Herbst, oder den Winter?

Ist es unmöglich oder kindisch von mir zu denken, Sie könnten für Rainer Maria den Raum wissen, zu welchem er sich ein wenig sorglos für kurze Zeit zurückziehen könnte, um zu der jetzt unterbrochenen Arbeit zurückzukehren. Wenn dieser Gedanke von mir ein grosser kindischer Unsinn ist, so wird es sich ja jetzt zeigen, da ich ihn Ihnen schreibe, damit Sie ihn erwägen und in Ihrem hilfbereiten Herzen bedenken.

Vielleicht *sollen* wir ja gar keine Erleichterung haben von aussen her, vielleicht *soll* es uns ja so schwer sein – damit wir langsam am schweren Leben lernen, uns zu helfen. Aber, das werden wir ja lernen, aus ihrer Antwort und werden es bereitwillig einsehen, wenn es sein muss.

Rainer Maria sehnt sich nur nach Arbeit und diese wird ihn auch einmal sicher machen gegen das was von aussen kommt, gegen die äussere Lebensfrage, die ihm jetzt so schwer und unendlich drückend ist.

Und eine Hilfe, zu dieser Arbeit immer mehr zu kommen, kann doch kein Unrecht sein, zu erbitten. –

Schreiben Sie mir, was Sie davon denken, bitte. Schreiben Sie mir doch, was Sie *vielleicht wollen* oder *können* könnten. Ich wäre Ihnen so dankbar. Ich schreibe dies aus mir und von mir zu Ihnen, vielleicht würde Rainer Maria selbst manches anders sagen, aber im Ganzen weiss ich doch gut, was er meint und dass ich mich in den wesentlichen Punkten nicht irre.

So habe ich Ihnen denn meinen Wunsch und meine Bitte gesagt und bin froh, dass ich es that, denn ich weiss es einem lieben und wohlmeinenden Herzen anvertraut.

Vielleicht werden Sie sich wundern, dass der, um den es sich handelt nicht einfach seinen Koffer packt und dorthin fährt, wohin es ihn dringend treibt und sich sein Plätzchen dort oben selbst sucht – das kommt, weil er nicht reisen kann, wie er mag.

Die Miete des kleinen Häuschens läuft bis zum 1. Oktober und die Mittel sind zu gering um aufs Ungewisse fortzureisen und in ein neues Land.

Eine kleine Sicherheit müsste auf ihn warten und ihn dort empfangen – ein wenig so müsste es sein, als käme er nach Hause in ein eigenes kleines stilles zurückgezogenes Heim. – Das wünsche ich ihm so, dass ich es fast sehe vor meinen Augen – irgend ein nordisches helles liebes Zimmer, so vertraut, als hätten unsere Mütter schon darin gewohnt und unserer Mütter Mütter.

Und dort in der heimatlichen Stille würde seine Arbeit wieder aufblühen und seine Mut und er würde mit neuen Kräften wieder daraus hervorgehen, wie man die stille Stube seiner Mutter wieder verlässt, ausgerüstet mit heilen ausgebesserten Kleidungsstücken, mit ausgeschlafenen Kräften und ausgeruhten und beruhigten Gedanken. ——

Aber was sind das für Luftschlösser, werden Sie vielleicht sagen – und wenn Sie das sagen, haben Sie gewiss recht. ——

Und nun fällt mir noch eins ein: schrieben Sie nicht, dass Sie im Herbst nach Rom kommen würden? Für wie lange Zeit?

Wollen Sie Rainer Marias Häuschen übernehmen mit Möbeln und allem? Bis zum Herbst gehört es noch ihm – dann würden wir es aufgeben und die Möbel verkaufen.

Vielleicht könnten Sie das dann gerade brauchen. Aber man muss es wahrscheinlich wieder für 1 Jahr mieten. Preis monatlich 40 Lire. –

Dies ist vielleicht ein dummer Gedanke, aber immerhin gut wenn Sie es wissen. Und nun Schluss, endlich. Seien Sie nicht böse

Ihrer Clara Rilke.

39. Ellen Key an Clara Rilke-Westhoff

Oby *Alvesta.* 13/5 ⟨1904⟩

Liebe Frau Clara! Ich werde später antworten – kann es erst in 6-7 Tagen. Aber erst dieses: gehen Sie zu die Freundin Malwida von Meysenbug, Frau Birkenruth, Via Veneto 51 und fragen Sie ob sie (welche alt in Rom ist und vielen Beziehungen hat) Ihnen nicht mit die Vermiethung Villa Strohlferns [!] helfen könnte. Grüßen Sie die gute Frau B. von mir – nehmen Sie diese Karte mit – und danke für Grüße durch Frau *Gyldén*! Ihre ergebene und wie Sie glauben, mütterlich für Ihnen fühlende

Ellen Key

40. Ellen Key an Rilke

Oby *Alvesta* 20 maj 1904

Lieben Kinder, wie gärne hätte ich R. M. Rilke hier gehabt um ihm »bemüttern« zu können. Aber die Verhältnissen machen es dieses Jahr nicht möglich. Aber in *Skåne*, die südlichste Provinz Schwedens, mit eine Natur von Meer Ebene und Himmel, wohnt Ernst Nordlind,* [!] Dichter und Maler, Träumer (und leider nervenleidend) bei eine vermögene Fräulein welche ihm gut ist. Nun ist er grade der, welcher R. M. Rilke bei die jungen in Skåne eingeführt hat! Aber er traut sich ja nicht *voraus* zu sagen ob Ihr beide zusammenpaßen! Darum fragen die Beide: ob Sie *Mitte* ***Juni*** als Gast kommen will; nach eine Woche mit Ihnen soll Nordlind [!] fort;** ***Juli*** können Sie dann ganz ruhig und *allein* bei Ihre Arbeit sein; und sind die »Probe Wochen« gut ausgefallen, bleiben Sie noch länger, auch nach seinen Zurückkunft! Sie

* 27 Jahre alt, ein genialer, eigenthümlicher Künstler und Mensch! Will auch Schweigen und Alleinsein!

** nach Livland, ein Besuch

würden es so *gut haben*! Ich hoffe daß die Kälte welche wir haben auch Rom külhen wird?

Nun setzen Sie sich direkt mit Nordlind [!] in Verbindung. Adresse:

Herr Ernst Nordlind [!]
Borgeby gård
Flädie
(Skåne)
Sverige.

Fräulein Hanna Larson [!], die Besitzerin, ist etwa 30 Jahre; kann deutsch lesen, wenig sprechen aber ziemlich gut *französisch*. *Ruhig* und *gut* und *feinfühlend* und *mutig* – denn ganz allein ist sie und trotz Klatsch und Alles, hat sie Nordlind [!] bei sich, weil sie ihm gut ist und ihm wie eine Mutter pflegen will!

Schreiben Sie nun bald, bitte, an Nordlind [!]! Er hat die tiefste Sympathi für Ihnen, durch Ihre Bücher! Und später – im Sept. sehen wir uns, hoffe ich!

Ihre ergebene
Ellen Key

Wahren Sie bei Frau Birkenrut [!] 51 Via Veneto?

Ich öffne den Brief um zu sagen daß ich *später* 2 andere Möglichkeiten für Sie haben, eine Stelle in die Nähe von Copenhagen, die Andere im Mitten Schwedens.

41. Rilke an Ellen Key

Rom, Villa Strohl=Fern,
am 30. May 1904.

Liebe gute Ellen Key,
wie soll ich Ihnen danken? Fühlen Sie es ein wenig als Dank, wenn ich Ihnen sagen komme, dass mit dem Briefe aus Bor-

geby und mit Ihrem lieben und liebevollen Schreiben (das, durch die Säumigkeit hiesiger Postzustände, erst vor zwei Tagen in unsere Hände kam) – alles anders für mich geworden ist: ich bin still und getrost und sehe voll Zuversicht in die nächste Zeit, vor der ich mich nichtmehr fürchten muss. Was haben Sie alles für mich gethan; Clara Rilke, meine liebe Frau, wusste ja, dass Sie helfen würden und hatte so recht, dass sie Ihnen schrieb; aber wer konnte denken, dass sich so rasch ein so schöner Ausweg finden würde dank aller Liebe und Fürsorge, mit der Sie zu handeln bereit waren.

Was für einen menschlich=nahen und sÿmpathischen Brief hat mir Ernst Norlind geschrieben; ich las ihn ein über das andere Mal; wir lasen ihn einander immer wieder laut vor in unserer Freude! Fräulein Larsson und er: was müssen das für einfache, weite, gute Menschen sein. Die so zu laden verstehen und so zu geben wissen. Am 28. habe ich geantwortet. Dass ich sehr, sehr gerne komme, und dass wir uns ruhig an einander erproben wollen – Einsamkeit an Einsamkeit, Stille an Stille. Ich fühle diese Menschen aber schon jetzt als nahe und verstehende Freunde und weiss, dass ich nicht zu Fremden gehe. Und gehe so *gerne*. Gehe zu denen, die mich so lieb gerufen haben und in Ihr Land, und in Ihre Nähe und Nachbarschaft, liebe Ellen Key. Und in dieser »Natur von Meer, Ebene und Himmel« (alles das, wonach ich mich sehne) werde ich mich aufrichten und stärken und werde arbeiten! Mir ist als müsste das ein Wendepunkt sein und ein guter Anfang von vielem Guten!!

Und nun wissen Sie gar noch zwei Möglichkeiten für später! Wissen Sie was ich fühle? Dass in Erfüllung gegangen ist was ich in einem meiner alten Gedichtbücher aus grosser Verlassenheit schrieb:

»Ich sehne oft nach einer Mutter mich«.

. . . .

Zu allem traf in diesen Tagen Ihr Buch ein, »Über Liebe und Ehe« (Wohl die deutsche Ausgabe von »Lebenslinien I«?). Fischer hat es gewiss in Ihrem Auftrage geschickt und wir danken Ihnen freudigen Herzens dafür. Alles in uns ist Zustimmung und Jasagen dazu. Ja, mehr noch, unser tiefstes innigstes Vorgefühl ist überall bei Ihren einfachen lebendigen Worten, die für sich allein, durch alle Parteien durch, auf die Zukunft zugehen, gerecht und unbeirrt und im wirklichen Wahrsagen gross. An solchen Büchern müssen die Menschen sich, fast gegen ihren Willen, unvermerkt verwandeln: denn in diesem ruhigen und tiefklaren Aussprechen des Kommenden liegt eine Gewalt und eine Nothwendigkeit, der im Innersten und hinter seinen Worten keiner widerstehen kann! Mit diesen Büchern kommt die Zukunft näher.

Liebe Ellen Key, ich bin mit meinen Gedanken in Borgeby und muss doch noch hier einiges thun und abschliessen, ehe ich ans Reisen gehe. Es kommt auch dazu, dass Clara Rilke noch zwei Arbeiten bis zu einem gewissen Abschluss bringen muss; dazu wird sie noch zehn bis vierzehn Tage brauchen und ich möchte so lange hier warten, weil sie dann auch reisen will und wir gerne diese Rückreise bis Bremen gemeinsam machen wollten. Wir hatten auch vor, uns unterwegs noch in zwei, drei Städten ganz kurz aufzuhalten (in Mailand etwa um Lionardo's Abendmahl zu sehen und dann in Düsseldorf, um der vielen Rodin=Dinge willen, die auf der dortigen Ausstellung versammelt sind.) So werde ich (was ich Ernst Norlind auch geschrieben habe) erst eine Woche *nach* dem 15. Juni auf Borgeby eintreffen können. Vielleicht ist das noch rechtzeitig genug, um mit ihm noch eine Zeitlang beisammen zu sein, denn er schrieb mir, dass er erst am ersten July nach Russland reisen würde. Darüber werde ich mich ja auch mit ihm verständigen können.

Freitag war ich auch bei Frau Birkenruth, die mich voll gütiger Freundlichkeit aufnahm. Ich soll *viele* und herzliche

Grüsse von ihr an Sie senden. Sie versprach, uns einmal auf der Villa hier zu besuchen und dann wollen wir sie auch fragen, ob sie nicht zufällig jemanden wüsste, der unsere Ateliers übernehmen könnte.

Am Abend desselben Tages waren dänische Menschen bei uns: Helge Rode und Edith Nebelong, mit ihrem lieben kleinen Kinde. Wir haben uns gefreut an ihnen. –

Axel Juncker schrieb mir, dass er Sie gebeten hätte, ob Sie ihm nicht den Essay aus »Ord und Bild« zur deutschen Ausgabe überlassen wollten. Wenn ich dazu meine Meinung sagen darf, so ist es die: dass eine von den beiden Möglichkeiten, die Sie nannten, (Litteratur=Bändchen oder die Fischer'sche Rundschau) mir persönlich lieber wären, als eine Publikation als Brochure im Juncker'schen Verlag. Eine solche wäre ja immer noch denkbar, wenn der Aufsatz schon in einer deutschen Zeitschrift gestanden hätte. Erscheint er aber *nur*, ohne anderswo deutsch erschienen zu sein, als Brochure bei Juncker, so bekommt er zu leicht das Ansehen einer Verlags=Reklame. Dies wäre mir bei diesem Essay, auf den ich mich so sehr freue und an dem mir so viel liegt, unerträglich. Ich glaube damit nichts gegen Juncker zu sagen: denn auch für ihn und für meine von ihm verlegten Bücher ist es gewiss besser und wirkungsvoller wenn jener Aufsatz zunächst in einer Zeitschrift oder sonst an anderer Stelle erschiene. Nichtwahr? –

Liebe Ellen Key, vielleicht haben alle die Dinge, die Sie mir gewonnen haben, viel von Ihrer Zeit verbraucht; sicher hat alles das viele Briefe gekostet und viel Nachdenken und Mühe. Und Sie haben alles so lieb und gut gethan, als ob es das Einfachste und Selbsverständlichste wäre! Wir aber wissen, dass niemand auf der Welt das hätte für uns thun können. Aber wir sind wie Kinder, welche nicht danken und nichts versprechen können, als dass sie wachsen und werden und gut und stark werden wollen. Und das wollen wir. (Clara Rilke schreibt Ihnen noch selbst.) In Dankbarkeit und Ergebenheit und Liebe

Ihr Rainer M Rilke.

Ich lege ein paar Bilder bei des kleinen lieben Hauses, (das nun leider so heiss und drückend geworden ist) in dem ich aber einen Winter lang gerne gewohnt und gearbeitet habe. Sie sollen wissen, wie es bei mir war. Schade, dass Sie nicht hier gewesen sind im Frühjahr!..

42. Ellen Key an Rilke

Oby *Alvesta*
19/6 ⟨1904⟩

Mein Freund!

Wie freue ich mir Ihnen lieber Rainer Maria Rilke in Schweden zu begrüssen! Und ich hoffe unser Sommer wird Ihnen gut sein! Für später habe ich wie gesagt 2 Möglichkeiten.

Und wie fanden Sie die kleine Ruth?!? Sie finden bei Ernst Nordlind [!] das Korrektur zum Essay und ich werde genau so thun wie Sie wünschen: In die *Litteratur* Serie oder *Rundschau* und später A *Juncker*, denn dieses hindert ja nicht?

Sehr wenig habe ich über Ihnen gesagt; meist Ihnen sagen laßen, die Menschen zu Ihnen geleitet durch Ihren eigenen Worten. Ich find es so voll von Verantwortung etwas über ein Lebendes und Wachsendes zu sagen. Vielleicht übt man einen Zwang damit aus: »so und so *ist* er«. Wie weiß man das?! Er kann *hunderte* sein – und vielleicht zwingt mann ihn in *eine* Richtung durch voreilige Ausprüche: ***so ist er***!?

Und so bekam ich zu meine Freüde – und mit welche Dankbarkeit – die zweite Auflage Das *Buch von Lieben Gott*! Es ist *zu* schön mit dieses Buch verwoben zu sein!

Ich danke Ihnen von *ganzen Herzen.* Und mit so lieben Worte!

Ihre ergebene innig Alles Gute wünschende
Ellen Key

Die Bilder von Strohlfern [!] haben mir sehr gefreut. Rechts und links habe ich Italienreisende gesagt daß diese Villa da ist, aber die Zeit ist nicht gut. Ja, mein Buch war von mir (durch Fischer)

43. Rilke an Ellen Key

Borgeby gård, Flädie am 27. Juni 1904.

Meine Freundin,
seit Sonnabend nachmittag bin ich hier, in Ihrem Lande, in diesem stillen schönen Hause, das Sie mir aufgethan haben. Es ist alles so einfach und gut gewesen seit der ersten Begrüssung; ich freue mich, und hole Athem und ruhe aus.

Wie lieb und gut ist Fräulein Larsson und was ist Norlind für ein verwandter und naher Mensch; wir verstehen uns sehr gut im Reden und Schweigen; er giebt mir viel.

Und was ist der Park schön mit seinem grossen Rauschen über den langen Wegen; wie thut Ihr Land mir wohl mit seiner ernsten Art; das Land und die Himmel und die Sprache, die etwas aus dem Klang und Nachklang grosser Glokken hat. – So schön hab ich mirs nicht gedacht.

Noch bin ich freilich etwas befangen von dem Neuen und verwirrt von der schnellen Reise und ihren grossen Eindrücken: Mailand mit Lionardo, Düsseldorf mit sechzig rodin'schen Dingen und endlich Kopenhagen* wieder mit Rodin und mit seiner (Kopenhagen's) seltsamen, von mir so oft vorgefühlten, bezaubernden Art, – das war ein Ansturm von neuen und mächtigen Dingen, der alles in mir bewegt hat.

---

* ich will es gerne noch näher sehen, es ist eine eigenthümliche, unvergleichliche Stadt!

Durch Oberneuland bin ich durchgefahren. Es wäre zu viel gewesen, zu schwer auch durch die Kürze des möglichen Aufenthaltes und überdies durch allerhand andere Umstände unmöglich. Meine Frau ist jetzt, ehe sie ihre Arbeit in Worpswede beginnt, zu Ruth gegangen und ich erwarte eine Nachricht von ihr und dass sie mir vieles erzählt.

Heute nach Tisch wird Norlind mit mir Ihren Aufsatz lesen; darauf freue ich mich *sehr*! Und nun haben Sie auch schon das »Buch vom lieben Gott« in seiner neuen Form. Im Tumult der Reisetage und weil ich nur geheftete Exemplare hatte, habe ich Ihnen selbst keines geschickt. Sobald aber der Verlag mir jetzt hierher die gebundenen Bücher schickt, sende ich Ihnen noch eines mit dem Datum Borgeby.

Ich danke Ihnen, dass Sie so lieb die kleine Gabe angenommen haben; ich gab Ihnen ja nur, was Ihnen, liebe Ellen Key, längst gehörte. Ihrem Lieben und Verstehen und Mitfühlen ist dieses kleine Buch ja längst schon zugefallen. Ich aber möchte Ihnen viel, viel mehr geben können!

Haben Sie dank für Alles, Alles! Es ist zu viel, dass Sie auch an die Angelegenheit mit der Villa Strohl=Fern gedacht haben! Der Rest der Miethe ist keine so grosse Last für uns wie wir fürchteten, weil Strohlfern [!] am letzten Tage zu einem ziemlich guten Preise unsere Möbel gekauft und diese Summe in Verrechnung gebracht hat. Und man hätte auch wirklich kaum jemandem zumuthen können jetzt in mein Atelier=Haus einzuziehen, das so über alle Erwartung heiß und drückend geworden war.

Wie freue ich mich jetzt dieser ziehenden Himmel, dieses Windes und des Duftes der aus beginnendem Sommer kommt. Es ist auch für mich wie ein Anfang.

Ich schreibe heute nicht mehr, – ich bin müde und es drängt mich in den Park hinaus. Nun bin ich Ihnen ja auch so nah und der Brief geht schnell und wird vielleicht noch heute bei Ihnen sein. Schade freilich, dass Sie nicht noch ein wenig näher sind; ich stellte mir vor, dass wir fast Nachbarn sein würden. Und das war eine Enttäuschung für mich, dass Sie nicht erreichbar sind. Aber es war die einzige Enttäuschung seit ich hier bin und ich denke sie wird sich auch beruhigen; denn ich bin in Ihrem Land, bei Ihren Freunden und mir ist, als könnten Sie, liebe Freundin, jeden Augenblick hier eintreten. Ihr dankbarer, innig ergebener

Rainer Maria Rilke.

44. Rilke an Ellen Key

Borgeby gård, Flädie, am 4 July 1904.

Liebe gute Ellen Key,
noch habe ich Ihnen nicht für den Brief an uns drei gedankt, daran ich einen grossen Antheil hatte.

Nun hat mir Ernst Norlind gestern den Schluss des Essays vorgelesen, und ich beeile mich, Ihnen zu sagen, dass für mein Gefühl nichts darin geändert und gestrichen werden dürfte. Es ist ja alles darin wahr und alles, Wort für Wort, steht so fest und ist so liebevoll und gut gebaut. Erst wenn ich die deutsche Übersetzung selbst lesen kann, werde ich alles im Zusammenhang erfassen; aber schon nach diesem Einblick, den ich durch Norlinds rasche, mündliche Übertragung gewann, weiss ich, wie rührend viel Liebe, Hingabe und Geduld Sie daran gewendet haben von meinen Büchern zu erzählen; vieles auch was Sie sagen, hat mich selber aufgeklärt und geordnet; vieles wirkt jetzt in mir; vieles wird noch später anfangen zu wirken. Und was noch hinzukommt: ich sehe in meiner Arbeit das Einheitliche und fühle, wie alle Bücher, die ich geschrieben habe, eines einzigen Weges Wendungen, Aufstiege, Fernsichten sind: meines Weges. Und dieses Wissen giebt mir viel Zuversicht für das Kommende, das ich nicht kenne!

Alles in Allem: Dank, liebe Freundin, mehr Dank als ich sagen und geben kann. Es lässt sich gar nicht absehen, was für gute Folgen Ihr ernstes und so still überzeugtes Eintreten für mich haben wird ...

Der Essay kann also jedenfalls so wie er ist gedruckt werden; nur in den citierten deutschen Versen fanden sich einzelne Fehler; aber es war ja auch, wie Sie bemerkt hatten, ein undurchgesehenes Korrectur=Exemplar. Im druckfertigen sind sie sicher schon bemerkt worden.

Ernst Norlind rüstet sich zur Reise; schon Mittwoch geht er von hier; ich bedaure es sehr, aber in anderem Sinne ist es gut; ich habe in unseren zahlreichen Gesprächen während der letzten Tage so viel empfangen, dass ich, schon um alles das in mich selbst zu verwandeln, jetzt allein sein müsste; und ich muss es auch, um an Arbeit denken zu können. – Sie glauben nicht, wie wohl es mir thut, unter den grossen alten Bäumen des Parkes zu sitzen und auf den langen Wegen an seinem Rande auf und abzugehen. Meine Augen ruhen aus, mein Schauen ist ganz voll Schatten und Grün bis weit in mich hinein. Und wenn ich jetzt ganz allein bleibe, dann will ich sehen, dass es eine Zeit tiefer Sammlung wird, ein langes Athemholen.

Fräulein Larsson ist so gut und verständnisvoll: ich habe es *sehr gut*. Alles thut mir hier wohl und thut es auf so einfache Art – als ob es das natürlichste wäre.

Von Frl. Larsson soll ich viele, viele Grüsse schreiben; sie hofft, dass Sie bald einmal zu uns kommen. Ich hoffe es auch, nein, ich sehne mich unbeschreiblich danach, liebe Ellen Key. Sind Sie nicht wirklich sehr nahe? Ich möchte Sie sehen, aber auch über vieles mit Ihnen sprechen. Bitte, kommen Sie einmal.

Von meiner lieben Frau soll ich sehr viele Grüsse schreiben; sie war krank und hatte auch sonst schlechte Tage in Bremen. Ich sende Ihnen vielleicht einmal einen ihrer Briefe zur Einsicht; sie denkt jetzt mehr denn je daran, später in Kopenhagen einen Arbeitsversuch zu machen, vorläufig hat sie Arbeit in Worpswede und wird wohl bis zum Herbst dort aushalten; ja Kopenhagen, das kommt immer wieder in unseren Plänen vor; auch ich denke, besonders seit ich einen Tag dort gewesen bin, viel daran, einen Winter dort zu sein; an der dortigen Universität manches zu hören und mich vorzubereiten auf eine Arbeit über J. P. Jacobsen. – Es wird ja noch Zeit sein, das zu überlegen, sowohl in Bezug auf meine Frau als auch was mich betrifft. Ich denke immer, ob meine Frau als Zeichnerin und Modelleurin nicht eine Beziehung zu einer der dortigen Porzellan=Manufacturen finden könnte; solche Arbeit und Porträt=Aufträge: das wird nach und nach ihr Ausweg werden müssen, nicht die »Schule« (wie wir einmal dachten.)

Aber nein, liebe Freundin, ich wollte nicht von alledem jetzt reden. Später, und womöglich mündlich, wollen wir über die eine oder andere dieser Möglichkeiten sprechen, wenn Sie wirklich immer noch weiter hören und helfen wollen.

Jetzt, solange der Sommer währt, ist ja alles gut und so, dass man nicht über das Gute hinausdenken und =fragen muss. – Ich hoffe, dass auch Clara Rilke sich rasch wieder erholt und in Worpswede Ruhe und Arbeit hat, wie ich hier.

»Ängstige Dich nicht über meine Pläne und Absichten« schrieb sie mir – »denk, dass Du Ellen Key nahe hast.« Und das denke ich auch; denke es oft in dem und jenem Zusammenhang und werde immer ruhig und froh davon.

Ihr dankbarer
Rainer Maria Rilke.

(Morgen kommt H. Nielsen aus Kopenhagen; ich freue mich auf ihn und denke dass ich ihn auch um manches fragen kann.)

Nächstens mit dem gebundenem Buch »vom lieben Gott« sende ich auch ein Heft der »Deutschen Arbeit« Prag, darin drei neue Gedichte veröffentlicht sind.

Hjertligt tack för Ert kära bref, Ellen Key och många helsingar från E. Norlind

45. Rilke an Ellen Key

Borgeby gård, Flädie.
am 5. July 1904.

Meine liebe Ellen Key,
denken Sie: Ihr Essay fängt schon an zu wirken, ehe er noch erschienen ist. Gestern abends erhielt ich die Verständigung, dass die »Gesellschaft zur Förderung deutscher Wissenschaft, Kunst und Litteratur« in Prag (die mir schon zweimal geholfen hat) mir neuerdings eine Subvention von tausend oesterreichischen Kronen zuerkennt. – Sie können sich denken, welche Erleichterung und Freude das für mich ist!* (Frl. Larsson und Norlind haben so lieb und herzlich an dieser Freude theilgenommen!) – Und sie wäre mir nicht widerfahren ohne Sie, liebe Freundin. Denn als ich im April um eine Unterstützung bei der Gesellschaft ansuchte, hatte ich mich ja auf keine neue Arbeit zu stützen, konnte nur auf den Erfolg des bisher Gethanen, auf Michel's Buch und vor allem auf *Ihre* Vorträge und den bevorstehenden Essay hinweisen. Und ich bin sicher, dass gerade dieser letztere Hinweis in der »Gesellschaft« den entscheidenden Eindruck gemacht hat!

Das sehe ich auch daran, dass, wie in demselben Schreiben steht, die Gesellschaft die deutsche Übertragung Ihres Essay's für die von ihr herausgegebene Zeitschrift (»Deutsche Arbeit«) zu erwerben wünscht. (Die Zeitschrift ist dieselbe, von der ich Ihnen ein Heft mit drei neuen Gedichten gestern zu senden versprach; ich sende es nun, mit diesem Briefe zugleich, ab.)

Das mit der Erwerbung des Ellen Key'schen Essaÿ's habe ich den Leuten eben auszureden versucht; denn erstens kann ich ja, wie Sie letzthin schrieben, ziemlich sicher sein, dass er bei Bard erscheinen wird (was mir das Liebste wäre), und zweitens müsste ich (wie ich den prager Leuten aufrich-

---

* Besonders da ich, dank Ihrer Güte, diesen Sommer lang wirklich sparen kann!

tig gesagt habe) selbst im Falle die Herausgabe in der »Litteratur«=Serie des Bard'schen Verlages nicht zustande käme, doch eher für die Fischer'sche »Rundschau« stimmen als (bei allem Patriotismus!) für die »deutsche Arbeit«. Denn damit dieser grosse und liebevolle Essaÿ seine ganze äußere und innere Wirkung habe, ist nöthig, dass er in einer möglichst außernationalen und weitverbreiteten Zeitschrift erschiene, wie auch, dass jeder Verdacht des »Prodomo« (der bei einem Erscheinen in Prag ja nahe läge) ausgeschlossen sei. – So habe ich geantwortet, und glaube, dass es recht war!? – Hingegen stellte ich der »Deutschen Arbeit« in Aussicht, dass sie vielleicht, im Falle der Essay in den Bard'schen Bändchen erscheint, noch vorher ein *Bruchstück* aus demselben mit Quellenangabe und Bard's Erlaubnis abdrucken könnte, falls ihr daran gelegen sein sollte. Das würde sich ja wohl auch einrichten lassen, sobald es sicher ist, dass die deutsche Ausgabe bei Bard erscheint! – Erscheint sie aber bei Fischer, so muss die Deutsche Arbeit natürlich auch darauf verzichten. –

Soweit davon. Nun, ich freue mich sehr über diese heimatliche Anerkennung: schon um meines Vaters willen. Und auch Clara Rilke wird sich sehr freuen: denn auch Kopenhagen bekommt damit (vielleicht) ein wenig mehr Wahrscheinlichkeit.

Ich ängstigte mich (ein wenig, nein, sehr!), dass mein gestriger Brief, Ihnen unbescheiden geschienen hat, da er schon jetzt von unseren weiteren Plänen, von Kopenhagen und dem Winter zu sprechen begann: als ob ich Sie schon wieder zu Rath und Hülfe hätte bemühen wollen. Aber, bitte, nehmen Sie es nicht *so*! Es hat *viel* Zeit und soll ganz natürlich sich entwickeln; dass ich schon davon sprach, kam nur weil ich mich innerlich viel damit beschäftigte und Ihnen immer alles sagen möchte: Alles: Angst und Freude und Hoffnung. Heute aber dieses.

Ganz Ihr: Rainer Maria Rilke.

46. Ellen Key an Rilke

Oby *Alvesta*
7/7 1904

Mein Freünd, welche Freüden! *Erstens* Ihre Freüde in Borgeby und die guten Menschen da; der geniale Norlind freüt sich über Sie wie Sie über ihn! *Zweitens* Ihr Vergnügen über mein Essay; *drittens* die 1000 Stücke; *viertens* den Besuch von H Nielsen welche für die sehr guten Kopenhager Pläne* eine Einleitung ist! Nun will ich Ihnen erzählen daß ich gleichzeitig mit Borgeby zu eine sehr prächtige Dänin schrieb welche in die Nähe von Kopenhagen wohnt, um auch da anzufragen. Selbst konnte Sie nicht ein Pensionär nehmen aber Sie hat eine Möglichkeit bei ein intressantes junges Paar eine *ländliche Wohnung in die nähe von Kopenhagen wohnen.* Vielleicht ist es ein wenig zu weit aber mit Eisenbahn doch nicht weit = 1 Stunde glaub ich. Wollen Sie einige Tage nur bei meine Bekannte wohnen (um Ihnen nach dieses oder anderes umzusehen) so heisst Sie Frau Ingeborg Raunkier [!] ist mit ein Botaniker verheirathet und wohnt Blide per *Ballerup* in die Nähe von Kopenhagen. (so wie Schmargendorf von Berlin ungefehr) Sie wird Ihnen freundlich bemüttern, ist eine stille, ernste Frau, ganz original. Ich glaube daß wenn Sie von Borgeby geht und noch eine Weile auf dem Lande sein will wäre dieses gut. Für Winter können Sie Vieles in die Nähe von oder Kopenhagen selbst haben. Ich kann Ihre Frau sehr gute Hilfe geben durch ein Maler – ein Professor bei die Akademi – welcher diesen Frühling fort war aber nun zurück ist und andere Freunden.

Grüße herzlich Ihre liebe Frau von Ihre innig mit Ihnen sich freuende, für die 3 Gedichte froh dankbare

Ellen Key

Ist nicht auch das Sund oder Meer in die Nähe von Borgeby?

---

* Sofort Sie *Porzelanfabrik* sagte war es anders; es war gegen *Kunstschule* ich meine Zweifel hatte.

47. Rilke an Ellen Key

Borgeby gård, Flädie
am 11. July 1904.
Montag.

Meine liebe Freundin,
nun kann ich Ihnen endlich selbst ein Buch vom lieben Gott senden; ich wollte, ich könnte kommen und es Ihnen geben: so viele Grüsse begleiten es zu Ihnen.

Und haben Sie Dank für Ihren lieben, lieben Brief. Wie weit haben Sie vorgebaut in Ihrer lieben weiten Umsicht: es zeigt sich, dass für jene neuen Pläne schon ein fester Unterbau da ist, von Ihren Händen Stein für Stein gefügt.

Vorläufig thue ich noch gar keine Schritte dafür, bin nur hier, ganz hier in Borgeby, wo ich es so gut habe!

Aber später werde ich so thun wie Sie vorschlagen und rathen; ich werde zuerst Frau Ingeborg Raunkier [!] besuchen und von dort aus Umschau halten.

Nur denke und hoffe ich, Sie vorher zu sehen. Es gäbe da so vieles zu sagen und zu fragen; schriebe ich es, so würde es ein langlanger Brief und das Eigentliche käme nicht mit hinein.

Aber da rede ich schon wieder (wie übrigens seit zwei Jahren) von meinen Dingen zu Ihnen. Bitte, verzeihen Sie das. Nach und nach, mit zunehmendem Gleichgewicht, wird das besser werden.

Meiner Frau habe ich gleich Ihren lieben hoffnungsvollen Brief geschickt; sie wird viel davon haben. Sie quält sich noch immer in Bremen mit allerhand Auswegen und Plänen, aber sie kommt, hoffe ich, doch dazu, erst mal ruhig in Worpswede den Sommer über zu arbeiten, abwartend was dann möglich wird.

Von ganzem Herzen
Ihr:
Rainer Maria Rilke.

48. Rilke an Ellen Key

Borgeby gård, Flädie.
Am 11. August 1904

Liebe gute Ellen Key,
es drückt mich sehr, dass ich Ihnen immer noch nicht gedankt habe für alle Ihre liebe Sorgfalt, die in Ihrem letzten Brief an Fräulein Larsson für mich enthalten war; aber ich war ein wenig krank in dieser letzten Zeit und konnte schlecht schreiben: das war der Grund.

Nun aber vielen, vielen Dank für alles! Fräulein Larsson hat damals gleich an Frau Ingrid Illeris geschrieben und bald traf auch die Antwort aus Ringsted ein; ich wage mich nicht bestimmt für diesen Ort zu entschliessen aus mehreren Gründen, vor allem weil ich so gerne näher am Meer und bei Kopenhagen wohnen würde. Aber ich will mir Ringstedt [!] und die Menschen, die mich nehmen wollen, einmal ansehen; wer weiß vielleicht bleibe ich dann doch, wenn ich Borgeby verlasse, eine Weile dort, wenigstens um von dort aus Weiteres zu finden. So schreibe ich auch (heute) an Frau Illeris; dass ich sie besuchen werde, um selbst mit ihr über alles zu sprechen.

An Herrn Karl Wåhlin habe ich am 25. July ausführlich geschrieben und versucht, seine Wünsche, so gut ich es vermag, zu erfüllen.

Und die Menschen, von denen Sie schrieben, werde ich wohl noch alle kennen lernen; besonders erwartungsvoll bereite ich mich auf die Begegnung mit Hans Larsson vor.

Das wird alles in der zweiten Hälfte dieses Monates geschehen, wenn Ernst Norlind erst wieder da ist; wir erwarten ihn schon in diesen Tagen.

Von meiner Frau soll ich Ihnen, liebe Ellen Key, immer das Liebste schreiben; sie leidet immer ein wenig körperlich und ihre Sorgen waren die ganze Zeit nicht ruhig.

Nun hat Fräulein Larsson, die ein so guter verständiger Mensch ist, sie eingeladen, doch einmal nach Borgeby zu kommen; ich hoffe sie thut es gegen Ende des Monates, um sich hier noch ein bischen zu erholen und dann mit mir nach Kopenhagen zu gehen, um zu sehen was sich unter Umständen dort für sie finden liesse. Sie hat es so schwer!

Hier war eine ruhige Zeit und wenn ich trotzdem nicht viel gemacht habe, so lag es an mir. Ich hoffe im Herbst, der immer meine beste Arbeitszeit ist, recht fleissig zu sein. Gesehen habe ich niemanden außer Tora Holmström: aber das war eine liebe und tiefe Menschengestalt.

Die Hoffnung, dass Sie diesen Monat zu uns kommen, ist mir genommen worden; aber auf irgendeine unerklärte Weise habe ich doch noch ein Stück behalten mit dem ich mich oft und eingehend beschäftige. Liebe Ellen Key, ich muss Sie sehen, ehe ich von hier fortgehe; wenigstens bilde ich mir das fest ein.

Ihr Rainer Maria Rilke.

(Fräulein Larsson, die sehr vielmals grüsst, schreibt bald, in den nächsten Tagen.)

49. Ellen Key an Rilke

Oby *Alvesta*
18/8 ⟨1904⟩

Lieber Freund, sagen Sie mir *umgehend* **ob** und ***wie*** *bald* Ihre Frau nach Borgeby kommt? Nach der 25 Aug. komme ich denn auf einige Tagen, nach Borgeby wenn das Ihnen und Ihre gute Wirtin passt? Mit vielen Grüße an Fräulein Larson [!] und E. Norlind Ihre

ergebene E. Key

50. Rilke an Ellen Key

Borgeby gård, Flädie.
Am 21. August 1904.
Sonntag.

Meine liebe verehrte Freundin,
fühlen Sie wie ich mich freue; ich war zwei Tage in Kopenhagen und fand, als ich gestern abends zurückkam, Ihre Karte vor, die schon das ganze Haus in Freude versetzt hatte. Liebe Ellen Key, es passt natürlich uns allen, wir warteten ja immerfort nur auf Sie. Und ich sehnte mich nach Ihnen und hoffte und hoffte. Und nun steht mir die Erfüllung endlich bevor.

Meine Frau schrieb gestern. Das erste Wort ihres Briefes war: »Wann kommt Ellen Key?« Und denken Sie, sie hofft Mitte der beginnenden Woche, vielleicht Mittwoch, in Kopenhagen zu sein, wo ich sie erwarten werde. Dann wäre sie Donnerstag in Borgeby. Es geht ihr nicht gut, – aber nun soll sie eine Weile hier Ruhe haben und sich freuen!

Liebe Freundin, der Gedanke an Ihr Kommen ist in mir überall und in allem. Ich schreibe das in grosser Eile und trage es gleich selbst nach Flädie, damit Sie wissen, dass wir Sie erwarten.

Ihr
Rainer Maria Rilke.

(Fräulein Larsson schreibt noch selbst.)

51. Rilke an Ellen Key

Kopenhagen, am
25. August 1904.

Liebe verehrte Freundin,
wenn es, wie ich fürchte, geschieht, dass Sie in Borgeby einfahren, ehe ich zurückgekommen bin, so soll dieses wenigstens ein allererster Gruss sein, der Ihnen sagt, wie sehr ich an Sie denke! –

Ich hoffe meine liebe Frau kommt heute abends gut in Kopenhagen an; es ist ja eine so liebe Fügung, dass ich sie Ihnen zugleich mit mir zuführen darf!

Liebe, liebe Ellen Key, wie gut, dass Sie gekommen sind!

Morgen sind wir (gegen Abend wohl erst) auf Borgeby und bei Ihnen, in Ihren Händen.

Ihr: Rainer Maria Rilke.

52. Rilke an Ellen Key

FURUBORG, JONSERED
Den första Söndags förmiddagen
i Oktober månad ⟨2. 10.⟩ år 1904.

Kära Ellen – Din anda vare med och när oss idag och i alla våra dagar – Amen –

Lizzie Clara
Jimmy Rainer Maria

Clara, Rainer Maria, Lizzie & Jimmy
gå nu ut i naturens stora helgadom för att tillsammans en stund förrätta sin andakt under höstens färgmättade mosaik hvalf – Du är med oss.

à Dieu

Liebe Ellen Key, nun ist es Sonntag Abend geworden; man hat die Lampen angezündet und im Kamin brennt ein kleines Feuer; brennt, lebt und duftet. Es wärmt nicht weithin, ist fast nur wie ein Opfer so still und so mit sich selbst beschäftigt, in sein eigenes Brennen versunken, ganz erfüllt davon. Und wir sitzen beisammen und sind voller Nachklang unseres Gehens und voll Erinnerung an Föhren und Fichten und Wege und Wasserläufe; das Durcheinanderklingen der herbstlichen und herbstlicheren Farben lebt noch in uns und die Schwere schwarzer Fichtenäste und einer goldenen Birke spielende Leichtigkeit geht uns noch nach. Lang war dieser Gang, wie ein ganzes Leben so voll Erfahrung und Fügung, Ferne und Nähe ...

Hinter dem weißen Hause, das Furuborg gegenüber auf der Anhöhe liegt, gingen wir in den grossen Wald hinein; seine Tiefe begann gleich an seinem Rand, und erst kamen wir sprechend hinein; aber Sie wissen, wie Ihr lieber Freund (den wir so sehr auch als unseren Freund fühlen) zu lauschen versteht; er war der Stillste unter uns, der Wissendste, der uns führte; erst zu dem grossen Geräusch, das durch die Wipfel der erwachsenen Bäume geht, dann, den ganzen fallenden Bach entlang, zu den kleinen Stimmen die, da und da und da – neue bei jeder Wendung – aus dem wandernden Wasser kommen. Stille. Und mit einer leisen Gebärde breitete er den zartesten Stoff vor uns aus, der aus allen diesen Lauten gewoben ist, – das unendlich weiche Gewebe, das den ganzen Wald zusammenhält. Da erwachte in mir das Gedicht, das also eigentlich (wie Sie sehen) *sein* Gedicht ist, Jimmy's Gedicht, eines seiner schönen lebendigen Gedichte. Ich gab es ihm nur zurück als ich ihm, eine Stunde später, an einem entlegenen Platze über dem Ramsee diese Verse las.

Und nun, meine liebe Ellen Key, geben wir Ihnen (wir vier) diese Verse; fast ist es mir, als müssten Sie sie schon kennen: ist es möglich, dass Sie nicht mitten unter uns gewesen sind, als ich sie unter der grossen Fichte las? Ja Sie waren bei uns; und das Gedicht ist ein Zeichen auch dafür, dass Sie bei uns waren. Hier ist es:

> Oben wo die grossen Stimmen wohnen,
> in den Kronen dieser hohen Föhren,
> kann ich auch mein leises Leben hören,
> grösser, um unendliches vermehrt.

Aber unten fügt an jeder Stelle
aus des Baches wechselndem Gefälle
sich ein Reden ein, das von der Schwelle
einer Stille sich mir zugekehrt.

x

Und so geh ich einsam, ohne Mund
zwischen helleren und dunklen Munden, –
mit des Lebens weitem Hintergrund
durch mein leisestes Gefühl verbunden.
Eine Grösse, die nicht von mir weiss,
(und ich stürbe wenn ich sie verstände)
wächst von ferne bis in meine Hände
und sie schliesst sich wie ein Sagenkreis.

x x

Rainer Maria.

53. Rilke an Ellen Key

Furuborg, *Jonsered.*
am 19. Oktober 1904.

Meine liebe gute Ellen Key,
heute kommt ein Brief von Clara die Ihnen viele, viele Grüsse sendet; sie ist in Oberneuland, leider noch nicht in ihrem eigenen Arbeitsraum, aber doch schon nahe dabei. Und hat vorläufig drei Schülerinnen, die schon seit dem 15. Oktober arbeiten. Im übrigen hat sie etwas mehr Zuversicht als vorher und verspricht sich Geduld zu haben. – Und mir geht es ähnlich. Ich bin noch in keiner Arbeit, aber ich merke in diesen Tagen schon, worauf der Aufenthalt hier in dem schönen lieben Furuborg hinaus will. Ein wenig über die täglichen Sorgen (über das Rechnen und Zählen, das uns schon wieder anfing in Kopenhagen allen Muth zu nehmen, Stück für Stück) hinausgehoben, sehe ich – seit lange zum ersten Mal – klar, denke an mich, nur

an mich, fühle was ich brauche und was mir fehlt. Wir haben Beide (Clara und ich) viele Prozent zu wenig Lebenskraft; das hat die sehr gründliche Untersuchung in Skodsborg ergeben. Unser Blut ist nicht genügend voll und geht schwer; außerdem ist bei mir eine Erschöpfung und Schwäche an der einen Herzklappe gefunden worden. Dr Ottosen, der persönlich sehr sympatisch ist, hat uns mit grossen genauen Lebensvorschriften entlassen, von denen sich augenblicklich nichts durchführen lässt. Dazu würde am Besten ein gelegentlicher Aufenthalt in Skodsborg oder in einer ähnlichen Anstalt dienen und es wird auch einmal dazu kommen. Jetzt hatten wir nicht Geduld und nicht Geld genug in Skodsborg zu bleiben, zumal die Anstalt uns eng und traurig und voll kranker Menschen schien. Aber wir wissen jetzt, dass wir Kraft sammeln und sparen sollen, was ja aber, wie Doctor Ottosen lieb und menschlich gesagt hat, in ruhiger und gleichmäßiger Arbeit (unter sonst guten Umständen) ebenso gut geschehen kann wie in einer Kur …

Mir ist in der Stille dieses grossen Herbstes aber noch manches andere so hell geworden. Ich sehe z. B., dass ich alle die letzten Jahre mit einem schlechten Gewissen vor mir selbst gelebt habe, und es thun sich, wenn ich ruhig darüber nachdenke, mehrere Möglichkeiten auf, das zu ändern.

Wenn nicht alles mich täuscht, werde ich in dieser gesegneten Zeit einen Fortschritt machen, den, der jetzt kommen musste, spätestens jetzt. Ich werde vielleicht gewisse Entschlüsse fassen können, ein arbeitsameres und bewussteres Leben zu führen als ich bisher gethan habe und werde als ein anderer von hier fortgehen. Wenigstens spricht vieles dafür.

Noch kann ich nicht im einzelnen davon erzählen, – aber Sie werden die erste sein, die ich frage, um Rath und um Zustimmung frage, sobald es soweit ist.

Ich fühle wie hier viele freundliche Einflüsse in mich münden. Das wirkliche Gutsein und die tiefe Hülfsbereitschaft dieser Menschen hier, die Kraft und Klarheit ihrer hellen Seelen – das, zusammen mit der Hoheit und Schwermuth und ernsten Seligkeit des Herbstes: das arbeitet jetzt an mir und verwandelt mich. Ich bin ein Eisen und werde bald glühen. Und dann wird Hammer um Hammer fallen.

Liebe, liebe Ellen: ich kann ohne viele Voraussetzungen, so aus der Mitte einer Stimmung heraus, zu Ihnen sprechen: denn nun kennen Sie mich ja und die Voraussetzungen bleiben immer die gleichen zwischen uns. Es ist unendlich gut für mich dass Sie da sind; dass ich eine Weile in Ihrer Nähe lebe.

Von Kopenhagen wäre viel zu erzählen. Aber ich habe in den letzten drei Tagen zweiunddreißig Briefe geschrieben und dabei ist mir diese Erzählungsform etwas verleidet worden. Zudem haben wir Kopenhagen etwas wehleidig hingenommen: die Stadt drückte uns und allerhand alte Ängste kamen unter dem Druck hervor und alle Sorgen standen auf. – Das war natürlich nicht Kopenhagen, das bezaubernd war wie immer, das waren wir. – Denn auch die Menschen waren es nicht, die uns alle so lieb entgegenkamen. Georg Brandes besonders, den wir fast täglich sprachen, die beiden Michaëlis, Frau Raunkier [!] und auch der Direktor der Porcelain=Fabrik, Prof. Krogh.

(Das Vorlegen der Zeichnungen hatte keinen, wenigstens keinen umgehenden Erfolg; aber das hatten wir ja auch nicht zu hoffen gewagt.)

Auf Richard Bergh's hatten wir täglich gewartet. Am letzten Tage trafen wir uns erst. Und Clara hatte eine arge Zahnoperation und wir waren verwirrt und müde und sehnten uns umsomehr nach Furuborg, als Clara's Billet im Ablaufen war und wir *gleich* reisen mussten, wenn noch ein paar stille Tage bei den lieben Menschen gewonnen werden sollten. Das aber war so wichtig, dass Clara nicht aus der gedrückten Stimmung, in welche wir in der kopenhagener Zeit gerathen waren, in die ungewissen Verhältnisse von Oberneuland hinein abreiste, wo wieder erst alles gethan werden musste, was zu einem neuen Anfang nöthig ist. Es war ohnehin traurig zu sehen, wie rasch Clara, nach unserer ersten Abreise von Furuborg, die dort gewonnenene Frische und Frohheit (die ich seit ihrer Mädchenzeit nicht so bei ihr gesehen hatte –) wieder einbüßte..

Aber kurz: so kam es, dass wir die Zusammenkunft im Kunstmuseum aufgaben und reisten; glaubten wir doch, das Richard Bergh's zwei Tage später nach Furuborg kommen würden: so war es bestimmt gewesen. Dass sie dann ihren Plan änderten und wir so nur jene kurze Begegnung in einem dunklen Vorzimmer mit ihnen gehabt hatten und nichts mehr, that uns *sehr*, *sehr* leid. –

Es ist vielleicht kindisch, aber auch das Zimmersuchen in Kopenhagen hat uns, in all seiner Vergeblichkeit, kleinmüthig gemacht; es war so traurig und heimatlos von Thür zu Thür zu gehen zu allen diesen fremden, gleichgültigen Leuten:

»Was bist du Narr
vor Winters in die Welt entflohn.«

Ja, es kamen mir allerhand Gedanken darüber, dass ich alt genug bin, um irgendwo eine stille Stube zu haben mit allen meinen Büchern und den paar lieben alten Dingen, von denen ich seit lange getrennt bin; das alles liegt in Kisten und ist doch auch ein Stück meines Leben's .... Nun vor der Hand ist für eine kleine Weile die liebe gelbe Stube auf Furuborg da –: mit dem grossen Fenster und dem grossen grünen Schreibtisch davor. Gibson's haben alles so lieb eingerichtet, ohne zu fragen, aufeinmal war es da und war ganz so wie ich es brauche; sie haben alles gewusst.

Da will ich nun noch ein paar Wochen bleiben und dann nochmals mein Glück in Kopenhagen versuchen.

Einige Menschen habe ich, zum Theil solange auch Clara noch hier war, kennen gelernt; der liebste von diesen war mir Frau Florence Waern; und zweimal waren wir (Clara und ich) in der Samskola, die uns ein grosses, grosses Ereignis war; wissen Sie dass wir sogar lange und viel davon gesprochen haben, etwas ähnliches im Norden Deutschlands durchzusetzen? Aber vielleicht ist man dort nicht weit genug und vielleicht sind auch wir nicht die Menschen, die so etwas thun müssen; mit unserer geringen Kraft, die nicht getheilt werden darf. Und ich mit meinem grossen Unwissen und Nichtsgelernthaben!.. Aber gut war es doch für uns, die Samskola zu sehen; eine Ermuthigung geht weithin in Wellen davon aus wie von einer schönen, frohen Zukunft, die sicher ist. –

Von Ernst Norlind hatte ich in Kopenhagen einen lieben Brief (vor etwa vierzehn Tagen); daraus ging hervor, dass er nach unserer Abreise in einen Arbeitswirbel gerathen ist, in eine wahre Schöpfungsperiode, deren Schilderung auf mich ganz prähistorisch gewirkt hat. Wie freue ich mich für ihn und Hanna Larsson. –

Aber noch zu einer Frage und Bitte: Ich fühle mich verpflichtet nun auch an Juncker's Verlag etwas ernstlicher zu denken und ihm zu guten Sachen zu verhelfen. Wegen Kvinden skabt af Manden habe ich ihm geschrieben. Nun aber habe ich in der letzten Zeit überall so wunderbares von Heidenstam's »Carolinen« gehört; und da ich mir eine deutsche Übersetzung verschaffen will, erfahre ich, dass es keine giebt. Ist das nicht erstaunlich? – Würden Sie, liebe Ellen Key, nicht einmal (gelegentlich) bei Heidenstam anfragen, ob er schon jemanden zu einer Übertragung ins Deutsche autorisiert hat und ob, zusagenden Falls, die Übersetzung schon einem Verlage versprochen ist? – Wenn noch keine deutsche Ausgabe vorbereitet wird, – wer, glauben Sie, – könnte dieses merkwürdige Buch übersetzen? Giebt es jemanden? – Ich denke es müsste für den Juncker'schen Verlag ein grosser Fortschritt sein, die »Carolinen« zu erwerben. –

Er bringt jetzt drei interessante Sachen heraus:
Kierkegaards, Verlobungs=Briefe.
Laforgue's, Moralités légendaires.
und ein neues Buch von Maxim. Dauthenday [!]. –

Aber ich muss zum Ende kommen.

Nur sagen will ich Ihnen noch, dass ich ein Exemplar von Ord och Bild gleich an meinen Vater geschickt habe. Er, der sich gerade in dieser Zeit wieder arge Sorgen gemacht hatte um meinetwillen, war dieses guten Zeichens so von Herzen froh: ich fühle es aus seiner eben eingetroffenen Karte. Er hat das ganze durchzulesen versucht und schreibt, er glaubt einiges verstanden zu haben und sei hocherfreut und stolz. »Und« schreibt er weiter: »ich weiß dass Du fleissig und gut bist und mir meine Sorgen nehmen willst, lasse Dir Zeit, schone Dich .....«

Das danke ich Ihnen liebe Ellen Key. Das ist nur eine von den vielen Wirkungen, die Ihr Essay haben wird; aber für mich eine der wichtigsten und glücklichsten!

Eigentlich wollte ich noch einiges zu dem »ohne Mund« sagen. Aber der Brief ist so konfus, dass ich ihn nicht noch mehr verwirren möchte; auch würde er dann noch um ein beträchtliches länger werden, denn ich habe mehreres dazu zu sagen, habe Gründe dafür anzuführen, weshalb ich an dem Worte »ohne Mund« festhalten muss, – Gründe die Sie sicher gelten lassen werden. Aber davon ein anderes Mal; es soll nicht vergessen werden.

Ich habe Ihnen wohl noch nie einen so schlechten Brief geschrieben; aber das kommt auch davon, weil ich nun schon gewohnt war zu Ihnen zu sprechen statt zu schreiben; und da muss sich, was ich Ihnen sagen will, erst allmählich wieder in Schreibbares zurückverwandeln.

Haben Sie Geduld und Nachsicht, besonders mit dem Schwächlichen und Wehleidigen dieses Briefes; vielleicht giebt es doch auch Stellen in ihm, die hoffen lassen, dass ich gerade jetzt langsam über solche Zustände hinauswachse.

Möchten Sie es jetzt in Ihrem kleinen Haus recht, recht gut haben; im Nachklang Ihrer schönen reichen Reisen und im Vorgefühl des Guten, das von Ihnen ausgehen wird über alle, die eines reinen Herzens sind.

Ihr Sohn
Rainer Maria.

54. Ellen Key an Rilke

Oby *Alvesta*
24/10 1904

Ich bin so froh lieber R. M. daß Ihren Vater froh wurde! Nun wird er viel froher wenn das Buch (hoffentlich) bei Bard kommt!

In Kopenhagen sollen Sie Elna Erichsen [!] beten Sie mit Wohnung zu helfen. Oder der rothe Nielsen (Bojers Freünd). Ich gab ja die Adresse. Sie können es *nicht* selbst gut besorgen.

Sie werden schon Berghs treffen ein ander mal!

Aber sagen Sie Gibsons daß sie Hans und Mia Hedlund haben sollen – ganz allein ein Sontag – ruhig beisammen. Die sind auch lieben Freünden von mir. Und haben Sie mit Baeckström über Rodin Übersetzung gesprochen?

Ach, ich schreibe nur von praktischen Dingen! Nun müssen Sie auch einigen Tropfen Honig zum trockenn Brod haben, mein liebes Kind, welches ich sehr verhätscheln wollte!

Erstens: Mit mütterliche Genugthuung las ich der Andere Tag *in* Der Tag (ein kleiner Artikel von W. von Scholz über Mystik) folgendes: »Einer unserer feinsten jungeren Dichter R. M. Rilke, hat die Verse

Wie ist das klein ....
und fast noch schlagender
Sein Wachstum ist ....
Das berührt sich durchaus mit der Anschauung Heinrich Susos: Wenn du ein Ding nicht begreifen kannst, so warte, es wird dich begreifen. Oder mit Ang. Silesius:
Je mer du dich aus dir kannst austun unt entgießen;
je mehr muß Gott in dich mit seiner Gottheit fließen.⟨«⟩
Eine 19jähriges Mädchen schrieb mir: »R. M. Rilke ist mir schon lange lieb gewesen; denn keiner versteht wie Er die Regungen einer Mädchenseele; nun habe ich ihm viel lieber zeit ich die Zueignung in die 2te Auflage Geschichten von lieben Gott gelesen.« (Lieb, nicht wahr?!)

Nun danke ich recht herzlich für den lieben Brief! Die Nachrichten von Clara an Sie selbst, lieber Freund, sind ja nicht so gut aber hoffentlich wird Alles besser werden! Ich habe große Hoffnung für Ihnen beide! Ihre ergebene

Ellen Key

Wie freüe ich mir über Norlind! Die lieben Menschen!
P. S. Wir haben hier heüte ein *Erdstoß* gehabt: ganz unheimlich war es: ein Moment glaubte ich das Haus stüzte ein.

55. Rilke an Ellen Key

FURUBORG, JONSERED,
am 2. November 1904.

Meine liebe gute Ellen Key,
ich schreibe, ohne Ihren lieben Brief zur Hand zu haben, denn ich habe ihn an Clara weitergeschickt. Aber ich glaube ich kann ihn auch aus dem Gedächtnisse beantworten, denn ich habe ihn oft und mit mehr als einem Sinne gelesen. Haben Sie Dank, Liebe, Gute, für alles, alles Fürsorgliche und Freundliche und Herzens=Nahrhafte. Für Honig wie Brot. – Von dem Scholz'schen Aufsatze im »Tag« hatte mir schon Georg Brandes erzählt. Viel wichtiger aber ist mir das an-

dere, das von dem jungen Mädchen; ich bin gewiss, dass die Dankbarkeit und Freude dieses Kindes auf mich wirkt wie ein grosser schöner Stern und mir hilft. –

Antwort auf Fragen: mit Baeckström bin ich in Verbindung; er kann vorläufig das Rodin=Buch nicht übersetzen, weil Bard mir schreibt, dass über eine schwedische Ausgabe der ganzen Serie »Die Kunst« (*aller* Bändchen) Verhandlungen im Gange sind. Auch mit Frl. Mizi Franzos ist die Verbindung hergestellt. Ob es zu einem Vortrag in Göteborg kommen kann, hängt davon ab, ob ich jetzt etwas solches zustande bringe. Es gehört viel vorbereitende Arbeit dazu und ich weiss nicht, ob ich jetzt vieles leisten kann. Es ist noch immer so viel Erschöpftheit in mir. Aber Furuborg und seine lieben guten Menschen thun mir gut und ich bin dankbar, jeden Tag, jede Stunde für dieses sorgenfreie Hiersein. Ich besinne mich immer mehr auf mich selbst, – wie mir scheint, seit Jahren zum ersten Mal. – Hedlunds sollten Sonntag bei uns sein; aber es kam nur Hans Hedlund (seine Frau war leider krank, – ich werde sie später sehen); es wurde ein sehr guter Sonntag mit ihm und Emilia Fogelclou, die Verse von Whitman las, – den ich ja (wie so Vieles, ach so Vieles!) nicht kenne. –

Aber nun, meine liebe Freundin, noch zu einer Sache. Auf mich hat die Veröffentlichung meiner Bildnisse und der Handschrift wie ein Stoss gewirkt, so im tiefsten *gegen* mein Gefühl! Nun sagen Sie in Ihrem Briefe, dass die Veröffentlichung der deutschen Übersetzung in der Sammlung von Bard noch nicht sicher ist. Ist dem so und macht es Ihnen nicht Scherereien oder Mühe oder gar Unannehmlichkeiten so lassen Sie uns, bitte, diesen Plan aufgeben und den Essay irgendwo veröffentlichen wo alle diese Zugaben, Bildnisse und andere Bloßstellungen (verzeihen Sie die Kinderei, aber ich fühle es so!) nicht nöthig sind. In der Neuen Rundschau fiele das ja fort, auch wenn man den Essay sonst wo (etwa im Insel=Verlag oder doch noch bei Juncker) herausgäbe. Aber wie wäre es mit Fischers Rundschau? Es ist mir fast quälend, mir so ein Bard'sches Bändchen vorzustellen mit noch anderen Bildern, facsimilierter Handschrift und diesem ganzen Aufwand, der mir wehe thut und der jetzt, da ich gar nichts Neues, Gutes fertighabe (vielleicht noch lange nicht) weniger am Platze scheint als je. –

Missverstehen Sie das nicht, liebe Ellen Key, – halten Sie es nicht für eine Laune und Wankelmüthigkeit; Sie wissen ja, dass ich mich vor diesen Nebenerscheinungen fürchtete und, nun die Probe gemacht ist, weiss ich, dass das keine Einbildung war. Verzeihen Sie alle Mühe, die Ihnen dieser verspätete Wunsch vielleicht verursacht, tragen Sie es mir nicht nach. – Ich freue mich ja so *sehr* auf die deutsche Ausgabe und weiss was sie für mich sein wird, – aber wenn es *ohne* alle diese auffallenden und anspruchsvollen Beigaben möglich wäre, bekäme sie, scheint mir, das richtige Ansehen, wäre das, was sie, nach unserem Wunsche sein soll, mehr als sonst. –

Nächstens schreibe ich mehr von mir. Eben, beim Thee, sprach ich mit Frau Lizzie von der Möglichkeit, dass ich, ehe ich von hier fortgehe, einmal mit Jimmy zu Ihnen für den Sonntag nach Oby komme. Ginge das? Es wär herrlich, herrlich für mich! Vorläufig aber will ich mir das nur als ferne mögliche Freude versprechen, als Belohnung, wenn ich jetzt noch brav bin und Ordnung in mir schaffe so gut ich es vermag.

Vom »Cornet«, der eben erschienen ist, hat die »Deutsche Arbeit« einige Separat=Abzüge gemacht; morgen sende ich Ihnen zwei oder drei für Sie und liebe Menschen; denn Sie besitzen ja nur die Correctur.

Alles Liebe, meine gute Ellen Key, von mir und von Allem und Allen um mich, von ganz Furuborg. Natürlich auch von Clara, die versucht und hofft und oft an Sie denkt. Wer aber thäte das nicht! In Dankbarkeit Ihr Sohn

Rainer Maria.

56. Ellen Key an Rilke

Oby *Alvesta* 3/11 1904.

Mein liebes Kind!

Natürlich soll Alles wie Sie wünschen werden! Aber die Sache ist mit Bard *so* weit, daß das Buch ihm *angeboten* ***werden muß***. Ich aber schreibe daß weder Sie noch ich wollen es *illustrirt* haben – nur vielleicht ein *einziges* Bild im Anfang? – Sondern daß er es ganz einfach macht *oder* mit ein Schmuck von Vogeler. Will er die Einfachkeit nicht – dann gebe ich es N. D. Rundschau – ***sie*** *schreien* nach was von mir! Aber, sehen Sie, 1) die *Verbreitung* wird durch Bard *10fach sein*. 2) Und das sagt viel für – *Verkauf* von R. M. Rilkes Bücher!! 3) Und das sagt viel für die *Honorare*! 4) Und die Honorare viel für die Möglichkeit ein einiges *Heim* zu haben!!

So, nicht wahr: Messer auf Bard gesetzt: unserer Wille *oder* – nichts? Sind Sie damit einig?

Gewiß, wenn Sie nicht Returbiljett den anderen Weg haben, gehen Sie eben so leicht diesen.* Nur *eins* kann dagegen sein: meine frühere Schwägerin kommt vielleicht auf einigen Tagen und dann geht es *nicht*. Aber *nach* 13-14 November denke ich, wird es nicht sein (meine Schwägerins Kommen, meine ich) – und Sie bleiben wohl noch bis da?

Ich wollte Jimmy und Rainer Maria halb todt drücken in meine Mütterlichen Freüde! Mein Bruder betet Sie es durchaus zu thun und willkommen zu sein! *13 ist ein Sontag* – ich bete daß Sie so in Zeit schreiben, daß *wenn* meine Schwägerin hier ist, ich *absagen kann*. Sonst passt das sehr gut. Oder *später* – und *das wäre besser*. – Dann, sage Jimmy, sollen ihr zwischen 3-4 von Landvetter abfahren, kommen (über Borås) 8 abends zu Alvesta; bleiben Sontag ganz in Ruhe; fahren Montag um 8 (oder um 2) von Alvesta.

Wenn nun Mizi Franzos das M. S. schickt so, *wenn* was vorkommt, welches Sie lieber ***nicht*** mit habe, streichen Sie

---

* Und Sie können ja auch direkt hin *-und zurück* hier gehen!

es einfach. Ich meine natürlich nur wenn es Ihnen *unangenehm* – nicht meine *Meinungen*! sondern Einblicke in das Private oder so was!

Nun ist das Brod sehr trocken gewesen. Nun eine ganze Wabe von Honig, mein Kind! Erstens schreibt ein junger Däne *C. Lambek* (hat eine Zeitschrift für Seelen-Kultur herausgegeben) ein Freund Th. Krügers daß er sich so tief über mein Essay gefreüt hat und die Aussicht durch Therese Sie kennen zu lernen, diesen Winter in Kopenhagen. Für Mizi Franzos ist mein Essay-Übersetzung die Veranlassung gewesen Sie zu lesen und mit *große Freude*!

Weiter habe ich ein sehr (mir unbekannter) junger Mann welcher eine grenzenlose *Liebe lebt* die Bücher zu kaufen und er ist mir (und Ihnen) tief dankbar dafür. Er wohnt in Fiume. Und schlieslich: die junge Dame welche ich das letzte Mahl citierte, Emmi Hirschberg, welche schrieb daß Sie (R. M. R.) ihr »immer unendlich lieb« war denn »er versteht wie kein Anderer die suchende Mädchenseele« ist nun in Firenze und hat mir Casa Guidi (E. B. Brownings) Haus heüte geschickt. Aber so bekam ich vorgestern von eine andere 20jährige, ein ganz liebes Geschöpf Eva Solmitz (eine Freundin der Emmi H.) (Schicke mir ihr Bild zurück!), folgendes:

> »Der einzige Mann, bei dem mich manchmal wie ein Wunder das Verstehen der Mädchen berührt, ist Rilke. Diesen Sommer habe ich noch Rodin, Worpswede und Geschichten vom lieben Gott gelesen; in allen habe ich das Leben tief und schön gefühlt; aber so wie »Mir zur Feier« ist mir doch keins der anderen; ich bin darin so befangen, daß es beinahe eine gefährliche Gewalt hat, so weit tragen die Gedichte.«

(Sie hat mir grade Mir zur Feier gegeben) Sie wohnt 2 Friedrich Wilhelm Straße Berlin, wenn Sie da kommen und sie sprechen wollen. 100 Grüße an Clara und Gibsons!

Ihre Ellen Key

57. Rilke an Ellen Key

Furuborg, *Jonsered.*
Am 5. November 1904.

Meine liebe Ellen Key,
Sie haben gleich geschrieben und mir so viel Liebes zu sagen gewusst; einen Augenblick hörte ich Ihre eigene liebe Stimme mit gütigem Zureden über mir: so sehr waren Sie in diesem Briefe.

Ich danke Ihnen.

Zunächst für die Aussicht, dass wir zu Ihnen werden kommen können. Bitte, sagen Sie Ihrem Herrn Bruder Liebes von mir und Dankbares für sein Willkommen. Nun steht es mir als grosse Freude bevor. Wenn es also dazu kommt, so wird es wohl erst einer von den beiden letzten November=Sonntagen sein, der zwanzigste oder gar der siebenundzwanzigste erst; denn ich geniesse jetzt so sehr diese ununterbrochene Stille und Sammlung zu der es jahrelang nicht kommen konnte. Und Jimmy würde es auch passen. Und für Sie wäre es, wie Sie schreiben, am Günstigsten. – Aber auch dann, liebe Ellen Key, werde ich uns sehr bei Zeiten anmelden, so dass Sie uns absagen können, falls es nicht geht. Ich muss Sie nicht bitten, nicht wahr, in dieser Beziehung rücksichtslos aufrichtig zu sein und auch vorläufig gar nicht damit zu rechnen bei der Einordnung Ihrer Tage?

Denn so war es gemeint. Wenn ein Schatten von Unruhe oder Störung dadurch in Ihre oder Ihres Herrn Bruders Verfügungen käme, so soll es nicht sein. Nur wenn Sie an nichts rücken und nichts verändern müssen, dann ist es in der Ordnung, dass wir jenes betreffenden Sonntags kommen. Nichtwahr, so ist es verabredet? –

Bard: Ja, Sie haben in *allem* Recht; also bieten wir ihm das Manuscript an, mit einem *einzigen* Bild (dem ersten, Müller=Brauel'schen, welches »Ord och Bild« gebracht hat) und betonen wir, dass er, darüber hinaus, auf keinerlei Beigaben (Bilder oder Facsimile u. s. f.) rechnen dürfe. Aber reden wir, bitte, zunächst auch *nicht* von Vogeler'schem Schmuck, sondern davon, dass das Buch ganz einfach sein soll. Sonst kommt es doch zu irgend einer Ausschweifung nach der illustrativen Seite hin.

Und nochmals, verzeihen Sie diese Komplikation in zwölfter Stunde. Ich musste mich von diesem wachsenden Unbehagen freimachen. Hoffentlich haben Sie keine Mühe dadurch.

Und nun dank für die ganze »Wabe«. Sie geben mir einen Menschen um den anderen, liebe gute Mütterliche. Das Bewusstsein einer Heimath wächst mir in allen diesen heran, die so liebevoll an mich denken und Gutes von mir erwarten. Nicht zum wenigsten daraus muss mir der Muth kommen, es zu thun.

Das sympatische ernste kleine Bildnis gebe ich wieder zurück.

Und noch Eines, liebe Freundin. Ich würde für den Essay sehr gerne die Briefe haben, die ich Ihnen von Rom aus schrieb, d.h. einige davon, die Fragebogen=Briefe, welche die »Stellen« enthalten. Dort war der beste Wortlaut, den ich – bei meinem mangelhaften Gedächtnis – nicht ohne diese Hülfe wiederherstellen kann, was doch nothwendig ist für die deutsche Ausgabe. – Und auch für mich, für mein nächstes Buch, wäre es gut jene wichtigen, sehr rasch geschriebenen und abgeschickten Briefe noch einmal durchzusehen. – Da sie nach Oby geschrieben waren, habe ich die Hoffnung, dass sie nicht zu weit von Ihnen entfernt und ohne Mühe erreichbar sind. – So es nicht früher zu der Correctur kommt, kann ich ja, falls wir später kommen, die Briefe selbst mitnehmen, damit Sie mit dem Verpacken keine Mühe haben. Und nur für kurze Zeit würde ich sie dann brauchen. – Gibsons grüssen und Clara schreibt, ich sollte Grüsse an Sie weitergeben, jedesmal sooft ich Ihnen schreibe – viele, viele. – Jimmy hatte heute auch einen langen Brief von Arthur Bendixson, der sich in Rom wohlzufühlen scheint. Aber ich muss heute schliessen, denn unter den viel zu vielen Briefen, die Sie täglich in Anspruch nehmen, soll nicht auch noch meiner sein, da ich doch noch eine andere *ununterbrochene* Verbindung mit Ihnen habe als Ihr dankbares Kind:

Rainer Maria.

Ich öffne den Brief nochmals, um einen eben erhaltenen Zeitungs=Ausschnitt beizulegen: Wie unmenschlich können doch Menschen gegeneinander sein. Die arme Helene Böhlau!!

58. Ellen Key an Rilke

Oby *Alvesta*
13/11 ⟨1904⟩

Liebes Kind!
Nur einige Worte um zu sagen: daß 27/11 sich gut passt; daß ich Mizi Franzos gebeten habe bis da das M. S. *mir* zu schikken; wir sehen es an *zusammen*; Sie bekommen es nachher (*mit die Briefe*) und so wird es am *leichtesten* gehen – wir können zusammen *berathen*. Mit Bard soll *Alles* ganz genau sein wie *Sie es wünschen*. Ich freue mir so auf Jimmy und Rainer Maria. Aber Lizzi kann auch mit kommen falls sie bei mir schlafen will?!

O, die arme Helene Böhlau! Frauen sind – ach ja, Männer sind *auch* – schmutzige Thiere in ihre erotische Habsucht! Sagen Sie Jimmy daß eine Biographie über mir gekommen ist – aber Er soll es nicht die Leute leihen sonder sagen daß sie es kaufen! denn die Verfasserin hofft auf eine zweite Auflage!

Sage Lizzie das die Braut von Ossian-Nilson [!] grade das entzückende Mädchen ist von welche ich mit Lizzie sprach, sie sollte in *Samskolan* kommen! Sie ist von meine *Heimath*, in der andere Theil von Schweden. (=Småland) Wollen Sie nicht in Gbg meine Schwester besuchen? Sie hat so liebe Kinder – auch in Samskolan und mein Schwager hat eine sehr schöne Schule gebaut (und anderes) L. C. Nielsen hat ein schönes Buch geschrieben!

Ihre E. K.

Norlind hat sehr *freundliche* Kritiken bekommen!
In *Hamburg* ist man mit die Schule sehr weit: eine neue Zeitschrift, *Pedagogische Reform*, hat prächtige Sachen! Und viele Reformschulen wachsen auf dem Lande auf.

⟨Beilage⟩
Honig für mein Kind! Braucht nicht zurückgesandt werden! ***Sage Gibsons***!!

⟨eingeklebter Briefausschnitt⟩

MARIE FRANZOS
WIEN
VI., GUMPENDORFERSTRASSE 25.
Wien. 4.-XI.-04

Geliebte Ellen.
Obwol ich – und zwar mit Spannung – auf die Antwort auf meine zwei letzten Briefe warte, muss ich Dir doch noch einen dritten schreiben, um Dir ganz besonders für Deinen Rilke-Essay zu danken, der mir die genussreichsten Stunden bereitet hat. Einerseits als Kunstwerk an sich, dann aber weil er mich zu Rilkes Büchern leitete, denen ich wunderschöne Stunden verdanke. Ich habe bisher »Buch der Bilder«, Die Letzten, Das tägliche Leben, Rodin und Worpswede gelesen und eine wahre Welt von Schönheit darin gefunden. Hab Dank, liebste Ellen, Du führst mich immer zu allem Lieben und Schönen hin.
⟨Ende des eingeklebten Briefausschnitts⟩

W. v. Scholz (Der Tag) In ein Stück über Schaukal:
»Zu dem forminnigsten Künstler, zu Rilke, dem geborenen

Musiker der Sprache, steht Schaukal mit seiner bildenden Sprachkunst im deutlichen Gegensatze. Die Dichtung beider Künstler aber wurzelt in dem wundervollen Sinn für Formung seelischen Erlebens, nicht in der unmittelbaren Stärke und Anerkennung dieses Erlebeniss selbst.

Obs: und Stefan Zweig (ein sehr feiner junger Verfasser, welcher über Verlaine und Verhaeren geschrieben) schreibt mir (wenn ich sagte ich wollte i⟨h⟩m in mein Rilke Buch nennen) ... »... ich freue mich des Anlasses, denn Rilke ist für mich der feinste, innigste und neben Dehmel sicherlich auch der grösste Dichter Deutschlands. Seit Jahren liebe ich ihn mit steigender Liebe.«

(Mein Mutter-Herz tanzt!)

59. Rilke an Ellen Key

⟨Furuborg, Jonsered⟩
am 20. November 1904.
(Sonntag)

Meine liebe gute Ellen Key,
noch habe ich Ihnen nicht für ihren jüngsten Brief gedankt: für alle seine Liebe. Es war in dieser vergangenen Woche so viel Arbeit zu thun und mir steht für die kommende viel andere Arbeit bevor. So ist mein Brief eingeklemmt und klein. Aber bei allem, was ich in der letzten Zeit begann, habe ich an Sie gedacht an Clara, Ruth und Sie. Und ich dachte, dass Sie sich ein wenig an mir freuen sollten. Das war einer der Gründe weshalb ich in Göteborg redete. Sie wissen davon. Nun, es war schön für mich, einfach und fast wie ein vertrauliches Gespräch: so sehr umgeben von warmer Menschlichkeit fühlte ich mich, auch in jenem grösseren, fremderen Kreise. –

Aber ich bin ja in der frohen Lage, Ihnen nicht von alledem schreiben zu müssen; ich werde ja erzählen können.

Heute über eine Woche kann ich Ihre liebe Hand in meinen Händen halten und Ihnen alles sagen, was mir am Herzen liegt; es scheint mir fast märchenhaft wenn ich es sage. Und doch wird es so sein: wie freut sich das Kind auf den einen guten, milden, sanften Tag in Ihren Händen.

Nur ein paar Notizen:

Therese Krüger hat mir *sehr* lieb geschrieben. Ich werde in Charlottenlund (zwischen Hellerup und Klampenborg) wohnen können, wenn ich nun (es wird ja nur für 8-10 Tage sein) durch Kopenhagen komme. Das ist mir sehr lieb.

Dann hat Mizi Franzos selbst sehr freundlich geschrieben.

Ein Brief von Emmi Hirschberg aus Florenz kam; den ich heute mit Gutem und Dankbarem beantwortete.

Ich werde eine Niederschrift von Orpheus, Eurydike, Hermes mitnehmen, um sie Ihnen zu lesen.

Ich werde auch die Abschrift des Samskola=Aufsatzes sammt den einleitenden Worten, die ich vor seiner Verlesung sprach, mitbringen.

Und was sonst etwa für Sie Wert oder Interesse haben, oder Sie freuen könnte.

In Bezug auf Ihren Brief an Lizzie, der heute kam:

»Freund Hein« ist allerdings ein Name für den Tod. Soviel ich mich aber des Romanes von Strauss erinnere, ist dieser Titel mit Absicht doppelsinnig genommen und auch auf den »Helden« des Romanes (der Heiner, Hein genannt wird) beziehbar. Genau weiß ich es nicht, da ich das Buch von Strauss nur theilweise und flüchtig kenne. –

Buddhas Baum war in den hiesigen Lexika nicht zu finden. Bertil soll aber morgen in der Stadtbibliothek nachsehen; dann erhalten Sie umgehend die gewünschte Nachricht.

Nur dieses für heute, meine liebe Ellen Key. Alles andere bis zum Wiedersehen, zu dem die Tage zählt Ihr

dankbares Kind:
Rainer Maria.

60. Ellen Key an Rilke

⟨Oby Alvesta⟩
⟨20. 11. 1904⟩

Durch Mia Hedlund weiß ich wie tief der Abend von 17/11 wurde. Ich möchte gerne Sie (das heisst wenn Sie es mag!) ehe Sie fortgehe bei meine Lisa ein Paket holte und Sie eine kleine Stunde gab und nachher Mia (oder vorher) kennen lernte. Nebst Lisa und Gibsons meine Liebste in Gbg.

Ich freüe mir so auf *nächsten* Sontag! Sie nehmen was Sie neues geschrieben haben mit, nicht wahr? Ihre

Sontag 20/11 R. K.

61. Rilke an Ellen Key

⟨Furuborg, Jonsered⟩
am 29. November 1904.

Liebe, liebe Ellen,
es ist wie ein Buch, eingebunden in zwei weiße Reisen; und drinnen sind Bilder und Worte, die zusammenhängen und sich begleiten und ergänzen; und wo man es auch aufschlägt, dieses Buch, da steht Einfaches, Liebes, Wichtiges, Weites. Und meine Erinnerung thut das heute; sie blättert langsam, nachdenklich in dem Buche, das aus einem ganzen Sonntag und zwei Taghälften und zwei Nächten besteht, die mit in diesen Sonntag eingegangen sind. Meine Erinnerung blättert darin und wenn sie einen Augenblick innehält, so kommt die Liebe und legt Blumen zwischen die Seiten des Buches, die immer an dieser Stelle bleiben sollen.

Oder es ist, wie wenn jemand aus weichem weißem Etui einen schönen alten Familienschmuck nimmt und ihn leise wieder in den Sammt zurücklegt: so wurde dieser lange reiche Sonntag aus dem Schnee gehoben und wieder vorsichtig hineingelegt in den Schnee. Dazwischen aber lagen die Stunden, da man den seltenen Schmuck in der Hand hielt und betrachtete, seine reine und köstliche Arbeit bewundernd und dessen gedenkend, wie er, beladen mit Gefühl und Festlichkeit, so unendlich vieles zusammenfasst und, gleich einer grossen mit edlen Thränen besetzten Spange, Vergangene, die ihn liebten verbindet mit Künftigen, die ihn an ihren grossen Tagen tragen werden.

Es war traurig, liebe gute Ellen, von Dir fortzugehen. Doch als ich vorn auf dem Schlitten sass, da glaubte ich zu bemerken, dass wir nur mit kleinem Geläute am Geschirr in Oby einfuhren, während die frohen blonden Pferde jetzt von zehn kleinen Glocken klangen; wir fuhren mitten durch diesen dichten, schwingenden Gesang, in dem so viele Stimmen zusammenklangen, dass aus ihnen wieder eine Art von Stille entstand; manchen Augenblick war es dann ganz so wie in der Stille Deiner abendlichen Stube, in der das Blut der Menschen rauscht wie in einer Herzkammer.

Es war gut, liebe Ellen, bei Dir zu sein; es war sehr viel. Ehe ich anfange in meinem lieben goldenen Zimmer auf Furuborg etwas zu thun, musste ich Dir schreiben und Dir danken für alle Liebe und allen Segen und für Deine Güte, die Kraft wird, sobald Du sie giebst und sobald man sie empfängt und trägt.

Dein liebevolles Kind:
Rainer Maria.

(Dieser Brief geht einen Tag später ab, weil Lizzie und Jimmy ihn lesen sollten. Alles Liebe. 30. Nov. 1904.)

62. Ellen Key an Rilke

⟨Oby Alvesta⟩
4/12 ⟨1904⟩

Mein Kind, hier ist das Adressbuch, welches ich Sie geben wollte! *Lisa* hat es für mir angeschafft; *Bäckström* den Namen eingeschrieben; ***ich 3 Adressen*** eingekratzt – und mit Liebe ist es aus meine Hand in die Ihrige gegeben!

Obs! *Schwedisch* ist die Liebe!
Obs! Und ***russisch*** ist das Leder!

63. Rilke an Ellen Key

⟨Charlottenlund⟩
Am 4. Dez. 1904.
Sonntag.

Liebe gute Ellen,
Deine liebe Gabe hat eben angefangen mir zu gehören. Dank. Ich bin Dir heute gerade so nahe wie ich Dir vor einer Woche nahe war. Damals war auch schon Geburtstag. – Ich bewundere, wie Du an alles denkst, sogar an das kleine Buch, wovon Du einmal in Borgeby sprachst: es ist mir sehr, sehr lieb und in seiner Bestimmung liegt es ebenso wie in seiner Bedeutung: recht nahe bei mir und überall mit mir zu sein.

In Liebe
Dein Kind:
Rainer Maria.

Charlottenlund, Villa Charlottenlund.

64. Rilke an Ellen Key

Kopenhagen, am
8. Dez. 1904.

Liebe gute Ellen, mit allen, allen Wünschen komme ich zu Dir; es sind gar keine Wünsche in mir welche nicht Dir gelten, so wie es ist, wenn ein Kind zu seiner Mutter Geburtstag kommt.

Mehr kann ich Dir heute in Worten nicht sagen; denn meine Zeit hier ist wie ein Augenblick dahin; morgen früh fahre ich weiter; viel habe ich hier nicht gethan, aber wenigstens was Hammershøj betrifft alles erreicht. Heute soll ich ihn bei Dr Bramsen nochmals wiedersehen. –

Frl. Elna Ericksen war sehr lieb zu mir und Anette Vedel habe ich eben, wenn auch nur einen Augenblick, in ihrem schönen Heim gesehen.

Ich sende Dir, liebe Ellen, nur ein kleines Buch, das ich noch nicht kenne, – von welchem mir L. C. Nielsen aber sehr interessant gesprochen hat.

Ich habe es mir auch gekauft, – es wird das nächste sein, was ich von nordischen Büchern lese.

Einen Tag bin ich noch in Hamburg, – aber Deinen Geburtstag, liebe gute Ellen, hoffe ich schon mit meinen Lieben zu verbringen und zu feiern.

In Liebe
Dein
Rainer Maria.

65. Ellen Key an Rilke

Oby *Alvesta*
11/12 1904
7 Uhr am Morgen.

Liebes Kind, ich sage wie Du vorigen Sontag: »du wirst mir heute so nahe ⟨sein⟩ wie der vor 14 Tagen!« Der 4 war ich ganz bei dir voller Freude das du *lebt*; heute bin ich ganz bei dir und voller Freude das du und deine Lieben dieses Jahr *ganz* in mein Leben gekommen sind! **Das** ist der große Reichthum des vergangenen Jahres: was es *gegeben* hat; und nichts mir sehr liebes hat es genommen. Sonst denkt mein immer im Alter: »was wird dieses neues Jahr *nehmen*«; im Jugend: »was wird es *geben*?« Wie froh bin ich über die Oby-Tagen: sonst wäre ich von deine schwedische Zeit sehr leer ausgegangen: ich hatte das wenigste von allen von dir gehabt! Oby hatte sich für euch schön und weiß gekleidet; nachher kam eine schwarze und naße Woche; nun wieder heute ganz weiß; tiefer Schnee als wenn du hier war der kleinste Zweig weiß umwunden – ganz die weiße Ruhe welche ich seit Jugend liebe.

Nun freue ich mir so an *Clara*, *Ruth*, *du* zusammen. Ich hoffe das ein Bilderbuch von Lisa und mir gekommen ist? Es ist einer der Besten von Schweden – auch in Deutschland beliebt – Elsa Beskow ist eine meiner *aller liebsten Schülerinnen* (ist nun verheirathet mit ein Priester der gegen mir schreibt) und hat 3 Knaben. »Putte« ist der älteste (Stig) der mit 3 Jahren Modell war! »Putte« heisst in schwedisch »ein kleiner Kerl« oder so was.

Seit du weg ist, habe ich 2 deine ältere Gedichte von ein Peter Norden (was ⟨weiß?⟩ nicht ob *Signatur* oder *Namen*) übersetzt gesehen, ziemlich gut aber **du** bist nicht dazu geeignet!

Ich danke dir liebstes Kind für deine 3 Briefe – o, so lieb alle drei! *Erst das* **erste**; so die Freude das kleine Buch mit Liebe aufgenommen zu wißen – deine 3 schwedische Wirthinnen kritzte ich hinein! – *um Weg zurück zu zeigen* – und letzten für Heute! Das Buch habe ich *sehr* gewünscht: grade Seit 38-39 hab ich fast Wortlich von G. Heiberg *selbst gehört*; er besprach sehr eingehend das Thema mit mir; sonst ist *Hadeln* auf *Obstfelders* **Wesen** gemacht: Heiberg liebte Obstfelder tief. Von Juncker habe ich O:s Buch und *Laforgue* bekommen und ich werde ihm ein Stück (für die N. F. Press) über O. geben – er möchte es gerne (schicke mir dein *Obstfelder Essay)*. Glaukon hat mit *die grösste Freude* deine Unterschrift bekommen und dankt dir sehr: er schrieb daß je mehr er sich in dir vertiefte, je mehr bedeutend fand er dir als *Denker*, *Dichter*, *Mensch*! Nun soll du Clara der schöne, stille Stirn küssen und Ruth das ganze liebe Gesicht und wenn du zum Weinachten schreibt lege ihre kleine Hand auf das Papier und *ziehe die Konture rings um* – so denke ich sie besser! Zum Weinachten schreibe ich nur einige Zeilen – muß die Zeit furchtbar sparen. Und mein Kind auch muß fleissig sein und gewiß sein daß seine Wahl Mutter i⟨h⟩m immer nahe fühlt!!

Deine Ellen Key

P.S. Mein Bruder dankt fur deinen Brief! Er hat was so schönes über dir gesagt: »*Die Güte scheint ihm durch die Haut*!« Wahr ist es auch!
P.S. Ganz Furuborg trauert nach Dir: öde und leer kommt Alles vor, schreibt Lizzi aber sie sind undendlich glücklich daß du da war das du *lebt und daß sie dir doch haben*!

Im Obstfelder Buch las ich mit Freude Schaukals und Andere schöne Worte über dich; mein Herz *tanzt* vor Freude wenn die Menschen mein Kind verstehen!

66. Ellen Key an Rilke

Oby *Alvesta*
19/12 ⟨1904⟩

Lieben Kinder!
Rainer Maria, Clara, Ruth!
Zum Weinachten habe ich die gute Eva Solmitz gebeten mir für euch die Browning Briefe zu bestellen, etwas von das schönste ich im Leben begegnet! Bei Brownings Sohn habe ich den Schrein gesehen und die *Brief-Packen* – kleine, dünne

Briefe – es waren große Packen aber alle – jedes für sich – sart wie die Seelen welche sie geschrieben – und es war eine Andacht nur zu ***sehen***!

Meine Gedanken werden Weinachtsabend mit innige Liebe bei die Kinder – Clara, Rainer Maria, Ruth – sein! Nun mit ihren 3 Jahren wie wird sie sich freuen!

Ich weiß nicht ob die Kinder hier zum Weinachten kommen denn der Knabe ist krank, leider, ich hoffe doch nichts Ernstes.

Ihnen, Lieben, wie viel möchte ich *sagen*!

Aber Sie *wißen* es ja Alles! Ich sage nur daß ein ganzer Strom Liebe von Oby zu Oberneuland fliesst!

Ihre
Ellen Key

Bojer hat ein neues Buch – Hvide Fugte – (Sagen) fertig. Heibergs Buch war ausserst intressant – als Phänomen aus die Tiefen des Seeles. Diese Liebe ist nicht die Browning-Liebe aber der bittere Wurzel dazu. Denn aus die elementar-*Tiefe* muß die *Höhe* kommen!

67. Rilke an Ellen Key

Oberneuland bei Bremen,
am 22. Dez 1904.

Geliebte Ellen, Du solltest einen schönen Weihnachtsbrief von mir haben, aber nun kann es nicht dazu kommen. Ich bin gleich nach meiner Ankunft einer hässlichen Influenza und einem Zahnarzt in die Hände gefallen, die mich beide quälen, so dass ich nichts thun, nichts schreiben, kaum etwas Liebes ganz klar denken kann. Trotzdem ist es schön bei Clara zu sein und den kleinen Menschen Ruth jeden Tag zu sehen und es wird wohl trotzdem irgendwie Weihnachten werden. – Hab Dank, liebe Ellen, für alles Liebe! Für das schöne Buch, das ich noch als ich es in Kopenhagen zuletzt bei Anette Vedel sah, so sehr bedauerte nicht für Ruth gekauft zu haben; sie besieht es sehr aufmerksam und nachdenklich und erkennt alles darin nur die Zwerge kommen ihr neu und unerklärlich vor. Und dank, liebe Ellen, für Deinen lieben Brief. – Darauf komme ich zurück, wie ich mir auch wünsche, Dir bald von allem hier erzählen zu können. – Wir denken an Dich und auch Ruth denkt wohl schon ein bischen mit an jemanden, von dem ich sie auf die Stirne geküsst habe und der eigentlich bei uns sein müsste, wenn äußere und innere Nähe zusammenfiele! Am 25. Abends ist Ruths kleine Bescherung hier bei uns in Clara's Atelier. Bitte denk dann an uns und sei uns nah, so wie wir Dir, liebe gute Ellen.

In Liebe Dein Rainer Maria.

Herzliche Weihnachtsgrüsse an Deinen Bruder!

68. Rilke an Ellen Key

Oberneuland bei Bremen,
am 29. Dez. 1904.

Liebe gute Ellen,
wir haben Deine Nähe und Deiner Liebe wirksame Gegenwart gefühlt und haben an Dich gedacht und Dir tausendmal gedankt. Du warst da mit Deinem guten lebendigen Brief, mit dem schönen Buch an dessen Besitz wir uns so sehr freuen. Eva Solmitz hatte es so wunderbar lieb verpackt: in Tannenzweigen lag es, umgeben von Narzissen, die ganz frisch ankamen und zu duften begannen, so laut und selig, ganz als sängen sie. Und es war so lieb, Deinen Brief und Deine Gabe unerwartet in einem unbekannten Paket zu finden, das doch so seltsam bekannt schien und von so liebevoller Art. Ruth war sehr lieb. Aufmerksam, prüfend, ohne Hast betrachtete sie alles und hatte eine so tiefe, frohe, selige Freude an allem! Am 25. war ihre Bescherung bei uns.

Wie viel haben wir da nach Oby gedacht! Liebe, gute Ellen: Dank. Dank. Dank. – Ich kann nicht viel schreiben. Es geht mit der Gesundheit noch nicht gut, auch sonst ist manche Sorge da; aber es wird schon weitergehen. Sobald ich kann schreibe ich mehr. Clara grüsst Dich zu einem guten Jahre, ebenso wie Dein dankbares Kind:

Rainer Maria

Auch Deinem Bruder herzliche Wünsche zu einem guten Jahr!

69. Ellen Key an Rilke

⟨Oby Alvesta⟩
1/1 1905

Eleonora Duse väntas till Köpenhamn i början af februari, då hon kommer att ge sex gästroller i den danska hufvudstaden.

Lieber Kinder, um nicht in die Versuchung zu kommen lange zu plaudern sage ich nur den herzlichsten Dank für die zwei lieben Karten; wie traurig ich bin daß es R. M. nicht gut geht, brauche ich nicht zu sagen! Meine Gedanken waren 25/12 bei Ihnen und Ruth! Wie froh daß Eva S. es so gut und schön machte! Und was ich euch alle wünsche von das neue Jahr (wie ich ***1904*** für R. M. *danke*,) das lässt sich gar nicht sagen! Wir müßen lassen zu *denken* und Worte nicht nöthig haben! Denn eine ganze *Hügel* davon wäre nicht genug!

Ihre E. Key

L. C. Nielsen ist mit die Theater in Copenhagen sehr liirt.

70. Rilke an Ellen Key

Oberneuland bei Bremen,
am 6. Januar 1905.

Meine liebe gute Ellen Key,
hab Dank für Deine liebe, liebe Karte. Bei uns ist noch eine so unruhige, ungeordnete Zeit, dass weder ich noch Clara eine einzige Stunde Arbeitsstille haben konnten über lauter Äußerlichem, Dummem, Kleinlichem (welches uns bei jeder Gelegenheit über den Kopf wächst, weil wir ihm so gar nicht gewachsen sind.) Aber genug davon. Deine Gegenwart, Dein guter Geist ist über uns, war es am 25., (an dem ich »Die weiße Fürstin« vor Clara las) war es am Eingang des Jahres, in jener hohen kalten klaren Sternennacht mit der das Jahr begann, ist es jetzt wieder, da der Verlag in Deinem Auftrag uns die deutsche Ausgabe von Frau Nyström-Hamiltons Buch gesandt hat. Wir danken Dir, Liebe, Gute, von ganzem Herzen. Ich eilte gleich in Clara's Atelier hinunter, um ihr Sundsholm zu zeigen und Björnö und die liebe Silhouette aus Deinem sechsten Jahr, in die ich ganz verliebt bin (schon war als ich sie zuerst in der schwedischen Ausgabe fand.) So denkst Du immer, immer an uns, liebe Ellen, und wir brauchen das auch so sehr. – Nun muss ich immer an Gibson's denken und an ihre schweren Dezember=Tage. Vielleicht war alles das Bange und Drohende das geschah Gutes, (man kann es im Menschlichen nie unterscheiden und sondern –); es musste bei Bertil, sollte es überhaupt weitergehen, zu einer Krisis kommen: jetzt, hinterher, ist vielleicht, wenn man richtig handelt, ein neuer Anfang für ihn möglich, eine vita nuova, innersten Sinnes. Die lieben Menschen aber, was mögen sie erlitten haben! –

Liebe Ellen, – es ist vielleicht von guter Vorbedeutung, dass mein Samskola=Aufsatz (der Verlag sendet ihn Dir zu) in der »Zukunft« vom 1. Januar erschienen ist. – Und denke Dir heute bekomme ich darauf hin eine Karte folgenden Wortlautes:

»Hannover 2./1. 05.«

»Diese Karte hat nur den Zweck, Ihnen zu sagen, dass Ihr Aufsatz ›Samskola‹ mehr wert ist, als alles was in 10 Jahren in Deutschland über Schulreform geredet und geschrieben worden ist. Die Sonne geht im Norden auf! Mit grösster Hochachtung ein Vater der seine 2 Söhne für die Zukunft erziehen will.« –

Es ist das erste Mal, dass eine solche Stimme zu mir kommt; und ich fühle, wie solche Zustimmung stärkt und hilft. – Auch Dich wird sie freuen.

Sobald es etwas stiller um uns wird, schreibe ich Dir mehr, Alles, wovon ich zu Dir reden möchte. Im Augenblick habe ich alle Zügel aus den Händen verloren, die Tage laufen, aber sie gehorchen mir nicht. Ich denke noch daran, die Duse womöglich irgendwo zu treffen, aber fast fehlt mir jetzt der Muth dazu. In Furuborg hatte ich soviel Muth und damals bei Dir, als ich neben Dir in Deinem Sofa sass und Deine Stille um uns rauschte – Jetzt ist alles weg, Muth und Kraft ....

Ich rede wie ein Schwächling – verzeih mir, es geht gewiss vorbei.

Deinen Wunsch, bezüglich Ruths Hand, habe ich nicht vergessen, aber es war alles zu unruhig hier, um ihn auszuführen. Bis neulich abends Ruth einmal in meinem Zimmer war, da zog Clara die mitfolgenden Conturen, die indessen nicht sehr individuell geworden sind. Ruth nahm aufmerksam (wie sie bei allem ist) an diesem Vorgang theil, – die Querlinien die den Ärmel andeuten sollen, hat sie selbst gezogen, – und als beide Hände fertig waren, legte sie ihren Kopf mit den vielen goldenen Locken auf das Papier und indem sie unter dem Kinn mit dem Bleistift hin und herfuhr, sagte sie: »So, jetzt auch noch das Gesicht.« Worauf Clara versuchte von oben her den Contur ihrer Wangen, ihrer Nase und der Augenbogen nachzuziehen (Seite 4 am Rande, in der Richtung des Pfeiles zu besehen) ein kleines Umrissbild, das verhältnismässig lebendiger und ähnlicher ist, als die allzuhandschuhhaften Conturen der Hände. –

Später will Clara Dir einmal ihre kleine Hand zeichnen, – dann soll mehr von ihr hinein kommen. –

Hast Du immer schönen Winter in Oby? Wir haben kaum einen oder zwei Tage Frost, dann kommt gleich wieder laues, graues Thauwetter und deshalb fühlt man sich auch körperlich schlecht behandelt. –

Ich habe noch gar, gar nichts gethan; nicht einmal die Correctur der Essay=Übersetzung habe ich gelesen; das ist aber das nächste und soll gut und genau geschehen; dann sende ich das Manuscript also an Mizi Franzos, deren Adresse ich habe; (sie steht schon in dem lieben kleinen rothen Buch.) Hab Geduld mit mir, liebe Ellen.

Dein
Rainer Maria.

71. Ellen Key an Rilke

Oby *Alvesta*
13/1 ⟨1905⟩

Mein Freund! Der liebe Brief möchte ich lang beantworten aber habe die Zeit nicht! Der Artikel in die *Zukunft* hat mein Bruder und mir *große* Freude bereitet! Und auch ein Artikel in die Zeit über Obstfelder! Und *den Brief*, welchen du citirte!! Nun muß Du bald den Essay zu M. Franzos senden. *Nicht* **Die Duse** *aufgeben*!! Glaubst du nicht daß ich Ruth's liebe kleine Hand ganz sehe! Und sie selbst! Ich habe es nicht gut gehabt. Wohne nicht mehr in das kleine Haus und – na, ja. Ich *spreche* darüber. Du weiß die Ursache: die Scheidung. Viele Grüße an Clara. Bertil immer besser.

Deine Freundin E. K.

Kennst Du das kleine Heft »Sehnen und leben« von Hans Fischer? Feine Lyrik. Kennst du Marie Rassow in Bremen?

Ich möchte Sie übersetzte *Meditationer* von Hans Larson [!] (Er ist verlobt mit Johanne Paulsen [!]) Spreche mit M. Rassow Clara. Am Wall 187. Für Juncker Verlag.

72. Ellen Key an Rilke

Oby *Alvesta*
7/2 1905

Lieber R. M! Wie eine Faste ist es gewesen nicht zu schreiben. Nun muß ich dir sagen: 27 rede ich über R. M. R. in Dresden; 5 *März* in Prag (Vater wird **eingeladen**!) Und – nun habe ich einen Weg zu Duse. Eine meine *Schülerin*, Schwedin, hat mit sie in Italien als Masseuse gereist. So will du nun zu Duse Weg haben, so schreibe an Fräulein Olga Clason Wien IX Mariannengasse 5. Referire an mir. Sage die *Lou* daß 16 April werde ich *bei sie in Göttingen sein*! (17 Vorlese ich im Hannover; 18 im Dortmund)

Deine mit alles Gute immer an Euch denkende
Ellen Key

Bruder grüsst. 19/2 gehe ich nach Berlin (52 Behmstrasse Passage Hotel)

73. Rilke an Ellen Key

Oberneuland bei Bremen,
am 15. Febr. 1905.

Meine liebe Ellen Key, mit dem denkbar bedrücktesten Gewissen gestehe ich Dir, dass das Manuscript des Essays erst heute an Mizi Franzos abgeht, allerdings darf ich, als einzigen Milderungsgrund, hinzufügen, dass es auch dann heute abgegangen wäre, wenn nicht gerade eine Mahnung von Fräulein Franzos sich eingestellt hätte. Möchtest Du, meine liebe und gute Ellen, trotzdem glauben, dass solche Unzuverlässigkeit eine Ausnahme bei mir ist, die die Regel von einem gewissen Rhythmus meines Lebens nicht zerstört. Fortgesetzte schlechte Tage (nicht *ein* guter) und alle Sorgen dazu um Clara und um mich selbst und um Andere: das könnte eine Entschuldigung sein, – ist aber keine, denn ich weiß es hiesse bei alledem den Willen oben behalten, wollen und handeln; – aber soweit bin ich noch nicht. Ich will Dir nicht klagen, will damit nur die langsame Correctur des Aufsatzes irgendwie erklären und dass ich Dir gar nicht geschrieben habe. – Nun nichts mehr davon.

Die Correcturen, die ich im Manuscript vorgenommen habe, bezogen sich fast nur auf sorgfältige Berichtigung der citierten Stellen; wo die Citate nicht wörtlich sein konnten, wegen Gestaltung des Satzes und mehr den *Sinn* einer Stelle als ihren Wortlaut zu geben hatten, da habe ich die Anführungszeichen auf gewisse Worte beschränkt, besonders dort, wo Gedichtzeilen aus älteren Gedichten in Versetzung oder Umschreibung wiedergegeben waren. Meiner Dummheit ist es zuzuschreiben, dass ich die beiden verabredeten Zusätze (Zettel liegt bei) nicht einfügen konnte; ich war nicht ganz klar über den Ort, wo sie eingefügt werden sollen, deshalb unterliess ich es ganz. Du wirst beim Vortrage leicht die Einschaltung vornehmen können, die dann dauernd bleiben kann. – Schliesslich habe ich im Manuscript die Streichung der mitfolgend im Schwedischen Text bezeichneten Stelle als erwünscht angedeutet. Clara's sowohl wie meinem Gefühl nach, ist diese Stelle für das deutsche Publikum (das wir, wie Du weisst, so ganz anders als das nordische empfinden) zu intim; im mündlichen Vortrag magst Du natürlich auch alles das sagen: *Du* sagst es, und die Leute werden es in der richtigen lieben einfachen Weise hören müssen; im Druck hingegen, wo jeder allein darüber Herr ist und verstehen und missverstehen kann, ganz nach Anlage und Laune, würden wir die ganze Verheiratung mit Westerwede und Paris und Rom *sehr gerne* **ganz** fortgelassen wissen.

Nach – »det var hemmet« schliesst sich: »Tidigare har R ....« ganz gut als neuer Absatz an, ohne dass man eine Lücke empfindet. – Verzeih, liebe Ellen, diesen Wunsch, der Dir vielleicht dumm scheint: er bezieht sich nicht auf Deine liebevollen Worte, sondern auf die deutschen Leser, an die wir nicht mit demselben Vertrauen denken können, wie an jene, die Deinen Essay in Deiner Heimat gelesen haben. – – Ich danke Dir, liebe Ellen Key, für Deine Karte vom 7.; an Frl. Clason habe ich noch nicht geschrieben (wie fürsorglich und unermüdlich gut Du alles bedenkst!) – ich kann jetzt nichts Neues versuchen und wagen, bin zu sehr durch äußere und innere Umstände gelähmt. Aber ich werde mich dieses Weges erinnern. Ob ich Ende dieses Monates zu Lahmann gehe, muss sich erst entscheiden; ich schreibe es Dir mit Anderem und womöglich Besserem nach Berlin. Diesen Brief schreibe ich in grosser Eile, um Dich damit noch in Oby zu erreichen; denn ich wollte auch Deinen lieben Bruder noch einmal grüssen, den Du hoffentlich getrost in guten Tagen zurücklassen kannst.

Guten Reisesegen von Deinem dankbaren

Rainer Maria.

Dass ich Dich wiedersehen werde, ist meine tägliche Hoffnung, – vielleicht schon in Dresden.

74. Rilke an Ellen Key

Oberneuland bei Bremen.
Am 22. Febr. 1905.

Meine liebe Ellen Key,
es war meine Absicht, Dich mit ein paar Worten bei der Ankunft in Berlin zu begrüssen, – schliesslich aber schrieb ich nur Franziska Mann, es für mich zu thun; denn ich wollte Dir nicht schreiben, ohne Dir zugleich von unseren nächsten Absichten und Entschlüssen berichten zu können,

– und das kann ich erst heute und auch heute noch unter Vorbehalt eventueller, durch die noch unübersehbaren Verhältnisse bedingter Abänderungen. Ehe ich, meine liebe Ellen Key, Dir die kurzen Daten dieser Entschlüsse nenne, will ich Dir sagen, wie sehr und mit wie vielen Wünschen ich an Dich denke (dass Du in Berlin gute Berührungen und freundliche Erfahrungen hättest, auch daran, dass Dich Eva Solmitz sehen wird denke ich), und dass wir beide fühlen, wie nahe Du nun bist und beide sehnen: trätest Du doch, Liebe, Gute, hier bei uns ein.

Am 1. März muss Clara ja diese Wohnung, die in so vieler Beziehung entsprechend war, verlassen. Sie wird nun für Frühling und Sommer nach Worpswede gehen, nicht weil dieser Ort ihr die günstigste Arbeitsmöglichkeit böte, (es fehlen ja dort fast ganz *die* Modelle, die sie braucht), sondern weil sie hofft, durch eine Reihe von Schülerinnen sich die Mittel zu schaffen, um im Herbst ganz an ihre eigene Arbeit denken zu können. Und ich, liebe Ellen, gehe um die Mitte des April nach Berlin, um meinen von Dir gutgeheißenen Plan, an der Universität zu studieren mit allem guten Willen zu verwirklichen. Es ist nun, wie Du siehst, nicht Göttingen, auch nicht Zürich, sondern (wunderlich genug) Berlin – geworden; dies kommt daher, dass ich den Anschluss an eine bestimmte Persönlichkeit, ohne den mir dieser Weg unmöglich schien, *dort* gefunden habe oder doch finden kann.

Der frühere Aufenthalt in Berlin hat mich mit sehr wenigen, aber mit um so kostbareren Menschen in Berührung gebracht; unter diesen ist einer der besten: der Philosoph Georg Simmel (Professor an der Universität), dessen Namen Du jedenfalls kennst und dem Du (denke ich oft) während Deines jetzigen Aufenthaltes vielleicht sogar begegnest. Er hat einen Brief, darin ich ihm von meinen Studienabsichten aufrichtig schrieb, so lieb und mit so nahem Verständnis aufzunehmen gewusst, dass der Entschluss, mich ganz in seine Hände zu geben, mir der natürlichste und befreiendste war. – So also wird es geschehen. Ehe aber diese Zeit beginnt muss ich meine Gesundheit auf eine feste Unterlage stellen. (In diesen Wochen hatte ich es nicht gut). Und auch Clara muss ein gleiches, ehe sie ihre worpsweder Zeit beginnt. So wird uns der 1. März vermuthlich bei Lahmann auf dem Weißen Hirsch finden. (Wir haben dort angefragt.) Vorher muss ja leider noch viel geschehen: dieser Wohnung Abbruch und Umsiedlung der Möbel u. s. w.

Trotzdem möchte ich alles thun, Dich, liebe, einzige Ellen Key, noch in Dresden zu sehen. Auch Clara sehnt sich danach – aber ob sie es auch wird ermöglichen können? Deshalb ist *das*, worin dieser Brief, (der so dumm und eilig ist) sich zuspitzt, die Bitte: sag uns ob wir zum 27. in Dresden sein müssen, oder ob Du mehrere Tage dort (Adresse habe ich) Dich aufzuhalten gedenkst? Wir werden alles mögliche thun, uns danach zu richten! Und habe es gut, meine liebe Ellen.

Dein dankbarer
Rainer Maria

In Dresden ist jetzt auch Heinrich Vogeler; wie gerne würde ich Dir ihn zuführen! –

75. Rilke an Ellen Key

Dresden, in der Nacht
zum zweiten März
1905.

Meine liebe liebe Ellen,
Du bist nur wenige Häuser von mir entfernt und ich sitze und denke an Dich und mag nicht schlafen. Du Liebe, es ist so gut Dich wiederzusehen und den Druck Deiner guten Hand noch recht lange nachzufühlen; wir werden nun gar nicht allein sein dieses Mal – oder wir waren es ja doch einen

Augenblick trotz aller der vielen Menschen. Und aus diesem Augenblick holte ich mir so tiefe Freude und das Gefühl jenes vollkommensten Geborgensein's, nach dem ich mich in all meinen mutterlosen Jahren sehnen musste.

Es ist so wunderbar, dass Du gekommen bist, liebe Ellen, das allein schon macht mir das Leben zu einer geheimnisvollen Gesetzmäßigkeit. Dann hast Du mir Deiner Heimat liebevolle und treue Menschen zugegeben, zu allem was ich schon durch Dich besass, und nun gehst Du wie ein grosser, gebender Engel zu meinem lieben alten Vater, ihm, dem so Glaubensbereiten, die frohe Botschaft zu bringen von Können und Anerkennung seines einzigen Kindes. Du weisst nicht wie viel Du mir mit diesem Wege thust! Ja, sag ihm alles Gute, das Du an mir zu sehen glaubst (möchte ein Theilchen davon wirklich in mir wachsen und langsam zur Blüte kommen,) nimm ihm, wenn Du kannst, wenigstens ein Stück von jener Sorge, die sein Altern drückt und beengt, der Sorge: dass mein amtloser ungewisser Weg dermaßen ins Brotlose und Verlorene führe, so dass immer noch eine Umkehr mein bester Fortschritt sein müsse. Ich bin ja selber jetzt in schlechten Tagen und denke so gering von mir dass meines Vaters Sorgen um mich oft nicht allzu verschieden von meinen eigenen sind. Aber davon muss er nicht wissen: er soll Freude haben und Du, Gute, Du bringst sie ihm. – Dasselbe Gefühl, das mich wünschen lässt, er möchte von Dir mein Bestes hören, drängt mich Dich zu bitten, den Anderen, den Fremden (den dreimal und abermal Fremden als die ich die Deutschen fühle) nicht allzuviel zu sagen; seit einigen Tagen schon quält mich diese Sorge, die ich Dir schlecht zu beschreiben vermag. Und der Moment in der gestrigen Versammelung hat sie nur bestärkt. Ich habe Angst vor dieser Art von Öffentlichkeit, ich habe bisher alles gethan, sie zu vermeiden –: einestheils, weil ich selbst etwas über alle Begriffe Unfertiges bin, das Verborgenheit braucht, ein Keimchen, das Erde und Dunkel um sich haben will, vielleicht, – womöglich ein langes Leben lang nicht anderes als das: Erde und Dunkel! Dann aber auch weil ich glaube, dass die Menge, die Neugierigen und Vielen, nichts von mir haben können (nicht hier wenigstens). Du, Liebe, gewohnt an andere, weit entwickeltere Einzelmenschen, wie Dein nordisches Land sie hervorgebracht hat in innerstem Wachsthum, liebst es mit *allen* zu rechnen, mit Hunderten. Und Du kannst es: denn Deine thätige, siegreiche Liebe geht auf alle zu; meine Kunst, obwohl Sie im Grunde (und das verbindet uns für alle Zeit) dasselbe ist wie Deine Liebe, geht doch über fast alle fort und begegnet, draußen, wo schon keine Menschen mehr sind, dem einen oder anderen Zukunftsvollen, (wie sie Dir begegnet ist.) Diese Begegnungen (so selten sie sein mögen) sind die einzige natürliche Beziehung meiner Kunst zu den Menschen; ganz von selbst, da und dort, muss einer zu mir kommen und ich kann mir nicht denken, dass es viele sein können. (Wenn nicht ein Missverständnis sie rufen soll.)

Du fühltest Montag keine innige Theilnahme – (glaube mir, es lag nicht an Dir, dass man Dir nicht ganz folgen wollte) und ich fühlte heute (freilich nur mit jenem winzigen Theile meines Gefühles, der noch frei, nicht ganz in Deiner lieben Hand aufgegangen war) Kälte, Widerstand, Ablehnung bei allen denen, welchen Du in Deiner liebevollen Offenheit von mir sagtest.

Das kränkte mich nicht; es ist das normale Verhältnis und ich finde es so berechtigt, bei aller Fremdheit, die ich selbst allen diesen Menschen entgegenbringe. Freilich, Du Liebe, Du siehst daraus, wie ganz ich auch in diesem Sinne ein Anfänger bin, unfähig einfach und gross das Menschliche zu lieben, das doch in Allen ist. Ich will es lernen, und dann und wann konnte ich es ja auch, zum Beispiel als ich in Göteborg redend vor zweihundert Menschen stand, da war ich jedem gleich gut und es war keiner im Saale, dem ich nicht vertraute. – Dass ich es in Deutschland nicht kann, nie konnte, *kann* kein Zufall sein. Lass uns damit rechnen, liebe Ellen.

Bedenk, ob Du selber zu allen diesen von meiner Arbeit reden würdest, wenn da nicht gewisse äußere Gründe wären, die eine Verbreitung meiner Bücher wünschenswert erscheinen liessen. Aber diese äußeren Gründe dürfen uns nicht zu einer grösseren Vertraulichkeit verleiten, nicht gegen solche, die ihrem Wesen nach ferne stehen, und ferne bleiben müssen. Fühlst Du, liebe Ellen, was ich meine?

Meine Kunst aufzeigen vor einer grossen Menge, das muss zu Missverständnissen führen, zu solchen, wie ich sie gestern abend ahnend zu fühlen glaubte. Mir bangt unsäglich davor, dass die Meinung entstehen könnte, als ob ich mich zu wenig gekannt, geschätzt, gelesen fühlte; das ist nicht der Fall; weder habe ich Entscheidendes geleistet so, dass ich ein Recht hätte, eine gewisse Aufmerksamkeit zu verlangen, noch auch habe ich je auf andere Leser und Versteher gerechnet, als auf verstreute Einzelne. Und einen gewissen Grad von Unbekanntheit mir zu erhalten, das ist mir fast noch nöthiger als das tägliche Brot.

Bedenk, liebe Ellen, dass auch Du Deine grösste und tiefste Arbeit in der Stille, als kaum Bekannte gethan hast, dass Selma Lagerlöf noch Niemand war als sie Gösta Berling schrieb –. Und ich bin noch so weit von einem wirklichen Werke, muss erst noch arbeiten lernen, muss noch zehnmal von vorne anfangen .... Kann ich da wollen, dass die Aufmerksamkeit der Leute auf alle diese Vorbereitungen sich wenden sollte? Freilich, ich weiß: das eine und andere ist ja da. Ein Anfang ist da, einiges wirklich Geschaffene, Gute, dessen ich sicher und ruhig bin. Das kann man getrost den Leuten hinhalten, aber man darf es ihnen nicht aufdrängen wollen: die es nicht selig, wie Dürstende nehmen, für die ist es nicht und nichts. Lass uns vorsichtig sein, liebe, gute Ellen; lass uns nicht zu sehr an die Noth und Sorge denken in die meine Mittellosigkeit mich hineindrückt, – dafür muss ich in meiner besseren und gesteigerteren Arbeit und Gesundheit einen Ausweg finden lernen. Den Absatz meiner Bücher kann nur bessern, dass sich alle jene Einzelnen finden, für die sie, so wie sie sind, gelten; und diese finden sich ja auch unter den Vielen zu denen Du sprichst. Aber in den Übrigen stehen mir und meiner Kunst Feinde, Widersacher auf, Eingeweihte gegen alles Recht.

Das ist anders in *Deinem* Land, wo alle offen sind und bereit anzuerkennen und sich zu freuen. Dieses Volk hier *hat* seine Dichter und hat ihrer viele und mag sich keinen schenken lassen; wozu auch?

Unser Lebensinhalt wächst zu so nahe verwandten Werten auf, – nur dass *Du* eine Form dafür fandest, die sich gleich liebevoll und leidenschaftlich an die Menschen wendet, während ich mit derselben Last scheinbar von ihnen fortgehe, um sie in unendlicher Ferne zu berühren. Aber sie müssen nicht wissen, wie sehr wir, jeder aus seiner Tiefe heraus, dasselbe thun, da sie es doch nicht verstehen können. Du verstörst Deine eigenen Worte, indem Du zu warm, zu zustimmend von mir sprichst; dann sind sie (die Meisten) Deiner Meinung nicht, und Du scheinst ihnen weniger glaubwürdig in diesem Augenblicke.

Das aber soll nicht der Fall sein; denn sie müssen an Dich glauben; das ist ihr Bestes, dass sie es können.

Du Gute, es ist seltsam, dass ich einige Häuser von Dir sitze und Dir alles das schreibe, was ein unsagbares Gefühl mich schreiben heisst. Mir ist als *spräche* ich zu Dir und hätte jetzt schon die Sicherheit, dass Du mich irgendwie verstehst, Du über alles Verstehende. Ich bin so voller Vertrauen zu Dir und eigentlich ist es *das* was ich Dir sagen wollte, tausendmal, mit tausend verschiedenen Worten. Und darum ist es mir ein Glück, dass Du zu meinem Vater gehst. Auch zu den Pragern sprich offen von Deinem Kinde, – sie müssen es hören und werden gerne zu glauben geneigt sein. Aber den *andern*, liebe, liebe Ellen, lass uns vorsichtig geben, nur ganz Wirkliches. Warum sollen wir es mit ihnen allen theilen, dieses Geheimnis unserer Zusammengehörigkeit und Hoffnung, – das sie doch nicht zu theilen verstehen?!

Liebe Ellen, – ich gehe den ganzen Weg mit Dir, – Du wirst mich hören können sooft du es willst. Geh, bring das Glück, das Du geben kannst zu den Vielen und hilf mir die Wenigen finden, die uns gemeinsam gehören.

Dein
Rainer Maria.

(3 Uhr morgens.)

76. Rilke an Ellen Key

Weißer Hirsch bei Dresden.
(Sanatorium Dr Lahmann.)
7. II⟨I⟩. 05

Meine liebe gute Ellen, Du kannst Dir Denken, wo alle meine Gedanken sind; heute morgen bekam ich eine Karte meines Vaters, die mir sagt, dass er nicht in Deinem Vortrag sein konnte. Ich bin traurig darüber. Aber nun, vielleicht gerade während ich schreibe, wird er Dich sehen und mit Dir sprechen können, von allem was ihm am Herzen liegt. – Meine Cousine Paula kennst Du auch. Ich stehe mit ihr (wie ich Dir einmal erzählt habe) seit Jahren in gar keiner Beziehung; aber sie ist die Tochter jenes lieben Onkels der mir aus der Miltärschule austreten half und der machte, dass ich das Gymn. studiren konnte! – Möchtest Du, liebe gute Ellen, gute, gute Tage haben in meiner Kindheitsstadt! Bitte schreib mir eine Karte wenn Du weitergehst. Und spare mit Deinen liebevollen Kräften. Ruhe aus! – Wir sorgen, dass Du Dich zu sehr anstrengst. In Wien musst Du Beer-Hofmann sehen, den Dichter des wundervollen Wiegen=Liedes. (Rodaun bei Wien, Hauptstrasse 2.). Wir sind zufrieden hier zu sein und fühlen, dass es das Richtige war. Nur macht Kur und Luft sehr müde die erste Zeit. Alles alles Liebe und Dankbare von uns, besonders von Deinem

R.=M.

77. Rilke an Ellen Key

Weißer Hirsch bei Dresden,
am 9. März 1905.

Meine liebe gute Ellen, – da bin ich nun dabei eine Kur zu thun und fast scheint es mir, als könnte ich schon die und jene gute Einwirkung verspüren: was aber vor allem so auf mich wirkt, ist das Bewusstsein von dem verschwenderischen, tausendfachen Guten, das indessen in meiner Kindheitstadt von Dir, Du Gute, für mich gethan wird. Aus den freudigen Briefen meines liebevollen Vaters kommt dieses Bewusstsein stärker zu mir als ich es je noch empfunden habe. Er hat, das fühle ich aus jedem seiner Worte, eine Freude und einen Segen von Dir empfangen wie kaum je sonst in seinem Leben. Dafür, liebe Ellen, müsste ich Dir ganz besonderen Dank bringen und geben, – wenn von Dank überhaupt die Rede sein dürfte. Doch im Grunde ist keine Rede davon, weil etwas viel lebendigeres als nur Dank jeden Augenblick von mir zu Dir geht, auf ganz demselben Wege, auf dem so unsagbar Vieles mir von Dir entgegenkommt.

Aber wissen musst Du es und hören: das woran ich so hoffnungslos und doch so gerne gearbeitet habe – meinem Vater ein Bewusstsein von der Nothwendigkeit meines Weges zu geben und eine Beruhigung, in der alle seine fortwährend bereite Güte sich ein wenig angstloser ausbreiten kann, das hast Du mit Deiner tiefen und grossen Überzeugung von mir zustande gebracht; die grösste Frohheit, die noch kommen konnte, hast Du, Liebe, in sein Alter getragen …

Ich fühle er ist froh, – zum erstenmal seit Jahren fühle ich es, und in diesem Gefühl liegt etwas, das wunderbar mit aller Erholung in mir zusammenklingt. Ich wusste ja, dass mein Vater viel von Dir empfangen und dass Du ihn verstehen würdest; aber es ist doch noch schöner gekommen als ich zu hoffen wagte!

Ich bin Dir so nahe, liebe Ellen, – Du fühlst es gewiss. Mögen Deine prager Tage alle schön und (wie ich fürchtend wünsche) nicht zu anstrengend gewesen sein. Und reise gut und bringe zu Vielen den Segen und die Stärke, die Dein sind.

Grüsse mein altes Prag und meinen Vater und Deine Freunde, den Baron und die Baronin von Ehrenfels (die ich eines Tages hoffe kennen zu dürfen), von Deinem

Kinde:

Rainer Maria.

Das liebste von *Clara*. (Für Deine liebe Karte: Dank!)

78. Rilke an Ellen Key

Weißer Hirsch bei Dresden,
Sanatorium Dr Lahmann
am 30. März 1905.

Liebe gute Ellen,
Du unermüdlich, unerschöpflich Gute! Ich habe Dir *eine* Sache zu sagen, immer dieselbe: Dank, Dank, Dank. Und dann tausend Sachen! Aber die Kur ist Herr und Schreiben gehört zu den nicht gern gesehenen Dingen, fast zu den verbotenen.

Deshalb zwinge ich mich, nur auf Deine drei Sachen zu antworten.

Bertils, des armen guten Bertil's, Schicksal erfuhr ich von Lizzie selbst ein paar Tage vorher; es hat mich sehr traurig gemacht und, troztdem es ja so ganz unerwartet nicht war, bestürzt. Die lieben Menschen, was will das Leben sie lehren? – Ich habe an Lizzie geschrieben und denke viel zu ihnen hin, die nun so vieles tragen und lernen sollen, fast ohne Zuversicht.

Was Du von Simmel schriebst, hat mich beunruhigt; aber das ist ja auch *gut*, ich will durch alle Unruhe durch zu dem Richtigen gehen. Das ist wahr, als ich nach Deinen Worten in mich ging, fühlte ich, dass ich Simmel, soweit ich ihn erinnern kann, als das sehr Fremde, mir überaus Entgegengesetzte, denke (was ja nicht schaden würde, da es mich vielleicht als Gewicht noch tiefer in das Meine hineindrücken müsste), aber ich glaubte zugleich etwas Unzuverlässiges zu empfinden und zu verstehen, dass er mich, so wie ich bin, gar nicht gelten lässt und mich nur in seinen Händen haben möchte, um aus mir, wie aus einem Rohstoff, ein Ding seines Sinnes zu machen. Das ist freilich eine Gefahr für mich, da ich mich auf fremdes Gebiet begebe, wo ich zunächst nur schwer prüfen kann, sondern vor allem vertrauen und glauben dürfen muss. Aber, solange mir kein anderer Ausweg sich zeigt, muss ich doch wohl bei dem einmal Entschlossenen aushalten, – nichtwahr? Deine Warnung ist ja eine starke Waffe. Hätte ich Simmels damaligen Brief jetzt, könnte ich ihn wiederlesen, ich würde vielleicht klarer sehen, und was mir einer bereiten Güte Duft schien, vielleicht empfände ich es jetzt wie Geruch von Werbewein..? Aber ich habe den Brief vor einigen Tagen an Lou geschickt, die ja Simmel auch kennt. Nun werde ich gewiss auch ihre Stimme hören. Wie wenn sie Deiner ähnlich wäre? – Hast Du auf Deinem Wege, liebe Ellen, niemanden gesehen, der mir das geben könnte, was ich von Simmel erhoffte?

Aber wenn es nun auch bei Berlin bleibt –: ich bin um das Meine *nicht* bange, – nur die falschen Hin= und Rückwege möchte ich vermeiden, jede irgendwie verlorene, wieder aufgetrennte Zeit! – Denn ich will weiterkommen.

Zu drei: Dank, liebe Ellen, für den Reinertrag. Am liebsten möchte ich ihn fortlegen als einen kleinen Anfang mit der Überschrift: »Sundsholm.« Aber jetzt im Augenblick geht es nicht, die Kur ist theuer und ich fühle, *wie* ich sie brauche und dass ich sie ganz und so lang als möglich ausnützen muss. Dafür kam nun dieses Geld und that mir *unsäglich wohl*. Aber es soll nach und nach wieder erspart werden und in besseren Tagen doch noch zu seiner Überschrift kommen.

Und nun willst Du auch noch einen Weg zum Unterrichtsminister für mich thun. Liebe Ellen, ich sage *nicht*: nein. Denn was wäre das für mich in diesem Moment: mein Studium muthig aufnehmen zu dürfen, in Sicherheit, ohne nahe Sorgen. Was wäre es für meinen guten Vater.

Willst Du wirklich einen Versuch machen? Ich habe nicht allzuviel Zuversicht, dass es gelingt, denn es giebt gewiss viele, die solchen Anspruch machen und Jüngere und Arbeitsamere. Ich möchte keinem etwas fortnehmen, der vielleicht schon hofft und wartet. Aber Du wirst sehen, fühlen was sich thun lässt. Und es wird gut sein. Ich lege alles in Deine lieben Hände.

Clara ist glücklich über die gute Aussicht und Möglichkeit; das ist Hülfe, die ihr helfen kann, die, welche zugleich einen Anspruch an ihre Arbeit stellt. Nach solcher Hülfe hat sie sich immer gesehnt!

Liebe Ellen, du bringst uns alles, – alles kommt durch Dich. –

Wir werden mindestens noch vierzehn Tage hier sein. Die Kur greift an und ist eine grosse Arbeit. Der Erfolg soll erst hernach ganz fühlbar sein; vorläufig geht es auf und ab, aber manchmal glauben wir doch schon etwas wie ein gutes Versprechen in unserem Blute zu ahnen. O dass ich Kraft fände, liebe Ellen! Meine Aufgabe in mir wächst mit jedem Tage.

Wir leben *nur* für die Kur, Tag wie Tag. Waren nur einmal in Dresden vor Deiner »Madonna«. – Hier sind schon viele Menschen, viel zu viele. Wir sehen niemanden, nur seit drei Tagen eine liebe Frau, die von uns gewusst hat und uns mit Güte umgiebt: eine Gräfin Schwerin. Die leider nur acht Tage bleibt. –

So glücklich hat es mich gemacht, dass Du bei Beer-Hofmann warst und dass ich nahe bei Euch war. Nun denke ich viel daran, dass ich Beer-Hofmann sehen werde; das ist eine herzliche Erwartung, die Gutes in mir thut.

Liebe gute Ellen, verzeih mir die schlechte Schrift –: es ist nur weil ich nicht aufhören möchte zu Dir zu reden. Und doch muss ich es. Schon wieder ist eine Kurzeit da und der Brief soll fort.

Ist denn Deine Gesundheit gut? Segen für Deine Reise. Lass mich nicht zulange ohne ein gutes Wort, irgend eines, das nur sagt, dass Du gesund bist und bei guten Menschen.

Dein
Rainer Maria.

79. Rilke an Ellen Key

Weißer Hirsch bei Dresden,
Sanatorium Dr Lahmann
am 31. März 1905.

Liebe gute Ellen, zu meinem gestrigen confusen Brief diese, wie ich hoffe, etwas weniger unklare Nachschrift. Du darfst mich tadeln, dass Deine Warnung so momentan stark auf mich gewirkt hat, dass ich gleich selbst in zweifeldem Tone von S. sprach. Es ist besser, fest zu bleiben und hinzugehen, es wenigstens für ein Semester bei ihm zu versuchen. Nichtwahr? Rechne also damit, dass ich es thue. Ich sage es Dir gleich, damit nicht eine gewisse Stelle meines gestrigen Briefes Dich veranlasst, Dich um eine andere Möglichkeit zu sorgen. Und gestern, kaum dass mein Brief an Dich geschlossen war, kam auch Nachricht von Lou; sie sagt nichts *gegen* meine Absicht zu S. nach Berlin zu gehen, aber allerdings auch nichts dafür. Mit dieser Art Zustimmung und

Deiner liebevollen Warnung ausgerüstet, will ich den fremden Weg versuchen. – Mein Vater denkt in jedem Briefe, den er uns schreibt, an Dich und lebt sehr in der Erinnerung Euerer schönen Begegnung. Ich hatte Aufforderungen zu Vorträgen, wovon ich zwei (Prag und Berlin) für den nächsten Herbst angenommen habe.

Alles Liebe von Clara und von Deinem Rainer Maria.

80. Rilke an Ellen Key

Weißer Hirsch bei Dresden,
(Sanatorium Dr Lahmann)
am 13. April 1905.

Meine liebe Ellen,
wieder habe ich Dir für zwei Briefe und für vieles zu danken. Ich thue es nur ganz kurz, müde wie ich bin von all der Kur=Arbeit. Aber ich höre ja nicht auf, Dir zu danken, wenn ich aufhöre an Dich zu schreiben.

Ich habe gestern einen Gesuch=Entwurf an Marie Herzfeld geschickt mit der Bitte um Ihre Durchsicht und Ihren Rath. Diese Sache, bei der Du so unermüdlich warst, ist also in Angriff genommen und ich will sorgen, dass ich alles Meine dazu thue. –

Die anderen Punkte Deines vorletzten Briefes bedenke ich bei mir und komme bald darauf zurück. Vor einigen Tagen schrieb mir auch Sauer aus Prag einen Brief voll guter Aussichten und empfahl mir, in Berlin gleich zu Alfred Klaar zu gehen; das werde ich thun.

Mir ist als schlüge nun in vielen Dein liebes, hülfevolles Herz!

Anfang nächster Woche gehen wir fort von hier; nicht ganz so in Kraft wie wir hofften, aber doch mit manchem Nutzen. Und der eigentliche Erfolg soll ja auch erst nachkommen.

Sobald ich in Berlin eine Wohnung gefunden habe, sende ich Dir meine Adresse und erzähle Dir wie ich alles fühle und sehe. Vom 18. bis dahin mag *Westend=Berlin postlagernd* als beste Adresse gelten.

Simmel werde ich zunächst nicht gleich sehen: er ist vom 15.-30. April in Paris, wie er mir schrieb. –

Nun, meine liebe Ellen, Herzlichstes und Liebes von uns. Möchtest Du es gut haben in Holland und über allen denen, die Dich brauchen, nicht vergessen für Dich selbst zu sorgen!

Ich werde den Gedanken nicht los, dass Du zu viel thust, während wir hier sitzen und an unsere Gesundheit denken, fast an nichts anderes.

Denk manchmal einen Augenblick an die Deine! Bitte.

Leb wohl für heute. Hab es gut.

Dein Rainer Maria.

Clara grüsst vielmals!

81. Ellen Key und Lou Andreas-Salomé an Rilke

⟨Göttingen⟩
16. IV. 1905

Lieber Rainer, aus dem Loufried mit Ellen Key grüßt Dich

Lou

Lieber Rainer Maria, ich habe mit Lou viel über dir gesprochen!

Deine E. Key

82. Rilke an Ellen Key

Worpswede b Bremen,
am 7. Juni 1905.

Meine liebe gute Ellen,
nun aber, nach so langem Schweigen, eile ich, Dich an so lieber Stelle von Herzen zu begrüssen. Wie sehr bin ich in diesen Tagen bei Dir und Jimmy und Lizzie mit allen meinen Gedanken; wie schön dass Furuborg (das liebe!) der Ort ist, mit dem die Heimath Dich zuerst wieder empfängt. Wie mag, liebe Ellen, Deine weite Reise gewesen sein?

Ich dachte, allein und zusammen mit Clara, so viel an Dich; das letzte direkte Zeichen, das ich von Dir empfing, kam aus Haarlem und war Dein Brief vom 25. 4. Ich hätte Dir damals gleich geschrieben, aber erst wollte ich, um Dir nicht mit Klagen zu kommen, abwarten bis ich Dir recht Gutes von mir zu schreiben hätte und später, als ich wenigstens einiges Bestimmte hätte sagen können, da wusste ich nicht, ob Deine Amsterdamer Adresse immer noch gilt und unterliess es aus Ungewissheit, wohin ich schreiben soll. Und heute will ich nicht umständlich nachtragen, was inzwischen geschah, sondern nur kurz erzählen, dass ich damals nach drei Tagen Westend wieder verliess, unfähig die grosse Stadt so unvermittelt zu ertragen. Die der Kur nachfolgende Erschöpfung trat bei diesem jähen übergangslosen Wechsel so stark auf, dass ich nicht dagegen ankämpfen konnte. Und ich war auch zu früh und zu sehr mitten aus der Kur vom W. H. fortgegangen –: das rächte sich nun. Ich wusste keinen anderen Ausweg, als mich her auf das Land zu flüchten, in Clara's stille Werkstatt, besonders da mein Arzt mir sehr rieth, mir Ruhe zu gönnen und der Kur Zeit zu lassen zu stiller Nachwirkung; mir musste ja schliesslich auch daran liegen, den Erfolg, der mit allerhand Opfern durchgeführten Kurzeit auch einzuernten. Er ist aber bis jetzt eigentlich nicht gekommen, ich fühlte mich nicht gut und so kommt es, dass ich immer noch in Worpswede bin; es ist eine grosse Enttäuschung für mich, dass die Kräfte und der neue Muth, den ich mir auf dem W. H. zu holen hoffte, nicht gekommen sind, aber es muss schliesslich auch so weitergehen, wenn ich mich nur recht zusammennehme. Der Unsinn war jedenfalls, dass ich an Berlin gedacht habe und nicht doch dabei geblieben bin, einen kleineren, stilleren Universitätsort zu wählen. Aber trotzdem, ich denke auch jetzt noch daran, einige Wochen dieses laufenden Semesters in Berlin zuzubringen, nur steht mir vorher noch ein besonders lieber Weg bevor, von dem ich vieles abhängig machen will. Gleich nach Pfingsten fahre ich zu Lou nach Göttingen. Dort will ich noch einmal alles überlegen und durchsprechen und wenn es dazu kommt, dass ich von dort nach Berlin weitergehe, so wird es guten Muthes geschehen, das fühle ich. Du kannst Dir denken, wie dieses Wiedersehen mit Lou mir jetzt alles was nachher kommen soll verdeckt und wegnimmt, so dass ich eigentlich nur daran denken kann. Etwa vom 14. an kannst Du mich also in Loufried denken, liebe Ellen. Bitte thu's, es wird gut sein, Deine Gedanken da zu haben.

Simmel habe ich während jener Tage in Westend nicht gesehn; er war bis zum Anfang des Semester's in Paris. Nur mit seiner Frau sprach ich mehrmals, ohne Wesentliches zu berühren. Nun kann ich ja auch noch mit Lou über Simmel sprechen. Dieser Aufenthalt in Göttingen wird meine Pläne nach allen Seiten hin klären und festigen und ich werde Dir dann bald Entschiedenes schreiben können. Endlich! Meine Freunde müssen viel Geduld mit mir haben, nichtwahr? Aber es soll besser werden. Es muss ja doch noch Kraft nachkommen nach der Kur, denke ich, und wenn sie kommt, so will ich sie auch nützen und gar nicht mehr um die Gesundheit sorgen, sondern nur für die Arbeit da sein, nach der ich ja so grosses Verlangen trage. –

Die Staats=Unterstützung ist noch nicht vergeben und von Marie Herzfeld hatte ich einen Brief, darin sie mir schrieb, dass mein Gesuch einige Aussicht auf Erfolg zu haben scheint. Das wäre eine grosse Hülfe. Auch die Concordia in Prag, wollte, wie Sauer mir vor 2 Monaten schon mittheilte, noch etwas thun, aber vielleicht hat man diese Absicht geändert, denn es hat sich nichts gerührt. Schade. Mein Vater bittet mich in jedem Briefe Dir seine Grüsse und Empfehlungen zu sagen; er ist geduldig und lieb und, obwohl alles so langsam geht, nicht ohne die Zuversicht, die ich ihm so sehr wünsche.

Von unserer lieben Clara ist Gutes zu sagen. Sie hat vom W. H. wirklich viel Gutes mitgebracht und arbeitet nun den ganzen Tag. Hoffentlich hält es so vor und nehmen die äußeren Sorgen, mit denen sie immer zu kämpfen hat und die ich nicht lindern kann, ihr nicht wieder Kraft und Freude fort. Neulich waren wir auch für drei Tage in Oberneuland bei Ruth und ich muss Dir nicht sagen, wie schön in diesen Tagen jeder Augenblick war; es ist so rührend so sehen, wie gut unser liebes kleines Mädchen uns kennt und versteht und wie sehr sie fühlt, dass keiner ihr näher ist als wir. Aber freilich jetzt wird es auch immer schwerer von ihr wieder fortzugehen, so sehr ist sie schon ein Mensch, der aussieht, als ob er alles mit einem theilen und tragen müsste.

Doch ich will froh sein, wenn Clara nur einen ruhigen Sommer hat und die Möglichkeit hier in ihrer Werkstatt zu bleiben und will sehen, dass ich selber einen Schritt weiter komme auf meinem eigenen Wege. Dabei hilft mir – Du weisst es, – der Gedanke an Dich, liebe gute Ellen, mehr als ich sagen kann, wenn ich fühle, dass Du in liebevoller Nachsicht und in Vertrauen an Dich hältst

Deinen
Rainer Maria.

(Verzeih diesen monotonen Brief; hoffentlich kann bald ein besserer kommen; dem lieben Furuborg und seinen Menschen tausend Grüsse. Vielleicht wohnst Du in meiner goldenen Stube?!)
(Viel Liebes von Clara.)

83. Rilke und Lou Andreas-Salomé an Ellen Key

GÖTTINGEN,
am 15. Juni 05

Liebe Ellen, herzliche und wirklich frohe Grüsse aus Loufried.

Dein Rainer Maria.

Hier sind wir spazieren gegangen im April. Lou

84. Rilke an Ellen Key

z. Zt. Cassel.
Am 26. Julÿ 1905.

Meine liebe Ellen, in Kürze: ich sehne mich nach einer Nachricht von Dir, obzwar ich mir sagen muss, dass es meine Schuld ist, wenn keine kommt; hab ich doch selbst immer wieder (über mancher Lebensweise u. Lebensänderung) Dir zu schreiben versäumt. Lass mich in kürzester Form nachtragen, dass ich drei Wochen in Berlin (drei der heissesten Wochen) Colleg gehört habe, mit dem Erfolge, dass ich jedenfalls den nächsten Winter studieren werde, sei's in Berlin, sei's in Göttingen. Jetzt traf ich mit Lou bei einer gemeinsamen lieben Freundin im Harz zusammen und war acht Tage mit ihr. Und nun findest Du mich unterwegs nach dem Gute der Gräfin Schwerin, bei der ich ein paar Augustwochen bleiben will. Ein stilles Schloss mitten im Walde und es werden dort sein: die Gräfin, ihre verwitwete Schwester, ihre Tochter Gudrun und deren Mann, ein Baron Uexküll, der Naturforscher ist, mit dem ich viel zu sprechen und von dem ich manches zu lernen hoffe. – So siehst Du also in meine nächsten Pläne. Meine Adresse lautet: Schloss Friedelhausen bei Lollar in Hessen. – Könnt ich dort bald ein Zeichen von Dir haben, liebe gute Ellen! Wie geht es Dir nach Deiner grossen Reise? Wie war es bei den lieben Gibson's? Und: ist es wahr, dass Du bald schon wieder ins Ausland kommst? Wann? Auf welchem Wege? – Mich plagt jener Kunst=Salon in Bremen, von dem ich Dir schon einmal schrieb. Er ist nun dabei sein Vortrags=Programm zusammenzustellen und hofft dringend, Du würdest seine Einladung, (die er Dir wiederholt nachgeschickt hat) annehmen. Sag mir, könntest Du dort (Kunst=Salon Franz Leuwer, Bremen) lesen und *wann*? Soll ich Deine Zusage vermitteln. Vielen, vielen würde es eine grosse Freude sein! – Das sag mir, und dann vor Allem, wie es Dir geht. Und falls Du in Oby bist: Liebes an Deinen Bruder. – Liebe Ellen!

Dein Kind Rainer Maria.

85. Rilke an Ellen Key

Adresse: Meudon-Val-Fleury près Paris.
chez M. Auguste Rodin.
20. IX. 05.

Meine liebe Ellen, im Sommer in Hessen, auf dem stillen Waldschloss der Gräfin Schwerin, wo ich es herzlich gut hatte und liebe Menschen um mich, empfing ich Deinen guten Brief. Ich habe ihn im Gefühl oft erwidert. Habe es schriftlich nicht gethan weil die Zeit so schnell und mit so vielem ging und ich leise plante, im Herbst zu den lieben Gibson's (von denen ich lange nicht hörte) zu gehen in die goldene Stube nach der ich mich immer sehnte. Nun wirds nicht mehr dazu kommen; ich bin bei Rodin und habe das Glück, bei ihm zu wohnen, und alle seine reichen Tage zu theilen. Seine Dinge sind wieder gewachsen, und das Leben um ihn ist ein Strom, dessen Ufer man nichtmehr sieht. Mein Tag geht mit Schauen und Horchen hin und ich sage Dir im Augenblick nur dieses: dass ich sehr glücklich bin. Aber ich will Dir, liebe gute Ellen, bald mehr schreiben. Hab es gut in Deinem Dorf und denk manchmal an Dein fernes, aber doch Dir nahes Kind.

Dein Rainer Maria.

Wenn Du nach Furuborg schreibst, sag bitte, vorläufig viel, viel Liebes; ich denke so sehr zu ihnen hin, jeden Tag.

86. Rilke an Ellen Key
TELEGRAMM

Prag
25. 10. 1905

Ellen Key, Hedås, Ransäter

Liebe Ellen. Bin bei meinem Papa Prag. Wir denken liebevoll an dich und fühlen wie deine Güte und Sorgfalt frei uns trägt.

Dein Rainer Maria

87. Rilke an Ellen Key

Meudon-Val-Fleury près Paris
Villa des Brillants.
am 6. Nov. 1905.

Ich müsste sitzen und schreiben, liebe treue Ellen, sitzen und schreiben, tagelang, um nur etwas, nur den kleinsten Theil von alledem nachzuholen was ich Dir zu sagen habe. Dieses lange Versäumnis, liebe Ellen, das gar nicht gut gemacht werden kann nimm es nicht als Nachlässigkeit, bitte. (Mein Vater deutete es so, als er vernahm wie wenig ich Dir in letzter Zeit geschrieben habe.) Im Gegentheil, sieh, mein Gefühl, mit Dir verbunden zu sein auf alle Fälle ist es, was mich so sicher macht und so sorglos schweigsam. Ach, ich habe ja auch noch die Weisheit nicht, alles im Leben unterzubringen, die ich an Dir, Du Arbeitsame und Hülfreiche bewundert habe. Ich eile mich und, gerade dann, wenn ich mich eile, bleibt das Liebste vor der Thür. Und dann bin ich so ungeheuer beschäftigt mit allem was mir geschieht, dass ich mit dem allein schon kaum fertig werden kann.

Die, die mir so nahe stehen, am Nächsten, müssen viel Nachsicht mit mir haben und nicht irre werden. Du musst, liebe Ellen, die meiste Nachsicht mit mir haben.

Aber lass mich Dir jetzt ein paar kurze Daten geben. Du weißt, dass ich den Sommer bei der Gräfin Schwerin und ihren Kindern auf dem stillen Waldschloss Friedelhausen verbracht habe, wo ich wie ein Kind gehalten und verwöhnt worden war. (Kommst Du nach Deutschland, so muss ich Dich zu diesen lieben Menschen führen.) In jener Zeit, in der ich mit dem Baron Uexküll, dem Naturforscher (Schwiegersohn der Gräfin Schwerin) Kant las, verpflichtete ich mich am 23. und 25. Oktober in Dresden (Litterar. Gesellschaft) und Prag (»Urania«, *leider* nicht Concordia, von der ich nicht eingeladen war und die sich den Teufel um mich gekümmert hat, als ich neulich da war) über Rodin zu sprechen, um mich dafür vorzubereiten, reiste ich anfangs September zu Rodin, der mich eingeladen hatte, bei ihm zu wohnen. Schöne liebe Tage begannen. Mein Verständnis mit dem Meister war so warm und stark und unmittelbar, – und seine Grösse und Macht und Reife zu sehen und zu geniessen, war ich nun noch viel fähiger als vor 3 Jahren. An ihm vermochte ich so recht meine Fortschritte zu messen. Er gab mir seine ganze Gastlichkeit und seine tägliche Freundschaft, und ich denke mit Rührung an unsere Wege in Meudon und in Versailles, zu denen wir in den herrlichsten Herbsttagen schon um 5 Uhr oft aufstanden.

Aus diesen Beziehungen ergab es sich ganz von selbst, dass Rodin mir eines Morgens anbot, als sein Privat=Sekretär bei ihm zu bleiben; ich wies ihn auf mein schlechtes Französisch hin, – er sah darin kein Hindernis und so nahm ich schliesslich an und fülle nun, im zweiten Monat schon, diese Stelle zu seiner Zufriedenheit aus. – Du kannst Dir denken, dass es mir vorläufig noch nicht ganz leicht fällt; und ich zu den Briefen, die zu schreiben sind, zehnmal so viel Zeit brauche als ein Franzose brauchen würde; – aber das wird besser werden. Rodin *will*, dass ich viel Zeit für mich haben soll, denn um mir zu helfen, hat er mir diese Stelle gegeben. Ich bin wie ein Gast gehalten, nach wie vor, habe ein kleines Gartenhäuschen ganz für mich und alles was dazu gehört und überdies beziehe ich ein Monatsgehalt von 200 Frcs. – Es war mir eine glückliche Freude, meinen Vater auf diese Weise entlasten zu können und diese Freude, die ihm so sehr nöthig war, hat unser Wiedersehen sehr verschönt. – Von ihm und den Verwandten kann ich also unabhängig sein, nur kann ich leider die erste Zeit Clara noch nicht helfen (um gleich von allem zu reden) weil ich mich erst ganz rangieren und manches Dringende anschaffen muss und mich danach sehne, endlich ein paar hundert Mark zurückzulegen. – Andere Einnahmen stehen im Augenblick nicht bevor; das Ministerium hat meine Adresse verlangt, ist aber darauf wieder in Stillschweigen versunken – und Hartl [!] ist nicht mehr am Ruder. Ob von da etwas kommen wird. –

Ich bin also hier und ich dächte gerne daran, wenn es die Gesundheit zulässt *lange* hier zu sein. Rodins wunderbar weite Athmosphäre ist wie Meerluft für mich, stark und steigernd. Wenn irgendwo so muss ich hier arbeiten lernen und arbeiten können, und seine Gegenwart ist so gute und wirkliche Nahrung, dass ich auch nicht bereue alle die Studien (an die ich doch ohne Freude dachte) lassen zu müssen und so recht froh wäre, wenn meine Kraft aushielte, dieses eigene neue Leben, mit seinen Anforderungen und seine tausendmal lohnenden Freuden tüchtig zu tragen .... Du machst Dir, liebe Ellen, keine Vorstellung wie schön es um Rodin ist, wie man ihn lieben muss, diesen tiefen Arbeitsamen, diese Naturkraft, die ununterbrochen da ist und wirkt und liebt.

Jetzt hab ich ja zu den Leuten von ihm erzählt. In Dresden und Prag. Mein Vortrag, der mir viel reifer scheint, als mein Rodin=Buch, hat mir selbst Freude gemacht und mich befriedigt, und hat vielleicht auch dem oder jenem wohlgethan. In Dresden waren 650 Menschen, (aber nicht die richtigen) in Prag war ein ganz unpassendes kleines Publikum, so dass diese Vortragsreise in keiner Weise meine Erwartungen und meine Kosten gedeckt hat. – In Prag, (ich war nur 4 Tage da) gehörte natürlich alle Zeit meinem Vater, der eben eine ernste Lungenentzündung durchgemacht hatte und noch sehr schwach und ans Zimmer gebunden war, also mich leider nicht hören konnte.

Er gedachte Deiner mit der innigsten Dankbarkeit und denkt immer weiter so an Dich, das weisst Du.

Sonst waren Sauers, die mich zu einem Thee luden mein einziger Weg. Ein paar Menschen fanden sich dort zusammen; leider Ehrenfels nicht, – sie waren noch nicht in Prag. Ich bin bei ihrer Wohnung vorgefahren und habe Karten zurückgelassen.

(Prof. Sauer denkt immer noch daran, Deinen Aufsatz in der wieder verschönerten »Deutschen Arbeit« zu veröffentlichen. Er bittet wieder darum, bat gleich als ich ihm sagte, dass der Verlag das kleine Buch nicht vor nächstem Frühjahr bringen kann (was mir Markquardt [!], der jetzige Chef des Verlages Bard, in Berlin sagte. Das Manuscript, das ich zur Durchsicht erbat, liegt augenblicklich bei Lou, die es lesen wollte. Was meinst Du, soll ich Bard-Markquardt [!] deshalb schreiben und es zunächst der »Deutschen Arbeit« geben; Prof. Sauer meinte, das könnte dem kleinen Buch nicht schaden und hat damit wohl recht. Nicht?)

Meine Wünsche gehen nun sehr dahin, den Vortrag bald einmal vor verständigeren Ohren zu wiederholen, – eventuell eine kleine Tournée zu machen; in Berlin lese ich im

»Verein für Kunst« Eigenes (2. März) und will sehen, dass ich dort auch über Rodin zu Worte komme. Mit der Reise nach Berlin möchte ich dann womöglich ein paar andere Städte verbinden, Weimar am Liebsten, Hamburg, Bremen etc. wenn es geht und überall über Rodin sprechen, was, wie mir scheint, so sehr noth thut und den jungen Menschen mehr helfen kann als jeder andere Ausblick. Aber weisst Du was ich in Prag und Dresden immer wieder denken musste: könnt ich dieses alles zu *schwedischen* Menschen sagen, wie würde es genommen und gehalten sein! Nun träume ich: wenn Rodin mich entbehren kann, zu Weihnachten nach Oberneuland zu fahren, um mit Ruth und Clara zu feiern, und wenn soviel Zeit ist, dann von Bremen ganz schnell weiterzufahren und in Schweden, in Göteborg vor allem, über Rodin zu sprechen. In einem grossen Saal, öffentlich, und wenns geht auch noch in einer oder zwei anderen schwedischen Städten, um etwas über die Reise hinaus zu verdienen. Kannst Du Dir das denken und könntest Du mir, Liebe, Gute, dazu helfen. An wen müsste ich schreiben, um eingeladen zu werden? Wärs auch in Stockholm möglich – – –? Verzeih die Unbescheidenheit, aber mir brennen die Worte im Herzen und mein Gefühl ist bedrückt von denen, die, wie ich mir einbilde, auf diese frohe Botschaft warten. – Das Alles hängt freilich noch von Rodin's Zustimmung ab und davon, ob wir um Weihnachten viel Arbeit haben. Aber in 14 Tagen werd ich das wissen können.

Nun, liebe Ellen, macht es sich leicht, dass ich noch ein paar Worte von Clara sage. Es ergiebt sich von selbst. Denn sie wird, so hoffe ich, bis Weihnachten in Schweden sein und auch noch nach Weihnachten dahin zurückkehren. Wenn nämlich Gibson's sie aufnehmen wollen. Ich hoff' es, da Lizzie, (die ich ja auch so sehr im Unwissen gelassen habe -) mir schrieb, dass meine goldene Stube auf mich wartet, – also wird sie auch Clara aufnehmen mögen. Aber nicht allein um Aufnahme bat ich, ich bat, dass die guten Gibson's ihr, wenn es möglich ist, auch ein paar Aufträge verschaffen möchten. Porträts? Es wird sich vielleicht machen lassen. Am liebsten und mit sehnlichster Erwartung denkt Clara daran bei Gibson's Dein Porträt machen zu dürfen, wenn Du Ende November zu ihnen kommst. Sie setzt auf diese Arbeit alle Freude und Hoffnung, – wirst Du ihr sie gewähren? – –

Sie ist jetzt reif für Aufträge und muss sich damit weiterhelfen, was ja auch das Richtige ist, da es auf dem Wege der Arbeit geschieht, durch die Arbeit selbst. –

Lass mich Dir kurz von Clara berichten:

Sie hat den Sommer über sehr tüchtig in Worpswede gearbeitet mit einem Modell, das aus Berlin gekommen war, und nach Abschluss der Ferien wieder dahin zurückkehren musste. Clara's Arbeit ist dadurch unterbrochen worden und soll den nächsten Sommer wieder fortgesetzt werden, wofür sie jetzt sparen möchte. Vierzehn Tage war sie mit mir in Friedelhausen und bekam dort den schönen Auftrag ein Relief der Gräfin zu machen; leider ist die Gräfin jetzt leidend, so dass der Auftrag momentan nicht ausgeführt werden kann. – Deshalb, nahmen wir als das klar wurde, unsere Zuflucht zu Jonsered blindlings in der Zuversicht, dass dort für Clara Arbeit und Aufträge und alles Nöthige (vielleicht auch eine vorübergehende Beschäftigung an der Schule) bereitet werden könnte durch die lieben Menschen, die ja so fest wie Du und ich an ihren Beruf glauben. Übrigens Rodin thut es auch. Sie hat ihm ein paar ihrer neuen Arbeiten her geschickt, er hat sie ernst und aufmerksam betrachtet und von der einen, besten, schliesslich gesagt: »Es giebt nicht viele Bildhauer, die das können –« Darauf hat er ihr seine Glückwünsche telegraphiert und sie zu sich gerufen. Du kannst Dir denken, dass sie nicht gezögert hat, zu kommen. Sie ist 4 Wochen hier gewesen, auch noch während meiner Vortragsreise, und hat hier in einem von Rodin's Ateliers arbeiten dürfen. Das war Glück für sie .... Nun ist sie in Oberneuland bei Ruth und wartet, ob Gibsons sie brauchen können und ihr Aussicht auf einen oder den anderen Auftrag versprechen.

(Ihre Verhältnisse sind mit dem plötzlichen Tode ihres Vaters nur noch enger geworden. Sie verliert damit sogar die letzte kleine Beisteuer, die sie doch immer noch, wenn auch nicht gern gegeben, von Hause empfing und wir wissen noch nicht wie es werden soll bis zu dem Augenblick, da ihre Arbeit etwas zu tragen anfängt. Ich werde sobald ich rangiert bin, thun was ich kann, aber Modelle und Material kosten viel mehr ....)

Nun trotzdem hab ich jetzt etwas mehr Muth zu allerhand Hoffnung seit ich doch etwas einnehme und ich will sehen auch sonst fleissig zu sein und meinen Weg zu thun. Die Vorträge könnten auch etwas beitragen –.

Liebste Ellen, fühlend dass das alles erst die Einleitung ist von allem was ich Dir erzählen möchte, und doch gedrängt von der Zeit, komme ich in einen Telegramm=Styl hinein, – verzeih ihn und verzeih wenn ich diesmal bei diesem Äusserlichen stehen bleibe. Es ist immerhin eine Grundlage, auf der wir uns nun über das Innere rasch verständigen können, von Fall zu Fall. Nun weisst Du doch wieder von Deinem Kind, und kannst es begleiten, – das ist das Wichtigste, – das was ich selber herzlich nöthig habe.

Ich bin erst seit 4 Tagen wieder hier und habe für Rodin und für mich viele Correspondenzen nachzutragen. – Ernst Norlind ist hier 9, rue Campagne première –: ich hab ihn erst einmal gesehen. – Peter Norden, 45 rue Washington, hat mir geschrieben; ich werde ihn bald aufsuchen. Bojers waren neulich noch nicht in der Stadt. Meine Zeit geht hin und was mir an Stille bleibt brauch ich dringend für mich, kannst Du Dir denken.

Paris ist herrlich und voll grosser Gesten, wie immer. Ich komme jede Woche einmal hinein. – (Die Duse ist hier, aber mir fehlt jede Einführung – leider – vielleicht ist sie auch schon fort.) Rodin's Villa ist ganz Land, schönstes Land, mit grosser Weite. Vor meinem Fenster ist, auf einem kleinen Hügel, still hinaufgehalten ein Buddha und dahinter Sèvres, das liebe seelige Thal mit der rhythmisch=schönen Brücke über den schimmerden Fluss. Ich sende oder bringe Dir Bilder davon. Bringe: denn falls ich in Schweden spreche, – würde diese schöne, nöthige Freude vor allem meine ersehnteste sein –: Dich, liebe Ellen, wiederzusehen. Denk, wie gut wäre das.

Ich frage mit keinem Worte nach Dir, Du Gute, – aber Du fühlst: ich thu's mit *allen*. Vergiss wenn Du mir schreibst nicht, von Dir zu reden, das erwart ich vor allem. Wie ist es in Deinem Dorf? – wie wächst Dein Buch? – Hast Du es gut?

Fragen um Fragen.

Wenn Du der lieben Eva Solmitz schreibst, sag ihr meine Adresse. Ich konnte ihr lange nicht schreiben, aber ich würde mich freuen, wenn sie's trotzdem manchmal thäte.

Ist die Übersetzung von *Amiel* erschienen, die Du mir mal versprachst. Ich lese Platon, Imitation du Jésus-Christ. Sonst nichts.

Liebe Ellen. In Liebe. Dein Kind.
Rainer Maria.

Grüsse, bitte, Deinen gütigen Bruder, wenn Du ihm schreibst, auf das Treueste.

Ich schreibe auf *schwedischer* Bütte.

88. Rilke an Ellen Key

Meudon-Val-Fleury bei Paris.
Villa des Brillants
15. Nov. 1905.

Meine liebe Ellen: Danke für Deinen guten, treuen Brief, gewiss ich werde Verhaeren aufsuchen, sobald ich ein wenig Zeit habe, oder ihn bei Rodin, der ihn sehr schätzt, (c'est un simple un sincère artiste) sehen. Dank. Ich las wenig von ihm, aber das wenige war mir sehr lieb. Die Duse ist wohl schon fort, hör ich; aber auch Lugné-Poé werde ich mal aufsuchen mit Deinen Grüssen und sorgen, dass ich sie das nächste Mal nicht versäume. Ich weiss nicht, ob Du die »Rundschau« hast und sende Dir 3 neue Sachen zu denen ich gestern warme Zustimmung von Hofmannsthal, Wassermann, Salten und ihrem Kreise erhielt. – Was hast Du, liebe Ellen, gearbeitet! Gute Reisetage und Dank für alles Liebe, das nicht aufhört. Rodin grüsst Dich sehr; giebt es nichts Französisches (übersetzt) von Dir, was er lesen könnte.

In Liebe Dein treues Kind
R.=M.

Rodin, le Penseur, wie er nun endlich vor dem Panthéon aufgestellt werden soll.

89. Rilke an Ellen Key

Meudon-Val-Fleury,
Villa des Brillants.
29. Nov. 1905

Liebste Ellen,
nun sucht Dich dieser kleine Brief. Tausend Grüsse und ein paar kleine Anmerkungen.

Gerade vor einer Woche, eines nachmittags, fuhr ich auf der Seine nach Saint-Cloud und ging geradenwegs zu Verhaeren's, wo mich erst die Frau, dann er, der nachhause kam, lieb aufnahm. Er ist wirklich einfach und gross und gut, und es war eine sehr liebe Athmosphäre um die beiden Menschen. Es traf sich, dass gerade das Manuscript einer deutschen Uebersetzung der »Heures claires« (von einer jungen Dame aus Holstein) bei ihm eingetroffen war, das er mir zur Beurtheilung mitgab. Diese Lecture und seine Persönlichkeit regten mich an, mehr von ihm zu lesen; einiges (darunter das mächtige dramatische Gedicht »Le Cloitre«, darin seine Fähigkeit, Gestalten aufzuthürmen, sich so elementar offenbart) – fand ich in Rodins Bibliothek, die »Villes tentaculaires« hab ich mir selbst gekauft, und nun kommt mir sein Werk immer näher und ist mir *sehr* lieb und meinem Gefühl oft sehr verwandt. Das hast Du gefühlt, liebe gute Ellen, mit Deinem feinen starken Vorgefühl ... Dank Dir! Verhaerens wünschten sich, *viel* von Dir zu hören und wünschen sich dringend, Dich bald einmal zu sehen. Ob nichts Dich nach Paris führen könnte? Ja, ich hatte auch nur Hoffnungen in dieser Beziehung zu geben, sonst nichts. – Verhaerens sind bis Maerz in ihrer kleinen Wohnung in Saint-Cloud; ich denke ich werde sie manchmal sehen; er wollte auch bald einmal zu Rodin kommen.

Ferner: Bard hat zugestimmt und Sauer ist *glücklich*. Er und seine Frau grüssen Dich auf das Herzlichste und er dankt Dir für Deine Güte. Er heisst mich fragen:

1. Ob die üblichen zehn Sonder=Abzüge genügen und wohin Du sie gesandt haben willst?

2. Ob Du mit dem üblichen, verhältnismäßig geringen Honorar der »Deutschen Arbeit« 10 Kronen pro Seite einverstanden sein würdest und *wohin* das Honorar zu senden wäre? (Er fragt letzteres wegen der Übersetzerin.)

Ich habe das alles ungefähr beantwortet, – nur die Adresse hab ich ihm nicht gegeben. Soll es Jonsered sein?

Drittens: Neulich hab ich für Rodin einen schönen Brief an die Duse geschrieben; Du kannst Dir denken, mit welcher Freude. Rodin hiess mich eine lange Nachschrift im eigenen Namen anfügen, darin ich ihr ein wenig von mir erzählen sollte. Sie ist in Italien. Wir hörten's durch Lugné-Poé, der, selbst auf einer Tournée in Spanien, den Brief weitergegeben hat, weil wir keine Adresse wussten.

Ferner: Juncker sprach davon, dass bald eine neue Auflage des B. d. B. nöthig sein wird. Die will ich sorgfältig vorbereiten und auch einen Contract machen, denn von der ersten, die also doch gekauft worden ist, hab ich gar nichts gehabt.

Und: das Stipendium ist leider ins Wasser gefallen, vorgeblich, weil ich nicht deutlich genug gesagt, *wozu* ichs brauche und vor allem, weil ich meine Mittellosigkeit nicht nachgewiesen habe. Ich bin traurig, denn Clara, die also nicht zu Gibsons kann und keine Aufträge durch sie bekommen kann, hätte es gut brauchen können. – Trotzdem hofft sie immer noch Dein Porträt machen zu können eines Tages. Das wäre so viel für sie. – Sie ist, solang es geht, in Worpswede und ist jetzt namenlos glücklich, Ruth bei sich zu haben. Leider nur ist ihre Gesundheit nicht gut und die Sorgen sind allzu nah.

Aber auch das will Geduld, wie alles.

Bitte antworte mir ein Wort für Sauer und vergiss mir nicht zu sagen, wie es Dir geht. In herzlicher Liebe Dein

Rainer Maria.

90. Rilke an Ellen Key

Meudon-Val-Fleury.
7. Dez. 1905.

Meine liebe Ellen, mit Wünschen, ich glaube Du weißt wievielen, denke ich an Deinen Geburtstag. Mit diesen Zeilen, die ja nur ein ganz kleines Zeichen sind, das Dir von meinem liebevolllen Gedenken reden soll, such ich Dich und mit einer kleinen Sendung, von der ich weiß, dass sie Dich freuen wird. Es ist eines von meinen liebsten Rodin=Dingen, von dem ich Dir eine Photographie schicke, die unter Rodins eigener Leitung und Sorgfalt gemacht worden ist. Der wunderschöne Marmor gehört Carrière, dem Maler, und ist von einem stillen tiefen inneren Licht, so wie die grosse schwere und schöne Menschlichkeit, die er darstellt. Du wirst am Besten von allen Menschen die Grösse und erhabene Feier dieses Dinges verstehen und lieben, das so wie Deine Worte rein und reich und mächtig ist. Gute Jahre, liebe Ellen, und Freude: sie muss ja kommen: denn Du hast sie gesäet und gesäet. Segen und Liebe über Dich.

Dein Kind Rainer Maria.

Hatte heute eine liebe Karte der Baronin Ehrenfels aus Schloss Lichtenau bei Krems. Sie scheint recht leidend zu sein? –

91. Rilke an Ellen Key

Meudon-Val-Fleury,
Villa des Brillants.
(Seine et Oise)
9. Januar 1906.

Meine liebe gute Ellen, ich bin erst vor 4 Tagen wieder hier angekommen und finde hier so viel Arbeit auf mich wartend, ungeduldige Arbeit, die sofort gethan sein will, dass ich Dir nur zwischendurch diesen kleinen Gruss und diesen vielen Dank nach Furuborg sende, (auf dem Papier, das Jimmy mir zu meiner lebhaften Freude hier her geschickt hat). Dass ich Dir von Worpswede aus nicht geschrieben habe, verzeih; ich hatte viel Schreiberei auch dort und wollte doch alle irgend mögliche Zeit meinen sehr Lieben geben. Auch waren wir oft unterwegs, bald in Oberneuland, bald in Worpswede, und die Tage gingen wie Stunden vorbei. Die guten lieben Tage, in die gerade zurecht Dein lieber, treuer Brief kam und vor ihm noch die sehr reizenden zwei kleinen Goethe=Bändchen, mit denen ich nun hier in herzlichem Verständnis lebe. – Vorher, gerade ehe ich von Meudon abreiste, kam Dein liebes ländlich helles Bild aus Berlin und ward so meine früheste Weihnachtsfreude. – Also nur dieses, liebe Ellen, – meinen und unseren Dank für alles. – Clara denkt mit so grosser Freude daran Dich im März zu sehen; und ich werde Dich ja hoffentlich mit ihr wieder haben, denn in den März fällt ja gerade meine Vortragsreise, die schon ein wenig deutlichere Konturen anzunehmen beginnt. Bis jetzt steht fest: Elberfeld, zweimal Berlin (2. und 9. März, einmal: Rodin, einmal Eigenes) Bremen, – dazukommen wird vielleicht noch: Weimar, Hamburg, Prag, Wien; (wegen des letzteren Ortes hab ich an Marie Herzfeld geschrieben, die vielleicht etwas wird machen können.) Von Dänemark und Schweden werd ich doch wohl absehen müssen, wegen der zu grossen Reise und der zu grossen Kosten; es würde mich zu arg ermüden, besonders da ich nicht viel Zeit haben werde und der Zweck der ganzen Sache etwas Geld zu verdienen, würde durch diese Ausdehnung meiner Tournée mehr gefährdet als gefördert. Verzeih, dass ich Dir nun vielleicht schon Mühe verursacht habe um dessentwillen. Und verzeih ferner, wenn ich, einmal bei dem leidigen Punkt angelangt, noch ein kleines Wort vom Gelde sage. Ich musste unsere liebe Clara, die so tüchtig und treu bei ihrer Arbeit ausharrt, ziemlich in Sorgen zurücklassen. Da fällt mir ein: könnten wir ihr nicht das Honorar, das Sauer für den Essay zahlen wird, in irgend einer Form zur Verfügung stellen? Ich habe ja nicht darüber zu verfügen, aber es ist, da diese Veröffentlichung nicht vorgesehen war, eine unerwartete Einnahme, für die Du vielleicht noch keine Verwendung vorgesehen hast –: Du, liebe liebe Ellen, nimmst es mir nicht übel, wenn ich Dir wie einer Mutter, die Du mir ja doch so grossmüthig und herzlich bist, von dieser Idee sage. Hast Du schon anders verfügt, so ist natürlich kein Wort mehr davon zu sagen. Wenn ich gesund bleibe und die Vorträge mir, wie ich es hoffe, gelingen, so hoff ich ja einiges einzunehmen, das Clara helfen kann. Aber bis dahin sind noch zwei volle lange Monate ...

Ein Brief von Sissy Frerichs kam, gerade als ich schon im Begriffe war, Worpswede zu verlassen; ich konnte sie nicht mehr sehen und habe also keine »Bestellungen« und Grüsse von Dir empfangen. Wie gerne hätt ichs gethan! Dein Arm ist doch nichts ernsthaftes? Macht er Dir Schmerzen, ich sorge mich darum? –

Bitte erhole Dich jetzt in dem lieben Furuborg und sag Lizzie und Jimmy Dank für ihr so liebes Gedenken. Die kleine Puppe hat Ruth viel Freude gemacht. Das Gedicht von Fröding ist wunderschön und tief. (Ich werde vielleicht in diesem Gedränge Gibsons nicht gleich schreiben können: deshalb sag Du ihnen, liebe Ellen, wie ich an sie denke mit Dank und hundert guten Wünschen.)

Hab gute Tage, meine liebe Ellen, und fühle meine warme treue herzliche Nähe, die Dich immer umgiebt. Liebevoll:

Dein Rainer Maria.

92. Rilke an Ellen Key

Meudon-Val-Fleury
Villa des Brillants
(S. et O.)
14 Januar 1906.

Sehr liebe gute Ellen,
Sissy Frerichs hat eh sie noch meine Nachricht hatte, Deinen Brief an sie, der für mich so gute Worte brachte, und Rosen, die Du mir gewünscht hast, nach Worpswede geschickt und ich habe soeben alles über Worpswede erhalten und mich innig an Deinem treuen guten Gedenken gefreut.

Du hast gewiss inzwischen meinen Brief, der alles schon berührt hat und beantwortet. Auf Deine Notiz hin hab' ich nun doch noch sofort an Valdemar Vedel geschrieben wegen einer Conférence in Kopenhagen. Denn ich glaube Rodin würde sich freuen, wenn es dazu käme.

Ich bin so froh, dass Du meine kleine Büste, die in Furuborg steht, liebst. Mir wird sie immer lieber. Clara hatte eine Bestellung, diese Büste in Bronze auszuführen und Du hättest sehen müssen, wie schön sie in Bronze aussah auf einem Sockel von schwedischem Granit. Da Du diese Arbeit schätzt, wirst Du umso eher die Zumuthung mit dem Honorar verstehn und endschuldigen; es wäre so schön, könnte man der lieben Clara ihre Sorgen ein bischen erleichtern und ihr dazu verhelfen, dass sie ruhig weiterarbeiten kann.

Im Übrigen macht Dein Arm mich doch besorgt. Zwinge ihn nicht und schreib mir nur ja *nicht*, *ehe* Du ganz gesund ihn gebrauchen kannst. Ich weiss ja nun von Dir.

Bitte grüss alle Lieben. Und vergiss auch nicht, Frau Lisa Hultin von meinem herzlichen Gedenken zu sagen.

Nur dies für heute, um Dir zu danken, und um Dir zu sagen, dass ich, entgegen meinem letzten Brief, nun doch mit Kopenhagen rechnen möchte, (aber *nicht* mit den schwedischen Städten) weil ich sehr wenig Zeit haben werde und die zu grosse Reise und Ermüdung fürchte.

Dass wir im März nur nicht irgendwie aneinander vorbei fahren! Verständige mich bitte rechtzeitig *wann* Du in Bremen sein wirst. Und in welchen Städten ausserdem?

In grosser Eile.

Alles, alles Liebe und Dankbare
von Deinem
Rainer Maria.

93. Rilke an Ellen Key

Meudon-Val-Fleury (Frankreich)
(Seine et Oise)
am 21. Febr. ⟨1906⟩ abends.

Meine liebe treue Ellen,
es ist schon einige Tage her, seit ich zufällig, auf eine andere Anfrage hin, von Sauer erfuhr, dass das Honorar für den Essay in der »Deutschen Arbeit« an Clara gesandt worden ist; hätt ich nicht alle Hände voll zu thun und zu schreiben, so würde mein Dank Dich schon früher gefunden haben. Er

sucht Dich nun, liebe Ellen, in Jonsered und mit ihm sucht Dich die Frage nach Deinem Kommen nach Bremen; wir dürfen uns nicht verfehlen, *bitte*, sorge dafür, gieb mir bald Deine Daten, wie ich mich nun beeile, Dir meine zu geben. Denn auch meine Reise steht nun nahe bevor; alle Orte stehen fest, bis auf Wien, wo Marie Herzfeld alles mögliche für mich thut, von wo aber immer noch keine Nachricht da ist; die »Sezession« ist es, die sie veranlasst hat, mich einzuladen und wenn es dazu noch kommt, so trete ich meine Rückreise über Wien an.

Ich bin am 26. in Elberfeld (Rodin)
28. (voraussichtlich) in Bremen (Rodin)
2. März in Berlin (Eigenes)
4. März in Hamburg (Rodin)
5.-8. Ruhetage in Worpswede
9. März in Berlin (Rodin)
11. März, Weimar (Rodin), woran sich also vielleicht noch Wien anzuschliessen haben wird. Am 15. soll ich wieder in Paris sein. – Ich hoffe ich habe alles gut eingerichtet und wünsche mir vor allem *den* Erfolg, der Clara und mir ein wenig äussere Ruhe verschaffen könnte; ihn ein wenig zu sichern, habe ich alle Honorare im Voraus vereinbart und glaube gute und praktische Abmachungen getroffen zu haben. –

Aber was meiner Reise noch einen anderen Sinn geben würde, über jeden absichtsvollen hinaus, das wäre die Begegnung mit Dir, auf die ich mit ganzem Herzen hoffe. – Ich werde so glücklich sein, Lou wiederzusehen, die in Berlin ist, und werde auf einem ganz kleinen Stück meiner Reise Clara mitnehmen, damit wir uns doch ein wenig wiedersehen und aussprechen können.

Morgen geht mein erneutes Gesuch an das Ministerium nach Wien ab, zu dem Marie Herzfeld mich auf das treueste berathen hat und das sie auch auf seinem Wege nach »*oben*« nicht ganz aus dem Auge lassen will.

Ich bin überhäuft mit Arbeit und ein wenig erschöpft, aber ich freue mich auf meine Reise und auf Dich, liebe gute Ellen. Bis zum 25. bin ich hier; hernach schreibe an Clara nach Worpswede, von wo ich mir alles nachsenden lassen werde.

In Liebe und Dank Dein Kind
Rainer Maria.

(Eilig.)

94. Rilke an Ellen Key
Telegramm

Prag
15. 3. 1906

Ellen Key
Jonsered Schweden

Mein herzensguter treuer vater ist gestern früh gestorben. Bin Prag hotel Goldener Engel.

Rainer Maria

95. Rilke an Ellen Key

⟨Meudon-Val-Fleury⟩
⟨Anfang April 1906⟩

Verzeih, liebe Ellen, dass ich es dazu kommen lasse, dass Du erst nach mir fragen musst. Und dabei war Dein Brief einer von den ganz ganz wenigen, die wirklich zu mir sprachen in dieser so traurigen Zeit. – Aber Du kannst Dir denken, wieviel Schreiberei ich hier (nach fast vierwöchentlicher Abwesenheit) vorgefunden habe und wie müde und verwirrt ich noch bin von allen den raschen und unerbittlichen Eindrükken und Tagen. Also Ende Mai kommst Du; ich warte mit Sehnsucht auf Dich.

Vorher gehst Du ja auch nach Bremen. Nichtwahr? Clara wird wohl, sie ist sehr in Arbeit, nur kurz nach der Stadt kommen können und keine Menschen sehen wollen. Aber bitte geh Du zu ihr hinaus: sie wird Dir viel erzählen können, denn sie hat ja alles mit mir getheilt und getragen. Bitte schreib mir wenn Du kannst ein Wort, über Deine Reiseroute und wie es Dir geht und was Du vor hast. Auch von den Vorträgen wird Clara Dir erzählen können, den Rest erzähle ich Dir hier; ich möchte viel und über Vieles mit Dir sprechen. – Bitte geh nach Worpswede dort hat Clara mehr Ruhe mit Dir zu sprechen und ich denke auch Dir wird ein Augenblick Land wohlthun; denn gewiss musst Du jetzt wieder hunderte sehen, alle die die Dich nöthig haben.

Herrn und Frau Prof. Breyssig [!] meine ergebenen Grüsse. Dich umarme ich, liebe Ellen, als Dein trauriges Kind.

Meudon-Val-Fleury (Seine et Oise.)

Rainer Maria.

96. Rilke an Ellen Key

29, rue Cassette, Paris VIe.
19. May 1906

Meine liebe gute Ellen Key,
ich habe nichts so sehr erwartet wie diese Deine Nachricht und Dein Kommen, und geschrieben hätte ich Dir längst wenn ich irgendwie Deine Adresse geahnt hätte.

Nun also: Du kommst und ich bin *sehr* glücklich darüber. Freilich – um die Enttäuschung vorwegzunehmen – auf Rodin musst Du verzichten, wenigstens darauf, ihn *mit mir* zu sehen. Ich bin seit sechs Tagen nicht mehr um ihn. Auf *seinen* Wunsch hin, habe ich ihn, ziemlich unerwartet, verlassen, bis zum letzten Moment mit allen meinen Kräften ihm dienend; lange hätte ichs ja nicht mehr gekonnt, denn es war schliesslich keine Zeit mehr für mich da, gar keine. Es wäre mir nur schwer gewesen, den Abschied zu nehmen, einerseits um ihn nicht im Stiche zu lassen mit all der Schreiberei, andererseits wegen meiner eigenen unsicheren Lage. Aber nun *er* den Schritt gethan hat, hab' ich mir keine Vorwürfe zu machen und muss annehmen, dass alles zum Guten ist. Meine Sehnsucht nach meinen eigenen Dingen war ja auch schon gross genug –: *die* sollen nun wieder an die Reihe kommen; das Äußere und die Bedingungen des Lebens müssen eben irgend eine Form annehmen. Es muss irgendwie weitergehen, wie es ja bisher gegangen ist.

Über die näheren Umstände meines Abschiedes von Rodin kann ich nicht sprechen; ich kann Dir nur, weil Du das wissen musst, sagen, dass ich *nicht* mit Dir zu ihm gehen kann und Dich auch bitten müsste, fallls Du ihn siehst – was ich sehr hoffe und wünsche – nicht von mir zu sprechen.

Vielleicht gehst Du mit Verhaeren zu ihm –; schade: ich habe mich all die Monate auf dieses Eine gefreut, vor allem auf dies: Dich unter seinen Dingen herumzuführen und in mein kleines Haus; nun ist alles anders gekommen.

Schliesse aber bitte daraus nicht, dass ich zu Rodin nicht alles fühle, was ich je an Bewunderung und Liebe fühlte; meine innere Beziehung zu ihm ist unverändert, nur kann ich ihr augenblicklich keinen äußeren Ausdruck geben und muss es der Zeit überlassen, einen Ausgleich herbeizuführen, der mich wieder in die Rechte meines Gefühles einsetzt. – Werden diese Umstände Dich abhalten nach Paris zu kommen? Ich hoffe, dass dies nicht der Fall sein wird. Paris ist jetzt so schön, und ich hätte unsäglich viel Zuspruch und Ermuthigung davon, Dich jetzt zu sehen und mit Dir zu sprechen. (Sag mir wann, Du ankommst und wo Du wohnst.)

In Liebe erwartet Dich Dein Rainer Maria.

(Beiliegend ein Brief St. Zweig's, der vor 3 Tagen für Dich bei mir eintraf.)

97. Ellen Key an Rilke

Villa Weidenau
Thun *Suisse*
3/7 ⟨1906⟩.

Herrliche Stille und Blumlisalp und Jungfrau, blauer See, grünblauer Aar, Rosen, Vögel. Bertil Gibson ist auch hier.

Ich sende dir dieses. Weiss du ob nicht Ellen Bojer *auch* dieses Buch übersetzt hat?

Schönes über »Stunden-Buch« hat Zweig und Schaukal mir geschickt. Ich werde einiges davon in mein Buch über dir bringen.

Wie schön war es in Paris!

Und arbeitet Du gut?

Wie herrlich der Tag in Fontainebleau!

Grüsse Verhaerens!

Deine, in dir frohe, Ellen Key

Lizzi ist krank – Herzleidend. Ihre Schwester, Anni, wegen Krebs operirt. Bertil *ganz gut*. Ich *sehr* gut.

Adresse (nach 21 Juli) 5 Prins Leopold Strasse *München* (Pension Beckenbauer) und nach 1 augusti

Breitbrunn am Ammersee
Bayern

(Bis 13 aug.)

Grüsse Clara.

Deine
(wie zuvor!)

98. Rilke an Ellen Key

Grunewald bei Berlin,
Hubertus=Allee 16.
am 6. Nov. 1906.

Meine liebe gute Ellen: ich hatte ab und zu auf Umwegen gute Nachrichten von Dir und so fühlte ich mich nicht ganz von Dir abgetrennt, obwohl ich so gar nichts that, Dir ein sichtbares Zeichen zu geben all der guten Gruesse und Gedanken, die gewohnt sind zu Dir zu gehen. – Ich hörte auch jetzt, dass es Dir gut geht und bin dessen sehr froh.

Nun wär manches von mir zu sagen, aber ich werde Dir vielleicht – so hoff ich – persönlich noch einen Nachtrag aller Geschehnisse liefern können.

Ich überspringe für den Augenblick alles bis zum Moment, da wir (vor nun schon einem Monat) hier ankamen. Clara will (Du wirst schon davon gehört haben) versuchen hier zu Schülerinnen und Aufträgen zu kommen und einen Versuchswinter in dieser (ach so abscheulichen!) Stadt auf sich zu nehmen. Ich half ihr bei dem Vorbereiten dazu ein wenig, hatte außerdem selbst ein paar Schritte und Wege hier zu machen, musste schliesslich eine umständliche zahnärztliche Behandlung auf mich nehmen, die zu recht viel Quälendem führte und mich so angegriffen hat, dass mein ganzer Organismus in einem Zustand arger Erschöpfung sich befindet, über den ich nun wieder erst hinauszukommen hoffe. Der Sommer war überhaupt nicht sehr gut für mich, nicht gesundheitlich und auch sonst nicht. – Meinem inneren Bedürfnis nach ginge ich nun am Liebsten wieder nach Paris, wo ich bis zum ersten August gut und tüchtig gearbeitet habe. Aber die Mittel fehlen, und so greife ich nach einer lieben freundschaftlichen Einladung, die mich nach *Capri* ruft, wo ich mich zu ernster Arbeit zu konzentrieren hoffe. Es ist die Schwester, der im vorigen Jahr verstorbenen Gräfin Schwerin, (Frau Alice Faehndrich von Nordeck-Rabenau), die mir ein Plätzchen in ihrer Villa auf Capri einzuräumen gedenkt. Mit schwerem Herzen verzichte ich auf Paris, das meiner Arbeit so günstig war, aber es ist ja eine grosse Freude, dass die andere Möglichkeit da ist, die mich einen guten Winter erhoffen lässt. – Ich reise nun sobald ich mich ein wenig kräftiger fühle (und zwar ganz ohne Aufenthalt) nach Neapel um recht schnell zu

Arbeit zu kommen; (die letzten Monate haben mich sehr davon entfernt.)

Nun lass Dir, liebe Ellen, gleich sagen, dass meine Gastfreundin *sehr* glücklich wäre, Dich in ihrem Hause auf Capri zu empfangen. Notiere das, sowie dass ich Dich dort erwarte und richte Deine Pläne so, dass Du, wenn Du im Laufe des Winters weiter nach Süden gehst, bei uns rastest! –

So, nun habe ich Dich ein wenig von allem unterrichtet und nun kommt eine Bitte. Ich habe sie schon einmal in ähnlicher Form früher ausgesprochen und wiederhole sie nun im gegebenen Augenblick in aller Aufrichtigkeit. Liebe Ellen, würdest Du mir nicht den Gefallen thun, Deinen Aufsatz über meine Bücher *als Buch* vorläufig *nicht* erscheinen zu lassen? Ich bat Dich schon einmal darum. Damals sagtest Du, Du hättest Bard etwas versprochen und hättest nichts anderes Passendes für ihn. Nun fällt dieser Grund fort, da das Büchlein dem Verlag fortgenommen ist und ich nehme nochmals Veranlassung, Dir ganz ehrlich zu sagen, dass es mir eine Erleichterung wäre, wenn das Büchlein *nicht* erschiene, nicht jetzt. Ich habe es jetzt so herzlich nöthig, nicht gezeigt und anempfohlen zu werden, Ruhe und Verborgenheit ist's was ich vor allem brauche, um meine nächsten Schritte zu thun. Der Aufsatz, der so sehr auf Briefstellen aufgebaut ist, für die in meinen Büchern noch keine Belege sich vorfinden, *überholt* mich gewissermaßen, während er andererseits auch wieder meine religiösen Entwicklungen in einem Stadium festhält, über das sie theilweise schon wieder hinwegverschoben worden sind. Ich habe jetzt keine Publikation die in jenem Sinne für sich spräche, es ist in keiner Weise ein Zeitpunkt, um auf mich hinzuweisen und mir liegt immer mehr daran, dass meine Bücher *selbst* für sich sprechen –; so lieb und wertvoll mir Deine hülfreiche Stimme auch ist; sie hat ja aber auch, ihre Wirkung gethan und zwar keine Geringe, – aber es liegt kein Grund dafür vor, nun nochmals eine Einwirkung zu versuchen. Dazu kommt, dass der Platz bei Fischer ein sehr auffälliger und exponierter ist, an welchem das Buch nothwendig und mit Recht manchen Widerspruch hervorrufen würde, der unnöthig ist. Kurz: alles in allem: ich bitte Dich (darauf bauend, dass Du mich nicht missverstehst) eine Buchausgabe des Aufsatzes zunächst ***nicht*** zu veranlassen, vielleicht sie zurückzustellen, bis irgend eine meiner künftigen Arbeiten vorliegt, die dann vielleicht es rechtfertigen könnte, dass eine solche Broschüre erscheint, wozu jetzt gar kein Anlass vorliegt. Es beunruhigt mich nur, jetzt so aufgezeigt zu werden und Du willst doch gerade das Gegentheil davon bezwecken, nichtwahr?

Lass uns also, bitte, abwarten, lass mich arbeiten und lass die Zeit das Ihre thun. Du machst mir die herzlichste Freude, wenn Du meine Bitte berücksichtigst. Darf ich darauf rechnen? –

Clara sendet Dir, liebe Ellen, alle ihre herzlichen Grüsse. Frau Franziska Mann und Frau Schurgast, Deine Freundinnen, haben ihr bei ihrem hiesigen provisorischen Einrichten, den liebenswürdigsten Beistand geleistet, was uns sehr wohl that. Du weisst, wie wenig wir allen solchen praktischen Fragen gewachsen sind, und diese Unbeholfenheit ist noch auffälliger einer Stadt gegenüber, für die man so gar keine Sympathie aufzubringen vermag. – Ruth hatte im Sommer die Masern während sie mit uns war, aber ganz leicht und jetzt ist sie wieder bei ihrer Grossmutter in Oberneuland froh und munter wie immer. – Nun, meine liebe Ellen, tausend gute dankbare Gedanken

von Deinem Rainer Maria.

Die Duse ist in Berlin; wir werden sie heute abend (hoff ich) spielen sehen in »Rosmersholm.«

99. Ellen Key an Rilke

HOTEL PENSION AURORA VENEZIA
8/11 1906

Natürlich will ich *ganz* wie Du in diese Sache: *du* ist ja die Hauptperson dabei! Ich freue mir sehr auf Capri und dir in *März*. Grüsse Clara und die guten Frauen Mann und Schurgast. Und gehe zu die *Duse*, bitte, bitte!

Deine E. K.

Ich möchte gerne deine Briefe zu mir zurückhaben? Wo hat Du sie? Bitte, nehme sie mit, wenn du sie zur Hand hat und gieb sie mir auf Capri!!

100. Ellen Key an Rilke

⟨um Weihnachten 1906⟩
(In *März* hoffe ich dir zu sehen!)

Lieber R. Maria!
Ich danke dir von Herzen für die herrliche Carrière-Photographi und deine Caprikarte.

Verzeih mir daß Lizzis Brief zu spät kommt – ich wusste nicht wo du war – in Berlin oder Capri – und so wenn den Brief doch verspätet ankam habe ich ihn bis nun verschoben!

Die Eva Solmitz wie F. Mann und M. Schurgast waren alle glücklich über dich und Clara und die Sissy Frerichs sandte mir 11/12 die Bremerfotografi von dir!

Ich schrieb auch nicht 4/12 aus derselbe Grund – ich habe nun meine Wünsche fur dein Geburtstag Weinachten, das Neue Jahr alle in ein Haufen zu bringen. Das schönste ist daß wir uns bald sehen, mein liebes Kind und ich hoffe viel von diese Zeit – 5-6 Tagen wird es wohl sein! Nun muß ich Schluss machen ich habe noch unendlich zu schreiben.

Ein junges Mädchen schreibt wie glücklich sie ist durch mir R. M. Rilke gekannt zu haben – wie großartig schön

Buch der Bilder ist, wie tief sie deine auf naturwissenschaftlichen Grund ruhende Weltanschauung findet!
Alles Gute für deine Einsame Zeit, fur deine Seele!

Deine treue
Ellen Key
Während *Januar*
Poste restante *Syracusa*

101. Ellen Key an Rilke

Siracusa
Pensione Cappucini
⟨Januar 1907⟩

Bei dir sind wohl Buch der Bilder und der Kornet für mir? Ich bekomme sie wenn wir uns sehen!
(Alle zu empfelen; italienischer Wirth deutsche Wirtin, stille, komfortabel, relativ billig, ausgezeichneter Kost.)
Lieber Rainer Maria!
Bekam du mein Weinachts-Brief? Ich hoffe es. Und nun höre ich daß Clara auf eine 2 Monats Reise nach Egypten eingeladen ist, daß freut mir!

Ich habe hier die herrlichste Ruhe in diese grosse, melancholisch-idyllische Natur, Griechen-Schatten umschweben Alles und ich bin sehr glücklich. Sage mir nur wie lange *du* auf Capri bleibt? Und auch wie lange Gorki und Le. Andrejew? Ich möchte sie beide treffen. Ich sende dir ein Artikel über Gorki (welcher in Schweden ein Wüthender Polemik hervorgerufen gegen meine »Unsittlichkeit⟨«⟩) gieb ihm diesen und dolmetsche, wenn er nicht versteht. Bei die Venus in Syracuse kam Rodin mir so in Gedanken daß ich ihm eine Karte schrieb.

Meine Adresse bis *15/2 die obige.*

Schreibe mir bald ein Brief oder Karte wie es mit unser Einander Sehen wird?
Deine treue Ellen Key

102. Rilke an Ellen Key

CAPRI.
VILLA DISCOPOLI.
9. Febr. 1907.

Meine liebe Ellen,
es fällt mir ein, dass es der letzte Augenblick ist, Dir zu antworten, da Deine syracusaner Adresse nur bis zum 15. Febr. gilt. Verzeih, dass ich solange gezögert habe und selbst Deinen lieben Weihnachts=Brief noch ohne Dank und Bestätigung lassen konnte. – Ich habe noch gar nichts hier gemacht, davon kommt das, und, indem ich mich sehne in Arbeit zu kommen und darauf warte, versäume ich viel anderes! Unser kleiner Kreis ist der reizendste, den man sich denken kann, aber für mich ist das so furchtbar schwer, das noch so schöne Beisammensein mit Menschen mit wirklicher Arbeit zu vereinen. Obwohl hier alle besten und liebevollsten Willens sind, mir's zu ermöglichen. Aber auch diese Absichtlichkeit, die daraus entsteht, bildet ein neues Hindernis. Und, unter Menschen, und gerade unter lieben, komm ich so leicht dazu, zu reden und alles Mögliche fortzugeben im Gespräch, was dann wohl für die Arbeit fehlt. Das ist eine dumme Ungeschicklickkeit, dass mir so ganz die Gabe der Geselligkeit fehlt, das Talent zu leichten, gleichsam erholenden Gesprächen, bei denen man sich nicht erregt und fortgiebt.

Deshalb und auch aus anderen Gründen sehn ich mich sehr nach Einsamkeit und nach Paris (nirgends war ich so froh und fähig und einsam wie dort) und wenn ich eines Tages ein bischen Geld habe, so kehr ich rasch hin zurück. Das wird aber bestenfalls nicht vor Mai sein können. So lange bin ich wohl noch hier und habe es ja *sehr*, *sehr* gut und sorglos: Du begreifst, dass ich *nur* Dir gegenüber so aufrichtig mich beklage und nicht undankbar sein möchte damit. Es ist alles gut so. ———— Von Clara kommen sehr schöne Briefe aus Helouan. Es ist eine wunderbare Fügung für sie, diese ungeheueren Eindrücke zu haben, auf die Rodin und sein Werk sie so richtig vorbereitet haben. ——

Dein Artikel über *Gorki*, den ich haben sollte, ist hier *nicht* angekommen; ich wartete immer auf ihn. Ist er verloren? Es scheint, dass Gorki für lange hier bleibt. Ich kenne ihn nicht und möchte mit jeder neuen Beziehung vorsichtig sein, besonders, da er hier und in Neapel wie ein Agitator sich feiern liess, was ihn mir nicht gerade näher bringt. – Gustaf af Geijerstam sollte vielleicht her kommen; er ist aber in Rom wieder umgekehrt und geht ganz zurück nachhause, weil ihm klar geworden ist, dass er allein und so weit von den Seinigen nicht arbeiten kann! – Von Stephan Zweig hatte ich gestern einen lieben langen Brief. Er bat mich, Dir seine »innig getreue Verehrung« zu vermitteln.

Sehr glücklich war ich zu hören, dass Du es so gut hast in Sicilien. Gewiss hast Du viel Gutes gearbeitet. Ja, wer doch allein sein darf! Sonntag besahen wir Bilder von den Latomien und anderen Umgebungen von Syracus. Wie herrlich muss das alles sein, wie griechisch. *Capri* ist ja sehr verdorben, sehr Fremden=Ort und überdies voll Wind und Kälte, so dass sogar meine alten Froststellen zu quälen begonnen haben.

Ich denke mit so herzlicher Erwartung an Dein Kommen, liebste Ellen; wann wird es sein?

Das neue Buch der Bilder und der Cornet, in seiner definitifen Form erwarten Dich hier, ebenso wie meine alten Briefe an Dich, nach denen Du einmal fragtest. Und vieles andere Liebe wartet mit in meinem Herzen.

Dein treuer
Rainer Maria.

103. Rilke an Ellen Key

CAPRI.
VILLA DISCOPOLI.
am 27. Febr. 1907.

Meine liebe Ellen:
Dein schöner Rodin=Aufsatz mit seiner schlichten starken Erinnerung hat viel – Du kannst Dir denken wie viel – in mir heraufgerufen. Er hat das Überzeugende des wirklich und warm Erlebten, und es wird überzeugend von ihm ausgegangen sein was Dich ergriffen hat und wovon ergriffen zu werden so vielen noth thäte.

Ich lasse alles was zu Worte kommen möchte bis zu unserem nahen Wiedersehen: auf das ich mich ganzen Herzens freue. Inzwischen sammelt sich schon immerzu Frühling hier an und ich hoffe, Capri wird Dich gut empfangen und umgeben. Schreib mir noch, wann Du kommst und mit welchem Schiff. (Es giebt ein Morgenschiff, Neapel ab 9 Uhr, und ein anderes, das Nachmittag um 3 von Neapel abfährt.) Damit ich Dich hier bei der Ankunft erwarten kann.

Du wirst jedenfalls auch Gorki sehen können und Leonid Andrejew; das Gerücht von Gorki's Abreise war falsch. Es heisst, er würde bis zum Juni hier bleiben.

Reise gut bis dahin und lass Dir vor allem auch von Neapel geben, was es zu geben hat. Es ist nicht wenig und wird an Frühlingstagen gewiss unberechenbar. Ich schreibe noch nach Siracus, aber ich habe auch die Adresse des Duca di Cajanello vorgemerkt, als von Anfang März an gültig.

Auf Wiedersehen, liebe Ellen:
Dein Rainer Maria

104. Ellen Key an Rilke

⟨Napoli⟩
9/3 ⟨1907⟩

Lieber R. M. Ich komme (wenn das Wetter nicht *schrecklich* ist) Dienstag mit der erste Schiff; bin froh dir am Ufer zu finden. Danke fur deinen lieben Brief. Habe schon an Gorki geschrieben und einen freundlichen Telegram bekommen als Antwort.

Grüsse deine Wirtin von deiner E. K.

4 Piazza S. Marcellino
Napoli

105. Rilke an Ellen Key

CAPRI.
VILLA DISCOPOLI.
am 11. März 1907

Meine liebe Ellen:
fühltest Du wie sehr ich Deine Nachricht schon erwartet habe? Deine Ordnung und Organisierung ist ja so gross und zuverlässig, dass es mich fast beunruhigte, als noch keine kam; gestern war ich nahe daran, zu telegraphieren. Aber nun ist sie ja da, und ich bin *sehr* froh in meiner Erwartung.

Es regnet ja zwar; aber »schrecklich« wird es morgen deshalb doch nicht sein; wenigstens werde ich innerlich, ganz unwillkürlich schon, alles thun, das Wetter zu überreden. Ich denke, es muss sich überreden lassen, Dir »Meeresstille und glückliche Fahrt« zu bereiten.

Gestern besuchte mich Siegfried Trebitsch; Du weißt der Übersetzer Bernard Shaw's, der auch selbst mehrere gute Sachen geschrieben hat. Er nimmt diesen Brief nach Neapel und wird vielleicht selbst versuchen, ihn Dir zu überbringen, wenn er den Muth dazu findet und er sich nicht an der Unmöglichkeit der Stunde stösst: denn es könnte ja nur

heute Abend sein, da Dein Schiff morgen schon um 9 geht.*
Um halb zwölf bist Du dann hier an der Marina, wo Dich empfängt Dein

liebevolles Kind:
Rainer Maria.

106. Rilke an Ellen Key

⟨Capri, Villa Discopoli⟩
⟨12. 3. 1907⟩
Dienstag Abend

Liebe Ellen:
an Lizzie hab ich ausführlich geschrieben; nun will ich Dir nur Gutenacht sagen. Hoffentlich hast Du einen guten Nachmittag und Abend gehabt.

Morgen früh werd ich etwas nach 1/2 10 nach Dir fragen kommen. Wir frühstücken erst gegen neun, drum kann ich nicht gut vorher. Aber dann wirst Du etwas schönes hören; zufällig sind die *Pifferari* aus den Gebirgen da, die sonst nur Weihnachten mit ihren uralten Liedern durch die Orte gehen. Ich möchte diese Gesänge etwas näher studieren, weil ich viel darin höre, was mir zu Herzen geht. So hab ich die Leute morgen auf zehn Uhr *zu mir* bestellt und meine Damen gebeten, mit mir zuzuhören. Wenn Du nichts anderes vor hast, so kommst Du mit mir herauf und hörst sie auch. Ich hoffe sehr, Du kannst es und freue mich, dass wir dies zusammen haben sollen. Nochmals gute Nacht.

Dein Rainer Maria.

---

* Sonst giebt er den Brief in Neapel zur Post und ich hoffe Du hast ihn auch dann noch heute abend; gute Fahrt!

107. Ellen Key an Clara Rilke-Westhoff

⟨Capri⟩
15/3 ⟨1907⟩

Liebe Clara, wir hatten gestern eine schöne Stunde bei diese kleine Kirche und ich freue mir täglich über den Wachsthum R. M:s! Auch mit dir bin ich in Gedanken froh: wie viel Herrliches habt Ihr beide diese Zeit aufgenommen um uns es in Werken wiederzugeben!

Deine E. Key

P.S. Wie herzig ist Ruth auf das letzte Bild! Wenn sie die Treppe heraufgeht sieht sie aus wie die neue kleine Maria: d.h. die Maria den neuem Glauben!

108. Rilke an Ellen Key

Capri.
Villa Discopoli
am 16. März 1907.
Sonnabend abends.

Meine liebe Ellen:
Du warst kaum fort, so kam ein Brief von Verhaeren. War es nicht auch etwas was wir hätten thun sollen, ihm ein gemeinsames Wort schreiben? Ich wollte Dir seinen Brief senden, aber ich sende Dir stattdessen eine Abschrift der wesentlichen Stellen, weil das Original recht schwer lesbar ist und weil, was er von sich selbst sagt, so schön und merkwürdig lautet, dass es Dich freuen wird, eine Copie zu haben, die Du behalten kannst. Wie lieb ist er doch und wie sehr geht seines Wesens Größe auf alles Seine, bis auf jedes Hülfszeitwort, über. Ich hab ihm gleich geschrieben, habe ihm von unserem Beisammensein erzählt, wie schön es war, und von Deinen nächsten Reiseplänen berichtet. Auch wie sehr wir eines Gefühles und einer Freude (wie schön ist es, mit Dir *einer* Freude zu sein) waren, in Bezug auf »La Multiple

Splendeur«. Aber vielleicht schreibst Du ihm doch noch eine kleine Karte: von Neapel oder von der Reise aus; Du siehst es fehlt ihm etwas, da er nichts von Dir hörte seit lange.

Ich stand noch so lange am äußersten Ende des Steindamms unten an der Marina, und euere Augen hätten sich sehr überanstrengen müssen, um mein Winken zu erkennen; so weit wart ihr schon. Aber ich fuhr fort, die Luft in Unordnung zu bringen mit meinem Tuch, hoffend, dass wenigstens diese Schwingungen sich irgendwie fortpflanzen würden, mit gewissen anderen Schwingungen zugleich, von denen ich gerne annehmen möchte, dass sie Euch erreicht haben ...

Dank für alles.

Am Nachmittag war es so schön geworden und abends, von Munthe's Villa aus, war es wieder gross und wieder anders und ich freute mich für euch des stillen Strahlens, das überall war –.

Ich möchte wohl nochmals mit euch einen Weg bei Neapel machen und Gaëtano Cajanello Carducci sagen hören – oder Dante – – und mit euch sein. Aber es wird stattdessen ein Weg in die Berge werden, da oben um Sta Maria a Cetrella und in die leere Certosa und ein in meinem Zimmer Auf=und=niedergehen, das nun, um lieber Erinnerungen willen, noch mehr meines ist für eine Weile noch. Alles Liebe bis zum nächsten Brief.

Dein
Rainer=Maria.

109. Ellen Key an Rilke

51 Via Veneto *Roma*
3/4 1907.

Lieber Rainer Maria!
Deinen ersten Brief hätte ich schon beantwortet, hätte ich Zeit gehabt! Nun kam das Letzte mit Nordlinds [!] Brief

inklusive; ich danke dir nun für Beide. Es freut mir daß auch Du in das Borgeby-Buch kommt, da wo wir uns erst sahen! Ich sende dir eine Karte für Gorkis: versaume diesen Besuch nicht; du wird Vieles davon haben und du kann ja ruhig sagen daß du sie nicht zu *dir* einladen kann, weil du selbst Gast ist, nicht wahr?

In das Napoli Museum sind ja fast nur Herrlichkeiten in Allen Pompeji Zimmer: versaume die *Gläser* nicht mit die wunderbaren Farben und der kleine freie *Montre* mit 4 Weiblichen Figuren auf Schwarz: die eine wollte ich dir senden (und du wird sie bekommen von mir) in *eins* von die pompejanischen Wandmalerei Zimmern (wo auch die herrlichen Faunen und Nymfen (kleinen) gleich bei die eine Thür sind! Und in das Reichsarkiv (früherer Chiostro S. Severino nahe an die Kirche diesen Nahmens) der X Gang! (mit *St. Bernards Leben.*)

Einen herrlichen Buch (ausgegeben von Cassirer) Van Gogh's Briefe habe ich gelesen. So *ernst* und *einfach* wirkt er: ganz wie ein Johannes der Täufer der Malerei!

Die Perugia-Ausstellung sollte 1 April fertig sein aber wird erst etwas später. Doch grade recht wenn Du und Clara hinaufgehen!

Ich habe die liebe Sissy Frerichs hier, eine dir verstehende Seele welche *Das Stundenbuch* etc. 6-7 mal gelesen hat! Hanna hat mir gebeten dir zu sagen daß du dir gänzlich in sie getäuscht hat und sie hat *ganz recht*. Ihre Seelen wohnen sehr weit von Einander: sie versteht Dir und deine Dichtung nicht und die Vibrationen zwischen Euch sind *nicht* von Dir verstanden geworden: sie war sehr aufgeregt, in ein seelischer Krisis und sah und hörte *nur ihr eigenes Schicksal in Alles*! Sie ist ein sehr reiches, begabtes, intressantes Wesen aber dieses Wesen ist in eben so hohen Grade Bewegung wie dein Wesen Stille ist! Sie ist sehr *Judin*, mit Vorzügen und Nachtheile.

In Amalfi hatten wir es gut: besonders die Promenade

nach Ravello, ein köstlicher kleiner Ort. Von Vollmars hatten auch Geijerstam getroffen und waren von sein *egocentricismus* betroffen: er war bei ihnen den Tag vor die deutschen Wahlen aber – sprach von nichts als seine Frau und seine Kinder etc!!! Über die *Sapho* [!] werde ich Dir später Bescheid geben!

Deine Freundin E. K.

Gruss an Allen in Villa Discopoli.

Hat du Freüde an Anne Brunnemans [!] Artikel gehabt? (Über Stundenbuch.)

Du sänder mitt bref till Munthe i ett Kunst med några ord af dig ej sannt?

110. Ellen Key an Rilke

51 Via Veneto Roma
17/4 ⟨1907⟩

Lieber R. M!
Ich sende dir was ich schliesslich gefunden habe über Sapho [!]: vieles wie du sehen kann aber du muß es nun selbst in Paris nachsehen. Die *Übersetzung* von *Vivien* scheint mir sehr wichtig und mit diese und *Brandts* Sapho [!] denke ich daß du genug hat? *Marchese Venuti* ist sehr angesehen als Litteraturkennerin. Danke sehr frau F. fur ihren lieben Brief. Übersetzt du E. B. Browning?

2) Die portugisischen Sonetten sind schon in deutsch übersetzt von *Baron Beust*, der Neffe des Ministers.

3) Hanna hat *Judith Claudel* [!] über Rodin nicht gelesen sondern mir überlassen und ich will es gerne lesen: ich sende es dir später. In *Nuova Antologia* hat Cena über Rodin geschrieben.

4) Jimmy ist hier gewesen, und nun ist seine Adresse: Villa Maria 20 Via Foscolo (Fuori di porta Romana) Firenze. Er hofft dir auf deine Zurückreise nach Paris zu treffen. Schreibe ihm deine Pläne, bitte!!

5) Die Perugia Ausstellung wird *28 April geöffnet.*

6) Gebe auch mir ein Wort über deine Pläne?

Ich will dir sagen was ich mit die Vorzüge und Nachtheile des Judenthums meine: Wassermann hat es sehr gut gesagt: die Lebensintensitet, Beweglichkeit, Empfänglichkeit *einerseits* – die Unruhe, den Mangel an Gleichgewicht, Harmoni, Stille anderseits; die kritische, selbstanalysirende Neigung auch, welche eine Stärke *und* eine Schwäche zugleich ist! In ein Artikel über Rahel hat er es gesagt und an Hanna habe ich sehr beobachten können wie wahr es ist!

Grüsse an Clara, Frau F. und die übrigen von deine Freundin.

E. Key

P.S. Von Villa Strohlfern [!] und Studio sul Ponte herzlichen Gruß! Sissy und ich waren da: ein junger Fiori hat nun dein Studio! Um das kleine Haus blühen Anemonen und Lorbeer nun!!

111. Rilke an Ellen Key

Capri.
Villa Discopoli
18 April 1907.

Meine liebe Ellen Key,

vielen herzlichen Dank für Deine Nachrichten in Bezug auf Sappho und die Mühe, die Du Dir darum gemacht hast. Ja: nun habe ich genug Anhaltspunkte und in Paris werde ich sehen, mir vor allem Renée Vivien's Übersetzungen und das Brandt'sche Buch zu verschaffen. (Ist dieses *deutsch*? Der Name Brandt lässt alle möglichen Nationalitäten zu, oder ist es ein bekannter deutscher Gelehrter?) ————

Ich habe alle 44 Sonnette von E. Barrett-Browning übersetzt –, wie Frau Faehndrich findet – mit viel Gelingen. Mir lag es so nah, diesen Ton zu treffen und diese Gefühle in mir selbst aufzurufen, dass ich auch selbst Freude daran habe und glaube, dass diese Übertragungen *selbständig* gültig sind und eine Stelle unter meinen eigenen Arbeiten und in meiner eigenen Entwicklung beanspruchen dürfen. Das würde ja die Herausgabe derselben rechtfertigen trotz der Existenz der Beust'schen Übertragungen, von denen ich nicht wusste, die aber wahrscheinlich älteren Datums und mehr Übersetzungen sind als selbständige Neu=Dichtungen jener wunderbaren Sonnette (die genau kennengelernt zu haben ich sehr glücklich bin). Jedenfalls plane ich eine Herausgabe meiner Übertragungen und freue mich ganz besonders darauf, sie Dir eines Tages zu senden!

Über meine nächsten Pläne werde ich Dich und Jimmy unterrichten. Aber ich weiß noch nichts Genaues, solange Clara nicht hier ist (sie kommt in den nächsten Tagen voraussichtlich); wahrscheinlich ist, dass ich länger als ich dachte hier bleiben werde und später ganz direkt nach Paris reise. –

Von Gorki's soll ich Dich sehr grüssen. Ich war neulich, Freitag, am Abend eine Stunde bei ihnen. Es war lieb und herzlich, ihn zu sehn und zu hören; sein Lächeln kommt mit so tiefer Sicherheit durch all die Traurigkeit seines Gesichtes. Er sprach sehr richtig und einfach über Verhaeren und Hofmannsthal. Aber der »Demokrat«, den er herauskehrt, steht doch arg zwischen uns. Das Hindernis ist umso grösser in diesem Fall, als der Revolutionär mir sowohl ein Widerspruch gegen den Künstler wie gegen den Russen scheint: beide haben so sehr viel Grund *gegen* Revolutionen zu sein in ihrem Innersten, weil bei beiden nichts so wichtig ist wie die Geduld und nichts so natürlich für den einen wie für den Andern. ————

Hingegen hatte ich *sehr* viel von der Begegnung mit *Munthe* bei dem ich gestern war. Auch von ihm habe ich viele Grüsse an Dich. Er ist ein merkwürdiger Mensch, der vom Leben weiß und dessen tiefstes Wesen eine seltsam mitlebende

Güte sein muss. Er hat sich wirklich mit wunderschönen Dingen umgeben, und hat aus ihnen kein Museum sondern eine wirkliche Wohnstätte gemacht. – Ich werde ihn wahrscheinlich noch wiedersehen. ———

Von Frau Faehndrich soll ich Dir das Herzlichste sagen und Dir beifolgendes kleines Bild senden, – eine von den Aufnahmen, die sie von uns gemacht hat, (die zweite ist misslungen).

Wir leiden hier unter dem immerfort schlechten Wetter, dass einen zwischen Frieren und drückender Scirocco=Luft hin und herschwanken lässt. Hast Du's in Rom besser? Hoffentlich! / Dank für die Grüsse von Studio al Ponte, von dem ich so gerne hörte. Hast Du Strohl=Fern selbst auch gesehen? –

Zum Schluss noch eine Bitte: würdest Du so gut sein, mir eine Nuova Antologia mit Giovanni Cena's Aufsatz über Rodin zu kaufen und herzusenden? Ich sammele alles was ich über Rodin bekommen kann, und dieser Aufsatz wäre mir besonders interessant, da Rodin Cena kennt und schätzt. Hast Du auch Cena gesehen? ———

Ich sende Dir dann umgehend das Geld für Deine liebe Besorgung. –

Fandest Du Jimmy gesund? Hat er Lizzie und Bertil beruhigt bei Lahmann zurückgelassen und hat er selbst einen guten Eindruck vom Weißen Hirsch gehabt? –

Alles Liebe wie immer von

Deinem herzlich dankbaren
Rainer Maria.

Nachschrift: Montag Vormittag. Da Ihr doch erst heute abend in Neapel sein werdet, wartete ich mit der Absendung des Briefes, um noch etwas hinzufügen zu können. Grüsse! Ich gehe unwillkürlich jedesmal wenn ich von einem Gange komme, unten an Villa Pagano vorbei –. Gestern war ein so schöner sonntäglicher Sonntag; Ihr werdet ihn gut haben brauchen können für Pompei. Wenn Euch etwas aufgefallen ist, was ich sehen muss oder nicht übersehen darf in Amalfi oder in Pompei, so notiere es mir, bitte, mit ein paar Worten. – Es erweist sich ferner, dass ich die Adresse der Pifferari *nicht* habe; ich hatte eine Karte, aber ich muss sie verlegt oder verloren haben. Du sagtest, Du hättest sie. Willst Du mir Namen und Wohnort nochmals aufschreiben: bitte. Und mir gelegentlich auch die paar Zeilen senden, die ich an Stefan Zweig mit einlegen sollte? – Gestern lasen wir im Märzheft der Fischer'schen »Rundschau« einen merkwürdigen, ganz unheimlich hellseherischen Vortrag Hugo von Hofmannsthals über »*den Dichter und diese Zeit*«. Du musst ihn lesen! Sag mir, ob ich Dir (falls Du die Rundschau nicht regelmäßig bekommst) das Heft schicken soll, jetzt oder später. Du könntest es behalten solange als Du willst und es bei Gelegenheit mir wieder schicken. Hast Du *jetzt* Zeit dafür? Es sind etwa 20 Seiten der Rundschau. Für heute nur dies in Eile zur Post Gegebene. Gute Tage in Neapel. / Aufrichtige Grüsse meiner Hausherrin. Von Geijerstam kam eine Karte.

In Liebe
Dein Rainer Maria.

112. Ellen Key an Rilke

⟨Roma⟩
51 Via Veneto
20/4 ⟨1907⟩

Dein Brief bekommen!

Lieber R. M., ich vergass dir zu sagen 1) daß Beust's Übersetzung von die Sonetten E. B. Brownings (=die portugisichen) *nicht* gedruckt sind aber 2) daß M. Gotthain [!] (bei E. Diederichs) ***ihre*** Übersetzung *herausgegeben hat*! Ich 3) suchte bei *Lascher* hier in Rom zu erfahren ob das Buch P. Brandts über *Sapho* ein *litterarisches* Werk oder ein *Roman* war aber sie hatten es nicht und wussten auch (in ihren Katalogen) *nichts* davon! Jimmy bleibt nicht lang: Anfang Mai wollte er Lizzi am *Gardasee begegnen* und so nach Hause. Mit Cena bin ich zusammen und sende dir Montag das Heft (es kostet mir nichts!) Danke Frau F. für das Bild und alles Gute für Euch alle von

E. K.

113. Ellen Key an Rilke

⟨Roma⟩
30/4 ⟨1907⟩

(Heute Abend spreche ich über Verhaeren in den skandinavischen Verein.)
Lieber R. M. will do so gut sein und *gleich* Gorkis sagen daß ich nun (2-6) Maj in die Sabinerbergen bin. *7 Maj* bin ich zurück *51 Via Veneto* und bitte daß sie *dir* sagen (und *du* mir schreibst*) *wann* sie kommen und *wo* sie wohnen, falls ich sie treffen kann? 8 (oder 9) reise ich *definitiv* von Rom – ob nach Umbrien *oder* Milano weiss ich noch nicht! (Nachher Florens) Jimmy reist nun nach *St. Vigilio am Gardasee* (dies ist die Adresse) wo Lizzi mit Bertil schon ist. Deine

E. K.

114. Ellen Key an Rilke

⟨Firenze⟩
Villa Maria
20 Via Foscolo
(fuori Porta Romana)
12/6 ⟨1907⟩

Lieber R. M., dies ist meine Adresse zum 1 August. Gebe mir deine, bitte! Bekam du deine Clara frisch und froh zu-

---

* Denn Russen geben nie klar Bescheid!!

rück? Ich habe es hier herrlich und hoffe gutes von Dir zu hören?

E. Key

Sind nicht Norlinds Bücher schön?!

115. Ellen Key an Rilke

Adresse bis 1 August:
Villa Maria 20
Via Foscolo (fuori Porta Romana)
Firenze
22/6 ⟨1907⟩

Lieber Rainer Maria!
Wie herzlich hat es mir gefreut daß du und Clara es gut auf Capri hatten; daß ihr beide in Arbeit sind und daß ich dein Winkelchen kenne! Hoffentlich giebt Du uns da Etwas Schönes.

Ich konnte trotz alle Mühe nicht *das* Pompejibild bekommen welches ich dir senden wollte. So sende ich Dir statt dieses eine kleine (vermuthete) reizende Sapho!

Dein Claudel-Buch [!] über Rodin sende ich dir in einigen Tagen zurück. Will du, wenn du vorbeigeht, in 31 Rue Bonaparte 2 Exemplare als *Nachnahme* und in X-Band (nicht *Paket*!!) von das Claudel-Buch [!] mir senden laßen?

Hat du gesehen daß Roger de Chateleux (World Magazine) Gespräche mit Rodin veröffentlicht hat?

Hat du Norlinds Buch mit den Rodin-Essay bekommen und verstehen können?

Hat du Gabriel Monod's Einleitung zu mein Buch L'Amour et le marriage gelesen?*

Wird Clara's Besuch bei Geijerstam im Sommer sein? Es

---

* auch Victor Margueritte hat (i La Depéche 14 Juni) sehr gut geschrieben!

hat mir sehr leid ⟨getan⟩ daß du mir nicht gestatten wollte mein Buch über dir zu bringen: es wird nun ganz veraltet und unmöglich wärend andere über dir ihre Bücher bringen: Michels sein als *separat*, und nun Schellenberg (Serie Beiträge zur Litteraturgeschichte) gebracht haben. Ich bereue daß ich deine (Hyper) Sensitivitet nachgegeben habe, mein liebes Kind!

Hat du Anders Österling gesehen? Nun, bitte, daß du Frau Schurgast eine Karte schreibt und sie sagt wie sie auf die dir bequemste Weise das *Gauginbild* [!] *schickt*. Ihre Adresse ist 13 Joachimsthalerstraße. Meyer-Gräfe [!] hat es gesehen und auf 4000 Mark geschätzt.

Deine, dir alles Gute wünschende
Ellen Key

116. Rilke an Ellen Key

Paris VIe, 29, rue Cassette.
Am 27. Junÿ 1907.

Meine liebe gute Ellen Key
Du hast mir einen langen Brief geschrieben und ich danke Dir für alles darin und für alle die Gedanken, die Du für mich bereit hast. Ich bin noch nicht recht eingewohnt hier und schlage mich mit Schwierigkeiten herum, die zu uninteressant sind, als dass ich sie Dir herzählte. Sobald dieser Übergang überstanden ist, hoffe ich etwas Tüchtiges zu thun. Ich habe nicht dasselbe Zimmer wie vor einem Jahre, sondern bin zwei Treppen höher darüber, – was allerhand Nachtheile hat, aber den einen grossen Vorzug, dass ich nun nicht mehr in die hohe, mit Plakaten bedeckte Mauer hinein schaue, sondern drüber fort in den lieben Klostergarten, der voller Stille ist und kleiner Vögel. /

Clara ist recht erschöpft gewesen, als sie aus Aegypten zurückkam und sehr deprimiert durch ein wirklich betrübliches Missgeschick; ein Gipsformer hat, beim Abgiessen, die ganze Arbeit, die sie während eines Vierteljahres mit Aufbietung aller Kraft dort geleistet hat (die Gruppe Gazellen, die überdies ein Auftrag war) einfach vernichtet, so dass alles, Mühe und Erfolg, verloren ist. Du Kannst Dir denken, was das für sie war! / Nun arbeitet sie in Berlin an etwas Anderem und geht nächster Tage nach Oberneuland. / Aber ich vergesse die Hauptsache. Das ist, dass sie sich vorbereitet, im Herbst mit der ganzen Familie, d.h. ihrer Mutter, ihrem jüngsten Bruder und Ruth, nach *Schweden* zu ziehen, um Ruth in der *Samskola* unterzubringen; wir können sie uns nicht gut anderswo denken und alle freuen sich darauf. Clara hofft, dass sich jetzt vielleicht wird durchführen lassen, wovon früher einmal die Rede war, dass sie den Zeichen= und Modellier=Unterricht an der Samskola übernimmt, um so eine gewisse Sicherheit zu haben, ohne die das Leben für sie ja schwer einzurichten wäre. Und vielleicht giebt es ja auch Aufträge von Fall zu Fall. Darauf muss man hoffen. Ein Beisammensein mit Geijerstam's kommt vielleicht im August zu stande: aber das ist noch fraglich und hängt davon ab, ob Clara um diese Zeit reisen kann und ob Geijerstams wieder nach *Ed* gehen, wo sie sich treffen würden, oder anderswohin.

Du sprichst, liebe Ellen, von Deinem Bedauern, dass Dein kleines Buch über meine Arbeiten nicht erscheint. Das thut mir leid; ich kann natürlich nicht verlangen, dass Du zu Deinem Schaden eine Arbeit unterdrückst, aber (darf ich ganz aufrichtig sein?) es ist nicht meine Hyper=Sensitivität allein: es ist der Umstand, dass dieser Essay durch die Art der Notizen, die ich dafür geliefert habe (was ich nie wieder thun werde) zu intim geworden ist einerseits, und andererseits, auch wieder gar nicht von *mir* handelt. Die religiös=philosophischen Gedanken, die seinen Haupt=Inhalt ausmachen, gehen *nicht* aus meinen »Geschichten vom lieben Gott« hervor; dafür spricht am deutlichsten das »Stunden=Buch«, das nur in einer Anmerkung berücksichtigt ist und das doch, wo es sich um eine Werthung meiner Arbeiten vom Standpunkte tiefster Religions=Erfahrung aus handelt, entscheidend sein müsste. Nichtwahr? Das ist alles zum großen Theil auf meine Ungeschicklichkeit zurückzuführen: denn ich habe Dir theils Gedanken ausgeliefert, für die noch gar keine wirkliche Bestätigung in meinen fertigen Arbeiten vorliegt, andererseits doch auch wieder nicht genügend meinen Standpunkt mit Dir besprochen, (was mir auch außerhalb meiner Bücher schwer möglich ist), so dass der Essaÿ in die schiefe Stellung gekommen ist, mit meinen eigenen, ja sogar noch zukünftigen Worten, Dinge zu beweisen, die ich *nicht meine*. Vielleicht hätte ich Dir das früher sagen müssen. Aber eine Zeitlang gab ich ihm nur die Bedeutung des gesprochenen und vergänglichen Wortes, die er als Conférence besaß, und dann wurde ich mir erst sehr allmählich über seinen Inhalt klar; ich lese, Du weißt es, – niemals, was über meine Sachen geschrieben wird und werde dabei auch bleiben. In diesem Fall wars ja natürlich dass ich's that, aber ich verstand lange nur Deine liebe herzliche Absicht (für die ich Dir ja auch getreulich dankbar bleibe) und sah erst später beim Lesen und Wiederlesen der sehr unklaren Übersetzung ein, dass es zu vielen Missverständnissen gekommen ist, die eben weil meine eigenen Worte gegen mich auftreten, so verwirrend und peinlich sind. Ich habe nie gelesen, was Michel geschrieben hat und ich weiß nicht, was Herr Schellenberg publiziert: aber ich habe den beiden auch keine Daten geliefert und so kann ich ihre Publikationen, die mich nichts angehen, ruhig geschehen lassen, während ich an Deinem Essaÿ betheiligt oder vielmehr mitschuldig bin. Ich bange, dass Du es mit Unwillen liest, was ich da schreibe. Aber, da Du nochmals auf die Arbeit zurückkommst, musste ich reden, um nicht im Scheine einer launenhaften Empfindlichkeit dazustehen. Ich meine Du müsstest mir auch später einmal recht geben, wenn das Stunden=Buch seinen Geist noch in anderen Büchern deutlicher und entwickelter geoffenbart haben wird –. Es ist mir so schwer, mich klar auszudrücken. Vielleicht kann ichs mündlich einmal besser. Wenn Du nun das kleine Buch trotzdem noch willst erscheinen lassen, so sag ich kein Wort dagegen, – nur kann ich gar nichts damit zu thun haben, wie Du begreifen wirst. Es ist dann eben da und ich muss, was von mir selber drin ist, verleugnen, weil es mich verleugnet.

Nun genug davon, meine liebe Ellen, und verzeih mir die Aussprache. Auf dem Wege nach Santa Maria Cetrella, war ich fast im Begriff, Dir ähnliches zu sagen, aber dann verstanden wir uns immer wieder so tief und auf so selbstverständliche Weise, dass es mir überflüssig schien. Und der Essay nahm sich vergangen und abgethan aus und es war kein Grund, darauf zurückzukommen. Nun aber sprachst Du davon –. Genug.

Du hast mir das kleine Bild geschickt, das vielleicht Sappho vorstellt: das war ein lieber Gedanke: es ist vor mir. Herzlichen Dank dafür. Die Claudel=Rodin [!] Bücher besorge ich nächster Tage und bezahle sie *hier* weil die Nachnahme die Sendung unnütz vertheuert. Ich schreibe Dir dann, was ich ausgelegt habe und Du schickst es bei Gelegenheit. Norlinds Aufsätze sind lebhaft und interessant; die Gedichte versteh ich nicht so leicht natürlich. Anders Österling sah ich noch nicht; doch, hoff ich, es kommt noch dazu. Leb wohl für heute, liebe gute Ellen und sei nicht böse Deinem aufrichtigen und dankbaren

Kinde R.=M.

Siehst Du viele Menschen in Florenz? Sahst Du den Grafen Harrach und seine Frau, geb. Gräfin Arco? Liebe Bekannte von uns giengen neulich aus Capri zu Harrachs, die sehr sÿmpatisch sein müssen!

117. Ellen Key an Rilke

Villa Maria 20 Via Foscolo
(fuori Porta Romana)
Firenze.
⟨29. 6. 1907⟩

Lieber Rainer Maria!
Ich eile dir zu sagen daß ich den Plan mit Ruth, Helmuth, Clara, ihre Mutter *sehr sehr* **unglücklich** finde.

Erstens ist die *Samskola* in diesen Jahren ***Etwas ganz anderes***, als sie war. Die **Vorsteherin**, welche noch in Arthurs Geist arbeitete, ist in Deutschland verheirathet; der neue *Rektor* ist fast ein *Gegensatz* zu Arthur; andere, von Arthur erzogene Lehrer, *sind fort.* Kurz und gut, die Schule ist eine gute Reformschule wie es nun andere giebt aber *bietet* **nicht** *das* **Ausserordentliche** welche ein Ersatz giebt für die 2 Kinder, welche die ***große*** Schwierigkeit einer ***fremden Sprache*** aufwiegen könnte!

Weiter hat Göteborg ein **schlechtes** *Winter*klima, ist ***theuer*** und endlich, hat grade ein Vetter von Jimmy Gibson, Sidney Gibson, sich als *Bildhauer* ausgebildet und denkt sehr in Göteborg zu bleiben: er wird – durch alle seine Verwandten und Freunde – öfters die Bestellungen bekommen welche Clara sonst vielleicht hätte haben können!

Ich rathe euch darum so stark wie möglich dieses *aufzugeben*!

Im Gegentheil hat *Deutschland* nun der herrlichste Mensch, Paul Geheeb, mit die ausgezeichneste Reformschule *auf* **das Land** – *Wickersdorf bei Saalfeld* – eine Schule welche Helmuth und später Ruth viel mehr geben könnte als die *Samskola.* Geheeb will *Alles* was Arthur wollte und *kann es auch.* Die Kinder (ich kenne viele, die da sind) finden sich wie *im Himmel* und Geheeb ist ein Mensch unter die seltensten! Ich *denke* Claras Mutter könnte in die Nähe wohnen und Helmuth zu die Schule gehen – aber weiss nicht.

Ich schreibe dieses obschon ich fürchte daß Ihr so eigensinnig sind daß Ihr mich nicht glauben! Aber dann habe ich mindestens meine Pflicht gethan!

Lizzi, Jimmy, Stina werden dir über die *Samskola ganz dasselbe sagen.*

Es ist sehr gut daß du Claudel [!] so (bitte in **xband** auch) schickt. *Dein* Claudel [!] ging Heute zurück!

Lieber Rainer Maria, hättest du *gleich* das gesagt, was du nun sagte, wäre die Frage von mein Buch über Dir nicht von mir erwähnt geworden. Ich werde es vielleicht ein Mal – in andere Form – herausgeben vielleicht auch nicht *Vorläufig ist die Frage gefallen.*

Ich habe einige intressante Menschen in Florens gesehen aber wenige, Harrachs nicht.

Wie innig hoffe ich daß du in dein Klostergarten gute Gedanken finde, schöne Arbeitsruhe, Alles was ich dir immer am innigsten wünsche. Deine Freundin

E. Key

Giorgiones *Koncert* grüsst dir!

P. S. Hanna Pauli grüsst daß sie *nun* versuchen soll dein *Stundenbuch* zu lesen! Eine Freundin (Malerin und Frau von der finnländische Dichter Juani Aho) ist 2 Monaten mit Hanna gewesen und Wenny hat in dein Buch gelesen und Hanna gesagt *wie* schön es ist! Nun sind beide nach Norden gereist und Hanna ist so ziemlich fertig geworden mit mein Bild – obschon sie, in ihre persönliche Art, ein großen Teil von die Zeit *versäumte* in welche ich sie Stelldichein zum Sitzung gegeben hatte!!!!

Aber sie ist selbst so bedrückt, so voll Gewissensbisse über ihre Zerstreütheit daß man sie gar nicht böse sein *kann* sondern sie nur geniessen will in *ihre* Natur, welche so reich und orginell ist. Und zu dieses hört daß sie *Alles* haben will – und so immer das französiche Wort illustrirt: »qui étreint trop, embrasse mal.«

»Ich glaube«, sagte sie, »nachdem ich über Rilke nachher gedacht habe, daß er etwas merkwürdiges ist.« Aber in

Capri war sie allzu voll von Anderes es zu merken! Der letzte Abend in Florens hätte Du sie sehen sollen: weinend, lachend, tanzend, froh, verzweifelt, wild: ein *Elementargeist* aber – mit Gewissen! Sie ist eine liebe, wunderliche, köstliche Orientalin mit germanische Infektion möchte ich sagen!

Hoffmansthal [!] ist in Florens gewesen aber war fort ehe ich es erfuhr, so ich traf ihm nicht.

118. Ellen Key an Rilke

⟨Firenze⟩ ⟨18. 7. 1907⟩

Lieber R. M. Auguste de Witt [!] wohnt in *Laren* (hat sich da eine Villa gebaut.) Man reist nach *Hilversum* mit Eisenbahn 20 Tram nach Laren. Ich war bei sie, sie ist sehr liebenswürdig! Bitte, sende in den nächsten Tagen die 2 Claudels [!]: ich gehe (nach 1 aug.) zu ***Volterra*** Villa Barbafiora ist die Adresse.

Lieber R. M; ein Kind in eine *fremde* Sprache lesen lernen ist ***sehr*** anstrengend für das Kind!! Wenn Ruth *dieses nicht* in die *Samskola* thun soll, sondern nur im »Kindergarten« sein, so erinnere dies daß dieses *direkt* nach *deutschen Mustern* gemacht ist – die Lehrerinnen in *Berlin* ***ausgebildet***! So geht Ihr über die Fluth nach Wasser! Deine E. K.

Dagegen wird der junge Gibson (Bildhauer) nicht in den nächsten Jahren in Gbg sein.

119. Ellen Key an Rilke

Adresse ganz September:
Hotel Savoia Bagni di Lucca
⟨3. 9. 1907⟩

Lieber R. M! Von ein Buchhändler bekam ich die 2 Rodin's. Aber nun weiss ich nicht ob *du* bezahlt hat oder ob ich ihn direkt senden soll? In letzeren Fall, sage sein Nahme? Es ist

7 fr. für die Bücher, Porto 1 (und ?) glaube ich? Ich habe eine stille Zeit in Volterra gehabt: lese Sensations d'Italie par Bourget (die ersten Seiten) so kann du über dieses wunderbare Bild und die auch wunderbare Stimmung in das Museum erfahren. Ich hörte daß Clara in Worpswede war; wie ist es mit ihren Mut nach der schreckliche Unfall mit ihre Gazelle? Und was mit die Göteborgspläne? Schreibe mir eine Karte, bitte; ich sehne mir von Euch zu hören.

E. Key.

Hat du Frau Schurgast über das Bild Gaugins [!] geschrieben? Bitte, thue Etwas in diese Richtung!

120. Rilke an Ellen Key

Paris VIe; 29 rue Cassette.
Am 7. Sept. 1907

Meine liebe Ellen Key,
danke für Deine herzliche Nachfrage nach uns. Ich war sehr froh, bei dieser Gelegenheit Gutes von Dir zu hören; es scheint, dass Du Deine Orte gut gewählt hast diesen Sommer; ich blätterte einmal (in Capri noch) flüchtig in Bourget's »Sensations d'Italie« etwas von jenen ersten Seiten ist mir im Gefühl geblieben; aber ich werde sie gelegentlich wieder lesen. Das ist ein Italien, das ich erst noch kennen lernen muss; diese stillen kleinen Städte, und man muss sie gewiss so erleben wie Du es thust; mit Zeit und Geduld.

Die schwedischen Pläne sind längst ganz und gar aufgegeben. Rektor Lönnborg [!] konnte für Clara nichts versprechen, aber auch nicht einmal für Ruth: es ist alles vergeben und versprochen –. Und die armen Gibsons sind ja durch Lizzie's Krankheit so sehr mit sich beschäftigt. Du wirst sicher gehört haben, wie leidend Lizzie neuerdings ist. Ich hatte vor drei Tagen gerade einen Brief von ihr, den ich an Clara weitergeschickt habe, damit Clara ihr einiges über

Egÿpten berichte, wohin Lizzie auf Rath der Ärzte wird gehen müssen. Es thut mir so leid, dass es Lizzie so schlecht hat; und wieviel Sorge kommt damit wieder über Jimmy! –

Clara ist wieder etwas muthiger; der Unfall mit der Gazelle hat sie lange bedrückt, aber sie hat inzwischen wieder gearbeitet. Augenblicklich ist sie in Oberneuland; sie war all die Zeit immer mit Ruth beisammen; ist es auch jetzt, – Über ihre weiteren Pläne weiß ich nichts Bestimmtes; ich vermuthe, dass sie vor der Hand in Oberneuland bleiben wird. Auch meine eigenen Pläne reichen nur bis Ende Oktober vorläufig. Um diese Zeit denke ich eine Vortragsreise zu beginnen. Alles Spätere ist noch ungewiss. Ich war immerzu hier, habe den August arbeitend überstanden, ohne jemals einen Menschen zu sehen. Zwei neue Bücher kommen im November: Rodin II, und ein Gedicht=Buch. Aber ich bin nicht zufrieden und möchte noch viel mehr fertig machen!

Von Frau Schurgast hatte ich einen Brief vorige Woche. Ich habe das Bild seit Monaten erwartet, aber sie war verreist und jetzt bat ich sie, es *nicht* herzuschicken vorläufig. Es sind noch alle Leute verreist und ich muss erst mit jemandem sprechen. Es wird auch hier schwierig sein, das Bild anzubringen und ich bin augenblicklich so beschäftigt dass ich nicht damit herumfahren könnte. Aber wenn ich irgend jemanden noch interessieren kann, so erbitte ich das Bild noch. Es giebt soviel Bilder G.'s aus der späteren, eigentlich persönlichen Zeit, dass es schwer ist, jemanden für diese frühere Arbeit zu gewinnen. Es thut mir leid, dass ich mich der Sache nicht besser annehmen kann! Nur dies für heute in Eile, liebe Ellen, um Dich nicht warten zu lassen.

von Herzen Dein Rainer=Maria.

Der Preis für die Bücher war 7 Frcs sammt Porto. Ich habe sie bezahlt. Rückgabe bleibt am Besten bis zu einem Wiedersehen! Das ist ein Mittel, eines für bald heraufzubeschwören!

121. Rilke an Ellen Key

z. Zt. Oberneuland bei Bremen.
am 4. Januar 1907. ⟨1908⟩

Meine liebe Ellen Key, nun hast Du doch wieder nach mir müssen suchen lassen. Verzeih das lange Schweigen und dass ich Dir noch nicht für »Rahel Varnhagen« gedankt habe. (Ich freue mich so sehr auf das Lesen!) Aber Du kannst verstehen, wie uns unser Wiedersehen (jedesmal wenn es zu einem kommt) in Anspruch nimmt. Da war Ruths Weihnachten vorzubereiten und dann war es zu feiern. Und nun diese letzten Tage bin ich nicht wohl und kann nicht gut schreiben, so dass ich Dir wieder nichts erzähle (obwohl ich schon lange hinausschiebe, Dir zu sagen, wie gut meine letzte Vortragsreise, besonders der wiener Aufenthalt verlief –: das für später.) Inzwischen werden, die »Neuen Gedichte« für mich sprechen, (die Du doch wohl schon hast?) Verhaeren schrieb heute, sehr gute Nachrichten: »Je travaille pour l'instant avec entrain et force et douceur et tendresse à mon nouveau drame ›Helène de Troie‹....« Er dankt auf das Innigste für Deine Studie über Multiple Splendeur in O. och B. und bittet Du möchtest verzeihen, dass er noch nicht schrieb! Aber er arbeitet ja und das ist besser; das ist das Beste.

Herzlichstes von
Deinem Rainer=Maria.

Wie geht es Dir und wie Gibsons? Lizzie vor allem? Wo ist sie? Alles Liebe auch von Clara.

122. Ellen Key an Rilke

z. Zeit *Karlstad*
12/1 1908

Mein lieber Rainer Maria, mit große Freüde hörte ich daß du mit die Deinen Weinachten feierte und wünsche Euch nun (alle *fünf*) alles Gute für das neue Jahr!

Ich war dir cirka 9 *Francs* schuldig für die beide Rodinbücher! Ich sende nun 10 *Kronen* (du wechselt sie leicht in Bremen) und die paar Mark, welche du so übrig bekommt, soll du Ruth geben! – um sich etwas gewünschtes zu kaufen!

4 Dec. war ich in Berlin und wir tranken auf dein Wohl, ich und Eva Solmitz und Frau Schurgast. Diese letzte hat nun *kein Heim mehr*: ihr Mannes Bank ist mit großen Krasch gestürzt, er geflohen und sie muß, mit ihren 2 Knaben, sich mit ihr Fotografieren durchschlagen. Sie ist sehr tapfer und großartig, ganz eine Heldin in alles Schwere und Bittere.

Daß E. Norling [!] und Hanna Larson [!] nun verheirathet sind, weiss du wohl? Und daß G. af Geijerstam 50 Jahr wurde und sehr gefeiert. Dies freut mir weil er *sehr* durch die Schurkenthat Strindbergs – *Schwarze Fahnen* – gelitten hat⟨.⟩ Gustaf ist da, in *allen* seinen Beziehungen durch den Koth gezogen; *mir* macht er zu Saufer und homosexuell (!!!) etc. S. Zweig *glaubte* du wollte wieder nach Capri? Wir gingen und hofften auf dir in *Rom* in November!

Wie gut mit deine Vortragsreise! Und wie schöne Gedichte sind diesen »neuen.« Wenn ich sie *noch mal* gelesen, schreibe ich über sie!

Fur heute lebe wohl, mein innig liebes Kind! Kuss und Gruß fur *Ruth* und *Clara*!

Deine Ellen Key

123. Ellen Key an Rilke

Jonsered
29/3 ⟨1908⟩

Diese beide Tauben, von Jimmy fotografirt in die Mandelblüten von Taormina kommen mit Gruß von Dein bruder Jimmy (Polle spielt) und deine Freundin Ellen Key. Vielen Dank fur deine Karte! Auch mir sind die Capritagen 1907 sehr lebendig. Bald kommen nun Lizzi und Lou, welche so schön spielt! Du soll die ganze liebenswürdige Discopolikoloni sehr grüssen von deine dir immer treue

Ellen Key

Nun ist hier Frühling in die Luft – und gar herrlich! Nun reise ich 1 April. Obs: Adresse 5-16 April Pension Ludwig 39 u. 40 Markgrafenstrasse Berlin.

Ist Lizzis neuer Rodin gekommen?

124. Rilke an Ellen Key

Paris, 17, rue Campagne Première.
am 11. August 1908.

Meine liebe Ellen Key,
so lange ist es, scheint mir, noch nie gewesen, dass ich ohne Nachricht war von Dir. Ist es meine Schuld? Ich komme freilich wenig zum Schreiben, besonders seit Paris mich wieder in den eifrigen Zustand von Arbeit und Arbeitshunger versetzt hat, in dem Du mich damals vor zwei Jahren hier gefunden hast. Ich bin dabei, ein neues Gedichtbuch abzuschließen, und darüber hinaus liegt lauter Arbeit vor mir, die nicht länger aufschiebbar ist. Aber ich hätte Dir auch gar nicht schreiben können. Ich wartete immer auf eine Zeile von Dir, die Deine Adresse bringen würde, umsomehr als seit etwa sechs Wochen mein neues kleines Buch mit den Browning=Sonnetten hier für Dich bereit lag. Nun, da Lizzie mir auf meine Bitte hin, Deine berliner Adresse sandte, hab ich inzwischen dieses letzte Exemplar, das immer bei mir lag, fortgegeben und kann es nicht mit diesem Briefe senden. Aber sobald der Verlag mir wieder Bücher schickt, ist das erste für Dich. Dein Besuch in Capri war ja die eigentliche Veranlassung zu dieser Arbeit, auf deren Verwirklichung und Vorhandensein nun für immer ein Schatten liegt: das Buch war kaum da, als Frau Faehndrich auf Capri starb. Ich wusste, dass sie an einem týphösen Fieber er-

krankt war; es wäre zu überstehen gewesen; aber die Herzschwäche, an der sie seit Jahren litt, gab den so überaus traurigen Ausschlag. Und sie fühlte soviel Arbeit vor sich und hatte neue Sorgen und neue Fürsorgen auf sich genommen – –. Nun ist die schöne Villa für immer verwaist. –

Vielleicht hast Du durch Lizzie schon dies erfahren; und auch über mich etwas gehört. Und dass Clara auch hier in Paris arbeitet: sie ist jetzt so tief und fruchtbar in der Arbeit wie kaum je vorher und macht endgültige Fortschritte, denen Rodin, als er Arbeiten von ihr zu sehen bekam, ernst und freudig zustimmte. Sie wohnt nicht ganz nah und wir sehen uns meistens nur einmal die Woche, da wir jeder vor allem Alleinsein und Arbeit brauchen.

Ruth ist gesund und schickt uns nun schon wirklich selbst geschriebene Briefe über alles was sie erlebt. Sie ist wie immer in Oberneuland bei ihrer Großmutter.

Dies alles um einige Fragen vorweg zu beantworten. Vor allem aber Fragen nach Dir, liebe Ellen Key: wie geht es Dir? Du scheinst immer noch im Wandern zu sein. Bleibst Du nun eine Weile in Berlin? Wenn ich das kleine Buch haben werde, wohin soll ich's senden? Viel Gutes für den Rest des Sommers von Deinem herzlichen

Rainer=Maria.

125. Ellen Key an Rilke

Adresse:
Jonsered (obschon ich
nun nicht da bin)
5/10 ⟨1908⟩

Mein lieber Rainer Maria, ich habe immer auf die *Sonetten* gewartet um für dein Brief zu danken – und Heute kamen sie! Ich muss dir gestehen: daß ich mit *Unglaube* das kleine Heft öffnete. »Es ist ja *unmöglich*«, dachte ich. »Er ***kann*** ja nicht englisch! Wie *kann* er alle Feinheiten durchdringen?«

Aber, wie froh war ich zu finden daß du *wieder* ein *Wunder* fähig war! *Einfach ein Wunder*. Ich, *welche ja jedes Wort liebe im Orginal*, jedes als ein Edelstein betrachtet, finde in deine Übertragung eine Vollkommenheit der Treue welche ich nie als möglich geglaubt habe! Wie viele hat du mit dieses reich gemacht, die, welche englisch nicht lesen können! Ich dank dir herzlich!

Nichts hat mir mehr gefreut von Alles, was Lizzi mir von dir sagte, als daß Alles nun mit Rodin wieder gut ist! Ich freue mir mit dir! Von allen *unsinnigen* Schmerzen dieses Lebens, ist die von einem geliebten und verehrten Meister missverstanden zu sein, die unsinnigste! Daß Clara ihre Arbeit nun unter Rodins Augen weiter führen kann; daß du auch da bist, wo du am besten arbeiten kann, dass die kleine Ruth mit Grossmama und Lehrerin geborgen ist, kurz: das Alles in eine gute Gleise ist, freüt mir auch! Nur wollte ich dir *erschütternde*, *tiefe Erlebnisse senden*! Lou (bei welche ich in August 4 Tage war) und ich haben dasselbe Gefühl: daß du nun deine Gedichte – in welche die **Wortkunst** so groß ist – doch zu viel *am Schreibtisch macht*; daß sie nicht immer von starken *Erlebnissen* zu dir kommen, nicht immer *in dir* singen und klingen, spontan und stark! Auch deine Freunde zwischen die Kritiker (z. B. W. Michel) sagen dasselbe! Wir wünschen dir eine grosse (am liebsten ***un****glückliche*!) Liebe und tausend andere, schöne Dinge! ***Schwere Dinge auch***.

Lou war gesund und entzückend; kam von ihre Mutter in Russland und sollte ganz September mit ihren Freund in Wien da sein und auch reisen. Lou sagte – von Lyrik in allgemein und von *deine*: »Lyrik *kann* nichts, *darf* nichts anderes sein als *die feinste Essens* von, die *letzte Blüte auf* den Baum unser Lebens, die Essens unsere Persönlichkeit, die Blüthe unserer Erlebnisse, keine *angebundene* Blume! Und von diesen hat Rainer Marias letzten Bücher nicht wenige«. »Sage ihm dieses« bat ich. »Nein« sagte sie, »ich schreibe ihm ja nicht; er weiss *doch* wie ich es meine: er *muß* im innigeren Kontakt mit das Leben stehen; nicht immer in seine Klause flüchten«: »So sage ich es,« antwortete ich mit die Zuversicht einer Mutter, welche aus Liebe ein Kind weh thun ***wagt. Ist es so***???

Hat du die Freude gehabt Frau Faehdrich [!] die Sonetten geben zu können? Oder starb sie, ehe sie diese Freude erlebte?

P.S. Neue wunderbare Werke sah ich von ihn ⟨Rodin⟩ in Glyptoteket in Copenhagen.

126. Rilke an Ellen Key

Paris, 77 rue de Varenne.
am 9. Okt. 1908.

Meine liebe Ellen,
wie ganz bist Du in Deinem Brief: es ist ja beinah als wärst Du hier! Beantworten kann ich das Wichtigste und Liebste darin nur durch ein Buch; mein übernächstes wird Euch reichlich beruhigen, hoff ich. Denn was müsste *das* für ein Brief werden.

Nun nur soviel: Lasst mich ruhig machen. Mein Gewissen ist gut, und was Ihr da gegen mich sagt, das fass ich und versteh ich, ohne dass es mich schmerzt oder überrascht. Die letzten Bücher, die »Neuen Gedichte« zumal und der Neuen Gedichte zweiter Band, der noch heuer herauskommt, sind eine *Schule* für mich: ich muss mich aller Dinge bemächtigen, aller ohne Ausnahme, auch derjenigen, die mir nicht von vornherein nahe stehn. Ich muss wissen, dass ich die Welt fassen kann, in welcher Verwandlung immer. Und zweitens: ich muss mir die Fähigkeit erwerben, *immer* zu arbeiten; d. h. in allem, was mir begegnet, Anforderung, Aufgabe, Anspruch an künstlerische Verwirklichung zu sehen –: diese beiden nächsten Pflichten meiner Entwicklung gehen vielfach ineinander, ergänzen sich gegenseitig und sind eigentlich eine einzige Pflicht, die mir nicht durch Überlegung aufgegeben worden ist, sondern in die ich recht unwillkürlich und herzlich hineingestellt worden bin: Gott weiß wie. Und nun thu ich sie ehrlich jeden täglichen Tag, und Ihr werdet merken, dass es nicht vergeblich war, wenn es mir gelingt, sie ganz zu erfüllen. Niemals auch war ich weniger weggeflüchtet; niemals mit allen Sinnen so zum Leben hingekehrt, wie ich es gerade in diesem fortwährenden Erfassen geworden bin. Und was die Liebe angeht, so fehlt es nicht daran, weder an glücklicher noch an unglücklicher; wenngleich ich die zweite nicht unter diesem Namen zugeben mag, denn sie ist ja doch wohl die seligste; (was ja auch damit übereinstimmt, dass Ihr sie mir wünscht.)

Und nun eines nach dem Andern.

Ich wusste, dass die Sonette Dich freuen müssen, und ich danke Dir für deine treue Zustimmung dazu. Frau Faehndrich hat das Buch in den letzten Tagen vor ihrer Erkrankung bekommen und hat noch viel gelesen und vorgelesen daraus.

Die Legende des Baalschem liegt bei mir; Eva Solmitz rieth mir zu dem Buch, aber ich lese jetzt wenig, wegen Arbeit, und werde erst später dazu zurückkommen.

Rodin hat hier in demselben herrlichen Haus (es ist ein alter Palast Louis=Quatorze, entre cour et jardin, zuletzt Sacré-Cœur=Kloster) da er mich einmal besuchte, ein paar Säle gemiethet, wo er dann und wann arbeiten wird. Die hohe Harmonie der Räume überzeugte ihn und zog ihn an; er hofft auch, dass die zuvielen Leute ihn hier nicht finden werden. Dieser Fügung verdank ich's, dass er öfter zu mir kommt und ich ihn ungezwungen und ruhig sehe; zuweilen gehen wir zusammen zum Frühstück um die Mittagszeit, lassen einander dabei sehr in Ruhe und haben lauter Freude aneinander. –

(Es ist schön, dass es im Norden noch einmal diese zum

Reiche Rodin gehörige Colonie giebt, die die Glyptotek nach und nach geworden ist.)

Was den Gauguin betrifft, so möcht ich ihn am Liebsten jetzt hierher senden lassen: denn das Bild *zeigen* zu können ist viel aussichtsvoller, als davon zu erzählen, wobei sich niemand etwas vorstellt. Klossowski hab ich ganz aus den Augen verloren momentan; aber ich denke an den Mr. Félix Fénéon, Mit=Chef bei Bernheim=Jeune, und an einen anderen Kunsthändler –. Fraglich ist nur (und darüber müsste der Absender sich eingehend informieren,) ***wie*** das Bild, unter welchen Angaben, zu schicken ist; die Douane ist eine Hölle hier und tausend Jahre sind vor ihr wie ein Tag und ein Tag wie tausend Jahre. Ich stecke so in Arbeit, dass ich nicht Stunden fortgeben könnte für die Einführung, Auslösung u. s. w. jenes Bildes. Dieser Punkt also müsste außer Gefahr gestellt sein, indem ein Spediteur Mittel und Wege findet, das Bild unter der passendsten Deklarierung durchzubringen und bis in meine Thür. Verzeih diese Anmerkung, die etwas eckig scheint: aber wer einmal die Douane und den Schriftstückwechsel mit ihr und die unendlichen in jenem Zwielicht verlorenen halben Tage erfahren hat, der fürchtet diese Prüfung, die einen in der Geduld nicht weiterbringt, auch wenn man sie ergeben und melancholisch besteht.

Baeckström, der mich neulich besuchte, war der erste, der mir von irgend einem Halsübel, daran Du zu leiden hattest, ungefähr sprach. Ist's noch nicht ganz überwunden? Umsomehr freu ich mich, zu wissen, dass Du Dir wieder eine südliche Winterstelle suchst, wo Du sicher endgültig damit aufräumst. (A. Baeckström wird nun wahrscheinlich doch noch mein Rodin=Buch ins Schwedische übertragen, wenn er mit dem Verlag sich einigt.)

Besonders dank ich Dir für ein Wort über Stina. Sie ist eine von den Seelen, mit denen ich mich so recht unbeirrbar verbunden weiß. Diese Sicherheit ist so gross, dass ich sie im

Frühling in Florenz an mir vorbeigehen liess, weil mir eine ungewollte Begegnung ein unwichtiger Zufall schien, den man ruhig fallen lassen mag, bei der Fülle sorglosen Einverstehens. Im Paradies sehen wir uns sicher jeden Tag; und es hat keinerlei Eile mit uns.

Schade dass Karin nicht einmal in *Paris* ein wenig weiterwächst. Was wärs für eine Freude, mit ihr zu lesen und zu arbeiten und ihre hundert Gefahren, mit denen sie's hält, für einen Augenblick muthig mitzutragen. –

Es ist gut, dass Du Lou vier Tage lang gesehen hast; so ist doch jemand da, der Zeugnis ablegen kann für ihr Dasein, das mir oft, wenn ich an sie denke, in allem ausgebreitet und einzeln gar nicht mehr sichtbar scheinen will. Ich schreibe nachlässig in Eile gedrängt von mehreren Briefen, die nach diesem werden geschrieben sein wollen. Aber Du wirst mich in Ruhe lesen und so das Tempo corrigieren und die Melodie herausfinden, die durchaus nicht hastig ist.

Dein Rainer=Maria.

(Verhaeren fragte schriftlich viel nach Dir.)

127. Rilke an Ellen Key

Paris, 77 rue de Varenne.
am 9. Okt. 1908
Nachschrift zu heute morgen.

Liebe Ellen,
nun, da meine Antwort fort ist, kommt sie mir fast leichtsinnig vor. Aber Du wirst sie nicht missverstehen. Du weißt, dass ich den ganzen Ernst von Lou's Tadel und Deiner lieben Besorgtheit begreife –; doch ebenso ernst antworten besonders auch in Bezug auf das »Schwere«, – das hieße schon eben jenes Buch schreiben, das ja (wie ich hoffe) eines Tages völlig da sein wird, um Rechenschaft abzulegen; um eine Entwickelung zu rechtfertigen, die Recht haben muss, wenn

ich nicht mein ganzes Leben lang in allem Unrecht gehabt habe. –

Nun entdeckte ich auch noch Deine nachgerufene Frage nach dem Buche der Gräfin Gneisenau. Ich war in dem Sommer vor dem Erscheinen des Buches (vor zwei Jahren) viel mit der Gräfin beisammen: wir haben manche Stelle besprochen, und sie hat in dem Buch, so wie es jetzt vorliegt, vielfach Änderungen gelten lassen, zu denen ich vielleicht den anregenden ersten Anstoss gab. So kenn ich das Buch von der persönlichen Seite her zu genau; d.h. ich kenne nur *diese* und glaube nicht, das es eine andere Seite reif ausgebildet an sich hat.

Es war mir in Zusammenhang mit der Verfasserin interessant und besteht für mich nur aus lauter Bezügen auf sie: so dass ich ihr damals sogar gerathen habe, es nur als Privatdruck für ihre Freunde zu publizieren. Dies widersprach indessen ihrem Bedürfnis, mit der kleinen Arbeit ganz und gar herauszutreten, als mit einem thatsächlichen litterarischen Anfang. Sie ist, soviel ich weiß, dabei geblieben, diese Angelegenheit ernst zu nehmen und fortzusetzen. Du wirst besser wissen als ich, ob mit Recht oder Unrecht.

Und nun nochmals Adieu, liebe Ellen, recht von Herzen.

Dein Rainer=Maria.

128. Ellen Key an Rilke

FURUBORG, JONSERED.
27/10 ⟨1908⟩

Lieber R. M!
Wie oft habe ich an dir gedacht, hier in die gelbe Stube wo ich grade diese Herbsgoldene Zeit verlebt habe! Ich bekam dein Brief und bin herzlich froh daß du unsere Unruhe – Lou und meine – so ganz als *unnötig* empfand! Was du darüber sagte, hat mir völlig beruhigt und ich warte mit Vertrauen und Freude auf kommende herrlichen Dinge!

Unsere Freunde hier haben es gut und ich gehe nun um mein Haus – d. h. Platz dafür – *definitiv* zu nehmen! So gehe ich in eine *Klause* um zu *arbeiten*.

Das Gaugin [!] Bild wird anders geordnet – dies war schon abgemacht ehe dein Brief kam so es war nicht deine Antwort welche abstossend gewirkt hat. Übrigens verstehe ich – überbürdete, durch Andere überbürdete – *unendlich* gut deine Angst fur die *Douane*!! (Ein Scheüsal!!)

Bekam du je das *10 Mark Geld* – fur Judith Claudel [!] 2 Bücher und den Rest sollte fur Ruth sein? – Ich sende diese Kvittung: *hat du das Geld*, reise es in Stücken!

Ich freute mich sehr durch Baeckström über deine *schöne Wohnung* zu hören und *wie* freue ich mich daß du mit Rodin so schönes verlebt! Und ***wie*** daß du glücklichen und unglücklichen Lieben hat (!! eine leichtsinnige Mutter, nicht war?) Mag du Alles erleben was in deine Natur zu erleben ist; Alles geben was dein Genius zu geben hat und froh, froh, stark und glücklich – oder auch unglücklich! – *leben*! (d. h. *lieben*)

Deine E. Key

Gibsons grüssen:

Obs: Jimmy wird *50 Jahre* 26/12 1908. Beide feiern silberne Hochzeit 8/1 1909

Stina grüsst sehr; ich lase sie deine Worte vor. Sie ist sehr lieb und froh weil Ragni viel besser ist.

129. Ellen Key an Rilke

Bendes, St. Légier
Sur Vevey, *Suïsse*
1/12 1908

Lieber Rainer Maria,
nun will ich deinen letzten Brief beantworten und dir sagen daß verschiedene Umstände von ausserliche Natur, mein

Kauf noch etwas verzögern muß aber ganz sicher wird es sich in ein halbes Jahr geordnet haben. Da ich milden Luft und mehr Sonne als Schweden im Winter giebt, fur mein Hals nötig hatte, ging ich hier auf ein stilles Landsgut mit 3 feine, freundliche Schwestern, wo ich es in jede Beziehung: Klima⟨,⟩ Haus, Ruhe herrlich habe und in eine prachtvolle Natur; keine Pension nur ich bin hier. Ich schreibe über die Frauenfrage für *Die Gesellschaft* (Du muß Die Legende von Baalschem lesen so will du Anders über die Juden fühlen: es ist das »christlichste« Buch seit das neue Testament!!⟨)⟩ Und so wundere ich mich sehr ob du mit Marie Cyrenius und Magda Mauthner war? Die erste ist eine sehr feine, selten liebe und reine Seele; die andere kenne ich wenig aber sie ist sehr reich und ich habe schon früher mit sie über Clara und eventuelle Bestellungen gesprochen. Beide sind Künstlerinnen aus Wien und ganz werth mit dir zusammen zu kommen (um Rodins Atelier zu sehen.)

Und nun schlieslich will ich dir doch das sagen, warum ich überhaupt schreibe: meine Freude, daß Du, liebes Wesen, geboren wurde! Und daß ich dir Alles Gute, Alles Schöne für dein neues Jahr wünsche. Und daß du uns wieder beschenken wird mit ein Werk, macht mir so glücklich!

Deine treue Ellen Key.

130. Ellen Key an Rilke

PARAGGI, PENSION COSMOPOLITE
20/3 1909

Lieber Rainer Maria!
Ich bekam in Schweiz dein letztes Gedichtbuch und freute mir wie immer über das Schöne; fand auch da die Gedichte wieder, von welche ich dir Lou's und meine Meinung sagte und Du uns so lieb antwortete! Und so sage ich nichts mehr

darüber sondern hoffe daß, wenn du *Alles* ***sagen*** kann, Du wieder ***singen*** wird!

Weiss Du daß Gustav Geijerstam tod ist? Ich hörte es vorgestern von Gerhard Hauptman [!], der auch hier mit seine Familie ist. Er (Gustav) ist das letzte Jahr leidend gewesen und die schandhafte Tat Strindbergs, *Die schwarzen Fahnen* hat ihm den Stoss gegeben. Der arme Gustaf – mit seinen *Egocentrismus*, (seine große Schwäche, wie ich dir sagte) war Er doch ein solches Schicksal nicht werth, diesen Meuchelmord ein Opfer zu werden. Ein Jahr ist er krank und trauernd gewesen und nun *Tod*!

Ich hoffe dir ein paar Mal in April zu sehen falls du noch in Paris ist und hoffe auch vielleicht Lou mitzubringen – wir wollten uns erst bei Lago Maggiore treffen – nun habe ich sie vorgeschlagen im Ende April nach Paris zu kommen. Schreibe mir ein Wort ***umgehend*** *ob du dann da ist.* Und fürchte nicht, wir stören Dich! Dazu ist deine Arbeit und deine Freiheit uns viel zu werth! Deine

treue Ellen Key

Herzlichste Grüsse von Gerhart Hauptmann

131. Rilke an Ellen Key

77, RUE DE VARENNE
Paris, am 5. Dez. 1909
Sonntag.

Meine liebe Ellen Key,
ich kann Dir nicht so schön schreiben und wünschen, wie Du mir zu gestern geschrieben hast. Alle meine Lettern stehn in der Arbeit, und mir bleiben grade nur so viel, die einfachsten Worte zu bilden. Etwa Dir zu sagen: Ich bin sicher, dass eine Zeit kommen wird, da wir mit einander wieder ebenso zufrieden und einverstanden sein werden, wie wir einander lieben. Und wenn ich nun am 11., zwischen

Morgen und Abend viele Male an Dich denken werde, so wird es mit den Wünschen dieser ganz und gar überzeugten Liebe sein.

Immer Dein
Rainer=Maria.

Sag Lizzie das Herzlichste und Dank für ihren guten guten Brief. Ich schreibe ihr später. Und Gruesse für Jimmy.

132. Rilke an Ellen Key

Schloß *Duino* bei Nabresina, oesterr. Küstenland
am 17. Dez. 1911.

Beste Ellen,
einem so großen Freund, wie Dir, bin ich längst einen großen Brief schuldig, ich will sehn, ob er sich jetzt schreiben lässt. Es hält vor, seh ich, wir sind miteinander unzufrieden, liebe Ellen, ich las in Deinem Buch: wie sehr bin ich es mit Dir. Wir geben einander so gleichzeitig, mit so viel Eifer Unrecht, dass es fast eine Freude ist, denn diese Übereinstimmung im Missbilligen ist auch eine und (scheint mir) eine recht solide, unbestechliche.

Siehst Du, es ist so wunderbar an Dir, dass Du mit einer Hingabe und Herzlichkeit ohnegleichen für reine menschliche Zukünfte eingetreten bist, glaub mir, dass ich das immer noch ebenso an Dir liebe und verehre, genau wie damals, da ich Dir zum ersten Mal schrieb. Dein Fehler, wenn man so sagen will, war, dass Du jene neuen, veränderten, anders zusammengefassten Anwendungen des Herzens, jene lauteren geraden Richtungen nicht nur beschriebst und vorstelltest, sondern auch wünschtest; allmählich schuf Dir Dein Wunsch eine eigene Optik, Du sahst nahe, Du fandest erfüllt, um Dich herum verwirklicht, was eben noch eine entlegne Verheißung gewesen war; Du legtest alles Bücher und Bilder, Landschaften und Vergangenheiten in Deinem

Sinne aus, es kam Dir auf Präzision nichtmehr an, Dein Herz wurde ungenau und andere völlig ungenaue Herzen bestärkten Dich in Deinem Betrug, kehrten sich Dir entzückt mit *den* Seiten zu, die Du ihnen wünschtest, waren der Dekor Deiner mit einem Mal verwirklichten Welt, – und Du merktest gar nicht, dass sie alle ganz unausgeführte leere Rückseiten hatten, wie Coulissen, und wundertest Dich nicht, dass so unendlich schwere Dinge im Handumdrehen sich vollzogen hatten. Von da ab stimmten Deine Bücher nicht mehr; wenn es früher manchem optimistisch schien, dass Du das und jenes Freie, Lebendige, einfach Wahre für künftig und bevorstehend hieltest, so konnte jetzt, da Du vorgabst, es sei schon durchgesetzt und unter uns vorhanden, jeder einigermaßen Gewissenhafte Deine vielen überredenden Worte mit einer kleinen Bewegung abweisen: so augenscheinlich falsch waren sie.

Ich glaube wirklich nicht, liebe Ellen, dass wir in einer besonders ungünstigen Zeit leben, andererseits aber seh ich auch keinen Grund, dieser Zeit Komplimente zu machen, als ob sie Gott weiß wie sehr weiterkäme mit ihrer ambitieusen Geschwindigkeit. Es wird sicher theils aus Noth, theils aus Neugier und Nervosität, viel geleistet in ihr, aber in dem, was uns beiden, damals als wir uns zuerst verständigten und berührten, sehr deutlich am Herzen lag, sind, fürcht ich, nur wenige, weit aus einander liegende Fortschritte geschehen, Fortschritte von vermuthlich so diskreter Art, dass sie ganz im Unsichtbaren bleiben und als Beweise, für das, was wir meinen, sich gar nicht aufzeigen lassen. Nein, ich fürcht es nicht einmal, es ist mir ganz natürlich, diesen Veränderungen eine Langsamkeit zuzuschreiben, eine Unscheinbarkeit, eine Zurückgezogenheit, von der wir uns keinen Begriff machen können. Es wäre nicht unmöglich, dass ich die Menschen jetzt ein wenig besser sehe als früher, aber ich kann nicht finden, dass sie zu den grossen ersten und letzten Dingen reinere, entschlossenere, kühnere Wendungen gewonnen haben. Ich sehe nicht, dass die Liebe glücklicher geworden wäre und weniger schwer und verhängnisvoll, und wer jetzt eines guten Todes stirbt, der ist ebenso wie früher eine Ausnahme und wir wissen nicht, wie schwer oder wie einsam oder wie verzweifelt er dazu gekommen ist.

Nun wirst Du meinen, meine gute Ellen, den Malte Laurids zu hören, nein, nein hier rede *ich*, und wirklich, ich finde es durchaus nicht trostlos, dass die großen Dinge unendlich gross sind und die schweren von ihrer Schwere nichts nachlassen. Wenn wir, im Ganzen gesprochen, eine Freude brauchen, so ist es viel mehr die, unermessliche Aufgaben vor uns zu haben, als das bischen Freude an irgend etwas schon Erreichtem, das so leicht absteht und austrocknet. Lass mich nun überhaupt ein paar Worte von mir sagen. Ich war gegen die Publikation Deines Aufsatzes, weil ich ihn nie richtig fand; was sonst über meine Bücher geschrieben worden ist, mag noch viel falscher sein, ich kenne es nicht und werde es nie lesen; Deinen Essay aber hab ich gelesen, da er zuerst an den Tag kam, er ist der einzige, den ich selbst mit Material versehen hatte und so fühlte ich mich eine Spur mit verantwortlich und nicht einverstanden als ich wahrnahm, dass Du aus meinen persönlichen Daten, aus meinen Briefstellen, aus meinen Büchern, ganz kurz und rasch, *Das* herausgeschlagen hattest, was Dir sÿmpatisch war, um es (das seiner Natur nach immens unanwendbar war) schnell handgreiflich und sozusagen im seelischen Sinne praktisch zu machen. Ich liebe es nicht, wenn mir aus der Hand gelesen wird, dies war eine Art Handleserei, und so ist es schließlich das Beste, dass der Malte Laurids eine Linie bildet, die die anderen scheinbar aufhebt und ihnen quer widerspricht.

Nun rührt es mich, dass diese Linie im Zusammenhange, in dem Du sie sahst, Dich so erschreckt und beunruhigt hat; liebe Ellen Key: ich bin nicht Malte Laurids Brigge. Du verwechselst mich, hast es immer ein bischen gethan: hast vergessen, dass der Erzähler vom »Lieben Gott« nur eine

Glocke war, höchstens ein kleines Glockenspiel in meiner linken Hand; dass der Mönch des Stundenbuches nur drei Stellen in meinem Herzen bedeutet, – und was endlich den Malte angeht, so ist in ihm meine Linie, die sonst Muster und Arabesken bildet, sich mit sich selbst aufhält, – einfach ausgezogen der Länge nach, auf ihre bloße Richtung hin und damit, wie jede Richtung als solche, unendlich, aussichtslos, ohne Ruhe, allem parallel. Schon als ich vor 7 Jahren den Brigge begann (in Rom übrigens, in eben den Tagen, aus denen die Briefe stammen, die Du in Deinem Essay verwendet hast), kam es mir zum Bewusstsein, dass da ein Untergang zu beschreiben sein wird, nicht *meiner*, denn Malte geht genau an den Dingen zugrund, die mir immer wieder zum Fortschritt ausgeschlagen sind; es ist sein Verhängnis, dass er gar nicht rücksichtslos und gar nicht frei ist, dass er im äußersten Moment sich immer versteckt in der Gefahr, ihre Farbe annimmt und deshalb nicht gerettet werden kann. Wer mein Leben zu erzählen unternähme, der müsste sich ganz anders anstellen, der müsste geradezu von der Rettung ausgehen. Malte Laurids sieht mir, strenggenommen, eher unähnlich, mich selbst hätte ich ja gerade in *diesen* Gefahren nicht überschauen können, freilich, indem ich mich um seinetwillen mit ihnen einließ, hab ich sie alle aufgeregt –, aber das ist eine andere Sache, mit der ich fertig zu werden habe. Wer bestimmt war, dieses Buch zu schreiben, hat aus ihm und seinen Konsequenzen einen langen Rückweg zurückzugehn, das ist sicher; gelingt es ihm aber dann, den rechten Kreuzweg einzuschlagen, so kann es ihm im wirklichen Vorwärtskommen einmal sehr nützen, dort gewesen zu sein, wo es nicht weitergeht. Lass eine Zeit vergehen, liebe Ellen, so wird es möglich sein, gerade dieses Buch zu lesen, ohne dabei an mich zu denken oder um mich besorgt zu sein: und dann wird sich alles in einer andern Betonung und Bedeutung herausstellen, Du kennst ja die grosse Meinung, die ich seit je von den Niederlagen hatte.

Genug, nun wieder zu Dir; aus einer Zeitschrift, die Clara mir im Frühling geschickt hat, kenn ich ein wenig Dein kleines Haus. Ich danke Dir für Deine Einladung, sehr möglich, dass ich einmal komme, ich bin sicher, wir werden uns jetzt erst recht gut vertragen und uns so viel zu erzählen haben, dass wir nicht darauf kommen werden, über die Richtigkeit oder Nichtrichtigkeit der Maeterlinck'schen Ehe und ähnlicher Gegenstände uns zu überwerfen. Allerdings, ich glaube, dass ich viel eher einmal im Winter in Euern Norden komme; denn mich verlangt es nach nichts so sehr, als nach starker, eindeutiger Kälte, winterlicher Landschaft, weiten Wegen im Schnee. Vorigen Winter war ich in Afrika, in Algier, Tunis, Aegypten, einen Theil dieses Winters werde ich hier verbringen: Du erinnerst Dich sicher und stellst Dir bei dem Namen Duino, diese einzige unvergleichliche Erscheinung vor, die es ist. Wir haben Deinen Namen im Gästebuch aufgesucht, die Fürstin Taxis, die bis vor ein paar Tagen hier war, wünscht sich sehr, Du kämest wieder einmal hier vorbei wenn sie hier ist. Ich bin mit ihr, ihrem Mann und ihrer ganzen Familie sehr befreundet und so kam's im Sommer, als ich bei ihnen in Böhmen war, dazu, dass sie mir anboten, mich für den Winter ganz allein in diesem festen Schloss zu verstecken: nichts konnte mir für die Stille, die ich vorhatte, willkommener sein.

Lass meinen Aufenthalt recht unter uns bleiben, ich möchte nicht leicht gefunden sein, höchstens von ein paar Briefen, Deinen unter anderen, sooft Du mir erzählen magst. Ist Heidenstam Dein Nachbar, oder hast Du gar keine Nachbarschaft? Und wie geht es bei Gibson's?

Ruth war am 12. Dez. zehn Jahre, ein grosses Mädchen, ich habe sie nun schon wieder mehr als ein Jahr nicht gesehn, höre aber Gutes von ihr, nur dass sie immer noch nicht in den rechten Verhältnissen ist. Ich denke immer noch, sie müsste zu Euch guten klaren Menschen nach Schweden, gleichviel ob Samskola oder nicht –, wenn ich einmal komme, bring ich sie mit und lasse sie Euch oder den Wildgänsen, wenn Ihr sie nicht nehmt. Die Wildgänse nehmen sie sicher.

Ein gutes Weihnachten, liebe Ellen, und das Herzlichste in alter Treue.

Dein Rainer.

133. Rilke an Ellen Key

Paris, 17 rue Campagne-Première,
am 5. April 1913.

Meine liebe Ellen Key
Du hast mich, in alter Treue und Güte, gescholten, dass ich überall war nur nicht bei Dir, in Deinem kleinen Haus, das ich mir von Herzen schön vorstelle, – ich will's nicht vergessen, zunächst aber hab ich neuen Tadel verdient, indem ich Deinen guten Brief vom 20. Januar so lang habe liegen lassen. Inzwischen wirst Du die von Zweig veranlasste Karte bekommen haben, auf der ich mich wenigstens als nach Paris zurückgekehrt bei Dir melden durfte. Die anderen Namen werden Dir gezeigt haben, in wie rühmlicher (und Dir vertrauter) Gesellschaft ich mich an jenem Morgen befand, – es war ein Frühstück, das Zweig uns gegeben hat und bei dem wenig gegessen wurde, aber umso mehr gesprochen. Die Begegnung mit Romain Rolland, den ich dabei kennen lernte, hat mir viel Freude gemacht, ich nahm das sÿmpathischeste Interesse an ihm vom ersten Augenblick an und, ich glaube, auch er hatte einige Aufmersamkeit für mich. Ich prägte mir seine feinen ermüdeten Züge merkwürdig weit ein, auf denen die Blässe so vieler vor ihm aufgeschlagen=gewesener Bücher dauernd geworden ist: es ist der Widerschein von Buchseiten der dieses Gesicht erhellt und an ihm zehrt, nur die Augen, die auch schon oft mögen verbraucht gewesen sein, sind mit dünnem reinem Blau frisch nachge-

malt. Das Sichere, Erfahrungsvolle und im Reifen Bescheidene seines Wesens, die Güte, (obwohl sie ein bischen à priori in diesem Dasein steckt), die immense Reinheit aller Absichten geht von ihm aus wie der Körpergeruch von einem Säugling mit so intensiver ahnungsloser Natur. Das thut sehr wohl. Und es ist herrlich, sagt man sich, wenn man diesem Einfluss ausgesetzt ist, *kein* Dichter zu sein, sondern etwas so Solides und mit Willen und Bewusstsein Herangewachsenes, ein menschliches Wesen, ein Mensch der besser geworden ist, nicht so ein moralloses Geschöpf auf das von Zeit zu Zeit ein unverhältnismäßig Grosses sich herabstürzt, das schicksalslose Schicksal grenzenloser Einsichten, Gott, alle Engel, ja die Lust aller Götter, – liebe Ellen, es ist nichts mit uns, wir sind und bleiben mit Herrlichkeiten Gezüchtigte. Nennst Du das wieder Melancholie, so ist's wenigstens eine heftige Schwarzfühlerei und ich werde über sie nie hinauskommen: elle est ma réalité définitive, il me semble.

In Spanien war ich seit Ende Oktober, mit Staunen und Bewunderung auf eine ganz neue Weise beschäftigt. Nun ist's wieder Paris und wird, hoffentlich, eine halbe Ewigkeit Paris bleiben. Mehr kann ich, wenigstens schriftlich, nicht von mir sagen, es ist zu viel und zu wenig was da zur Sprache käme. Dazu mags kommen, wenn ich einmal bei Dir in Deinem kleinen Haus sitze und bewundere, wie gut Du alles in Deinem Leben gemacht hast; Wann? Nicht abzusehen vor der Hand.

Danke dass Du mir Frau Lotte Bock weggehalten hast; es ist so überflüssig über meine Bücher zu faseln und naïv, dann auch noch dafür gelobt sein zu wollen. Brief hier innen, Manuscript geht zugleich zurück. (Unmöglich für mich, solches Zeug zu lesen.) Wenn ich etwas brauche ist's Ruhe und gelegentlich verständigen Beistand, *sicher keine* Bewunderung.

Dein von Herzen ungezogenes Kind: Rainer.

NB: *Bitte*: kannst Du Bonnier veranlassen, mir die Aufzeichnungen der Malla Montgommery [!], die Du eingeleitet hast, zu schicken (Oder gieb mir sie leihweise). Es ist wegen Bettina Arnim, dass ich sie durchsehen möchte, wenns geht bald.

134. Rilke an Ellen Key

Paris, 17 rue Campagne-Premiere
am 11. April 1913

Meine liebe Ellen Key,
ich danke Dir für das Buch, auf dem so schön mein Name steht, als sollte ichs am Ende behalten dürfen. Herrlich, dass von Bettina soviel die Rede ist, lange hab ich mir so ein Buch gewünscht.

Danke für Deinen Brief.

Ich komme eben von Romain Rolland; er reist in drei oder vier Tagen; er hätte F. van Eeden *sehr gerne* gesehen, aber nun wird nichts daraus, es sei denn, dass van Eeden zufällig auch nach Italien ginge. Eine dortige Adresse weiß R. R. noch nicht anzugeben, aber Briefe über Paris gehen ihm natürlich alle nach.

Es war eine sehr schöne Stunde, die ich bei ihm verbrachte, wir haben uns viel zu sagen, und sein Wesen ist von einer milden Wirksamkeit, wie eines Sterns eh es noch ganz dunkel ist. Man kann nicht anders als mit dem Herzen an ihm betheiligt sein, obwohl seine Geistigkeit, den Stoff, aus dem er geworden ist, so wenig verräth. Jedenfalls giebt es wenige Menschen, die aus so reinen Vorräthen heraus gut sein dürfen. Ich sah ihn heute das dritte Mal und ich rechne ihn unbedingt zu den Wichtigsten, die mir begegnet sind und will stolz darauf sein, ihn nicht wieder zu verlieren.

Sag Lizzie tausend Dank für ihre guten Worte und dass ich schwedisch noch lese, im übertragenen, wie im wirklichen Sinn. Es überrascht mich nicht, dass es schön bei Dir ist, und dass die Leberblümchen ein besonders sympathisches Gesicht machen, wenn sie merken, dass sie bei Dir herauskommen.

Sag Stina Frisell meine alte und treue Verehrung, ich hoffe, sie weiß noch von mir; und nun leb wohl für heute.

Dein
Rainer Maria.
./.

(In Eile.)
Ich lasse Dir, da ich nichts hier habe, von der Insel zwei von den »Übersetzungen« senden; ich weiss nicht, welche »etwas sehr schönes« ist: Du wirst sehen.

Das Manuscript der Frau Lotte Bock, das ich neulich anmeldete, ist hier liegen geblieben, weil ich kein grosses Couvert hatte und geht erst dieser Tage an Dich zurück.

Du darfst citieren, was Du willst, aber Du weisst, es stand auf Deinem Schreibtisch: »*Du skal ikke....*«

135. Rilke an Ellen Key

z. Zt: Bad Rippoldsau, Schwarzwald
(Großherzogthum Baden)
am 27. Juny ⟨1913⟩

Meine liebe Ellen,
noch immer hab ich Dir nicht berichtet, wie viel Freude mir Malla's Aufzeichnungen bereitet haben –, Bettina kannte sich selbst sehr gut, man erfährt nichts über sie, strenggenommen, was sie sich nicht selber zugetraut hat, aber Malla selbst, im rührend=stillen Verzicht ihrer Erscheinung, ist mir über dem Lesen sehr lieb und herzlich geworden (diese Männer!); mit einer jungen Schwedin, die gerade in Paris war, habe ich viel über sie gesprochen und mir erzählen lassen; wenn ich wieder ein mal, (die Zeit kommt sicher) mich ein bischen ins Schwedische einlese, muss ich unbedingt auch denjenigen Band der Memoiren lesen, in dem sie von ihrer Kindheit handelt.

Aber ist denn das kleine Buch mit den Briefen U. P. Kernell's, das Dir von so reichem Einfluss war, noch irgend zu bekommen? Würdest Du mir *genau* den Titel herausschreiben können, möglichst mit Verleger und Jahreszahl? Mein sehr findiger Antiquar wird es mir dann sicher zu verschaffen wissen.

Du hast es sicher gut in Deiner schönen gesicherten Welt; über mich ist wieder, den ganzen May lang, eine Wogenfolge unerwarteter Dinge hingegangen und hat mich so müde zurückgelassen, dass ich (wie Du siehst) Paris hinter mir lassen musste, um hier, in den Waldbergen des Schwarzwaldes, (nahe Strassburg) eine Luft und Wasserkur auf mich zu nehmen, die mich nun fürs erste völlig verdummt. Ich kann kaum schreiben, mein Körper behauptet vegetativ völlig beschäftigt zu sein und die Hand hält sich zu ihm und spielt so und so viel Rechte auf Trägheit aus und ist zu nichts zu bewegen.

Auch lesen geht nicht recht, aber Selma Lagerlöf's »Fuhrmann des Todes« hab ich doch neulich mit in den Wald getragen und mit zunehmender Bewunderung gelesen. Wie das ganz ohne Naht vom Wirklichen zum Überwirklichen übergeht, ohne dass man die Stelle findet, wo man eines überschreitet, so hin und hinaus und ganz herum und wieder zurück, – das ist eine Erzählerkunst, wie wohl ausser ihr jetzt niemand sie besitzt (und so wirklich mühlos besitzt) in ganz Europa.

Hanna Pauli hab ich nur einmal gesehen; wir waren wohl beide anderweitig zu viel in Anspruch genommen diesmal, aber ich habe mich sehr gefreut über sie und freue mich auf mehr, später einmal.

Damit Dir die Dummheit dieses Briefes nicht zu lästig ist, kommt gleichzeitig ein, allerdings sehr sehr kleines Buch mit allen meinen herzlichsten Gedanken.

Dein
Rainer=Maria.

136. Rilke an Ellen Key

BAD RIPPOLDSAU A. G.
RIPPOLDSAU
BAD. SCHWARZWALD
am 7. Julÿ ⟨1913⟩

Meine liebe Ellen,
ganz gerührt hat mich's, Du Gute, dass Du mir Dein eigenes kleines Buch anvertraut hast, das so im Stillen geliebt aussieht, (auch wenn ich's nicht wüsste). Ich will Dir nur sagen, es ist gut angekommen (und eben Dein Brief), – bei mir wird es Dir nicht entfremden, auch werde ich es nur solange behalten, als zu aufmerksamem, durch die fremde Sprache etwas verlangsamtem Lesen nöthig ist, – dann geht es sofort sorgfältig an Dich zurück.

Schade, dass ich nicht früher von der Schwedin in Freiburg wusste; jetzt ists zu spät, ich denke dieser Tage weiter zu gehen, noch eine Weile innerhalb Deutschlands, alte Freunde wiedersehen. – Sicher hätt ich mich sehr gefreut an der Begegnung mit jener schwedischen Frau, ich habs unbeschreiblich nöthig, wieder einmal schwedische Menschen zu fühlen (wie gut, waren mir die Tage mit Clara's schwedischer Freundin in Paris, – Frau Ingrid Larsson=Stieve, (der Frau des Dr Friedrich Stieve in München), deren Bruder eine Tochter Bonnier's zur Frau hat.

Das »Marien=Leben«, ja, ist ganz genau das, als was Du es empfindest; kommt von Bildern und lässt Bilder zurück; einzelne Stellen gehen sogar auf die alten Vorschriften des »Malerbuches vom Berge Athos« genau zurück. *Mein*, in einem großen inneren Bezug, vorbildlos und im Nachbild wachsend, ist nur eines: Die Stillung Mariens mit dem Auferstandenen. Die anderen Gedichte sind fast nur dazu da, dieses eine warm zu halten –

Es schadet nicht, wenn meine Stimme noch eine Weile hinter solchen Vorwänden verschwiegen bleibt, – an einzelnen Durchbrüchen erkenn ich manchmal, wie über die

Maaßen herrlich sie geworden ist, darum konnte auch mein wehleidiger Körper sie die letzten Jahre gar nicht ertragen, zitterte und brach fast, so wie sie nur aufstand. Wird's aber lernen. Kann's doch die Nachtigall auch, hält Stand, während sie ihr Herz überholt und übertrifft.

Ich weiß noch nicht, *wo* überall ich fürs nächste hingehe, jedenfalls später auch nach Leipzig. Aber ich lass Dich noch einzelnes hören, damit wir einander immer zu finden wissen.

(Ich fürchte, der Sommer verregnet zu einem grossen Theil).

Dein herzlicher
Rainer=Maria.

137. Rilke und Lou Andreas-Salomé an Ellen Key

⟨Göttingen⟩
⟨zwischen 9. und 21. 7. 1913⟩

Liebe Ellen, Du hast inzwischen meinen Brief aus den letzten Rippoldsauer Tagen und nun siehst Du, wohin es mich von dort getragen und getrieben hat. (Acht Jahre seit ich zuletzt hier war – und alles so herzlich unverändert oder nur noch vermehrt). Wie viele Gespräche und wie viel Neues und Frohes stellt sich immer darüber heraus, wenn es Lou ist, zu der man spricht. Leider nur soviel Regen, dass wir wenig Wege machen können, zuhause sitzen bei (man glaubt es nicht) geheiztem Ofen. Herzlichste Gedanken zu Dir,

Dein
Rainer=Maria.

Liebe süße Ellen! ich freue mich sehr, daß Ihr auch mal an mich denkt! Jetzt eben sitzen Rainer und ich und denken an Euch. Ich verlebe seit Ende April nach so langer Abwesenheit vier wonnige Sommermonate in der Stille und Arbeit bis ich im August wieder nach Wien und nach München hinuntergehe. Daß ich bald nach Berlin komme, glaube ich garnicht, Maria soll also ja nicht darauf warten, um zu erzählen. Grüsst mir auch meinen schönen Wild und seine Frau und Kinder und Kindeskinder, Deine kleinen behaarten Urenkel, die vielleicht schon da sind. Ob ihr wohl schönes Wetter habt und im Wasser herumplantschen könnt und Eure lieben Schinken den vorüberfahrenden Schiffen zeigen?

Wir hatten lange Regen.

Euch küßt tüchtig Eure Lou.

138. Ellen Key an Rilke und Lou Andreas-Salomé

STRAND, ALVASTRA

7/8 1913

Liebe Menschen, Lou (der Filou) und Rainer (der Stachelferkel) – wie schön müssen Ihr es bei diese schöne Jahreszeit zusammen haben! Wäre ich nicht hier auf Strand mit Wild, eine Unmenge von Kirschen und Gemüse, Bäder im Wetter und Blumen im Garten, ich *wollte bei Euch sein*! Rainer schrieb mir aus Rippoldsau ein lieber Brief und die Karte aus Göttingen kam dazu um mir fast neidisch zu machen – ich meine neidisch daß ich nicht die Freude habe Lou und Rainer ***zusammen*** zu haben. Dies ***muß*** 1914 sein. *Im Frühling*! April-Maj sind hier so wunderbar schön so daß Ihr beide Purzelbäume schlagen werden!!! Winter ist hier nicht schön: selten Schnee viel Schmutz und Regen. Sissy heiratet 9/8. Sie haben eine Wohnung bei Ricarda Huch. Die haben ein Freund von dir, Gesattel (?) kennen gelernt. Sie sind selig. (Und seit mehr als ein Jahr heimliche Eheleute) Und ich bin froh in das Versprechen ein »Enkelkind« nahmens Ellen zu bekommen. Und ich wäre sehr froh konnte ich eins von Lou und Rainer haben!

Eure E. Key

139. Rilke und Lou Andreas-Salomé an Ellen Key

⟨München⟩
⟨Ende September 1913⟩

Liebe Ellen! längst hätt ich Dir für Deinen guten, schönen Brief danken sollen. Aber die Zeit verging zu unruhig dazu; erst war ich in Wien, dann zum Freud'schen Kongreß in München, und seitdem bin ich noch immer hier, mit Rainer und Gebsattel, mit dem ich wohne, und wir reisen erst am 5ten Oktober zusammen ab, zu den Spielen in Hellerau bei Dresden, wo l'annonce von Claudel aufgeführt wird. Inzwischen hab ich von Dir noch viel gehört durch Sissy, die ich hier wiedersah. Sie sieht ganz ganz unverändert aus, obgleich ja alles ganz verändert und sie doch nun sehr glücklich ist. Es liegt gewiß in Sissy's Wesen, dieses etwas elegisch=Gefühlvolle was mich immer erstaunt, als wäre sie weder jung noch einfach fröhlich. Heute wollen Rainer und ich sie besuchen und zugleich Ricarda. Wir sehen hier verschiedene Menschen, und in diesen Tagen kommt Rainer's Mutter durch München, ich kenne sie noch nicht und mir scheint es ganz wichtig sie gesehen zu haben, die ihm so wenig Mutter war. Abends waren wir immer zu Dreien in meinem oder Gebsattel's Wohnzimmer, und sprachen und lasen zusammen; Rainer las uns einen ganz jungen Dichter, (Franz Werfel) den er als ein großes Ereigniß empfindet und mit neidlosem Entzücken auf die schönste Weise erlebt. Nun schliesse ich für heute, schreibe aber bald einmal wieder, Du Liebe. Habe Du einen guten Winter in Deinem schönen Alvastra-Strand; gewiß hast Du auch im Winter Besuch dort. Von Wild hörte ich mit Kummer, dass seine Frau in Eheirrungen gekommen ist und ihn verlassen hat.

Dich umhalst und küßt tüchtig Deine Lou.

Liebe Ellen Key, nur einen Gruss heute im Anschluß an Lou; wir sind in München und freuen uns mancher schöner gemeinsamer Dinge; weißt Du, dass ich hier Frederik van Eeden begegnet bin, Hjalmar Wijk wiedergesehn habe und endlich (wie lange wünschte ich's) mit Poul Bjerre beisammen war, wenngleich viel zu kurz! Aber nun kennen wir einander und können es fortsetzen. Dein kleines Buch ist noch bei mir sorgfältig aufgehoben; keine Zeit zum Lesen vor der Hand.

Viele herzliche Gruesse
von Deinem Rainer.

140. Rilke und Lou Andreas-Salomé an Ellen Key

⟨Göttingen⟩
⟨21. 7. 1914⟩

Liebe Ellen, da ein Jahr grade vorbei ist, seit Rainer und ich Dir von hier aus schrieben, so tun wir es heute wieder! Mit Küssen und Grüssen Deine Lou. Und ich, liebe Ellen, mit meinem schlechten Gewissen, das Kernell'sche Buch immer noch behalten zu haben! Es folgt nun endlich bald zurück; und dann auch ein Brief.

Recht von Herzen
Dein Rainer.

141. Rilke und Lou Andreas-Salomé an Ellen Key

München, Finkenstrasse 2^{IV}
⟨zwischen 19. und 31. 3. 1915⟩

Liebe Ellen,
der einzige Mensch, mit dem man jetzt sprechen mag, ist hier: Lou –, wir denken an Dich, wie ichs oft thue; dass kein Zeichen von mir kam, wirst Du verstehen – sicher empfindest auch Du, was für Überwindung es kostet sich mitzutheilen während der innere Schwerpunkt sich verschiebt; nun kommt er sooft außerhalb des Herzens zu liegen und das Herz fällt ihm nach –: wohin?

Im April bringt mir Dr Naef Sissy's handschriftlichen Nachlass, den wollen wir dann ordnen und die Herausgabe vorbereiten. – Ich nehme an, liebe Ellen, wir habens gleich, gleich schwer! Wann wirds anders? – Viele, alle Grüsse

Rainer

Liebe Ellen, ich will diesen gemeinsamen Gruss nur kurz ergänzen, da ich Dir erst kürzlich schrieb. Aber inzwischen bekam ich zu meiner großen Freude einen so lieben, hellen Brief von Amélie aus Rom, und davon muß ich Dir doch sagen! Ich hatte in Berlin in einer Gesellschaft (bei Gerhart Hauptmann) Björn Björnson mit seiner wunderschönen Frau getroffen und von ihm Amélie's Adresse sowie ihre bevorstehende Verheiratung erfahren, worauf ich ihr schrieb. Wie froh macht es mich zu denken, daß dieser prachtvolle, gesunde, reiche Mensch wieder in der Sonne lebt, in die er gehört, – nachdem er sich in der Nacht die über seine Jugend gewaltsam kam, gross und einfach wie ein Kind betragen hat das sich im Dunklen nicht fürchtet.

Hier hab ich es ganz herrlich bei Rainer* und lebe Tag um Tag mitten im Kriege das Glück der seltensten Einheit.

Innig grüsst Dich
Deine
Lou.

142. Ellen Key an Rilke und Lou Andreas-Salomé

FURUBORG, JONSERED.
Zweiten Ostertag ⟨5. 4.⟩ 1915

Lieber Rainer und Lou!
Ich wurde so froh den Brief zu bekommen! Es ist wahr: mit Deutschen und Franzosen und Engländer ist nicht mehr zu reden. sie sind nur *Hassende* nicht mehr denkende Wesen. Romain Rolland und Stefan Zweig sind *schöne* Ausnahmen. Lou, Frau von Seidlitz kam nie zu Strand: sie war in eine

* ich wohne bei ihm: füge der Adresse deshalb seinen Namen hinzu.

Schmuggelgeschichte verwickelt und wurde (unter uns) ganz leise ausgewiesen aus Schweden. Aber auch wäre sie gekommen, wurde ich ganz still geschwiegen haben. Wie freue ich mich daß der arme Ernst Naef wenigstens diese Freude bekommt, Sissys Gedichte zu sehen. Ein *schönes Bild* von Sissy kommt wohl auch? in das Buch?

Ja, ich sprach Amelie und sie war sehr glücklich: »*still* und bewegt«, wie ein grosses, *nicht* erwartetes Glück ein Mensch macht! Kommt *du und Rainer* nach Strand dieses Jahr?????

Nun, hoffe ich, wird wohl die Entscheidung im Kriege nicht allzu lange zögern. Und doch ...... Ja, schweigen ist das einzige. In die Zeitschrift *Forum* (red. von Rolland's Freund, W. Herzog) konnte Ihr Beide *gegen den Haß* schreiben!

Eure traurige und treue
Ellen Key

Hier bin ich Ostern gewesen und bleibe noch einige Tage. So ruhig und froh sah ich Furuborg seit Jahren und Jahren nicht! Jimmy und Lizzi befinden sich beide gut, besonders Lizzi. Alle die Knaben arbeiten, sind lieb und klug und machen die Eltern Freüde. Sie werden alle selbst schreiben aber ich muß auch dieses sagen so daß du weiss wie hier alles steht! Der Frühling ist sehr spät, alles kahl und noch Eis und fleckenweise Schnee. Aber nun wird wohl die Sonne wirken können um auch das arme Jahr 1915 Frühling zu verschaffen.

Som jag hoppas du icke glömt svenska sänder jag de hjärtligaste helsninger [!] med den förhoppningen, att du snart kommer till Furuborg igen⟨.⟩ Jag är så glad ⟨att⟩ höra du har det godt samman med fru Lou – Häls⟨a⟩ henne från din tillgivne vän

Lizzie

Käre Rainer Maria, ofta har jag längtat efter att en stilla eftermiddag få språka med dig, men denna längtan har stegrats under dessa tider att du ständigt dyker upp – så jag anar, att vi råkas snart.

Din vän Jimmy Gibson

Johnny	Bertil	Paul
amanuens	filosofie kandidat	snart ingenjör
i medicinal styrelsen i Stockholm	i historia sociologi och litteratur studerar nu i Upsala	studerar i Göteborg

Hälsning från Er Ellen Key

143. Ellen Key an Rilke

STRAND, ALVASTRA
30/11 1915

Lieber Freund, in diese Zeit ist nicht leicht Briefe an Freunde – besonders deutsche Freunde – zu schreiben. Sie wünschen – in jedes Land – unbedingte Sympathi. Und die meinige kann nicht ganz mit ein anderes Land als – Belgien sein. Darum antwortete ich nicht auf Lou's und deinen Brief. Es tut so weh lieben Menschen weh zu tun. Und in diese Zeit kann man von Niemand sicher wissen wie sein Gewissen sich gebärdet! Allzu viele sind mir im Strudel des Nationalismus verloren gegangen.

Nun wollte ich ja ein Geburtstags Brief schreiben. Aber was soll ich wünschen, lieber Rainer, als – Geduld bis die Epoche des Wahnsinns vorüber ist!

Will du Annie Dauthenday [!] danken daß sie mir die Lieder ihres Mannes sandte!! Ich hoffte es wäre keine Kriegslieder – und *doch* auch *Er, auf Java*, muss nun Kriegslieder dichten! Sage sie, die Sehnsuchlieder sind schön und seine Liebe zu sein *Weib* sagen mein Herz 100fach mehr als seine Kriegslieder! *Nichts*, aber *nichts*, was der Krieg von Gedichte hervorruf, kann ich ***aushalten***! Du fragt Lizzi nach B. Mörner? Er ist *nicht* mein Freund wenn du an innigen Seelen-Kontakt denkt! Aber *Freund* wenn du meint, daß man sich gern begegnet; daß Lange Jahre (wir kennen uns schon 25 Jahre!) Treue und Anhänglichkeit geschaffen haben. Er ist ein grosser *Bub*: liebt Abenteuer und behandelt das Leben danach! Eingehend kann ich nicht schreiben. Er ist ein ***treuer Freund*** und ein flüchtiger Erotiker; hat aristokratische Gefühle und eine künstlerische Begabung. Deine treue

Ellen Key

⟨auf der Rückseite des Briefumschlags⟩
Eben bekam ich das *schöne* Buch von Romain Rolland: Au dessus de la Mêlée.

144. Rilke an Ellen Key

⟨Oktober 1921⟩

Die Verlobung ihrer Tochter Ruth mit Herrn Referendar Carl Sieber beehren sich anzuzeigen

Rainer Maria Rilke
Château de Muzot sur Sierre
Valais Schweiz
Clara Rilke geb. Westhoff
Bredenau
Fischerhude Bez. Bremen
zur Zeit Rittergut Liebau
Post Jocketa im Vogtland
am 31. Oktober 1921

145. Ellen Key an Rilke

STRAND ALVASTRA
16/11 1921

Lieber Rainer,
es kommt mir vor als wäre ein Jahrhundert verfluthet seit wir uns sahen in Paris mit Lou. Und oft wollte ich schreiben aber wusste deine Adresse nicht. So kommt die Anzeige von Ruth und giebt mir gleichzeitig deine Adresse. Nun kann es nicht weit sein zwischen Deinen Wohnort und Romain Rolland's, der in *Villeneuve* ist. Von die Zukunft Ruths möchte ich gerne etwas wissen; von Clara und ihre Arbeit. Ich hoffe der Herr Referendar (was *tut* ein solcher!?) ganz jung und liebend und ⟨Ruth⟩ geliebt von ihren Carl. Selten sah ich ein Kind die Füße so fest auf diese Erde stellen wie Ruth. Und ich denke sie ist eine junge Braut welche sehr klar ist über was sie von ihren Carl will.

Nun ist wohl die Zeit nicht fern wenn Du wieder nach Paris kommen kann und da deine Sachen wieder finden. Ich hoffe daß keine Bombe mein lieber Per Ulrik Kernell getroffen hat. Wie innig ich hoffe daß du Lou nimmt und du und sie hier kommen um in meinen Zimmerchen zu wohnen und dann wollen wir Lizzi und Jimmy hier haben und sie nehmen dir und Lou in ihren Auto nach ihr neuer, schöner Heim!

Von dir habe ich gehört daß Du im Krieg gesandt wurde aber daß du nicht *Feld*dienst sondern Bureau-Arbeit hatte und auch von diese entlassen wurde wenn man von Dir hörte daß du einige Goldfische nicht verlassen konnte weil sie aus ihre Glaskugel hüpfen konnte und du nicht begriff daß ein durchlöchertes Papier über die Kugel sie stille halten konnte. Ist diese Anekdote war ist sie entzückend ich sehe mein Freund ganz lebendig – so als wenn mein Bruder Mac dir Hase dir in Hand gab!

Mac wohnt nun in Warberg, seine Frau ist tot, die kleine Ellen verheirathet (Mac wohnt bei sie) und hat 2 süsse Kinder und auch der Knabe ist verheirathet und hat 2 Buben. Ruth muß wohl bald 20 Jahre haben und damit ein rechter Heirathsalter. Vor 20 ist zu früh.

Dann und wann sah ich neue Gedichte von deine Hand. Aber leider ist die Dichtkunst seit 1914 so trübe, so dunkel geworden daß ich auch in Deine nicht ganz mein lieber Rainer Maria wiederfindet. Hast Du Neues herausgegeben? In Bücherform habe ich – ob von Dir, ob v. Verlag – die schöne Übersetzung von 1) die Browning Sonetten 2) Die Liebe der Magdalena, 3) Requiem und – von eine deutsche Freundin 4) deine Übertragung von Louize Labé's Sonetten. Nun hoffe ich bald die liebe Lou zu schreiben. Ihr letztes Buch ist voll von Ihre Freude an schönen Menschen.

Mit Worten will ⟨ich nicht sagen was⟩ ich in Bezug auf der Antisemitismus fühle. Um so lieber ist mir der schöne Geist von Judenliebe welches in Lous letzes Buch leuchtet.

Auch über Deutschland will ich schweigen. Es scheint ja als ob bald eine Wendung für Deutschland kommen *muß*, daß die Entente doch etwas zur Besinung käme. Wir arbeiten nun um eine – aus Rassenbiologischer Gesichtspunkt ausgehende – Proteste gegen die farbigen Truppen in West Deutschland zu bringen.

Ich wünsche, so innig du und Lou kämen! Nun muß du Clara und Ruth grüssen – vergesse es nicht – und du muß wißen daß ich deine treue Freundin Ellen Key bist, welche 4 Dec. – dein Geburtstag – bei dir sein wird in Gedanken und Erinnerungen. Daß du nun 46 Jahre bist. Ich 72!

146. Rilke an Ellen Key

CHATEAU DE MUZOT
sur SIERRE
VALAIS
am letzten November 1921

Liebe, liebe Ellen,
schreiben!? – Ja müssten das nicht hundert Seiten sein, zweihundert, tausend..? Lass uns auf ein Wiedersehen hoffen vielmehr, ja, womöglich bei Dir, nächsten Sommer vielleicht, das wäre das einzige *Gründliche*. Welche Freude, Deine Schrift wiederzusehen und in ihr Dich selbst und zu wissen, dass Du immer die gleiche bist, die Zuversichtliche und Gute und für das Gute so tief und heilig Entschlossene!

Das war *so* doch ein kleines Stück Wiedersehen mit Dir. Hab Dank!

Ja, Ruth heirathet früh, ich habe wohl immer erwartet, dass sie das thun würde, – und sie wird eine Gutsfrau sein und das ist wohl, bei ihrer einfachen Begabung zum greifbaren Leben, das Beste und Passendste; und es entrückt sie am Ende auch den allzu bösen Schwankungen unserer Zeitläufte, die in den Städten am heftigsten fühlbar sind.

Von mir nur das Dringendste. Die Jahre, kannst Du Dir vorstellen, Krieg und Nachkrieg, waren eine einzige tiefe und schmerzhafte *Unterbrechung* für mein inneres sowohl, als auch für mein äußeres Leben. Diese beginnt erst langsam zu heilen, diese Unterbrechung, seit ich in der Schweiz wohne, durch die Hülfe von schweizer Freunden, seit mehr als zwei Jahren nun. – Ich war von hier aus in Italien, ich war (im Oktober 1920) in *Paris*, unendlichen Anschluss wiederfindend, dort, nicht an Menschen, die ich nicht gesehen und aufgesucht habe, – *aber an die Dinge*, *an die Athmosphäre*, an die ganze dortige *Welt*, der ich das Meiste, was ich lernen konnte, immer unendlich verdanken werde. Es war ein Kontakt ohne gleichen vom Moment des Ankommens an, ein äußerstes Sich=wieder=finden in den Dingen: so dass es mir gar kein Schmerz mehr war, die meinen verloren zu wissen (was mir schon bekannt war, dass sie es seien). Erst am letzen Tage fragte ich bei meiner Concièrge vor: zwei, nichteinmal verschlossene Kisten waren das einzige Überlebende, aber sie waren damals noch unter Sequestre, so konnte ich sie nichteinmal zu sehen bekommen. Das machte mir keinen Schmerz, gemessen an der Anheilung an alles das, wovon ich so unsäglich schmerzlich abgerissen gewesen war. / Meine sieben Monate von 1915/auf 1916, im Infantristenrock, in Wien, waren an sich nicht hart, – sie wurden es dadurch, dass die Verhältnisse der Militärschule, die einst so schwer überstandenen, wieder Recht bekamen, plötzlich, und über 35 Jahre hinüber, wieder die Wirklichkeit ausmachten; noch einmal! Das war oft verwirrend bis zur inneren Vernichtung, und das ganze Leben zwischen diesen beiden Parallelen schien annuliert und wie durchgestrichen: mein ganzes eigentliches Leben

so:

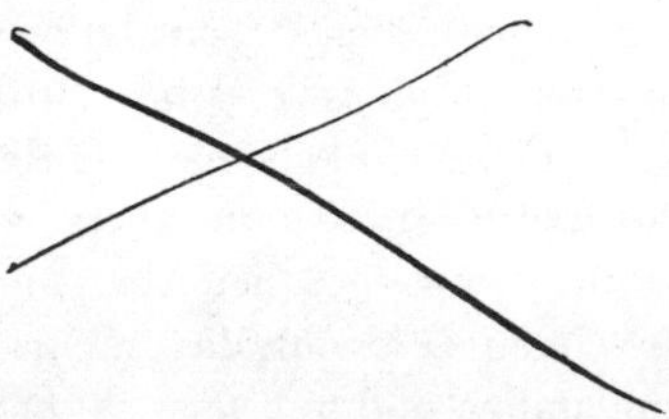

Dass ich nicht ins Feld geschickt wurde, musste mir freilich recht sein, – ob ich gleich ja nicht so pazifistisch bin, meiner Natur und Abstammung nach, dass ich nicht ein Eintreten für eine grosse gemeinsame Idee bis in die Waffe hinein begriffe! Im Gegentheil, das ist mir durchaus verständlich, dass man, äußersten Falles, auch *so* kämpfen muss, als verhängnisvolle Fortsetzung des Kampfes im Geiste. Aber die *Idee*! Oesterreich, so herrliche und kontrastvolle Spannungen es dafür gehabt hätte, ist ja nie zu einer wirklichen Idee zusammengewachsen –, und was die Idee »Deutschland«

angeht, so weisst Du, dass ich, wenigstens die mir zeitgenössische, nie habe theilen können. Ich muss schon Dürer'sche Blätter aufschlagen, oder Goethe lesen, oder Stifter, oder Claudius oder Hölderlin, um zu wissen, dass ich in diese Idee, wenigstens mit einem Theil meines Wesens, mit hineingehöre. Nicht ins bismarckische, nicht ins wilhelminische und leider auch nicht, *durchaus nicht*, ins Heutige, das ein verstohlenes Zurückwollen ist in die falsche selbstgefällige Größe von vorgestern. Einen kleinen Augenblick gab es, wo eine echtere Besinnung sich durchzusetzen schien, zu Kurt Eisner's Zeit, – das wäre eine Besinnung zur Demuth gewesen, zu *jenem* Zuge im deutschen Gesicht, durch dessen Fortfall es leer und irr geworden ist.

Das alles *im Vertrauen*, liebe Ellen, – es hat keinen Sinn es lauter zu sagen, als so von Freund zu Freund. Wie viele habens ausgerufen, ausgeschrieen in dringendster Warnung, es hat nichts genutzt, und so konnte ja Frankreich, (das es ohnehin so schwer hat, ein anderes Volk zu verstehen) nicht an einen Wechsel im deutschen Wesen glauben. Und indem es den einen winzigen Moment versäumte, wo es mit wirklichem Glauben an solche Umkehr hätte einsetzen können, sie unendlich fördernd, – hat es mit allen seinen späteren »Bestrafungen« nur dem Gegentheil Vorschub gethan und nun freilich mit seinem Verdacht, dass nichts Wesentliches geändert sei, unheimlich und hülflos recht behalten.

Soviel dazu, meine liebe Ellen Key!

Ich bin nun recht glücklich, dass ich, für diesen Winter, noch ein stilles Versteck in diesem herrlichen Wallis gefunden habe. Ich habe große, eigentlich seit 1914 unterbrochene Arbeiten im Herzen, mit denen muss ich nun endlich ins Reine kommen. Und dazu gehören einige Monate stetiger *ununterbrochener* Einsamkeit; ich hoffe, sie werden mir vergönnt sein. Ich schreibe eilig, denn es ist noch ein Berg Correspondenzen vor mir und ich muss durch und zur Arbeit!

Bitte grüsse mir Schweden. (Borgebÿ ist, höre ich, vermiethet). Grüsse mir Deinen guten Bruder, und Gibsons und Hanna Pauli und Stina Frisell: wie lange habe ich von ihnen allen nicht mehr gehört, und habe doch nichts nichts nichts vergessen! Und alles ist noch Freundschaft und Dankbarkeit und Freude in mir, sowie diese Namen aufkommen. Und um den Deinen, meine liebe Ellen, ist immer der alte Glanz in meinem Herzen.

Mögest Du einen guten Winter haben!

Dein Rainer

P.S. Vergiss nicht, dass ich immer noch, auch *Schwedisch*, nicht zu schwer lese, wenn's etwas Schönes giebt, was ich kennen sollte!

ANHANG

I

ZWEI REZENSIONEN RILKES AUS DEM JAHRE 1902

Das Jahrhundert des Kindes

Im Dezember des Jahres 1900 erschien unter diesem Titel in Schweden ein neues Buch von Ellen Key. Es liegt jetzt in deutscher Übersetzung vor.* Und dieses Buch, in seiner stillen, eindringlichen Art, ist ein Ereignis, ein Dokument, über das man nicht wird hinweggehen können. Man wird im Verlaufe dieses begonnenen Jahrhunderts immer wieder auf dieses Buch zurückkommen, man wird es zitieren und widerlegen, sich darauf stützen und sich dagegen wehren, aber man wird auf alle Fälle damit rechnen müssen. Dieses Buch wird Bücher hervorrufen; denn es ist so geschrieben, daß man es nach allen Seiten ausbauen und fortsetzen kann. Ja, ich glaube sogar nicht zuviel zu sagen, wenn ich behaupte, daß es Menschen hervorrufen wird, die danach leben werden; denn es ist von lauter Wirklichkeiten erfüllt, und Wirklichkeiten – mögen sie auch überraschend sein, drängen immer danach, gelebt zu werden.

Schon als Ellen Key mit ihrem ersten Beitrag zur Frauenfrage, der Broschüre ›Mißbrauchte Frauenkraft‹, hervortrat, konnte man ahnen, welchen Weg diese Schriftstellerin gehen würde. Es war klar, daß sie keine Frauenrechtlerin war, die mit tendenziöser Einseitigkeit die neuen Forderungen ihres Geschlechts vertreten und verteidigen würde. Es handelte sich in diesem Fall um einen weitsehenden modernen Menschen, der über die Frauenbewegung hinaus war, so daß er schon ihre Fehler und Gefahren sah, zu einer Zeit, als die anderen noch in blindem Fanatismus vorwärtsstürm-

* Ellen Key, ›Das Jahrhundert des Kindes‹, S. Fischer, Berlin 1902.

ten. Das Frauen-Schutzgesetz, welches dem weiblichen Geschlecht statt der erstrebten vollen Gleichberechtigung mit dem Manne, um seiner Mutterschaft willen, gewisse Milderungen und Ausnahmen zugestand, wurde auf dem Frauenkongreß in London (1899) von vielen Frauen bekämpft, die eben jene Gleichberechtigung für das einzig Richtige hielten. Ellen Key gehörte nicht zu ihnen; sie hat, eben weil sie weiter sah, im Weibe immer das zur Mutterschaft auserwählte Wesen gesehen, dessen Leben dann schön und harmonisch ist, wenn es ihm gelingt, seine Tätigkeit mit jener ersten und wichtigsten Aufgabe in Einklang zu setzen. Schon in dem Buche ›Mißbrauchte Frauenkraft‹ hat Ellen Key, indem sie ihre Hand schützend über die Frau hielt, das Kind schützen wollen, das diese Frau vielleicht einmal gebären wird. Sie ist der Anwalt und der Apostel des Kindes. Sie ist unzufrieden mit der Gegenwart und hofft auf das Kind, welches die Zukunft ist. Sie will diese Zukunft groß und glücklich, und darin begegnet sie sich mit denjenigen, welche an einer Umformung der Gesellschaft arbeiten. Aber sie hält es für aussichtslos, durch Reformen der gegenwärtigen Zustände, wie sie unter den Erwachsenen herrschen, wirkliche Fortschritte zu erzielen. Die Kinder sind der Fortschritt selbst, und, was sie mit ihrem Buche lehren und sagen und raten will, ist immer wieder dieses: vertraut dem Kinde. Es ist das Wunderbare an diesem Buche, daß es nicht anklagt und nicht klagt, daß es sich von den heutigen Eltern, welche so viele Fehler begehen, fortwendet, gleichsam zu jenen künftigen Erziehern hin, die dem Kinde sein Recht verschaffen werden. Vom Rechte des Kindes handelt dieses Buch, und man sieht mit einem Male ein, daß es, nachdem die Frau der jahrhundertelangen Sklaverei entwachsen ist, das Nächste sein wird, den Kindern die Freiheit zu geben. Die Frauen, als erwachsene Menschen, konnten sich selbst ihr Recht erringen; den Kindern, die den Erwachsenen gegenüber ohnmächtig sind, muß es von weisen

Eltern und Erziehern gegeben und bewahrt werden. Freie Kinder zu schaffen, wird die vornehmste Aufgabe dieses Jahrhunderts sein. Ihr Sklaventum ist schwer und schrecklich; es beginnt noch ehe sie geboren sind, und endet damit, daß sie schließlich Erwachsene und Eltern, das heißt wieder Unterdrücker von neuen Kindern werden. Wie die Verhältnisse heute liegen, kann man ruhig sagen, daß sowohl die guten wie die schlechten Eltern, sowohl die guten wie die schlechten Schulen, Unrecht haben dem Kinde gegenüber. Sie verkennen das Kind überhaupt, sie gehen von einer falschen Voraussetzung aus, von der Voraussetzung des Erwachsenen, der sich dem Kinde überlegen fühlt, statt zu erkennen, daß es das Streben der größten Menschen war, dem Kinde in gewissen Augenblicken gleich und ebenbürtig zu sein. Hat Christus nicht gesagt: »wenn ihr nicht werdet wie die Kinder ....« Aber ach, sie, die Kinder, dürfen nicht sein, wie sie sind. Sie werden auch von den Eltern, die es gut meinen, tausendfach beeinträchtigt in ihrem Recht: zu *sein*. Sie werden, wenn sie ›brav‹ sind, wie junge Katzen behandelt, und wenn sie ›schlimm‹ sind, wie Verbrecher. Nie wie Menschen. Es giebt noch keine Eltern, welche in ihrem Kinde, vom ersten Tage an, die neue Individualität sehen und achten, die doch mit jedem neuen Kinde im Keime gegeben ist. Die Besten streben danach, ›etwas aus ihrem Kinde zu machen‹, und ahnen nicht, wie sehr sie sich damit an dem Leben versündigen, das nicht gemacht, sondern nur genährt sein will.

Wonach die Zeit am sehnlichsten verlangt, das sind immer wieder die großen Individualitäten, die anders sind: denn immer ist mit ihnen die Zukunft gewesen. Wenn aber im Kinde die Individualität sich zeigt, wird sie verächtlich oder geringschätzig behandelt, womöglich, was für das Kind am schmerzlichsten ist – verlacht. Man geht mit ihnen um, als ob sie nichts Eigenes hätten, und entwertet ihnen die tiefen Reichtümer, aus denen sie leben, um ihnen dafür Gemeinplätze zu geben. Auch wenn man es den Erwachsenen gegenüber nicht mehr ist, ihnen gegenüber ist man unduldsam und ungeduldig. Das Recht, das man jedem Großen selbstverständlich zugesteht, eine eigene Meinung zu haben, ihnen versagt man es. Die ganze Erziehung, wie sie heute ist, besteht in einem fortwährenden Kampf mit dem Kinde, in dem schließlich beide Teile zu den verwerflichsten Mitteln greifen. Und die Schule setzt nur fort, was die Eltern begonnen haben. Sie ist ein systematischer Kampf gegen die Persönlichkeit. Sie verachtet den Einzelnen, seine Wünsche und Sehnsuchten, und sie sieht ihre Aufgabe darin, ihn auf das Niveau der Masse herabzudrücken. Man lese die Lebensgeschichte aller großen Menschen; sie sind, was sie geworden sind, immer *trotz* der Schule geworden, nicht durch sie. Die großen Ideen haben in den Schulen alle Lebendigkeit verloren, sie sind abstrakt geworden und langweilig, weil in sie die Absichtlichkeit hineingelegt worden ist, zu bilden. Überhaupt ist, was man ›allgemeine Bildung‹ nennt, ein unverhältnismäßig angewachsener, unpersönlich gewordener Vorrat von Wissen, leblos wie ein Konversationslexikon und ohne inneren Zusammenhang wie dieses. Nicht wonach das Kind fragt, giebt man ihm, sondern irgend ein bestimmtes Quantum von fertigen Resultaten, die ihm vollkommen gleichgültig sind. Während der ganzen jahrelangen Schulzeit läßt man das Kind selbst, seine Bedürfnisse, Sorgen und Hoffnungen, nicht ein einziges Mal zu Worte kommen und gebraucht es nur als Reproduktionsmaschine fertiger Phrasen und Formeln, die es, auf das Marterrad des Examens gespannt, möglichst tadellos wiederholen muß. Dabei vergehen die Jahre und noch immer fragt niemand, was gerade dieser oder jener Mensch braucht. Von dem unermeßlichen Wortschwall der Schule werden die jugendlichen Seelen wie von einem Aschenregen überfallen und verschüttet. Der Wille in den jungen Leuten wird verwirrt, und wenn sie endlich mit der Schule fertig sind, so wissen sie nicht mehr, was sie gewollt haben. Ratlos stehen dann die meisten vor dem Leben, auf das man sie nicht vorbereitet hat; entfremdet aller Wirklichkeit ergreifen sie einen jener zufälligen Berufe, die nicht Persönlichkeiten, sondern Maschinen verlangen, um erfüllt zu werden. Sie haben für das Examen gelernt und wenn dieses vorüber ist, hat die ›Bildung‹ ihren Zweck erfüllt, sie dürfen anfangen – zu vergessen und diese Tätigkeit füllt nun ihr weiteres Leben aus. Wo aber Einer ist, in dem noch ein Stück Kindheit und Reichtum, ein Stück Persönlichkeit lebt, das nicht hat unterdrückt werden können, da beginnt ein schwerer und banger Rückweg durch das öde Land der Schule und der Erziehung zu einem neuen Anfang, zum Anfang eines neuen eigenen Lebens, das man spät und traurig beginnt. Hier könnte man von mißbrauchter Menschenkraft sprechen, und es ist die Kraft der Besten vielleicht, die für solche schmerzhaften Rückwege ausgegeben wird.

Ellen Key hat mit bewunderungswürdiger Ruhe, zornlos und sachlich, gezeigt, wie unrecht die Schule hat, die die Entwickelung der jungen Menschen stört, ihre Wege verwirrt, ihren zuerst so persönlichen Willen abstumpft und es zu Stande bringt, aus hundert verschiedenen ungeduldigen Kräften eine einzige gleichgültige Trägheit zu machen, von der nichts Neues zu erwarten ist. Sie hat auf alle Irrtümer hingewiesen und gesagt, daß die allgemeinen Schulen sich damit begnügen müßten, das Allgemeine zu geben, das, was wirklich für alle gilt, und das ist ungemein wenig. Jeder dürfte *nur* bis zu dem Punkte hingeführt werden, auf dem er fähig wird, selbst zu denken, selbst zu arbeiten, selbst zu lernen. Es giebt nur ganz wenige große Wahrheiten, die man vor einer Versammlung aussprechen darf, ohne Einen darin zu verletzen: nur diese sind Sache der Schule. Die Schule müßte vor Allem mit Einzelnen rechnen, nicht mit Klassen: Das Leben und der Tod und das Schicksal sind auch im letzten Sinne für Einzelne gemacht, und zu alledem, zu den großen wirklichen Ereignissen, muß die Schule Beziehung gewinnen, wenn sie wieder lebendig werden will.

Die Verfasserin hat nicht versäumt, Reform-Versuche, die in dieser Beziehung (besonders in England) gemacht worden sind, anzuführen, und es ist ungemein interessant, die angegebenen Daten zu lesen. Im übrigen aber hat Ellen Key wohl gefühlt, daß der durchaus verfahrenen und verfehlten, auf falschen Voraussetzungen aufgebauten Erziehungsmethode durch Reformen nicht aufzuhelfen ist. Man müßte einen Strich machen und neu beginnen. Man müßte beginnen, vom Kinde auszugehen, nicht vom Standpunkte des Erwachsenen, der so wenig vom Kinde weiß. Man müßte das Leben des Kindes als ein berechtigtes selbstständiges Leben neben dem eigenen gelten lassen und ehren. Dann würde von selbst eine andere Schule, eine Schule ohne Prüfungen und ohne Wettstreit, entstehen, die das Leben nicht aus dem Auge verlieren, sondern immerfort darauf zugehen würde. Und diese Schule ist die einzig mögliche, die einzige, welche nicht hindert, sondern hilft, die einzige, welche nicht Persönlichkeiten im Keime erstickt, sondern jedem die Möglichkeit giebt, die innersten Wünsche seines Wesens durchzusetzen.

Ellen Key hat an mehreren Stellen ihres anregenden und regsamen Buches Kind und Künstler nebeneinander gestellt. Sie hätte ihre ›geträumte Schule‹ auch durch die Tatsache stützen können, daß die Kunst-Akademien eher dazu beigetragen haben, Künstler zu vernichten, als solche zu bilden, und daß der normale und glücklichste Werdegang des Künstlers in einer durch Schulmeinungen ungestörten Entfaltung seiner Persönlichkeit besteht. Heute wachsen schon viele Künstler so heran und kommen allein, auf ihrem eigenen Wege, zu Kraft und Können. Und wie nach einer Zeit der akademischen Langweiligkeit eine neue lebendige Kunst mit diesen Künstlern einzusetzen scheint, so wird, wenn einmal Kinder ohne die Schrecken der Schule herangewachsen sein werden, eine Blütezeit des Lebens beginnen. Ellen Key hat Erfahrung genug, um zu wissen, daß diese Zeit nicht ganz nahe ist. Sie hat, statt eines Reformvorschlages, den »Traum einer neuen Schule« gegeben, und sie hat ihren Worten dadurch Tendenzlosigkeit und Milde verliehen und ihren Plänen die lebhafte gegenständliche Wirklichkeit des Traumes, die so unvergeßlich ist. Und in der Tat: dieses Jahrhundert wird zu den größten gehören, wenn der Traum, den diese seltsam reife und gerechte Frau in seinen ersten Tagen geträumt hat, in seinen letzten einmal in Erfüllung geht. Vielleicht wird man einmal die Menschen dieses Jahrhunderts danach abschätzen, wie sehr sie an der Verwirklichung dieses Traumes gearbeitet haben. Das Buch Ellen Key's ist die erste Station auf dem neuen Wege. Es wird den Kindern noch nicht helfen können; aber es wird dazu beitragen, unter denen, die jetzt heranwachsen, neue Erzieher und neue Eltern zu bilden. Und das tut vor Allem not.

Zwei nordische Frauenbücher

Im skandinavischen Schrifttum spielt die Frau eine andere Rolle als bei uns. Die Frau, welche über die Frauenbewegung so rasch hinausgekommen ist, konnte Schriftsteller sein, ohne Nachahmer oder Nebenbuhler des Mannes zu werden. Sie und der Mann haben in den Kulturen des Nordens ein gemeinsames Ziel, das über die geschlechtliche Trennung hinausgeht, das Ziel, irgendwie im weitesten Sinne Mensch zu werden; und ein jedes Wesen, Mann oder Frau, sucht dieses Ziel auf dem Wege der Persönlichkeit zu erreichen. So entsteht allmählich eine Gleichberechtigung, die nicht so sehr ein Ausgleich der Geschlechter ist, als vielmehr ein Ebenbürtigwerden der Einzelnen. Schriftstellerinnen wie Ellen Key oder Amalie Skram oder Selma Lagerlöf haben gar nie daran gedacht, dem Manne nachzustreben, seine Eigenschaften, seine Vorzüge zu gewinnen und Bücher zu schreiben, wie Lie oder Hamsun oder Bang sie geschrieben haben. Der Weg ihrer Entwickelung ging, ohne den Mann zu berühren, geradeaus und versuchte aus der Tiefe ihrer Weiblichkeit und aus ihrer Enge in ein weites und großes Menschentum hineinzuführen, in ein stilles Verstehen, ernstes Schauen und wehmütiges Lieben aller Dinge. Wo zwischen den nordischen Schriftstellern und den schreibenden skandinavischen Frauen Berührungspunkte, Gleichklänge und Ähnlichkeiten bestehen, sind diese nicht auf Nachahmungen zurückzuführen, sondern auf die gemeinsamen nationalen Eigenschaften beider Geschlechter, auf die gleichen Kindheitseindrücke, die sie gehabt haben, und endlich auf die weit in die Zukunft hinauslangenden Sehnsüchte, mit welchen sie sich als erwachsene und reife Menschen begegnen.

Ellen Key's letztes Buch ist hier bereits gewürdigt worden. Man wird sich erinnern, daß es in seiner liebevollen und für das Gute leidenschaftlichen Art so recht ein Beweis sein konnte dafür, daß hier ein Weib voll seelischer Mutterschaft, ohne sich auf das Empfinden des Mannes zu stützen, den Aufschwung zu einem großen Menschlichkeitsgefühl versucht hatte; man hatte es hier auf den ersten Blick mit einem Menschen zu tun, einem reifen, freien und hilfreichen Menschen, der, ganz ohne fremdes Ferment, aus einer Frau entstanden war, aus den Leiden, den Erfahrungen und Freuden einer Frau. Und ähnlich verhält es sich bei den anderen nordischen Frauen; wenn auch Ellen Key neben ihnen weiblicher, liebevoller und hingebender erscheint, so haben sie doch keine Spur von Männlichkeit. Sie sind Künstler, Schriftsteller im engeren Sinne, das heißt Schilderer und Ausleger von Menschen und ihren Geschicken. Das giebt ihnen oft eine gewisse Härte und Grausamkeit, etwas Rücksichtsloses, was man bei Ellen Key nicht findet, die nicht als Künstler auftritt, sondern als Lehrer, als Erzieher und Apostel einer neuen Liebe und eines neuen Lebens. Ihr Herz ist voll von guten Prophezeihungen, sie ist Optimist und ihr kindlicher Glaube erlaubt es ihr zu sein. Wenn man von ihr kommt, könnte man Amalie Skram leicht zu den pessimistischen Naturen rechnen, aber man irrt; der große Künstler (und es ist gut, gleich zu sagen, daß Frau Skram ein großer Künstler ist) kann im Grunde weder das eine noch das andere sein. Das Kunstwerk ist Ausgleich, Gleichgewicht, Beruhigung. Es kann weder schwarzseherisch noch voll rosiger Hoffnungen sein, denn sein Wesen besteht aus Gerechtigkeit. Frau Skram sieht in des Lebens traurigste Gegenden; sie weiß von seinen seichten Stellen, seinen Sümpfen und von der ungesunden Stickluft, die über gewissen unteren Schichten der Bevölkerung entsteht. Sie kennt das tödliche Klima der Armut. Sie kennt die grausamen Zerstörungen, die das Armsein in den Familien der kleinen Bürger anrichtet, sie kennt den traurigen und schweren Geruch jener kleinen trostlosen Gassen, in denen die Entstellten, Mißbrauchten, Verborgenen wohnen. Sie hat der erblichen Armut bei der Arbeit zugesehen, bei jener unsäglich schrecklichen Arbeit, die sie an den Herzen und in den Gehirnen ihrer Opfer tut. Sie weiß, daß der Hunger nur ihre mildeste Seite ist, ihre menschlichste, und daß Schmutz und Gemeinheit und Verbrechen nur andere Namen für eine große alte Armut sind. Aber sie schildert immer wieder mit einer unbeschreiblichen Kunst die Schicksale derjenigen, denen diese Atmosphäre der Armut vor allem deshalb so furchtbar wird, weil sie fortwährend und in jedem Augenblick zur Häßlichkeit zwingt. Es sind immer schwache, weiche, unendlich eindrucksfähige Menschen, die als Kinder abgestumpfter und brutaler Eltern, in einem Milieu von Elend und Ekel aufwachsen und ihre ganze Kraft instinktiv aufwenden, um sich rein zu halten und unberührt von ihrer Umgebung, die wie eine zähe, schleimige Masse sich immer wieder an alle ihre Bewegungen zu hängen versucht. Solche Kinder haben es sehr schwer. Frühzeitig fällt das Mißtrauen, der Hohn und schließlich der Haß der anderen auf sie; ihre traurige Einsamkeit sieht unter diesen Leuten, die nicht allein sein können, wie Hochmut aus, ihre fromme Erhebung zu einem anderen, reineren und helleren Leben wird ihnen als Überhebung gedeutet und sie gehen, ohne es zu wissen, wie jugendliche Märtyrer umher, wehrlos zwischen Steinwürfen und gereizten Tieren. Das Buch ›Ein Liebling der Götter‹ erzählt von einem solchen Menschen, von dem Kandidaten Arne Hoff, der eine armselige Jugend hatte und keine Kindheit, der aber schließlich zu anderen Menschen kam, zu Menschen, die nicht arm sind, nicht argwöhnisch, nicht gehässig, zu Menschen, die manchmal eine unschuldige und fromme Stimmung haben, eine Freude, Freude an einem schönen Sommertag, einer Blume, einem Kinderwort, zu Menschen, die die Liebe kennen, die Macht der Dämmerstunden und die leise Gemeinsamkeit eines guten Buches; kurz, zu Menschen, die so glücklich sind, als man es auf Erden ohne Angst und Vorwurf sein darf. Daß es dem Kandidaten Arne Hoff gelingt, von dem schweren Anhang seines Milieus loszukommen und sich in die Nähe dieser Menschen zu retten, daß er bei ihnen alles findet, von dem er geahnt hatte, daß es irgendwo sein müsse, daß er da sogar eine große Liebe kennen lernt, eine Liebe, die ihn mit unsäglichem Danke erfüllt und ihn nicht schuldig macht, und daß er endlich in seiner glücklichsten Erwartung mit klopfendem Herzen ahnungslos einen wunderbar leisen Tod empfängt, einen Tod zu rechter Zeit – das gab Frau Skram die Idee, ihn, nicht ohne tiefe Wehmut, einen Liebling der Götter zu nennen.

Das Verhältnis dieses Titels zu dem Buche ist sehr aufklärend für die Lebensauffassung der Frau Skram; man denkt nicht daran, Ironie darin zu suchen, daß sie über das Schicksal Arne Hoffs diesen Namen schrieb. Man fühlt, daß ein stilles und schmerzliches Glaubensbekenntnis hier ausgesprochen wurde, der Grundsatz einer selbsterfahrenen schweren Religion, die die Hölle auf die Erde versetzt, nur, um auch den Himmel da suchen zu dürfen.

Die Religion ist eine Sache des Einzelnen. Das Aufstehen von Sekten in Rußland oder in Schweden ist nichts weiter als das natürliche Streben, die Last eines gemeinsamen und erstarrten Glaubens aufzulösen, auf Einzelne zu verteilen, persönlich zu machen. Selma Lagerlöf, die feine schwedische Novellistin, erzählt in ihrem Buche ›Jerusalem‹ von einem Dorfe in der Landschaft Dalarne, in das Missionsprediger den Sektengeist getragen haben und damit alle Unruhe und Erregung des Umsturzes, der Auflösung, des jüngsten Gerichts. Der alte Streit zwischen Erde und Himmel, jener Streit, der dem Mittelalter seine Schönheit, seine Macht, seine Kunst, aber auch seine große Heimatlosigkeit gegeben hat, bricht in diesem Kirchspiel wieder aus und endet mit dem teilweisen Siege des Himmels, damit, daß ein Teil der Bewohner das Heimatdorf und die alt-angestammten Sitze verläßt, um in ein der Ewigkeit verwandtes Land – nach Jerusalem auszuwandern. Wir erleben die Zeit vor diesem Aufbruch mit, die Zeit, in welcher der Trotz der Zurückbleibenden und die Sehnsucht der Sektierer wächst; die Geister sind aufgewühlt, ein großer Sturm hat sich aus den Worten der Wanderredner erhoben. Und wie er gewaltsam durch die Herzen der Menschen fährt und den einen die Glieder lähmt, anderen die Hände löst zur Arbeit, *die* wahnsinnig macht und *jene* überklar, wahrsagerisch und wie von Bränden erleuchtet, so stürzt er sich auch in die großen Wälder von Dalarne und rüttelt die alten eingeborenen Heidenkräfte auf, die schauerlichen Schrecken der wilden Jagd, die mit der Nacht über die Wipfel rast, die vergessenen Geister der Berge und der Bäume und alle die Mächte und Herrschaften, die da waren, ehe das Christentum war. Dieser Aufruhr, der von den Menschen kommt und der, weil die Menschen durch Jahrhunderte, durch Arbeit und durch Erinnerungen mit dem Boden verbunden sind, auch den Boden erfaßt und wie auf Nerven auf den Wurzeln der Bäume durch das Dunkel der Erde läuft, erfüllt das ganze Buch vom Anfang bis zum Ende und übertönt es an seinen leiseren Stellen wie eine Sturmglocke. Er hält es zusammen. Denn es ist stoßweise in einzelnen Abschnitten geschrieben, Abschnitten, die sich, wie Stöße des Sturmes, in unregelmäßigen Pausen folgen. Jedes neue Kapitel ist wieder ein Ganzes und manches ist so abgerundet, daß es der Einordnung in eine neue höhere Einheit beinahe widerstrebt. Aber diese Selbständigkeit einzelner Teile giebt dem Buche einen besonderen Reiz, man fühlt unter den Falten der scheinbaren Willkür die Glieder des Gesetzes, die schön und lebendig sind. Und dasselbe Gesetz, welches den Aufbau des ganzen Buches beherrscht, ist auch innerhalb der einzelnen Abschnitte wirksam. In derselben Nebeneinanderstellung von Szenen wird uns in dem ersten Kapitel der zweiten Abteilung der Untergang des Dampfschiffes ›L'Univers‹ geschildert, und diese Erzählung, die nur in sehr losem Zusammenhange zu den übrigen Teilen des Buches steht und ganz allein verstanden werden kann, ist das Unvergeßliche in dem neuen Werke der schwedischen Schriftstellerin. Diese zwanzig Seiten, die ›L'Univers Untergang‹ überschrieben sind, müssen besonders erwähnt werden. Man sollte sie besonders abdrucken und allen denen in die Hände geben, die nicht Zeit haben, ›dicke Bücher‹ zu lesen, und denen, die nicht glauben wollen, daß (wenigstens in den Ländern des Nordens) schon jetzt Frauen leben, die einsame und ernste Wege zu einem großen Künstlertum gegangen sind.

II

RILKE UND DIE SAMSKOLA

Aus den einleitenden Worten, die vor der Verlesung des Aufsatzes »Samskola« zu Furuborg gesprochen wurden.
(den 13. November 1904)

Bevor ich daran gehe jenen Aufsatz zu lesen, möchte ich Ihnen erklären, wie ich zu demselben kam, Ihnen zeigen, wie er mit mir zusammenhängt. Wenn ich versuche zu sagen, was mich veranlasste über die Samskola zu schreiben, so werden Sie glauben, dass ich mich übertriebener Ausdrücke bediene, denn ich sage, ich habe diesen Aufsatz geschrieben: weil ich von Ihrer Schule ergriffen war. Sie war ein Ereignis für mich. Nun ist es lächerlich zu sagen, dass man von etwas ergriffen war, und dann einen kleinen Artikel darüber zu schreiben. Was thut man wenn man von einer Sache ergriffen ist? Man folgt ihr nach. Man verlässt alle und alles und folgt ihr nach. Man fängt ein neues Leben an. Man handelt. Nun ich war ergriffen, und ich habe nichts von alledem gethan. Ich weiss, dass es in Deutschland und in Oesterreich keine solche Schule giebt und vielleicht noch lange keine geben wird; ich weiss, dass dort viel Tausend Kinder leiden wie ich gelitten habe und noch mehr, und ich weiss auch, dass das nicht nötig ist; denn ich habe eine Schule ⟨gesehen⟩ die gross und weit und menschlich ist und dennoch besteht. Seit ich erfahren habe, dass man eine solche Schule nicht nur träumen, dass man sie auch machen kann, müsste nicht alle meine Kraft darauf ausgehen, eine solche Verwirklichung herbeizuführen?....

Nun wird jemand sagen, dass ich naturgemäss innerhalb meiner Grenzen handeln müsse, innerhalb des Schreibens, meines Berufes, meiner Kunst.

Ja, aber giebt es nicht Augenblicke, da es scheint, als ob einem die Kunst aus den Händen genommen würde? Fühlt man sich vor manchem Ereignis nicht wie vor einem brennenden Haus? Und wer wagt es, angesichts eines Brandes das Wort schön auszusprechen?

Aber es geschieht mir, dass Begebenheiten, die mich früher aus meinem Berufe herausriefen, mich jetzt noch tiefer in mein Eigenstes hereindrücken in das was ich kann (oder doch eines Tages können soll).

Vor mehreren Jahren konnte die Frage nach der Berechtigung der Kunst mich noch beunruhigen und verwirren; ich erinnere mich da des starken Eindrucks, den ein kleines Buch von Tolstoj damals auf mich machte: seine Schrift: »Gegen die Kunst«....

Jene Schrift Tolstoj's erschien, als ich im Begriffe war, meine zweite russische Reise anzutreten. Ich wusste, dass ich Tolstoj wiedersehen würde. Ich hatte eben seine grossen, dichterischen Bücher in seiner Sprache lesen gelernt, – aber nun im letzten Augenblick war jene Broschüre »Gegen die Kunst« erschienen. In ihr verleugnete er alle seine Dichterwerke. Ich würde also davon nichts zu ihm sagen dürfen. Von seinen anderen Schriften wusste ich wenig und über das Buch »Gegen die Kunst« konnte ich kaum mit ihm reden; denn es schien mir kindisch, ihm, dem gewaltigen Künstler, gegenüber von der unbestimmten, kaum erklärbaren Sehnsucht zu sprechen, aus der mir meine Gedichte kamen wie aus tiefster Notwendigkeit; unmöglich wurde es mir, die Berechtigung der Kunst vor einem Meister zu behaupten, der alles was ich sagen konnte wissen musste und noch viel mehr, und dennoch gegen die Kunst entschieden hatte. In der ersten halben Stunde auf Jassnaja Poljana geschah es, dass Tolstoj einen Fremden eilig und prüfend fragte: Womit beschäftigen Sie sich? Wie sehr fürchtete ich er konnte dieselbe Frage an mich richten. Was sollte ich antworten? Dass ich reiste und sehnsüchtig die Stunde erwartete, da mir ein guter Vers gelingen würde? War das eine Beschäftigung? – Konnte ich das sagen?

Und ich sagte es trotzdem. Ungefragt sagte ich es, eine Stunde später als der Graf mit mir durch seine Wiesen ging, die, wie Himmel, ganz blau von Vergissmeinnicht waren. Da erzählte ich ihm von der Kunst, zu der wir jungen Leute langsam heranwachsen wollten. Ich sprach ihm von Bildern, von Gedichten; mein Herz zitterte. Ich erwartete jeden Augenblick, dass er mich unterbrechen, dass er mir meine Worte, wie ein Spielzeug wegnehmen würde; ich wagte nicht, ihn anzusehen. Aber schliesslich merkte ich: er hörte zu. Er hörte ernst und aufmerksam zu. Er liess mich, jungen Menschen, reden, ausreden, und dann sah er mich ernst und hell an. Wir blieben stehen. Und ich ertrug seinen Blick und hielt ihn aus. Das war Alles.

Aber war es nicht viel?

Und ich wusste damals noch so wenig von Kunst zu sagen. Und vom Leben wusste ich nichts. Erst später, als ich im inneren Russland das Leben sah, wie es in der Tiefe russischer Menschen vor sich ging, offenbarte es sich mir. Hier war ein Leben, das jedem Leiden gewachsen war. Wie Heilige durch Flammen gehen, so ging dieses Leben, unversehrt und fortwährend wachsend, durch das dunkle Unrecht der Jahrhunderte. Hier fing jeder Mensch sein Leben an, als ob es ein Jahrtausend dauern sollte. Hier begriff ich, dass man sein Leben so weit als möglich leben müsse, nicht dem Tage nach, sondern in die Tiefe. Dass man nicht das Nächste thun muss, wenn man fühlt, dass man am Übernächsten, am Fernen, am Entferntesten mehr Antheil hat. Dass man träumen darf, während andere retten, wenn diese Träume einem wirklicher sind als die Wirklichkeit und nothwendiger als Brot. Mit einem Wort: dass man *die äusserste Möglichkeit, die man in sich trägt, zum Masstabe seines Lebens machen müsse. Denn unser Leben ist gross, und es geht soviel Zukunft hinein, als wir tragen können.*

Erst in diesem unendlich erweiterten Leben war Raum für die Kunst. – Ja, es kam mir vor, als wäre im russischen Menschen selbst etwas Künstlerisches; als schliefe Kunst in ihm. Denn ich ahnte, dass Kunst etwas Verwandtes hatte mit jenem Leben. Ich ahnte, dass ein Mensch, der Kunst schaffen wollte, ebenso geduldig, ebenso ernst, ebenso zeitlos weit sein müsse, wie es diese russischen Menschen waren. Dass er ebenso schlicht und einfach und unverwandt auf das Grosse, Ewige zugehen müsse wie sie.

Und da: als unsäglich bejahende Bestätigung, fand ich, in einem anderen Lande, Rodin und sein Werk. Ich fand eine Arbeit, still, tief und versammelt um das Wichtigste. Eine Arbeit, die begann, als ob sie ein Jahrtausend dauern sollte. Eine Kunst, die von grosser unbegrenzter Geduld redete, stumm davon redete, – bis Rodin später auf einer Reise durch Holland, ⟨beim Anblick⟩ langsam sich drehender Mühlenflügel aussprach, was immer schon sein Leben war: »La lenteur est une beauté«.

x

Dieses sind einige von den Eindrücken, auf denen ich mein Leben bauen will.

Ich glaube: dass die langsamen grossen Bewegungen schneller sind als die schnellen.

Ich glaube: dass die Geduld seliger ist als die fruchtbarste Ungeduld.

Ich glaube: dass wir Menschen für immer da sind, nicht für einen Tag – : dass wir Zeit haben.

Ich glaube: dass wir an der Zukunft arbeiten müssen, wenn wir es können; dass jeder der über das Morgen und Übermorgen ⟨hin⟩aussehen kann, auch soweit leben muss, wie er sieht. Vermutlich sind Menschen mit allen Sehweiten da, wenn einige für das Kommende sorgen, so werden andere, denen es keine Beschränkung bedeutet, das Heutige thun.

Sie fühlen schon, dass die Samskola zu jenen grossen Erfahrungen gehört, an denen mein Glaube wächst. In dieser Tiefe meines Lebens lag für mich die Nothwendigkeit von ihr zu erzählen. An dieser Stelle ergriff sie mich.

Hier war ein einheitliches breitgefühltes Leben.

Hier war ein vertrauensvoll in die Zukunft gestelltes Ziel.

Hier war Geduld und Zeit.

Und hier war auch etwas von jener grossen Demuth, die ich in den russischen Menschen und in Rodin gefunden hatte:

Die, welche die Schule geschaffen hatten, und die, welche da lehren, wussten:
Dass wir nicht fertig sind. Sie waren ohne den Hochmuth der Erwachsenen. Sie wollten nicht erziehen. Sie fühlten, dass es nur darauf ⟨an⟩kam, die Kinder in dieselben mächtigen Hände zu legen, in denen wir alle liegen, wartend, dass man an uns arbeite.

Samskola

Ich werde erzählen, was sich neulich in Gothenburg begeben hat. Es ist merkwürdig genug. Es geschah in dieser Stadt, daß mehrere Kinder zu ihren Eltern kamen und erklarten, sie wollten auch nachmittags in der Schule bleiben, auch wenn kein Unterricht ist, immer. Immer? Ja, so viel wie möglich. In welcher Schule?

Ich werde von dieser Schule erzählen. Es ist eine ungewöhnliche, eine völlig unimperativische Schule; eine Schule, die nachgiebt, eine Schule, die sich nicht für fertig hält, sondern für etwas Werdendes, daran die Kinder selbst, umformend und bestimmend, arbeiten sollen. Die Kinder, in enger und freundlicher Beziehung mit einigen aufmerksamen, lernenden, vorsichtigen Erwachsenen, Menschen, Lehrern, wenn man will. Die Kinder sind in dieser Schule die Hauptsache. Man begreift, daß damit verschiedene Einrichtungen fortfallen, die an anderen Schulen üblich sind. Zum Beispiel: jene hochnotpeinlichen Untersuchungen und Verhöre, die man Prüfungen genannt hat, und die damit zusammenhängenden Zeugnisse. Sie waren ganz und gar eine Erfindung der Großen. Und man fühlt gleich, wenn man die Schule betritt, den Unterschied. Man ist in einer Schule, in der es nicht nach Staub, Tinte und Angst riecht, sondern nach Sonne, blondem Holz und Kindheit.

Man wird sagen, daß eine solche Schule sich nicht halten kann. Nein, natürlich. Aber die Kinder halten sie. Sie besteht nun im vierten Jahre und man zählt in diesem Semester zweihundertfünfzehn Schüler, Mädchen und Knaben aus allen Altern. Denn es ist eine richtige Schule, die beim Anfang anfängt und bis ans Ende reicht. Freilich: dieses Ende liegt noch nicht ganz in ihrer Hand. An diesem Ausgang der Achtzehnjährigen steht, gespenstisch wie ein Revenant, die Reifeprüfung. Und sie treten, aus der Zukunft, in der sie schon waren, in eine andere Zeit zurück. In die Zeit ihrer Zeitgenossen. Aber sie sind doch, sozusagen, im Kommenden erzogen; werden sie das ganz verleugnen? Wird man es später an ihrem Leben merken?

Für alle, die jetzt und in den nächsten Jahren die Schule verlassen, trifft das noch nicht ganz zu; denn sie sind (da die Schule erst ihr viertes Jahr beginnt) nicht von Anfang an ihre Schüler gewesen. Sie sind eines Tages übergetreten, mit Schulerfahrungen und -konventionen behaftet und ganz voll von den Bazillen alter, verschleppter Schulseuchen. Wäre der junge Körper dieser neuen Schule nicht so durch und durch gesund, so hätten sie leicht eine Gefahr für ihn werden können. So aber gehen sie, ohne Schaden zu stiften, durch seinen Organismus durch; ihre schlechten Gebräuche und Schülerheimlichkeiten, die sie fortsetzen, bekommen, inmitten des weiten, offenen Vertrauens, inmitten dieser lebensgroßen Menschlichkeit, die weit über die Wände einer Schulstunde hinausreicht, einen Anschein von trauriger, harmloser Lächerlichkeit; sie werden so überflüssig wie die umwickelten Gebärden eines Freigelassenen, der fortfährt, in der Zeichen- und Klopfsprache des Gefängnisses sich auszudrücken. Aber wenn diese einmal scheu Gemachten auch nicht fähig sind, sich in der Sonne der neuen Schule ganz arglos auszubreiten, so merkt man doch, wie sie sich erholen, wie sie sich aufrichten und, bei aller Frühreife ihrer trüben Erfahrung, reine, kindhaft lichte Triebe ansetzen und da und dort zum Blühen kommen. Aber man muß vorsichtig mit ihnen sein; denn die Freiheit ist eine Gefahr für sie.

Das Wort Freiheit ist genannt. Es scheint mir, als ob wir, die Erwachsenen, in einer Welt lebten, in der keine Freiheit ist. Freiheit ist bewegtes, steigendes, mit der Menschenseele sich wandelndes, wachsendes Gesetz. Unsere Gesetze sind nicht mehr die unserigen. Sie sind zurückgeblieben, während das Leben lief. Man hat sie zurückgehalten, aus Geiz, aus Habgier, aus Eigennutz; aber vor allem: aus Angst. Man wollte sie nicht mit auf den Wellen haben in Sturm und Schiffbruch; sie sollten in Sicherheit sein. Und da man sie so, gerettet aus aller Gefahr, auf dem Strande zurückließ, sind sie erstarrt. Und das ist unsere Not: daß wir Gesetze haben aus Stein. Gesetze, die nicht immer mit uns waren, fremde, unverwandte Gesetze. Keine von den tausend neuen Bewegungen unseres Blutes pflanzt sich in ihnen fort; unser Leben besteht nicht für sie; und die Wärme aller Herzen reicht nicht aus, einen Schimmer von Grün auf ihren kalten Oberflächen hervorzurufen. Wir schreien nach dem neuen Gesetz. Nach einem Gesetz, das Tag und Nacht bei uns bleibt und das wir erkannt und befruchtet haben wie ein Weib. Aber es kommt keiner, der solches Gesetz uns geben kann; es ist über die Kraft.

Aber denkt niemand daran, daß das neue Gesetz, das wir

nicht zu schaffen vermögen, täglich anfangen kann mit denen, die wieder ein Anfang sind? Sind sie nicht wieder das Ganze, Schöpfung und Welt, wachsen nicht in ihnen alle Kräfte heran, wenn wir nur Raum geben? Wenn wir nicht aufdringlich, mit dem Recht des Stärkeren, den Kindern all das Fertige in den Weg stellen, das für unser Leben gilt, wenn sie nichts vorfinden, wenn sie alles machen müssen: werden sie nicht alles machen? Wenn wir uns hüten, den alten Riß zwischen Pflicht und Freude (Schule und Leben), Gesetz und Freiheit in sie hinein zu vergrößern: ist es nicht möglich, daß die Welt heil in ihnen heranwächst: nicht in einer Generation freilich, nicht in der nächsten und übernächsten, aber langsam, von Kindheit zu Kindheit heilend?

Ich weiß nicht, ob man zu dem Ursprung der Schule auch durch diese Gedanken gegangen ist; es ist eine Welt von Gedanken gedacht worden. Aber nun ist sie da. Ihre einfache Heiterkeit spielt vor einem Hintergrunde dunkelsten Ernstes. Sie ist nicht in ein Programm eingeschlossen, sie ist nach allen Seiten offen. Und es ist gar nicht vom ›Erziehen‹ die Rede. Es handelt sich gar nicht darum. Denn wer kann erziehen? Wo ist der unter uns, der erziehen dürfte?

Was diese Schule versucht, ist dieses: nicht zu stören. Aber indem sie dies auf ihre tätige und hingebende Weise versucht, indem sie Hemmungen entfernt, Fragen anregt, horcht, beobachtet, lernt und vorsichtig liebt, – tut sie alles, was Erwachsene an denen tun können, die nach ihnen kommen sollen.

Das fünfteilige hölzerne Gebäude eines früheren Hospitals. An Kranke denkt man nicht mehr; nur etwas wie die Freude von vielen Genesenden ist darin geblieben.

Die Zimmer sind wie die Zimmer in einem Landhaus. Mittelgroß, mit klaren, einfarbigen Wänden und geräumigen Fenstern, in denen viele Blumen stehen. Die niedrigen, gelben, harzhellen Tische lassen sich, wenn es nötig ist, in der Art von Schulbänken anreihen; meist aber sind sie in der

Mitte zu einem einzigen großen Tisch zusammengeschoben, wie in einer Wohnstube. Und die kleinen, behaglichen Sessel stehen rund herum. Natürlich ist alles da, was in ein richtiges Schulzimmer gehört: ein (übrigens nicht erhöhter) Lehrertisch, eine Tafel und alles andere. Aber diese Dinge repräsentieren nicht; sie ordnen sich ein. An der Wand, dem Fenster gegenüber, ist eine Karte von Schweden, blau, grün und rot: ein frohes, buntes Kinderland. Sonst sind Abbildungen von guten Gemälden da, in glatten, einfachen Holzrahmen. Des Velazquez kleiner reitender Infant. Daneben aber, ganz ebenso anerkannt, hängt das rote Haus, das der kleine Bengt oder Nils oder Ebbe gemalt hat, mit dem ernstesten Gesicht. Die lichten Gänge führen zu den Sälen hin, die für viele Beschäftigungen eingerichtet sind. Da ist ein weiter, luftiger Raum für die Handarbeiten der Kleinsten; in einem anderen werden Bürsten hergestellt und Bücher gebunden; eine Werkstatt ist da für Tischlerarbeiten und Mechanik, eine Druckerei und ein stilles, heiteres Musikzimmer.

Man hat das Gefühl: hier kann man etwas werden. Diese Schule ist nicht etwas Vorläufiges; da ist schon die Wirklichkeit. Da fängt das Leben schon an. Das Leben hat sich klein gemacht für die Kleinen. Aber es ist da, mit allen seinen Möglichkeiten und mit vielen Gefahren. Da hängen in den Werkstätten, wo die Zwölfjährigen arbeiten, all die scharfen Messer und Ahlen und Stahle, die man sonst ängstlich vor den Kindern verbirgt. Hier legt man sie ihnen vorsichtig und ernst und richtig in die Hand und sie denken gar nicht daran, damit zu ›spielen‹. Sie beschäftigen sich so intensiv; und fast alle ihre Arbeiten sind gut und genau und brauchbar; des Handwerks tiefer Ernst kommt über sie.

Im Saal für Mechanik wurde ein Knabe gerufen, der einen Motor erfunden und im Modell ausgeführt hatte. Er sollte ihn erklären. Er war schon mit einer anderen Arbeit beschäftigt, von der er bereitwillig, aber doch ungern gestört, herüberkam. Sein Gesicht war noch ganz von der verlassenen Arbeit erfüllt. Aber dann nahm er sich zusammen und gab sachlich kurz die gewünschten Aufklärungen. Der Ton seiner Worte, die geschickten Gebärden, womit er sie begleitete, selbst die offene, sichere Art seiner Freundlichkeit zeigte den Arbeiter, der in seiner Arbeit lebt. Und wie bei diesem Knaben, so war bei allen Kindern Offenheit und Sicherheit zu finden; sie waren alle beschäftigt und froh und dadurch allen Tätigen nah; mochten es nun Erwachsene oder Kinder sein; in der ernsthaften und freudigen Beschäftigung war eine Gemeinsamkeit gegeben, auf der sich verkehren ließ; aller Grund zur Verlegenheit war fortgefallen.

Die Freudigkeit, die Neigung, womit in dieser Schule alles geschieht, prägt alle Dinge. Wie schön sind die von den Kindern gedruckten und gebundenen Bücher, wie rührend ausdrucksvoll sind ihre kleinen Modellierversuche; und ihre Blumenzeichnungen nach der Natur sind so richtig und liebevoll und gewissenhaft, daß sie, wo gewisse Voraussetzungen da sind, jeden Augenblick Kunst werden können. Es tut so gut, zu fühlen, daß in diesen Kindern nichts verkümmern kann. Jede, auch die leiseste Anlage muß nach und nach zum Blühen kommen. Keins von diesen Kindern muß sich dauernd zurückgesetzt glauben. Der Möglichkeiten sind so viele. Für ein jedes muß der Tag kommen, da es sein Können entdeckt, irgendeine Fähigkeit, eine Geschicklichkeit, eine Lust zu irgend etwas, die ihm in dieser kleinen Welt seinen Platz, seine Berechtigung giebt. Und was das wichtigste ist: diese kleine Welt ist im Grunde nichts anderes als die große Welt auch; was man in ihr ist, kann man überall sein; diese Schule ist nicht ein Gegensatz des Heims. Sie ist dasselbe. Sie ist nur zu jedem ›Zuhause‹ hinzugekommen, sie ist an alle Häuser angebaut und will mit ihnen in Verbindung sein. Sie ist nicht das andere. Die Eltern gehen in ihr eben so ein und aus wie ihre Kinder. Es steht ihnen frei, dann und wann einer Unterrichtsstunde beizuwohnen; sie kennen die Räume des Schulhauses und finden sich darin zurecht. Und auch im Verhältnis zum Leben will diese Schule nicht das andere sein. Deshalb kann sie keine Lehrer brauchen, die diesen Beruf ergreifen; die an ihr lehren, müssen von ihrem Beruf ergriffen sein. Es genügt nicht, daß sie einen Gegenstand beherrschen; dieser Gegenstand muß gewissermaßen unter freiem Himmel stehen; er darf nicht isoliert, nicht abgeschnitten, nicht aus allen Zusammenhängen gehoben sein. Er muß sich verwandeln, und wenn sich etwas rührt in der Welt, muß er zittern und tönen; man muß es an ihm merken können. Immer soll, unter dem Vorwande der verschiedenen Fächer, vom Leben die Rede sein. Wie schön war es, als einmal ein Bergmann kam, ein gewöhnlicher Bergmann, der schlicht und schwer von seinen schwarzen Tagen erzählte; und wie für ihn, so steht der Lehrersessel für jeden da, der etwas erfahren hat: für den Reisenden, der von fremden Gegenden erzählt, für den Mann, der Maschinen baut, und vor allem für den Schlichtesten unter den Wissenden, den Handwerker mit den klugen, vorsichtigen Händen. Denk, wenn einmal ein Zimmermann käme! Oder ein Uhrmacher oder gar ein Orgelbauer! Und sie können jeden Augenblick kommen. Denn ganz leise nur, ohne Last, liegt das Netz des Stundenplanes über den Tagen. Es wird oft verschoben. Die Wochen gehen einem nicht mit der monotonen Eile eines Rosenkranzes durch die Finger. Jeder Tag fängt an als etwas Neues und bringt unerwartete und erwartete und völlig überraschende Dinge. Und für alles ist Zeit. Die Frühstückspause ist so lang, daß man den Tisch abräumen und ihn mit hellem Wachstuch decken kann. Blumen werden in der Mitte daraufgestellt, Butterbrotteller und Gläser und Becher mit Milch; und dann sitzt es rund herum und ißt und träumt, lacht und erzählt und sieht wie eine Geburtstagsgesellschaft aus.

Es ist Zeit und Raum in dieser Schule. Um jedes dieser kleinen blonden Geschöpfe ist Raum. Wie ein Haus mit

Garten ist jedes. Es ist nicht eingerammt zwischen seine Nachbarn. Es hat etwas um sich herum, etwas Lichtes, Freies, Blühendes. Es soll auch nicht gerade so wie seine Nachbarn aussehen; im Gegenteil: es soll so von Herzen verschieden sein, so aufrichtig anders, so wahr wie nur irgend möglich.

Es war konsequent und mutig, diesen Kindern keinen Religionsunterricht im herkömmlichen Sinn aufzuerlegen. Eine autoritative Beeinflussung an dieser empfindlichsten Stelle inneren Eigenlebens hätte alles Gerechte und Menschliche, das hier versucht worden ist, wieder aufgewogen. Man hat sich entschlossen, die biblischen Stoffe nach den reinsten, absichtslosesten Quellen als Historie vorzutragen, und man will nach und nach dazu kommen, Religion nicht ein- oder zweimal in der Woche zu geben, nicht heute von neun bis zehn, sondern immer, täglich, mit jedem Gegenstande, in jeder Stunde. Die Menschen, die diese Schule am meisten lieben, haben nach Tagen und nach Nächten, im ganzen Bewußtsein ihrer Verantwortung, diesen Beschluß gefaßt. Nun muß man Vertrauen zu ihnen haben. Kinder und Eltern. Denn diese Bedeutung scheint mir leise in dem Namen Samskola mitzuklingen: Gemeinschule, Schule für Knaben und Mädchen, aber auch: Schule für Kinder und Eltern und Lehrer. Da ist keiner über dem anderen; alle sind gleich und alle Anfänger. Und was gemeinsam gelernt werden soll, ist: die Zukunft.

Nur mit Einem reicht die Vergangenheit herein. Mit dem Aberglauben von den großen Kathedralen. Menschenleben sind unter den Grundsteinen verschwunden und der Mörtel ist auch bei diesem Bauwerk mit Herzblut gemischt.

III

AUS RILKES BRIEFEN AN CLARA RILKE-WESTHOFF
über Ellen Keys Besuche in Paris (1906) und auf Capri (1907)

29, rue Cassette, Paris VIe, Dienstag früh ⟨29. 5. 1906⟩

[...] (Ach, könnten wir doch sparen, und könnten wir diese Handfertigkeit, mit nichts fast zu leben, alles zurückzuhalten und nur ungern und böse das Nötigste loszulassen. Ellen Key ist fast gekränkt, wenn man irgendwo von ihr Geld verlangt, und von unglaublichem Mißtrauen gegen den, der es nimmt. Wie ein Kegelspieler seine Kugel, so verfolgt sie ihr Frankstück lange noch mit dem ganzen Gefühl und erwartet von jedem, daß es alle neune macht. Sie ist geizig, die gute Ellen, merk ich. Sie mußte es wohl sein, es war ihr Mimikry, um in verschiedenen Jahren durchzukommen. Aber es ist nicht schön anzusehen. Ich lebe, seit sie hier ist, in ganz ungekannter Armut, soweit ich mit ihr bin. Wir warten an den verschiedensten Ecken auf die verschiedensten Omnibusse, wir essen in einem Duval zwischendurch, gleichsam heimlich, und ich vermute, sie nährt sich vor allem von dem, was sie bei irgendeinem Besuche vorgesetzt bekommt. Diese Dürftigkeit ist traurig, aber sie hat eine Freiheit zur Folge, die wir gut brauchen könnten. Man kann sehr viel, man reicht immer noch aus auf diese Weise –.)

Aber sie ist gut und ehrlich, die liebe Ellen, und überzeugt und so rührend unberührt von aller Erfahrung. Man kann mit ihr, obwohl sie praktisch ist, Praktisches nicht besprechen, weil sie annimmt, wenn es sich um Pläne handelt, daß man nur solche ausspricht, für die die Mittel schon, genau abgezählt, bereitliegen. Dann sagt sie natürlich ja und amen zu den schönen Plänen. Man lebt innerhalb des Geldes, das man hat, denkt sie und macht seine Pläne innerhalb dieser Einzäunung (das gäbe recht elende Gemüsegärtchen). Und von Innerlichem kann man auch kaum mit ihr sprechen, weil sie noch so gewisse Festtagsideale hat und lauter Sentiment, das in Wärme sofort in Rührung übergeht. Damit ist so wenig zu machen. Aber schließ aus alledem nicht, daß ich nicht zufrieden bin, mit ihr zu sein: ich habe manche gute Zuneigung zu ihr und für vieles eine ganz natürliche, unmittelbare Bewunderung. Sie hat aus einem nicht geglückten Leben etwas Glückliches gemacht; sie hat sich zu ganz wichtigen Dingen in Beziehung gesetzt und hat sich ins Leben verliebt und aufs Leben verlassen mit einer reinen Bereitschaft und sorglosen Heiterkeit wie der Vogel, der »diese Sorge nicht hat«. – Sie wird vierzehn Tage hier sein (in denen ich mich ihr natürlich nicht immer ganz gleichmäßig widmen will), und schon der erste Tag, der Sonntag, war natürlich mächtig organisiert. Erst kam das Louvre dran, darin sie alles ganz gefühlsmäßig ansieht und auslegt, so ungestört in ihren Standpunkten: das war recht seltsam vor der Mona Lisa, die an diesem Tage von einem ausschließenden Hochmut war, tief und klar im Schatten und mit all dem blauen Licht hinter sich auf Wasserläufen und Gefällen und den blauen Flammen der bewegten Gebirge. Das war vor manchem Ding banal, manchmal goethisch-zusammenfassend, manchmal sehr unzulänglich, und etwas wie die Heilige Anna selbdritt entzieht sich so vertraulicher Annäherung und Anwendung überhaupt. Die Venus von Milo, die wir nur von ferne sahen (ich mußte endlich frühstücken gehen), wäre das trefflichste Objekt solcher Auslegungen gewesen, und sie schien, da unten vor ihrem Vorhang, nur auf solche Gefühlsphotographen zu warten. (Mir ist natürlich die Betrachtungsweise fatal: ich fühle mich wie der junge Hund mit der Nase in das bißchen Vergangenheit hineingedrückt, das man in der Stube nicht machen soll.) Dann nachmittags, auf dem Rückweg von Jouven, war Ellen einen

Augenblick in meiner Stube (wir schickten eine Karte an Dich). Sie erzählte von Worpswede und ist immer noch sehr erstaunt über Ruth und unbeschreiblich stolz auf sie. Um 4 trafen wir mit den verschiedensten Omnibussen bei Verhaeren ein, der wegen seines jährlich wiederkehrenden Heufiebers jetzt Land und Bäume meiden und in einer kleinen Mansardenwohnung in Batignolles aushalten muß. Wir hatten mit seiner Frau und ihm eine sehr liebe Stunde, zu der schließlich leider Frau G... R... kam, die Witwe des Dichters, von der man gut begriff, daß sie ihn überlebte. Aber das Merkwürdigste war dieses schon sehr langen Tages Abend. Wir sahen bei Antoine die »Wildente« von Ibsen. Ausgezeichnet einstudiert, mit viel Überlegung und Durchformung: erstaunlich. Natürlich durch gewisse Temperamentsunterschiede im einzelnen verschoben, schief, unbegriffen. Aber die Dichtung. Dank dem Umstand, daß die beiden weiblichen Personen (Hjalmar Ekdals Frau und die vierzehnjährige Gina) einfach, ohne französische Aufmachung waren, kam all ihr Glanz von innen fast bis an die Oberfläche. Da war ganz Großes, Tiefes, Wesentliches. Jüngstes Gericht und Urteil. Endgültiges. Und auf einmal war die Stunde da, da Ibsens Majestät mich anzuschauen geruhte, zum ersten Mal. Ein neuer Dichter, zu dem wir noch Weg um Weg gehen werden, nun da ich einen weiß. Und wieder ein Mißverstandener mitten im Ruhm. Ein ganz anderer, als man ihn sagen hört. Und noch eine Erfahrung: das unerhörte Gelächter des französischen (allerdings sehr unteren) Publikums, an den leisesten, wundesten, schmerzlichsten Stellen, wo schon das Rühren eines Fingers wehe getan hätte. Da: Gelächter. Und wieder begriff ich Malte Laurids Brigge und sein Nordischsein und sein Zugrundegehen an Paris. Wie sah und empfand und erlitt er es. [...]

Freitag, den 1. Juni ⟨1906⟩. Vormittag

[...] Wir haben das zusammen unternommen: Ellen, Bojers und Paula Becker, die Ellen Key gerne sehen wollte und die ich deshalb dazu einlud. Sie war sehr am Platze, freute sich, auch an dem Land und dem Sommer, wovon doch auch der Luxembourg-Garten nur Andeutungen gibt, und sah alles recht verständig an; Ellen war zu ideell im Schauen und zu organisatorisch in der Einteilung, Bojers zu ungewohnt, Bilder zu betrachten, besonders er, wie ein großer Hund gähnend, bis ihm die Tränen aus den Augen kamen. Dabei zu viele Leute, so daß die Fouquetschen Miniaturen nicht so zu sehen waren, wie ich sie gerne gesehen hätte. Ich denke, ich werde nochmals hinausfahren und alles wieder ansehen, allein, später. Auch Pfauen waren in den Gärten, die so sehr gelassen durch die grünen Reflexe und Schatten gingen: Du hättest an vielem großes Glück gehabt. Ich dachte an Dich, und die anderen sprachen aus, daß Du mit uns sein müßtest ... Das war das Schönste in den letzten Tagen. Ich lasse Ellen viel allein und mit den Leuten, die sie hier noch hat (junge irgendwie verheiratete Schwedinnen und andere) und die ich nicht kenne. Ach, nein, Rat ist wohl kaum von ihr zu erwarten: ich weiß nicht, ich kann nicht so ganz unmittelbar zu ihr werden; alle Worte, die man sich gegenseitig sagt, so gut und aufrichtig sie sein mögen, biegen, ehe sie ankommen, rechts oder links ab und sind verschwunden. Nicht? Und wie unaufmerksam ist sie, ganz nur mehr Monologe redend, die man nur stört, wenn man mitzusprechen versucht. [...]

Donnerstag, am 7. Juni (Nachmittag) ⟨1906⟩

[...] Ellen Key grüßt Dich sehr. Sie läßt mich jetzt so viel allein, wie ich es nötig habe. Gestern sahen wir zusammen die Carrières im Salon, und ganz unerwartet war Stina Frisell dabei, die mir so lieb ist und bei der ich damals in Göteborg den Abend (vor und nach meinem Vortrag) verbrachte. [...]

29, rue Cassette, Paris VIe, 14. Juni 1906

[...] Stina Frisell ist inzwischen schon wieder fortgereist, mit ihrer kleinen Karin, die nun »ins Leben« eingeführt werden soll, achtzehnjährig und mittendrin, wie sie ist. Stina Frisell ist ein lieber, einfacher, treuer Mensch ... und herrlich wohltuend war sie neben Ellen Key, die mir vorkommt, als wäre von ihr kaum mehr etwas übrig, so ist sie benagt und angefressen von allen diesen Rattenseelen, die an ihr hängen. Ach, es ist eigentlich traurig. Wie sie nichts ist als ein Fetzchen altmodischen Ideals, eingesetzt in einen sezessionistischen Lehnstuhl und ganz entzückt über ihre eigene Verwendung. Wie sie nichts mehr sieht und hört, weder Menschenschicksal, das unaufhörlich auf ihr abgeladen wird, noch Kunstdinge, die sie wie ein Schullehrer konstatiert, ohne irgendwas davon zu nehmen oder nötig zu haben, noch eigene Erinnerungen, die, in ihrer mißfarbenen Tätigkeit aufgelöst, alle Lokaltöne verloren haben. Wie sie, mit einer gewissen Anlage, ihr eigenes Leben ernst zu nehmen (das war vielleicht alles), es doch fast lächerlich machte: zu dem Leben der guten Allerweltstante, die alle Taschen voll hat für die, die an Zuckerstücken und billigen Bonbons Vergnügen finden, die aber keinem einzigen den Hunger zu stillen vermag, mit ihrer armsäligen, schon ein wenig abgelegenen Verköstigung. Und wie natürlich und gerecht, daß es so kam. Man kann nichts Außergewöhnliches (und was ist ausnahmsvoller und ungewöhnlicher, als jemandem beistehen können –?) zum Tagtäglichen machen wollen und zum Beruf. Und nur jemand, der Menschenschicksal so wenig direkt, so gutherzig und im Grunde so altmädchenhaft ansah wie Ellen, konnte in diesen Irrtum (so ganz gewissenhaft und überzeugt) verfallen. – Das ist nun Ellen Key. Merkwürdig, nicht, fast ein wenig unheimlich? O alle diese lautlosen Verwandlungen des Lebens. Dieses nicht mehr das sein und nicht mehr jenes, während man glaubt, es zu werden. Dieses Ausströmen, leise, wie eine umgefallene Flasche, die liegt und sich ganz wohl fühlt und doch schon wertlos ist wie eine zerschlagene. Wie die leisen Dinge einfach fortgehen, wenn wir sie mit irgendeinem Anspruch kränken; wie sie so gar keine Anhänglichkeit haben, so ganz unsentimental sind, – einfach weggehen, fortfliegen, nicht mehr gesehen werden.

Ellens Metier ist wider die Natur. Aber ich kenne seinen Reiz und Rausch, den die gute Ellen vielleicht nur selten gefühlt hat, weil sie zu bescheiden dazu war und weil sie, ach, weil sie ja nicht einmal das geben konnte, was als Reflex diesen Rausch im Gebenden hervorruft: dieses Unbedingte, Äußerste, das manchmal den oder jenen jungen Menschen zu uns zwingt, zu Dir oder zu mir, – dieses am Machen von Dingen Erfahrene und Erlittene, das unser Übergewicht und unser Reichtum ist. Da spricht dann so ein junger Mensch vor uns und weiß nicht, warum ihm das so wohl tut. O daß wir doch die Mittel fänden, ohne uns geizig zuzuschließen, zu sparen und zurückzubehalten. Ich denke, wir müssen viel und aufmerksam zuhören, dann werden wir allmählich immer vorsichtiger antworten und immer besser ... – Denk Dir: ich habe vor zwei Tagen für sechs junge Menschen in einem Atelier (rue Campagne Première) (drei Schritte kaum breit und drei lang) meinen Rodin-Vortrag gelesen. Das hatte sich so ergeben: ich kannte nur einen davon (Dora Herxheimer, von der ich Dir sagte, die die großen Löwen macht) ein wenig, aber es war schön und ernst und warm. [...]

Freitag früh, 21. Juni 1906

[...] Ellen Key ist nun Sonntag abgereist, nach der Schweiz zu; ich begleitete sie bis nach Fontainebleau, und wir verbrachten dort einige nicht recht nützliche Stunden, von Dienern inmitten sonntäglicher Meute durchs Schloß gejagt (da E. K. immer alles sehen muß, mit einer niemals erschöpften Aufnahmefähigkeit) und einige Nachmittagsstunden in dem großen Walde verbringend, der mit seinen ungeheueren Buchen, Farrenkräutern und einzelnen Birken in stillen Lichtungen fast an dänische Wälder denken ließ. Wir waren schließlich völlig ohne Kontakt, und unsere gegenseitigen Freundschaftsbezeugungen waren zu bloßen Umgangsformen geworden und wurden mit ein paar Griffen bedient wie eine Maschine. Auf dem kleinen Bahnhof von Fontainebleau-Avon, von dem unsere Züge nach verschiedenen Richtungen zu fast gleicher Zeit abgingen, erhob sich dieser Zustand von selbst zum Symbol und verlor so, wirklich geworden, sein Drückendes: ganz wie in einer Dichtung eine Situation, in ein Gleichnis aufgenommen, das Momentane, Peinliche und Haltlose verliert und voll Deutsamkeit wird und innerer Gültigkeit, im Augenblicke, wo sie in ein Bild ganz restlos eingeht, so bereitete uns (oder mir: denn E. K., gewohnt und geübt, alles Vorhandene durch das in ihr längst fertige »Ideal« des Vorhandenen zu ersetzen, mochte von alledem kaum etwas gemerkt haben –) das Leben die gütige Genugtuung, uns von dem Unausgesprochenen unserer Lage durch einen kompletten Ausdruck derselben zu erleichtern. Denk, man kann es nicht besser machen: zwei Menschen auf zwei gegenüberliegenden Bahnsteigen, durch ein Schienenpaar getrennt, auf welchem in einer Weile entgegengesetzte Züge einfahren werden, den einen nach dahin, den andern nach dorthin fortzunehmen. Mein Bahnsteig eben ein Bahnsteig, mit Menschen, Ungeduld, Abreise: nichts, um zu bleiben. Der Ellens fast übertrieben friedlich: ganz in der Sonne, mit Rosenbeeten, netten Bänken und einer gewissen eingebildeten Glücklichkeit: wie eine Ansiedelung. Und nun noch diese gesetzlich festgestellte Unüberschreitbarkeit zwischen uns –: so daß wirklich nichts ausgelassen oder vergessen worden war. Und nun, da das Leben so wörtlich alles auf sich genommen hatte, Zug für Zug, vor dieser überlegenen und so fein mit allen vorhandenen Mitteln entwickelten Aufklärung, wurde es mir nicht schwer, dann und wann (die Züge blieben um ein kleines zu lange aus) freundlich und offen hinüberzusehen und das treue und gerührte Schauen, das mich von drüben umgab, warm zu erwidern. Mit wirklicher Wärme im Blick. Nun verstand ich, wie dieses alte Mädchen nur eines von den vielen alten Mädchen war, die in einem Zimmer Erinnerungen zusammenlegen, Erinnerungen und Erinnerungen von Erinnerungen und alle nur Erinnerungen an eines: an jene Liebe, deren einstige, vage, aufsteigende Möglichkeit von ihrem Herzen schon so überschwenglich aufgenommen war, daß das Erlebnis gar nicht mehr zu kommen brauchte. Und alle die angehäuften Dinge, die immer dieses Eine bedeuten und davon abstammen, von unwahrscheinlichen Eltern, von einem Irrtum, einem Zufall vielleicht, haben etwas Ungewisses im Blick und etwas Schüchternes in ihrem Benehmen, sind selbst geneigt, sich für nicht ganz legitim zu halten, während das alte Mädchen nichts tut, als über die unbeschreibliche Ehrbarkeit ihrer Abkunft zu weinen. Sind gewisse Menschen bestimmt, in gewisse Schicksale zu geraten, über den Typus nicht hinauszukommen? Und wenn nun, wie bei Ellen, ungewöhnliche Kraft hinzukommt, Entschlossenheit, vielleicht auch ein gewisser verzweifelter Entschluß, dem Los zu entwachsen, dem sie sich dunkel zugesagt fühlte, entsteht dann trotz allem nicht doch nur wieder dasselbe Schicksal, wie in einem größeren Zimmer gelebt, mit unverhältnismäßig umfangreichen Erinnerungen, die jenes Nichts von Erlebnis noch deutlicher machen. Vielleicht müssen die Konventionen der verlorenen Leben in einzelnen Schicksalen so übertrieben werden, damit man sie erkenne. Vielleicht ist das ihr Ausgang: dieses noch einmal im Großen und Augenfälligen so Tragisch-Werden, wie sie es oft im Minimen waren. Aber wie gut ist das Leben. Wie gerecht, wie unbestechlich, wie nicht zu betrügen: auch durch Kraft nicht, auch durch Willen nicht, nicht einmal durch Mut. Wie bleibt alles, was es ist, und hat nur diese Wahl: sich zu erfüllen oder sich zu übertreiben. [...]

Capri, Villa Discopoli, am 15. März 1907

[...] Da ist nun wieder ein Brief; ist eben erst angekommen, denn die Oceana ward wohl durch die Stürme aufgehalten, die uns wieder Kälte, ja sogar Schnee und, am ärgsten, unwirtlichsten von diesen Tagen: – Ellen Key gebracht haben. Sie ist noch hier, und Du begreifst, daß ich darüber nicht so recht zum Schreiben komme. Zwar schickt sie mich dann und wann fort, aber es ist dann doch wieder ein bißchen wie damals, als wir schlafen sollten in der Bahn nach Göteborg. Die gute Ellen. Sie ist ausgeruhter jetzt nach ihren Syrakusaner Tagen und wirkt wieder mehr so wie in Furuborg zuerst, nicht so traurig wie voriges Jahr bei dem Pariser Wiedersehen. Das Gute, Ergreifende und zugleich Starke an ihr ist wieder fühlbarer, und wir haben manche wirklich herzliche Stunde zusammen verbracht. In so vielem hat sie ja recht, und ist so ehrlich und wird ungerecht aus lauter Ehrlichkeit und Eifer. Frau Alla und die Discopoli haben manches zu verwundern und zu verwinden. Sie sind erstaunt, daß die neue Zeit, ach, die unerhört neue, mit einem so alten Fräulein bei ihnen einbricht. Ich glaube, es ist gut, daß Ellen morgen reist; es ginge kaum länger. Ellen wohnt unten, Villa Pagano, wo Du gewohnt hast, an demselben Balkon, aber sie kommt natürlich immerzu herauf und nimmt alles von der natürlichsten Seite. – Aber sie *hört* doch wieder, Ellen, und sieht wieder Wirklichkeit, ab und zu. Sah gestern meine kleine Kirche oben auf Anacapri ... und hörte, hörte wirklich ein paar Gedichte, hörte wirklich. [...]

IV

Rilke zu Ellen Keys 60. Geburtstag

Einst, als Ellen Key auftrat, war sie im Recht, und so rein und eindeutig ist das Wesen ihrer Persönlichkeit, daß sie es sicher einmal wieder sein wird, und dann endgültig. Man wird die Trübungen vergessen, in die die Umstände sie hineingezogen haben, und ihre Idee wird sich wieder aufrichten nach allem Schaden, den sie selbst ihr getan hat.

Unsere Zeit ist nicht vorzüglicher und nicht geringer als eine andere; ich meine nicht sie zu tadeln, sondern nur zu bezeichnen, wenn ich vermute, daß sie die Kräfte, die sich ihr anbieten, nicht zu nutzen weiß: sie verachtet sie und berühmt sich ihrer abwechselnd, statt sie zu gebrauchen. Wie jede Gegenwart ist auch sie eifersüchtig auf die Zukunft, und wo etwas Künftiges aufsteht, da wendet sie, der Reihe nach, zwei Mittel an, es unschädlich zu machen: solange es gelingt, widersetzt sie sich dem Neuen, um es, wenn es doch überdauert, plötzlich wie ein Unmündiges zu adoptieren. So hebt sie gewissermaßen jeden Verkündiger auf, erst durch Widerspruch und dann (verstellter) durch Anhängerschaft: es giebt keinen Heilbringer ohne die Versuchung dieses Schicksals.

Wir kennen es und doch, da wir aufsahen und es vollzog sich an einer Frau, erschien es uns quälender und verwirrender als wir es kannten: da war eine Stimme aufgekommen, einseitig selig wie eines Kindes Freude, unbeweisbar: und nun drang sie nur noch schwach durch Zeugnisse und Bücherstellen und Rechtfertigungen. An dem Platze einer reinen Erscheinung war ein gefühliger Wallfahrtsort entstanden mit überflüssigen Mirakeln und vorübergehenden Heilungen. Und die Mittler-Gestalt verlor sich in diesem Gedränge um so verhängnisvoller, als nicht der Reiz und

Irrtum des Erfolges sie darin festhielt, sondern ihr wahrestes Wesen, das bis zur Vernichtung gefährdet war. Aber da, völlig verschwunden in dem bewundernden Mißbrauch, der um sie zusammenschlug, muß diese Seele die ganze Gefahr überstanden haben; wahrscheinlich weil sie sie nicht kannte: wie Kinder überstehen.

Und nun mag man sie feiern; nicht ihre Güte und Hülfsfertigkeit, aber die lautere Stärke ihres Daseins; nicht ihre Wirkungen, aber ihr unsichtbares inneres Heldentum. Dieses wird ihre ewige Schönheit werden. Und wie anderen, im Alter, die Vergangenheit seltsam deutlich wird, so wird ihr, in ihrer Zurückgezogenheit, die Zukunft nahe sein.

Paris, am 15. November 1909

V

Ein Brief Rilkes an Hanna Pauli

HOTEL REINA VICTORIA
Ronda
den 10. Januar 1913

Liebe Frau Pauli,
mein Brief war kaum weggegangen an jenem Tag, als Ihre Photos ankamen: seitdem habe ich sie oft mit unterschiedlicher Aufmerksamkeit betrachtet, und ich glaube, daß sie mir eine ziemlich genaue Vorstellung von den Werken geben, die sie wiedergeben: das Porträt von Ellen Key, in Italien gemacht, erscheint mir als eine starke Sache, aber was mich vor allem beeindruckt, ist Ihre große Leinwand: denn Ellens Wesen muß ausströmen, es wäre nicht vollkommen, wenn man nicht sähe, wie es sich über die anderen ausbreitet. Dort, in diesem Zimmer, das ist ganz sie, und die Atmosphäre dieser weisen Lampe – : das ist sie wieder, und das Gesetz, nach dem sich die Anwesenden niedergelassen haben: das ist immer sie. Ich verstehe, daß dieses Werk mit Begeisterung hat aufgenommen werden müssen: es zeigt eine Persönlichkeit in der ganzen Entfaltung ihres großzügigen Geistes, es ist ein Andenken an die Freundschaft und es ist gleichzeitig ein Denkmal, denn der Betrachter ist gezwungen, sozusagen, sich unter die zu reihen, die zuhören, er unterwirft sich für einen Moment dem Einfluß, unter dem er diese Männer und diese Frauen stehen sieht, so lebhaft charakterisiert und dennoch mit vollkommenem Feingefühl diesem autoritären Wesen untergeordnet, das sich mit einer unfehlbaren kindlichen Energie aufdrängt.

Ah, Sie haben das Glück, all das sagen zu können in einer distanzierten und unparteiischen Sprache, wieviele Male habe ich bedauert, daß ich dieses Mittel nicht habe, hier zum Beispiel in diesem die Einbildungskraft weckenden Land, das den Maler hervorruft; es gibt Augenblicke, in denen ich mich vor dem Farbtupfer einer verbrauchten, verweinten Rose niederknien möchte, um sie um Vergebung zu bitten für meine Unfähigkeit, sie auszudrücken.

Ich rechne doch damit, Sie wiederzusehen, liebe Frau Pauli, und vielleicht werde ich Sie eines Tages bitten, mein Porträt zu malen (in Paris oder in Schweden). Ich wünschte indes, daß es eins gäbe, umso mehr als ich mich ständig jedem Photographen verweigere – ohne dies wird meine Tochter, die mich zu wenig in meinem Leben gesehen haben wird, später zweifeln, ob ich existiert habe. Aber ich bin ein abscheuliches Modell, davor warne ich Sie im voraus und Gott weiß, ob Sie von mir etwas werden wissen wollen.

Glauben Sie mir der Ihrige in aller Ergebenheit.

Ihr
Rilke

VI

Ellen Key: »Aus einem Essay über Rainer Maria Rilke«

In dem Buche »vom lieben Gott« kommt der neue Gott, der auf dem Wege zu den Menschen ist, mit so leisen Schritten, dass nur der sie hören kann, der die Stimme der Stille vernimmt, wenn unendliche Weiten in der Mittagssonne oder unter der Unendlichkeit des Nachthimmels ruhen.

Die neue Frömmigkeit ist einfach, und wenn man nicht wie das Kind – oder wie der Künstler – wird, kann man ihrer nicht teilhaftig werden. Ihr Geheimnis ist gross, grösser denn unser Herz, obgleich aus unserem Herzen geboren. Sie ist wie der im Acker verborgene Schatz, um dessentwillen ein Mann all sein andres Hab und Gut verkaufte und den Acker erstand.

Der Acker ist die Erde. Der Schatz ist der Gott, den wir aus dem Erdenleben heben.

Der Glaube, dass Gott nicht da ist, dass er noch nicht da sein konnte, ist für Rilke unendlich bejahend. Dieser Glaube hat die Angst vertrieben, dass Gott vergangen und verbraucht sein könnte; dieser Glaube birgt die Gewissheit, dass er aus unserem wirkenden Willen, unserem langen Sehnen geschaffen werden wird.

Die Einsamen, die alle schon gegebenen Formen von Gott, Bilder von Gott, Ansprüche, Gott zu besitzen, zurückweisen – sie sind im Begriffe, ihn mit ihrem Herzen, ihrem Hirn, ihren Händen zu erschaffen, mögen sie Dinge oder Zustände bilden. Gott *wird* in dem Masse, in dem die Menschen das Leben mit Seele, die Zeit mit Ewigkeit erfüllen.

Aber der Philosoph, der Gott in einen Begriff einschliesst wie in einen Fingerhut, sich damit brüstend, ihn an einem seiner fünf Finger zu haben; der Theologe, der glaubt, dass Gott vor den Religionsstiftern »gestanden« hat, die ihre verschiedenen Bilder von ihm malten – und die dann mit einander eiferten, wer wirklich den Fingerhut trage oder das ähnliche Bild gemalt habe – diese spielen nur mit Gott. Nur die Einsamen, die »welche unbeirrt sind, aus sich selbst kommen, ein eigenes Leben haben und eine eigene Kraft« – diese bereiten Gottes Erscheinen vor. Nicht eine ihrer Regungen geht verloren, und das Weh, das sie tragen müssen, »wirkt in die Welt des Kommenden hinein.« Alles, was ihnen widerfährt, alles, was sie erleben, ist ein Spiegelbild dessen, was die Zukunft für die Menschheit birgt. Alles was sie träumen, wird *werden*, und Träumer sind Wahrsager. Von diesen Einsamen, die sich nicht durch die Rufe: Hier oder Dort ist Gott, verwirren lassen, von den Propheten, die nichts von Gott verkünden; von Seelen, die schwer sind von ihrem eigenen Schweigen über Gott, reich von ihrer niemals in Worte ergossenen Sehnsucht nach Gott wird Gott kommen. Sein Erscheinen wird hingegen von allen denen verzögert, die ihn verkünden, ihn bestimmen, ihm vorgreifen. »Ein solcher Voreiliger war Christus«, und nach einem solchen »Voreiligen kommen andere noch Voreiligere.« Durch sie wird Gott stets dem Verflossenen angehören. Und darum, oh Menschen, wenn »die braven, gelehrigen Hunde Euch einen Gott bringen, welchen sie mit Lebensgefahr apportiert haben« – schleudert ihn in die Unendlichkeit zurück! Denn Gott soll nicht so aufs Trockene gebracht werden. Er läuft keine Gefahr auf den weiten Fluten, und eine grosse Zukunftswelle wird ihn auf einen Strand emportragen, der seiner würdig ist ...

So spricht die neue Frömmigkeit in dem Buch vom lieben Gott. Sie weiss, dass in der Glut der Gerechtigkeit, in der Flamme des Liedes das Feuer ist, in dem Gott geschmiedet wird; im Schosse des Weibes, wenn er das Kind der Liebe trägt, im Steine, wenn er die Seele des Künstlers empfängt, ist die Unendlichkeit, in der Gott ruht.

Ewigkeiten liegen hinter uns, ehe wir auch nur anfangen

konnten, von Gott zu träumen. Wir haben Ewigkeiten vor uns, um ihn zu schaffen. Das Buch vom lieben Gott offenbart den Gott derer, die von Gott schweigen. Die höchste Frömmigkeit des Morgenlandes war so; eine Frömmigkeit, die von dem mit Zungen redenden Abendland übertönt wurde. Die uralte – und doch neue – Frömmigkeit steht in diesem Andachtsbuch schon in Blüte, so wie man an einem tauweissen, golden-hellen Sommermorgen eine vieltausendtraubige Akazie gegen das Blau des Himmels stehen sehen kann – ein Blau, so licht, dass es all die Weisse aufzusaugen scheint, über der es sich wölbt. Hoch über den Köpfen und Händen der Menschen erhebt der Baum seine leichte duftige Schönheit, jede Blütentraube ein Ganzes für sich und das Ganze wie eine einzige Blütentraube. Die Bienen, die sich honigsaugend darin verbergen, lassen den Baum sachte raunen wie ein im Winde wallender Springbrunnen. Aber dies macht die Stille um das weisse, duftende Wunder nur noch tiefer, die Stille, in der die Seele »wachsend, weit und weise« wird.

VII

Aus: Ellen Key:
»Ein Gottsucher (Rainer Maria Rilke)«

Seit dem Jahre 1904 hat Rilke mehrere neue Bücher herausgegeben. Darunter das Prosagedicht über den jungen Kornett Otto von Rilke, Herr auf Langenau, der 1664 gegen die Türken in Ungarn kämpfte und fiel.

Ein anderes – großes – Prosawerk ist der kürzlich erschienene Roman »Die Aufzeichnungen des Malte Laurids Brigge«. Diesem Buche voran gingen vier Dichtungen: Das Stundenbuch (1906), Neue Gedichte (1907), Der neuen Gedichte anderer Teil (1908) und Requiem (1909).

Mit dem Erscheinen des Stundenbuchs wurde Rilke von seinen Landsleuten als großer Dichter begrüßt. Brüder in Apoll und Berufskritiker wetteiferten, ihm den Siegeskranz zu flechten. Der eine pries den wunderbaren Bilderreichtum, der andre die meisterliche Formvollendung, der dritte den tiefen, originellen Gedankeninhalt.

Mehrere dieser Gedichte waren jedoch lange vor 1906 geschrieben. Und für die mit Rilkes Ideenkreis Vertrauten enthielten sie nichts Neues, es sei denn, daß die Flucht aus dem Gegenwartsleben mit seiner Unruhe und Unsicherheit nicht mehr halbbewußter Impuls und halbeingesehene Schwäche war, sondern eine bewußt gewählte Richtungslinie. Die Mystik, die Sehnsucht nach Einheit mit dem All, tritt im Stundenbuch stärker hervor als früher: Die Stille ist jetzt Passivität geworden. Das Dunkle, Geheimnisvolle in den Dingen, das Rilke schon lange Gott genannt – den Gott, den die Menschen in den Dingen deuten und aus ihnen hervorrufen sollten – ist hier noch verborgener, unbewußter, machtloser, ja geradezu arm:

Du bist der dunkle Unbewußte
Von Ewigkeit zu Ewigkeit.
– – – – – – – – – – – –
Du aber bist der tiefste Mittellose,
Der Bettler mit verborgenem Gesicht.
– – – – – – – – – – – –
Du bist der leise Heimatlose,
Der nicht mehr einging in der Welt.

Ja, in manchen Augenblicken erlangt für Rilke – wie für Angelus Silesius – Gott nur in der Hingebung der Menschenseele Gestalt.

Nicht einmal die Kunst vermag jetzt für Rilke Gott zutage zu fördern. Wir berühren ihn nur, wenn wir in den Urgrund der Welt versinken, in unsre eigne Seele, in die Dinge:

Ich aber will dich begreifen,
Wie dich die Erde begreift;
Mit meinem Reifen
Reift
Dein Reich.

Aber dies bedeutet jetzt nicht ein Reifen durch Handeln: es besagt vielmehr, alles eigene Handeln aufzugeben, den ewigen Gesetzen kindergleich zu gehorchen und in diesem Gehorsam die Freiheit zu finden. Die Körperlichkeit ist ein Hindernis für die vollkommene Freiheit, und darum wird der Tod der Höhepunkt des Lebens:

Der große Tod, den jeder in sich hat,
Das ist die Frucht, um die sich alles dreht.

In der letzten Abteilung – dem Buche von der Armut – beschwört er das Bild des Heiligen Franciscus und faßt sein Wesen in dieser vollendeten Zeile zusammen:

Der Armut großer Abendstern.

Aber neben solchen wunderbaren Bildern finden sich andre, so weit herbeigeholt, daß sie verwirren. Dies ist auch zuweilen in den Neuen Gedichten der Fall, in denen Rilke doch, was die Vollendung der Form betrifft, sein Höchstes erreicht hat. Aber leider oft auf Kosten der Seele. Er malt Miniaturen, schneidet Gemmen, formt kleine Wunderwerke der Bildkunst. Doch trotz dieser Bildkunst ohne Fehl und Tadel sehnt man sich nach dem früheren Geigenton, in dem seine eigene Seele sang. Er hat streng daran gearbeitet, seine Ausdrucksmittel zu vervollkommnen, und der Einfluß Rodins hat großen Anteil an dieser neuen, ganz plastischen Phase Rilkes. Selbst sagt er, er habe sich bemüht, sich selbst in Worte zu verwandeln, so wie der Steinmetz der mittelalterlichen Kathedralen »sich verbissen umsetzt in des Steines Gleichmut«. Durch Worte Dinge, Stimmungen, Menschen vollkommen wiederzugeben, nicht aber sich selbst auszudrücken, ist in den letzten Jahren sein Bestreben gewesen. So hofft er die Gott-Erfülltheit der Dinge und des Lebens, mit andern Worten ihren unendlichen Wert am vollsten offenbaren zu können. Aber meiner Meinung nach gelang ihm dies vollkommener, als er weniger Schilderer und mehr Sänger war, d.h. als seine Lieder die Gefühle aussprachen, die die Dinge, der Mensch und das ganze Leben in ihm selbst auslösten.

In seinem letzten lyrischen Werk – einem Requiem auf zwei junge tote Freunde – hat er seine Lebensanschauung in diese Zeile zusammengepreßt:

Wer spricht von Siegen? Überstehn ist alles.

Zu diesem Quietismus – Buddhas wie Angelus Silesius' – führt das Leben allmählich, wenn auch auf getrennten Wegen, tiefe Naturen. Aber das für Rilke Besondere ist, daß er als seinen Naturgrund jene Stille besitzt, in der seine Begrenzung wie seine Stärke liegt.

Durch diese Stille hat er das Leben gesehen, den Tod gesehen, Gott gesehen. Durch dieses gebärdenlose Versinken in den Urgrund des Daseins hat er – namentlich im Stundenbuch – Offenbarungen dieses Urgrunds gegeben, die an Tiefe wie an Schönheit unübertroffen sind. Nirgends hat er jedoch seine eigne und der Gegenwart höchste Frömmigkeit so ausgedrückt wie in jenem früheren Gedicht, wo er von dem Menschen spricht, der mit Gott gerungen hat:

Der geht gerecht und aufgerichtet
Und groß aus jener harten Hand,
Die sich, wie formend, an ihn schmiegte.
Die Siege laden ihn nicht ein.
Sein Wachstum ist: Der Tiefbesiegte
Von immer Größerem zu sein.

Dieser brennende Wille, seinen Gottesbegriff unablässig zu vergrößern und sich von Gott – mit andern Worten von den großen Gesetzen des Daseins, – formen zu lassen, war noch der Grundton in den Gedichten von Gott, vom Mönchsleben, vom Tode, die er im Stundenbuch vereinigte.

In Rilkes letztem Buch – sehr unzutreffend Roman genannt – ist die Stimmung eine andre.

In »Die Aufzeichnungen des Malte Laurids Brigge« hat Rilke ein Problem behandelt, das ihn schon oft beschäftigt hatte: den Seelenzustand des Letzten eines Geschlechts. All die Kraft, die der Stamm einst besaß, hat sich bei diesem Letzten auf ein einziges konzentriert: das Suchen nach Gott.

Dieser »Letzte« ist der kranke, arme Sprößling eines dänischen Adelsgeschlechts. In Paris schreibt Brigge seine Tagebuchaufzeichnungen, teils Erinnerungen aus der Vergangenheit – in denen Gespenster und Sterbelager den größten Raum einnehmen – teils Eindrücke der Umgebung. Die einen wie die anderen offenbaren eine unheilbare Einsamkeit der Seele. Unheilbar, weil sie nicht durch äußere Ursachen verschuldet ist und nicht durch günstigere Verhältnisse behoben werden könnte. Dieser Einsame ist einsam von Geburt an, einsam auf Grund seiner ganzen Natur. Er leidet zuweilen unter seiner Einsamkeit, aber er will sie nicht preisgeben. Denn tausendmal mehr leidet er unter der Nähe andrer Seelen, die er stets als Zudringlichkeit empfindet, leidet unter jeder Form der Gemeinsamkeit, vor allem durch die Liebe, die in ihm nur das Bewußtsein seines vollkommenen Alleinseins unter den Kindern der Menschen vertieft.

Dieser Seelenzustand ist psychopathisch, die Selbstbekenntnisse eines durch Überempfindlichkeit krank gewordenen Menschen. Aber Brigge kämpft nicht gegen die Naturbestimmung an, die sein Schicksal wird. Er ist im Gegenteil ein entschlossener Bejaher seines Schicksals: der vollkommenen Einsamkeit.

Im »Stundenbuch« konnte der Einsame noch zu Gott und von Gott sprechen. In Brigge spricht nicht mehr eine Seele zu Gott, und der Schreibende braucht kein Kloster, um abgeschieden von allem und allen zu leben.

Dieser Einsame sieht nur nach innen. Nur wenn er Wesen oder Werke aus entschwundenen Zeiten berührt, empfindet man ihn als einen Wachen, sonst als einen Schlafwandler. Sieht er etwas um sich, veranlaßt es ihn nur, sanft und still die Wunderlichkeiten der Menschen zu ironisieren. Es ist eine Ironie von derselben Art wie die Sigbjörn Obstfelders, der das Gefühl hatte, auf einem »falschen Ball« gelandet zu sein. Aber der Gedanke, auch nur mit einer einzigen Bewegung zu einer Änderung der Verhältnisse beizutragen, kommt Brigge nie: Der einzige Impuls, den das Leben rings um ihn hervorruft, ist, zu flüchten; das einzige Gefühl, das die Eindrücke hinterlassen, ist Furcht. Der Tod flößt ihm den allerhöchsten Grad von Furcht ein, und all das Verwirrte und Zerstörte, das ihn im Leben quält, wird zu nichts vor der Gewißheit, daß jeder seinen Tod in sich trägt wie die Frucht ihren Kern. Not, Leid, Liebe, Ruhm, alles hat für ihn nur Wirklichkeit als Hindernis auf dem Weg, den er geht, um Gott zu finden. Wegweiser hat er keine. Denn alles, was die Menschen von Gott ausgesagt haben, sind nur zahllose Übereilungen gewesen, Erleichterungen für ihre eigne Sehnsucht. Christus war nur eine dieser Erleichterungen. Nichts Vorangegangenes kann darum dieser Suchende gebrauchen. Dieses Herz muß selbst von Anbeginn beginnen.

Aber der Weg zu Gott ist so weit, daß die Seele an ihrer Einsamkeit krankt. Ablassen zu suchen kann sie nicht: denn dieses Suchen ist ihr Schicksal: »Wir aber, die uns Gott vorgenommen haben, wir können nicht fertig werden.«

Gott ist nämlich kein Gegenstand der Liebe, er ist nur eine Richtung der Liebe ... von ihm ist keine Gegenliebe zu erwarten ... Gott schiebt die Freude auf, um einer langsamen Seele Zeit zu lassen, ihm ihr ganzes Herz zu geben ... nicht das Ziel – Gott zu finden – ist das Wesentliche, sondern der Weg selbst ... In der Liebe ist Gegenliebe Verbrennung, aber selbst lieben, das heißt bestehen, anstatt verbrennen ... das heißt mit unvergänglichem Öl leuchten.

Der Grundgedanke des Buches wird in einer Umdichtung des Gleichnisses vom Verlornen Sohn zusammengefaßt.

Dieses Gleichnis wird für Rilke »Die Legende von der Seele, die nicht geliebt sein wollte«. Als Kind wurde dieser Sohn von allen im Vaterhause geliebt. Aber er war einzig und allein glücklich in der »innigen Indifferenz seines Herzens«, nur die Dinge erfreuten ihn, die kein Schicksal bargen. Schließlich floh er aus dem Vaterhause, aus Furcht, durch die Liebe der Seinigen in das Wesen verwandelt zu werden, für das sie ihn hielten. Er wollte keinen lieben, um niemanden in die furchtbare Lage zu bringen, ein Geliebter zu sein. Seine größte Furcht war die Gegenliebe. Schließlich fühlte er sich »allgemein und namenlos«. Schweigend wanderte er durch die wunderbaren Gefilde der Erde. Dabei begann seine lange Liebe zu Gott, die stille, ziellose Arbeit. Denn er konnte dem »anwachsenden Nichtanderskönnen« seines Herzens nicht widerstehen. Und dieses Mal hoffte er auf Erhörung. Er erwartete Gegenliebe von einem Meister in der Liebe. Aber allmählich erkannte er Gottes ungeheuren Abstand. Durch seine eigene Liebe zu Gott lernte er, wie gering all das gewesen, was er bisher Liebe genannt. Gott selbst vergaß er beinahe über der harten Arbeit, sich ihm zu nähern. Selbst hatte er keine Schicksale mehr. Alle Lust und aller Schmerz ward geläutert, und eine fruchtbare Freude sproßte aus der Wurzel seines Wesens. Jetzt erst war er bereit, die menschlichen Zustände, die er früher nicht auf sich zu nehmen vermocht, wirklich zu durchleben. Und darum kehrte er ins Vaterhaus zurück. Da wurde er mit verzeihender Liebe aufgenommen. Aber er warf sich den Seinen zu Füßen und bat sie, ihn mit ihrer Liebe zu verschonen. Alle mißverstanden ihn. Und dieses Mißverständnis befreite ihn. Denn er sah ein, daß all diese Liebe nicht ihm galt, da keiner wußte, was er war. Er war nun unerhört schwer zu lieben und fühlte, daß nur einer dazu imstande war. Aber dieser Eine wollte es noch nicht.

Viele werden wohl dieses wunderliche Buch wunderbar nennen. Und sicherlich sind wunderbare Stellen darin. Aber wie schwach ist nicht der Duft, wie bleich die Farben, wie herbstlich die Stille! Eine Novemberlandschaft. Niemand wird doch die Begegnung mit dieser im Ringen mit Gott lahm gewordenen Seele vergessen können, einer Seele, die nicht zu den leicht befriedigten Bejahern der »überlieferten Wahrheiten« über Gott, das Leben, den Tod gehört.

In den *Geschichten vom lieben Gott* gleicht des Dichters Sehnsucht nach Gott den frischen Wellen des Stroms, des Stroms, der auf seinem Lauf zum Meere die Gefilde, die er durchfließt, fruchtbar macht und verschönt.

Im *Stundenbuch* gleicht diese Sehnsucht dem schneeweiß aufsteigenden Strahl eines Klosterspringbrunnens, dem stets wieder in das Becken zurückfallenden Wasserstrahl.

In diesem letzten Buch ist das Wasser dunkel und still wie der Weiher eines alten Schloßparks, und der Herbst hat schon eine dünne Eisdecke darüber gebreitet. So liegt er regungslos und harrt seiner Erlösung.

Ein Seelenzustand wie der Brigges birgt ein Leiden, so groß, daß es bei andern Leiden zeitigt. Für viele Leser wird dies Leiden vielleicht von der wunderbaren Kunst aufgewogen, mit der die Seelenschilderung ausgeführt ist, eine Kunst, so vollkommen, daß man ganz vergißt, daß man nicht ein wirkliches Tagebuch liest, nicht ein wirkliches Lebensschicksal miterlebt.

Wir haben in Fröding ein Beispiel dafür, daß dieser seelische Zustand einen Dichter verstummen lassen kann. Aber man kann auch hoffen, daß die Schilderung des Seelenzustandes eine Befreiung daraus wird, so wie Goethe sich von einem anderen Seelenleid dadurch befreite, daß er den Werther dichtete. Nur die Zukunft kann zeigen, ob Rilkes letztes Buch ein Wendepunkt oder ein Endziel ist.

Oktober 1910

ZU DIESER AUSGABE

Die erhaltenen Briefe Rilkes an Ellen Key befinden sich im Besitz der Kungliga Biblioteket in Stockholm. Sie bilden einen Teil von Ellen Keys dort verwahrtem Nachlaß (Ellen Key samling) und sind unter den Signaturen L41:63:11 und L41a:17 verzeichnet. Letztere Gruppe, die auch einen Brief Rilkes über Ellen Key an die mit ihr befreundete schwedische Malerin Hanna Pauli enthält (s. Anhang V), wurde 1975 in Ellen Keys Haus Strand am Vätternsee aufgefunden – Strand enthält bis heute ihre Bibliothek – und gelangte erst Anfang 1991 in den Besitz der Kungliga Biblioteket. Insgesamt sind 85 Briefe, Karten und Telegramme erhalten, von denen bisher 30 – fast alle nur in Auszügen – in den zwei großen zwischen 1929 und 1939 erschienenen Briefausgaben des Insel Verlages veröffentlicht wurden. Darunter sind fünf gemeinsam von Rilke und Lou Andreas-Salomé geschriebene Briefe. Die hier erstmals veröffentlichten Briefe von Clara Rilke-Westhoff an Ellen Key aus dem Frühjahr 1904 gehören ebenfalls zum Nachlaß Ellen Keys in der Kungliga Biblioteket und sind unter der Signatur L41:63:10 verzeichnet.

Von Ellen Keys an Rilke und an Clara Rilke-Westhoff gerichteten Briefen sind 59 erhalten. Mit einer Ausnahme, einem Brief Ellen Keys an Rilke und Lou Andreas-Salomé im Nachlaß von Lou Andreas-Salomé in Göttingen, befinden sich diese Briefe im Besitz des Rilke-Archivs in Gernsbach. Außer einer gemeinsamen Briefkarte von Lou Andreas-Salomé und Ellen Key an Rilke sind diese Briefe unveröffentlicht. Der hier veröffentlichte Briefwechsel läßt erkennen, daß eine größere Anzahl von Briefen von beiden Briefpartnern verschollen sind. Auf eindeutig fehlende Briefe wird in den Anmerkungen hingewiesen. Sämtliche Briefe sind entweder genau datiert oder lassen sich mit Hilfe von Poststempeln oder internen Daten datieren.

Der Wortlaut der Briefe wird unverändert wiedergegeben. Ellen Keys Deutsch, das sie wohl vor allem zwischen ihrem 6. und 13. Lebensjahr von einer deutschen Hauslehrerin auf dem elterlichen Gut Sundsholm lernte, weist manchmal erhebliche Abweichungen in Grammatik, Orthographie und Interpunktion auf. Am Schluß ihres zweiten Briefes an Rilke bemerkt sie selbst mit Humor zu ihrer fehlerhaften Schreibweise: »Ich schreibe Deutsch wie ein Esel, entschuldigen Sie!« Solche Abweichungen zum Zweck des leichteren Verstehens aufzulösen, hieße, ihre Briefe neu zu schreiben und damit deren besonderen Charakter zu zerstören. Daher wurden nur an einigen wenigen Stellen, wo dies aus Rücksicht auf die Leser unbedingt geboten schien, minimale Ergänzungen des Herausgebers in Winkelklammern eingefügt. Dafür sei an dieser Stelle auf einige Aspekte ihres Idiolekts kurz hingewiesen: Verwechslung von *ß*, *ss* und *s* (*wißen* statt *wissen*, *das* statt *daß*), von *u* und *ü* (*fur* statt *für*, *Freünd* statt *Freund*), von *v* und *w* (*vie* statt *wie*, *wor* statt *vor*); unregelmäßige Groß- und Kleinschreibung von Personalpronomen; gelegentliche Großschreibung von Adjektiven, vermutlich als Mittel der Hervorhebung; Verwechslung der Fälle (besonders Dativ und Akkusativ) und konjugierter Verbformen (im Schwedischen ist die konjugierte Verbform eines Tempus für alle Personen dieselbe); selten Kommata zur Absetzung von Nebensätzen (wie im Schwedischen); scheinbar unbeabsichtigte Einsprengsel von schwedischen Vokabeln. Wegen der Häufigkeit dieser und ähnlicher Abweichungen wurden sie nicht als solche durch [!] gekennzeichnet. Rilkes Eigenheiten in Rechtschreibung und Interpunktion werden als bekannt vorausgesetzt und wie üblich kommentarlos wiedergegeben. Seine offensichtlichen Verschreibungen wurden stillschweigend verbessert. Falsch geschriebene Eigennamen, ob bei Rilke oder Ellen Key, wurden durch [!] gekennzeichnet.

Was die Textgestaltung insgesamt angeht, wurden Winkelklammern den Ergänzungen des Herausgebers vorbehalten. Betonungen einzelner Worte oder Wortgruppen durch Unterstreichungen werden kursiv wiedergegeben, und zwar halbfettgedruckt soweit es sich um mehrfache Unterstreichungen handelt, ein differenzierendes Hervorhebungsmittel, das Ellen Key häufig, Rilke gelegentlich verwendet. An den Rand geschriebene Ergänzungen des laufenden Brieftextes werden, soweit sie durch +) oder ähnliche Zeichen (hier als * normiert) markiert sind, als Fußnote wiedergegeben. Andernfalls wurden sie stillschweigend in den Text integriert. Gedruckte Ortsangaben und Namen werden mit Kapitälchen wiedergegeben.

Die Anmerkungen sind jeweils unter der Briefnummer oder dem betreffenden Abschnitt des Anhanges zu finden. Biographische und bibliographische Angaben werden nur einmal gemacht, in der Regel bei der ersten Nennung eines Namens oder eines Titels. Die Wiedergabe von skandinavischen Namen in den Anmerkungen erfolgt nach der heutigen Schreibweise. Ein Namenregister und zwei Werkregister verzeichnen sämtliche Personennamen und die Werke Rilkes und Ellen Keys und weisen auch Stellen in den Primärtexten nach, wo Namen und Titel nur implizit sind. Selbständige Werke stehen in einfacher, Gedichte, Erzählungen, Aufsätze und Zitate in doppelter Anführung.

Grundlegend für jede Kommentierung von Rilkes Briefwerk ist Ingeborg Schnacks ›Rilke-Chronik‹. Besonders hilfreich bei der Bearbeitung des Briefwechsels war die Edition der Briefe Rilkes an Axel Juncker von Renate Scharffenberg. Ellen Keys Leben und Werk sind verschiedentlich dargestellt worden, eingehend zuletzt von Ronald de Angelis in seiner amerikanischen Doktorarbeit ›Ellen Key. A Biography of the Swedish Social Reformer‹ (1978) und Reinhard Dräbing, ›Der Traum vom 'Jahrhundert des Kindes'. Geistige Grundlagen, soziale Implikationen und reformpädagogische Relevanz der Erziehungslehre Ellen Keys‹, Frankfurt a. M.: Peter Lang 1990. Über Leben und Werk Clara Rilke-Westhoffs informiert ausführlich die Monographie von Marina Sauer. Rilkes Beziehungen zu Skandinavien sind mehrfach erforscht worden, hervorzuheben sind drei Arbeiten von Reidar Ekner aus den 60er Jahren, darunter »Rilke, Ellen Key och Sverige«, in: ›Samlaren‹, Jg. 86, 1965, S. 5-43, und George C. Schoolfields Beiträge aus vier Jahrzehnten. Zu den jüngsten Veröffentlichungen auf diesem Gebiet gehört das dem Thema »Rilke und Schweden« gewidmete Heft 17 der ›Blätter der Rilke-Gesellschaft‹, das Ergebnis einer Rilke-Tagung des Jahres 1989 in Lund. Neben Erich Unglaubs fakten- wie facettenreicher Studie über Rilke und das Dänemark seiner Zeit und verschiedenen Beiträgen zum Rahmenthema von Paul Åström, Birgit Rausing, Ulrich Fülleborn, Horst Nalewski, Irina Frowen und Magda Kerenyi enthält das Heft auch meine eigene Arbeit über Rilke, Ellen Key und die Frauenfrage um die Jahrhundertwende, die den Ausgangspunkt dieser Edition bildet.

Ihre Verwirklichung verdanke ich nicht zuletzt einer Reihe von Institutionen und zahlreichen Helfern. Die University of Kentucky gewährte mir einen Forschungsurlaub. Forschungsgelder von der American Scandinavian Foundation ermöglichten mir einen Arbeitsaufenthalt im Oktober 1991 an der Kungliga Biblioteket Stockholm. Vor, während und nach diesem Aufenthalt war mir Eva Dillman, Mitarbeiterin der Handschriftenabteilung, bei der Besorgung von Information und Material unermüdlich behilflich. Margarethe Gynning, Hanna Pauli-Spezialistin im Nationalmuseum, Stockholm, beantwortete meine Fragen zur Künstlerin und ihrer Beziehung zu Ellen Key und ermittelte Bildmaterial. Patrick Gibson, Stockholm, übermittelte die Erinnerungen seines Vaters John Gibson an Rilke und lieh mir privatgedruckte Geschichten der Familien Gibson und Wærn. Thorbjörn Lengborn, Stockholm, überließ mir seine Notizen zu Ellen Keys verschollenem Exemplar der 2. Auflage des ›Buch der Bilder‹. Bengt Sjögren, Archivar und Leiter des Forschungsdienstes im Landsarkivet Göteborg, wo der Nachlaß der Familie Gibson verwahrt ist, ging meinen Fragen zu den Gibsons, Ellen Key und Rilke nach, besorgte Material und wies auf einen mir unbekannten Brief Rilkes an Artur Bendixson (s. Anm. zu Anhang II) hin. Paul Åström, Archäologe, Verleger und Bewohner des »weißen Hauses« in Jonsered, stellte Material zur Verfügung und vermittelte einen Besuch in Furuborg. Bruno Svindborg und Anders Larsson, Leiter der Handschriftenabteilungen an Det Kongelige Bibliotek Kopenhagen und Göteborgs Universitetsbibliotek, und Kerstin Röhlander, Bibliothekarin an der Universitetsbibliotek, beantworteten meine Fragen und besorgten Kopien von Rilkes und Claras dort verwahrten unveröffentlichten Briefen und weiterem Material. Gunilla Erlandsson, Stockholm, Stipendiatin der Ellen Key Stiftelse Strand, sorgte dafür, daß ich Ellen Keys Rilke-Bücher in Strand einsehen durfte.

Christoph und Hella Sieber-Rilke, Gernsbach, nahmen mich mehrmals gastfreundschaftlich auf. Dabei machte Hella Sieber-Rilkes detailliertes Wissen über Rilke die Aufklärung mancher obskurer Stelle des Briefwechsels möglich. Dorothee Pfeiffer, Göttingen, gewährte Zugang zu Lou Andreas-Salomés Nachlaß und genehmigte die Veröffentlichung von Ellen Keys dort verwahrtem Brief vom 7. 8. 1913 sowie Lous Anteil an den gemeinsam mit Rilke geschriebenen Briefen an Ellen Key. Wolfgang Kloft, S. Fischer Verlag Frankfurt a. M., gab Auskünfte zu Ellen Keys Büchern. Wilhelm Feifel, Deutsches Literaturarchiv Marbach, und Franziska Kolp, Schweizerisches Literaturarchiv Bern, kümmerten sich um meine Fragen während meiner dortigen Arbeit. Die Handschriftenabteilung der Österreichischen Staatsbibliothek Wien gab mir Einblick in mehrere Nachlässe. Ellinor Melander und Ulla Manns, Stockholm, Klaus Bohnen, Aalborg, Per Dahl, Aarhus, Ulrich Hausmann, Walter Simon und Karin Wais, Tübingen, Peter

Por, Nancy, Donald Prater, Gingins, August Stahl, Saarbrücken, Joachim W. Storck, Freiburg, und James Albisetti, Roger Anderson, Jon Inglis und Wolfgang Natter, Lexington, trugen zur Ermittlung verschiedener Briefstellen bei. Ulla Järlfors, Lexington, half mir, norwegische, dänische und schwedische Handschriften zu lesen und sah meine Übersetzungen aus diesen Sprachen durch. Ulrike Schellhammer, Lexington, machte Vorschläge zur Straffung der Anmerkungen. Vera Hauschild betreute als Lektorin beim Insel Verlag das Projekt mit ermutigender Kritik und Geduld. Last but by no means least – meine Frau Sigrid Suesse-Fiedler, deren Interesse das Projekt der Edition von Anfang an begleitete, half mir bei der Überprüfung meiner Transkription der Briefe, sammelte zwischendurch Material zu Namen und Titeln und besorgte zum Schluß die Register und die technische Modifizierung der elektronischen Dateien für den Druck. Allen genannten sei noch einmal an dieser Stelle herzlich gedankt.

Lexington, 15. April 1993 — Theodore Fiedler

LITERATURVERZEICHNIS (SIGEL)

Rainer Maria Rilke. Sämtliche Werke. Hrsg. vom Rilke-Archiv. In Verbindung mit Ruth Sieber-Rilke besorgt durch Ernst Zinn. Bd. 1-12. Frankfurt a. M.: Insel Verlag 1975 (WA 1-12)

– Tagebücher aus der Frühzeit. Hrsg. von Ruth Sieber-Rilke und Carl Sieber. Nachwort von Ernst Zinn. Frankfurt a. M.: Insel Verlag [2]1973. (T)

– Briefe und Tagebücher aus der Frühzeit 1899 bis 1902. Hrsg. von Ruth Sieber-Rilke und Carl Sieber. Leipzig: Insel-Verlag 1931. (Br 1)

– Briefe aus den Jahren 1902 bis 1906. Hrsg. von Ruth Sieber-Rilke und Carl Sieber. Leipzig: Insel-Verlag 1929. (Br 2)

– Briefe aus den Jahren 1906 bis 1907. Hrsg. von Ruth Sieber-Rilke und Carl Sieber. Leipzig: Insel-Verlag 1930. (Br 3)

– Gesammelte Briefe in sechs Bänden. Hrsg. von Ruth Sieber-Rilke und Carl Sieber. Leipzig: Insel-Verlag 1936-1939. (GB 1-4)

– Briefe an Karl und Elizabeth von der Heydt. Hrsg. von Ingeborg Schnack und Renate Scharffenberg. Frankfurt a. M.: Insel Verlag 1986. (BKEH)

– Briefe an Tora Vega Holmström. Hrsg. von Birgit Rausing und Paul Åström. Jonsered: Paul Åströms förlag 1989. (BTVH)

– Briefe an Axel Juncker. Hrsg. von Renate Scharffenberg. Frankfurt a. M.: Insel Verlag 1979. (BAJ)

– Briefe an Ernst Norlind. Hrsg. von Paul Åström. Partille: Paul Åströms förlag 1986. (BEN)

– Lettres à Auguste Rodin. Préface de Georges Grappe. Paris: Emile-Paul Frères ^{5}1931. (Lettres)

– Briefe an Nanny Wunderly-Volkart. Im Auftrag der Schweizerischen Landesbibliothek und unter Mitarbeit von Niklaus Birgler besorgt durch Rätus Luck. 2 Bde. Frankfurt: Insel Verlag 1977 (BNWV)

Samuel Fischer/Hedwig Fischer. Briefwechsel mit Autoren ⟨Rainer Maria Rilke: S. 565-612, 1022-1034⟩. Hrsg. von Dirk Rodewald und Corinna Fiedler. Mit einer Einleitung von Bernhard Zeller. Frankfurt a. M.: S. Fischer Verlag 1989. (BSHF)

Hugo von Hofmannsthal/Rainer Maria Rilke. Briefwechsel 1899-1925. Hrsg. von Rudolf Hirsch und Ingeborg Schnack. Frankfurt a. M.: Suhrkamp Verlag 1978. (BHH)

Rainer Maria Rilke/Lou Andreas-Salomé. Briefwechsel 1897-1926. Hrsg. von Ernst Pfeiffer. Frankfurt a. M.: Insel Verlag ^{3}1989. (BLAS)

Rainer Maria Rilke und Marie von Thurn und Taxis. Briefwechsel. Besorgt durch Ernst Zinn. Mit einem Geleitwort von Rudolf Kassner. 2 Bde. Zürich: Niehans und Rokitansky; Wiesbaden: Insel Verlag 1951. (BMTT)

Rainer Maria Rilke und Stefan Zweig in Briefen und Dokumenten. Hrsg. von Donald A. Prater. Frankfurt a. M.: Insel Verlag 1987. (BSZ)

Paul Åström. Rilke in Schweden: Borgeby und Jonsered. In: Blätter der Rilke-Gesellschaft. H. 16/17. 1989/90. S. 129-139. (Åström)

Henry F. Fullenwider. Rilke and his Reviewers. An Annotated Bibliography. Lawrence: University of Kansas Libraries 1978. (Fullenwider)

Thorbjörn Lengbörn. Rilke och Ellen Key. In: Nordisk Tidskrift för vetenskap, konst och industri. Jg. 52. 1976. S. 316-323. (Lengborn)

Marina Sauer. Die Bildhauerin Clara Rilke-Westhoff. 1876-1954. Leben und Werk. Mit Œuvre-Katalog. Bremen: Hauschild 1986. (Sauer)

George C. Schoolfield. An Evening in Furuborg. In: Germanic Review, Jg. 44, H. 1, 1974, S. 83-104. (Schoolfield 1)

– Rilke and the Fall of the House of Schulin. In: The Enlightenment and its Legacy. Studies in German Literature in Honor of Helga Slessarev. Hrsg. von Sara Friedrichsmeyer und Barbara Becker-Cantarino. Bonn: Bouvier 1991. S. 139-153. (Schoolfield 2)

J. A. Schmoll gen. Eisenwerth. Rodin-Studien. Persönlichkeit – Werke – Wirkung – Bibliographie. München: Prestel 1983. (Schmoll).

Ingeborg Schnack. Rainer Maria Rilke. Chronik seines Lebens und seines Werkes, Frankfurt am Main: Insel Verlag [2]1990. (Chronik)

Ingeborg Schnack. Rilkes Leben und Werk im Bild. Frankfurt a. M.: Insel Verlag [2]1966. (Schnack)

Archive

Deutsches Literaturarchiv Marbach	(DLA)
Ellen Key samling, Kungliga Biblioteket Stockholm	(L41/41a)
Göteborgs Universitetsbibliotek	(GUB)
Landsarkivet i Göteborg	(LAG)
Det Kongelige Bibliotek København	(KBK)
Lou Andreas-Salomé-Archiv Göttingen	(LASAG)
Rilke-Archiv Gernsbach	(RAG)
Schweizerisches Literaturarchiv Bern	(SLA)

ANMERKUNGEN

1. Rilke an Ellen Key 6. 9. 1902

11 rue Toullier: Rilkes erster, sehr bescheidener Wohnsitz in einem »Studentenhotel« bei seiner Ankunft in Paris am 28. 8. 1902, der leicht verschlüsselt in die Zeit- und Ortsangabe – »*11. September, rue Toullier*« – am Anfang der ›Aufzeichnungen des Malte Laurids Brigge‹ einging (WA 11, 709). Noch am 28. 9. 1902 schreibt Rilke seiner Frau stolz, er habe sich gegen einen Umzug in ein reineres und helleres, dafür aber beinah doppelt so teueres Hotel, wo auch ein Zimmer für sie wäre, entschieden, weil »das wieder die alte Methode ist, von der ich mich ja befreien will, die Methode ›Reichtum‹« (GB 1, 278). Bei der Ankunft Clara Rilke-Westhoffs in Paris um den 4. 10. 1902 zieht Rilke dann doch mit ihr in ein besseres Hotel, 3, rue de l'Abbé de l'Epée, wo er, nur unterbrochen durch seine sechswöchige Reise nach Italien im März und April 1903, wie auch Clara bis zum 1. 7. 1903 je ein Zimmer bewohnen.

einen Brief bekommen von meiner jungen Frau: Dieser Brief wurde nicht geschrieben. Vgl. Briefe 2 und 31.

Jahrhundert des Kindes: 1900 erschien Ellen Keys ›Barnets århundrade‹ in 2 Bänden bei A. Bonnier, Stockholm. Zwei Jahre später erschien es »in etwas gekürzter Form« (so Ellen Key in einer Anm. zu S. 1) in der Übersetzung von Francis Maro als ›Das Jahrhundert des Kindes. Studien‹ im S. Fischer Verlag, Berlin. Bis 1911 wurde die deutsche Ausgabe fünfzehnmal aufgelegt mit einer Auflagenhöhe von 30.000. Nach dem Ersten Weltkrieg kam es zu zwei weiteren Auflagen. Übersetzungen in weitere Sprachen begründeten den internationalen Ruf der Autorin.

was ich seinerzeit ... darüber geschrieben habe: Vgl. Rilkes Besprechung des Buches im Anhang I.

eine Dame in Bremen: Nicht ermittelbar.

ich bin um einer Arbeit Willen in Paris: Die Monographie ›Auguste Rodin‹ (WA 9, 139-201), die Rilke zwischen September und Dezember 1902 im Auftrag des bekannten Kunsthistorikers und -kritikers Richard Muther (1860-1909), Herausgeber der Reihe ›Die Kunst. Sammlung illustrierter Monographien‹ im Julius Bard Verlag Berlin, schrieb. Sie erschien im März 1903 als Band X dieser Reihe.

in einem Bauernhause: Das am 28. 4. 1901 verheiratete Paar hatte Ende

Mai 1901 in Westerwede, einem Nachbardorf von Worpswede, ein Bauernhaus bezogen, dessen Möbel größtenteils nach Rilkes und Heinrich Vogelers Entwürfen angefertigt worden waren. Der Haushalt wurde im September 1902 von Clara durch eine Auktion aufgelöst.
Tochter: Ruth Rilke, geboren am 12. 12. 1901 im Westerweder Bauernhaus.
die bekannte Malergruppe: 1889 übersiedelten die Künstler Fritz Mackensen (1866-1953), Otto Modersohn (1865-1943) und Hans am Ende (1864-1918) von Düsseldorf nach Worpswede, einem Bauerndorf am südlichen Rand des Teufelmoors nördlich von Bremen, das Mackensen schon 1884 entdeckt hatte. Landschaften und Szenen aus dem Bauernleben der Umgebung wurden zum Gegenstand ihrer Kunst. 1894 kamen Fritz Overbeck (1869-1906) und Heinrich Vogeler (1872-1942) hinzu. Die Gruppe stellte im Winter 1894/95 erstmals geschlossen als »Künstler-Vereinigung Worpswede« in der Kunsthalle Bremen aus und erlebte ihren Durchbruch in die Kunstöffentlichkeit in der Jahresausstellung von 1895 im Münchener Glaspalast.
unter Rodins Rath zu arbeiten: Nach einem Studium an einer privaten Malschule in München 1895-1898 wurde Clara auf Rat Heinrich Vogelers Schülerin von Fritz Mackensen in Worpswede, der sie als Bildhauerin förderte und für sie den Kontakt mit den in Leipzig tätigen Bildhauern Max Klinger (1857-1920) und Carl Seffner (1861-1932) herstellte. Nach einer erfolgreichen Arbeitszeit in deren Leipziger Ateliers im Herbst 1899 fuhr sie im Dezember 1899 nach Paris, wo sie mit einer Empfehlung von Max Klinger den Bildhauer Auguste Rodin (1840-1917) zunächst in seinem Atelier im staatlichen Marmordepot in der rue de l'Université besuchte. Sie brachte ihm ihre Arbeiten und ließ sich von ihm bis zu ihrer Rückkehr nach Worpswede im Juni 1900 beraten und korrigieren. Etwa gleichzeitig mit Rilkes Entschluß, eine Monographie über Rodin für Muthers Reihe zu schreiben, versuchte sie im April 1902 den Kontakt mit Rodin schriftlich wieder aufzunehmen, der aber erst über Rilkes Brief an Rodin vom 28. 6. 1902 (GB 1, 227-229), in dem Rilke ihn über sein Vorhaben informiert und an Claras Schreiben erinnert, wieder zustande kam. Nach ihrer Rückkehr nach Paris erhielt sie wieder regelmäßig Korrekturen in seinem Atelier in der rue de l'Université.
Trennung von ihrem Kinde: Zwar widerspricht Rilkes Hervorkehrung von Clara als Künstlerin *und* Mutter implizit Ellen Keys Rat an Frauen in

›Mißbrauchte Frauenkraft‹, übers. von Therese Krüger, Paris München Leipzig: Albert Langen 1898, den potentiell tragischen Konflikt zwischen diesen zwei »Lebensaufgaben« zugunsten der Mutterschaft zu vermeiden, doch seine Zeichnung der engagierten Mutter, die ihr Kind bei sich haben will, kommt Ellen Keys Vorstellungen dort und im ›Jahrhundert des Kindes‹ sehr entgegen. Clara selbst hatte er allerdings am 31. 8. 1902 geschrieben: »In Paris möchte ich Ruth nicht gerne wissen, die Luft ist dick, und man hat, wenn man 1/2 Stunde aus war, schwarze Nüstern« (GB 1, 248).
die Verhältnisse in ihrem Elternhause: Anspielung auf die Einstellung seines Schwiegervaters Friedrich Westhoff (1840-1905). Westhoff, ein Bremer Kaufmann und selbst künstlerisch begabt, war unglücklich über die Situation, in der sich seine Tochter befand. Trotzdem unterstützte er Clara weiterhin finanziell.

2. Rilke an Ellen Key 29. 1. 1903
Frau Ljunggreen: Ellen Ljunggren, 1881 geboren, Krankenschwester, in erster Ehe (1900-1902) mit dem Maler Elias Unonius, in zweiter Ehe seit 1910 mit Hendrik Sjöbring verheiratet, stand zwischen 1899 und 1910 mit Ellen Key im Briefwechsel und verstand sich als Anhängerin ihrer Ideen. Ihr Briefwechsel mit Rilke ist nicht erhalten, läßt sich aber aus ihren Briefen an Ellen Key (L41:55) zum Teil rekonstruieren. Am 9. 9. 1902 schreibt sie Ellen Key, daß sie sich scheiden läßt, ihre zwei Kinder zunächst zu den Großeltern geben und auf ein Jahr nach Amerika fahren will, um Distanz zu gewinnen. Ellen Key muß ihr sofort Rilkes Bitte um Hilfe vom 6. 9. mitgeteilt haben, denn schon am 11. 9. 1902 schreibt sie an Ellen Key, daß sie bereit sei, ein Jahr lang für »das kleine Mädchen in Paris« zu sorgen, wenn man ihre Reisekosten und ein kleines Gehalt für das Nötigste bezahle. Sie werde noch am selben Tag an Rilke schreiben. Am 30. 9. 1902 teilt sie Ellen Key mit, sie habe einen sehr freundlichen, ihr Angebot jedoch ablehnenden Brief von Rilke bekommen, gab aber seine Gründe nicht an.
Ihre lieben Worte: Dieser Brief ist nicht erhalten.
seit Monaten ein Atelier: 1, rue Leclerc; ca. 10 Minuten von der rue de l'Abbé de l'Epée entfernt.
Die Nähe Rodin's: Vgl. Anm. zu Brief 1.
die Briefe: Von Claras Mutter, teilweise im RAG erhalten.
ein kleines Buch vom Werke Rodin's: ›Auguste Rodin‹. Vgl. Anm. zu Brief 1.

das Buch vom lieben Gott: ›Vom lieben Gott und Anderes. An Große für Kinder erzählt‹ lautet der Titel der Erstausgabe, die mit Buchschmuck von E. R. Weiß Weihnachten 1900 im Insel-Verlag bei Schuster und Löffler, Berlin und Leipzig, erschien, sowie der der Titelauflage von Weihnachten 1901, deren Titelblatt lediglich die Verselbständigung des Insel-Verlages in Leipzig neu angibt. In Ellen Keys Haus Strand nicht erhalten.

3. Ellen Key an Rilke zwischen 29. 1. und 5. 2. 1903

Datierung: Diese Notiz auf einer Visitenkarte Ellen Keys reiht sich zeitlich zwischen Rilkes Brief vom 29. 1. und Ellen Keys Gegenbrief vom 5. 2. ein.

Lou Salomé ... in Zwischenland: Vgl. Brief 4 und Anm.

Johan Bojer und seine liebenswürdige Frau: Bojer (1872-1959), norwegischer Romancier und Dramatiker, und Ellen Bojer, geb. Lange (geb. 1873).

4. Ellen Key an Rilke 5. 2. 1903

im Zwischenland ein Gedicht von R. M. Rilke: Lou Andreas-Salomé, ›Im Zwischenland. Fünf Geschichten aus dem Seelenleben halbwüchsiger Mädchen‹, Stuttgart: Cotta 1902. Die Erzählung »Die Schwester« (S. 263-334) setzt ein und ist eng verwoben mit dem Lied »Ich war ein Kind und träumte viel« aus dem Gedichtband ›Mir zur Feier‹, Berlin: Georg Heinrich Meyer 1899 (WA 5, 231 f.).

das Buch – o, was für ein Buch: ›Vom lieben Gott und Anderes‹.

ein Freund von Lou Salomé?: Lou Andreas-Salomé (1861-1937), Autorin und Psychoanalytikerin, seit 1887 in einer unkonventionellen, sexuell nicht vollzogenen Ehe mit dem Iranisten Friedrich Carl Andreas (1846 bis 1930) verheiratet. Rilke lernte die in St. Petersburg geborene Tochter des russischen Generals und hohen Staatsrates Gustav Ludwig Salomé (1807-1879), ein Baltischdeutscher hugenottischer Abstammung, im Mai 1897 in München kennen. Aus der Begegnung entstand bald eine intensive Liebes- und Geistesbeziehung, die den jungen Rilke entscheidend prägte. Diese Phase der Beziehung hielt bis nach der zweiten gemeinsamen Reise nach Rußland im Frühjahr und Sommer 1900 an und wurde endgültig durch Lous »letzten Zuruf« vom 26. 2. 1901 (BLAS 53 f.) abgeschlossen. Ein Brief Rilkes vom Juni 1903 führte zur Wiederaufnahme der Beziehung auf Freundschaftsbasis, die dann in dieser Form bis zu Rilkes Tod fortdauerte. Lou Andreas-Salomés Be-

sprechung von Ellen Keys ›Mißbrauchte Frauenkraft‹ in: ›Die Frau‹, Jg. 5, Juni 1898, S. 513-516, führte Anfang Juni 1898 zur ersten Begegnung der zwei Frauen in Berlin und zu einem mehr als zwei Jahrzehnte dauernden Briefwechsel, der in den zwei Nachlässen erhalten ist. Rilke wird zuerst am 5. 5. 1905 erwähnt.
»Frau« bin ich leider nicht: Ellen Key blieb zeitlebens unverheiratet, hätte also nach dem damaligen schwedischen und deutschen Sprachgebrauch mit fröken (statt fru) und Fräulein (statt Frau) angeredet werden müssen.

5. Rilke an Ellen Key 13. 2. 1903
Louvre: Rilke besuchte das kunsthistorische Museum, dessen Gegenstände ihm Anlaß zu vielen Gedichten wurden, oft.
vor drei Jahren in glücklicher Zeit in sieben ... Nächten: Rilke schrieb ›Vom lieben Gott und Anderes‹ in der Zeit zwischen dem 10. und 21. 11. 1899 in Berlin-Schmargendorf (vgl. T 163f.), zu einer Zeit also, als seine Beziehung zu Lou Andreas-Salomé noch intakt war und sie sich auf die zweite Reise nach Rußland (Mai-August 1900) vorbereiteten, seine finanzielle Lage unbekümmert war und ihm auch anderes – die Urfassungen von ›Cornet‹ und »Das Buch vom mönchischen Leben« – im schöpferischen Rausch geglückt war.
ich habe schon viele Bücher gemacht: Vgl. Briefe 10 und 26.
»Das tägliche Leben«: Rilkes letztes Drama, das er Ostern 1900 in Berlin-Schmargendorf unter dem Titel ›Anfänger‹ fertigstellte. Eine überarbeitete Fassung unter dem endgültigen Titel wurde am 20. 12. 1901 im Berliner Residenz-Theater uraufgeführt und vom Publikum ausgelacht. Gleichzeitig erschien es (mit der Jahresangabe 1902) als Buch bei Albert Langen, München. In Strand nicht erhalten. Das Drama, das aus Rilkes Beschäftigung mit Anton Tschechows (1860-1904) ›Die Möwe‹ in den ersten Monaten des Jahres 1900 hervorging (seine damalige Übersetzung des Stückes ist verschollen), thematisiert die Mann/Frau-Beziehung und problematisiert die »männliche« Einstellung des Künstlers Georg Millner zu seinem Modell Mascha, das er erst nach der Begegnung mit der Weltdame Helene als Menschen und ihn liebende Frau wahrnimmt.
ein kleiner Novellenband und ein Buch Gedichte: ›Die Letzten‹ und ›Das Buch der Bilder‹, beide Berlin: Axel Juncker 1902.
eine Monographie der Worpsweder Maler-Gruppe: ›Worpswede. Fritz Mak-

kensen, Otto Modersohn, Fritz Overbeck, Hans am Ende, Heinrich Vogeler‹, Bielefeld und Leipzig: Velhagen & Klasing 1903 (= Künstler-Monographien. In Verbindung mit Anderen herausgegeben von H. Knackfuß. LXIV). Vgl. Anm. zu Brief 1.

das kleine Buch vom Werke Auguste Rodin's: ›Auguste Rodin‹.

im Schmargendorf bei Berlin: Rilke wohnte in der Nähe des Ehepaares Andreas vom 1. 8. 1898 bis Mitte Februar 1901.

da wir keinen gemeinsamen Freund mehr haben: Rilkes indirekte Anwort auf Ellen Keys Frage zu Lou Andreas-Salomé im vorhergehenden Brief. Rilke ist vermutlich durch Lous Rezension von ›Mißbrauchte Frauenkraft‹, geschrieben Ende Februar 1898, zum ersten Mal auf Ellen Key aufmerksam geworden. Vgl. Anm. zu Brief 4.

Ihren schönen »Madonnen«-Aufsatz: Die Übersetzung des Aufsatzes »Några italienska madonnatyper«, in: ›Nutid‹, 1902, S. 175ff., erschien Weihnachten 1902 unter dem Titel »Italienische Madonnen« in der illustrierten Zeitschrift ›Die Woche‹, Nr. 51, S. 2350-2355. Ellen Keys Kommentar zu Leonardo da Vincis (1452-1519) Gemälde: S. 2354. Eine erweiterte Fassung des Aufsatzes bildet das Unterkapitel »Madonnen« in »Die Mütterlichkeit in Spiel und Kunst« in Ellen Keys ›Seelen und Werke. Essays‹, Autorisierte Übertragung von Francis Maro, Berlin: S. Fischer 1911, S. 281-306. Rilkes »italienische Erinnerungen«, die der Aufsatz wachruft, sind verbunden mit seinem für Lou Andreas-Salomé geschriebenen ›Florenzer Tagebuch‹ (1898; vgl. T 13-120), in dem er sich auch mit den Madonnen der Renaissance beschäftigt.

so ein schwedisches Buch . . . »Theodora«: Bojers *norwegisch* geschriebenes Drama über das Scheitern eines absoluten Emanzipationsversuchs erschien 1902 bei H. Aschehoug, Kristiania, die Übersetzung von Adele Neustädter in der Deutschen Verlagsanstalt Stuttgart 1903. Rilke setzte sich sehr für die Veröffentlichung des Stückes bei Axel Juncker ein (BAJ 91 f.).

Frau Ljunggren . . . nach dem schrecklichen Amerika: Rilke muß den verschollenen Brief spätestens am 4. 2. 1903 erhalten haben. Unter diesem Datum bittet er Axel Juncker, er möge möglichst gleich ein Exemplar von ›Buch der Bilder‹ an Ellen Ljunggren schicken, »denn die Dame tritt am 10. d. M. eine Reise nach New York an, – eine schwere Fahrt in die schwere Fremde, auf der ich sie gerne mit meinen Versen begleiten will« (BAJ 89). Rilkes Antipathie gegen das »kommerzielle« Amerika, die er ein Leben lang hegte, erscheint hier als Gegenpol seiner Idealisierung des Nordens.

6. Ellen Key an Rilke 17. 2. 1903

ein junges Künstlerpaar ... Anderson-Milles: Die Geschwister Ruth Milles (1874-1941), Bildhauerin und Autorin, und Carl Emil Milles (1875 bis 1955), Bildhauer und ab 1920 Professor an der Konsthögskolan, Stockholm, nannten sich beide nach dem Vornamen ihres Vaters August Emil (Mille) Anderson.

7. Rilke an Ellen Key 9. 3. 1903

das Worpswede-Buch: Das in Strand erhaltene Exemplar enthält die Widmung: »Unserer lieben, lieben / Ellen Key / Rainer Maria Rilke / Paris, März 1903«.
meine beiden anderen jüngsten Bücher ... Axel Juncker: Rilke lernte den Dänen Axel Juncker (1870-1952) 1900 als Berliner Buchhändler und Verleger von Lyrik und skandinavischen Autoren kennen und schätzen. Am 20. 9. 1901 bot er Juncker das Novellenbändchen ›Die Letzten‹ an und nach übereinstimmender Zusammenarbeit an diesem Band bald (29. 10. 1901) auch sein neues Buch Gedichte, ›Das Buch der Bilder‹. Rilke fühlte sich mit »seinem« Verlag in den nächsten Jahren sehr verbunden, rezensierte dessen Bücher, übernahm bezahlte Lektorenarbeit und machte Juncker Vorschläge für sein Programm. Juncker verlegte allerdings nur noch die zweite erweiterte Auflage von ›Das Buch der Bilder‹ und die Erstausgabe der endgültigen Fassung von ›Die Weise von Liebe und Tod des Cornets Christoph Rilke‹, beide 1906.
Geschichten »Vom lieben Gott« ins norwegische zu übertragen: Ellen Bojer hat diesen Plan nicht durchgeführt. Nach Rilkes Brief an sie vom 28. 3. 1907 (GB 2, 300-302) gab es inzwischen eine Übersetzung der Geschichten ins Norwegische von Kirsten Horne, die Frau Bojer von ihrem Plan absehen ließ. Nach Auskunft des heutigen Insel Verlages kam es jedoch auch in diesem mit dem damaligen Insel-Verlag am 4. 4. 1906 abgesprochenen Fall (Chronik 1, 238) zu keiner Veröffentlichung.
meine Frau hat eine grosse Arbeit: Clara hatte den Auftrag, Dagny Langen, geb. 1871, zu porträtieren und eine kleinformatige ganzfigurige Plastik zu modellieren. Sie war die Tochter des norwegischen Dichters Bjørnstjerne Bjørnson (1832-1910) und die Frau des Verlegers und Gründers des ›Simplicissimus‹, Albert Langen (1869-1909), in dessen Verlag Rilkes Drama ›Das tägliche Leben‹ erschien.
Karl Larsen's »Was siehst Du aber den Splitter«: Karl Halfdan Larsen (1860 bis 1931), vielseitiger Schriftsteller und Herausgeber. 1901 und 1902 er-

schien bei Gyldendal in Kopenhagen der Roman ›Hvi ser du Skaeven‹ in zwei Teilen. Der erste Teil (›En Kvindes Skriftemaal‹) schildert eine Ehe durch die Augen der Frau, der zweite (›Axel Halcks Optegnelser‹) durch die des Mannes. 1903 erschien die Übersetzung ›Was siehst Du aber den Splitter‹ von Mathilde Mann bei Rilkes Verleger Axel Junkker, Berlin. Unter dem Titel »Die fünf Briefe der Schwester Marianna Alcoforado« (WA 11, 999-1002) besprach Rilke im ›Insel-Almanach auf das Jahr 1908‹ Larsens schon 1905 im Insel Verlag erschienene ›Schwester Marianna und ihre Liebesbriefe‹, übers. von Mathilda Mann (›Søster Marianna og hendes Kærligheds Breve‹, Kjøbenhavn: Gyldendal 1894). Zu Rilkes Übertragung der Briefe s. Anm. zu Brief 134. ›Die Aufzeichnungen des Malte Laurids Brigge‹ (1910) verweisen mehrfach auf Marianna Alcoforado als eine der »großen Liebenden«.

8. Ellen Key an Rilke 12. 3. 1903

Thoma und Leistikow: Vermutlich der durch Courbet und die Barbizon Schule beeinflußte Maler und Graphiker Hans Thoma (1839-1924), der erst ab 1890 öffentliche Anerkennung fand, und der in Berlin tätige Maler, Graphiker und Schriftsteller Walter Leistikow (1865-1908), dessen Gemälde »Grunewaldsee« 1898 von der Großen Berliner Kunstausstellung abgelehnt wurde und der daraufhin maßgebend an der Gründung der Berliner Secession beteiligt war.

»Lieben heißt tief verstehen« sagt ein schwedischer Dichter: Nicht ermittelbar. Mit dem Zitat antwortet Ellen Key auf Rilkes im Vorwort zu ›Worpswede‹ geäußerte Einstellung zum Gegenstand seiner Darstellung: »Dieses Buch vermeidet es zu richten. Die fünf Maler, von denen es handelt, sind Werdende. Was mir bei der Betrachtung eines jeden Einzelnen vorbildlich war, lautet mit Jacobsens Worten: ›Du sollst nicht gerecht sein gegen ihn; denn wohin kämen die Besten von uns mit der Gerechtigkeit; nein; aber denke an ihn, wie er die Stunde war, da du ihn am tiefsten liebtest ...« Das Jacobsen-Zitat stammt aus dem Roman ›Niels Lyhne‹.

die Bücher W. Blake's: William Blake (1757-1827), englischer Dichter und Kupferstecher, illustrierte eigene Werke sowie die anderer in einem visionären Stil, der durch die neuen Kenntnisse der Astronomie geprägt war.

den junge Mahler E. Wery: Vermutlich der französische Maler Émile Auguste Wery (1868-1935).

Wor vielen Jahren war ich sehr unglücklich und wollte nicht leben: Vermutlich ein Hinweis auf die Jahre 1886-1887, als Ellen Key ihre Hoffnung auf eine erfüllte Liebesbeziehung zu dem verheirateten Gutsbesitzer und Schriftsteller Urban von Feilitzen (1834-1913), den sie 1876 kennenlernte und dem sie seit 1879 näher stand, endgültig aufgeben mußte.
eine kranke Finländerinn: Nicht ermittelbar.

9. Ellen Key an Rilke 23. 3. 1903
ein heiliger Tag – Goethes Sterbetag: Ellen Keys Verehrung von Goethe (1749-1832) fand in diesen Jahren ihren wichtigsten Ausdruck in ›Der Lebensglaube‹ (s. Anm. zu Brief 21), S. 272-289, wo sie ihn den »Stifter der Religion des Lebensglaubens« nennt, seinen Entwicklungs- und Einheitsgedanken als konstitutiv für seine Natur- und Bildungsauffassung hervorhebt und ihn als den Idealmenschen des neuen postchristlichen Zeitalters feiert.
eine Vorlesung über »Männer, Frauen und Kinder«: Ellen Key hielt den Vortrag »Män, kvinnor och barn« im Stockholmer Folkets hus zu Gunsten der Stockholmer Frauengewerkschaft.
Und nun kam Die Zeit wodurch ich ein Antwort bekam: Wie aus Brief 10 hervorgeht, bezieht sich Ellen Key (s. Brief 10) auf den Aufsatz »Rainer Maria Rilke« des Schriftstellers und Kulturkritikers Wilhelm Michel (1877-1942) in der Wiener Wochenschrift ›Die Zeit‹ vom 21. 3. 1903, Bd. 34, Nr. 442, S. 142-143, die in diesen Jahren auch Beiträge von Ellen Key und Rilke brachte. Michel weist unter Bezug auf »ein Manuskript« (entweder eine Abschrift der Urfassung von Rilkes ›Cornet‹ oder das handschriftliche Original dieser Fassung: »Aus einer Chronik / Der Cornet / – 1664 –«, WA 3, 289-304) auf Rilkes adlige Herkunft hin und macht sie für dessen Grundeinstellung, besonders in den Gedichten »Der Letzte« und »Der Schauende« aus ›Das Buch der Bilder‹, verantwortlich. Vermutlich legte Ellen Key den Aufsatz ihrem Brief an Rilke bei, denn sie setzt voraus, daß er weiß, wovon sie redet.
von meine Mutter Seite (eine Gräfin Posse): Sophie Posse (1825-1884), Tochter des Großgrundbesitzers Graf Carl Posse.
Gustav Adolph: Gustavus Adolphus (1594-1632), König von Schweden 1611-1632.
meine schottische Familie ... die meines Vaters: Emil Key (1822-1892), Gutsbesitzer und führender liberaler Politiker 1866-1883.
über die Ehe im Studenten Verein zu reden: Vortrag: »Ny äktenskapslag«

(»Neue Form der Ehe«). Ellen Key behandelt diese Thematik im ersten Band ihrer ›Lifslinier‹, 1903 bei A. Bonnier, Stockholm. Vgl. Anm. zu Brief 21.
»Die Augen geh'n mir über«: Anspielung auf Goethes Ballade »Der König von Thule«.
Obs: Abkürzung von schwedisch »observera« (»beachte«).

10. Rilke an Ellen Key 3. 4. 1903
Hier war ich schon einmal vor 5 Jahren: Während seines ersten Aufenthalts in Viareggio vom 11.-31. 5. 1898 schrieb Rilke den größten Teil vom ›Florenzer Tagebuch‹ (vgl. T 28-114) sowie viele der Gedichte in ›Mir zur Feier‹. Sein zweiter Aufenthalt dauerte vom 22. 3. bis 28. 4. 1903. Aus dieser Zeit (13.-20. 4.) stammt »Das Buch von der Armut und vom Tode«, das dritte Buch von ›Das Stunden-Buch‹ (1905).
das Rodin-Buch: Das Exemplar von ›Auguste Rodin‹ in Strand enthält die Widmung: »Meiner Freundin, / die ich über alles verehre: / Ellen Key. / Rainer Maria Rilke / Viareggio bei Pisa, April 1903«. Lesespuren: viele Unterstreichungen.
Wilhelm Michel ... den Aufsatz in der »Zeit«: Vgl. Anm. zu Brief 9. In seinem Brief an Axel Juncker vom 23. 4. 1903, der durch den Aufsatz von Rilkes ›Cornet‹-Manuskript erfahren und danach gefragt hatte, kennzeichnet Rilke den Aufsatz in einer Parenthese als »so einseitig« (BAJ 99).
Ja, meine Familie ist alt: Rilkes Darstellung beruht auf Familientradition und den Nachforschungen seines Onkels Jaroslav Rilke (1833 bis 1892), eines erfolgreichen Prager Rechtsanwalts, der den ihm 1873 verliehenen Erbtitel Ritter von Rüliken trug. Es gibt Zeugnisse der Ritter von Rülko in Kärnten zwischen dem 13. und 16. Jahrhundert sowie der Familie Rülko (auch Rylke) in Sachsen im 14. und 15. Jahrhundert, als Grundbesitzer in Langenau und Linda um das Jahr 1450. Vgl. hierzu die vorangestellten Zitate der ersten und dritten Fassung des ›Cornet‹ in: Rilke, ›Die Weise von Liebe und Tod. Texte und Dokumente‹. Hrsg. von Walter Simon, Frankfurt am Main: Suhrkamp 1974, S. 9 und 41. Sie beruhen auf einem für den Onkel angefertigten Aktenauszug des Hauptstaatsarchivars Meister aus Dresden vom 19. 7. 1870.
kommt mein Urgrossvater wieder zu Macht: Johann Joseph Rilke (1755-um 1842) kaufte 1806 das Gut Kamenitz zur Linde, etwa 100 km südöstlich

von Prag, mußte es 1811 wieder verkaufen und nahm eine Stellung als Wirtschaftsverwalter auf den Nostitzschen Gütern zu Tschochau an.
Mein Grossvater: Johann Baptist Joseph Rilke (1788-1853) war Gutsverwalter auf dem Gut des Grafen Hartig zu Schwabitz.
Mein Vater: Josef Rilke (1838-1906) erhielt wegen einer chronischen Halserkrankung nicht die erstrebte Offizierskommission, nahm 1865 mit siebenundzwanzig Jahren seinen Abschied von der österreichischen Armee und fand durch die Beziehungen seines älteren Bruders Jaroslav einen Angestelltenposten bei der neuerbauten Eisenbahn Turnau-Kralap-Prag, wo er Inspektor und Leiter der Personalabteilung wurde.
Dort bin ich geboren: Rilkes Geburtstag: 4. 12. 1875.
meiner Mutter Familie: Rilkes Mutter Sophie (Phia) Rilke (1851-1931) war die Tochter von Carl Joseph Entz (1820-1895), Kaufmann, Direktionsrat der böhmischen Sparkasse in Prag und Kaiserlicher Rat, und Caroline Entz, geb. Kinzelberger (1828-1927). Bevor sie mit ihrem Mann in die »kleine Mietswohnung« in der Heinrichsgasse 19 zog, wuchs Sophie Entz in einem Barockpalais in der Prager Herrengasse auf, das ursprünglich den Eltern ihrer Mutter, dem wohlhabenden Fabrikanten Carl Kinzelberger und seiner Frau Barbara gehört hatte.
Die Ehe meiner Eltern: Rilkes Eltern heirateten am 24. 3. 1873, lebten aber ab 1884 getrennt. Vor Rilkes Geburt starb ihr erstes Kind, ein Mädchen, dessen Tod die Behandlung ihres Sohnes, besonders sein Einkleiden als Mädchen durch die Mutter, prägte. Phia Rilkes Enttäuschung über ihre Ehe kommt indirekt zum Ausdruck in ihrem Bändchen Aphorismen ›Ephemeriden‹, Prag: Commissionsverlag von Gustav Neugebauer 1900.
in eines unserer grossen Offiziers-Erziehungs-Häuser: Am 1. 9. 1886 kam Rilke in die Militärunterrealschule St. Pölten. Am 1. 9. 1890 wechselte er in die Militäroberrealschule Mährisch-Weißkirchen über, aus der er am 5. 6. 1891 auf Antrag des Vaters wegen »dauernder Kränklichkeit« ohne Jahreszeugnis entlassen wurde.
Man steckte mich in eine Handelsschule: Mitte September 1891 begann Rilke den dreijährigen Kursus auf der Handelsakademie Linz, die er Ende Mai 1892 in der Folge eines Liebesabenteuers – Rilke verschwand mit der Kinderschwester Olga Blumauer tagelang nach Wien, wo er sich aber auch um seine literarischen Arbeiten kümmerte – verließ. Seine Darstellung der Linzer Verhältnisse als solche, »die mir fast den Unter-

gang brachten«, ist irreführend, wenn man nicht weiß, daß Rilke hier unter »Untergang« eine normale bürgerliche Existenz versteht.
ein Bruder meines Vaters mich ... privat das Gymnasium studieren liess: Nach Rilkes Entlassung aus der Handelsakademie versprach Jaroslav Rilke seinem Bruder Anfang Juni 1892, die Kosten für Rilkes privaten Gymnasialunterricht und anschließendes Universitätsstudium in Höhe von 200 Gulden im Monat zu übernehmen, ein Versprechen, das über seinen frühen Tod am 12. 12. 1892 hinaus von seinen Töchtern gehalten wurde. Rilke erhielt das Geld sogar bis Mitte 1902, also bis über ein Jahr nach Heirat und Niederlassen in Westerwede und dem damit verbundenen Abbruch des Universitätsstudiums. Nach dreijährigem Privatunterricht bestand Rilke das Abitur am 9. 7. 1895 »Mit Auszeichnung«. Er studierte danach an den Universitäten Prag, München und Berlin (zuletzt Sommer 1905).
immer noch aus seiner Hand leben muß: Es konnte nicht ermittelt werden, in welcher Form – ob regelmäßig oder nur gelegentlich – und in welchem Umfang diese Unterstützung erfolgte. Ein Beispiel der Unterstützung: Am 24. 4. 1903 schreibt Rilke seiner Frau aus Viareggio, es sei Zeit zur Heimkehr. »Ich muß jetzt nur das Geld abwarten, das ich von meinem Vater erbeten habe« (GB 2, 354). Da er sich wegen einer schöpferischen Phase länger als geplant in Viareggio aufhielt und daher mehr als erwartet ausgegeben hatte, brauchte er das Geld vermutlich für die Rückreise nach Paris.
Garten ... überblühter Blumen: Rilkes Gebrauch dieser Bilder weist auf seine Lektüre von Baudelaires ›Les Fleurs du Mal‹ (z. B. »L'Ennemi«) hin.
Meine ganze Kunst ist ... gegen Widerstände aufgewachsen: Die wenigen Zeugnisse anderer aus Rilkes Militärschulzeit bestätigen nicht die Implikation, Rilke habe wegen seines Dichtens »das Gelächter und den Spott der Unteroffiziere« erfahren. Auch die Einstellung seines Vaters zu seinem Schreiben dürfte komplizierter gewesen sein, als Rilke sie hier darstellt. Beide Aussagen passen jedoch zu dem polarisierten Entweder-Oder-Bild von sich und seiner Situation, das Rilke zeichnet, vermutlich in der geheimen Hoffnung, Ellen Key könne ihm unmittelbar praktisch helfen.
In Russland nur, auf meinen beiden weiten Reisen: Die erste Reise mit dem Ehepaar Andreas dauerte vom 25. 4. bis 18. 6. 1899, die zweite mit Lou allein vom 7. 5. bis 24. 8. 1900.

11 oder 12 Bücher ... nur 4 davon ... bezahlt: Außer den drei Dramen, die im Selbstverlag oder als Bühnentext in Theaterverlagen erschienen waren, hatte Rilke zu diesem Zeitpunkt bereits 13 Bücher veröffentlicht (s. Brief 26 und Anm.). Neben den zwei Künstler-Monographien wurde Rilke vermutlich auch für die Prosabände ›Am Leben hin‹ und ›Zwei Prager Geschichten‹ bezahlt. Trotz seiner gegenteiligen Behauptung hatte Rilke auch 50 Mark Honorar vom Insel-Verlag für ›Vom Lieben Gott und Anderes‹ erhalten (Chronik 1, 176).
O wie ich daran glaube, an das Leben: Rilkes mehrmals bekräftigter Lebensglaube kommt Ellen Keys »livstro«, wie er schon in ›Das Jahrhundert des Kindes‹ implizit ist und dann in ›Der Lebensglaube‹ explizit wird (s. Anm. zu Brief 21), entgegen.
in die Hände Georg Brandes: Brandes (1842-1927), dänischer Kritiker und Literaturhistoriker, ab 1902 Universitätsprofessor in Kopenhagen. Die Idee, Brandes auf seine Werke aufmerksam zu machen, geht ursprünglich auf Rilkes Verleger Axel Juncker zurück, der seinem Landsmann Ende November 1901 ein Exemplar von ›Die Letzten‹ schickte und Rilke nachträglich davon informierte (vgl. BAJ 45f.). Daraufhin schickte Rilke am 6. 2. 1902 Brandes zu seinem 60. Geburtstag eine Kopie seines Dramas ›Das tägliche Leben‹ zusammen mit einem Brief (Br 1, 163-165). Beim Erscheinen von ›Das Buch der Bilder‹ im Frühsommer 1902 bat er Juncker selbst, ein Exemplar an Brandes zu schikken (BAJ 74). Rilke kannte also Brandes' Anschrift durchaus, hatte aber wohl keine Reaktion auf seine und Junckers Sendungen bekommen. Entscheidend war ihm Ellen Keys Vermittlung. Zur Beziehung Rilke-Brandes insgesamt s. George Schoolfields, wenn auch teilweise überholten, Aufsatz »Rilke and Brandes«, in: ›Probleme der Komparatistik und Interpretation. Festschrift für André von Gronicka‹, hrsg. von Walter H. Sokel et al., Bonn: Bouvier 1978, S. 165-181.

11. ELLEN KEY AN RILKE 18. 4. 1903

Datierung: Die Postkarte trägt den Poststempel 19. 4. 1903.
Ich habe G. Brandes ... das Ex. geschickt: Ellen Key schickte Brandes das Buch am 17. 4. 1903 mit einer Vorstellung Rilkes und der Bitte, einen Aufsatz über den verarmten Dichter adliger Abstammung zu schreiben. In seiner Antwort an Ellen Key vom 12. 6. 1903 beschwerte sich Brandes über seine umfangreiche Post und die vielen Bücher, die ihn mit ähnlichen Bitten erreichten. Soeben aus Paris zurückgekehrt, wo

ihn ihre Karte erreichte, habe er Rilkes Rodin-Buch in die Hand genommen und sei von der Feinheit der ersten Sätze beeindruckt. S. Georg och Edvard Brandes, ›Brevväxling med svenska och finska författare och vetenskapsmän‹, utgiven av John Landquist under medverkan av Morten Borup, Stockholm: A. Bonnier 1942, Bd. II, S. 202-204. S. auch Brief 21 und Anm.
Ich werde ein Essay über R. M. Rilke schreiben: Ellen Keys erste Ankündigung dieser Absicht. Die Anregung dazu kam von Rilkes Verleger Axel Juncker, der sie in seinem Brief vom 23. 3. 1903 um ein Wort über Rilke in der deutschen Presse bittet: »Han går sin egen stille Vej og *alle* hans unge beundrare mangle den store Personlighed som siger *Ordet* om ham« (L41:63:6). (»Er geht seinen eigenen stillen Weg und *alle* seine jungen Bewunderer vermissen die große Persönlichkeit, die *das Wort* über ihn sagt«.)

12. Rilke an Ellen Key 13. 7. 1903
Nun schickt mir ... Herr Bojer drei Fragen von Ihnen her nach: Rilkes hatten Paris am 1. 7. 1903 verlassen, um Heinrich Vogelers Einladung nach Worpswede wahrzunehmen. Rilkes Brief vom 24. 4. 1903 und Ellen Keys Brief nach Viareggio sind verschollen.
Von einem Schweden Hjalmar Wijk: Wijk (1877-1965), zu dieser Zeit gerade fertig mit seinem Studium in Stockholm, war später ein bedeutender Geschäftsmann und Politiker in Göteborg und spielte eine aktive Rolle im Kulturleben der Stadt.
hier wollen wir nun 6-8 Wochen wohnen und ausruhen: Dieser Plan wurde nicht verwirklicht. Rilkes wohnten bei Vogelers vom 2. 7. bis spätestens zum 7. 8. 1903, zunächst unterbrochen durch einen vorgesehenen Besuch in der letzten Juli-Woche bei ihrer Tochter Ruth und Claras Eltern im damals zwei Stunden entfernten Oberneuland. Wegen der Geburt von Vogelers zweiter Tochter zogen sie unerwartet wenige Tage später wieder nach Oberneuland, von wo aus sie dann am 25. 8. 1903 »zu neuer Arbeit nach Italien« abreisten. Rilkes innere Distanzierung von seinem Freund Vogeler, den er seit einer Begegnung in Florenz im April 1898 kannte, kommt in seinem Brief an Lou Andreas-Salomé vom 8. 8. 1903 zum Ausdruck (BLAS 90f.).
Brandes ... das Rodinbuch ... (Bojer schreibt mir davon!): S. Anm. zu Brief 11. Der Briefwechsel zwischen Rilke und Bojer ist verschollen.

13. ELLEN KEY AN RILKE 21. 7. 1903

Datierung: Die Postkarte trägt den Poststempel vom 22. 7. 1903.

Mein letztes Buch Menschen: ›Menschen. Zwei Charakterstudien‹. Autorisierte Übertragung von Francis Maro. Berlin: S. Fischer 1903. Es enthält Studien zu dem schwedischen Dichter Carl Jonas Ludvig Almquist (1793-1866) und dem englischen Dichterehepaar Elizabeth Barrett-Browning (1806-1861) und Robert Browning (1812-1889), die 1846 heirateten. Der Essay über Almquist – »Carl Jonas Ludvig Almquist. Sveriges modernste diktare« – erschien ursprünglich in ›Ord och Bild‹ 1894, Jg. 3, S. 523-528. Die Studie über die Brownings erschien zusammen mit einem Essay über Goethe in dem Buch ›Människor‹, A. Bonnier, Stockholm 1900. Das Widmungsexemplar – »An Rainer Maria / Rilke Juli 1903 von / seine Freundin / Ellen Key« – ist im RAG erhalten.

Brandes fand das Rodin Buch sehr fein: S. Anm. zu Brief 11.

14. RILKE AN ELLEN KEY 25. 7. 1903

nach Worpswede zurück ... bis Anfang September: Zu den geänderten Plänen s. Anm. zu Brief 12.

wenn Sie nach Italien kommen: Ellen Key hat ihre Reise mehrmals auf 1906 verschoben.

15. ELLEN KEY AN RILKE 7. 8. 1903

Datierung: Die Ansichtskarte trägt den Poststempel vom 7. 8. 1903.

Utsigt FRÅN *Furuborg Jonsered:* Ellen Key benutzt eine wohl für den Familienbedarf hergestellte Ansichtskarte mit einer »Aussicht von Furuborg« (Blick durch Bäume über den Fluß Säveån auf den Aspensee), dem Haus ihrer Gastgeber Jimmy und Lizzie Gibson am Rand der kleinen Industriestadt Jonsered außerhalb Göteborgs, die im 19. Jahrhundert neben den Gibsonschen Textilwerken entstand.

16. RILKE AN ELLEN KEY 11. 8. 1903

eine Karte geschickt: Diese Karte ist nicht erhalten.

von Worpswede noch einmal her nach Oberneuland: Zum Umzug und zur Abfahrt nach Italien s. Anm. zu Brief 12.

17. ELLEN KEY AN RILKE 16. 8. 1903

Die Worpsweder Torfstecher: Vermutlich die von Rilke im vorhergehenden Brief erwähnte Karte mit lokalem Motiv.

mein neues Buch Lebenslinien: Der zweite Band der ›Lifslinier‹, s. Anm. zu Brief 21.
Fontainebleau Wald: Bei Paris.
P. M.: Abkürzung von schwedisch »promemoria« (»Memorandum«).

18. Rilke an Ellen Key 18. 8. 1903
Ihnen ... schreiben, was das Buch in mir aufgeweckt hat: Rilke hat dieses Vorhaben nicht ausgeführt. Lou Albert-Lazard, ›Wege mit Rilke‹, Frankfurt am Main: S. Fischer [2]1985, erinnert sich aus ihrer gemeinsamen Zeit mit Rilke in den Jahren 1914-1916, Rilke sei oft auf das für ihn nie gelöste Problem der Gemeinschaft mit dem geliebten Wesen gekommen. »›Einige haben es doch gekonnt‹, sagte er; ›auch wir müssen den Weg finden.‹ So sprach er von Robert und Elizabeth Browning« (S. 31).
in Venedig ... den Palazzo Rezzonico: Wohnsitz von Robert Barrett Browning, geb. 1849, Sohn von Elizabeth Barrett und Robert Browning. Er hatte dort seinen Eltern eine Gedenkstätte eingerichtet.

19. Ellen Key an Rilke 20. 8. 1903
Datierung: Die Postkarte trägt den Poststempel vom 20. 8. 1903.
bei dem Portier in Rezzonico: S. Anm. zu Brief 18.
durch die Brownings Erlaubniss schaffen: Sohn und Schwiegertochter von Elizabeth Barrett und Robert Browning.

20. Rilke an Ellen Key 3. 11. 1903
wir konnten nicht recht zu Ruhe kommen: Rilkes kamen schon am 10. 9. 1903 in Rom an.
Atelier mitten in dem großen Park der Villa Strohl=Fern: Alfred Strohl-Fern (1845-1927), Maler, Bildhauer und Mäzen, hatte im Park seiner römischen Villa 28 Atelierhäuser errichten lassen, die er Künstlern zur Verfügung stellte. Rilke bezog Ende November das »kleine, ganz entlegene Haus«.

21. Ellen Key an Rilke 9. 11. 1903
Ich lebe ... bei einem Bruder der ein Gut hat: Mac Otto Washington Key (1853-1933), der mittlere von Ellen Keys drei Brüdern, besaß das Gut Oby bei Alvesta in der südschwedischen Provinz Småland zwischen 1890 und 1921 (Schoolfield 2, 138). Nachdem sie im Frühjahr 1903 ihre

langjährige Tätigkeit als Dozentin am Arbetareinstitut in Stockholm aufgegeben hatte, um sich ihrer Arbeit als Autorin und Vortragende zu widmen, löste Ellen Key ihre Stockholmer Wohnung auf und wohnte bis Anfang 1905 bei ihrem Bruder. Nach wechselnden Wohnsitzen in Schweden und im Ausland zog sie im April 1910 in die Nähe der Baustelle ihres Hauses Strand am Vätternsee unterhalb des Ombergs.
Lebenslinien: ›Lifslinier I‹ erschien 1903 bei A. Bonnier, Stockholm. 1904 erschien es unter dem Titel ›Über Liebe und Ehe. Essays‹ in der Übersetzung von Francis Maro bei S. Fischer in Berlin und hatte 1906 schon 12 Auflagen (24.000 Exemplare) erreicht. ›Lifslinier II‹, an dem sie zur Zeit des Briefes arbeitete, erschien 1905 bei A. Bonnier. 1906 erschien es unter dem Titel ›Der Lebensglaube. Betrachtungen über Gott, Welt und Seele. Essays‹ in der Übersetzung von Francis Maro bei S. Fischer und hatte 1907 4 Auflagen (8.000 Exemplare) erreicht. ›Lifslinier III‹ erschien 1906 bei A. Bonnier. 1907 erschien es unter dem Titel ›Persönlichkeit und Schönheit in ihren gesellschaftlichen und geselligen Wirkungen. Essays‹ in der Übersetzung von Francis Maro bei S. Fischer und wurde gleich in 3 Auflagen von je 2.000 Exemplaren gedruckt.
Georg Brandes hat ... Ihnen citirt und sehr gelobt: Brandes Essay ›Auguste Rodin‹ erschien am 31. 8. 1903 in der dänischen Zeitung ›Politiken‹. Um vier einleitende Absätze erweitert, wurde er unter der Jahresangabe 1904 wieder abgedruckt in Brandes, ›Samlede Skrifter‹, Bd. 16, Kjøbenhavn: Gyldendal 1906, S. 50-55. Er enthält einen längeren Hinweis (S. 52f.) auf Rilkes »begejstret og sjælfuld lille Bog om Rodin« (»begeistertes und seelenvolles kleines Buch über Rodin«) und zitiert aus dem einleitenden Absatz über Rodin und den Ruhm. Am 15. 8. 1903 hatte Axel Juncker Rilke über seinen Besuch bei Brandes in Kopenhagen geschrieben: »Er versprach mir nun endlich zur Bekanntmachung Ihrer Bücher in Dänemark beizutragen! Ellen Key hatte ihm auch schon von Ihnen erzählt!« (BAJ 257).

22. Rilke an Ellen Key 22. 12. 1903
an einem schönen Buche schreiben: ›Lifslinier II‹.

23. Ellen Key an Rilke 28. 12. 1903
Ivar und ... Ellen Key n:e II: Ivar Emil Mac Key, geb. 1889, und Ellen Björcke, geb. Key 1891, die Kinder ihres Bruders Mac Key.
Michels ein Essaysammlung bei Juncker: Wilhelm Michel, ›Apollon und

Dionysos. Dualistische Streifzüge‹. Stuttgart: Axel Juncker 1904, darin der Essay »Rainer Maria Rilke«, S. 39-63. Auf dem Einband steht Michels statt Michel.

ein Essay ...(in der vornehmste Zeitschrift): Ellen Key greift hier ihre im April 1903 geäußerte Absicht, über Rilke zu schreiben, zum ersten Mal wieder auf. Die »vornehmste Zeitschrift« Schwedens ist die seit 1892 in Stockholm erscheinende illustrierte Monatsschrift ›Ord och Bild‹, die schon mehrere Beiträge von ihr gebracht hatte.

ein sehr tüchtiges Buch: Johan Bojers ›Troens magt. Roman‹, Kjøbenhavn og Kristiania: Gyldendal 1903 (›Die Macht des Glaubens. Roman‹, übers. von Adele Neustädter, Stuttgart und Leipzig: Deutsche Verlagsanstalt 1904).

treue Freündin von Malvida von Meysenbug: Malwida von Meysenbug (1816-1903), Frauenrechtlerin und Autorin von Memoiren, Erzählungen und Essays, lebte seit den 1870er Jahren in Italien. Ellen Key besuchte sie Herbst 1900 und Frühjahr 1901 in Rom im Zusammenhang mit dem Aufsatz »Malvida von Meysenbug« (›Die Zeit‹, Nr. 388, 8. 3. 1902, S. 151-153; schwedisch erst im Sammelband ›Verk och människor‹, Stockholm: A. Bonnier 1910). Bei diesen Besuchen lernte sie vermutlich auch die auf der beigelegten Visitenkarte identifizierte »treue Freündin« Frau Birkenruth (vgl. Brief 36) kennen.

24. Rilke an Ellen Key 6. 2. 1904

im untersten Raum eines Schiffes ... glänzenden Sternen: Anspielung auf den Anfang von Hugo von Hofmannsthals Gedicht »Manche freilich«.

die deutsche Ausgabe der »Lebenslinien« I: ›Über Liebe und Ehe‹.

neue sorgfältige Ausgabe der »Geschichten vom lieben Gott«: Anfang 1904 machte der damalige Leiter des Insel-Verlages Rudolf von Poellnitz (1865-1904) den Vorschlag einer völlig neuen Ausgabe von ›Vom lieben Gott und Anderes‹. Rilke nimmt die Gelegenheit wahr, den »eigentlichen alten Titel« (BLAS 139) wieder einzusetzen und den Untertitel zu tilgen.

Michels Essay=Buch: ›Apollon und Dionysos‹. Rilke bittet Juncker um die Zusendung des Buches an Ellen Key am 31. 12. 1903 (BAJ 114f.).

25. Ellen Key an Rilke zwischen 6. und 14. 2. 1904

Frödingfond ... Fröding: Gustaf Fröding (1860-1911) veröffentlichte sechs Bände Lyrik und einen Essayband in den 1890er Jahren. Diese intensive schöpferische Periode wurde eingeleitet durch einen Aufenthalt in der Nervenheilanstalt Görlitz (1889/1890), unterbrochen ab 1894 durch Episoden zunehmender Geisteskrankheit, die sich verschlimmerte, als er wegen Verletzung der Sitten in ›Stänk och flikar. dikte‹, Stockholm: A. Bonnier 1896, angeklagt (aber freigesprochen) wurde, und beendet durch einen siebenjährigen Aufenthalt (1898 bis 1905) in einer Pflegeanstalt in Uppsala. Der Frödingfond (Fröding-Stiftung), getragen von schwedischen Studenten, ermöglichte ihm nach seiner Entlassung ein sorgenfreies Leben in Stockholm.

Gumpendorfs Übersetzungen von schwedische Litteratur: ›Schwedische Lyrik‹. Deutsch von Hanns Gumppenberg. München: Etzold & Co 1903. Die Anthologie enthält 19 Gedichte von Fröding, S. 220-256. Hanns Freiherr von Gumppenberg (1866-1928), vielseitiger Autor und Übersetzer, Mitbegründer (April 1901) des Münchener Kabaretts »Die elf Scharfrichter«. Trotz Ellen Keys Hinweis schreibt Rilke am 9. 7. 1904 an Clara, daß von Fröding »nichts übertragen ist« (GB 2, 30).

»Ein deutscher Dichter und der Gottesbegriff«: Übersetzung des Vortragstitels »En tysk diktare och gudsbegreppet«.

das große »Sein« ... nur Worte nichts von Wesen: Ellen Key bedient sich hier folgender Stelle aus Hanns von Gumppenbergs »Vorwort« zu seiner ›Kritik des Wirklich=Seienden. Grundlagen zu einer Philosophie des Wirklich=Seienden‹, Berlin: Verlagsabteilung der deutschen Schriftstellergenossenschaft 1892, S. 4: »Ich kann das Wirklich=Seiende, wenn ich es gefunden habe, nicht anders bezeichnen als durch *Worte der menschlichen Sprache.* Die menschliche Sprache vermag aber das Wesen des Wirklich=Seienden nur *symbolisch* der Vorstellung zu vermitteln, nicht unmittelbar wiederzugeben«.

»Aus ein Essay über R. M. Rilke«: S. Anhang VI und Brief 35.

Juncker (ist er mit eine dänische Sängerin verheirathet): Die Sängerin Ingeborg Zinck, Mitglied des Ensembles des Stuttgarter Hoftheaters, gest. 1952.

ein Schwede, Lennart Ribbing: Lennart Ribbing (1876-1938), Zoologe, Anthropologe und Dichter. Ab 1909 Dozent für vergleichende Anatomie in Lund, ab 1922 Anatomieprofessor an der Konsthögskolan Stockholm.

eine Malerin Tyra Kleen: Tyra af Kleen (1874-1951), schwedische Malerin, Graphikerin und Autorin, studierte 1890-1896 in Dresden, Karlsruhe und München und lebte 1899-1906 in Rom.

Villa Borghese: Öffentlicher Park in Rom, auf dessen Brunnen Rilkes erst am 8. 7. 1906 in Paris geschriebenes Gedicht »Römische Fontäne« (WA 2, 529) sich durch den Untertitel bezieht.

26. Rilke an Ellen Key 14. 2. 1904

in den schweren Anfängen einer grösseren Arbeit: Was Rilke noch im Januar 1904 als jener »2. Theil der ›Geschichten vom lieben Gott‹« vorschwebte, dessen Manuskript er im Sommer an den Insel-Verlag zu senden hoffte (Chronik 1, 176f.), verwandelte sich bei der Arbeit in die Anfänge der ›Aufzeichnungen des Malte Laurids Brigge‹, die erst am 27. 1. 1910 abgeschlossen wurden und Mitte 1910 in zwei Bändchen im Insel-Verlag erschienen.
ich brauche ein grosses Alter: Eine Vorstellung, die Rilke vermutlich aus Schopenhauers ›Aphorismen zur Lebensweisheit‹ übernahm.
mit dem Finanzminister: Nicht ermittelbar.
ich kenne Wilhelm Michel nicht: Steht im Widerspruch zur Aussage in Brief 10, daß Michel noch einiges Material habe.
Frage-Bogen: Die fettgedruckten Überschriften sind von Ellen Key.
Eltern: Zu Rilkes Familiengeschichte vgl. Brief 10 und Anm.
Wappendevise: Nach Carl Sieber, ›René Rilke. Die Jugend Rainer Maria Rilkes‹. Leipzig: Insel-Verlag ⟨1933⟩, S. 9, führte Rilkes Urgroßvater Johann Joseph Rilke ein Wappen, das dem der Ritter von Rülko, Rilkes mutmaßlicher Kärntner Vorfahren, gleicht. Es zeigt, »von Silber und Schwarz gespalten: zuspringende Windhunde, Farben gewechselt, zwei gekrönte Helme mit schwarz-weißen Decken und den Hunden wiederholt.« Als Rilkes Onkel Jaroslav 1873 erblich geadelt wurde, erhielt er dieses Wappen mit der Devise »Veritate firmitas, firmitate libertas« (»Durch Wahrheit Standhaftigkeit, durch Standhaftigkeit Freiheit«). Einige in Ellen Keys Nachlaß aufbewahrte Umschläge tragen dasselbe Wappen als Siegel.
Erziehung: S. Anm. zu Brief 10.
Erstes Buch?: Rilkes Antwort ›Larenopfer‹, 1896 bei Dominicus in Prag erschienen, verschweigt das 1894 bei Kattentidt in Straßburg erschienene ›Leben und Lieder. Bilder und Tagebuchblätter‹.
2 Gedichtbücher und 2 Bücher Novellen; 3 kleine Dramen: Die Gedichtbücher sind ›Traumgekrönt‹ und ›Advent‹, 1897 und 1898 bei Friesenhahn in Leipzig erschienen. Die Novellenbände ›Am Leben hin‹ und ›Zwei Prager Geschichten‹ erschienen 1898 und 1899 bei Adolf Bonz in Stuttgart.

Es handelt sich bei den drei kleinen Dramen wohl um »Jetzt und in der Stunde unseres Absterbens ... Scene«, in: ›Wegwarten II‹, Selbstverlag Prag, März 1896, ›Im Frühfrost. Ein Stück Dämmerung. Drei Vorgänge‹, getippter Bühnentext im Theaterverlag O. F. Eirich, Wien 1897, und ›Ohne Gegenwart. Drama in 2 Akten‹, Bühnentext im Verlag von A. Entsch, Berlin 1898.
Gedichtbücher ... Dramen ... Prosa: Außer der Szene »Die weiße Fürstin«, in: ›Pan‹, Jg. 5, H. 4, 1899, S. 199-203 sind die übrigen Bücher in der Reihenfolge ihrer Auflistung nachgewiesen in den Anm. zu den Briefen 4, 5, 5, 5, 2, 5 und 1.
Einflüsse von Bildern: Zu Leonardo s. Anm. zu Brief 5. Francisco José de Goya y Lucientes (1746-1828), spanischer Maler, Radierer, Lithograph. Im ›Florenzer Tagebuch‹ faßt Rilke die italienischen Maler vor Raffael (1483-1520) als primitive Vorbilder für den zeitgenössischen, nicht mehr naiven Künstler auf (vgl. T 62). Rilke lernte den spanischen Maler Ignacio Zuloaga (1870-1945) in Paris kennen und hatte eine Zeitlang die Absicht, eine Monographie über ihn zu schreiben.
Einflüsse von russischen Menschen: Am 1. 6. 1900 besuchte Rilke zusammen mit Lou Andreas-Salomé den Romancier und Kulturkritiker Leo Tolstoi (1828-1910) auf dessen Gut Jasnaja Poljana südwestlich von Moskau. Rilkes ambivalentes Verhältnis zu dem der Kunst »abtrünnigen« Autor Tolstoi findet widersprüchlichen Ausdruck in seinem Werk. Von Fjodor M. Dostojewski (1821-1881) las Rilke 1899/1900 den Erstlingsroman ›Arme Leute‹ auf russisch (eine Teilübersetzung von seiner Hand ging verloren) und weist noch in seinem Brief an den ehemaligen Lehrer Sedlakowitz vom 9. 12. 1920 auf das Wiedererkennen seines eigenen inneren Zustandes während der Militärschulzeit hin, das er bei der Lektüre von Dostojewskis ›Aufzeichnungen aus einem Totenhaus‹ vor zwanzig Jahren erlebt hatte (GB 4, 354). Wsewolod Garschin (1855-1888), Erzählautor. Nikolai Gogol (1809-1852), Romancier. Die Maler Iwan Kramskoi (1837-1887) und Alexander Iwanow (1806 bis 1858) behandelte Rilke in seinem Essay »Moderne russische Kunstbestrebungen«, in: ›Die Zeit‹, Bd. 33, Nr. 424, 15. 11. 1902, S. 81-82 (vgl. WA 10, 613-622, bes. 616-620).
Jens Peter Jacobsen: Jacobsen (1847-1885), dänischer Romancier, promovierter Botaniker und Übersetzer Darwins. Vgl. Brief 33.
Rodin: S. Briefe 33 und 87.
Einiges von Nietzsche und Maeterlinck: Von Friedrich Nietzsche (1844 bis

1900) hatte Rilke zu diesem Zeitpunkt zumindest ›Die Geburt der Tragödie‹, ›Vom Nutzen und Nachteil der Historie für das Leben‹ und ›Also sprach Zarathustra‹ gelesen, vermutlich jedoch wesentlich mehr. Rilke war schon 1896 auf den belgischen Dramatiker Maurice Maeterlinck (1862-1949) aufmerksam geworden, schrieb 1899 und 1901 zwei Rezensionen von Maeterlinck-Aufführungen (WA 10, 456-460, 479 bis 482) und inszenierte ›Schwester Beatrix‹ am 15. 2. 1902 bei der Einweihung der Bremer Kunsthalle. Sein am 9. 2. 1902 in Bremen gehaltener und kurz danach veröffentlichter Vortrag »Maurice Maeterlinck« würdigt vor allem den »Philosophen Maeterlinck« (WA 10, 527-549, hier 543).

Das alte Testament: Auf Rilkes Frage am 3. 11. 1903 nach »einer modernen, wissenschaftlich guten deutschen Bibel-Übertragung« empfahl Lou Andreas-Salomé ›Die Heilige Schrift des Alten Testaments‹, übers. und hrsg. von E. Kautzsch, Text und Beilagen, und ›Das neue Testament‹, übers. von Carl Weizsäcker, beide bei Mohr, Freiburg i. Br. und Leipzig (BLAS 122ff.).

Baudelaire: Charles Baudelaire (1821-1867), französischer Lyriker und Kunstkritiker. Rilkes Hauptlektüre: ›Fleurs du mal‹ und ›Petits poèms en prose‹.

Jacobsen: S. Rilkes Werkangaben in Brief 33.

einige Verse von Hofmannsthal: Hugo von Hofmannsthal (1874-1929) ließ Rilke Ende Februar 1902 »7-8 meiner besten Gedichte« zukommen (BHH 42, 163): »Ein Traum von großer Magie«, »Ballade des äußeren Lebens«, »Terzinen über Vergänglichkeit«, »Manche Freilich ...«, »Weltgeheimnis«, »Gesellschaft«, »Dein Antlitz ...«. Ob dies auch die »Verse« von Hofmannsthal waren, die Rilke »immer« mit sich hatte, konnte nicht ermittelt werden.

Ein sehr schönes Gedicht von Beer-Hofmann: »Schlaflied für Mirjam« des österreichischen Dichters Richard Beer-Hofmann (1866-1945).

nun weiss ich, dass er sein wird: Rilkes Auffassung des werdenden Gottes findet ihre erste Formulierung im ›Florenzer Tagebuch‹ (1898), bes. T 47, 118-120, und wird außer in ›Vom lieben Gott und Anderes‹ und dem ersten Buch von ›Das Stunden-Buch‹ (beide 1899) noch bis Anfang 1910 in den ›Aufzeichnungen des Malte Laurids Brigge‹ thematisiert.

Aus einem Tagebuche: März 1901: Im RAG erhalten.

27. Ellen Key an Rilke 25. 2. 1904

Datierung: Die Postkarte trägt den Poststempel vom 25. 2. 1904.

Mir zur Freude: ›Mir zur Feier‹.

wenn ich von Sthm ging: S. Anm. zu Brief 21.

28. Rilke an Ellen Key 3. 3. 1904

an den Verleger: Georg Heinrich Meyer, Berlin, verlegte ›Mir zur Feier‹, P. Friesenhahn, Leipzig, ›Advent‹.

Bruchstück aus dem Essay: S. Anhang VI und Brief 35.

29. Ellen Key an Rilke 8. 3. 1904

den Vortrag halten: Ellen Key hielt ihren Rilke-Vortrag wie geplant am 10. 4. in Göteborg und am 16. 4. in Kopenhagen. Vgl. Brief 32.

Ord och Bild ... Die N. D. Rundschau: Ellen Keys Essay »En österrikisk diktare« erschien in ›Ord och Bild‹ (s. Anm. zu Brief 55). Da die ›Neue Deutsche Rundschau‹ (›Neue Rundschau‹ ab Jg. 15, 1904) bei S. Fischer, ihrem deutschen Verleger, erschien, dachte sie wohl als erstes an dieses Organ. Zur weiteren Geschichte einer deutschen Veröffentlichung vgl. die Briefe 36, 41, 45, 55 und 56. Zu einer Veröffentlichung im ›Mercure de France‹ kam es nicht.

die Seite für das Buch: Das Vorwort zur geplanten Ausgabe der ›Geschichten vom lieben Gott‹.

wie Sie in Advent sagen: Die zitierten Verse stammen aus dem Gedicht »Die hohen Tannen atmen heiser« (WA 1, 107f.).

Wissen Sie ...: S. Rilkes und Claras Antworten in Brief 30 und Brief 31 sowie die Anm. dazu.

30. Rilke an Ellen Key 14. 3. 1904

Büste im Junker'schen Catalog: In seinem Brief an Juncker vom 13. 6. 1903 überläßt Rilke ihm die Reproduktion von Claras Büste aus dem Jahr 1901 für einen Verlagskatalog. Die Büste ist abgebildet in BAJ nach S. 204.

ein Bild für die schwedische Zeitschrift: Die Fotos sind abgebildet in Schnack: das »zu intime westerweder Intérieur=Bild« als Abb. 85, die »Porträt=Kopf=Aufnahme« als Abb. 76. Der »Amateur« war Hans Müller-Brauel, ein archäologisch interessierter Heimatforscher in der Kleinstadt Zeven zwischen Bremen und Hamburg. Rilke bittet ihn am 3. 4. 1904 um einen Abzug des Bildes für ›Ord och Bild‹ (Chronik 1, 182).

Besprechungen ... für eine bremer Zeitung: Soweit Rilke die Entstehungszeit und den Erscheinungsort richtig angibt, handelt es sich hier um folgende Beiträge aus dem ›Bremer Tageblatt und General-Anzeiger‹: »Friedrich Huch, Peter Michel« (19. 3. 1902; WA 10, 509-512), »Das Überbrett'l-Gastspiel« (1. 3. 1902; WA 10, 523-527), »Giovanni Segantini« (19. 3. 1902; WA 10, 549-553), »Thomas Manns ›Buddenbrooks‹« (16. 4. 1902; WA 10, 577-581), »Herman Bang, Das weiße Haus« (16. 4. 1902; WA 10, 581-584), »Gustav Frenssen, Jörn Uhl« (27. 7. 1902; WA 10, 592-597), »Carl Worms, Die Stillen im Lande« (27. 7. 1902; WA 10, 597-599), »Ein neues Buch von der Renaissance« ⟨Walter Paters »Die Renaissance«⟩ (27. 7. 1902; WA 10, 599-603), »Fritz Rassow, Barabbas, Zwei Frauen. – Morgen und Abend« (21. 8. 1902; WA 10, 603f.) »Zwei nordische Frauenbücher« ⟨Amalie Skram, »Ein Liebling der Götter«; Selma Lagerlöf, »Jerusalem I«⟩ (21. 8. 1902; s. Anhang I). Die im engeren Sinn »nordischen« Bücher sind die von Bang, Skram und Lagerlöf. Diese Besprechungen befinden sich nicht in dem geordneten Teil von Ellen Keys Nachlaß, könnten jedoch unter den in vielen Kartons aufbewahrten ungeordneten Zeitungsausschnitten sein.
die Neu=Ausgabe des »Lieben=Gott=Buches«: ›Geschichten vom lieben Gott‹, vgl. Anm. zu Brief 24 (dort auch über Rudolf von Poellnitz) und Brief 35.
die Frage mit Björnson: Der Norweger Bjørnstjerne Bjørnson (1832-1910), vielseitiger Autor und Journalist, Theaterdirektor und Befürworter der Volkshochschulbewegung, über den Ellen Key 1902 zwei Aufsätze geschrieben hatte und den sie persönlich kannte. 1903 erhielt er den Nobelpreis für Literatur. Da Bjørnson in Ellen Keys vorhergehendem Brief nicht vorkommt, muß ein Teil davon verschollen sein. Rilkes Ausführungen lassen vermuten, daß er Bjørnson in München oder Berlin schon begegnet war.

31. Clara Rilke-Westhoff an Ellen Key 22. 3. 1904
Nach Werken von Rodin, nach einer Tanagra, nach Lionardo da Vinci, nach Hokusai: Die Werke ließen sich nicht ermitteln. Zu Claras Beziehungen zu Rodin s. Anm. zu Brief 1. Während ihres ersten Pariser Aufenthalts besuchte Clara häufig die ausgestellten »Tanagra«-Figuren im Louvre, ca. 5-30 cm hohe bemalte Terrakotta-Figuren des 4. Jahrhunderts vor Chr., die 1873 bei Ausgrabungen in Tanagra in Böotien gefunden wur-

den. Katsushika Hokusai (1760-1849), Schriftsteller, Maler und einer der bedeutendsten japanischen Künstler des Farbholzschnittes.
Ich bin 25 Jahre alt: Clara Henriette Sophie Westhoff wurde am 21. 11. 1878 geboren.
Gretel war nicht eine Schwester: Gretel Kottmeyer, eine Jugendfreundin Claras, starb im November 1900. Claras Bericht an Rilke über diesen Tod und ihre Reaktion darauf wird in der Form von Rilkes Tagebuchaufzeichnung vom 20. 11. 1900 zur Vorlage des Gedichts »Requiem« (vgl. T 323-330), das an vorletzter Stelle in ›Das Buch der Bilder‹ steht. Die Anrede an Gretel im Gedicht sowie die ursprüngliche Widmung »Für Gretel. Clara Westhoff gewidmet« legen Ellen Keys Frage nach der möglichen Verwandtschaft nahe.
die Büste ... im Junckerschen Katalog: S. Anm. zu Brief 30.
seit dem Herbst 1898 zehn Porträtbüsten ...: Zu den bis 1904 Porträtierten gehörten neben Rilke auch Paula Modersohn-Becker, Heinrich Vogeler, Dagny Langen und die polnische Malerin Marie Czajkowska. Die »Fotografie meiner letzten in Paris gemachten Büste« muß das Porträt von einer der zwei letztgenannten Frauen wiedergegeben haben. Das Pariser Atelierbild zeigte kleinformatige Statuen, im RAG erhalten.

32. Ellen Key an Clara Rilke-Westhoff 27. 3. 1904
Eva Sollmitz: Eva Cassirer, geb. Solmitz (1885-1974), seit 1909 verheiratet mit dem Kunsthistoriker Kurt Cassirer (1883-1975), führte 1904 bis 1913 einen Briefwechsel mit Ellen Key (L41:63:2). S. auch Brief 56 und Anm.
eine Dänin Therèse Krüger: Therese Krüger, deren Lebensdaten sich nicht ermitteln ließen, war als Übersetzerin aus dem Deutschen ins Dänische und dem Dänischen und Schwedischen ins Deutsche tätig. 1898 erschien in ihrer Bearbeitung Ellen Keys ›Mißbrauchte Frauenkraft. Ein Essay‹ bei Albert Langen, Paris Leipzig München. Laut Ellen Keys »Vorwort« ist die deutsche Fassung eine »vorzüglich ausgeführte Zusammenfassung des wesentlichen Inhalts« von zwei ihrer Essays, nämlich »Missbrukad kvinnokraft« und ›Kvinnopsykologi och kvinnlig logik‹, beide 1896 bei A. Bonnier, Stockholm erschienen.
Frau Schwarz: In Ellen Keys Nachlaß (L41:63:13) befinden sich zwei Briefe von Grete Schwarz, Prag. Ein früherer ist verschollen. Der Brief mit dem Empfangsvermerk 16. 3. 1904 in Ellen Keys Hand dankt für

den Hinweis auf die Baronin Ehrenfels, die sie schon seit einem Jahr kenne, und geht auf verschiedene Fragen Ellen Keys ein. Die Selbstdarstellung von Grete Schwarz führte Ellen Key zu ihrem Vorschlag, den sowohl die Rilkes (s. Brief 33) wie auch Grete Schwarz (in ihrem Brief vom 14. 4. 1904) ablehnen: »Und die kleine Ruth zu mir nehmen? Ich habe das Empfinden ein todter leerer Körper zu sein, dem die Seele entrissen ist – welche große Sünde noch neue heilige Mutterpflichten auf mich zu nehmen«.
Baronin Ehrenfels: Emma Ehrenfels, geb. André (geb. 1862), verheiratet mit Christian Freiherr von Ehrenfels (1859-1932), Professor der Philosophie in Prag. Von ihr sind 25 Briefe an Ellen Key aus den Jahren 1903-1923, von ihm 2 Briefe aus den Jahren 1903-1904 in Ellen Keys Nachlaß (L41:63:3) erhalten. Am 10. 2. 1904 schreibt sie an Ellen Key, sie habe Grete Schwarz bei einem Abendtreffen der Prager Concordia Gesellschaft »dadurch kennengelernt, dass sie *Ihren* Namen aussprach«. Später, nach dem plötzlichen Tod ihres Mannes, habe sie sie dadurch zu trösten versucht, daß sie ihr die letzten Worte aus ›Mißbrauchte Frauenkraft‹, die sie selbst so innig liebe, schickte. Seither wisse sie nichts Neues. Der Schluß von ›Mißbrauchte Frauenkraft‹ lautet: »*Ein seelenvoll gelebtes Leben ist ein Schmerz*. Aber Leben, in Schmerz oder Seligkeit, ist Kraftentfaltung, ist Genuß, ist das Gegenteil von Stillstand und Tod.«
Jakobsen: Jens Peter Jacobsen.
Karl Vinnen: Carl Vinnen (1863-1922), Maler.
schöne Worten für Gretel: Gretel Kottmeyer, s. Anm. zu Brief 31.
ihre Besprechung von Ellen Olestjerne: Rilkes kritische Besprechung des autobiographischen Romans ›Ellen Olestjerne‹ von Franziska Gräfin zu Reventlow (1871-1918), mit der er aus seiner Münchener Zeit befreundet war, erschien in ›Die Zukunft‹, Jg. 12, Bd. 64, Nr. 21, 20. 2. 1904 (WA 10, 653-657). Eine Kopie mit vielen Unterstreichungen findet sich in Ellen Keys Nachlaß (L41:14:5).
Herrman Bang ist auch Däne nicht Norweger: Herman Bang (1857-1912), dänischer Erzähler, Romancier und Literatur- und Theaterkritiker. Rilke verarbeitete vor allem den Roman ›Das weiße Haus‹ in den »nordischen« Partien der ›Aufzeichnungen des Malte Laurids Brigge‹. Ellen Key reagiert hier auf Rilkes Besprechung von Bangs ›Das weiße Haus‹ (WA 10, 581-584). Bei der Erstveröffentlichung im ›Bremer Tageblatt und General-Anzeiger‹ lautete der erste Satz: »Man kennt die Romane

des Norwegers Herman Bang«. Vgl. hierzu Zinns Anm., WA 12, 1414f. Die Korrektur in der Kopie der Besprechung im RAG stammt also wahrscheinlich von Rilke selbst.
das kleine Worpsweder Bild ... das größere: S. Anm. zu Brief 30.
Wort und Bild: ›Ord och Bild‹.
die Übersetzung für Vom lieben Gott: Das erbetene Vorwort zur Neuausgabe.
Mizi Franzos: Marie Franzos (1870-1941), Schriftstellerin und Übersetzerin, arbeitete in Wien unter dem Pseudonym Francis Maro. Mit Ausnahme von ›Mißbrauchte Frauenkraft‹ besorgte sie alle deutschen Übersetzungen von Ellen Keys Schriften.
daß Sie Runge und Rembrandt so tief verstehen: Philipp Otto Runge (1777 bis 1810) und Rembrandt van Rijn (1606-1669). Die Bemerkung bezieht sich auf Rilkes ›Worpswede‹ (WA 9, 17f. und 23-24).
W. Pater auch: Walter Pater (1839-1894), englischer Kunstkritiker und Essayist. Ellen Key reagiert hier auf Rilkes Besprechung der deutschen Übersetzung von Paters ›The Renaissance. Studies in Art and Poetry‹ (1873, [4]1901). Vgl. Anm. zu Brief 30.

33. Rilke an Ellen Key 2. 4. 1904
Frau S.: Grete Schwarz.
Jacobsen ... Briefe : Jacobsens Werke waren 1896/97 z. T. in verschiedenen Übersetzungen erhältlich. Seine Briefe erschienen zuerst 1899 im 1. Bd. der ›Gesammelten Werke‹, Florenz Leipzig: E. Diederichs, übersetzt von Marie Herzfeld.
von dem Amateur: Hans Müller-Brauel.
das Essay=Fragment: S. Brief 35 und Anhang VI.
Bücher=Verzeichnis: Nicht erhalten.

34. Ellen Key an Rilke 5. 4. 1904
Das Korrektur von Insel: S. Brief 35 und Anhang VI.
die kleinen Bücher: ›Larenopfer‹ und ›Advent‹.
Frau S.: Grete Schwarz.
Ellen Key (sonnenblind!) 1903: Die Postkarte zeigt eine Aufnahme von Ellen Key mit Hund. Ihre Augen sind geschlossen, »sonnenblind«.

35. Rilke an Ellen Key 29. 4. 1904
Eine Zeitung haben Sie mir ja gesandt: ›Göteborgs Handels- och Sjöfarts-Tidning‹ vom 11. 4. 1904 (BAJ 133).

den Druckbogen jenes übersetzten Fragmentes: Im RAG erhalten, hier im Anhang VI.
mein werdendes Buch ... auch ein »Lieben=Gott=Buch«: Anfänge der ›Aufzeichnungen des Malte Laurids Brigge‹, vgl. 1. Anm. zu Brief 26.

36. Ellen Key an Rilke 3. 5. 1904

eine Serie Litteratur under die Redaktion G. Brandes: Da Rilkes ›Auguste Rodin‹ 1903 in der Reihe ›Die Kunst‹ des Julius Bard Verlages Berlin erschienen war, setzt Ellen Key Rilkes Wissen um die geplante neue Serie unter der Leitung von Georg Brandes in dem inzwischen neu konstituierten Verlag Bard, Marquardt & Co. voraus. Wie aus Julius Bards Brief an Ellen Key vom 25. 3. 1904 (L41:79:1) hervorgeht, hatte sie ihre Rilke-Studie dem Verlag für seine neue Reihe schon am 24. 3. 1904 angeboten. In seinem Antwortschreiben versichert ihr Bard, der Verlag werde sich gleich an Brandes wenden und ihr sofort nach seiner Entscheidung Definitives über ihr Bändchen mitteilen. Bards Begründung dieses Verfahrens gegenüber der durchaus erwünschten Autorin klingt offensichtlich in Ellen Keys Brief an Rilke an: »Dieser Anfrage unsererseits an Herrn Prof. Brandes bedarf es diesmal schon deshalb, weil wir nicht wissen, ob es ihm willkommen sein wird, jetzt schon eine Würdigung eines *so jungen*, wenn auch gewiss hochbegabten Dichters, wie Rilke (dessen Entwicklung noch nicht abgeschlossen ist!) zu bringen und dies in einer Sammlung, in der noch nichts über ganz grosse Dichter, wie Goethe, Ibsen, Tolstoi, Grillparzer, um nur einige Namen zu nennen, publiziert wurde.« Aus Ellen Keys Brief an Georg Brandes vom 17. 7. 1904 (Brandes, ›Brevväxling‹, Bd. II, S. 204) geht hervor, daß Bard Brandes' Reaktion genau voraussah. Dennoch muß Ellen Key sich durchgesetzt haben, denn unter den Briefen vom Verlag Bard, Marquardt & Co. in ihrem Nachlaß findet sich die Kopie eines Vertrages, datiert auf den 10. 8. 1905 und von Eugen Marquardt unterschrieben, der Ellen Key verpflichtet, das druckfertige Manuskript ihrer Rilke-Studie, »im Umfange von etwa 60-80 kleinoktav Druckseiten, spätestens zum 1. Juli 1906 an die Verlagsbuchhandlung abzuliefern«. Vgl. ferner die Briefe 56, 87, 89 und 98.
ein Anderer – ein feiner Sprachgelehrter: Nicht ermittelbar.
L. C. Nielsen: Laurits Christian Nielsen (1871-1930), dänischer Lyriker und Romancier, Verlagsberater und Theatermann. Nicht Ludwig Christian Nielsen, wie Chronik 1, 183 und 2, 1223 angibt.

Ihre ersten 3 Dichtsamlungen: Vermutlich ›Advent‹, ›Mir zur Feier‹ und ›Das Buch der Bilder‹, obwohl dies nicht die ersten drei Gedichtsammlungen sind.
der eine: Anders Österling (1884-1981), schwedischer Lyriker, Kritiker und Übersetzer, hatte schon als junger Student folgende Artikel in der Zeitung ›Svenska Dagbladet‹ veröffentlicht: am 6. 7. 1903 eine Rezension von Richard Dehmels ›Zwei Menschen‹, am 29. 8. 1903 »Stefan George. En tysk diktarprofil« und am 4. 3. 1904 »Hugo von Hofmannsthal. En tysk diktargestalt«. Zu seiner Absicht über Rilke zu schreiben und ihrer Begegnung im Sommer 1904 s. BAJ 270 und 275-276.
Vilhelm Ekelund: Ekelund (1880-1949), schwedischer Lyriker, Essayist und Übersetzer, studierte 1898-1902 in Lund, lebte 1902-1909 vorwiegend in Berlin und hatte bis 1904 schon vier Gedichtbücher veröffentlicht.
Elna Erichsen: Die Lebensdaten von Elna Ericksen, einer berufstätigen Frau, ließen sich nicht ermitteln.
ein großer Mahler (=Zarthmann): Vermutlich Kristian Zahrtmann (1843 bis 1917), Historien- und Landschaftsmaler, ab 1885 Leiter einer Malerschule. Langjährige Beschäftigung als Zeichner und Maler mit Leonora Christina Ulfeldts ›Jammersminde‹, das in Rilkes ›Aufzeichnungen des Malte Laurids Brigge‹ eine Rolle spielt.

37. Rilke an Ellen Key 9. 5. 1904

38. Clara Rilke-Westhoff an Ellen Key 10. 5. 1904
die Güte eines Bremer Freundes: Vermutlich Gustav Pauli (1866-1938), Direktor der Bremer Kunsthalle, der ihre Porträtbüste von Heinrich Vogeler für die Kunsthalle kaufte und auch Rilke unterstützte (Vermittlung des Auftrages für die Monographie über die Worpsweder Malergruppe und Auftrag für die Maeterlinck-Inszenierung bei der Neueinweihung der Kunsthalle im Februar 1902).
eine grosse liebe Arbeit: Die Anfänge der ›Aufzeichnungen des Malte Laurids Brigge‹.
in Kopenhagen Studien nördlicher Literatur: Im Zusammenhang einer möglichen Arbeit über Jens Peter Jacobsen (s. BLAS 168f.).

39. Ellen Key an Clara Rilke-Westhoff 13. 5. 1904

Datierung: Die Postkarte trägt den Poststempel vom 13. 5. 1904.
Frau Gyldén: Die Schwedin Therèse Gyldén, geb. von Knebel (1842 bis 1937), stand 1896-1925 mit Ellen Key im Briefwechsel (L41:55:13).

40. Ellen Key an Rilke 20. 5. 1904

Aber die Verhältnissen: Gemeint sind vermutlich die Eheschwierigkeiten ihres Bruders Mac Key, die sie Anfang 1905 veranlaßten, das Gut ihres Bruders zu verlassen. S. Brief 71.
Ernst Nordlind ... Hanna Larson: Ernst Norlind (1877-1952), schwedischer Maler, Zeichner, Schriftsteller und später Rundfunkdarsteller. Nach Abschluß eines Studiums an der Universität Lund (fil. kand. 1898) studierte er 1899-1900 und 1902-1903 Zeichnen bei Adolf Hölzel in Dachau und lebte ab 1903 zunächst als Gast von Hanna Larsson (1880-1953), ab 1907 als ihr Ehemann auf ihrem Gut Borgeby in der Nähe Lunds. Hanna Larssons (eig. Larsdotter) Vater, der Großbauer Lars Persson, hatte ihr das Gut schon 1888 gekauft. Ellen Key vermittelte Rilkes Aufenthalt auf Borgeby durch Anders Österling, den sie wie auch Norlind im April 1904 in Lund kennengelernt hatte und der Norlind durch seine Mitarbeit an den von Norlind 1903-1904 herausgegebenen drei Heften ›Från Skåne. Diktning och konst‹ kannte.

41. Rilke an Ellen Key 30. 5. 1904

einen menschlich=nahen und sÿmpathischen Brief: Norlinds Briefe an Rilke sind in seinem Nachlaß an der Universität Lund verwahrt. Rilkes Briefe an Norlind: BEN 26-40.
»Natur von Meer, Ebene und Himmel«: Vgl. Brief 40.
»ich sehne oft nach einer Mutter mich«: Die erste Zeile des ersten Gedichts aus dem Zyklus »Mütter« in dem Gedichtband ›Advent‹ (WA 1, 137).
»Über Liebe und Ehe« ... Fischer: Nicht in Rilkes Nachlaß. S. Fischer Verlag.
Clara Rilke noch zwei Arbeiten: Nicht ermittelbar.
Lionardo's Abendmahl: Fresko im Speisesaal des Klosters S. Maria delle Gracie.
um der vielen Rodin=Dinge willen: Bei der Internationalen Kunstausstellung von 1904 in Düsseldorf war Rodin in einer Sonderausstellung mit 59 plastischen Werken und 50 Zeichnungen vertreten.

Helge Rode und Edith Nebelong: Rode (1870-1937) und Nebelong (1879 bis 1956), dänische Schriftsteller. Rilke besprach Edith Nebelongs 1901 bei Axel Juncker erschienenen Erstlingsroman ›Mieze Wichmann. Aus dem Leben einer jungen Dame unserer Zeit‹ (›Misse Wichmann‹, København: Gyldendal 1901) in ›Die Zukunft‹ vom 30. 11. 1901 (WA 10, 505-506). Über Juncker stellte sich ein Kontakt her, der 1904 in Rom zur persönlichen Bekanntschaft führte.
den Essay aus »Ord und Bild«: »En österrikisk diktare«.
Litteratur=Bändchen oder die Fischer'sche Rundschau: S. Anm. zu Briefen 29 und 36.

42. Ellen Key an Rilke 19. 6. 1904
Datierung: Keine Jahresangabe. Der Brief wurde einem Brief an Larsson/Norlind zur Übergabe bei Rilkes Ankunft beigelegt: auf der letzten Seite des gefalteten Bogens steht die Anweisung »Rainer Maria *Rilke* på bordet när han *kommer*!« (»Rilke auf den Schreibtisch, wenn er kommt!«).
das Korrektur zum Essay: »En österrikisk diktare«.
die Litteratur Serie oder Rundschau: Vgl. Anm. zu Briefen 29 und 36.
die zweite Auflage Das Buch vom lieben Gott: Ellen Keys besondere Freude über die Neuausgabe von ›Geschichten vom lieben Gott‹ rührte von der Widmung her, mit der Rilke sie versah:

MEINE FREUNDIN, *einmal habe ich dieses*
Buch in Ihre Hände gelegt, und Sie haben
es lieb gehabt wie niemand vorher. So habe
ich mich daran gewöhnt, zu denken, daß es
Ihnen gehört. Dulden Sie deshalb, daß ich
nicht allein in Ihr eigenes Buch, sondern in
alle Bücher dieser neuen Ausgabe Ihren
Namen schreibe; daß ich schreibe:

DIE GESCHICHTEN VOM LIEBEN GOTT
GEHÖREN ELLEN KEY.

Rainer Maria Rilke.
Rom, im April 1904.

mein Buch: ›Über Liebe und Ehe‹.

43. Rilke an Ellen Key 27. 6. 1904

in diesem stillen schönen Haus: Vgl. Aufnahmen in BEN 22-23.
Mailand mit Lionardo: S. Anm. zu Brief 41.
Düsseldorf mit sechzig rodin'schen Dingen: S. Anm. zu Brief 41.
Kopenhagen wieder mit Rodin: Seiner Frau schreibt Rilke am 24. 6. 1904 aus Kopenhagen: »Und Kopenhagen? Ich habe schon viel gesehen, kenne die ganze Stadt, viele Häuser, Denkmäler und Plätze wie seit lange. Und wie es ist: wie die Sprache; es geht in Nuancen und in Übergängen vor sich, ist einfach und kompliziert, alt und neu, groß und klein. [...] Den ganzen Nachmittag war ich in der Glyptothek Ny-Carlsberg; zehn Rodins. – Das Herrlichste aber: die ›Bourgeois‹ stehen ganz in Bronze (gegossen in Brüssel) neben der Glyptothek. Sie sind ganz, ganz anders, als man sie nach der Photographie denkt, ich schreibe Dir nächstens wie. Aber was es ist, sie so vor der Luft, groß als Ganzes zu sehen – das kannst außer mir nur noch Du fühlen« (GB 2, 8f.).
Ihren Aufsatz: »En österrikisk diktare«. Da Rilke damals Schwedisch noch nicht lesen konnte, übersetzte Norlind den Aufsatz beim Lesen ins Deutsche.
dass Sie nicht erreichbar sind: Am 27. 6. 1904 schreibt Rilke seiner Frau: »Von Borgeby bis nach Oby Alfvesta sind noch sieben bis acht Stunden Bahn- und Wagenfahrt!« (GB 2, 19).

44. Rilke an Ellen Key 4. 7. 1904

den Schluss des Essays: »En österrikisk diktare«. Rilke formuliert seine Beurteilung des Essays gegenüber Ellen Key nie wieder so positiv.
Arbeit in Worpswede: In einem Atelier bei Heinrich Vogeler.
eine Arbeit über J. P. Jacobsen: S. Anm. zu Brief 38.
H. Nielsen: Harald Nielsen (1879-1957), dänischer Literaturkritiker und Brandes-Gegner, dessen erstes Buch ›Moderne Litteratur. Kritiske Skitser‹, København og Kristiania: Gyldendal 1904, soeben erschienen war. Der Band enthält einen Essay über Ellen Key (S. 24-39), mit der Nielsen im selben Jahr vier Briefe wechselte (L41:57:2, L41a:15). Die Begegnung vermittelte vermutlich Norlind, der Nielsen bei der Suche nach einem Aufenthaltsort an der schwedischen Küste half.
ein Heft der »Deutschen Arbeit« Prag: ›Deutsche Arbeit. Monatsschrift für das geistige Leben der Deutschen in Böhmen‹, Organ der Gesellschaft zur Förderung deutscher Wissenschaft, Kunst und Literatur in Böh-

men (vgl. Brief 45). Das Juni-Heft von 1904, Jg. 3, H. 9, S. 760-761, brachte »Die Einladung«, »Das Abendmahl« und »Die Konfirmanden«. Rilke nahm die zwei letzteren in die 2. Auflage von ›Das Buch der Bilder‹ auf. Die Gedichte sind zusammen mit einem Aufsatz von Julius Leisching über den mit Rilke befreundeten Prager Maler und Zeichner Emil Orlik (1870-1932) aus demselben Heft, S. 742-746, in Ellen Keys Nachlaß (L41:14:5) erhalten.
Hjertligt tack ...: Herzlichen Dank für Ihren lieben Brief, Ellen Key und viele Grüße von E. Norlind.

45. Rilke an Ellen Key 5. 7. 1904
Gesellschaft ... schon zweimal geholfen: Ein Druckzuschuß für ›Mir zur Feier‹, die andere Hilfe konnte nicht ermittelt werden.
Michels Buch: Wilhelm Michel, ›Apollon und Dionysos‹.
den entscheidenden Eindruck: In ihrem Brief vom 26. 1. 1905 an Ellen Key bietet Emma Ehrenfels einen anderen Aspekt von Ellen Keys Einfluß auf die Entscheidung: »Es wird Sie freuen, daß Rilke eine namhafte Unterstützung v. Förderungsgesellschaft für Kunst und Wissenschaft erhielt & zwar so: Ich sagte dem Sekretär, daß ich über Frau Schwartz ⟨Grete Schwarz⟩ durch *Sie* erfuhr, Rilke sei in Armuth, – daraufhin erhielt R. den Beitrag (ich glaube 1000 Kr.) – Also durch Ihre fremde Hand, aus weiter Ferne« (L41:63:3).
dass er bei Bard erscheinen wird: S. Anm. zu Brief 36.

46. Ellen Key an Rilke 7. 7. 1904
Rilke schickte den Brief mit Randbemerkungen an Clara weiter.
die 1000 Stücke: 1000 österreichische Kronen, vgl. Brief 45.
eine sehr prächtige Dänin ... Ingeborg Raunkier: Ingeborg Marie Andersen Raunkiær (1863-1921), Autorin und Kritikerin, 1888-1915 mit dem Botaniker Christen Raunkiær (1860-1938) verheiratet. Rilke hob das Wort Botaniker hervor, vermutlich um Clara auf eine mögliche Verbindung zu dem promovierten Botaniker Jens Peter Jacobsen hinzuweisen.
ein intressantes junges Paar: Vermutlich das seit 1900 verheiratete Ehepaar Ingrid, geb. Kirk (1877-1963), und Niels Illeris (1871-1960), zu dieser Zeit Lehrer an der Kærehave Husmandsskole. Vgl. Brief 48.
ein Maler – ein Professor bei die Akademi: Nicht ermittelbar, von Rilke mit einem Fragezeichen versehen.
3 Gedichte: »Einladung«, »Das Abendmahl«, »Die Konfirmanden«.

47. RILKE AN ELLEN KEY 11. 7. 1904

ein Buch vom lieben Gott: ›Geschichten vom lieben Gott‹, in Strand nicht erhalten.

48. RILKE AN ELLEN KEY 11. 8. 1904

Ingrid Illeris ... Ringsted: Zu Ingrid Illeris s. Anm. zu Brief 46. Ringsted liegt 20 km westlich von der Ostseestadt Køge und 55 km südwestlich von Kopenhagen.

Karl Wåhlin: Karl Ludvig Wåhlin (1861-1937), Publizist, Gründer und Herausgeber von ›Ord och Bild‹ von 1892 bis zu seinem Tod. Nach BEN 16 ist Rilkes Brief an Wåhlin verschollen.

die Menschen, von denen Sie schrieben: Vermutlich bezieht sich Rilke auf den im ersten Absatz erwähnten Brief Ellen Keys an Hanna Larsson.

Hans Larsson: Larsson (1862-1944), Schwedens »großer, stiller, wenigen bekannter Dichterdenker«, wie Rilke ihn in seinem Brief an Clara vom 9. 7. 1904 bezeichnete (GB 2, 30), war ab 1901 Professor der theoretischen Philosophie an der Universität Lund, davor schon einer von Norlinds Lehrern an derselben Universität. Zu seinen damals veröffentlichten Büchern gehörten ›Intuition. Några ord om diktning och vetenskap‹ (1892; ›Intuition. Einige Worte über Dichtung und Wissenschaft‹, Jena: Eugen Diederichs 1926) und ›Studier och meditationer‹ (1899). Durch Rilkes Vermittlung und Mitwirken an der Übersetzung erschienen drei Stücke aus diesem Buch (»Im Wählen«, »Vorsätze« und »Vom Beten«) in ›Die Zukunft‹, Jg. 14, Nr. 3, 21. 10. 1905, S. 116-120. Seine Mitarbeit an der Übersetzung von ›Intuition‹ gab er Ende 1907 nach dreijähriger Pause auf (BEN 37-38). S. Reidar Ekner, »Rainer Maria Rilke, Ernst Norlind och Hans Larsson«, in: Nordisk tidskrift för vetenskap, konst och industri, Jg. 41, H. 3, S. 127-141.

Nun hat Fräulein Larsson ... sie eingeladen: Diese Stelle zusammen mit den Briefen 49 und 50 widerlegt eindeutig die Version der Einladung, die Ernst Norlind in ›Borgebyminnen‹, Lund: Gleerup 1939, S. 231 bis 234 (deutsch in BEN 67-70), verbreitete, derzufolge Ellen Key, angeblich zu Besuch auf Borgeby, aus Angst vor Rilkes Verführung durch eine Gruppe von Konfirmandinnen auf die sofortige Einladung von Clara bestanden habe. In Wirklichkeit kam Ellen Key erst am 26. 8. nach Borgeby, nachdem sie durch Rilkes Brief erfahren hatte, daß Clara zu dieser Zeit eingeladen worden war.

Tora Holmström: Tora Vega Holmström (1880-1967), schwedische Malerin aus der Provinz Skåne, gehörte zum Mitarbeiterkreis der Hefte ›Från Skåne‹ (s. Anm. zu Brief 40), kannte aber auch Hanna Larsson seit ihrer Kindheit. Rilkes Begegnung mit ihr während ihres Besuches vom 18.-25. 7. in Borgeby, bei dem es neben seinen Ausführungen über die Unsterblichkeit des Universums und der Seele auch zu einer Auseinandersetzung über Goethe kam, führte zu einem bis 1922 dauernden Briefwechsel und einer künstlerisch produktiven Beziehung. Nach Birgit Rausing (BTVH 10) holte Hanna Larsson während Norlinds Abwesenheit ihre Freundin als Dolmetscherin nach Borgeby. Die junge Künstlerin, durch ihren Bruder, den späteren Zeichner und Journalisten Torsten Holmström (1884-1946), auf Rilkes ›Vom lieben Gott und Anderes‹ *vor* ihrem Besuch aufmerksam geworden und davon begeistert (»Es war wie eine Offenbarung«, BTVH 12), war wohl auch von sich aus neugierig auf den Gast ihrer Freundin. Außerdem wird ihr Bruder von seiner Begegnung mit Rilke am 11.-12. 7., als er zur Jagd nach Borgeby kam, erzählt haben. Aus Rilkes ausführlicher Schilderung in seinem Brief an Clara vom 12. 7. 1904 (GB 2, 32-34) geht hervor, daß sie sich gut verstanden und daß Holmström – »aufmerksam, still, jung, voll Freude an allem, was er sah, sicher, stark, wissend« – für Rilke so etwas wie den Prototypen des nordischen Menschen darstellte.

49. Ellen Key an Rilke 18. 8. 1904
Datierung: Die Postkarte trägt den Poststempel vom 19. 8. 1904.

50. Rilke an Ellen Key 21. 8. 1904
zwei Tage in Kopenhagen: Rilke war mit Axel Juncker verabredet, versuchte auch Lou Andreas-Salomé zu treffen, die allerdings, auf der Durchreise mit einer Postkarte grußend, schon nach Norwegen weitergereist war.

51. Rilke an Ellen Key 25. August 1904
Ellen Key und die Rilkes trafen sich am 26. 8. auf Borgeby. Sie fuhren am 2. 9. mit dem Zug über Göteborg nach Jonsered zu Ellen Keys Freunden Jimmy und Lizzie Gibson, eine Fahrt an die Rilke sich anläßlich Ellen Keys Besuchs auf Capri in seinem Brief an Clara vom 15. 3. 1907 (vgl. Anhang III) erinnert. Am Abend des 8. 9. waren Rilkes wieder zurück auf Borgeby, von wo sie am 12. 9. endgültig nach Kopenha-

gen abreisten (vgl. BAJ 152-155). Dort gingen sie – erfolglos – ihren verschiedenen Plänen für einen längeren Aufenthalt nach. Am 23. 9. schreibt Rilke an die Gibsons, ob er und Clara für kurze Zeit, gewissermaßen als Erholung von der Kopenhagener Enttäuschung, vor »Beginn unserer Arbeit« (LAG), noch einmal zu ihnen zurückkehren dürften. Die Zusage kam postwendend. Am 28. 9. waren Rilkes wieder in Furuborg, dem Haus der Gibsons bei Jonsered. In dieser Zeit muß Rilke zu einem weiteren Aufenthalt eingeladen worden sein. Denn am 6. 10. schreibt er an die Gibsons aus Kopenhagen, wohin er Clara auf ihrer Rückkehr nach Oberneuland begleitet hatte, es sei ihm »unendlich viel, daß ich jetzt vor der Hand zu Ihnen zurückkehren darf, um mich zu besinnen und zu sammeln« (LAG).

52. Rilke an Ellen Key 2. 10. 1904

Den första Söndags ...: Den ersten Sonntag morgen im Monat Oktober Jahr 1904. Liebe Ellen – Dein Geist sei mit uns heute und in allen unseren Tagen – Amen – Clara, Rainer Maria, Lizzie & Jimmy gehen nun hinaus in den großen eingeweihten Dom der Natur, um zusammen eine Weile lang ihre Andacht zu halten unter dem farbgesättigten Mosaikbogen des Herbstes – Du bist mit uns.

Lizzie, Jimmy: Elizabeth, geb. Wærn (1860-1927), und John James Gibson (1858-1932), Zivilingenieur, technischer Leiter und ab 1917 Direktor der Gibsonschen Textilwerke (Jonsered fabriker aktiebolag), gehörten zum wohlhabenden, progressiv gesinnten Bürgertum Göteborgs. Ihre Naturverbundenheit und ihr tiefes Interesse an Literatur und Kunst – Jimmy ließ Rilke jeden Sonntag »Der Schauende« (WA 1, 459) vorlesen – förderten Rilkes Arbeit. Zur Charakterisierung der Gibsons s. Schoolfield 1.

dem weissen Hause: Das von Jimmy Gibsons Großvater William Gibson (1783-1857) im neoklassizistischen Stil gebaute Herrenhaus, in dem der jeweilige Chef der Gibsonschen Textilfabriken in Jonsered wohnte, 1904 ein Vetter Jimmy Gibsons.

Jimmy's Gedicht: Ernst Zinns Bezeichnung des Gedichts als Ellen Key gewidmet (WA 6, 370) ist zweifelhaft. Die von Rilke angefertigte Handschrift des Gedichts im LAG trägt den Titel »Jimmy's Wald. (geschrieben in Furuborgs Wäldern na= / he am Ramsee, am ⟨o. D.⟩« und die abschließende Parenthese »(für Jimmy und Lizzie)«. In dieser Handschrift setzt Rilke nach dem einleitenden »Oben« ein Komma vor den folgenden Nebensatz und läßt das Gedicht mit drei Punkten statt mit einem ausklingen.

53. Rilke an Ellen Key 19. 10. 1904

Untersuchung in Skodsborg ... Dr Ottosen: Dr. med. Carl Ottosen, geb. 1864, 1900-1936 Leiter der Naturheilanstalt Skodsberg nördlich von Kopenhagen. Die Untersuchung fand am 15. 9. statt (vgl. BAJ 155) und führte in Rilkes Fall zu folgender Diagnose: »Sie leiden an Blutarmuth, Störung des Blutumlaufs, etwas verzögertem Stoffwechsel mit Überschuß von Urinsäure, Erschöpfung und leichter Schwäche der einen Herzklappe« (BLAS 536).

Georg Brandes: An Lou Andreas-Salomé schreibt Rilke am 17. 10. 1904: »In Kopenhagen habe ich sehr oft Georg Brandes gesehen, der lieb und gut, aber alt und schließlich mehr ein Vergnügungsort ist als ein Mensch« (BLAS 186).

die beiden Michaëlis: Karin Michaëlis, geb. Brøndum (1872-1950) und Sophus Michaëlis (1865-1932), verheiratet 1895-1911. Rilke kannte das dänische Autorenehepaar schon seit der Jahrhundertwende durch Lou Andreas-Salomé. Seine Besprechung von Karin Michaëlis' Kurzroman ›Das Schicksal der Ulla Fangel. Eine Geschichte von Jugend und Ehe‹, 1903 mit gelegentlichen Bezügen auf ›Das Kind. Erzählung‹, 1902, beide von Mathilde Mann übersetzt und von Axel Juncker, Berlin und Stuttgart, verlegt(›Lillemor‹ und ›Barnet‹, beide København: Gyldendal 1902), erschien in ›Die Zukunft‹, Jg. 11, Bd. 41, Nr. 8, 22. 11. 1902, S. 305-307 (WA 10, 630-633). Zu Sophus Michaëlis' ›Æebelø‹, København: Salomsen 1895, s. Rilkes Brief an ihn vom 15. 10. 1904 (GB 2, 254).

Direktor der Porcelain=Fabrik, Prof. Krogh: Arnold Krog (1856-1931), 1891-1916 künstlerischer Direktor von Den Kongelig Porcelainsfabrik, einer der zwei großen dänischen Porzellanmanufakturen. Krog hatte auf der Pariser Weltausstellung von 1900 großen Erfolg mit einem neuen, an japanischen Zeichnungen orientierten Design. Vermutlich kannte Clara seinen Namen von ihrem damaligen Pariser Aufenthalt. Zu Rilkes und Claras Aufenthalten in Kopenhagen zwischen Ende Juni und Anfang Dezember 1904 s. Erich Unglaub, »Rilke und das Dänemark seiner Zeit«, in: ›Blätter der Rilke-Gesellschaft‹, Heft 17 (1990), S. 93-118.

Richard Bergh's: Der schwedische Maler und Kulturpolitiker Richard

Bergh (1858-1919) und seine zweite Frau Gerda Bergh, geb. Winkrans (1864-1919).
»Was bist du Narr …: Die Schlußverse der zweiten Strophe von Nietzsches Gedicht »Der Freigeist«, dessen erster Teil die Heimatlosigkeit des Sprechers elegisch thematisiert.
nochmals mein Glück in Kopenhagen versuchen: Rilke reiste erst am 2. 12. 1904 nach Kopenhagen und fuhr schon am 9. 12. weiter nach Oberneuland.
Florence Waern: Florence (Lou) Wærn (1865-1957), eine vor allem in der Schweiz ausgebildete Pianistin, war die Schwester von Rilkes Gastgeber Jimmy Gibson und seit 1888 mit einem Bruder ihrer Schwägerin Lizzie Gibson, dem Gutsbesitzer Paul Melin Wærn, verheiratet.
Samskola: Göteborgs Högre Samskola, eine von Ellen Keys ›Das Jahrhundert des Kindes‹ inspirierte private Schule, die 1901 unter der Leitung des seit 1894 mit Ellen Key befreundeten Pädagogen und promovierten Historikers Artur Bendixson (1859-1938) als Rektor von einer Gruppe wohlhabender Göteborger Bürger, darunter Jimmy und Lizzie Gibson, gegründet wurde.
Kvinden skabt af manden: Das Buch der Norwegerin Hulda Garborg (1862-1934) erschien 1904 anonym bei H. Aschehoug, Kristiania, und erlebte in kürzester Zeit zehn Auflagen. Mit einer aus Essay und Lebensgeschichte gemischten Redeform richtet es sich, nicht ohne ironisch gebrochene Zugeständnisse, gegen Otto Weiningers misogynes Buch ›Geschlecht und Charakter‹, Wien: Braumüller 1903. Im Einklang mit Ellen Keys ›Mißbrauchte Frauenkraft‹ zielt es dabei auch auf den Teil der damaligen Frauenbewegung, der im Kampf um Gleichberechtigung den sexuellen Aspekt der Frau ausklammerte. Ohne Rilkes Wissen war ›Das Weib vom Manne erschaffen. Bekenntnisse einer Frau‹, übersetzt von Tyra Bentsen, schon bei B. Cassirer in Berlin erschienen und erlebte noch vor Jahresende eine 2. Auflage. Zu seiner Lektüre von Garborg und Weininger – Rilkes Exemplar der 6. Auflage mit dem Vermerk »Rainer Maria Rilke / Weißer Hirsch, im April 1905« ist im RAG erhalten – wenige Monate später s. BLAS 200.
Heidenstam's »Carolinen«: Der schwedische Dichter und Maler Verner von Heidenstam (1859-1940) erhielt 1916 den Nobelpreis für Literatur. Sein Novellenzyklus ›Karolinerna‹ über die Zeit der Feldzüge Karls XII. (1682-1718) erschien 1897 und 1898 in zwei Bänden bei A. Bonnier, Stockholm. Schon 1898 folgte eine Übersetzung des ersten Bandes

von Therese Krüger unter dem Titel ›Carl XII. und seine Krieger‹ bei Albert Langen, Paris München Leipzig, die Rilke wohl spätestens am 2. 10. 1900 gelesen hatte, als das Gedicht »Ein junger König aus Norden« (T 283-286) entstand. Ungeklärt bleibt, ob er sie hier vergessen hatte (vgl. auch BAJ 158) oder Unkenntnis vortäuschte, wie George Schoolfield, »Rilke and Heidenstam: Public Thanks and Hidden Trails«, in: ›Studies in German Literature of the 19th and 20th Centuries. Festschrift F. E. Coenen‹, Chapel Hill: UNC Press 1970, S. 186-200, bes. 191 f., meint. Seine durch Ellen Key vermittelte Anfrage, die Heidenstams Interesse weckte, hatte jedenfalls zur Folge, daß 1906 die gesamten ›Karolinerna‹ deutsch erschienen: ›Die Karoliner. Erzählungen aus der Zeit Karls XII.‹. Übersetzt von Gustav Bergman, Rostock, C. J. E. Volckmann. Rilkes Beitrag zu Heidenstams 50. Geburtstag im ›Svenska Dagbladet‹ vom 6. 7. 1909, bisher nicht in den ›Sämtlichen Werken‹, ist wiederabgedruckt bei Schoolfield, 188 f.).

Kierkegaards, Verlobungs=Briefe: Søren Kierkegaard (1813-1855), dänischer Theologe und Philosoph. 1905 erschien in Junckers Verlag das Buch ›Sören Kierkegaard und sein Verhältnis zu »ihr«. Aus nachgelassenen Papieren‹. Herausgegeben im Auftrag der Frau Regina Schlegel und verdeutscht von Raphael Meyer. Meyer (1869-1925), dänischer Germanist und Bibliothekar, hatte 1904 auch das dänische Original ›Kierkegaardske Papirer. Forlovsen‹ im Auftrag von Regina Schlegel, geb. Olsen (1822-1904), die im Winter 1840/41 Kierkegaards Braut war, bei Gyldendal in Kopenhagen herausgegeben. Als Rilke im Sommer 1904 neben seiner Lektüre von Jacobsen und Herman Bang auch Kierkegaards Briefe an seine Verlobte im Original las und übersetzte (Ms. 550 im RAG enthält die Übertragung von 15 Briefen), um Dänisch zu lernen, benutzte er vermutlich diese Ausgabe. Im Auftrag Junckers sah er schließlich Meyers Übersetzung der Briefe ins Deutsche durch.

Laforgue's, Moralités légendaires: Jules Laforgue (1860-1887), französischer Autor. Sein letztes Buch ›Moralités légendaires. Six contes en prose‹ erschien Paris, 1887, dann 1905 in der Übersetzung von Paul Wiegler als ›Sagenhafte Sinnspiele‹ in Junckers Verlag in Stuttgart. Rilke, der für Juncker die Übersetzung begutachtete und Laforgue insgesamt als Autor empfahl (vgl. BAJ 116 und 118), besprach das Buch in der Wiener Tageszeitung ›Die Zeit‹ vom 27. 11. 1904 (WA 10, 663 bis 666).

ein neues Buch von Maxim. Dauthenday: Maximilian Dauthendey (1867 bis 1918), Lyriker, Romancier, Reisebuchautor. Dauthendeys ›Bänkelsang vom Balzer auf der Balz‹ erschien 1905 in Junckers Verlag. Rilke, der Juncker die Veröffentlichung des Buches wärmstens empfahl (vgl. BAJ 149), besprach es in der Wiener Tageszeitung ›Die Zeit‹ vom 25. 12. 1904 (WA 10, 666-668).
ein Exemplar von Ord och Bild: Jg. 13, H. 5, s. Anm. zu Brief 55.
noch einiges zu dem »ohne Mund« sagen: Vgl. die erste Zeile der zweiten Strophe des Gedichts in Brief 52. Ellen Key muß in einem verschollenen Brief, geschrieben zwischen dem 2. und 19. 10. 1904, auf das Gedicht reagiert haben.

54. Ellen Key an Rilke 24. 10. 1904
Rilke schickte den Brief mit Randbemerkungen an Clara weiter.
das Buch ... bei Bard: S. Anm. zu Brief 36.
der rothe Nielsen: L. C. Nielsen, s. Brief 36.
Hans und Mia Hedlund: Hans Fredrik Hedlund (1855-1931), prominenter Göteborger Architekt, und Maria (Mia) Hedlund (1860-1909) spielten eine wichtige Rolle im Kulturleben der Stadt. Rilke merkte für Clara am Rand an: »noch andere Hedlunds als die, die wir schon kennen«. Letztere waren Hedlunds Bruder Henrik Hedlund (1851-1932), damals Chefredakteur der liberal gesinnten ›Göteborgs Handels- och Sjöfarts-Tidning‹, und seine Frau Anna, geb. von Bahr. Nach Rilkes Brief an Henrik Hedlund vom 12. 1. 1905 (GUB) erschien auf Hedlunds Veranlassung hin eine schwedische Übersetzung der ›Geschichten vom lieben Gott‹ in seiner Zeitung (Erscheinungsdatum bisher nicht ermittelt). Rilke bekam dafür ein Honorar von 100 Kronor.
Baeckström: Arvid Fredrik Bæckström (1881-1964), schwedischer Museumsleiter und Kunstschriftsteller, arbeitete 1904-1906 als Statiker in einer Göteborger Baufirma und kannte Ellen Key von Stockholm her. Rilke lernte ihn Anfang September in Göteborg kennen.
Artikel von W. von Scholz über Mystik: Wilhelm von Scholz (1874-1965), Lyriker und Dramatiker, war mit Rilke während seines Münchener Aufenthalts 1896-1897 und in den folgenden Jahren befreundet. Sein Artikel »Mystiker« erschien in: ›Der Tag‹. Illustrierte Zeitung, Nr. 439, Ausgabe A, 18. 9. 1904, ⟨S. 3⟩. Ellen Key zitiert ungenau aus »Mystiker«.

Wie ist das klein ... Sein Wachstum ist: Zitate aus Rilkes »Der Schauende« (WA 1, 459f.).
Heinrich Susos ... Ang. Silesius: Suso (1295-1366), christlicher Mystiker. Das Zitat wurde nicht ermittelt. Angelus Silesius (1624-1677), Lyriker. Das Distichon stammt aus ›Cherubinischer Wandersmann‹.
Eine 19jähriges Mädchen: Emmi Hirschberg, s. Brief 56.

55. Rilke an Ellen Key 2. 11. 1904
Baeckström ... Rodin=Buch: Eine schwedische Übersetzung von Rilkes ›Auguste Rodin‹, vermutlich von Arvid Bæckström, erschien erst 1920 bei A. Bonnier in Stockholm.
Mizi Franzos: Rilkes Briefe an Marie Franzos verwahrt die Österreichische Nationalbibliothek Wien.
Emilia Fogelclou: Emilia Fogelklou (1878-1972), schwedische Autorin soziologischer, religions- und kirchengeschichtlicher Arbeiten, die als erste Frau in Schweden ein Universitätsstudium im Fach Theologie (teol. kand., Uppsala 1909) abschloß. Zu dieser Zeit war sie Lehrerin an der Samskola.
Whitmann: Walt Whitman (1819-1892), amerikanischer Lyriker.
die Veröffentlichung meiner Bildnisse und der Handschrift: Ellen Keys Aufsatz »En österrikisk diktare« im 5. und 6. Heft (Oktober und November) des 13. Jahrgangs von ›Ord och Bild‹, S. 513-525 und 558-569, wurde jeweils mit einer Photographie Rilkes und einem Faksimile seiner Handschrift eingeleitet. Auf der ersten Seite des ersten Teils erscheint die Aufnahme von Hans Müller-Brauel im Rahmen einer Zeichnung von Heinrich Vogeler zu dem Gedicht »Das ist dort, wo die letzten Hütten« aus der Erstausgabe von ›Mir zur Feier‹ (S. 45; WA 5, 226). Darunter steht Rilkes Unterschrift. Erst dann folgt der gedruckte Titel. Am Schluß des ersten Teils wird Rilkes von Vogeler gezeichnetes Exlibris abgebildet. Auf der ersten Seite des zweiten Teils erscheint Rilke in einer Aufnahme von Ernst Norlind (Schnack, Abb. 126). Darunter in Rilkes Handschrift:

Das Leben ist eine Gelegenheit zur
Grösse, der Tod ist ein Zwang
dazu.
Rainer Maria Rilke
Borgeby gård, im August 1904.

Veröffentlichung ... Sammlung von Bard: S. 1. Anm. zu Brief 36.

dass ich mich vor diesen Nebenerscheinungen fürchtete: Vgl. Brief 30.
»Cornet« ... »Deutsche Arbeit«: Die Zwischenfassung von Rilkes ›Cornet‹ – »Die Weise von Liebe und Tod des Cornets Otto Rilke / (geschrieben 1899)« – erschien in ›Deutsche Arbeit‹, Jg. 4, H. 1, Oktober 1904, S. 59 bis 65. In Ellen Keys Nachlaß (L41:14:5) befinden sich sowohl eine Kopie der Korrektur mit dem gestempelten Datum »20 Aug« wie auch ein »Sonder-Abdruck aus der Monatsschrift ›Deutsche Arbeit‹«. Die Umschlagseite trägt die Widmung: »Meiner lieben Ellen Key. / Rainer Maria Rilke. / Furuborg, am / 3. Nov. 1904.« Auf der ersten Seite des Textes vermerkte Rilke zur Parenthese »(geschrieben 1899)«: »theilweise umgeschrieben in Borgeby gård, im August 1904«.

56. Ellen Key an Rilke 3. 11. 1904
die Sache ist mit Bard so weit: S. 1. Anm. zu Brief 36.
meine frühere Schwägerin: Marie Key, die Frau von Ellen Keys Bruder Mac Key.
Landvetter ... Borås ... Alvesta: Eisenbahnstationen auf dem Weg zwischen Jonsered und dem Gut Oby.
Mizi Franzos das M. S.: Marie Franzos übersetzte gerade Ellen Keys Rilke-Aufsatz.
C. Lambek ... eine Zeitschrift für Seelen-Kultur: Hans Christian Laurids Lambek, geb. 1870, dänischer Schriftsteller und Philosoph, gab 1902 bis 1904 die ›Tidsskrift for Aandskultur og Menneskekundskab‹ heraus. 1907 erschien eine deutsche Sammlung seiner Schriften mit einer Einführung von Ellen Key unter dem Titel ›Zur Harmonie der Seele. Studien über die Kultivierung des psychischen Lebens‹, übers. von Elisabeth Dauthendey, Jena: Eugen Diederichs.
junger Mann ... in Fiume: Nicht ermittelbar.
Emmi Hirschberg: Emmi Hirschberg (geb. 1885), Berlinerin wie ihre Freundin Eva Cassirer, geb. Solmitz, stand wie diese 1904-1913 mit Ellen Key im Briefwechsel (L41:63:6; Brieffragment unter L41:14:2). Das Zitat in Ellen Keys Brief an Rilke stammt aus ihrem Brief vom 18. 8. 1904, der Rilkes Widmung der ›Geschichten vom lieben Gott‹ an Ellen Key zum lobenden Anlaß nimmt: »er hat für mich gesprochen; Ihnen gehört alles Junge, alles Strebende, denn Sie haben es erweckt und verstanden; haben es dann liebend zu sich hinaufgezogen«.
Casa Guidi: Seit ihrer Heirat 1846 bis zum Tod von Elizabeth Barrett-Browning 1861 lebten die Brownings vorwiegend in Florenz.

Eva Solmitz: Eva Cassirer, geb. Solmitz. Das Zitat stammt aus ihrem Brief an Ellen Key vom 20. 10. 1904. Laut Brief 32 hatte Ellen Key ›Mir zur Feier‹ schon Ende März 1904 von ihr bekommen. Ellen Keys Vermittlung führte ab Weihnachten 1904 zu einem 22 Jahre andauernden Briefwechsel mit Rilke. Rilkes Anteil (83 Briefe, Karten, Telegramme und Zettel) ist im SLA verwahrt. 1912 stellten Eva Cassirer und ihr Mann, dessen Vater Max Cassirer ab 1910 die Gründung und Erhaltung der Odenwaldschule finanzierte, 10.000 Mk bereit, um Rilkes Tochter Ruth den Besuch dieser Schule zu ermöglichen. Wegen Claras Widerspruch kam es nicht dazu, das Geld blieb jedoch als Stiftung erhalten und wurde 1913/1914 teils an Rilke, teils an Clara ausgezahlt. Zwischen 1915 und 1934 war sie als Lehrerin für Deutsch und Geschichte an der Odenwaldschule tätig, wo der spätere Rilke-Herausgeber und Altphilologe Ernst Zinn (1909-1990) in den 20er Jahren ihr Schüler war.

57. Rilke an Ellen Key 5. 11. 1904

Bard: Bard, Marquardt & Co. Verlag, s. Anm. zu Brief 36.
dem ersten, Müller=Brauelschen: S. Anm. zu Briefe 30 und 55.
Vogeler'schem Schmuck: Illustrationen von Heinrich Vogeler, vgl. Anm. zu Brief 55.
Frage=Bogenbriefe: Briefe 26 und 33.
mein nächstes Buch: ›Die Aufzeichnungen des Malte Laurids Brigge‹, die jedoch nicht Rilkes nächstes Buch wurden.
Correctur: Überprüfung der von Marie Franzos angefertigten Übersetzung von Ellen Keys Aufsatz über Rilke.
Arthur Bendixson: Über sein und Claras Treffen mit Bendixson in Kopenhagen schrieb Rilke am 6. 10. 1904 an die Gibsons: »⟨W⟩ir baten an die Bahn kommen zu dürfen; kamen, sahen ihn und sprachen miteinander aus grosser herzlicher Nähe. Es war eine lebendige Begegnung voll Nothwendigkeit und Vertrauen« (LAG).
Helene Böhlau: Helene Böhlau (1859-1940), Verfasserin humoristischer Erzählungen sowie zeitkritischer Romane, die sich mit der Frauenrechtsthematik befassen. Sie identifizierte sich mit der bürgerlich-gemäßigten Richtung der zeitgenössischen Frauenbewegung. 1886 heiratete sie den im Weimarer Kulturbetrieb tätigen Privatgelehrten Friedrich Arndt, der zum Islam konvertierte, um sich von seiner ersten Frau scheiden zu lassen, und danach den Namen Omar Al Raschid Bey

führte. Nach Ali Luri, ›Helene Böhlau. Der Roman ihres Lebens‹, Istanbul: Druckerei Universum 1932, S. 147, berichteten die Zeitungen im Herbst 1904 über den zweiten Versuch von Arndts erster Frau, ihre Ehe mit Arndt über ein Münchener Gericht wiederherzustellen.

58. Ellen Key an Rilke 13. 11. 1904

Bard: Bard, Marquardt & Co. Verlag, s. Anm. zu Brief 36.

eine Biographie über mir: Louise Nyström-Hamilton, ›Ellen Key. En Lifsbild‹, Stockholm: Wahlström & Wildstrand 1904.

die Braut von Ossian-Nilson: Karl Gustav Ossiannilsson (1875-1970), schwedischer Lyriker, Romancier, Verfasser historischer Darstellungen, engagierter Sozialdemokrat um die Jahrhundertwende, studierte in Lund (fil. kand. 1897) und trug zu Ernst Norlinds ›Från Skåne‹ bei. Seine Braut und spätere Frau: Naëmi Sophia Ossiannilsson, geb. Arman (1879-1961).

in Gbg meine Schwester: Hedda Rasmussen, geb. Key (1856-1936), verheiratet mit dem bekannten Göteborger Architekten Yngve Rasmussen (1860-1923).

L. C. Nielsen ... ein schönes Buch: ›Rejsen til Rom. Rejserim‹, København: Gyldendal 1904.

Norlind ... freundliche Kritiken: Nicht ermittelbar.

Pedagogische Reform: Erschien 1904 bei Teubner in Leipzig als Vierteljahresschrift, herausgegeben von der Lehrervereinigung für die Pflege der künstlerischen Bildung und den Garanten der Pädagogischen Reform, Hamburg-Eimsbüttel. Als Fortsetzung der Zeitschrift erschien 1905-1909 im selben Verlag ›Der Säemann. Monatsschrift für Jugendbildung und Jugendkunde‹, herausgegeben von dem Bund für Schulreform, dem Allgemeinen Deutschen Verband für Erziehungs- und Unterrichtswesen und der Lehrervereinigung für die künstlerische Bildung in Hamburg. Zwei weitere Fortsetzungen erschienen bis 1914.

W. v. Scholz ... ein Stück über Schaukal: »Schaukals ›Ausgewählte Gedichte‹«, in: ›Der Tag‹, Nr. 531, Ausgabe A, 11. 11. 1904, ⟨S. 3⟩. Richard von Schaukal (1874-1942), österreichischer Lyriker und Kritiker, als Jurist Ministerialsekretär im Ministerium für öffentliche Arbeiten, Wien.

Stefan Zweig: Zweig (1881-1942). Seine 20 erhaltenen Briefe an Ellen Key aus den Jahren 1904-1921 sind in ihrem Nachlaß (L41:63:15) verwahrt. Seine Beziehung zu Rilke, die Ellen Key neu vermittelte, ist do-

kumentiert in BSZ. Zweigs Veröffentlichungen zu dem belgischen Schriftsteller Émile Verhaeren (1855-1916) und dem französischen Lyriker Paul Verlaine (1844-1896) zu diesem Zeitpunkt bestanden aus Émile Verhaeren, ›Ausgewählte Gedichte‹. In Nachdichtung von Stefan Zweig. Berlin: Schuster & Loeffler 1904, und Paul Verlaine, ›Gedichte. Eine Anthologie der besten Übertragungen‹. Hrsg. von Stefan Zweig, Berlin: Schuster & Loeffler 1902.
Dehmel: Richard Dehmel (1863-1920), Lyriker. Rilke beschäftigte sich mit ihm vor allem vor der Jahrhundertwende.

59. Rilke an Ellen Key 20. 11. 1904
in Göteborg redete. Sie wissen davon: Rilke »redete« zweimal. Am Abend des 13. 11. las er im Wohnzimmer der Gibsons vor dem zusammengerufenen *sams* (Freundes-, Lehrer- und Elternrat) der Samskola seinen soeben geschriebenen Aufsatz über die Schule. Vorher sprach er »einleitende Worte« (Aufsatz wie »Worte« im Anhang II), danach las er einige Gedichte, darunter »Der Panther«, »Abendmahl« und »Der Schauende«. Als Folge dieses Abends kam es am Abend des 17. 11. zu einer zweiten Lesung im Turnsaal der Samskola, diesmal aus seinen poetischen Werken vor einem Publikum von etwa 200 – den zwei oberen Jahrgängen der Schüler, Lehrern und Freunden der Schule sowie geladenen Gästen. Sein Programm nach seinem Brief an Clara vom 19. 11. 1904: »Ich las: die Geschichte von Michelangelo aus dem Buch vom lieben Gott; das neue Prosa-Gedicht: Orpheus, Eurydike, Hermes. Drei Gedichte aus Mir zur Feier (darunter ›Der Spielmann‹ ⟨eig. »Ich war ein Kind und träumte viel«⟩), einiges aus dem Buch der Bilder, – Panther, Abendmahl, das in Paris geschriebene Gedicht ›Herbst‹ und ein paar neue Verse, ›Abend in Skåne‹« (GB 2, 59). Da Lizzie Gibson am 15. 11. an Ellen Key über die stattgefundene wie auch die bevorstehende Lesung schreibt (L41:55:12; Teilabdruck in Åström, 139 ⟨Anm. 37⟩), kann Rilke voraussetzen: »Sie wissen davon«.
Therese Krüger ... Charlottenlund: Der Brief ist verschollen. Vermutlich vermittelte er nicht nur den Aufenthalt in Charlottenlund, einem nördlichen, am Öresund gelegenen Vorort von Kopenhagen, sondern auch den näheren Kontakt zu Elna Ericksen, die Rilke während seines Aufenthalts behilflich war. Nach seinem Brief an Elna Ericksen vom 30. 12. 1904 (KBK) traf Rilke sich mit ihr auf der Reise nach Oberneuland: »Die Begegnung mit Therese Krüger hat mir viel gegeben; ich fand sie

allerdings gealtert, aber ich empfand zugleich, was ich immer fühlte, wie altern etwas sehr schönes ist für einen, der sich nicht sträubt, wie es ein zusammengefassteres Leben ist, alt zu werden«.

Ein Brief von Emmi Hirschberg: Rilkes Brief an Emmi Hirschberg vom 20. 11. 1904 erscheint unter der Angabe »An ein junges Mädchen« in GB 2, 60-62. Ihr Briefwechsel ist im SLA verwahrt.

Niederschrift von Orpheus, Eurydike, Hermes: Die erste Fassung des Gedichts »Orpheus. Eurydike. Hermes« entstand zusammen mit »Hetären-Gräber« und einem Entwurf zu »Geburt der Venus« Anfang 1904 in Rom. Rilke revidierte das Gedicht in Furuborg. Es thematisiert die Problematik des Besitzanspruchs des Mannes an Hand der Orpheus-Figur durchaus im Sinne von Ellen Keys Polemik gegen die Rückständigkeit des Mannes in zwischenmenschlichen Beziehungen.

Abschrift des Samskola=Aufsatzes sammt den einleitenden Worten: S. Anm. oben. Wiedergabe der Texte im Anhang II.

»Freund Hein« ... des Romanes von Strauss: Emil Strauß (1866-1960), Romancier, Erzähler und zeitweiliger Landwirt. Der Schülerroman ›Freund Hein. Eine Lebensgeschichte‹, Berlin: S. Fischer 1902, handelt vom Konflikt des künstlerischen Gymnasiasten Heinrich Lindner mit seiner kunst- und lebensfeindlichen Umwelt. Lindner leidet unter den Zwängen der Schule und der bürgerlichen Ordnung und wählt schließlich den Freitod.

Buddhas Baum: Der Baum, unter dem Buddha meditierte, bis er Erleuchtung erlebte.

Bertil: Bertil Gibson, s. Anm. zu Brief 70.

60. Ellen Key an Rilke — 20. 11. 1904

Datierung: Die Postkarte trägt den Poststempel von Alvesta vom 20. 11. 1904.

Mia Hedlund: Maria Hedlunds Brief über Rilkes Lesung ist im Nachlaß (L41:14:2) verwahrt.

meine Lisa: Louise (Lisa) Hultin-Pettersson (1849-1925). Eine enge lebenslange Freundschaft verband die auf den benachbarten, südlich von Västervik an Schwedens Ostküste gelegenen Gütern Kallernäs (Hultin) und Sundsholm (Key) geborenen Frauen. Rilke lernte sie Anfang September 1904 kennen.

61. Rilke an Ellen Key 29. 11. 1904

ein Buch, eingebunden in zwei weiße Reisen: Zusammen mit Jimmy Gibson besuchte Rilke Ellen Key auf dem Gut Oby ihres Bruders Mac vom 26. bis 28. 11. 1904. Wie der Brief zeigt, führte dieser Besuch zum Duzen zwischen Rilke und Ellen Key.

aus weichem weißem Etui: Der Motiv-Komplex des Etuis kehrt in den ›Aufzeichnungen des Malte Laurids Brigge‹ wieder, allerdings unter negativem Vorzeichen, da dort (WA 11, 925) ein leeres, leicht abgenutztes Etui die Situation der zurückgebliebenen Geliebten, die sich nicht zur Liebenden entwickelt, versinnbildlicht.

als ich vorn auf dem Schlitten saß: Vgl. Rilkes weitere Literarisierung des Besuchs in seinem Brief an Lou Andreas-Salomé vom 4. 12. 1904 (BLAS 193f.), der den Kern des Schulin-Abschnitts in den ›Aufzeichnungen des Malte Laurids Brigge‹ enthält. Zu Rilkes ironischer Darstellung von Ellen Key (Wjera Schulin) und ihrer Freundinnen Anne Charlotte Leffler (älteste Schwester) und der Mathematikerin und Autorin Sofya Kovalevskaya (Zoë Schulin), geb. Korvin-Krukovskaya (1850-1891), s. Schoolfield 2.

62. Ellen Key an Rilke 4. 12. 1904

Datierung: Obwohl auf den 4. 12. datiert, entstand Ellen Keys Begleitschreiben zu ihrem Geburtstagsgeschenk für Rilke vermutlich schon vor dem 20. 11., an dem sie ihn schriftlich bat, ein Paket bei Lisa Hultin-Pettersson abzuholen. Zu dieser Zeit siezten sich Ellen Key und Rilke noch.

das Adressbuch: Als Geschenk zu Rilkes 29. Geburtstag am 4. 12. 1904 gedacht, vgl. Brief 63. Das rote, in Leder gebundene Adreßbuch ist im RAG verwahrt.

ich drei Adressen eingekratzt: Die Adressen von Lizzie Gibson, Ellen Key und Hanna Larsson, vgl. Brief 65.

63. Rilke an Ellen Key 4. 12. 1904

in Borgeby: Während der letzten Augustwoche 1904.

64. Rilke an Ellen Key 8. 12. 1904

mit allen, allen Wünschen: Ellen Keys 55. Geburtstag war am 11. 12. 1904.

Hammershøj: Vilhelm Hammershøi (1864-1916), dänischer Maler, der um die Jahrhundertwende, besonders in Deutschland, als Inbegriff des Dänischen und bedeutender Repräsentant der neuen dänischen Malerei galt. Er lebte bescheiden und zurückgezogen und war als Einzelgänger bekannt. Rilke zeichnet ihn in seinem Brief an Clara vom 4. 12. 1904 (Br 2, 234).

Dr. Bramsen: Alfred Beutner Bramsen (1851-1932), dänischer Zahnarzt und Kunstsammler, der früh die Bedeutung von Hammershøis Malerei erkannte und sie sammelte. 1918 gab er zusammen mit Sophus Michaëlis die Monographie ›Vilhelm Hammershøi. Kunstneren og hans Værk‹, København: Gyldendal heraus.

Anette Vedel: Annette Vedel (1863-1943), Fabrikinspektorin und Schwester von Valdemar Vedel (s. Anm. zu Brief 92), stand 1903-1922 mit Ellen Key im Briefwechsel (L41:57:2). Ihr Brief vom 8. 12. 1904 schildert u. a. ihre vergebliche Mühe, Rilkes Wunsch, C. Lambek kennenzulernen, zu verwirklichen.

ein kleines Buch: S. Anm. zu Gunnar Heiberg, Brief 65.

65. Ellen Key an Rilke 11. 12. 1904

ein Bilderbuch ... Elsa Beskow: Beskow, geb. Maartman (1874-1953), schwedische Kinderbuchautorin und Malerin, seit 1897 mit dem Pfarrer und Pädagogen Fredrik Natanael Beskow (1865-1973) verheiratet. Sie war vermutlich eine Schülerin von Ellen Key an der 1878 von Ellen Keys Freundin Anna Whitlock gegründeten privaten Koedukationsgrundschule (Anna Whitlock Skola), wo Ellen Key 1879-1899 Lehrerin und Elsa Beskow 1894-1897 Zeichenlehrerin war. Das geschenkte Bilderbuch: ›Puttes äventyr i blåbärsskogen‹. Ritade och berättade, Stockholm: Wahlström & Widstrand 1901, ^{3}1904 (›Hänschen im Blaubeerenwald. Ein neues Bilderbuch‹. Mit Reimen von Karsten Brandt, Stuttgart: Loewe 1903).

Peter Norden: Pseudonym (schwedisch: signatur) von Pehr-Gösta Norberg (1880-1960), schwedischer Publizist und Schriftsteller. »Det skymmer. *Efter Rainer Maria Rilke*« (Es dämmert. Nach Rainer Maria Rilke) von Peter Norden erschien am 7. 12. 1904 in ›Göteborgs Handels- och Sjöfarts-Tidning‹. Dasselbe Gedicht zusammen mit vier weiteren »efter Rilke« – »Offer« (Opfer), »Afton« (Abend), »Min Sorg« (Meine Traurigkeit), »›Den Svangre‹« (Die Schwangere) – erscheint in Nordens ›Jungfru Solsken‹. Dikter, Stockholm: A. Bonnier 1906, S. 80 bis 84. Diese Gedichte sind Nachdichtungen der folgenden Gedichte aus ›Mir zur Feier‹ und ›Advent‹: »Ich bin zuhause zwischen Tag und Traum« (WA 5, 209), »Arme Heilige aus Holz« (WA 5, 207), »Der Abend ist mein Buch. Ihm prangen« (WA 5, 228), » – Es ist vielleicht eine Traurigkeit« (WA 5, 221), »Und reden sie dir jetzt von Schande« (WA 1, 139).

das kleine Buch: Das rote Adreßbuch, vgl. Brief 63.

Das Buch ... G. Heiberg ... Hadeln: Gunnar Heibergs ›Kjærlighedens tragedie. Fire akter‹, Kjøbenhavn og Kristiania: Gyldendal 1904 (›Die Trägödie der Liebe‹, Übers. von Gustav Morgenstern, Leipzig: Georg Merseburger ⟨1906⟩). Heiberg (1857-1929), norwegischer Dramatiker, Essayist und Theaterleiter. Auf S. 38-39 des Dramas (S. 20-21 der Übersetzung) bestreitet der Dichter Hartvig Hadeln die Möglichkeit der Liebe aus naturalistischer Sicht.

Obstfelder: Sigbjørn Obstfelder (1866-1900), norwegischer Dichter, dessen Werk und unstetes Leben Rilkes Konzeption der ›Aufzeichnungen des Malte Laurids Brigge‹ mitprägten.

Von Juncker ... O:s Buch und Laforgue: Am 1. 12. 1904 schrieb Rilke an Axel Juncker: »Ich glaube, es würde Ellen Key sehr freuen, wenn Sie ihr ein Obstfelder=Buch senden wollten. Sie war ja Obstfelders bester Freund« (BAJ 163). Juncker schickte ihr daraufhin nicht nur Obstfelders ›Pilgerfahrten. Aus dem Nachlaß des Dichters‹, übers. von Luise Wolf, Stuttgart: Axel Juncker 1905, sondern auch Jules Laforgues ›Sagenhafte Sinnspiele‹ (s. Anm. zu Brief 53). ›Pilgerfahrten‹ ist eine Teilausgabe von Obstfelders ›Efterladte Arbeider‹, 1 Udvalg ved Viggo Stuckenberg, København: Gyldendal 1903. Der angekündigte zweite Band ist nicht erschienen.

ein Stück (für die N. F. Presse) über O: Als Antwort auf Junckers Bitte vom 7. 12. 1904 um einen Beitrag über Obstfelder für die Neue Freie Presse (L41:63:6) versprach Ellen Key ihm »ein Stück, das zu meinem neuen Buch ›Lifslinier II‹ gehört – geschrieben in Gedanken an ihn, Rilke und andere« (BAJ 281). Nicht ermittelbar.

dein Obstfelder Essay: Rilkes Besprechung »Sigbjörn Obstfelder, Pilgerfahrten« erschien in der Wiener Tageszeitung ›Die Zeit‹, Jg. 3, Nr. 766, Sonntag, 13. 11. 1904, S. 23-24 (WA 10, 657-663). Diese Besprechung befindet sich nicht im geordneten Teil von Ellen Keys Nachlaß.

Glaukon: Pseudonym von Olof Rosén (geb. 1879), schwedischer Gymnasiallehrer und Schriftsteller, der im März 1904 unter seinem Pseudonym drei Aufsätze zu Ellen Keys ›Lifslinier I‹ im ›Svenska Dagbladet‹ veröffentlichte. Unter eigenem Namen erschien wenig später die erweiterte Fassung dieser Aufsätze: ›Hur Ellen Key förkunnar kärleken‹, Upsala: Wretmans böktryckeri 1904 (›Wie Ellen Key die Liebe verkündigt! Eine kritische Studie‹, Aus dem Schwedischen von Heinrich Torbald, Dresden und Leipzig: E. Pierson's Verlag 1907). Ehe er sich mit Ellen Key kritisch auseinandersetzt, verteidigt er sie gegen den Vorwurf, ihre Schriften respektierten die Logik nicht genügend, indem er behauptet, sie seien »ihrer ganzen Natur nach doch weit mehr poetische Schöpfungen, als nur systematische, wissenschaftliche Werke« (S. 3).
Mein Bruder dankt fur deinen Brief: Dieser Brief ist verschollen. An Lizzie Gibson schreibt Mac Key am 3. 12. 1903 zu dem Brief und Rilke: »Von Rilke erhielt ich einen liebenswürdigen Brief. Dieser Mann ist ungewöhnlich sympatisch. In sich vereinigt er die ganze Unschuld des Kindes mit dem Denkvermögen und der Initiative des Mannes oder richtiger des Künstlers. Aber obgleich ich von diesem Typus sehr angezogen bin, möchte ich doch nicht, daß alle Männer solche wären, – denn dann wären wir zu gut für die Frauen« (Åström, 135).
Ganz Furuborg trauert nach Dir: Vgl. Lizzies Brief an Ellen Key vom 8. 12. 1904, Teilabdruck in Åström, 139 ⟨Anm. 39⟩.
Schaukals und Andere schöne Worte über dich: Auf S. 178 von Obstfelders ›Pilgerfahrten‹ folgen Verlagsanzeigen, darunter je eine Seite für Rilkes ›Die Letzen‹ und ›Das Buch der Bilder‹. ›Das Buch der Bilder‹ wird mit einem langen Zitat aus Richard Schaukals Besprechung »Rainer Maria Rilkes Buch der Bilder«, ›Wiener Abendpost. Beilage der Wiener Zeitung‹, Nr. 106, 9. 5. 1903, S. 5-6, versehen, ›Die Letzten‹ mit Kurzzitaten aus zwei Zeitungen (›Breslauer Zeitung‹ und ›Neue freie Presse‹, bei Fullenwider nicht belegt) und aus ›Deutsche Arbeit‹ (A⟨ugust⟩ S⟨auer⟩, »Die Letzten«, Jg. 1, H. 4, Jan. 1902, S. 334-336).

66. Ellen Key an Rilke 19. 12. 1904
die Browning Briefe: ›Briefe von Robert Browning und Elizabeth Barrett-Browning‹. Ins Deutsche übertragen von Felix Paul Greve. Berlin: S. Fischer 1905.
Bojer ... Hvide Fugte: Johan Bojer, ›Hvide fugte. Eventyr‹. Kjøbenhavn og Kristiania: Gyldendal 1904.

67. Rilke an Ellen Key 22. 12. 1904

das schöne Buch: Elsa Beskows ›Puttes äventyr i blåbärsskogen‹.

68. Rilke an Ellen Key 29. 12. 1904

dem schönen Buch: ›Die Browning Briefe‹, s. Anm. zu Brief 66.
Eva Solmitz: Ihre Beteiligung am Geschenk führte am 29. 12. 1904 zu Rilkes erstem Brief an sie.

69. Ellen Key an Rilke 1. 1. 1905

Eleonora Duse...: Eingeklebter Zeitungsausschnitt: »Eleonora Duse wird Anfang Februar in Kopenhagen erwartet, zu welcher Zeit sie vorhat, sechs Gastvorstellungen in der dänischen Hauptstadt zu geben«. Die italienische Schauspielerin Eleonora Duse (1859-1924) muß spätestens in Oby Gesprächsgegenstand gewesen sein, da Ellen Key Rilke von nun ab immer wieder ermutigt, sie aufzusuchen. In den ›Aufzeichnungen des Malte Laurids Brigge‹ (WA 10, 923-924) kommt es zu einer Monumentalisierung der plötzlich sich selbst darstellenden Schauspielerin.

70. Rilke an Ellen Key 6. 1. 1905

»Die weiße Fürstin«: Die in Furuborg erweiterte Fassung (WA 1, 201 bis 301), vgl. GB 2, 60.
deutsche Ausgabe von Frau Nyström-Hamiltons Buch: Louise Nyström-Hamilton, ›Ellen Key. Ein Lebensbild‹, Leipzig: Haberland 1904.
Sundsholm: Das Gut der Familie Ellen Keys südlich der Ostseeküstenstadt Västervik im nordöstlichen Teil der südschwedischen Provinz Småland, das ihr Vater 1847 gekauft hatte und hochverschuldet im Zusammenhang einer europäischen Landwirtschaftskrise 1883 erst teilweise und dann 1887 ganz verkaufen mußte.
Björnö: Das Gut des Grafen Carl Posse, Ellen Keys Großvater mütterlicherseits, in Schwedens südlichster Provinz Skåne gelegen.
Gibson's ... ihre schweren Dezember=Tage ... Bertil: Der spätere Journalist Bertil Gibson (1887-1958), dritter der vier Söhne von Jimmy und Lizzie Gibson, hatte um Weihnachten 1904 eine akute Blinddarmentzündung überstanden. Zu Rilkes Auffassung von Bertil vgl. seinen Brief an Clara vom 10. 10. 1904 (Br 2, 220f.).
vita nuova: Neues Leben, gleichzeitig der Titel der Autobiographie von Dante Alighieri (1265-1352). Rilke führte sein Exemplar der ›Vita

nuova e il Conzonieri‹, Comment. da G. B. Giulani, Firenze: Barbéra 1899, mit seinem Besitzvermerk auf dem Vortitel: »R. M. R. Roma 1904«, bei sich, bis er es der jungen Gräfin Manon zu Solms-Laubach Ende Februar 1907 auf Capri schenkte (Chronik 1, 263).
die mitfolgenden Conturen: Hier nicht wiedergegeben.

71. Ellen Key an Rilke 13. 1. 1905

Datierung: Die Postkarte trägt den Poststempel vom 13. 1. 1905.
Der Artikel in die Zukunft: »Samskola«.
ein Artikel ... über Obstfelder: »Sigbjörn Obstfelder, Pilgerfahrten«.
Essay zu Marie Franzos: Übersetzung von »En österrikisk diktare«.
Ich habe es nicht gut gehabt: Obwohl Ellen Key noch am 7. 2. 1905 das Gut ihres Bruders Mac als ihre Adresse angibt, zog sie offensichtlich schon Anfang Januar fort. Aus Briefen von Mac Key an seine Schwester im Mai und Juni 1905 (L41:51:6) geht hervor, daß seine Frau Marie eifersüchtig auf Ellen Key war und sie, ungeachtet ihrer Vermittlerrolle, für die vorgesehene Scheidung verantwortlich machte.
»Sehnen und leben« von Hans Fischer: Hans Waldemar Fischer (1876 bis 1945), Schriftsteller und Herausgeber. ›Sehnen und Leben. Gedichte‹, Berlin: Schuster & Loeffler 1900.
Marie Rassow: Bremer Schriftstellerin, vermutlich die Schwester des Kaufmanns und Senators Georg Friedrich Gustav Rassow (1855 bis 1944), in dessen Haus Rilke die Aufführung von Maeterlincks ›Schwester Beatrix‹ zur Einweihung der Bremer Kunsthalle am 15. 2. 1902 geprobt hatte. In ihrem ersten Brief an Ellen Key vom 26. 12. 1904 (L41:63:10) bittet sie darum, den Rilke-Aufsatz aus ›Ord och Bild‹ übersetzen zu dürfen: »Ich habe Rilke hier in Bremen bei meinen Geschwistern flüchtig kennengelernt und manche seiner Sachen gelesen, vielleicht ergeht es ihm wie H. C. Andersen und er findet auf dem Umweg durch das Ausland zu Hause Anerkennung. Jedenfalls hat er in Deutschland bisher keine so geistvolle und tiefe Würdigung gefunden, als Sie ihm zutheil werden lassen«.
Hans Larson ... Johanne Paulsen: Zu Hans Larssons ›Studier och Meditationer‹ s. Anm. zu Brief 48. Larsson heiratete Johanne Pålsson 1905.

72. Ellen Key an Rilke 2. 7. 1905

27 rede ich über R. M. R. in Dresden: Ellen Key hielt ihren Vortrag über Rilke für die Literarische Gesellschaft in Dresden am 27. 2. 1905.

5 März in Prag: Am 5. 3. 1905 sprach Ellen Key über Rilke vor der Concordia Gesellschaft in Prag.
Olga Clason: Vermutlich eine Schülerin von Ellen Key an der Anna Whitlock Schola. Lebensdaten nicht ermittelbar.
17 vorlese ich im Hannover; 18 im Dortmund: Stationen auf Ellen Keys Vortragsreise durch Mittel- und Westeuropa von Februar bis Mai 1905, auf der die Themen »Der Wert der Liebe für die Gesellschaft«, »Die Evolution der Seele« und »Die Individualität des Kindes« im Vordergrund standen.

73. RILKE AN ELLEN KEY 15. 2. 1905
solche Unzuverlässigkeit: Rilke verschweigt, daß er die »Fragebogenbriefe«, die er für die Korrektur erbeten hatte und dann Jimmy Gibson nach ihrem gemeinsamen Besuch bei Ellen Key in Oby überlassen hatte, trotz mehrfachen Nachfragens noch am 8. 2. nicht zurückbekommen hatte. Vgl. seine Karte dieses Datums an Lizzie Gibson (LAG).
die beiden verabredeten Zusätze: Der beigelegte Zettel ist verschollen.
»det var hemmet« ... »Tidigare har R.«: »Es war Heimat« ... »Früher hat R.«. Die dazwischenliegende Stelle (›Ord och Bild‹, S. 515f.), die auf Rilkes Wunsch in der deutschen Fassung fehlt, erzählt von seiner Begegnung und Ehe mit Clara Westhoff.
Lahmann: Dr. med. Heinrich Lahmann (1860-1905), der Naturheilkunde verpflichteter Arzt aus Bremen, gründete 1888 das Sanatorium »Weißer Hirsch« bei Dresden.

74. RILKE AN ELLEN KEY 22. 2. 1905
Franziska Mann: Franziska Mann (1859-1927), Berliner Schriftstellerin, wie sie sich am Anfang ihres von 1901 bis 1919 dauernden Briefwechsels mit Ellen Key (L41:63:7) bezeichnete, schrieb Erzählungen und gehörte zu den bekannteren Autorinnen der Jahrhundertwende.
in Berlin gute Berührungen und freundliche Erfahrungen: Ellen Keys Aufenthalt in Berlin dauerte vom 19. bis 26. 2. 1905. Am 21. 2. wurde sie im Berliner Frauenklub von den wichtigsten lokalen Repräsentantinnen der in sich keineswegs einigen Frauenbewegung – darunter Hedwig Dohm, Gabriele Reuter, Helene Lange, Lilly Braun, Helene Stöcker, Minna Cauer – empfangen. Am 22. 2. hielt sie den Vortrag »Evolution der Seele« (Verein Berliner Presse), am 23. 2. »Der Wert der Liebe für die Gesellschaft« (Verein Frauenwohl), am 25. 2. »Die Individualität

des Kindes« (Verein Mädchenhort). Am 26. 2. beteiligte sie sich an einer vom Bund für Mutterschutz und Sexualreform veranstalteten Diskussionsrunde mit einem Kurzreferat zum Thema »Die uneheliche Mutter und ihr Kind« (in: Helene Stöcker et al., ›Bund für Mutterschutz‹. Moderne Zeitfragen Nr. 4, Berlin: Pan-Verlag 1905, S. 22 bis 25).

Plan, an der Universität zu studieren: Nachdem Rilke den Plan, bei Richard Muther in Breslau zu promovieren, nach Herbst 1902 in seinen Briefen nicht mehr erwähnt, greift er den Plan eines Universitätsstudiums zum ersten Mal wieder auf in seinem ausführlichen Brief an Lou Andreas-Salomé vom 12./13. 5. 1904 (BLAS 160-172). Seine Briefe vom 19. 10. und 3. 11. 1904 und 7. 1. 1905 (BLAS 189f., 192, 198) nehmen weiterhin Bezug auf diesen Plan. Rilkes Überlegungen kreisen vor allem um die Universitäten Göttingen und Zürich (am Anfang noch Kopenhagen). Die Universitäten Berlin und München lehnt er wegen ihres Massencharakters und der großstädtischen Umgebung ab, obwohl er sich dabei positiv an das Entgegenkommen Georg Simmels in Berlin erinnert, dies in Hinblick auf einen individualisierten Anschluß an einen Universitätslehrer als Grundbedingung für die Wiederaufnahme des Studiums.

Georg Simmel: Simmel (1858-1918), Philosoph und Soziologe, war ab 1885 Privatdozent, ab 1901 außerordentlicher Professor für Philosophie an der Universität Berlin, bis er 1914 einem Ruf als Ordinarius nach Straßburg folgte. Rilke lernte ihn im November 1897 durch Lou Andreas-Salomé kennen, die dafür sorgte, daß Simmel nicht nur sie, die von Stefan George über Simmel eingeladen worden war, sondern auch Rilke zu Georges Lesung im Haus Lepsius am 14. 11. 1897 mitbrachte (Simmels Brief an George vom 12. 11. 1897 in ›Georg Simmel und die Moderne. Neue Interpretationen und Materialien‹, Hrsg. von Heinz-Jürgen Dahne und Otthein Rammstedt, Frankfurt am Main: Suhrkamp 1984, S. 431). Laut BLAS 534 besuchte Rilke Simmels Lehrveranstaltungen in den Jahren 1898-1901. Genauere Angaben hierzu gibt es bisher nicht. Simmel hielt damals folgende Vorlesungen und Übungen: Ethik; Logik und Erkenntnistheorie; die Philosophie des 19. Jahrhunderts mit Berücksichtigung der Kultur- und Lebensprobleme der Gegenwart; soziale Psychologie mit Berücksichtigung des Sozialismus; Religionsphilosophie; Soziologie (›Buch des Dankes an Georg Simmel. Briefe, Erinnerungen, Bibliographie‹, Hrsg. von Kurt Gassen und Mi-

chael Landmann, Berlin: Duncker & Humblot 1958, S. 346f.). Zu Rilkes Simmel-Rezeption gibt es bisher keine eingehende Untersuchung. Sicher ist, daß er zumindest die Essays »Socialismus und Pessimismus«, in: ›Die Zeit‹, Wien, 3. 2. 1900, S. 70-71, und »Rodins Plastik und die Geistesrichtung der Gegenwart«, in: ›Der Zeitgeist‹, Feuilleton-Beiblatt des ›Berliner Tageblatts‹, 29. 9. 1902, und das Buch ›Philosophie des Geldes‹, Leipzig: Duncker & Humblot 1900, kannte. Wahrscheinlich kannte er auch Simmels langjähriges Interesse an der Frauenfrage, wie es in dem in mancher Hinsicht Ellen Keys Stellungnahmen nahestehenden Essay »Weibliche Kultur«, in: ›Neue Deutsche Rundschau‹, Jg. 13, H. 5, Mai 1902, S. 504-515, zum Ausdruck kommt.
einen Brief: Weder Rilkes Brief noch Simmels Antwort ist erhalten.
bei Lahmann auf dem Weißen Hirsch: S. Anm. zu Brief 73. Nach Hella Sieber-Rilke wurde dieser zweite Aufenthalt der Rilkes auf dem Weißen Hirsch (der erste im Mai 1901 war ein Hochzeitsgeschenk von Claras Großmutter) nur durch eine Ermäßigung des regulären Tarifs finanziell möglich.
zum 27. in Dresden: Ellen Key hielt drei Vorträge in Dresden (s. Anm. zu Brief 75) und verweilte in der Stadt zumindest bis zum 2. 3., spätestens bis zum Morgen des 3. 3. 1905. Am Abend des 3. 3. sprach sie in Teplitz über das Thema »Der Wert der Liebe für die Gesellschaft« und reiste von dort aus weiter nach Prag.

75. Rilke an Ellen Key 2. 3. 1905
seit einigen Tagen: Rilkes Zeitangabe erweckt leicht den Eindruck, er habe allen drei Vorträgen Ellen Keys in Dresden beigewohnt. Fest steht, daß Ellen Key am Montag, dem 27. 2., ihren Rilke-Vortrag für die Literarische Gesellschaft hielt, dann am Dienstag, dem 28. 2., den Vortrag »Die Individualität des Kindes«, wiederum für die Literarische Gesellschaft, und schließlich am Mittwoch, dem 1. 3., den Vortrag »Der Wert der Liebe für die Gesellschaft« für den Verein Frauenbildung-Frauenstudium. Die impliziten Zeitangaben des ersten Absatzes lassen darauf schließen, daß Rilke Ellen Key erst am Abend des 1. 3. wiedersah und daher nur den letzten Vortrag hörte.
Erde und Dunkel: Rilkes metaphorische Selbstdarstellung erinnert an den erdhaften »dunklen« Gott, der als Ursprung im dritten Gedicht des ›Stunden-Buches‹ (WA 1, 254) beschworen wird.
dem einen oder anderen Zukunftsvollen: Diese Formulierung wie auch der

wiederholte Hinweis auf die verständnislose »Menge« lassen Rilkes Orientierung an Nietzsche, vor allem an dessen ›Also sprach Zarathustra‹, erkennen, eine Orientierung in Sachen Wirkung, die an verschiedenen Stellen des 1898 geschriebenen ›Florenzer Tagebuches‹ (T 13 bis 120) zum Ausdruck kommt.
in Göteborg redend vor zweihundert Menschen: S. Anm. zu Brief 59.
Deine grösste und tiefste Arbeit: Vermutlich »Das Jahrhundert des Kindes«. Auf jeden Fall irrte Rilke sich. Ellen Key war spätestens ab 1889 eine kontroverse Persönlichkeit in der Öffentlichkeit Schwedens, nachdem sie in Göteborg und Stockholm mit ihrer Rede »Huru reaktioner uppstå« (Wie Reaktionen entstehen), dann in Uppsala mit ihrer Rede »Om yttrande- och tryckfrihet« (Über Rede- und Pressefreiheit) und danach mit der beide Reden umfassenden Broschüre ›Några tankar om huru reaktioner uppstå, jämte ett genmäle till d:r Carl v. Bergen, samt om yttrande- och tryckfrihet‹, Stockholm: 1889, gegen ein Aufsehen erregendes Gerichtsurteil wegen »Gotteslästerung« Partei ergriffen hatte. Ihr erstes Buch ›Anne Charlotte Leffler, duchessa di Cajanello‹, Stockholm: A. Bonnier, erschien erst 1893.
Selma Lagerlöf ... Gösta Berling: Die Schwedin Selma Lagerlöf (1858 bis 1940), 1909 die erste Nobelpreisträgerin für Literatur, schrieb ihren Erstlingsroman ›Gösta Berlings saga‹, del 1-2, Stockholm: A. Bonnier 1891, in der Anonymität ihres Berufs als Lehrerin an einer Grundschule für Mädchen in Landskrona.
bring das Glück ... zu den Vielen und hilf mir die Wenigen finden: Anspielung auf den Titelaufsatz von Ellen Keys Essayband ›Die Wenigen und die Vielen‹, der 1901 in der Übersetzung von Francis Maro bei S. Fischer in Berlin erschien und 1905 seine 4. Auflage erlebte. Die schwedische Fassung des Titelaufsatzes – ›Individualism och socialism. Några tankar om de få och de många‹ – erschien 1895 als Broschüre bei A. Bonnier, Stockholm.

76. Rilke an Ellen Key 7. 3. 1905
eine Karte meines Vaters ... Deinem Vortrag: Wegen Erkrankung konnte Rilkes Vater Ellen Keys Vortrag über seinen Sohn vor der Concordia Gesellschaft in Prag am 5. 3. 1905 nicht beiwohnen. Als er Rilke davon schrieb, muß er schon Ellen Keys im RAG erhaltene Visitenkarte mit folgender Nachricht erhalten haben: »Lieber Herr Rilke! Mit herzlichsten Dank von Ellen Key für die herrlichen Blumen und Ihren Brief

bete Ich daß ich morgen *Dienstag* (7/3) zwischen 3-5 zu Ihnen kommen kann! Ihre ergebene Ellen Key«.
Meine Cousine Paula: Paula Rilke (1863-1923) war die ältere Tochter von Rilkes Onkel Jaroslav.
des wundervollen Wiegen=Liedes: »Schlaflied für Mirjam«.

77. Rilke an Ellen Key 9. 3. 1905
Deine prager Tage: Während ihres Prager Aufenthalts lernte Ellen Key Rilkes Förderer und ehemaligen Universitätslehrer, den Professor für neuere deutsche Literaturgeschichte August Sauer (1855-1926), und dessen Frau, die Schriftstellerin Hedda Sauer, geb. Rzach (1875-1953), kennen. Am 12. 3. 1905 schrieb ihr Hedda Sauer (L41:63:13):
Hoch verehrte, teuere Frau!
Anbei übersende ich Ihnen die gewünschten Übersetzungen Rilkes. Mein Mann hat heute in der Generalversammlung der Concordia den Antrag gestellt, dass Rilke ein Stipendium, welches zu verleihen ist (in der ungefähren Höhe von 1000 Kronen) bekommen möge; was wol sicher angenommen wird; Ihr gutes, edles Herz wird sich gewiss darüber freuen. Ich will Sie in diesen Tagen nicht noch durch Briefschreiben ermüden, nur das eine muss ich sagen, wie reich, wie unendlich reich ich durch die letzten Tage geworden bin. Wie die Memnonsäulen in Ägypten tönten, wenn die Sonne sie traf, so hat der Sonnenschein Ihrer Liebe, Ihres Geistes die Seelen zum Tönen gebracht. Tausend Dank und Liebe für Sie, teuerste Frau. Ihre Hedda Sauer
Außer den Übersetzungen der Gedichte »Storia breve« und »Te solo« aus Ada Negris ›Fatalita‹ und der Gedichte XIV und XXVIII aus Lorenzo Stechettis ›Postuma‹ enthält Hedda Sauers Brief auch ihre Abschrift eines vorangestellten Widmungsgedichts Rilkes an ihre Schwester Edith Rzach, das in keiner anderen Handschrift belegt und bisher unbekannt ist:

Fräulein Edith Rzach
im Januar 1897.
René Maria Rilke.

Diese Lieder sind verjährte Wunden,
Über die sich bunte Blüten breiten,
Diese Lieder sind verklärte Stunden
Aus dem Märchenreich versunk'ner Zeiten,
Die mit mir ins dunkle Leben schreiten.

Deine liebe Karte: Nicht erhalten.

78. Rilke an Ellen Key 30. 3. 1905

Bertil's . . . Schicksal erfuhr ich von Lizzie: Nach Rilkes Brief an Lizzie Gibson vom 25. 3. 1905 (LAG) zu urteilen, handelte es sich diesmal um eine psychische Krise.

Was Du von Simmel schriebst: Ellen Keys Brief an Rilke ist verschollen. In seinem Brief an Lou Andreas-Salomé vom 19. 4. 1905 erwähnt Rilke, sie habe ihm vor Simmel »seit ihren berliner Tagen nurmehr« gewarnt (BLAS 201).

Dank . . . für den Reinertrag: Vermutlich Ellen Keys Honorar für den Rilke-Vortrag in Prag. Damals gängiges Honorar: 300 Mk.

kleinen Anfang mit der Überschrift: »Sundsholm«: Rilke spielt hier auf den Schluß von Louise Nyström-Hamiltons Biographie von Ellen Key (s. Anm. zu Brief 70) an, wo deren Wunsch, das elterliche Gut Sundsholm wiederzukaufen, in eigenen Worten zum Ausdruck kommt: »Wie glücklich wäre ich, wenn ich mir das Fleckchen Erde erwerben könnte, wenn es mir vergönnt würde nach Sundsholm zu kommen als dessen Besitzerin, dort schalten und walten und arbeiten zu dürfen, die Blumen und das Gras auf dem Platz sprießen zu sehen, wo meine Seele und mein ganzes Ich für immer Wurzel gefaßt, und in dem kleinen Giebelzimmer zu schlafen, in dem ich meine Kinderträume träumte« (S. 107).

Unterrichtsminister: Wilhelm von Hartel (1839-1909), von 1900-1905 österreichischer Minister für Kultus und Unterricht.

Clara . . . gute Aussicht und Möglichkeit: s. Brief 129.

in Dresden vor deiner »Madonna«: Raffaels »Sixtinische Madonna«. In »Italienische Madonnen«, S. 2354, schildert Ellen Key ihre Vorliebe für das Gemälde.

eine Gräfin Schwerin: Luise Gräfin von Schwerin, geb. Freiin von Nordeck zur Rabenau (1849-1906).

Beer-Hofmann: Die geplante Begegnung mit Richard Beer-Hofmann im Mai in Berlin fand wegen Rilkes verkürzten Aufenthalts nicht statt.

79. Rilke an Ellen Key 31. 3. 1905

S.: Georg Simmel.

eine gewisse Stelle: Wie aus seinem Brief an Lou Andreas-Salomé vom 19. 4. 1905 hervorgeht, kam Rilkes Rückzieher zu spät. Dort heißt es, er sei gegen Ellen Keys Warnung vor Simmel mißtrauisch geworden wegen der von ihr angebotenen Alternative: »einen *Polen* in Wien, Holzapfel;

›dieses wird‹, schrieb sie, ›Deine Philosophie sein‹; ach; lieber die fremdeste, fernste als meine« (BLAS 201). Rudolf Maria Holzapfel (1874 bis 1930) war Verkünder des »Panideals«, das das höchste irdische Sehnen, die Allsehnsucht, zu befriedigen vermöge.

Nachricht von Lou: Lou Andreas-Salomés Brief ist verschollen. Rilkes vermutliche Antwort darauf vom 31. 3. 1905 (BLAS 199) erwähnt Simmel nicht.

Aufforderungen zu Vorträgen: Obwohl Rilke angibt, er werde im Herbst in Prag und Berlin Vorträge halten, kommt es stattdessen zu Vorträgen in Prag (25. 10.) und Dresden (23. 10.). Laut Brief 87 trifft Rilke die Entscheidung, bei dieser Gelegenheit über Rodin zu sprechen, erst zwischen dem 28. 7. und 9. 9. 1905. Zu einem Vortrag in Berlin kommt es erst im März 1906.

80. Rilke an Ellen Key 13. 4. 1905

zwei Briefe: Diese Briefe sind verschollen.

Gesuch=Entwurf an Marie Herzfeld: Marie Herzfeld (1855-1937), österreichische Essayistin und Übersetzerin, u. a. auch von Werken von Jens Peter Jacobsen, stand 1898-1907 im Briefwechsel mit Ellen Key (L41:63:5). Bei ihrem Besuch in Wien im März und April 1905 muß Ellen Key sie als Vermittlerin für ein Gesuch Rilkes um ein Stipendium beim österreichischen Ministerium für Kultus und Unterricht gewonnen haben.

die anderen Punkte: Vermutlich u. a. der Vorschlag, bei Holzapfel in Wien zu studieren, s. Anm. zu Brief 79.

Sauer aus Prag: Zu Sauers Brief s. Anm. zu Brief 77.

Alfred Klaar: Klaar (1848-1927), Publizist, Literaturkritiker und -historiker, war langjähriger Vorsitzender des Vereins deutscher Schriftsteller »Concordia« in Prag und setzte sich in dieser Kapazität auch für Rilke ein. Infolge seiner zweiten Ehe zog er 1899 nach Berlin um, wo er 1901-1912 Theaterreferent der Vossischen Zeitung war, ehe er die Leitung ihrer Sonntagsbeilage übernahm.

Anfang nächster Woche: Rilke fuhr am 19. 4. 1905 nach Berlin, Clara vermutlich am selben Tag nach Worpswede.

Simmel ... in Paris: Am 16. 4. 1905 schreibt Rilke an Rodin, um Georg Simmels bevorstehenden Besuch bei ihm anzumelden. Simmel, den er sehr als Philosophen und als wahren Kunstkenner schätze, habe ihn um eine kleine Einführung gebeten, da Rodins Einladung, ihn zu besuchen,

zwei Jahre zurückliege. Er selbst werde ab Mai bei Simmel in Berlin studieren (Lettres 43f.).
in Holland: Ellen Keys Vortragsreise endete mit Vorträgen in Amsterdam und Haarlem und einem längeren Aufenthalt in Holland.

81. Ellen Key und Lou Andreas-Salomé an Rilke 16. 4. 1905
Wie Rilke am 19. 4. 1905 an Lou Andreas-Salomé schreibt, wird er von der gemeinsamen Karte (zuerst abgedruckt in BLAS 200) überrascht, weil er Ellen Key schon in Holland wähnte: »Daß im Gefühle, diesem wahllos gütigen, Ellen K's zu mir, nach einer Aussprache mit Dir, manches *corrigiert* werden konnte, denke ich mir und wünsche es. Gewiß kam auch S⟨immel⟩ zur Sprache« (vgl. Anm. zu den Briefen 78-80).

82. Rilke an Ellen Key 7. 6. 1905
Deine weite Reise: Ellen Keys Vortragsreise dauerte vom 19. 2. bis Anfang Juni.
Haarlem ... Dein Brief vom 25. 4.: Dieser Brief ist verschollen.
nach drei Tagen Westend: Rilke wohnte vom 19.-22. 5. in einer nach den Prinzipien des Weißen Hirsch geführten Pension im Westen Berlins, ehe er kurzentschlossen Berlin wieder verließ und zu Clara nach Worpswede zog.
mein Arzt: Dr. med. Georg Noack. Am 12. 3. 1907 empfiehlt Rilke ihn an Lizzie Gibson: »Er kommt einem mit dem zartesten Verständnis entgegen und sucht und sieht in einem nicht nur die Krankheit, sondern den ganzen Menschen, auf den er wie ein guter Freund einzugehen weiß. Ich würde nie einen anderen Arzt aufsuchen als *diesen*, der als Arzt wirklich erfahren und wissend ist und zugleich ein ausgezeichneter und tiefer Mensch, der seinen Beruf ganz gross und voller Hingebung auffasst!« (LAG).
zu Lou nach Göttingen: Rilke fuhr am 13. 5. zu Lou Andreas-Salomé und am 24. 5. weiter nach Berlin. Es war das erste Wiedersehen seit ihrer Trennung im Februar 1901.
Simmel ... mit seiner Frau: Gertrud Simmel, geb. Kinel (1864-1938), vor ihrer Ehe (1891) als Zeichnerin ausgebildet und tätig, veröffentlichte 1906-1927 vier Bücher unter dem Pseudonym Marie Luise Enkendorf.
Staats=Unterstützung ... Marie Herzfeld: S. Anm. zu Brief 80.
die Concordia in Prag ... Sauer: S. Anm. zu Brief 77.
drei Tage in Oberneuland bei Ruth: 24. bis 26. 5. 1905.

83. Rilke und Lou Andreas-Salomé an Ellen Key 15. 6. 1905
Eine Ansichtskarte: »Göttingen Partie im Rohnswäldchen«.

84. Rilke an Ellen Key 26. 7. 1905
drei Wochen in Berlin ... Colleg gehört: Rilkes Aufenthalt in Berlin dauerte vom 25. 6. bis 16. 7. 1905. Im Sommersemester 1905 hielt Simmel folgende Lehrveranstaltungen: Allgemeine Geschichte der Philosophie; Soziologie als Lehre von den Formen der Gesellschaft; Soziologische Übungen. Vgl. ›Buch des Dankes an Georg Simmel‹ (s. Anm. zu Brief 74), S. 347.
mit Lou ... im Harz: Rilke und Lou Andreas-Salomé verbrachten die Woche vom 17.-24. 7. in Treseburg im Harz bei Helene Klingenberg, geb. Klot von Heydenfeldt (1865-1943), Lous enger Freundin, die auch Rilke seit 1897 näher kannte.
Gräfin Schwerin: Der Aufenthalt führte zur Begegnung mit ihren Freunden, dem Bankier und Schriftsteller Karl von der Heydt (1858-1922) und seiner Frau Elisabeth, geb. Wülfing (1864-1963), Rilkes Gönner der nächsten Jahre. Vgl. BKEH.
verwitwete Schwester: Alice Faehndrich, geb. Freiin Nordeck zur Rabenau (1857-1908), Rilkes spätere Gastgeberin auf Capri.
Gudrun ... Baron Uexkull: Gudrun Uexküll, geb. Gräfin von Schwerin (1878-1969), ihr Mann Jacob von Uexküll (1864-1944), damals Professor für Biologie an der Universität Heidelberg.
Kunst=Salon Franz Leuwer: Leuwer, Bremer Galerist, Buchhändler und Kulturimpresario, hatte Ellen Key schon am 23. 2. 1905 zu einem Vortrag nach Bremen eingeladen (L41:79:5). Maria Rassow, die Ellen Key bei ihrem Vortrag in Hannover am 17. 5. 1905 kennenlernte, lädt Ellen Key in einem Brief vom 24. 5. 1905 zu einem vom Bremer Frauen-Comité veranstalteten Vortrag im Herbst 1905 ein und bittet sie dabei, den Saal des Buchhändlers Leuwer abzulehnen, falls er ihn nochmals zur Verfügung stellen sollte, da er kaum mehr als 150 Hörer fasse und »bescheiden Situierte« ausschließe, während »wir einen Saal im Auge haben, in dem circa 500 Menschen das Glück, Sie zu hören, zu Theil werden könnte« (L41:63:10). Vermutlich ignorierte Ellen Key daraufhin Leuwers weitere Einladungen.

85. Rilke an Ellen Key 20. 9. 1905
Deinen guten Brief: Der Brief ist verschollen.

ich bin bei Rodin: S. Brief 87.
in Deinem Dorf: Hedås, 25 km nordöstlich von Karlstad in der Gemeinde Ransäter.

86. Rilke an Ellen Key 25. 10. 1905
Bin bei meinem Papa Prag: Rilke war in Prag, um einen Vortrag über Rodin zu halten. Vgl. Brief 87 und Anm.

87. Rilke an Ellen Key 6. 11. 1905
den Sommer bei der Gräfin Schwerin: Rilke war ihr Gast vom 28. 7. bis 9. 9. 1905.
ich mit dem Baron Uexküll ... Kant las: Im RAG befindet sich Kants ›Kritik der reinen Vernunft‹, Text der Ausgabe 1781 mit Beifügung sämtlicher Abweichungen der Ausgabe 1787, hrsg. von Karl Kehrbach, 2. verb. Aufl. Leipzig: o. J., mit folgender Widmung: »Zur Erinnerung an die Kantstunden in Friedelhausen, Aug. 1905 Jacob Uexküll«. Lesespuren bis S. 120.
Litterar. Gesellschaft: Vor ihr hatte Ellen Key über Rilke gesprochen.
»Urania«, leider nicht Concordia: Rilkes Mißmut gegen die Concordia Gesellschaft, vor der Ellen Key über ihn am 5. 3. 1905 gesprochen hatte, hängt vermutlich mit dem von August Sauer für ihn beantragten, ihm jedoch nicht gewährten Stipendium zusammen. Vgl. Anm. zu den Briefen 77, 80 und 82.
anfangs September zu Rodin: Ohne seine Absicht, einen Vortrag über ihn vorzubereiten, zu erwähnen, hatte Rilke am 26. 8. 1905 an Rodin die Frage gerichtet, ob er Anfang September in Paris sein würde. Er selbst plane gegen den 5. oder 6. 9. auf acht bis zehn Tage in Paris zu sein. Das Bedürfnis, ihn, seinen Meister, wiederzusehen und einen Augenblick das glühende Leben seiner schönen Dinge zu erleben, beschäftige ihn (Lettres 46). Am 2. 9. bekam Rilke ein Telegramm, er sei ab dem 7. des Monats erwartet, und drei Tage später einen Brief mit der Einladung, bei Rodin in Meudon zu wohnen. Rilke akzeptierte postwendend, kam am 12. 9. in Paris an, meldete sich am 15. 9. in Meudon und bekam ein »kleines Häuschen ganz für mich«, wie er Clara noch am selben Tag schrieb (GB 2, 94). Besonders freute Rilke Rodins Anerkennung: »Er hat mir über mein Buch, das ihm kürzlich erst sorgfältig übersetzt worden ist, das Größte gesagt, was man sagen kann: hat es neben seine Dinge gestellt, ganz groß« (GB 2, 93f.).

Privat=Sekretär: Rilke übernahm diese Stelle um den 1. 10.
das Ministerium ... und Hartl: S. Briefe 78 und 80.
alle die Studien: S. Brief 74 und Anm.
Mein Vortrag: Rilkes Rodin-Vortrag vom Oktober 1905 und Februar/März 1906, den er zwischen dem 14. und 19. 10. in Meudon schrieb (WA 9, 257-278).
Prag ... 4 Tage: 24.-27. 10. 1905.
(Prof. Sauer ...): Vgl. die Briefe 36, 45, 55, 56 und 57. Rilke holte das Manuskript der Übersetzung von »En österrikisk diktare« im Juni/Juli 1905 bei Eugen Marquardt, Verlag Bard, Marquardt & Co., ab und erhielt es spätestens am 23. 11. 1905 von Lou Andreas-Salomé zurück. Aus Rilkes Brief an Lou unter diesem Datum geht hervor, daß Ellen Key und Eugen Marquardt inzwischen in August Sauers Bitte um einen Vorabdruck in ›Deutsche Arbeit‹ eingewilligt hatten, was ihm sehr gelegen kam: »Ich danke Dir für die rasche Rücksendung des Ellen Key-Manuscripts; ich bin, was ich Ellen nicht sagen mag, froh, daß es zunächst in der *Deutschen-Arbeit* verschwindet und hoffe im Stillen, daß die spätere Buch-Ausgabe unterbunden wird. Ist es nicht seltsam, wie wenig Beobachtung in alledem ist, wie viel vorgefaßte Meinung, wie viel Absicht, gewisse Dinge um jeden Preis zu beweisen, wie viel gutmüthiges und durch keine Erfahrung eingeschränktes Vor-Urtheil« (BLAS 213f.).
Clara ... in Schweden: Lizzie Gibsons Brief mit der Versicherung, seine goldene Stube warte auf ihn, hatte ihn wohl schon einige Monate früher erreicht. Inzwischen war sie an Jimmys kranke Schwester Florence Wærn zum Zweck einer längeren Genesung vergeben. Aus Rilkes Brief an Lizzie Gibson vom 4. 11. (LAG) geht hervor, daß der Plan einer Vortragsreise mit Claras erhofftem Aufenthalt bei Gibsons eng verbunden war.
Modell aus Berlin: Agnes Wulff, Tochter des Worpsweder Arztes.
Vierzehn Tage ... in Friedelhausen: Clara verbrachte die ersten zwei Augustwochen auf dem Schloß Friedelhausen der Gräfin Schwerin. In dieser Zeit modellierte sie eine Porträtbüste von Rilke. Der Auftrag eines Porträtreliefs der Gräfin Schwerin wurde nie ausgeführt, da diese immer mehr erkrankte und am 24. 1. 1906 verstarb.
an der Schule: Göteborgs Högre Samskola.
ein paar ihrer neuen Arbeiten: Nicht genau ermittelbar; darunter wohl die Porträtbüsten von Heinrich Alfred Bulthaupt und Rilke, beide aus dem

Sommer 1905 (abgebildet bei Sauer, 351 und 353). Clara kam Anfang Oktober nach Meudon und blieb bis zu Rilkes Rückkehr von seiner Vortragsreise am 2. 11.

plötzlichen Tode ihres Vaters: Friedrich Westhoff starb durch einen Unfall am 13. 8. 1905.

wie wächst Dein Buch?: ›Lifslinier III‹.

Amiel: Henri Amiel (1821-1881), Schweizer Schriftsteller, ab 1849 Professor für Ästhetik, ab 1856 für Philosophie an der Genfer Akademie (später Universität). Seine ›Fragments d'un journal intim‹, hrsg. von E. Scherer, 2 Bde., Paris: Sandoz et Thuillier, erschien postum 1883 und 1884. Rilkes Frage betrifft vermutlich die ›Tagebücher‹, übers. von Rosa Shapire, München und Leipzig: R. Piper 1905. Sein Interesse hängt wohl mit dem langsam entstehenden Tagebuchroman ›Die Aufzeichnungen des Malte Laurids Brigge‹ zusammen. Ellen Key widmete Amiel einen Abschnitt ihres dem Oberbegriff »Die Evolution der Seele« zugeordneten Aufsatzes »Typen: Vauvenargues. Henri Amiel. Maeterlinck. Jefferies«, in: ›Essays‹, übers. von Francis Maro, Berlin: S. Fischer 1899, S. 127-189, bes. S. 153-168.

Platon: Ein spezifisches Werk konnte nicht ermittelt werden.

Imitation du Jesus-Christ: Französische Übersetzung (Ausgabe unermittelt) von ›De imitatione Christi‹ des Niederländers Thomas à Kempis (1380-1472), auf das Rilke vermutlich durch Rodin aufmerksam wurde (GB 2, 113). Norlinds Angabe einer Kempis-Lektüre Rilkes im Sommer 1904 (BEN 53) gehört wahrscheinlich zu seiner nachträglichen Stilisierung seines Gastes als Mönch.

schwedischer Bütte: S. Anm. zu Brief 91.

88. Rilke an Ellen Key 15. 11. 1905

Deinen ... Brief: Der Brief ist verschollen.

Verhaeren: Vgl. Brief 90. und Anm.

c'est...: das ist ein einfacher, ein aufrichtiger Künstler.

Duse ... Lugné-Poé: Aurélien Lugné-Poé (1869-1941), französischer Schauspieler und Theaterdirektor, zeitweise Impresario der Duse.

»Rundschau« ... 3 neue Sachen: Die Gedichte »Orpheus. Eurydike. Hermes«, »Hetären-Gräber« und »Geburt der Venus« erschienen unter dem Gesamttitel »Drei Gedichte in Prosa« in: ›Die Neue Rundschau‹, Jg. 15, H. 11, November 1905, S. 1395-1398. Diese Seiten sind verwahrt als lose Blätter in Ellen Keys Nachlaß (L41:14:5) mit folgender Wid-

mung Rilkes oben rechts auf S. 1395: »Meiner lieben Ellen Key, / liebevoll: / Rainer Maria / Meudon, Nov. 05.« (vgl. Anm. zu Brief 59).

Zustimmung von Hofmannsthal ...: Vgl. den mit sechs Unterschriften versehenen Anfang von Hofmannsthals Brief an Rilke vom 1. 11. 1905: »Wir lesen mit tiefster Freude Ihre überaus wundervollen Gedichte in der ›Rundschau‹ und danken Ihnen dafür« (BHH 44).

Wassermann: Jakob Wassermann (1873-1934), Romancier und Essayist, den Rilke 1896 in München kennenlernte und der ihn auf Jens Peter Jacobsen aufmerksam machte.

Salten: Felix Salten (1869-1947), österreichischer Schriftsteller.

Was hast Du ... gearbeitet: Am 23. 11. 1905 berichtet Rilke an Lou Andreas-Salomé: »Der II. Theil der Lebens-Linien ist übrigens eben schwedisch erschienen, der III. ist abgeschlossen und ganz geboren, Ellen trägt ihn aber noch eine Weile mit sich herum« (BLAS 214).

Rodin, le Penseur ... Panthéon: Rodins ›Le Penseur‹, 1880 im Kleinformat als zentrale über die Rätsel des Daseins grübelnde Figur der »Höllenpforte« entstanden und um 1900 in seiner Monumentalform realisiert, wurde am 21. 4. 1906 im Beisein Rilkes (Br 2, 316) vor dem Panthéon eingeweiht. Nach Rilke war dieser Tag für Rodin von Bedeutung »insofern, als er damit endlich erreicht hat, daß eines seiner Werke einen öffentlichen Platz in seiner Vaterstadt zugestanden bekommt« (Br 2, 311). Schon lange vor ihrer Einweihung – Rilkes Postkarte an Ellen Key zeigt sie bereits vor dem Panthéon aufgestellt – war die Statue umstritten. Im Pariser Stadtparlament wurde sie als »Pithekantropos, als eine Art Neandertaler, als Hohn auf ein edles Menschenbild« angegriffen (Schmoll 57).

89. Rilke an Ellen Key 29. 11. 1905

Verhaeren's: Verhaeren war mit der Malerin Marthe Massin verheiratet. Rilkes Begegnung mit ihm führte zu einer andauernden Freundschaft und näheren Beschäftigung mit seinem Werk, die noch in dem verschlüsselt an Verhaeren gerichteten »Brief des jungen Arbeiters« vom Februar 1922 (WA 11, 1111-1127) spürbar ist.

»Heures claires«: ›Les heures claires‹, Bruxelles: E. Deman 1896, erschien zusammen mit ›Les heures d'après-midi‹, Bruxelles: E. Deman 1905, als ›Lichte Stunden. Stunden des Nachmittags‹, Verdeutscht von Erna Rehwoldt, Stuttgart und Charlottenburg: Axel Juncker 1907. Rilke war wohl an dem Erscheinen dieses Bandes beteiligt, wie aus einer unerläu-

terten Stelle in einem Brief an Juncker sichtbar wird. Anläßlich eines Besuchs bei Verhaeren beglückwünscht Rilke seinen Verleger am 12. 6. 1906 zu »der Ausgabe der Übertragungen«, die er im Zusammenhang des Besuchs nicht näher zu identifizieren braucht. Anschließend belegt er seine Vertrautheit mit den Übertragungen: »Stellenweise sind sie wirklich geglückt und das ist schon das meiste was man von Übersetzungen erwarten darf« (BAJ 187). Demnach ist Erna Rehwoldt die junge Dame aus Holstein, deren Übersetzung Verhaeren Rilke mitgab.
»Le Cloitre«: ›Le Cloître‹. Bruxelles: E. Deman 1900.
»Villes tentaculaires«: ›Les villes tentaculaires‹. Bruxelles: E. Deman 1895.
Bard ... Sauer: Der Verlag Bard, Marquardt & Co. genehmigte den Vorabdruck von Ellen Keys geplantem Bändchen über Rilke in ›Deutsche Arbeit‹, mitherausgegeben von August Sauer. Das geplante Buch erschien dann in den Heften Februar und März 1906, Jg. 5, der Monatsschrift unter dem Titel »Rainer Maria Rilke«, S. 336-346 und 397-409. Als Illustration enthält der erste Teil eine Aufnahme Rilkes von Gudrun Uexküll vom August 1905 (Schnack, Abb. 140) und der zweite eine Aufnahme der noch vor Ende 1905 im Auftrag von Alice Faehndrich in Bronze gegossenen Porträtbüste Rilkes, die Clara im August 1905 auf Schloß Friedelhausen modelliert hatte.
Übersetzerin: Marie Franzos.
Juncker ... neue Auflage des B. d. B.: In seinen Briefen an Axel Juncker vom 20. und 25. 11. 1905 geht Rilke auf eine Neuauflage von ›Das Buch der Bilder‹ näher ein. Im zweiten legitimiert er sein Drängen auf einen Vertrag, der geeignet sei, »unser Verhältnis zu befestigen und mir zu helfen«, durch einen Hinweis auf Ellen Key: »Es war Ellen Key, die mir vorwarf, dass ich keine festen Verträge über meine Bücher gemacht habe und die meinte, dass sie mir jetzt Geld einbringen müssten und die Nothwendigkeit der Neuauflage scheint das ja zu bestätigen« (BAJ 170).
das Stipendium: S. Anm. zu den Briefen 80 und 87.
Clara, die also nicht zu Gibsons kann: S. Anm. zu Brief 87.
Dein Porträt: Nicht ausgeführt.

90. Rilke an Ellen Key 7. 12. 1906

Deinen Geburtstag: Am 11. 12. 1905 wurde Ellen Key 56.

Der wunderschöne Marmor gehört Carrière: Eugène Carrière (1849-1906), französischer Maler und Lithograph, ein enger Freund Rodins. Im Frühjahr 1903 plante Rilke, ein Buch über Carrière zu schreiben (GB 1, 343). Der Marmor: ›Eternelle Idole‹, die Rilke in ›Auguste Rodin‹ als »im Besitze Eugène Carrières« bezeichnet und ausführlich beschreibt (WA 9, 166). Die von Rilke hergestellte Analogie zwischen Rodins »Ding« und Ellen Keys »Worten« bezieht sich wohl vor allem auf ihre Darstellung der Beziehung zwischen den Geschlechtern in ›Über Liebe und Ehe‹.

91. Rilke an Ellen Key 9. 1. 1906

erst vor 4 Tagen wieder hier: Rilke war vom 18. 12. bis 5. 1. nach Oberneuland verreist.

Papier ... Jimmy: Weihnachtsgeschenk von Jimmy Gibson. Das Wasserzeichen des linierten Büttens, auf dem Rilke schreibt, besteht aus einer Krone auf einem Bienenstock und den Worten »Lessebo Handgjord Post« (»handgemachtes Briefpapier«). Seit seiner Ankunft in Schweden verwendete Rilke häufig dieses oder ähnliches Bütten für seine Briefe an Ellen Key.

Dein ... Brief: Verschollen.

Goethe=Bändchen: Nicht ermittelbar.

Dein ... Bild aus Berlin: Im RAG nicht erhalten.

meine Vortragsreise: S. Anm. zu Brief 93.

Dänemark und Schweden: S. Anm. zu Brief 87.

Honorar ... für den Essay: Vgl. Brief 89.

Sissy Frerichs: Die junge Bremerin Gesine Frerichs, 1913 mit Dr. Ernst Naef verheiratet, führte von 1905 bis zu ihrem frühen Tod am 10. 5. 1914 einen intensiven Briefwechsel mit Ellen Key. Ellen Keys Nachlaß enthält neben ihren 90 Briefen (L41:63:8) auch die Handschrift einer Gedichtsammlung (»Der Garten«, L41:24:3), die um die Themen Leben, Tod und Liebe kreist und dabei an Rilkes frühe Lyrik erinnert.

Gedicht von Fröding: Nicht ermittelbar. Rilke, der schon zu Weihnachten 1904 von Stina Frisell einen Fröding-Band bekam, übersetzte 1913 dessen Gedicht ›Narkissos‹ (Rilke, ›Gedichte. Aus den Jahren 1902 bis 1917‹. Taschenbuch-Ausgabe der 1931 als Privatdruck erschienenen Edition, Frankfurt a. M.: Insel Verlag 1983, S. 149-151).

92. Rilke an Ellen Key 14. 6. 1906

Deinen Brief an sie: Verschollen.

Valdemar Vedel: Vedel (1863-1942), dänischer Schriftsteller, Publizist und Literatur- und Kulturhistoriker, 1891-1898 Mitarbeiter im dänischen Kulturministerium, ab 1895 Dozent für Allgemeine Literaturgeschichte an der Universität Kopenhagen und 1898-1912 Leiter der Kopenhagener Stadtbibliotheken. Rilkes Briefe an Vedel vom 13. und 26. 1 und 6. 2. (KBK) lassen erkennen, daß Vedels Versuche, ihm eine Einladung zu einem Vortrag über Rodin zu verschaffen, ohne die Glyptotek und deren Gönner Carl Jacobsen einzuschalten, erfolglos blieben.

Rodin würde sich freuen: Rilkes Mutmaßung setzt voraus, daß die Ny Carlsberg Glyptotek in Kopenhagen damals durch die Schenkungen des Bierbrauers und Kunstsammlers Carl Jacobsen (1842-1914) die größte Sammlung von Rodins Werken außerhalb von Paris besaß. Vgl. Anm. zu Brief 43.

meine kleine Büste: Eine Gipsfassung der von Clara Anfang August auf Schloß Friedelhausen modellierten Porträtbüste Rilkes, die in der zweiten Novemberhälfte wohl als Geschenk an die Gibsons geschickt wurde, wohl nicht zuletzt um Rilkes am 17. 11. wiederholte Bitte um Aufträge für Clara Nachdruck zu verleihen. In seinem Brief an Lizzie Gibson vom 7. 12. (LAG) dankt Rilke für die Aufstellung der Büste »auf Jimmy's Schreibtisch, wo ich manchmal gesessen habe. [...] Übrigens ist die Büste, soweit ich das beurtheile, sehr gut aufgesetzt auf ihrem kleinen Sockel; es soll ja nur ein Kopf sein, den der kleine Sockel in der Haltung des Lesens aufzeigt« (Schnack, Abb. 144).

93. Rilke an Ellen Key 21. 2. 1906

Honorar für den Essay: Nach den Angaben in Brief 89 betrug es 240 Kronen. Rilkes Briefwechsel mit Sauer ist größtenteils im RAG erhalten.

wir dürfen uns nicht verfehlen: Zu einem Wiedersehen mit Ellen Key kommt es erst Ende Mai in Paris.

meine Reise: Rilkes Reise, die vom 25. 2. bis 31. 3. dauerte, gestaltete sich anders als hier vorgesehen. Der Vortrag in Bremen fand nach dem in Hamburg statt, der Vortrag (Rodin) in Berlin wurde auf den 20. 3. verlegt und der Vortrag in Weimar fiel aus. Zu einem Vortrag in Wien kam es nicht. Wegen des Todes seines Vaters am 14. 3. war Rilke vom 15.-19. 3. in Prag. Mit Clara, die ihm am 15. nach Prag folgte, fuhr er anschließend nach Berlin und von dort aus erst am 30. 3. zurück nach Paris.

gute und praktische Abmachungen: Nach Rilkes Brief an Stefan Zweig vom ca. 2. 3. 1906 zu urteilen, in dem es um die Möglichkeit geht, auf Zweigs Anfrage hin nun doch noch einen Vortrag in Wien zu organisieren, verlangte Rilke 300 Mk pro Abend (BSZ 16).

Lou wiederzusehen ... Clara mitnehmen: Clara und Rilke trafen sich am 28. 2. in Berlin, wo Clara am Tag zuvor Lou Andreas-Salomé zum ersten Mal begegnete. Rilkes fuhren zusammen über Hamburg und Bremen zurück nach Worpswede. Dort erreichte sie am 14. 3. die Nachricht vom Tod seines Vaters in Prag.

94. Rilke an Ellen Key 15. 3. 1906

95. Rilke an Ellen Key Anfang April 1906

Dein Brief: Verschollen.

Breyssig: Kurt Breysig (1866-1940), Kulturhistoriker und Geschichtsphilosoph, ab 1896 Professor an der Universität Berlin, und seine Frau Maria, geb. Rommel (geb. 1865). Ellen Key lernte das Ehepaar Breysig bei ihrem Berliner Aufenthalt im Februar 1905 kennen. Im Frühjahr 1906 half Kurt Breysig ihr, ihre finanziellen Vereinbarungen mit dem S. Fischer Verlag zu verbessern. Die Ehe ging 1908 auf seinen Wunsch auseinander und beide Partner beriefen sich in ihren Briefen an Ellen Key auf deren Schriften, um sich zu rechtfertigen (L41:63:1). Rilke kannte Breysig aus seiner Studienzeit in Berlin um die Jahrhundertwende. Als er am 19. 10. 1904 Lou Andreas-Salomé seine Studienpläne erneut mitteilte, bemerkt er, daß Breysig, wie Georg Simmel, ihm damals habe helfen wollen und »würde es wohl, obwohl ich mich damals mit aller Unart abgewendet habe, noch wollen. Aber ich glaube er ist unbedeutend und eitel und fleißig« (BLAS 190).

96. Rilke an Ellen Key 19. 5. 1906

Rodin: Rilke wurde am 9. oder 10. 5. von Rodin aus seiner Stelle als Privatsekretär und aus der dazugehörigen Gastfreundschaft entlassen (vgl. Brief vom Abend des 10. an Clara, GB 2, 321 f.) und zog am 12. 5. in ein Zimmer in 29, rue Cassette im 6. Pariser Arondissement um. Von dort aus schrieb er Rodin noch am selben Tag einen längeren Brief, in

dem er sich mit Rodins Begründung seiner Entlassung, er habe Rodins Vertrauen bei der Führung der Korrespondenz zu seinem eigenen Vorteil mißbraucht, auseinandersetzt und ihn dabei entschieden an die ursprünglichen Bedingungen erinnert, unter denen er die Stelle angenommen hatte. Das Zerwürfnis hat zu verschiedenen Deutungen geführt, zuletzt zu der für Rodin Partei ergreifenden Rekonstruktion von Schmoll 238-241.
Auf seinen Wunsch hin: Mit dieser Mitteilung hält Rilke sich nicht an das P. S. zu seinem Brief an Rodin vom 12. 5. Dort heißt es, er werde seinen Verwandten und Freunden, besonders seiner großen Freundin (»ma grande amie«) Ellen Key, die in einigen Tagen nach Paris käme, sagen, er habe Rodin verlassen, um mit voller Kraft zu seinen eigenen Arbeiten zurückzukehren (Lettres 70).
Sehnsucht nach ... eigenen Dingen: Rilke hatte seinem Verleger Axel Junkker die fertigen Manuskripte für den ›Cornet‹ und die 2. Auflage von ›Das Buch der Bilder‹ schon für Ende Februar 1906 versprochen (BAJ 173-177), kommt aber erst nach seiner Entlassung dazu, diese Arbeiten ernsthaft aufzunehmen und (am 12. 6.) zum Abschluß zu bringen (BAJ 183-184). Außerdem tauchen Titelfigur und Thematik der ›Aufzeichnungen des Malte Laurids Brigge‹ in seinen Briefen an Clara in den ersten Tagen und Wochen nach seiner Entlassung häufig auf (GB 2, 138, 144, 149, 153f.).
es der Zeit überlassen: Rilkes Einstellung erwies sich als richtig. Mit einer brieflichen Anfrage über den Wiener Buchhändler und Galeristen Hugo Heller als möglichen Aussteller seiner Werke nahm Rodin die Beziehung Ende Oktober 1907 wieder auf. Vgl. Rilkes Gegenbrief vom 3. 11. 1907 (Lettres 71-75).
Zuspruch und Ermuthigung: Ellen Key hielt sich vom 27. 5. bis 16. 6. in Paris auf. Rilkes Erwartungen schlugen in Enttäuschung um, vgl. seine Briefe an Clara im Anhang III.

97. Ellen Key an Rilke 3. 7. 1906
Ich sende dir dieses: Vermutlich eine Ankündigung der vorgesehenen Übersetzung von ›Geschichten vom lieben Gott‹ ins Norwegische von Kirsten Horne, die jedoch nie erschien. Vgl. Anm. zu Brief 7.
Schönes über »Stunden-Buch«: Ein Exemplar (Nr. 418 der Erstausgabe von 500) von ›Das Stunden-Buch enthaltend die drei Bücher / Vom mönchischen Leben / Von der Pilgerschaft / Von der Armuth und vom

Tode‹, Leipzig: Insel 1905 mit der Widmung »Meiner lieben guten Ellen. / Weihnachten 1905. / Rainer Maria« befindet sich in Strand. Stefan Zweigs Besprechung vom ›Stunden-Buch‹, »Verse eines Gottsuchers«, erschien in ›Die Nation‹, Berlin, Jg. 23, Nr. 36, 1905/1906, S. 571-572 (BSZ 17-21). Eine Kopie befindet sich in Ellen Keys Nachlaß (L41:14:5). Richard Schaukal besprach Rilkes Buch in »Evolution der Lyrik«, in: ›Wiener Abendpost. Beilage der Wiener Zeitung‹, Nr. 143, 23. 6. 1906, S. 1-2. Am 25. 1. 1906 hatte Schaukal Ellen Key über ›Das Stunden-Buch‹ geschrieben: »Als ich es aufschlug und darin vom Anfang an zu lesen begann, bestärkte es mich in dem längst bei mir mit anderen Meinungen streitenden Eindrucke künstlichster Kunst ohne rechten Seelengehalt. Ich fand nur Worte und gewaltsame Worte. Als ich aber ein zweites Mal mich mit dem Buch beschäftigte, ward ich weiterlesend und laut lesend von seiner Melodie zunächst mitgenommen und immer tiefer und tiefer ins wirklich flammende Herz dieser bedeutenden Schöpfung entrückt. Ich stehe nicht an zu sagen, daß das ›Buch vom mönchischen Leben‹ (1899) mir ein dichterisches *Ereignis* der Seele bedeutet« (L41:63:12).
mein Buch über dir: Zu dieser Zeit war Bard, Marquardt & Co. noch als Verlag vorgesehen. Auch Rilke rechnete am 14. 6. weiterhin mit dem Erscheinen des Buches und ließ zu dessen Illustration sogar neue Aufnahmen von sich machen (GB 2, 157; s. BAJ Abb. VI nach 204).
Tag in Fontainebleau: S. Rilkes Darstellung des Tages (16. 6.) in seinem Brief an Clara vom 21. 6. 1906 im Anhang III.
Anni: Nicht ermittelt.

98. Rilke an Ellen Key 6. 11. 1906
Clara ... Versuchswinter: Clara bezog Mitte Oktober ein Atelier in Berlin-Halensee und behielt es bis 30. 6. 1907. Zwischen Mitte Januar und Anfang Juni 1906 war sie jedoch auf einer Reise nach Ägypten.
Schritte und Wege: Vermutlich Besprechungen mit Axel Juncker über die Ausstattung von ›Cornet‹ und ›Buch der Bilder‹.
zahnärztliche Behandlung: Rilkes Behandlung durch den Berliner Zahnarzt Dr. Charlie Bödecker zog sich bis kurz vor seine Abreise aus Berlin am 25. 11. hin.
Der Sommer: Rilke fuhr am 29. 7. nach Furnes und traf sich dort mit Clara und Ruth. Am 1. 8. Weiterreise mit Tagesbesuchen oder Aufenthalten in den flandrischen Städten Ypern, Oostduinkerke-Bains,

Brügge und Gent bis 16. 8. Vom 17.-31. 8. waren Rilkes Gäste von Karl und Elisabeth von der Heydt in ihrem Sommersitz auf der Wacholderhöhe in Bad Godesberg, wo Clara eine Porträtbüste der jüngeren Tochter modellierte. Die nächsten 8 Tage wohnten sie im Schloßhotel in Braunfels und machten Ausflüge in die Umgebung, bis sie am 8. 9. ihren bis 10. 3. währenden Besuch bei Alice Faehndrich auf dem nahegelegenen Schloß Friedelhausen antraten.

Paris ... Aber die Mittel fehlen: Rilke bereute die Reise und den anschließenden Aufenthalt in Berlin im Nachhinein nicht nur, weil er dafür seine vielversprechende Arbeit in Paris unterbrochen hatte, sondern auch weil die damit verbundenen Kosten das Geld (2000 Mk/2500 Fr), das Karl von der Heydt ihm schon Anfang Mai *vor* seiner Entlassung durch Rodin für ein noch zu vereinbarendes »amtfreies« Jahr zugesagt hatte und dann nach Vereinbarung Ende Juli statt in Raten auf einmal überwies, zum größten Teil verbrauchte. Vgl. hierzu BKEH 58-103, bes. 101.

Ich reise ... nach Neapel: Rilke verließ Berlin am 25. 11. und kam am 28. 11. in Neapel an. Vom 4. 12. 1905 bis 16. 5. 1906 bewohnte er als Gast Alice Faehndrichs das »Rosenhäusl« im Park ihrer Villa Discopoli auf Capri.

weiter nach Süden: Ellen Key hielt sich zu dieser Zeit in Venedig auf.

das Büchlein dem Verlag fortgenommen: Am 2. 11. schrieb Samuel Fischer an Rilke, »daß Ellen Keys Buch über Ihre Person bei mir erscheinen wird. Bard Marquardt hat die Sache wieder hinausschieben wollen und Ellen Key war darüber etwas ärgerlich. Ob es mir möglich sein wird, das Buch noch bis Weihnachten fertigzustellen, kann ich nicht sicher sagen, ich werde mir Mühe geben. Leider hat Ellen Key hier nicht ihr Meisterstück geliefert, aber daran wird sich ja jetzt nichts mehr ändern lassen. Ich möchte gern Ihr Porträt dem Buch beigeben, schicken Sie mir freundlichst eine gute Photographie, vielleicht zwei Porträts, eins aus früher Zeit und das zweite heute« (BSHF 570).

Frau Schurgast: Margarethe Schurgast, geb. 1871, Frau eines Berliner Bankiers, führte 1905-1922 einen regen Briefwechsel mit Ellen Key (L41:63:12). Nach dem Zusammenbruch ihrer Ehe (s. Brief 122) war sie ab März 1908 Inhaberin der Pension Ludwig in Berlin.

Duse ... »Rosmersholm«: Rilkes sahen die Duse in Henrik Ibsens Schauspiel (1886) in der Rolle der Hauptfigur Rebekka West. »Darüber wären nun Seiten zu sagen, Seiten«, schreibt Rilke am 10. 11. an Karl von der Heydt. Da er nun »eine umso viel stärkere und entschlossenere Nothwendigkeit, ihr zu begegnen«, verspürt, bittet er ihn um eine Vermittlung bei der Berliner Gastgeberin der Duse (BKEH 96f.). Zu einer Begegnung kommt es aber erst im Juni 1912 in Venedig (BMTT 1, 169 bis 173).

99. Ellen Key an Rilke 8. 11. 1906
in diese Sache: Die Veröffentlichung ihres Rilke-Aufsatzes als Buch.
deine Briefe: Die »Fragebogenbriefe«, Briefe 26 und 33.

100. Ellen Key an Rilke um Weihnachten 1906
Carrière-Photographi: Nicht ermittelbar. Am 6. 6. 1906 hatten Rilke und Ellen Key eine Carrière-Ausstellung im Salon d' Automne gesehen, vgl. Anhang III, S. 276.
deine Caprikarte: Verschollen.
Bremerfotografi: Im RAG erhalten.
Ein junges Mädchen: Nicht ermittelt.

101. Ellen Key an Rilke Januar 1907
2 Monats Reise nach Egypten: Clara wurde von ihrer Freundin May Knoop, irischer Musikerin, und deren Mann Baron Johann K. Knoop (1846-1917) nach Helouan bei Kairo in ihr dortiges Hotel-Sanatorium Al Hayat eingeladen. Nach vier Tagen mit Rilke in Neapel und auf Capri fuhr sie am 16. 1. mit dem Schiff »Oceana« nach Ägypten und kehrte erst am 19. 4. zurück nach Neapel.
Gorki: Maxim Gorki (1868-1936), russischer Schriftsteller und Revolutionär, ab 1905 Freund Lenins, lebte 1906-1913 als Emigrant auf Capri
Andrejew: Leonid Andrejew (1871-1919), russischer Erzähler und Dramatiker, schloß sich 1901-1907 den von Gorki geführten Schriftstellern an, die im Verlag Znanie publizierten.
Artikel über Gorki: Schwedischer Titel und Erscheinungsort nicht ermittelbar. »Die Gorki-Frage« erschien im Januar 1907 in ›Mutterschutz. Zeitschrift zur Reform der sexuellen Ethik‹, Jg. 3, S. 3-8. 1906 bereiste der noch verheiratete Gorki die USA in Begleitung der Schauspielerin und Revolutionärin Marija Feoderovna Andreeva (1868-1963), mit der er anschließend am 2. 11. 1906 nach Capri zog. Der dadurch entstandene Skandal, nicht zuletzt vom Schriftsteller Samuel Clemens (1835

bis 1910) geschürt, untergrub den Zweck der Reise, Geld und Anhänger für revolutionäre Untergrundarbeit zu sammeln. Gemäß ihren Überlegungen in ›Über Liebe und Ehe‹ verteidigte Ellen Key Gorkis Recht, aus Liebe Ehefrau und Sohn zu verlassen, solange er seinen Verantwortungen als Vater nachkäme.

Venus in Syracuse: Die Aphrodite von Syrakus, auch als Venus Ladolina bekannt, stammt aus dem 4. Jh. vor Chr. und ist eine hellenistische Kopie eines älteren Werkes, abgebildet bei Heinrich Bulle, ›Der schöne Mensch im Altertum‹, München und Leipzig: G. Hirth [3]1922, S. 339, Abb. 84 und Taf. 157.

Buch der Bilder und der Kornet: S. Brief 102 und Anm.

102. Rilke an Ellen Key 9. 2. 1907

Unser kleiner Kreis: Außer Rilke und seiner Gastgeberin Alice Faehndrich gehörten ihre Stiefmutter Freifrau Julie von Nordeck zur Rabenau (»Frau Nonna«; 1842-1928) und die 24jährige Gräfin Manon zu Solms-Laubach, geb. 1882, zu diesem Kreis.

Gorki: Leonid Pasternak berichtet Rilke am 10. 12., Gorki lebe auf Capri, sei wohl sehr Westler geworden und verdorben durch den westlichen Ruhm und den internationalen Sozialismus. Dennoch fragt er, ob er ihm raten würde, einen Versuch zu machen, Gorki zu begegnen: »Und wenn ja: könnten Sie mir ein Wort der Einführung geben? Sie kennen ihn ja vermutlich gut« (GB 2, 206). Am 14. 12. schreibt Rilke an Hedwig Fischer, man sei dabei, sich an Gorki zu gewöhnen, »der sich als Anarchist feiern läßt, aber angenehmerweise vorderhand statt Bomben Geld unter die Leute wirft, haufenweise« (BSHF 571). Vgl. Brief 111.

Gustaf af Geijerstam: Geijerstam (1858-1909), schwedischer Romancier, Journalist, Verlagsleiter. Zusammen mit Clara lernte Rilke Geijerstam und seine Familie im November 1906 in Berlin kennen, nachdem er schon früher seine Romane ›Das Buch vom Brüderchen. Roman einer Ehe‹ und ›Die Komödie einer Ehe‹, übersetzt von Francis Maro, Berlin: S. Fischer 1902 und 1903, bei ihrem Erscheinen besprochen hatte (WA 10, 649-651; s. WA 12, 1433 zur unermittelten Besprechung von ›Buch vom Brüderchen‹). Die Begegnung führte zu Rilkes Lektüre von ›Karin Brandts Traum‹, Berechtigte Übertragung von Gertrud Ingeborg Klett, Berlin: S. Fischer 1906, auf seiner Reise nach Neapel, den Erhalt des Romans ›Gefährliche Mächte‹, Berechtigte Übertragung von Gertrud

Ingeborg Klett, Berlin: S. Fischer 1906, und die Bitte um ›Das Haupt der Medusa‹. Roman, Berechtigte Übertragung von Francis Maro, Stuttgart: Deutsche Verlags-Anstalt 1898, und ›Frauenmacht‹. Roman, Berechtigte Übertragung von Therese Krüger, Berlin: S. Fischer 1904. Rilkes Briefe an Geijerstam vom 16. 12. 1906 und 9. 2. 1907 (GUB) halten Geijerstams verschiedene Reise- und Arbeitspläne fest. Zu Rilke und Geijerstam s. Reidar Ekner, »Rilke och Gustaf af Geijerstam. En vanskap«, in: ›Svensk litteraturtidskrift‹, H. 2, 1965, S. 76-85.
Stephan Zweig ... lieben langen Brief: Aus Rilkes Antwort auf den verschollenen Brief geht hervor, daß Zweig seinen Vorschlag zu Vorlesungen in Wien erneuerte und die Verbindung mit dem Wiener Buch- und Kunsthändler Hugo Heller (1870-1923) vermittelte (BSZ 23-26).
Latomien: Großer von Höhlen durchzogener Steinbruch, aus dem das Material der griechischen Bauten in Syrakus und Umgebung stammt.
meine alten Froststellen: Gehen vermutlich auf Rilkes Militärschulzeit zurück.
Das neue Buch der Bilder: ›Das Buch der Bilder‹. Zweite sehr vermehrte Ausgabe. Berlin Leipzig Stuttgart: Axel Juncker ⟨1906⟩. Diese Ausgabe enthält 37 neue Gedichte. Das Exemplar, das Rilke Ellen Key auf Capri schenkte und das sich noch 1975 auf dem Schreibtisch ihres Schlafzimmers in Strand befand (s. Lengborn, 322f.), versah er mit folgender, bisher unveröffentlichter Widmung (emandierter Text nach der Abschrift Lengborns):

Meiner lieben Ellen Key.

Doch sind nicht unsere Eigenthümer
wo Namen noch verschieden uns erinnern:
den wenigen demüthigen Gewinnern
schenkt sich das Leben immer anonÿmer.

Rainer Maria
Capri / 12. März
1907

Cornet: ›Die Weise von Liebe und Tod des Cornets Christoph Rilke‹. Geschrieben 1899. Berlin Leipzig Stuttgart: Axel Juncker ⟨1906⟩. In Strand nicht erhalten.
meine alten Briefe: Die »Fragebogenbriefe«, Briefe 26 und 33.

103. Rilke an Ellen Key 27. 2. 1907

Aus Rilkes Brief geht hervor, daß er auf einen verschollenen Brief von Ellen Key antwortet.

Dein schöner Rodin=Aufsatz: »En pingstdag hos Rodin«, in: ›Maneten‹. Årsskrift utgiven af konstnärskretsen i Göteborg, Jg. 2, 1906-1907, S. 8 bis 15 (»Ein Pfingsttag bei Rodin«, in: ›Seelen und Werke‹, S. 139-152).

Duca di Cajanello: Pasquale del Pezzo (1859-1936), ab 1889 nach dem Tod seines Vaters Duca di Cajanello, Professor der Mathematik an der Universität Neapel, lernte die schwedische Autorin und Freundin Ellen Keys Anne Charlotte Leffler (1849-1892) im Frühjahr 1889 kennen und heiratete sie im Juni 1890. Sie starb im Oktober 1892 an einer Blinddarmentzündung. Ellen Keys ›Anne Charlotte Leffler, duchessa di Cajanello‹, Stockholm: A. Bonnier 1893, erschien deutsch unter demselben Titel in Ellen Key, ›Drei Frauenschicksale‹, Übertragung von Marie Franzos, Berlin: S. Fischer 1908, S. 73-173.

104. Ellen Key an Rilke 9. 3. 1907

deine Wirtin: Alice Faehndrich.

105. Rilke an Ellen Key 11. 3. 1907

»Meerestille und glückliche Fahrt«: Anspielung auf Goethes Gedichte »Meeresstille« und »Glückliche Fahrt«.

Siegfried Trebitsch: Trebitsch (1869-1956), österreichischer Schriftsteller und Übersetzer. Sein Werk ›Ein letzter Wille‹, Schauspiel in 3 Akten, Berlin: Oesterheld 1907, wurde abends im kleinen Kreis der Villa Discopoli vorgelesen (Chronik 1, 255). 1902 hatte Rilke Trebitschs Novellenband ›Weltuntergang‹, Berlin: S. Fischer 1903, besprochen (WA 10, 627-630).

Bernard Shaw's: George Bernard Shaw (1856-1950), englischer Dramatiker und Essayist. Rilke lernte Shaw im April 1906 bei Rodin kennen (BSHF 15-17).

106. Rilke an Ellen Key 12. 3. 1907

an Lizzie ... ausführlich geschrieben: S. Anm. zu Georg Noack, Brief 82.

Pifferari: Ein Vater mit seinen zwei Söhnen und zwei Töchtern, wie Ellen Key in ihren Reiseaufzeichnungen festhält (L41:3:4). Nach Chronik 1, 264 notierte Rilke die Texte der Lieder und machte sie Manon zu Solms-Laubach zum Geschenk.

107. Ellen Key an Clara Rilke-Westhoff 15. 3. 1907

diese kleine Kirche: Auf der von Ellen Key verwendeten Ansichtskarte ist die kleine Bergkirche Santa Maria a Cetrella am Monte Solaro abgebildet. Vgl. Anm. zu Brief 108.

108. Rilke an Ellen Key 16. 3. 1907

ein Brief von Verhaeren: Rilkes Teilabschrift des Briefes befindet sich in Ellen Keys Nachlaß (L41:14:3).

mit Dir einer Freude zu sein: Rilkes verändertes Urteil über Ellen Key im Vergleich zu dem während ihres Pariser Aufenthalts findet Ausdruck in seinem Brief an Clara vom 15. 3. 1907, Anhang III.

»La Multiple Splendeur«: Verhaerens ›La multiple splendeur, poèmes‹, Paris: Mercure de France 1906. Vgl. Brief 113 und Anm.

euere Augen: Ellen Key reiste in Begleitung von Hanna Pauli, s. Brief 109 und Anm.

von Munthe's Villa aus: Zu Axel Munthe vgl. Brief 111 und Anm.

Gaëtano Cajanello: Gaëtano del Pezzo, geb. 1892, Sohn von Pasquale del Pezzo, Duca di Cajanello, und Anne Charlotte Leffler.

Carducci: Vermutlich Giosuè Carducci (1835-1907), italienischer Dichter und Literaturhistoriker, der 1906 den Nobelpreis für Literatur erhielt und Mitte Februar 1907 gestorben war.

Sta Maria a Cetrella: Am 21. 2. schrieb Rilke an Elisabeth von der Heydt, er habe in den letzten Tagen Anacapri entdeckt, »und dahinter in den Bergen über dem Meer viel Einsamkeit, die noch keinem gehört, halbzugängliche Einsamkeit mit einer kleinen verlassenen Kirche mittendrin. Santa Maria a Cetrella heißt es dort, und ich habe angefangen, für diese arme vergessene Maria da oben ein bischen zu dichten« (BKEH 122). S. Schnack, Abb. 172; der Gedichtzyklus: WA 3, 19-24.

die leere Certosa: Certosa di San Giacomo, ein 1371-1374 erbautes weitläufiges Kartäuserkloster am südlichen Rand des Ortes Capri, das 1808 säkularisiert wurde und danach langsam verwahrloste. Rilke schrieb Mitte Januar anläßlich eines Besuches mit Clara »Die Brunnen in der *Certosa*« (WA 11, 986).

109. Ellen Key an Rilke 3. 4. 1907

das Letzte mit Nordlinds Brief: Rilkes »zweiter« Brief ist verschollen.

das Borgeby-Buch: Ende März/Anfang April schreibt Rilke an Norlind: »Sehr stolz bin ich, dass ich noch eine Stelle in dem Erinnerungs-Album der Gäste auf Borgeby erhalten soll. Wenn Du mir die nöthigen Blätter schickst, werde ich sie sobald als möglich ausgefüllt zurücksenden« (BEN 35).

eine Karte für Gorkis: S. Brief 111.

Chiostro S. Severino: Das zum Klosterkomplex gehörende Chiostro del Platano enthält einen Freskenzyklus zum Leben des Heiligen Benedikt von Antonio Salario.

Van Goghs Briefe: Der Maler Vincent van Gogh (1853-1890). ›Briefe‹. Deutsche Ausgabe besorgt von M. Mauthner. Berlin: Bruno Cassirer 1906. Rilke hatte dieselbe Ausgabe Ende November 1906 auf seiner Reise von Berlin nach Neapel in München gekauft und auf der Weiterreise gelesen (GB 2, 200).

Perugia-Ausstellung: Am 16. 3. schreibt Rilke an Karl von der Heydt, Ellen Key habe ihm geraten, zurück nach Paris über Perugia zu fahren, »wo eine merkwürdige Ausstellung alter umbrischer Kunst Ende April eröffnet werden soll« (BKEH 129).

Hanna: Hanna Pauli, geb. Hirsch (1864-1940), schwedische Malerin und Zeichnerin, seit 1887 mit dem schwedischen Maler Georg Pauli verheiratet. Ihre Bekanntschaft mit Ellen Key geht auf die Jahre 1878 bis 1879 zurück, als Ellen Key ihr und einigen anderen Mädchen aus dem gehobenen jüdischen Bürgertum Stockholms Privatunterricht in Geschichte, Geographie und schwedischer Literatur erteilte. Von ihr stammen mehrere Porträts von Ellen Key sowie das großformatige Ölgemälde ›Vänner‹, dessen Mittelpunkt Ellen Key bildet. S. Rilkes Brief an Hanna Pauli vom 10. 1. 1913 im Anhang V und Anm.

Von Vollmars: Georg von Vollmar (1850-1922), Publizist, Land- und Reichstagsabgeordneter, 1890-1918 führender Sozialdemokrat, und seine schwedische Frau Julie, geb. Kjellberg (1849-1923), die mit Ellen Key seit ihrer gemeinsamen Studienzeit 1869-1872 an dem privaten Lehrerinneninstitut von Jenny Rossander in Stockholm befreundet war.

die deutschen Wahlen: Unter der Führung der Zentrumspartei hatte der Reichstag 1906 keine Gelder für den Krieg gegen den Hererostamm in Südwestafrika genehmigt und wurde frühzeitig aufgelöst. Die »Hottentotwahlen« vom Januar 1907 führten zum Sieg einer konservativen Koalition.

Sapho: Sappho (um 600 v. Chr.), griechische Lyrikerin, die auf Lesbos und vorübergehend in Verbannung in Syrakus lebte.

Anne Brunnemans Artikel: Die Dresdner Journalistin Anna Brunnemann stand 1905-1907 in einem Briefwechsel mit Ellen Key (L41:63:2), in dem Rilke ein wiederkehrendes Thema ist. Der Artikel: vermutlich »Gesänge eines ›Lebensgläubigen‹«, in: ›Deutsche Arbeit‹, Jg. 6, H. 6, März 1907, S. 381-383.

Du sänder mitt bref ...: »Du sendest meinen Brief an Munthe in einer Kunst mit einigen Worten von dir, nicht wahr?« Anscheinend sollte Rilke einen Brief von ihr an Axel Munthe einer Publikation namens ›Kunst‹ (wohl ›Die Kunst. Monatshefte für freie und angewandte Kunst‹, München: F. Bruckmann) beilegen und diese Gelegenheit benutzen, Munthe auf sich aufmerksam zu machen. Ob Rilke danach handelte und es auf diese Weise zu seinem Besuch bei Munthe am 17. 4. kam (s. Brief 111 und Anm.), ließ sich nicht feststellen.

110. Ellen Key an Rilke 17. 4. 1907

Übersetzung von Vivien: Renée Vivien (1877-1909), französisch schreibende, schottisch-amerikanische Schriftstellerin. Ihr Buch: ›Sappho‹, Paris: Lemerre 1903.

Brandts Sapho: Paul Brandt (1861-1929), Dr. phil., Gymnasialprofessor und Oberstudienrat in Schneeberg (Sachsen), veröffentlichte in den 20er Jahren Arbeiten zur Erotik und Sittengeschichte der Antike unter dem Pseudonym Hans Licht. Sein Buch: ›Sappho. Ein Lebensbild aus den Frühlingstagen altgriechischer Dichtung‹, Leipzig: Rothbarth 1905.

Marchese Venuti: Marchesa Teresa Venuti De Dominicis, geb. 1848, Lyrikerin und Kritikerin, Kennerin der klassischen Literaturen. Ein vermutlich beigelegter Beitrag von ihr zu Sappho ist nicht erhalten und war nicht ermittelbar.

frau F.: Alice Faehndrich.

E. B. Browning ... Die portugisischen Sonetten: S. Brief 111.

Baron Beust: Karl Freiherr von Beust, geb. 1851, 1874-1881 Offizier, dann Schriftsteller. Sein Onkel Friedrich Freiherr (ab 1868 Graf) von Beust (1809-1886) war 1849-1866 Außenminister des Königtums Sachsen, 1866-1871 zunächst Außenminister und dann Reichskanzler von Österreich-Ungarn.

Judith Claudel über Rodin: Judith Cladel (1873-1958), französische Schriftstellerin, Kunstkritikerin und Tochter des mit Rodin befreundeten naturalistischen Romanciers Léon Cladel (1834-1892). Eines ihrer

Rodin-Bücher, ›Le sculpteur Auguste Rodin pris sur la vie‹, Paris: Edition de la Plume 1903 besteht aus fingierten Dialogen zwischen zwei jungen Frauen, die auf ihren eigenen Gesprächen mit Rodin beruhen. Ein zweites Buch, ›Auguste Rodin, l'œuvre et l'homme‹, Préface de Camille Lemonnier, Bruxelles: G. Van Oest & Cie. 1908, soll laut des Vorwortes schon 1902 in einer Erstauflage erschienen sein, diese läßt sich jedoch bibliographisch nicht nachweisen.
Cena über Rodin: S. Brief 111 und Anm.
Perugia Ausstellung: S. Anm. zu Brief 109.
Wassermann ... ein Artikel über Rahel: Wassermanns Artikel »Rahel« über die Salonführerin und Schriftstellerin Rahel Varnhagen von Ense, geb. Levin (1771-1833), erschien anläßlich einer Neuausgabe ihrer Briefe und Tagebuchblätter in: ›Der Tag. Moderne illustrierte Zeitung‹, Berlin, Nr. 141, Ausgabe A, 24. 3. 1904.
ein junger Fiori: Nicht ermittelbar.

111. Rilke an Ellen Key 18. 4. 1907
Sappho ... genug Anhaltspunkte: »Sappho an Aklaïos«, WA 2, 483, entstanden am 24. 7. 1907, geht aus Rilkes Pariser Beschäftigung mit der Lyrikerin hervor. Vgl. Brandt, ›Sappho‹, S. 52f.
44 Sonnette von E. Barrett-Browning: Rilke übersetzte die »Sonnets from the Portugese«, ursprünglich in Elizabeth Barrett-Brownings ›Poems‹, New Edition, London: Chapman & Hall 1850 erschienen, zwischen Ellen Keys Abreise am 16. 3. und dem 10. 4. mit Hilfe seiner Gastgeberin Alice Faehndrich, deren Mutter Engländerin war. Die Erstausgabe, ›Elizabeth Barrett-Brownings Sonette nach dem Portugiesischen‹, Übertragen durch Rainer Maria Rilke, Leipzig: Insel-Verlag 1908, enthält die Widmung: »Alice Faehndrich / geb. Freiin von Nordeck zur Rabenau / in Erinnerung an gemeinsame Arbeit«. Seine erste Bekanntschaft mit den Sonetten verdankte er allerdings Ellen Keys Studie über die Brownings in ihrem Buch ›Menschen‹. Nach Brief 124 war ihr Besuch auf Capri »die eigentliche Veranlassung« zur Übertragung.
Gorki's: Rilke besuchte die Gorkis am 12. 4. Sein Brief an Karl von der Heydt vom 3. 5. (BKEH 132f.) enthält einen negativer gestimmten Bericht der Begegnung.
Munthe: Axel Munthe (1857-1949), schwedischer Arzt, Schriftsteller und Kunstsammler, studierte Medizin in Uppsala, Montpellier und Paris. Nach Abschluß seines Studiums in Paris unterhielt er dort eine

Praxis in den 1880er und in Rom in den 1890er Jahren. Um die Jahrhundertwende baute er die Villa San Michele auf Capri in der Nähe des Ortes Anacapri mit Blick aufs Meer in Richtung Neapel. 1948 schenkte er sie samt seiner Kunstsammlung dem schwedischen Staat unter der Bedingung, daß sie als Museum unter der Verwaltung des Schwedischen Instituts in Rom geführt wird. Ellen Key kannte ihn, hat ihn vermutlich auf Capri besucht und Rilkes Begegnung mit ihm vermittelt. Ob es zu weiteren Besuchen kam, ließ sich nicht ermitteln.

Giovanni Cena's Aufsatz über Rodin: Cena (1870-1917), italienischer Dichter mit starkem sozialem Interesse. Sein Aufsatz: »Augusto Rodin«, in: ›Nuova Antologia di lettre, scienze e d'arti‹, Roma, Nr. 176, 16. 3. 1901, S. 284-302.

Villa Pagano: Ellen Keys Unterkunft auf Capri.

Vortrag Hugo von Hofmannsthals: »Der Dichter und diese Zeit« wurde von Hofmannsthal zunächst als Vortrag in München, Frankfurt, Göttingen und Berlin in der ersten Dezemberhälfte 1906 gehalten, erschien dann als »Der Dichter und diese Zeit. Ein Vortrag« in ›Die Neue Rundschau‹, Jg. 18, H. 3, März 1907, S. 257-276. Nach seinem Brief an Clara vom 18. 3. (GB 2, 294) kam es schon einen Tag nach Ellen Keys Abreise von Capri zu einer gemeinsamen Lektüre von Hofmannsthals Vortrag in der Villa Discopoli. Der Anlaß einer erneuten gemeinsamen Lektüre ließ sich nicht ermitteln.

112. Ellen Key an Rilke 20. 4. 1907

Datierung: Die Postkarte trägt den Poststempel von Roma vom 20. 4. 1907.

Beust's Übersetzung ... nicht gedruckt: Möglicherweise erschien Beusts Übersetzung anonym unter dem Titel ›Portugiesische Sonette‹, Aus dem Englischen übertragen, Dresden: E. Pierson 1907.

M. Gotthain (bei E. Diederichs): Elizabeth Barrett-Browning, ›Sonette aus dem Portugiesischen‹, übers. von Marie Gothain, Leipzig und Jena: Eugen Diederichs 1903.

113. Ellen Key an Rilke 30. 4. 1907

Datierung: Die Postkarte trägt den Poststempel von Roma vom 30. 4. 1907.

gleich Gorkis sagen: Ob Rilke Ellen Keys Auftrag ausgeführt hat, ist unbekannt.

spreche ich über Verhaeren: Wohl eine Vorstufe zu Ellen Keys Aufsatz »La multiple splendeur och Émile Verhaeren«, in: ›Ord och Bild‹, Jg. 16, H. 12, 1907, S. 657-664. Eine erweiterte Fassung erschien unter dem Titel »Émile Verhaeren«, in: ›Seelen und Werke‹, S. 63-97.

114. Ellen Key an Rilke 12. 6. 1907

Datierung: Die Ansichtskarte, die das Gemälde ›Trasfigurazione‹ aus dem Museo S. Marco in Florenz abbildet, trägt den Poststempel von Firenze vom 12. 6. 1907.

Norlinds Bücher: ›Dikter‹ und ›Intermezzon och bagateller‹, Stockholm: A. Bonnier 1907.

115. Ellen Key an Rilke 22. 6. 1907

Datierung: Der erhaltene Briefumschlag trägt den Poststempel vom 22. 6. 1907.

Wie herzlich hat es mir gefreut: Rilkes Brief, auf den Ellen Key hier eingeht, ist verschollen. In Paris am 31. 5. angekommen, bewohnte Rilke seit dem 6. 6. wieder ein Zimmer in 29, rue Cassette wie im Jahr zuvor während Ellen Keys Besuch in Paris.

das Pompejibild: S. Brief 109.

eine kleine (vermuthete) reizende Sapho: Nicht ermittelbar.

Roger de Chateleux: Nicht ermittelbar.

Norlinds Buch mit den Rodin-Essay: »Några anteckningar om Rodin«, in: ›Intermezzon och bagateller‹, S. 29-47, trägt die Widmung »Rainer Maria Rilke, Rodins ypperlige biograf, tillägnade« (»Rodins ausgezeichnetem Biographen zugeeignet«). S. Anm. zu Briefen 114 und 116.

Gabriel Monod's Einleitung: Monod (1844-1912), politisch engagierter französischer Historiker an der Pariser École des Hautes Études, den Ellen Key durch seine Frau Olga Monod-Herzen, die Adoptivtochter von Malwida von Meysenbug, kannte. Die französische Übersetzung von ›Lifslinier I‹: ›De l'Amour et du marriage‹. Avec une préface de Gabriel Monod. Paris: E. Flammarion 1907.

Victor Margueritte: Margueritte (1866-1942), französischer Schriftsteller, der außer Romanen über den preußisch-französischen Krieg Kindergeschichten und Manifeste zur Emanzipation der Frau schrieb.

Clara's Besuch bei Geijerstam: Claras Plan zu diesem Besuch, verbunden mit einer Porträtbüste von Geijerstam und einem möglichen Auftrag von Stina Frisell, ihre Tochter Ragni zu modellieren, taucht zum ersten

Mal in Rilkes Brief an Geijerstam vom 12. 4. 1907 (GUB) auf. Trotz Geijerstams Zusage (vgl. Rilkes Brief an ihn vom 26. 5. 1907) kam dieser Besuch wie auch der wohl damit verbundene Plan, nach Göteborg zu ziehen, nicht zustande.

mein Buch über Dir: S. Brief 98 und Anm.

Michels sein als separat: Der Essay »Rainer Maria Rilke« aus Wilhelm Michels ›Apollon und Dionysos‹, S. 39-57, erschien 1906 bei Juncker als Separatdruck (BAJ 236f.).

Schellenberg: Ernst Ludwig Schellenberg (1883-1964), Schriftsteller. Sein »Rainer Maria Rilke. Ein Essay« erschien als H. 33 (falsch numeriert als H. 35) der ›Beiträge zur Literaturgeschichte‹, hrsg. von Hermann Graef, Leipzig: Verlag für Literatur, Kunst und Musik 1907.

Frau Schurgast ... das Gauginbild: Paul Gauguin (1848-1903), französischer Maler. Über das Gauguin-Bild, ein Porträt aus den 80er Jahren, hatten Rilke und Ellen Key sich vermutlich schon auf Capri verständigt. Am 30. 6. schrieb Rilke über das Bild an Samuel Fischer als potentiellen Käufer (BSHF 573).

Meyer-Gräfe: Julius Meier-Gräfe (1867-1935), Schriftsteller und führender Kunstkritiker der Moderne, behandelte Gauguin in Bd. 1 seiner dreibändigen ›Entwicklungsgeschichte der modernen Kunst. Vergleichende Betrachtung der bildenden Kunst, als Beitrag zu einer neuen Aesthetik‹, Stuttgart: Jul. Hoffmann 1904, S. 371-383, Abbildungen in Bd. 3, S. 140-144. Rilkes kannten ihn persönlich und schätzten seine Arbeiten zur Kunst.

116. Rilke an Ellen Key 27. 6. 1907

die Gruppe Gazellen ... ein Auftrag: Der Auftrag stammte von Claras Gastgebern, dem Ehepaar Knoop.

in Berlin an etwas Anderem: Konnte nicht ermittelt werden.

nach Schweden zu ziehen: Claras Pläne ließen sich nicht verwirklichen, vgl. Brief 120.

dieser Essay ... zu intim geworden: Rilke war sich anscheinend nicht darüber im Klaren, daß Ellen Keys Arbeiten zur Literatur ausnahmslos »intim« ausfielen.

beim Lesen und Wiederlesen der sehr unklaren Übersetzung: Rilkes Rekonstruktion seiner Rezeption von Ellen Keys Aufsatz tut der Übersetzerin Marie Franzos unrecht und unterschlägt sein frühes Unbehagen nach Einsicht in das erbetene »Vorwort« zu ›Geschichten vom lieben Gott‹. S.

Brief 35 und Anm. sowie seine Briefe an Lou Andreas-Salomé vom 12./13. 5. 1904 (BLAS 170) und Clara vom 26./27. 6. 1904 (GB 2, 20). Eine eindeutige Stellungnahme erfolgte erst vier Jahre später in Brief 132.
Ich habe nie gelesen, was Michel geschrieben ... Schellenberg publiziert: Rilke begründet seine angebliche Enthaltsamkeit gegenüber Besprechungen seiner Werke ausführlich in Briefen an Schellenberg vom 2. 9. 1907 und an den Schriftsteller und Übersetzer Friedrich Oppeln-Bronikowski (1873-1936) vom 4. 10. 1907 (GB 2, 364-366 und 396-398). Daß diese oft beteuerte Abstinenz keineswegs absolut war, geht aus seinem Brief an Clara vom 5. 10. 1907 hervor (GB 2, 399).
keine Daten geliefert: Rilkes Aussage stimmt ganz im Fall Schellenbergs, aber im Fall Michels nur bedingt. Vgl. Anm. zu Brief 9 sowie Rilkes Bemerkung in Brief 10, Michel habe »noch einiges Material«.
Wege nach Santa Maria Cetrella: S. Brief an Clara vom 15. 3. 1907, Anhang III.
Norlinds Aufsätze ... die Gedichte: S. Anm. zu Brief 114. Rilke würdigt die Bücher in seinem Brief an Norlind vom 15. 9. 1907 (BEN 36f.).
Anders Österling: Das Wiedersehen kam nicht zustande.
Grafen Harrach ... Gräfin Arco: Der Maler Ferdinand Graf Harrach (1832-1915) und seine zweite Frau Helene Gräfin Harrach, geb. Gräfin Arco (1848-1940), die in ihrer Berliner Wohnung am Pariser Platz einen angesehenen Salon führte.
Bekannte von uns: Vermutlich August von der Heydt (1851-1929), Cousin von Karl von der Heydt und Bankier in Elberfeld, und seine Frau Selma, geb. Haarhaus 1862, die am 25. 3. Capri und die Villa Discopoli besuchten.

117. Ellen Key an Rilke — 29. 6. 1907

Datierung: Der erhaltene Briefumschlag trägt den Poststempel vom 29. 6. 1907.
Vorsteherin: Anna Widegren, geb. 1872, Lehrerin und Direktorin der Samskola von Anfang 1904 bis März 1906.
Arthurs Geist: Artur Bendixson, der sich 1904 wegen Krankheit beurlauben ließ und nicht zurückkehrte.
der neue Rektor: Sven Lönborg (1871-1959), Geograph und Schriftsteller, war Rektor der Samskola von 1904-1913.
Sidney Gibson: Gibson (1877-1959), Bildhauer und Kunsthandwerker, war der Sohn von Jimmy Gibsons Cousin, William Gibson IV.

Paul Geheeb: Geheeb (1870-1961), Reformpädagoge und Gründer der Odenwaldschule (1910) sowie der École de l'Humanité im Schweizer Exil, hatte 1906 kurz nach seiner Entlassung als Direktor des Deutschen Land-Erziehungsheims Haubinda zusammen mit Gustav Wyneken die Freie Schulgemeinde Wickersdorf bei Saalfeld gegründet. Ellen Key, mit der er 1905-1923 im Briefwechsel stand (L41:63:4), teilte er im ersten Brief vom 16. 2. 1905 mit, ›Das Jahrhundert des Kindes‹ habe auf ihn wie bei weitem kein anderes pädagogisches Buch gewirkt, sie sei daraufhin Haubindas Prophetin geworden: »Die von Ihnen gezeichneten Ideale, die wundervolle und tiefe Interpretation, die Sie dem einfachen Worte, daß Erziehen = Individualisieren ist, gegeben haben, stehen uns ständig vor Augen«.
Stina: Stina (Christiane) Frisell, geb. Wærn (1862-1944), verheiratet mit dem Göteborger Bankdirektor und Industriellen Erik Frisell (1859 bis 1942), war eine Verwandte von Lizzie Gibson und gehörte mit ihrem Mann zu den Gründern der Samskola. Rilke hatte sie in Göteborg durch Gibsons kennengelernt und widmete ihr das am 20. 11. 1904 entstandene Gedicht »Das Lied von den Lilien« (WA 6, 780), nachdem er einige Stunden vor und nach seiner Lesung in der Samskola am 17. 11. in ihrem Haus verbracht hatte. Nach einem unerwarteten Wiedersehen auf einer Carrière-Ausstellung in Paris in Begleitung von Ellen Key am 6. 6. 1906, das zu einem gemeinsamen Besuch im Musée Cluny führte, widmete Rilke ihr auch das am 9. 6. entstandene Gedicht »La Dame à la Licorne« (WA 3, 200) mit den Worten: »Zum Gedächtnis gemeinsamen Schauens und Erlebens vor den Teppichen der edlen Dame aus dem Haus Le Viste im Hôtel de Cluny« (Chronik 1, 244).
vielleicht ein Mal – in andere Form: S. Brief 132 und Anm.
Giorgiones Koncert: Giorgione (1477/1488-1510), italienischer Maler. Das Gemälde ›Concerto‹ in der Galleria Pitti in Florenz, damals Giorgione zugeschrieben, stammt vermutlich von seinem Gehilfen, dem jungen Tizian (um 1488-1576). Es wird an zentraler Stelle in der letzten der ›Geschichten vom lieben Gott‹ (WA 7, 393) genannt.
Juhani Aho ... Wenny: Venny Soldan (1863-1945), finnische Malerin, seit 1891 mit dem finnischen Schriftsteller Juhani Aho (eig. Brofeldt; 1861 bis 1921) verheiratet, lernte Hanna Pauli während ihres Kunststudiums Mitte der 1880er Jahre in Paris kennen und wurde 1887 von ihr in einem großformatigen Ölgemälde porträtiert, das in Göteborgs Konstmuseum hängt und auf dem Einband von ›De drogo till Paris.

Nordiska konstnärinnor på 1880-talet‹, Stockholm: Föreiningen Norden 1989, abgebildet ist.
mein Bild: Hanna Paulis Aquarell ›Ellen Key 1907 (Italien)‹, 213 x 135 cm, befindet sich im Nationalmuseum, Stockholm, ihr Pastellporträt von Ellen Key aus demselben Jahr in der Porträtsammlung des Bonnier Verlages im Museum Manilla, Stockholm.
qui étreint trop, embrasse mal: Wer zu fest drückt, umarmt schlecht.

118. Ellen Key an Rilke 18. 7. 1907

Datierung: Die Postkarte trägt den Poststempel von Firenze vom 18. 7. 1907.
Auguste de Witt: Augusta de Wit (1864-1939), niederländische Romanautorin, hatte Ellen Key wohl 1905 in Laren während ihrer ausgedehnten Vortragsreise kennengelernt. Es muß ein verschollener Brief Rilkes vorausgegangen sein, in dem er sich aus nicht zu ermittelnden Gründen nach Augusta de Wit erkundigte. In ihrem Brief an Ellen Key vom 21. 11. ⟨1914⟩ (L41:63:15) bittet de Wit um eine Kopie des Rilke-Aufsatzes aus ›Deutsche Arbeit‹. Sie solle in Holland einen Vortrag über Rilke halten, und Rilke habe ihr aus München geschrieben, der Aufsatz enthalte viele persönliche Daten.
die Lehrerinnen in Berlin ausgebildet: Im Pestalozzi-Fröbel-Haus, das 1874 von Henriette Schrader-Breymann, der Nichte Friedrich Fröbels, als Fortbildungsstätte für die pädagogische Ausbildung von Mädchen und Frauen gegründet wurde.

119. Ellen Key an Rilke 3. 9. 1907

Datierung: Die Ansichtskarte trägt den Poststempel von Volterra vom 3. 9. 1907.
2 Rodins: S. Anm. zu Judith Cladel, Brief 110.
Sensations d'Italie par Bourget: Paul Bourget (1852-1935), französischer Schriftsteller. S. 3-29 seiner tagebuchartigen ›Sensations d'Italie (Toscane – Ombrie – Grande-Grèce)‹, Paris: Plon 1902, sind Volterra gewidmet.
dieses wunderbare Bild: Die Ansichtskarte, die Ellen Key als Briefkarte verwendet, bildet das Gemälde »L'Annunziazione« (1466) von Benvenuto di Giovanni (1436-um 1518) ab.

120. Rilke an Ellen Key 7. 9. 1907

Die schwedischen Pläne: Vgl. Brief 116 und Anm. zu Brief 115.
Lizzies Krankheit: Kreislaufbeschwerden.
Clara ... wieder gearbeitet: Die Zeit von Ende Juli bis Anfang September 1907 verbrachte Clara auf dem Gut des Verlegers Dr. Max Jaenecke und seiner Frau, der mit ihr befreundeten Turnierreiterin Anna Jaenecke, in Großburgwedel bei Hannover, wo sie im Auftrag ihrer Gastgeberin eine Pferdeplastik schuf. Nach einem Zwischenaufenthalt in Oberneuland wohnte sie einige Wochen im Oktober bei dem Kunsthistoriker Julius Meier-Gräfe und seiner Frau in Berlin, deren Hund sie im Auftrag einer Frau Rickmers (Sauer 367) modellierte.
eine Vortragsreise: Am 30. 10. trat Rilke seine dritte Vortragsreise an. Er las aus eigenen Werken in Prag am 3. 11., in Breslau am 5. 11. und in Wien am 8. 11. und hielt abschließend seinen Rodin-Vortrag in Wien am 13. 11. Nach fünf weiteren Tagen in Wien verbrachte er elf Tage in Venedig, von wo aus er am 1. 12. nach Oberneuland fuhr.
Rodin II: Die um den überarbeiteten Rodin-Vortrag von 1905/1906 erweiterte 3. Auflage von ›Auguste Rodin‹, Berlin: Marquardt & Co. ⟨1907⟩.
ein Gedicht=Buch: ›Neue Gedichte‹. Leipzig: Insel 1907.

121. Rilke an Ellen Key 4. 1. 1908

»Rahel Varnhagen«: Ellen Key, ›Rahel. Eine biographische Skizze‹, Einzig autorisierte Uebertragung aus dem schwedischen Manuskript von Marie Franzos (=Biographien bedeutender Frauen, VII, Rahel Varnhagen von Ense), Leipzig: E. Haberland ⟨1907⟩. Auf dem Einband: Rahel Varnhagen / von Ellen Key.
der wiener Aufenthalt: Er dauerte vom 8.-18. 11. 1907.
»Neuen Gedichte«: Das in Strand erhaltene Exemplar enthalt die Widmung: »Ellen Key / am Eingang eines neuen Jahres Freundschaft / Ihr Rainer Maria / z. Zt. Oberneuland bei Bremen / Ende 1907«. Der Text weist vereinzelte Lesespuren auf.
Je travaille ...: Ich arbeite im Augenblick mit Schwung und Kraft und Milde und Zärtlichkeit an meinem neuen Drama ›Helène de Troie‹.
»Helène de Troie«: ›Hélène de Sparte‹, tragédie en quatre actes, Paris: M. Rivière 1912 (›Helena's Heimkehr‹. Dem unveröffentlichten Manuskript nachgedichtet von Stefan Zweig. Leipzig: Insel 1909).
Deine Studie über Multiple Splendeur: S. Anm. zu Brief 113.

122. Ellen Key an Rilke 12. 1. 1908

Geijerstam 50 Jahr wurde: Geijerstams 50. Geburtstag: 5. 1. 1908. Rilkes letzter Brief an Geijerstam vom 16. 1. (GUB) folgte auf diese Nachricht.

Schurkenthat Strindbergs – Schwarze Fahnen: August Strindberg (1849 bis 1912), schwedischer Dichter. Sein umstrittener Roman ›Svarta fanor. Sedeskildringar från sekelskiftet‹, Stockholm: Björck & Börjesson 1907, ›Schwarze Fahnen. Sittenschilderungen vom Jahrhundertwechsel‹, verdeutscht von Emil Schering, München und Leipzig: Georg Müller 1908, karikiert Geijerstam in der Figur des Redakteurs und geistigen Parasiten Zachris und Ellen Key in der Figur der lesbischen und alkoholsüchtigen Frauenrechtlerin Hanna Paj.

123. Ellen Key an Rilke 29. 3. 1908

Datierung: Die Ansichtskarte trägt Poststempel von Jonsered und Napoli, die 1908 als Jahr angeben.

Diese beiden Tauben: Hinweis auf die Photographie, von der Jimmy Gibson Ansichtskarten machen ließ.

Polle: Paul, jüngster Sohn der Gibsons, s. Anm. zu Brief 142.

deine Karte: Die Karte ist verschollen.

Lou: Florence Wærn.

Discopolikoloni: Rilke war erneut Gast von Alice Faehndrich vom 29. 2. bis 18. 4. 1908.

Pension Ludwig: Gehörte Margarethe Schurgast.

124. Rilke an Ellen Key 11. 8. 1908

ein neues Gedichtbuch: ›Der Neuen Gedichte anderer Teil‹. Leipzig: Insel 1908. Rilke sandte das Manuskript am 17. 8. an den Verlag.

lauter Arbeit ... nicht länger aufschiebbar: Die etwa halbfertigen ›Aufzeichnungen des Malte Laurids Brigge‹.

mit den Browning=Sonnetten: S. Anm. zu Brief 111.

Frau Faehndrich auf Capri starb: Am 23. 6. 1908.

durch Lizzie ... erfahren: Lizzie Gibson verbrachte einen Teil des Winters und den Frühling 1908 in Italien. Eine Begegnung mit Rilke in Rom und der Aufenthalt von Claras Bruder Helmuth in Jonsered im Sommer führten zwischen März und Oktober zu einer Wiederbelebung ihres Briefwechsels.

Clara ... in Paris: Clara wohnte in Paris von Anfang Mai 1908 bis Juni

1909, ab Ende Mai im Hôtel Biron (vgl. Brief 126). Rodin war erneut bereit, ihr Korrekturen zu erteilen. Welche Arbeiten sie Rodin Ende Mai 1908 zeigte, die zu der geschilderten Reaktion führten, ließ sich nicht ermitteln.
Ruth ... selbst geschriebene Briefe: Im RAG erhalten.

125. Ellen Key an Rilke 5. 10. 1908
Sonetten: Nicht in Strand erhalten.
Lou ... in August 4 Tage: Zusammen mit Sissy Frerichs besuchte Ellen Key Lou Andreas-Salomé vom 8.-12. 8.
Lou und ich haben dasselbe Gefühl: Rilke reagierte auf diese Stelle, indem er mit Blaustift den Ausruf »Dilettanten!« darüber schrieb.
W. Michel: Hinweis nicht ermittelbar.
Lou ... ihren Freund in Wien: Friedrich Pineles. S. Anm. zu Brief 145.
Oder starb sie, ehe sie diese Freude erlebte?: Der Brief ist als Fragment überliefert und bricht an dieser Stelle ab. Die zweite Hälfte des mit II. bezifferten Bogens wurde abgetrennt. Nach Rilkes zwei Gegenbriefen vom 9. 10. zu urteilen, ist es möglich, daß auch ein dritter Bogen verschollen ist.
Neue wunderbare Werke ... Glyptoteket: Nicht ermittelt.

126. Rilke an Ellen Key 9. 10. 1908
durch ein Buch; mein übernächstes: ›Die Aufzeichnungen des Malte Laurids Brigge‹.
Die Legende des Baalschem: Martin Buber (1878-1965), Schriftsteller, Religions- und Sozialphilosoph und Bibelübersetzer. Sein Buch über die ostjüdische Sekte der Chassidim und deren Stifter Rabbi Israel ben Elieser (Baalschem = Meister des wundersamen Gottesnamens), ›Die Legende des Baalschem‹, Frankfurt am Main: Rütten & Loening 1908, hatte Eva Solmitz Rilke geschenkt.
demselben herrlichen Haus: Hôtel Biron, Ecke rue de Varenne und boulevard des Invalides, das heutige Musée Rodin. Die Wendung »entre cour et jardin« stammt aus dem Theater und bezeichnet eigentlich die Bühne. Pariser Stadtchateaux des 17. und 18. Jahrhundert wurden mit einem von »jardins« flankierten »cour« zur Straße hin gebaut.
Klossowski: Erich Klossowski (1875-1949), promovierter Kunsthistoriker (bei Richard Muther), Maler und Kunstschriftsteller.

Félix Fénéon: Fénéon (1861-1944), Schriftsteller, Kunstkritiker, Kunsthändler. Der »andere« Kunsthändler ließ sich nicht ermitteln.
tausend Jahre sind vor ihr wie ein Tag: Anspielung auf Psalm 90:4, in dem es von Gott heißt: »Denn tausend Jahre sind vor dir wie der Tag, der gestern vergangen ist, und wie eine Nachtwache«.
Baeckström ... Rodin=Buch ins Schwedische: S. Anm. zu Brief 55.
Karin: Carin Frisell (1887-1972), Tochter von Stina Frisell, in zweiter Ehe (1926-1937) mit dem schwedischen Schriftsteller Gustaf Hellström verheiratet.
Lou ... ihr Dasein: Rilkes distanzierende Aussage zu Lou Andreas-Salomé entspricht einer Pause von zweieinhalb Jahren in ihrem Briefwechsel, die anscheinend nur durch Rilkes Übersendung von ›Neue Gedichte‹ unterbrochen wurde (BLAS 223).

127. Rilke an Ellen Key 9. 10. 1908
das »Schwere«: Rilkes Bezeichnung für die Problematik der Beziehungen zwischen Mann und Frau, insbesondere die der Sexualität.
Buche der Gräfin Gneisenau: Der Schriftstellerin Maria (Mary) Gräfin Gneisenau, geb. von Bonin (1873-1926), begegnete Rilke im August 1906 im Haus ihres Stiefbruders Karl von der Heydt. Die Begegnung führte vorübergehend zu einem intensiven Briefwechsel, der nur zum Teil veröffentlicht und im SLA verwahrt ist. Ihr Buch ›Aus dem Tal der Sehnsucht‹, Berlin: Julius Bard 1907, trägt als Motto die zweite Strophe des Gedichts »Es gibt Abende ...« aus ›Mir zur Feier‹ (WA 5, 254). Am 6. 7. 1908 schickte sie das Buch an Ellen Key mit einem Hinweis auf Rilkes Gefallen daran und der Bitte um ihre Meinung. Sie habe darin auszudrücken versucht, »wie die Frau über die Erotik hinaus den Wunsch nach einem seelischen Verstehen hat, und wie sie zuletzt an dieser Einsamkeit des Wunsches zerbricht«. Ein zweiter Brief vom 27. 7. 1908 bittet Ellen Key um einen öffentlichen Hinweis auf ihr Buch, damit es die wenigen Leser erreiche, die damit etwas anzufangen wüßten (L41:63:4).

128. Ellen Key an Rilke 27. 10. 1908
die gelbe Stube: Rilkes Zimmer in Furuborg.
mein Haus – d.h. Platz dafür: Ellen Key hatte wohl schon auf Capri mit Rilke über ihre Pläne für ein eigenes Haus gesprochen. Ihre Wahl eines Grundstücks am Vättersee, auf das sie vermutlich durch Verner von

Heidenstam und Prinz Eugen (1865-1947), schwedischer Erbprinz und Landschaftsmaler, aufmerksam wurde, erfolgte erst nach ihrer Rückkehr nach Schweden im Juli 1909, die Verhandlungen mit dem schwedischen Staat zogen sich bis in den Winter 1909/1910 hin.
Ragni: Stina Frisells Tochter Ragni, geb. 1896.

129. Ellen Key an Rilke 1. 12. 1908

deinen letzten Brief: Rilkes Brief ist verschollen.
mein Kauf: S. Anm. zu Brief 128.
3 feine, freundliche Schwestern: Ellen Key wohnte bei der Familie de Loës.
über die Frauenfrage für Die Gesellschaft: ›Die Gesellschaft. Sammlung sozialpsychologischer Monographien‹ wurde von Martin Buber im Verlag Rütten & Loening, Frankfurt am Main herausgegeben. Ellen Keys ›Die Frauenbewegung‹ erschien 1909 als 28. und 29. Band der Reihe.
Die Legende von Baalschem: S. Anm. zu Brief 126. In ihrer Annahme, Rilkes Lektüre des Buches würde sein »Fühlen« über die Juden ändern, bezieht Ellen Key sich vermutlich auf Rilkes Beitrag zu dem in der zweiten Hälfte von 1907 erschienenen Buch ›Die Lösung der Judenfrage. Eine Rundfrage‹, veranstaltet von Dr. Julius Moses, Berlin und Leipzig: Modernes Verlagsbureau, Curt Wigand, S. 191-192 (WA 11, 1003-1005). Rilkes gedrängte Argumentation befürwortet eine im Grunde heroische Rückbesinnung des einzelnen in der Diaspora lebenden Juden auf den »großen alten Gott«, »in Berührung mit dem sein Entstelltes und Verborgenes ein Ornament wird, ein Schriftzeichen, ein Ausdruck für Ehrfurcht«. Damit gewinne das jüdische Volk »wieder sein eigenes wachsendes Dasein«.
Marie Cyrenius und Magda Mauthner: Maria Cyrenius, von der 4 Briefe in Ellen Keys Nachlaß erhalten sind (L41:63:2), lernte Ellen Key im Herbst 1906 in Italien kennen. Weder sie noch Magda Mauthner sind näher ermittelbar.
dein neues Jahr: Rilkes 33. Geburtstag war am 4. 12.

130. Ellen Key an Rilke 20. 3. 1909

dein letztes Gedichtbuch: ›Der Neuen Gedichte anderer Teil‹. Das in Strand erhaltene Exemplar enthält die Widmung: »Meiner lieben Ellen Key / zu Weihnachten 1908. / Rainer=Maria. / Paris.« Lesespuren: 18 Gedichttitel sind im Inhaltsverzeichnis angestrichen.

Gustav Geijerstam tod: Geijerstam starb am 6. 3. 1909.
Strindbergs, Die schwarzen Fahnen: S. Brief 122 und Anm.
Lou mitzubringen: Zusammen mit Ellen Key verbringt Lou Andreas-Salomé etwa die erste Maihälfte in Paris, wo sie Rilke und Clara sehen. Während Lou anschließend wieder nach Hause fährt, verläßt Ellen Key Paris nur vorübergehend und ist in der ersten Junihälfte wieder dort. In dieser Zeit verbringt Rilke »eine ruhige Stunde« bei ihr (vgl. seinen Brief an Lou vom 12. 6., BLAS 225), schenkt ihr jedoch scheinbar kein Exemplar des ›Requiem‹, das er am 21. 5. vom Insel-Verlag erhielt und das er Anfang Juni an andere Freunde verschenkt. Das in Strand erhaltene Exemplar der Erstauflage (Nr. 241 von 500) bekam sie von Lou, denn in ihrem Brief an Lou vom 5. 7. 1909 (LASAG) bestätigt sie dessen Empfang und bemerkt dazu: »Ich kann nicht sagen, daß ich vieles in diesem *Requiem mitgefühlt habe*: das eine kleine Gedicht – von das ›Fallen‹ – ist mir 100mal lieber!« Vgl. »Herbst« (»Die Blätter fallen, fallen wie von weit«), WA 1, 400, von dem eine Abschrift von fremder Hand in ihrem Nachlaß (L41:14:3) verwahrt ist.
Herzlichste Grüße von Gerhart Hauptmann: Von Hauptmann (1862-1946) selbst über den Briefkopf geschrieben. Rilke lernte den Dramatiker und Erzähler um die Jahrhundertwende in Berlin kennen und widmete ihm die Erstausgabe vom ›Buch der Bilder‹.

131. Rilke an Ellen Key 5. 12. 1909
wie Du mir zu gestern geschrieben: Der Brief ist verschollen.
Alle meine Lettern stehn in der Arbeit: Rilke war dabei, ›Die Aufzeichnungen des Malte Laurids Brigge‹ zu beenden.
die einfachsten Worte: Vgl. dagegen Rilkes *öffentliche* Stellungnahme zu Ellen Keys 60. Geburtstag im Anhang IV.

132. Rilke an Ellen Key 17. 12. 1911
längst einen großen Brief schuldig: Außer Ellen Keys Einladung nach Strand (sie bezog es Dezember 1910) an Rilke (s. unten), lassen sich keine verschollenen Briefe aus der Zeit vom 5. 12. 1909 bis 17. 12. 1911 nachweisen.
ich las in Deinem Buch: ›Seelen und Werke‹. Rilkes Unzufriedenheit entstand sicherlich vor allem bei der Lektüre von »Ein Gottsucher (Rainer Maria Rilke)«, S. 153-232, der revidierten und erweiterten Fassung ihres Aufsatzes (s. den neuen Schluß in Anhang VII), muß aber auch von

dem Aufsatz »Maurice Maeterlinck«, S. 98-137, hergerührt haben, der mit einer scharfen expliziten (S. 133) wie impliziten Kritik an Rilke schließt und den er nachweislich (s. unten) gelesen hat.

Von da ab stimmten Deine Bücher nicht mehr: Rilkes Formulierungen lassen vermuten, daß er Ellen Keys »Wunschdenken« spätestens mit dem Buch ›Der Lebensglaube‹ (schwedisch 1905, deutsch 1906) identifiziert.

ich bin nicht Malte Laurids Brigge: In seinem Brief an Lou Andreas-Salomé vom 28. 12. 1911 ist sich Rilke weniger sicher: »⟨N⟩un hab ichs herzlich nöthig, zu wissen welchen Eindruck, dieses Buch auf Dich gemacht hat. Die gute Ellen Key hat mich natürlich umgehend mit dem *Malte* verwechselt und aufgegeben; aber niemand als Du, liebe Lou, kann unterscheiden und nachweisen, ob und wie weit er mir ähnlich sieht. Ob er, der ja zum Theil aus meinen Gefahren gemacht ist, darin untergeht, gewissermaßen, um mir den Untergang zu ersparen, oder ob ich erst recht mit diesen Aufzeichnungen in die Strömung gerathen bin, die mich wegreißt und hinübertreibt« (BLAS 238). Strukturell gesehen ist diese Alternative dieselbe, die Ellen Key am Ende ihres Aufsatzes formuliert, sie hatte ihn also keineswegs »aufgegeben«.

als ich vor 7 Jahren den Brigge begann: S. Anm. zu Brief 26.

die grosse Meinung ... von den Niederlagen: Vgl. »Der Schauende« (WA 1, 459).

aus einer Zeitschrift ... Dein kleines Haus: Nicht ermittelbar. Abbildung bei Axel Forsström, ›Ellen Key‹, hrsg. von Ellen Keys Stiftelse Strand o. J.

Richtigkeit oder Nichtrichtigkeit der Maeterlinck'schen Ehe: Ellen Keys Aufsatz »Maurice Maeterlinck« (s. Anm. oben) enthält eine eingehende Schilderung der Partnerschaft zwischen Maeterlinck und seiner Lebensgefährtin Georgette Leblanc, die sie gemäß ›Über Liebe und Ehe‹ als Ehe bezeichnet, obwohl sie juristisch gesehen keine war. Für Ellen Key stellt diese Ehe ein verwirklichtes Ideal dar. Nach dem 1. Weltkrieg ging sie auseinander.

Afrika: Vom 19. 11. 1910 bis 29. 3. 1911 war Rilke, mit kurzem Zwischenaufenthalt um die Jahreswende in Neapel, unterwegs in Nordafrika – zunächst in Algier, Biskra, El Kantara, Tunis und Kairouan, dann nach der Jahreswende in Ägypten.

Duino ... Fürstin Taxis: Das auf einem Felsen der damals zu Österreich

gehörenden adriatischen Nordküste gelegene Schloß Duino, der Stammsitz eines Zweiges der Mailänder Della Torre, war die Heimat der dieser Familie entstammenden Fürstin Marie von Thurn und Taxis, geb. Prinzessin Hohenlohe (1850-1934). Rilke hatte sie im Dezember 1909 in Paris kennengelernt, war im Sommer 1911 ihr Gast auf Schloß Lautschin in Böhmen und wohnte als ihr Gast auf Schloß Duino vom 22. 10. 1911 bis 9. 5. 1912. Dort entstanden ab dem 21. 1. 1912 Teile der nach dem Ort genannten ›Duineser Elegien‹, die Rilke erst im Februar 1922 vollendete.
Ist Heidenstam Dein Nachbar: Heidenstam wohnte zu dieser Zeit in seinem Haus Naddö bei Vadstena am Vätternsee, 20 km von Strand.
Die Wildgänse nehmen sie sicher: Anspielung auf ›Nils Holgerssons underbara resa genom Sverige‹, Selma Lagerlöfs Lesebuch für Schulkinder über schwedische Geographie, Geschichte und Kultur, 2 Bde., Stockholm: A. Bonnier 1906/1907, das Rilke am 21. 8. 1908 von Lizzie Gibson geschenkt bekam und über dessen Lektüre er ihr am 29. 8. ausführlich berichtete (LAG). Der Titel ›Wunderbare Reise des kleinen Nils Holgersson mit den Wildgänsen‹, Einzig berechtigte Übersetzung von Pauline Klaiber, 3 Bde., München: Albert Langen 1907/1908, weist auf die Rolle der Wildgänse hin.

133. Rilke an Ellen Key 5. 4. 1913
deinen guten Brief vom 20. Januar: Der Brief ist verschollen.
die von Zweig veranlasste Karte: Eine Postkarte mit dem Poststempel vom 17. 3. 1913 und den Unterschriften von Émile Verhaeren, Romain Rolland, Rilke (darunter in Klammern: »retour d'Espagne«), Léon Bazalgette (1873-1929; französischer Schriftsteller und Übersetzer von Walt Whitman) und Stefan Zweig ist unter den Briefen Verhaerens an Ellen Key in ihrem Nachlaß verwahrt (L41:56).
Romain Rolland: Rolland (1866-1944), französischer Schriftsteller und 1891 bis 1912 Professor für Musikgeschichte an der École Normale Supérieure und der Sorbonne. Ellen Keys Essay »Romain Rolland« erschien in ›Ord och Bild‹, Jg. 22, H. 6., 1913, S. 323-336.
elle est ma realité ...: sie ist meine endgültige Wirklichkeit, so scheint es mir.
Spanien ... Paris: Rilkes Spanienaufenthalt dauerte vom 1. 11. 1912 bis 24. 2. 1913. Er wohnte zunächst in Toledo, fuhr dann Anfang Dezember über Cordoba und Sevilla nach Ronda, wo er vom 9. 12. 1912 bis 19. 2.

1913 im exklusiven Hotel Reina Victoria wohnte. Die anschließende »halbe Ewigkeit« in Paris hielt zunächst bis zum 6. 6. 1913 an.
Lotte Bock: Nicht ermittelbar.
Bonnier ... Aufzeichnungen der Malla Montgomery: Malla Montgomery-Silfverstolpe. ›Das romantische Deutschland. Reisejournal einer Schwedin (1824-1826)‹. Mit einer Einleitung von Ellen Key. Einzig autorisierte Übersetzung aus dem Schwedischen von Marie Franzos. Leipzig: Albert Bonnier 1912. Malla (Magdalena) Silfverstolpe, geb. Montgomery (1782-1861), seit 1807 verheiratet mit dem Rittmeister und späteren Oberst David Gudmund Silfverstolpe (1769-1819), führte nach dem Tod ihres Mannes einen Salon für die akademische Elite Uppsalas. Dort lernte sie den an Tuberkulose leidenden Studenten und Bellman-Sänger Per Ulrik Kernell (1797-1824) kennen und verliebte sich in ihn. Nach seinem frühen Tod in Erlangen unternahm sie eine einjährige Reise nach Deutschland, während der sie sein Grab besuchte und 10 Monate in Berlin verbrachte. Ihre Aufzeichnungen zu dieser Reise erschienen 1912 in der Leipziger Niederlassung des Stockholmer Verlages A. Bonnier, bei dem ihre das Reisejournal miteinschließenden ›Memorarer‹, Utgivna af Malle Grandinson, 4 del, 1908-1911, herauskamen.
Bettina Arnim: Bettina von Arnim, geb. Brentano (1785-1859), deren zu dieser Zeit bekanntestes Werk, ›Goethes Briefwechsel mit einem Kind‹, 3 Bde., Berlin: 1835, Rilke in den ›Aufzeichnungen des Malte Laurids Brigge‹ (WA 11, 895-898) rezipierte.

134. Rilke an Ellen Key 11. 4. 1913

das Buch ... Deinen Brief: Malla Montgomery-Silfverstolpe, ›Das romantische Deutschland‹. Der Brief ist verschollen.
F. van Eeden: Frederik van Eeden, s. Brief 139 und Anm.
zwei von den »Übersetzungen«: Vermutlich ›Die Liebe der Magdalena. Ein französischer Sermon, gezogen durch den Abbé Joseph aus dem Manuskript Q I 14 der Kaiserlichen Bibliothek zu St. Petersburg‹, Übertragen durch Rainer Maria Rilke, Leipzig: Insel 1912, und ›Portugiesische Briefe. Die Briefe der Marianna Alcoforado‹, Übertragen von Rainer Maria Rilke, Leipzig: Insel 1913. Das erste Bändchen ist in Strand erhalten.
»Du skal ikke ....«: Die biblische Wendung »Du sollst nicht ....«, hier fehlerhaft dänisch wiedergegeben. Auf Ellen Keys Schreibtisch stand die Wendung »Du skall icke citera« (vgl. BLAS 321).

135. Rilke an Ellen Key 27. 6. 1913

jungen Schwedin: Ingrid Stieve, s. Brief 136 und Anm.
Band der Memoiren ... Kindheit: Der erste Band der ›Memoarer‹ von Malla Montgomery-Silfverstolpe behandelt den Zeitraum 1782 bis 1803.
Buch mit den Briefen U. P. Kernell's: Per Ulrik Kernell. ›Anteckningar under en Resa i det Sydliga Europa‹. Utar hans Bref och efterlemnade Dagbok utgifne af Christian Stenhammar. Linköping: Axel Petre 1825. In ihrer Einleitung zu Malla Montgomery-Silfverstolpes ›Das romantische Deutschland‹ bemerkt Ellen Key zu Kernells Werk: »Das kleine Bändchen war eins der Bücher, die ich in meiner frühesten Jugend liebte und las und immer wieder las, und nach dieser Gestalt bildete ich mir mein männliches Ideal« (XI).
Wogenfolge unerwarteter Dinge: Unter anderem ein neues Zerwürfnis mit Rodin, das Claras Plan, ihn zu porträtieren, für den Rilke sich eingesetzt hatte, zerschlug.
Selma Lagerlöfs »Fuhrmann des Todes«: ›Der Fuhrmann des Todes. Erzählung‹, Einzig berechtigte Übersetzung von Pauline Klaiber, München: Albert Langen 1912. Schwedisch: ›Körkarlen. Berättelse‹, Stockholm: A. Bonnier 1912.
sehr sehr kleines Buch: ›Das Marien-Leben‹, s. Brief 136 und Anm.

136. Rilke an Ellen Key 7. 7. 1913

Dein eigenes kleines Buch: Kernells ›Antechningar‹.
Dein Brief: Der Brief ist verschollen.
Schwedin in Freiburg: Nicht ermittelbar.
Ingrid Larsson-Stieve: (1884-1941), seit 1908 verheiratet mit dem Schriftsteller, Historiker und Diplomaten Friedrich Stieve (1884-1966), der im Ersten Weltkrieg an der Gesandtschaft in Stockholm, später Leiter der kulturpolitischen Abteilung im Auswärtigen Amt war.
deren Bruder: Yngve Larsson (1881-1977), Stockholmer Stadtplaner und Politiker, seit 1904 verheiratet mit Elin Bonnier (1884-1980), Tochter des Verlegers Karl-Otto Bonnier (1856-1941).
Das »Marien=Leben«: Das in Strand erhaltene Exemplar von ›Das Marien-Leben‹, Im Insel-Verlag zu Leipzig ⟨1913⟩, enthält die Widmung: »Meiner lieben Ellen Key / im Alten, Herzlichen, Gleichen. / Rainer=Maria / (Junÿ 1913)«. Keine Lesespuren. Der Zyklus entstand zwischen dem 15. und 23. 1. 1912 auf Schloß Duino, sich möglicherweise

überschneidend mit der Niederschrift der »Ersten Duineser Elegie«, die spätestens am 21. 1. erfolgte.

alten Vorschriften des »Malerbuches vom Berg Athos«: Dieses ikonographische Handbuch der griechisch-katholischen Kirche, das Rilke unter dem Titel ›Das Handbuch der Malerei vom Berge Athos‹ in der Übersetzung von Godehard Schäfer, Trier 1855 in der Schloßbibliothek von Duino vorfand, ist nach den 24 Strophen eines byzantinischen Hymnus gegliedert, zu dessen Illustrierung es Anweisungen gibt.

Die Stillung Mariens mit dem Auferstandenen: Das vorletzte Gedicht des Zyklus (WA 2, 678), im Gegensatz zu den anderen Gedichten in freien Rhythmen geschrieben, nimmt die Thematik und Bildlichkeit des bewältigten Abschieds am Ende der wenig später entstandenen »Zweiten Duineser Elegie« vorweg.

meine Stimme . . . hinter solchen Vorwänden: Ohne Ellen Key genau einzuweihen, spielt Rilke hier *vor allem* auf die Anfänge der ›Duineser Elegien‹ an.

auch nach Leipzig: Rilke besuchte seinen Verleger Anton Kippenberg vom 21. bis 26. 7.

137. RILKE UND LOU ANDREAS-SALOMÉ AN ELLEN KEY 9.-21. 7. 1913

Datierung: Wohl in der Mitte seines Aufenthalts bei Lou zwischen dem 9. und 21. 7. geschrieben.

Wie viele Gespräche: Vgl. Lou Andreas-Salomé, ›In der Schule bei Freud, Tagebuch eines Jahres 1912/1913‹, hrsg. von Ernst Pfeiffer, Zürich: Max Niehans 1958, S. 170-175.

Ende April nach so langer Abwesenheit: Lou verbrachte die Zeit vom 26. 10. 1912 bis 6. 4. 1913 in Wien. Zu ihrer geplanten Reise nach Wien und München im August s. Brief 139 und Anm.

Maria: Vermutlich Maria Breysig.

Wild: Ellen Keys Bernhardiner.

138. ELLEN KEY AN RILKE UND LOU ANDREAS-SALOMÉ 7. 8. 1913

Sissy heiratet 9/8: Sissy Frerichs heiratete Dr. Ernst Naef.

Ricarda Huch: Huch (1864-1947), Dichterin, deren Tochter mit Ruth Rilke in München zur Schule ging.

Gesattel (?): Victor Emil Freiherr von Gebsattel (1883-1976), Dr. phil., Arzt und Psychoanalytiker. Vgl. Anm. zu Brief 139.

139. Rilke und Lou Andreas-Salomé an Ellen Key Ende Sept. 1913
Datierung: S. Anm. zu *Rainer's Mutter* unten.
Wien, dann zum Freud'schen Kongreß in München: Der 4. Psychoanalytische Kongreß, auf dem der Bruch zwischen Sigmund Freud (1859-1939) und Carl Gustav Jung (1875-1961) endgültig wurde, fand am 7./8. 9. in München statt. Lou hielt sich vorher vom 21. 8. bis 5. 9. in Wien auf, um zusammen mit dem angehenden Arzt und Psychoanalytiker Viktor Tausk (1879-1919) den Vortrag »Die psychologische und pathologische Bedeutung des Narzissismus« für den Kongreß vorzubereiten. Rilke wohnte einem Teil des 2. Tages des Kongresses bei und lernte Freud durch Lou kennen. Nach Lou gefielen sie sich, »und wir blieben noch zusammen, auch abends bis sehr spät nachts« (›In der Schule bei Freud‹, S. 191).
Gebsattel: Rilke lernte Gebsattel und durch ihn die Psychoanalyse schon im Pariser Winter 1908/1909 kennen. Lou lernte ihn erst im September 1911 auf dem 3. Psychoanalytischen Kongreß in Weimar kennen, den sie in Begleitung von Poul Bjerre (s. Anm. unten) besuchte. Danach trafen sich Rilke und Gebsattel in München, wo die Psychoanalyse erneut zum Thema wurde, nicht zuletzt weil Clara zu dieser Zeit bei Gebsattel in Behandlung war. Es kam jedoch zu keiner Behandlung Rilkes. Vgl. Rilkes Briefe an Gebsattel vom 14. und 24. 1. 1912 (GB 3, 177-181 und 192-194).
l'annonce von Claudel: Paul Claudel (1868-1955), französischer Dichter und Diplomat. Sein Drama ›L'Annonce faite à Marie. Mystère en quatre actes et un prologue‹, Paris: M. Rivière & Cie. 1912, wurde aufgeführt in der Übersetzung von Jacob Hegner: ›Verkündigung. Ein geistliches Stück in vier Ereignissen‹. Berlin: Verlag der Neuen Blätter 1912.
Ricarda: Ricarda Huch.
in diesen Tagen kommt Rainer's Mutter: Ernst Pfeiffer datiert den Abschnitt »Rainer und seine Mutter«, ›In der Schule bei Freud‹, S. 203f., und damit Lous Begegnung mit Rilkes Mutter auf Anfang Oktober 1913. Demnach ist dieser Brief gegen Ende September zu datieren.
Franz Werfel: Werfel (1890-1945), österreichischer Dichter aus Rilkes Geburtsstadt Prag. Rilke war von seinem Gedichtband ›Wir sind‹, Leipzig: Kurt Wolff 1913, sehr angetan und lernte ihn am 5. 10. mit Lou in Hellerau bei Dresden kennen.
Alvastra-Strand: Unweit von Ellen Keys Haus steht die Ruine des 1143

gegründeten Zisterzienserklosters Alvastra, das 1545 als Material für den Bau von König Gustav Vasas Schloß im nahegelegenen Vadstena verwendet wurde.
Frederik van Eeden: Eeden (1860-1932), holländischer Dichter, Arzt und Psychotherapeut, der Freud vermutlich schon 1885/86 während eines gemeinsamen Studienaufenthalts in Paris kennenlernte. Nach Rilkes Brief an Marie von Thurn und Taxis vom 15. 9. 1913 (BMTT 1, 317) fand seine »merkwürdige« Begegnung mit Eeden, dessen ›Der kleine Johannes‹ (Deutsche Ausgabe besorgt von Else Otten. 3 Bde. Berlin: Schuster & Loeffler [2]1906) sie wahrscheinlich kenne, beim Kongreß statt.
endlich ... Poul Bjerre: Bjerre (1876-1964), schwedischer Arzt und Psychotherapeut, der in der Auseinandersetzung mit der Psychoanalyse die »psykosyntetiska« entwickelte, hielt am 2. Tag des Münchener Kongresses den Freuds Therapiemodell gegenüber kritischen Vortrag »Bewußtsein kontra Unbewußtsein«, veröffentlicht im Jahrbuch für Psychoanalytische und Psychopathologische Forschungen, Jg. 5, H. 2, 1913, S. 687-704. Vermutlich kannte Rilke den Namen Bjerres schon seit 1904 von Ernst Norlind, den Bjerre in Lund kennenlernte, und Ellen Key, mit der er 1902-1925 im Briefwechsel stand. Lous Begegnung mit Bjerre während ihres Besuchs vom 18. 8. bis 5. 9. 1911 bei Ellen Key in Strand, die zu ihrer Hinwendung zur Psychoanalyse führte und von der sie Rilke vermutlich spätestens im Juli 1913 in Göttingen erzählte, muß seinen Wunsch, Bjerre zu begegnen, gesteigert haben. Obwohl es zu einer letzten zufälligen Begegnung mit Bjerre am 30. 4. und 1. 5. 1926 in Val Mont kam, bei der Rilke »de très tristes et même de terribles détails sur les derniers jours d'Ellen Key« erfuhr (BNWV 2, 1130), hatte sich seine Freude auf »künftige Briefe und Beziehungen« vom 15. 9. 1913 (BMTT 1, 317) in der Zwischenzeit nicht verwirklicht.
Dein kleines Buch: Kernells ›Antechningar‹.

140. Rilke und Lou Andreas-Salomé an Ellen Key 21. 7. 1914
Datierung: Die Ansichtskarte (Abbildung eines Waldweges mit Namen »Helenensteig«) trägt den Poststempel von Göttingen vom 21. 7. 1914.

141. Rilke und Lou Andreas-Salomé an Ellen Key 19.-31. 3. 1915
Datierung: Der Brief wurde nach Lous Ankunft in München am 19. 3. und auf Grund Rilkes interner Zeitangabe vor dem 1. 4. geschrieben.

dass kein Zeichen von mir kam: Ellen Keys Brief an Lou vom 28. 7. 1914 (LASAG) enthielt ein Blatt, daß Lou Rilke zukommen lassen sollte. Dieses Blatt ist verschollen. Ob es danach weitere Briefe von ihr an Rilke bis zum vorliegenden Brief gab, ließ sich nicht ermitteln.
Sissy's handschriftlichen Nachlass: Obwohl sich nach Chronik 1, 485 Gedichte von Sissy Frerichs in Abschriften von Rilkes Hand im Insel Verlag erhielten (1992 nicht mehr der Fall), kam es zu keiner Herausgabe. Zu dem Projekt vgl. auch die Hinweise auf Ellen Keys Brief an Samuel Fischer vom 3. 8. 1914 sowie Rilkes Brief vom 28. 10. 1914 an den Verleger Ernst Rowohlt in Chronik 1, 478 und 485. Briefe Naefs an Rilke waren zur Zeit der Nachfrage im RAG nicht auffindbar.
Dir erst kürzlich schrieb: Lous letzter erhaltener Brief an Ellen Key vor ihrer Reise nach München am 19. 3. 1915 ist am 31. 1. 1915 datiert (L41a:17). Er beantwortet Ellen Keys Brief vom 20. 1. 1915 (LASAG).
Amélie: Amelie Posse (1884-1957), schwedische Schriftstellerin und Verwandte Ellen Keys, heiratete 1915 den tschechischen Künstler Oki Brázda, nachdem ihre erste Ehe 1912 geschieden wurde.
Björn Björnson: Bjørnson (1859-1942), Schauspieler und Theaterdirektor, Sohn von Bjørnstjerne Bjørnson, war seit 1909 in dritter Ehe mit Eileen Bendix, geb. Cohn (geb. 1883) verheiratet. Im ersten Kriegsjahr leitete er das Nachrichtenbüro Norden in Berlin.

142. Ellen Key an Rilke und Lou Andreas-Salomé 5. 4. 1915
Frau von Seidlitz: Vermutlich Constance von Seidlitz, geb. von Schwebs, Frau des in St. Petersburg geborenen Woldemar von Seidlitz (1850 bis 1922), Kunsthistoriker und Vortragender Rat bei der Generaldirektion der sächsischen staatlichen Sammlungen. Lou fragte nach ihr in ihrem Brief vom 31. 1. 1915 (vgl. Anm. zu Brief 141).
Sissys Gedichte: S. Brief 141 und Anm.
Amelie: Amelie Posse.
Forum ... W. Herzog: Wilhelm Herzog (1884-1960), Publizist, Dramatiker, Übersetzer, gründete Anfang 1914 die linksgerichtete und gesellschaftskritische Rundschauzeitschrift ›Das Forum‹. Nach Kriegsausbruch wurde sie wegen eines antipatriotischen Aufsatzes von Herzog vorübergehend beschlagnahmt und im September 1915 wegen »Propagierung eines vaterlandslosen Ästhetentums und Europäertums« verboten.
Som jag hoppas ...: Da ich hoffe, daß Du Schwedisch nicht vergessen

hast, sende ich die herzlichsten Grüße mit der Erwartung, daß Du bald wieder nach Furuborg kommst. Ich freue mich zu hören, daß Du ein gutes Zusammensein mit Frau Lou hast – Grüße sie von Deiner ergebenen Freundin Lizzie.

Käre Rainer Maria ...: Lieber Rainer Maria, oft habe ich mich nach einem stillen Nachmittag gesehnt, um mit Dir sprechen zu können, aber diese Sehnsucht hat sich in diesen Zeiten gesteigert, daß Du ständig auftauchst – so ahne ich, daß wir uns bald treffen. Dein Freund Jimmy Gibson.

Johnny: Assistent in der medizinischen Verwaltung in Stockholm. John Gibson (1885-1965), Buchhalter, Autor der Familiengeschichte ›William Gibson 1783-1857 och hans barn‹, Privatdruck 1961. Rilke schenkte ihm zu seinem 19. Geburtstag am 25. 11. 1904 ein Exemplar der Erstausgabe von ›Auguste Rodin‹ mit dem Widmungsgedicht »Zeiten giebt es, in denen wir hinter Türen« (WA 6, 781), heute im Besitz des Sohnes Patrick Gibson, Stockholm.

Bertil: »cand. phil. in Geschichte, Soziologie und Literatur, studiert nun in Uppsala«.

Paul: »bald Ingenieur, studiert in Göteborg. Paul Gibson, geb. 1892, Zivilingenieur«.

Hälsning från Er: »Gruß von Euer«. Die Ausführungen zu den drei Söhnen der Gibsons über deren Unterschriften und knappste Berufsbezeichnungen hinaus stammen von Ellen Key.

143. Ellen Key an Rilke 30. 11. 1915

Belgien: Das neutrale Belgien wurde kurz nach Kriegsbeginn von Deutschland angegriffen und für die Dauer des Krieges besetzt.

Lou's und deinen Brief: Dieser Brief ist verschollen, es sei denn, Ellen Key hatte vergessen, daß sie auf den gemeinsamen Brief vom März 1915 geantwortet hatte.

Geburtstags Brief: Zu Rilkes 40. Geburtstag am 4. 12.

Annie Dauthenday ... Lieder ihres Mannes: Anna Dauthendey, geb. Johanson (1870-1945), eine seit 1896 mit Maximilian Dauthendey verheiratete Schwedin, von der 5 Briefe an Ellen Key aus den Jahren 1914-1923 erhalten sind (L41:55:7). Von Dauthendey, der vom 1. Weltkrieg auf einer Südseereise überrascht wurde und am 29. 8. 1918 in einem Internierungslager auf Java starb, erschien 1915 bei Albert Langen in München der Gedichtband ›Des großen Krieges Not‹.

B. Mörner: Carl Birger Graf Mörner (1867-1930), schwedischer Diplomat und Schriftsteller, den Rilke durch seine neue Hauswirtin Renée Alberti kennenlernte. In seinem Brief an Lizzie Gibson vom 28. 10. 1915 (LAG) hatte Rilke sie gebeten, ihm viel über Mörner zu erzählen, eventuell könne ihm auch Ellen Key über ihren Freund Mörner schreiben. Von seinen Büchern kannte er damals ›Allerhöchst Plaisir. Ein Barock-Interieur‹, Autorisierte Übersetzung aus dem Schwedischen von Francis Maro, Berlin: S. Fischer 1898, und das ihm weniger gefallende ›Inschallah. Türkische Impressionen‹, Berechtigte Übersetzung von Marie Franzos, Frankfurt am Main: Rütten & Loening 1908.
das schöne Buch von Romain Rolland: Rolland, der vom Anfang des 1. Weltkrieges in der Schweiz überrascht wurde, stellte sich dort in den Dienst des Roten Kreuzes, dem er auch das Geld für den ihm am 7. 11. 1916 verliehenen Nobelpreis für Literatur für das Jahr 1915 spendete. Seine Schriften gegen den Krieg und für die Völkerverständigung aus dem 1. Kriegsjahr erschienen 1915 unter dem Titel ›Au-dessus de la Mêlée‹, Paris: Paul Ollendorff / Neuchâtel: Attinger Frères.

144. RILKE AN ELLEN KEY 31. 10. 1921

145. ELLEN KEY AN RILKE 16. 11. 1921

Herr Referendar: Carl Sieber (1897-1945), Dr. jur.
deine Sachen wieder finden: Trotz der Spannungen nach der Ermordung des österreichischen Thronfolgers in Sarajevo am 28. 6. verließ Rilke seine Pariser Wohnung am 19. 7. für eine kürzere Reise nach Deutschland, ohne den Ausbruch eines Krieges zu erwarten. Zu Rilkes zurückgelassenen Sachen s. Brief 146.
mein lieber Per Ulrik Kernell: Ihr Exemplar von Kernells ›Antechningar‹.
ihr neuer schöner Heim: Gibsons waren 1917 in das »weiße Haus« umgezogen, s. Anm. zu Brief 52.
nicht Felddienst sondern Bureau-arbeit: Durch Intervention einflußreicher Freunde gelang es Rilke, drei Wochen nach seiner Einberufung am 4. 1. 1916 der Vorbereitung auf den Felddienst zu entkommen und dem österreichischen Kriegsarchiv in Wien zugeteilt zu werden. Er wurde nach weiterem Bemühen am 9. 6. 1916 demobilisiert.
diese Anekdote: Ursprung unbekannt.

neue Gedichte von deine Hand: Nicht ermittelbar.
Übertragung von Louize Labé's Sonetten: ›Die Vierundzwanzig Sonette der Louïze Labé / Lyoneserin. 1555‹. Übertragen von Rainer Maria Rilke. Im Insel-Verlag zu Leipzig ⟨1917⟩.
Lou ... Ihr letzes Buch: Lou Andreas-Salomés ›Das Haus. Familiengeschichte vom Ende des vorigen Jahrhunderts‹, 1904 geschrieben, erschien 1921 bei Ullstein, Berlin. Der »schöne Geist von Judenliebe« äußert sich in Lous Darstellung des aus Rumänien stammenden Arztes Markus Mandelstein. Diese gegen »männliches« Besserwissen und Lenkenwollen eingestellte Figur trägt Züge von Lous langjährigem Intimfreund, dem Internisten Friedrich Pineles (1868-1936). Der Antisemitismus gehörte seit der Niederlage und Revolution von 1918 zur deutschen Reaktion.
Proteste gegen die farbigen Truppen: Nicht ermittelt.

146. Rilke an Ellen Key 30. 11. 1921
seit ich in der Schweiz wohne: Rilke reiste am 11. 6. 1919 in die Schweiz. Seine Aufenthaltserlaubnis, zunächst bis 19. 6. begrenzt, wurde wiederholt verlängert, bis er sich schließlich ab Juli 1921 auf unbegrenzte Zeit im Schloß Muzot bei Sierre im Kanton Valais niederlassen konnte. Von den vielen Schweizer Freunden, die ihm geholfen haben, sind Nanny Wunderly-Volkart (1878-1962) und ihr Vetter Werner Reinhart (1884 bis 1951), der ihm Muzot zur Verfügung stellte, die wichtigsten.
in Italien ... in Paris: Vom 11. 6. bis 13. 7. 1920 hielt Rilke sich in Venedig auf, vom 23. bis 30. 10. 1920 in Paris.
zwei, nichteinmal verschlossene Kisten: Rilkes Pariser Habe wurde im April 1915 beschlagnahmt und versteigert, um seine seit Kriegsbeginn ausstehende Miete zu bezahlen. Es war aber seiner Concierge gelungen, zwei Kisten mit persönlichen Papieren, Korrespondenzen und Manuskripten als »Gegenstände ohne Wert« zu retten. Der mit Rilke befreundete französische Romancier und Essayist André Gide (1869-1951), von Romain Rolland aufgrund einer Benachrichtigung von Stefan Zweig alarmiert, bemühte sich im Januar 1916 um den Rückkauf von Rilkes Eigentum, erreichte aber nicht mehr als die Sicherstellung der geretteten Kisten im Keller der Buchhandlung Gallimard (BSZ 73-86, bes. 85). Ende Januar 1916 erfuhr Rilke durch Zweig von dem Erhalt dieser Kisten. Da sie erst 1923 in Gides Obhut freigegeben wurden, bekam Rilke sie erst 1925 während seines letzten Pariser Aufenthalts

zurück. Ellen Keys Exemplar von Kernells ›Antechningar‹ gehörte zu dem Geretteten, denn es befindet sich heute im RAG.
Meine sieben Monate ... im Infantristenrock: Sechs Monate, vgl. Anm. zu Brief 145.
die Idee! Oesterreich: Vermutlich eine kritische Anspielung auf Hofmannsthals affirmativen Aufsatz »Die Österreichische Idee«, zuerst erschienen in: ›Neue Züricher Zeitung‹, 2. 12. 1917.
die Idee »Deutschland«: Der Maler und Zeichner Albrecht Dürer (1471 bis 1528) wie die Dichter Goethe, Adalbert Stifter (1805-1869), Matthias Claudius (1740-1815) und Friedrich Hölderlin (1770-1843) sind für Rilke seit dem 1. Weltkrieg Zeichen eines ideellen Deutschlands im Gegensatz zu dem von 1871 bis 1918 reell vorherrschenden Zweiten Reiches des Reichskanzlers Otto von Bismarck (1815-1898) und des Kaisers Wilhelm II. (1859-1941).
Einen kleinen Augenblick ... zu Kurt Eisner's Zeit: Kurt Eisner (1867-1919), Schriftsteller und Theaterkritiker, ab April 1917 Mitglied der aktiv gegen den 1. Weltkrieg auftretenden Unabhängigen Sozialdemokratischen Partei Deutschlands, spielte eine führende Rolle beim Sturz der Bayerischen Monarchie am 7./8. 11. 1918 und wurde Mitte November Ministerpräsident der neuen Republik. Er wandte sich direkt an die Alliierten, um eine Milderung der harten Waffenstillstandsbedingungen aufgrund der Demokratisierung Bayerns als Modell eines neuen Deutschland zu erreichen, und ließ zu diesem Zweck Ende November Dokumente veröffentlichen, die ihm die Alleinschuld der Reichsregierung am Ersten Weltkrieg zu beweisen schienen. Sein Appell wurde ignoriert. Innenpolitisch fand er sich bald zwischen allen Fronten. Bei den Wahlen zum bayerischen Landtag am 12. 1. 1919 erhielt seine Partei nur drei von 180 Mandaten. Auf dem Weg zur Landtagseröffnung am 21. 2. 1919, wo er seinen Rücktritt erklären wollte, wurde er von Anton Graf Arco auf Valley, einem jungen Offizier, erschossen.
»Bestrafungen«: Sanktionen wegen verspäteter und ungezahlter Reparationen.
seit 1914 unterbrochene Arbeiten: Die ›Duineser Elegien‹, die Rilke im Februar 1922 vollendete und die 1923 im Insel-Verlag Leipzig erschienen. Falls Rilke Ellen Key ein Exemplar schenkte, ist es nicht in Strand erhalten. Daß Rilke auch nach diesem letzten erhaltenen Brief mit Ellen Key brieflich in Verbindung war, ist zu vermuten auf Grund der noch 1975 in Strand in ihrem Widmungsexemplar der 2. Auflage des ›Buch

der Bilder‹ erhaltenen Handschrift des Gedichts »O das Neue, Freunde, ist nicht dies« (WA 3, 135f.) unter dem Titel »Sonett« und mit Ellen Keys Vermerk »Rilke 1923« (s. Lengborn, 322f.). Das aus dem Umkreis der ›Sonette an Orpheus‹ stammende Gedicht erschien am 24. 12. 1923 in der ›Prager Presse‹ (Chronik 2, 886). Ein Typoskript desselben Gedichts mit dem Vermerk »Rainer Maria Rilke zu Ellen Key / Jan 1924« befindet sich unter Rilkes Briefen im Nachlaß der Familie Gibson (LAG).
Borgebÿ ist, höre ich, vermiethet: Norlind studierte 1920 in London Graphik, zog danach aber wieder nach Borgeby zurück.

ANHANG I

Zwei Rezensionen Rilkes aus dem Jahre 1902

»Das Jahrhundert des Kindes« erschien im ›Bremer Tageblatt und General-Anzeiger‹, Jg. VI, Nr. 132, 8. 6. 1902. Der Text folgt nach WA 10, 584 bis 592.
Frauenkongreß in London (1899): Vgl. Ellen Key, ›Das Jahrhundert des Kindes‹, S. 65f.
wenn ihr nicht werdet wie die Kinder: Matthäus 18, 3.

»Zwei nordische Frauenbücher« erschien im ›Bremer Tageblatt und General-Anzeiger‹, Jg. VI, Nr. 195, 21. 9. 1902. Der Text folgt nach WA 10, 604-611.
Amalie Skram: Skram, geb. Alver (1846-1905), norwegische Schriftstellerin, 1884-1900 verh. mit dem dänischen Schriftsteller Erik Skram (1847-1923).
Lie: Jonas Lie, norwegischer Schriftsteller (1833-1908).
Hamsun: Knut Hamsun, norwegischer Dichter (1859-1952).
Ellen Key's letztes Buch: ›Das Jahrhundert des Kindes‹.
Frau Skram sieht in des Lebens traurigste Gegenden: Anspielung auf ihr Hauptwerk, die Romantetralogie ›Hellemyrsfolket‹ (›Die Leute vom Felsenmoor‹), 1887-1898, deren erste drei Teile bis 1901 deutsch erschienen waren.
›Ein Liebling der Götter‹: Roman. Einzige berechtigte Übersetzung aus dem Norwegischen von Cläre Mjöen. München: Albert Langen 1902. Das Original: ›Juleheg. Fortaelling‹. Kjøbenhavn: Gyldendal 1900.

›Jerusalem‹: Lagerlöfs zweiteiliger Roman – ›Jerusalem I: I Dalarne‹, ›Jerusalem II: I det heliga landet‹, Stockholm: A. Bonnier 1901/1902 – erschien in Pauline Klaibers Übersetzung als ›Jerusalem I: In Dalarne‹ und ›Jerusalem II: Im heiligen Lande‹, beide München: Albert Langen 1902.

ANHANG II

Rilke und die Samskola

»Aus den einleitenden Worten ... zu Furuborg ...«
Rilkes »einleitende Worte« existieren nur als Abschrift, wahrscheinlich von John Gibsons Hand, in J. James Gibson, Kopie-Bok, 18 Januari 1904-15 Februari 1907, S. 144-151 (LAG). Die Abschrift wurde von George Schoolfield aufgespürt und veröffentlicht (Schoolfield 1, 99-102). Der vorliegende Text ist eine an Hand des Kopierbuchs überprüfte und – was die Verlesungen des Philologen und die Verschreibungen des Abschreibers angeht – stillschweigend verbesserte Fassung von Schoolfields Wiedergabe. Dasselbe Kopierbuch enthält (S. 111) Rilkes Abschrift seines an den Abend anschließenden Briefes an Artur Bendixson, dessen erster Absatz hier folgt:
Verehrter Herr Dr. Bendixson,
empfangen Sie Grüsse von mir in dem Augenblick, da ich zu den Mitgliedern und Freunden der Samskola von meinen Eindrücken in dieser Schule geredet habe und davon, was diese Eindrücke für mich bedeuten! Wie haben Sie mir (wie haben Sie uns allen) gefehlt! Jimmy sagt, dass ich *Das* in der Schule gefühlt und gesehen habe, was in Ihrem Sinne darinnen sein sollte; ich habe aber nur ausgesprochen, was ich selbst bei meinen beiden Besuchen dort gesehen und erlebt habe – ohne irgend eine gute Voreingenommenheit –: es muss also alles das wohl in Wirklichkeit darinnen sein. Mögen Sie diese Gewissheit manchmal in Ihren römischen Tagen fühlen und eine Ruhe in dem Gedanken finden, dass das Werk Ihres Lebens und Ihres tiefsten Ernstes *lebt* und wie eine grosse Heimat, wie ein reiches glückliches Land, wenn Sie später gestärkt heimkehren, Sie umgeben wird.
Man verlässt alle und alles und folgt ihr nach: Anspielung auf Matthäus 10, 38.
»Gegen die Kunst«: ›Gegen die moderne Kunst‹. Deutsch von Wilhelm

Thal. Berlin: Hugo Steinitz 1898. Zusammen mit ›Was ist Kunst? Studie‹, Aus dem Russischen übersetzt von Dr. Alexis Markow, Berlin: Hugo Steinitz 1898, bildete es die erste deutsche Übersetzung von Tolstois Streitschrift ›Čto takoe iskusstvo?‹ (1898), die 1902 als ›Was ist Kunst?‹ in der Übersetzung von Michael Feofanoff im Rahmen der ›Sämtlichen Werke‹ bei Eugen Diederichs Leipzig erschien. Rilkes Datierung der Veröffentlichung auf das Frühjahr 1900 wie auch seine Verkürzung des Titels dienen der folgenden Dramatisierung der Begegnung mit Tolstoi in Jasnaja Poljana, die schon allein wegen Lou Andreas-Salomés Dabeisein anders verlief. Vgl. die Darstellungen der Begegnung in GB 1, 95-98 und T 234-238.
»La lenteur est une beauté«: Langsamkeit ist etwas Schönes. Zitat nach Judith Cladel, ›Auguste Rodin‹.
mein Glaube: Zusammen mit dem Glaubenskatalog wohl eine Anspielung auf Tolstois am Urchristentum orientiertes ›V čem moja vera?‹ (1884), ›Worin besteht mein Glaube? Eine Studie‹, übersetzt von Sophie Behr, Leipzig: Duncker & Humblot 1885. 1902 erschien die Übersetzung ›Mein Glaube‹, Von dem Verfasser genehmigte Ausgabe von Rafael Löwenfeld, Leipzig: Eugen Diederichs.

»Samskola«
Rilkes Aufsatz »Samskola« erschien am 1. 1. 1905 in ›Die Zukunft‹, Jg. 13, Nr. 14, S. 34-38. Der Text folgt nach WA 10, 672-681.
Des Velazquez ... Infant: Diego de Silva y Velázquez (1599-1660), spanischer Maler. Das Reiterporträt »Infant Balthasar Carlos« (um 1640) hängt im Prado, Madrid.
Religionsunterricht: Rilkes Darstellung erwies sich als verfrüht, da der formale Religionsunterricht unter dem neuen Rektor Sven Lönberg beibehalten wurde. Zu den internen Auseinandersetzungen um den »Beschluß« s. Schoolfield 1, 90-96. Rilke greift den Gedanken des Beschlusses auf in seinem Beitrag zu ›Religionsunterricht? Achtzig Gutachten‹, Ergebnis einer von der *Vereinigung für Schulreform in Bremen* veranstalteten Umfrage, hrsg. von Fritz Gansberg, Leipzig: R. Voigtländer 1906, S. 131-134 (WA 10, 683-686), und weist dabei auf seine angebliche Verwirklichung in der Samskola hin.

ANHANG III

Aus Rilkes Briefen an Clara Rilke-Westhoff

Der Text der Briefe folgt nach GB 2, 145-161 und 284-285 mit Ausnahme des Briefes vom 7. 6. 1905, der nach Br 3, 28 folgt.

Brief vom 29. 5. 1906

Man kann mit ihr [...] Praktisches nicht besprechen: Rilkes Darstellung von Ellen Keys Umgang mit Geld erscheint fragwürdig, wenn man weiß, daß weder sie noch Clara zu diesem Zeitpunkt wußte, daß Karl von der Heydt ihm Anfang Mai 2000 Mk für ein amtfreies Jahr zugesagt hatte (BKEH 313f.).

Vogel, der »diese Sorge nicht hat«: Zitat nach Søren Kierkegaard, Ausgewählte christliche Reden, Aus dem Dänischen übersetzt von Julie von Reinicke, Gießen: J. Ricker 1901, S. 9.

Mona Lisa: Gemälde von Leonardo da Vinci, nach 1503.

Heilige Anna selbdritt: S. Brief 5 und Anm.

Venus von Milo: Späthellenistische Statue, 1820 auf Melos gefunden.

Jouven: Von Rilke frequentiertes vegetarisches Restaurant.

Frau G ... R ...: Maria Rodenbach, geb. Urbain, Witwe des belgischen Dichters Georges Rodenbach (1855-1898).

»Wildente« von Ibsen: Henrik Ibsen (1828-1906). ›Vilanden. Skuespil i fem akter‹. København: Gyldendal 1884. Schon 1888 gab es drei Übersetzungen ins Deutsche. Hjalmar Ekdals Frau heißt Gina, die Tochter Hedvig. Der Ibsen-Abschnitt der ›Aufzeichnungen des Malte Laurids Brigge‹ (WA 11, 782-785) belegt Rilkes weitere Beschäftigung mit dem norwegischen Dramatiker.

Brief vom 1. 6. 1906

Paula Becker: Die Malerin Paula Modersohn-Becker (1876-1907), seit 1901 mit Otto Modersohn verheiratet, lernte erst Clara und dann Rilke in Worpswede kennen. Ab Februar 1906 versuchte sie eigene Wege in Paris zu gehen und malte zur Zeit des Briefes an einem Porträt Rilkes (Schnack Abb. 83). Nach ihrem frühen Tod setzte Rilke sich mit ihrem Leben in ›Requiem‹ (»Für eine Freundin«) auseinander.

Fouquetschen Miniaturen: Jean Fouquet (1420-1481). Vierzig seiner Miniaturen aus den Livres d'heures des Étienne Chevalier befanden sich in dem Schloß Condé, Chantilly, das Rilke mit Ellen Key, Bojers und Paula Modersohn-Becker besuchte.

Brief vom 7. 6. 1906
(vor und nach meinem Vortrag): Rilkes Lesung in der Samskola, 17. 11. 1904.

Brief vom 14. 6. 1906
Dora Herxheimer: Bildhauerin (1884-1963).

Brief vom 21. 6. 1906
dieses alte Mädchen ... Erinnerungen: Mögliche Anspielung auf Ellen Keys Verhältnis mit Urban von Feilitzen. Rilke behandelt dieselbe Thematik in seinem um den 1. 7. 1906 entstandenen Gedicht »Ein Frauen-Schicksal« (WA 2, 513).

Brief vom 15. 3. 1907
Frau Alla und die Discopoli: Alice Faehndrich, ihre Villa.
ein paar Gedichte: Wohl der Zyklus »Santa Maria a Cetrella« (WA 3, 19 bis 24).

ANHANG IV

Rilke zu Ellen Keys 60. Geburtstag
Rilkes Beitrag erschien ohne Titel zusammen mit weiteren »europeiska stämmor« in der Ellen Key zum 60. Geburtstag gewidmeten Ausgabe von ›Idun. Illusterad tidning för kvinnan och hemmet‹, Jg. 22, Nr. 49, 5. 12. 1909, S. 584-585. Der Text folgt nach WA 11, 1025-1027.

ANHANG V

Ein Brief Rilkes an Hanna Pauli, 10. 1. 1913
Das französische Original des Briefes ist in Ellen Keys Nachlaß (L41a:17) verwahrt. Die Übersetzung erfolgte mit Hilfe von Karin Wais, Tübingen.
das Porträt ... in Italien gemacht: Vgl. Brief 117 und Anm.
Ihre große Leinwand: Das Ölgemälde ›Vänner‹ (»Freunde«), 209 x 260 cm, 1900-1907, Gripsholms Slott, Mariefred. Das Bild zeigt Ellen Key wohl aus einem Manuskript lesend in dem kleinen Freundeskreis der »Sällskapet Juntan« im Wohnzimmer der Paulis: von links zu ihr hin

Betty Hirsch, Schwester von Hanna Pauli, die Schauspielerin Olga Björkegren-Fåhreus, Lisen Bonnier und die Künstlerin Nanna Sohlmann-Bendixson. Rechts hinter ihr stehend Georg Pauli, vor ihm sitzend Karl-Otto Bonnier, ihr gegenüber sitzend Richard Bergh und seine Frau Gerda, rechts hinten Artur Bendixson, rechts vorne der Schriftsteller Klas Fåhreus und der Verleger und Kunstpädagoge Carl G. Laurin, vorne auf dem Boden sitzend Hanna Pauli.

ANHANG VI

Ellen Key: »Aus einem Essay über Rainer Maria Rilke«
Der Text folgt nach einem gehefteten, im RAG verwahrten Druckbogen mit Titelblatt: Aus Einem Essay / Über Rainer Maria / Rilke V. Ellen Key / im Insel-Verlag Leipzig 1904. Die Übersetzung basiert vermutlich auf dem verschollenen Vortrag »En tysk diktare och gudsbegreppet«, denn der Text weist viele Abweichungen vom Text des Aufsatzes »En österrikisk diktare« und dessen Übersetzung »Rainer Maria Rilke« auf.
Fingerhut: Vgl. »Wie der Fingerhut dazu kam, der liebe Gott zu sein« aus ›Geschichten vom lieben Gott‹ (WA 7, 350-357).
mit Zungen redenden Abendland: Anspielung auf Apostel 2, 4.
»wachsend, weit und weise«: Zitat aus der 3. Strophe des Gedichts »Musik« (WA 1, 379f.). Die anderen Zitate im Text stammen aus Rilkes Antworten auf den Fragebogen, Brief 26.

ANHANG VII

Aus: Ellen Key: »Ein Gottsucher (Rainer Maria Rilke)«
Der Text folgt nach dem Schlußkapitel von »Ein Gottsucher (Rainer Maria Rilke)« in: ›Seelen und Werke‹, S. 223-232. Dieses Kapitel schrieb Ellen Key nach der Veröffentlichung der ›Aufzeichnungen des Malte Laurids Brigge‹ im Juni 1910.
Ein Gottsucher: Ellen Key nahm den Titel von Stefan Zweigs Besprechung des ›Stunden-Buches‹, s. Anm. zu Brief 97.
Kornett Otto Rilke: Ellen Key verwechselt den Titel der ›Cornet‹-Fassung aus ›Deutsche Arbeit‹ (1904) mit dem der Buchausgabe (1906).

Du bist der dunkle Unbewußte: Verse aus »Du bist der raunende Verrußte« (WA 1, 276f.).
Du aber bist der tiefste Mittellose: Dieses und das folgende Verspaar stammen aus »Du bist der Arme, du der Mittellose« (WA 1, 356-358).
Ich aber will dich begreifen: 2. Strophe von »Alle welche dich suchen, versuchen dich« (WA 1, 319.)
Der große Tod: Verse aus »Denn wir sind nur die Schale und das Blatt« (WA 1, 347).
Der Armut großer Abendstern: Schlußvers vom ›Stunden-Buch‹ (WA 1, 366).
verbissen umsetzt in des Steines Gleichmut: Vers aus ›Requiem‹ (WA 2, 663).
Wer spricht von Siegen? Überstehn ist alles: Schlußvers von ›Requiem‹ (WA 2, 664).
Der geht gerecht und aufgerichtet: Schluß des Gedichts »Der Schauende« (WA 1, 460).
Wir aber, die uns Gott ...: Zitat aus dem 67. Abschnitt der ›Aufzeichnungen‹ (WA 11, 926).
Umdichtung des Gleichnisses vom Verlorenen Sohn: Schlußabschnitt (WA 11, 938-946). Vgl. Lukas 15, 11-32.

WERKREGISTER
(Rainer Maria Rilke)

WERKREGISTER
(Ellen Key)

PERSONENREGISTER

Bildnachweis

Frontispiz: Hanna Pauli, Ellen Key 1907 (Italien), Aquarell, 13 × 135 mm. Mit freundlicher Genehmigung des Nationalmuseums Stockholm.